LA VEUVE DU SUD

ROBERT HICKS

LA VEUVE DU SUD

ROMAN

Traduit de l'américain
par Marina Boraso

Albin Michel

Édition originale :
THE WIDOW OF THE SOUTH

À Tom Martin, Jr.
Semper fidelis

PROLOGUE

1894

Elles cheminaient parmi les morts. Les rangées innombrables, précises et ordonnées de rebelles morts trente ans plus tôt, tombés à un mile de là au pied des fortifications ennemies, ou trépassés sur le parquet de la vaste demeure qui donnait sur le cimetière. Plus tard on poserait des stèles, mais pour l'heure, seules des planches de bois érodées et gauchies marquaient l'emplacement des sépultures, et de larges panonceaux annonçaient le nombre des victimes.

Pour ces deux femmes, le cimetière était aussi familier que le réseau des rides sur leur visage ou le motif en argent repoussé d'une pièce de monnaie. La femme blanche qui venait en tête, vêtue d'une robe à crinoline noire toute défraîchie, serrait sous son bras un livre qu'elle consultait de temps à autre, *simplement pour vérifier.* Sa servante créole l'escortait à quelques pas.

Sur la gauche, au-delà de la maison, s'élevaient des cèdres et des chênes, vestiges du bosquet centenaire qui s'y dressait jadis, avant que les soldats de l'Union ne le rasent, telle une immense et puissante faux. Carrie McGavock, maîtresse de Carnton, gardienne du livre des morts, ne songeait plus guère à ce bois. Le seul dont elle se souciât désormais s'étendait sous la terre que foulaient ses pieds, et se composait d'hommes et de garçons. L'idée était certes lugubre, Carrie en avait conscience, mais elle l'aidait néanmoins à chasser l'image des ossements, des cancrelats et des lambeaux d'étoffe grise.

Ce lieu dont elle avait la charge, elle aimait y voir un monument plutôt qu'une ruine. Elle qui avait si souvent rencontré la mort, elle se jugeait en droit d'exiger autre chose qu'un rôle de fossoyeur.

104 tués à Franklin / Arkansas

Un jeune garçon les suivait d'assez loin, courant et plongeant entre les planches, se figurant sans doute qu'il passerait inaperçu ; mais rien n'échappait à la vigilance de Carrie dans l'enceinte du cimetière, surtout pas les gamins patauds avec Dieu quelles babioles sonnaillant au fond de leurs poches. *Pourquoi faut-il qu'ils soient toujours derrière moi ?* se demandait-elle. *Eux au moins ils ont le souffle de la vie, ils vont et viennent à leur guise, même s'ils sont insolents et débraillés.*

Le petit garçon faisait partie des enfants adoptifs de Carrie, la vingtaine d'orphelins qu'elle avait recueillis depuis la fin de la guerre. Il s'appelait Paul et n'avait que dix ans. Dès son arrivée à Carnton, près d'un an auparavant, il avait pris la fâcheuse manie de jouer à l'éclaireur sudiste et de filer Carrie et Mariah durant leur ronde quotidienne dans le cimetière. Carrie avait l'impression que quelque chose s'était développé à l'intérieur de lui, le poussant malgré lui à incarner une figure issue d'une époque révolue depuis des décennies au jour de sa naissance. Il était grand temps qu'il se déprenne de cette habitude.

Carrie marchait d'un pas tranquille sous le regard attentif de Mariah. Celle-ci savait que sa maîtresse tramait quelque plan, elle devinait toujours tout. Si Carrie avait dû apprendre au fil du temps, Mariah possédait en revanche une connaissance innée des choses.

Lorsqu'elle eut persuadé Paul qu'elle ne se retournerait pas, elle jeta un coup d'œil derrière elle et accrocha son regard tandis qu'il l'observait par-dessus la planche d'une tombe du Texas, ses cheveux blonds parsemés des brindilles et des feuilles sous lesquelles il croyait se camoufler. Le doigt pointé vers lui, elle ouvrit le registre qu'elle tenait sous le bras, un petit livre à couverture brune estampillé en lettres dorées « Cimetière McGavock », dans lequel elle avait consigné les noms des disparus et l'emplacement exact où ils étaient inhumés. Jamais elle ne s'en séparait.

– Je crois bien, Mariah, qu'il va falloir entrer un nouveau nom dans ce registre.

– Ma foi, oui.

– De toute manière, il passe le plus clair de son temps dans le cimetière.

– Ça, c'est la vérité vraie,'dame.

– Tu me rappelles comment s'écrit son nom ?

– J'suis pas trop calée pour les lettres, vous l'savez bien, mais je dirais que c'est P-A-…

Naturellement, c'était plus que n'en pouvait supporter un petit garçon de cet âge, et à plus forte raison un enfant tel que Paul, dont le désir de suivre Carrie dépassait tout juste l'effroi que lui inspiraient les morts enfouis sous la terre.

– S'il vous plaît, madame, j'pensais pas à mal, moi.

– *Je ne* pensais pas à mal.

– Oh non, j'pensais pas à mal.

« J'pensais pas. » *On ne peut pas remédier à tout*, se dit Carrie.

– Enfin, Paul, tu passes tellement de temps ici ! J'en conclus que tu aimerais t'y trouver plus souvent encore si c'était possible, et je n'imagine pas de plus sûr moyen.

Elle prit un porte-plume dans la poche de son tablier et feignit d'inscrire quelque chose dans le registre.

– Mais vous faites pareil, vous !

– Je fais quoi ?

– Vous y passez du temps, ici. Avec les morts.

Un instant, Carrie eut l'impulsion de protester. Cela faisait des années qu'elle n'avait pas ressenti le besoin de se défendre ni de se justifier. Elle en avait trop vu pour estimer devoir des explications à quiconque, et pourtant ce petit n'avait pas tort.

– Viens me voir, Paul.

Lentement, le garçon contourna la tombe, attendant la sanction, et traîna les pieds vers Carrie. Arrivé devant ses jupes, il leva la tête pour la regarder à travers ses mèches de cheveux ébouriffés. Carrie posa une main sur sa tête et écarta les boucles qui lui tombaient sur les yeux.

– Je te promets que ton nom n'entrera jamais dans ce livre, pourvu que tu t'engages à ne plus venir ici.

– Bien, madame.

– C'est une promesse ?

– Oui, madame.

– Alors ça ira.

– Si c'est ça, vous voudriez pas l'effacer du livre, mon nom ? J'vous en prie, madame.

Mariah étouffa un éclat de rire derrière sa main, comme chaque fois que sa maîtresse était en butte à quelque effronterie. Carrie aurait volontiers joint son rire au sien, si elle n'avait craint que l'enfant cesse de la prendre au sérieux. Elle tenait à ce qu'il ne remette plus les pieds à l'intérieur du cimetière, et s'il en avait dépendu de sa volonté, elle aurait fait en sorte qu'il ne franchisse jamais l'entrée d'aucun cimetière et lui aurait épargné sa vie durant le spectacle, ou seulement les échos, de la mort. Elle-même l'avait côtoyée bien souvent, assez pour vouloir préserver du voisinage des choses macabres ceux qui lui étaient chers.

– J'effacerai ton nom si tu te dépêches de rentrer terminer tes devoirs. Et que je ne te reprenne pas…

Mais Paul s'était déjà sauvé en courant, si vite qu'à chaque foulée les semelles crottées de ses godillots laissaient de petites marques sur ses fesses.

Carrie le regarda s'éloigner, puis elle se tourna vers Mariah. Autrefois, Mariah lui appartenait, cadeau offert par son père. Et Mariah était bel et bien un cadeau, quels que fussent le sens et les implications de ce terme. Elle avait arrimé Carrie à la terre lorsque les choses s'étaient détraquées, et qu'elle se demandait s'il lui restait en ce monde une vie digne de ce nom, doutant même de seulement en vouloir. Dans le temps les choses étaient différentes. Elle ne pouvait pas croire qu'elle avait été si… *Si quoi ?* Faible ? Non, le mot ne convenait pas. Jamais elle ne s'était montrée faible. Elle avait été frappée et jetée à terre, comme l'herbe couchée par le vent qui annonce la tempête. Il lui avait fallu du temps pour se relever, mais en définitive elle y était parvenue. Qu'aurait-elle pu faire d'autre ? Elle ne craignait pas grand-chose, et certainement pas Dieu. Il y avait bien longtemps qu'elle avait cessé de le craindre.

– Mariah, dis-moi ce que tu vois.

Sur toute la longueur du cimetière, un oiseau-moqueur pourchassait un aigle à grands cris, piquant vers l'ombre noire jusqu'à l'avoir bannie du territoire qu'il semblait revendiquer comme sien.

– J'vois un moqueur, et puis une poignée de ces oiseaux jaunes, les pinsons. Et aussi un grand oiseau, tout vieux et griffu.

Son regard se perdit au loin, parmi les grandes herbes.

424 tués à Franklin / Mississippi

– Je ne parlais pas de ça, tu le sais.

Carrie voyait bien les rectangles de bois et les herbes hautes, ainsi que la grille en fer forgé qui enfermait le cimetière. Si elle tournait la tête, elle verrait aussi l'arrière de sa maison, et se rappellerait la barbe des généraux qui gisaient sans vie sous le porche, les plaintes des blessés sur la galerie de l'étage. Ses yeux voyaient clair, mais elle se disait qu'il y avait davantage. Qu'il se fût agi d'un défaut d'imagination ou d'un affront du Seigneur, certaines choses qui se manifestaient au regard de Mariah demeuraient pour elle invisibles. Mariah avait le pouvoir de la consoler par ses révélations, peu lui importait d'ignorer la source de son savoir.

Carrie désigna une des tombes de la section du Tennessee, qui portait les initiales *MJM*. Si seulement elle avait eu assez d'argent pour faire poser des stèles ! Ici ou là, de petites branches s'appuyaient aux planches de bois. Elle se promit d'en toucher un mot au jardinier.

– Parle-moi de celui-ci, tu le vois ?

– Miss Carrie, s'il vous plaît, 'dame. C'est pas bien.

Carrie fixait la couture de sa robe, où le fil neuf de son dernier raccommodage se détachait comme une longue torsade plus sombre sur le noir fané de sa robe mi-longue. Avant la guerre elle n'avait jamais tenu une aiguille, et elle n'était pas devenue entre-temps une habile couturière. Il faudrait passer toute la robe à la teinture.

– J'aimerais savoir des choses sur cet homme.

Ce qui apparaissait à son esprit, Mariah ne savait dire si c'était la réalité ou le fruit d'une imagination enfiévrée, ou même l'œuvre du Malin en personne qui l'amenait à entrer dans le jeu de cette Blanche à qui l'attachait un amour qu'elle n'aurait su définir. Si elle laissait son esprit voguer librement, des éclats de lumière, des bribes de sons arrivaient jusqu'à elle, et ses lèvres formaient spontanément les mots que Carrie attendait avec tant d'impatience. C'était là un exercice primesautier, un passe-temps propre à occuper les heures de l'après-midi. La chose que Mariah savait pour de bon, la seule dont elle fût sûre, était que Carrie croyait. Elle le sentait en elle.

– J'sais pas que dire, Miss Carrie.

– Oh, si, tu sais. Ne fais pas semblant. Nous avons passé l'âge toutes les deux. Dis-moi ce que tu vois quand tu contemples la terre à cet endroit précis. Ne me cache rien, je sais toujours quand tu me caches quelque chose.

Mariah se taisait, les paupières closes, espérant que Carrie oublierait sa lubie du moment et passerait son chemin. Mais Carrie ne bougea pas, et Mariah se mit à parler.

– Y a un gars et un ti gamin. Y fait beau temps, et y sont pas au travail, alors ça s'peut qu'y sortent de la messe.

– Quel âge ont-ils ?

– L'homme, c'est un homme fait. Y porte la barbe. Brun, solide. Ni bien jeune ni bien vieux non plus. Le ti bonhomme, l'est encore un marmot, encore qu'y s'croit bien grand. Dans les dix ans, y peut avoir. Y tient une canne à pêche à la main, y s'en vont attraper du poisson.

– Il y a une femme avec eux ?

– Morte.

– Comment le sais-tu ?

– Pasqu'y-z-ont gardé les habits du dimanche pour aller à la pêche.

Elles s'éloignèrent de MJM et de son destin inconnu.

L'air était lourd, et les herbes souples ondoyaient avec tant d'indolence qu'on aurait cru les voir flotter. Encore un été du Tennessee, avec sa touffeur et son débordement végétal. Carrie s'était depuis longtemps accoutumée au climat, mais il lui arrivait d'avoir la nostalgie des brises de son comté d'origine, des effluves aquatiques apportés par leur souffle. Ici, le point d'eau le plus proche était un ruisseau, et il se trouvait à près d'un mile de distance. Elle avait appris à marcher calmement, à rechercher les coins ombragés.

La bagarre terminée, le moqueur revint se percher non loin d'elles, sur une planche de la section du Missouri. L'oiseau les observait, clignant un œil puis l'autre, agitant les longues plumes de sa queue. Carrie fit la grimace. Venant d'un oiseau si commun et si manifestement déplaisant, une telle parade avait quelque chose de grotesque. Et si les moqueurs s'éteignaient jusqu'au dernier ? On avait vu des choses plus étranges, et Carrie ne les regretterait pas.

Carrie et Mariah avaient la démarche si légère que les tombes semblaient s'avancer à leur rencontre.

130 tués à Franklin / Missouri

Le cimetière abritait les dépouilles de près de 1 500 des 6 000 soldats confédérés tués ou blessés en l'espace de quelques heures sous le commandement du général Hood, dans la journée du 30 novembre 1864. Sur ce terrain, les hommes s'étaient rassemblés et avaient marché vers la bataille. Ceux qui restaient aujourd'hui ne rentreraient jamais chez eux, soldats oubliés de tous ou dont les familles trop pauvres n'avaient pu faire ramener les corps, à moins qu'elles n'aient jamais su ce qu'il était advenu d'eux. Carrie connaissait les surnoms : la Morgue du Sud, le Temple des Garçons Disparus. Ironiques, mais assez prévisibles. En principe, les cimetières étaient le domaine réservé des sociétés d'histoire et des œuvres de bienfaisance placées sous l'égide des dames patriotes. Entretenir un cimetière privé de cette envergure, sans soutien ni reconnaissance officielle, constituait une initiative singulière ; Carrie le savait, mais ça lui était égal. Un jour la guerre s'était dressée sur son chemin sans crier gare, avec une insistance surnaturelle qui ne pouvait émaner du Dieu tout-puissant qu'elle pensait connaître. Qui d'autre pouvait comprendre cela, hormis peut-être les défunts du cimetière ? Ce qui lui revenait de cette guerre, elle n'y renoncerait jamais. Elle n'accepterait pas qu'elle ait tout envahi pour se retirer ensuite sans laisser de trace, comme s'il n'était pas besoin de rendre des comptes, et s'il n'existait nul moyen de racheter ce crime démesuré. Elle était résolue depuis longtemps à s'y accrocher de toutes ses forces.

Depuis le temps de la guerre, sa compagnie féminine se bornait à peu près à celle de Mariah. Carrie ne se mêlait guère aux mondanités de la ville. A quoi bon assister encore aux sauteries commémoratives de ces dames qui se disputaient les officiers infirmes capables d'ajouter du prestige à leur liste d'invités – ces mêmes dames qui avaient fui devant les Yankees et s'étaient fait nourrir par des parents moins fortunés tout en se cramponnant à leur argenterie ? Elle les avait trop fréquentées, elles et leurs réunions interminables, et n'y trouvait que l'ennui.

Carrie serait pour toujours la Veuve du Sud, la Gardienne du Livre des Morts. Jusqu'à son dernier jour elle irait vêtue de noir. Voilà ce qu'elle était devenue. Que les cancanières de la ville donnent donc leurs petites réceptions et caressent la manche repliée sur le bras absent du vétéran de guerre. Qu'elles palabrent à satiété sur la sagesse du temps jadis, l'infinie résistance du peuple sudiste et les gloires guerrières. Des choses plus importantes l'appelaient ailleurs.

– Mariah, il va falloir nettoyer ce coin-là aujourd'hui. Un bon coup de balai et un ratissage feront le plus grand bien. Il vaudra mieux commencer par le fond et remonter ensuite. Et le vieil obélisque, dans la section des soldats inconnus, a une façon de pencher qui ne me dit rien de bon. Il nous faut faire venir un homme pour redresser cette antiquité. Ça ne me plaît pas, qu'elle ait l'air trop vieille pour se tenir debout. Il me semble par ailleurs que mon registre comporte quelques erreurs, concernant certains soldats du Texas. Tu dois te dire que j'aurais eu le temps d'y remédier, mais rien n'est jamais achevé. Jamais. Et tant que nous y sommes…

Elle l'entendit avant même de le voir. Une toux légère, suivie d'une quinte plus violente qu'il s'efforça de réprimer. Elle se tourna vers la maison et là, sur l'allée qui passait entre les tombes, se tenait un vieillard. Un homme incroyablement vieux, maigre, les cheveux gris, avec des yeux si noirs qu'elle ne voyait pas où ils se posaient, et trop profondément enfoncés dans les orbites pour qu'on les distingue des ombres. Il se tenait bien droit, son chapeau melon à la main. Chaque fois qu'il se frottait nerveusement les doigts sous son chapeau, un petit nuage de poussière s'élevait du feutre. Son grand manteau était un brin trop court pour lui, et ses souliers tout éraflés. Le sourire qui relevait le coin de ses lèvres aurait pu sembler narquois, pourtant Carrie ne s'y trompait pas. Il la considéra avec attention, puis s'approcha d'elle avec une claudication à peine perceptible, mais qui suffit à lui fendre le cœur. Ce qui subsistait de lui, quoique déformé et flétri, conservait une rémanence de son ancienne beauté. Tout ce qui composait son être d'autrefois se trouvait présent devant elle, seulement travaillé par l'usure. Il était si proche, à présent, qu'elle entendait le sifflement de sa respiration.

Elle le reconnut sur l'instant, comme si son départ datait simplement de la veille.

– Pourquoi vous lui avez fait peur, à ce gosse, Mrs McGavock ?

– J'aime cet enfant.

– Il est à vous ?

– Cela vous paraît vraisemblable ?

– Je veux dire, ça pourrait être un petit-fils à vous, par exemple. C'est possible, non ?

– Non, ce n'est pas mon petit-fils, juste un gamin perdu que j'ai recueilli.

– Perdu, vous dites ?

Tandis qu'ils échangeaient un long regard en silence, l'apparition inopinée de cet homme éveilla chez Carrie une brève bouffée de colère. Elle repoussa une mèche folle derrière son oreille et le dévisagea, les yeux plissés.

– Je ne sous-entendais rien du tout.

– Y'a bien longtemps que personne fait plus de sous-entendus à mon propos. J'en ai pas pris ombrage.

– Mais ce n'était pas mon intention.

Le vieil homme resta où il était, agaçant les brins d'herbe de la pointe du soulier, et promena son regard parmi les tombes comme s'il avait égaré quelque chose. Il se mit à chanceler légèrement, et Mariah accourut derrière lui, prête à le soutenir s'il le fallait, mais réticente à lui adresser la parole ou à montrer qu'elle l'avait reconnu.

– Je pensais qu'on avait décidé voilà bien longtemps que les gens savent pas toujours le sens de ce qu'ils disent. Ou le sens des choses, si on va par là.

Carrie réfléchit un instant.

– Certainement, oui.

Plié en deux par une nouvelle quinte de toux, le vieillard fouilla à tâtons dans sa poche de poitrine et en sortit un vieux mouchoir dans lequel il expulsa un crachat. Mariah se tenait penchée vers lui, une main dans son dos, et le regard qu'elle tourna vers Carrie disait qu'elle regrettait de la voir assister à cela. L'homme jeta un coup d'œil au mouchoir avec un reniflement de dédain avant de le remettre à sa place, toujours courbé en deux pour reprendre haleine.

Une sensation de vertige s'empara de Carrie. Comment avait-il pu devenir ainsi ? Ce n'était pas l'homme qu'elle avait connu, celui dont elle avait gardé le souvenir. Autour d'elle tout tournoyait, l'air lui bourdonnait aux oreilles.

Elle alla vers lui et prit son menton dans sa main, fermement, l'obligeant à la regarder. Mariah poussa un cri et tenta de la retenir, mais elle l'en empêcha d'un geste. Pour la première fois elle voyait clairement son visage ; elle avança les doigts pour essuyer les larmes au bord des yeux chassieux, effleurer la peau qui habillait trop lâchement les pommettes saillantes. Le vieil homme luttait pour ne pas tousser alors qu'elle était si près de lui.

– Qu'est-ce qui vous arrive, soldat ? demanda-t-elle en s'écartant de lui.

Il se redressa lentement, tenant par précaution son chapeau devant sa bouche.

– Moi j'ai mon idée là-dessus, mais j'ai vu personne qui aurait pu donner un avis plus sûr. Trop cher pour ma poche. J'en arrive à me dire qu'après toutes ces années, je risque de mourir sans savoir pour de bon ce qui m'a emporté. Des fois ça me fait rire.

Carrie lui répondit après un court silence.

– Si je devais me fier à votre passé, je gagerais que vous nous survivrez à tous.

– Un temps, j'ai bien cru que c'était une malédiction de cette sorte qui pesait sur moi. Mais là c'est fini, elles ont plus cours, les malédictions. Mon histoire a pas de sens. Plus maintenant, Dieu merci.

Carrie le revoyait des années plus tôt, étendu couvert de sang sur le parquet du salon, et puis un peu plus tard, assis dans un fauteuil du bureau de son mari, à regarder par la fenêtre. Elle se rappelait la courbe de son nez, la finesse de l'arête lorsqu'on le regardait de profil, la lumière qui paraissait changée lorsqu'elle passait dessus. Il ressemblait à un camée ; c'était du moins l'image qu'en avait gardée sa mémoire. Elle s'était très vite habituée à sa présence, et à ce moment-là elle croyait qu'il ne partirait jamais. Et un jour il s'en était allé. Elle ferma les yeux.

– Si vous êtes au seuil de la mort, il y a une place pour vous ici.

– C'est ce que je voulais vous demander.

LIVRE PREMIER

1

30 NOVEMBRE 1864, LEVER DU JOUR

Ce jour de la fin novembre 1864 fut d'une douceur exceptionnelle pour la saison. Une première gelée avait engourdi les champs. Le coton, dont la blancheur couvrait les champs du début de l'automne, telle l'écume d'une vague venue se briser sur le sable, avait été cueilli, égrené et mis en balles, et transporté en lieu sûr les rares fois où cela était possible. Une grande partie de la récolte s'entassait toujours près des égreneuses, dans des entrepôts et dans des granges aux alentours de la ville. On ne voyait toutefois ni champs dévastés ni maisons réduites en cendres, les granges n'avaient pas été dépouillées de leurs planches et de leurs solives, et les rails de la voie ferrée la plus proche, la Nashville & Decatur, étaient encore intacts.

Aux premières heures du matin, de longues colonnes sinueuses d'uniformes gris, couleur de noyer cendré, remontèrent tranquillement les trois routes à péage qui menaient à Franklin, dans l'Etat du Tennessee. Ils se trouvaient encore à plusieurs miles de distance, mais leur progression était sûre. Dans chaque colonne fulgurait l'éclat du métal, brillant comme les écailles du serpent. Plus tard, les gens de la région se souviendraient du tapage des bottes et des pieds nus sur le macadam, qui secouait les châssis de leurs fenêtres. C'était l'armée confédérée, venue écraser les Nordistes. Elle avait été mise à rude épreuve. Vêtus de chemises en grosse toile qui partaient en lambeaux, leurs grands cha-

peaux avachis, les soldats étaient si faméliques que personne, pas même les Nordistes, ne les blâmait de détrousser les cadavres pour voler leur nourriture. Ils remarquèrent bien que le pays dans lequel ils pénétraient avait échappé au saccage de la guerre, contrairement à Atlanta et aux bourgades d'Alabama qu'ils venaient de traverser. Là-bas ils n'avaient croisé que villes fantômes et champs calcinés, et des maisons dont seul le squelette attestait l'existence passée. On se serait cru parmi les ruines d'une civilisation disparue.

A présent ils avaient devant les yeux des demeures ceintes de plantations de cèdres et de magnolias immenses, d'une telle splendeur qu'ils n'imaginaient pas revoir quelque chose d'aussi beau, et des églises en bois blanches qui inspiraient même aux pécheurs et aux incroyants des serments secrets de dévotion et de foi, des promesses de bonnes actions en échange de leur survie. En contemplant ces terres, les hommes les plus vils et les plus dépravés, la lie des pochards n'aspiraient qu'à mener l'existence pieuse et tranquille que pouvaient abriter ces maisons en bord de route, à veiller aux récoltes et à atteler leur charrette pour se rendre à l'office dans une de ces petites églises en bois, accompagnés d'une épouse potelée et de bambins aux figures d'angelots. Parmi les hommes qui survécurent, bien peu respectèrent ces vœux, mais il demeure que l'imminence de la mort éveilla jusque chez les plus endurcis le goût éphémère d'une vie ordonnée et paisible.

Les colonnes avançaient toujours, s'amalgamant à l'endroit où les routes convergeaient. On eût dit que rien ne pouvait les arrêter, invincibles, insatiables, prêtes à acculer la ville et à la dévorer. Bientôt il n'y aurait plus d'issue, mais en ces premières heures du 30 novembre, personne à Franklin ne pouvait s'en douter.

A Franklin, une autre masse grouillante – bleue, celle-ci – s'affairait fébrilement aux abords de la ville, attaquant le sol à coups de pelles, de pioches et de baïonnettes, abattant des arbres et des haies de muriers, dressant des défenses et des fortifications. Il s'agissait de l'armée de l'Union, qui au cours de la nuit, avait dépassé les troupes confédérées alors qu'elle aurait dû être vaincue et anéantie. Adieu, Andersonville , *s'étaient-ils dit à mi-voix en passant tranquillement devant les Sudistes sur la route à péage à hauteur de Spring Hill, invoquant le nom de la plus redoutable des prisons confédérées. Comment 21 000 hommes avaient-ils pu remonter une route à l'insu des 25 000 autres soldats qui se trouvaient à quelques centaines de mètres ? Mieux valait laisser là la question, se disaient les hommes qui creusaient les tranchées, ça risquait de leur porter la guigne.*

C'est ainsi que les Nordistes, déjà éreintés, érigèrent de nouvelles défenses à la limite sud de la ville, une série de tranchées qui enjambaient le coude de la rivière en dessinant une manière de sourire tordu, au cas où les rebelles auraient eu l'envie de se battre. Cette éventualité défiait toute logique, si bien qu'après avoir établi une position défensive convenable, quantité de Nordistes s'égaillèrent par les rues, en quête d'alcool et de vivres. Il s'agissait là des officiers, naturellement. Les gens du cru leur firent bonne mine et leur réservèrent un accueil aimable. Peut-être étaient-ils seulement épuisés par l'occupation et les réquisitions sans nombre de la petite garnison yankee qui vivait parmi eux depuis deux ans, chargée de fortifier la ville. Quoi qu'il en soit, les nouveaux venus se servirent dans leurs magasins et firent main basse sur leur whisky. On fait comme chez nous, *firent-ils en garnissant leurs gamelles, avant de s'installer pour surveiller leurs hommes armés de pelles, de marteaux et de scies, leurs bottes calées sur la balustrade des porches.*

Dans la petite ville de Franklin, ne manquaient ni les maisons bourgeoises autour de la grand-place – deux étages en bois à l'architecture biscornue – ni la profusion de chênes et d'érables centenaires dont les branches dissimulaient les petits garçons ébaubis qui contemplaient bouche bée la procession des Tuniques bleues. Ils étaient des milliers et des milliers, jamais ils n'en avaient vu autant à la fois. Dans le vacarme des cris et des coups de pioche qui remontait vers la place, des dames jouaient au backgammon sous leur porche, se demandant si elles allaient voir de leurs propres yeux une bataille pareille à celles que relatait le Chattanooga Rebel, *ce journal qui publiait les missives pleines de finesse et d'irrévérence d'un garçon du coin parti se battre quelque part au sud.*

Très haut dans le ciel, un aigle porté par les courants ascendants que perturbait la chaleur de cette journée aurait pu voir le flot gris se rapprochant toujours de la cohorte bleue, les éclairs du métal et l'éclat bariolé des drapeaux, les sillons dans la terre fraîchement retournée, les rues sages de Franklin et le gris uniforme de ses toits. Que ce fût l'effet du hasard ou de la volonté divine, Franklin était cernée.

Une escouade s'éveillait peu à peu. Les hommes ranimèrent les feux que la nuit avait éteints et les regardèrent crépiter et lancer des étincelles avant de se rendre compte que les seuls vivres dont ils disposaient n'avaient même pas besoin d'être cuits. Des noix d'hickory et de la canne à sucre. L'un après l'autre ils abandonnèrent leur foyer pour sécher leur fusil avec un pan de leur chemise, espérant qu'il ne s'enrayerait pas le moment venu. Ils n'avaient aucune hâte d'y être, mais le soleil continuait de monter à l'horizon. Quelques voix parvenaient à couvrir les plaintes et les bruits de pas.

– Qu'est-ce que tu vas en foutre, de cette bouillie d'avoine ? File-la-moi !

– Nom de Dieu, t'as une de ces gueules, mon vieux. C'est quoi qui sent comme ça ?

– S'il vous plaît les gars, c'te couverture elle me vient de ma mère !

– Va te faire fiche, elle est à moi c'te bouillie, à moi.

– J'sais pas trop ce que c'est, c't estafilade que j'ai au bras. Y a comme une odeur.

– C'est la couverture de sa maman ! Allez, rendez-la-lui, là, ou maman va lui botter le cul.

– Elle est farcie d'insectes, c'te bouillie, tu vas pas bouffer ça ? Aboule-moi ça. Toute façon tu vas y passer.

– Tu ferais bien de voir le toubib, Harlon.

– Ce gars, il est rempli de bestioles, t'en feras rien, de sa couverture. C'est des puces, ça lui gratte de partout. Refilez-lui sa couverture, à ce zig.

– Toi tu vas crever dans pas longtemps, je te jure. Y aura de la bouillie pour personne, dégage !

– J'y vais pas, voir le toubib. J'aime mieux garder mon bras.

– C'est bon, je la reprendrai quand vous serez tous finis. Mais va pas foutre du sang dessus.

– Un tout petit peu, alors. Passe-moi des miettes.
– Y vaut mieux y laisser un bras que tout le reste.
– Comment ça, finis ? Qu'est-ce que tu veux dire ?
– T'as qu'à en faucher toi-même, de cette putain de bouillie. Prends-la à Pendergrass.
– Y'a quoi de pire que de perdre un bras ?
– Fini de vivre, flambés, quoi.
– Il est mort, Pendergrass.
– Ce qu'est pire, c'est d'être mort.

Le tintement vif des brides et des éperons les incita à se taire. Des officiers. C'aurait été trop bête de se faire remarquer. Parfois, le silence vous permettait de survivre, il vous évitait d'être désigné pour une mission absurde.

Alors que le soleil émergeait des nuages, des centaines d'hommes à cheval quittèrent le camp confédéré. Celui qui chevauchait en tête, courbé sur sa selle, était de haute taille et d'une extraordinaire maigreur. Le cavalier à la haute silhouette mena les soldats sur la route de Columbia, toute proche du campement où ils avaient passé la nuit, et prit la direction de Franklin, vers le nord. Un important renfort de cavaliers ralliait également la ville par des chemins différents. La cavalerie était en marche.

Dans la poussière du macadam, le cavalier dégingandé distinguait les empreintes des 21 000 soldats de l'Union qui avaient réussi on ne sait trop comment à tromper leur vigilance pour emprunter ce chemin pendant la nuit, événement à ce point inconcevable qu'il sursautait chaque fois que sa jument au dos ensellé butait sur les traces d'un caisson d'artillerie. Si d'aventure un de ses compagnons s'approchait de trop près, il le repoussait de sa grande main osseuse en lui intimant l'ordre de regarder devant lui et de ne pas lui coller au train. Il n'avait pas la patience de s'accommoder de leur monte déplorable, ni des épouvantables collines du Middle Tennessee, avec leurs creux, leurs ravines, leurs crêtes et leurs piques, cachant toutes un Yankee embusqué.

Que s'était-il passé ? Depuis quand les Yankees lui tendaient-ils des guet-apens ? C'était lui le guerrier invincible, et non ces Yankees empotés que les rêves troublants de ses nuits lui montraient adipeux et léthargiques. Lui qui accomplissait des miracles dans les circonstances les plus contraires, intimidait le général Sherman et tournait l'ennemi en dérision. Les journaux abolitionnistes ne l'avaient-ils pas traité de monstre et de démon ? Oh si, et qu'ils aillent au diable, eux et leur ignorance ! A ses propres yeux il n'avait rien d'un démon, il désirait seulement la victoire un peu plus ardemment que les autres.

Cependant, il devait reconnaître qu'ils s'étaient tous laissé abuser dans leur sommeil, même lui, le général de division Nathan Bedford Forrest. Qui fallait-il blâmer ? La question ne pouvait recevoir une réponse claire, pas dans l'immédiat, mais du diable si le cavalier acceptait le désaveu. Jamais. Cette fois, ce n'était pas lui le responsable des opérations. Lorsqu'il commandait les troupes, Forrest n'avait jamais essuyé de défaite, ce qui n'était pas le cas de cet incapable de Hood. Le commandant n'avait qu'à s'arracher aux brumes de son cher laudanum et prendre la faute sur lui. Qu'il assume la faute et aille en enfer !

En quatre années de guerre, il n'avait jamais vu dans le Sud de paysage aussi préservé. Forrest avait ses racines au Tennessee, mais que restait-il désormais de son pays ? Un repaire d'unionistes, de déserteurs et de traîtres. Il se demanda quels marchés avaient été conclus pour épargner ces terres. Lui qui avait été dans les affaires, il s'y connaissait en transactions, et dans le temps, il sortait toujours gagnant d'une vente d'esclaves. Mais c'était du passé ; cette vie-là appartenait à un temps révolu, et cette pensée l'emplissait d'amertume.

Le grand chapeau qu'il portait rabattu sur le visage protégeait ses yeux caves et ses pommettes, dont l'os semblait près de transpercer la peau olivâtre. Il souffrait de furoncles et d'un début de consomption. Les années de guerre avaient amoindri sa stature, lui dérobant sa substance et sa force pour ne laisser qu'une carcasse décharnée où seul le combat savait rallumer une étincelle. Avant que Hood n'eût entamé sa descente vers l'oubli, Forrest gardait espoir de pouvoir rentrer au Mississippi et d'y prendre un peu de repos. Il n'en avait plus le temps, désormais. Il poursuivait sa route, oscillant sur sa selle, la mine sombre.

Pourtant il s'y entendait, à débusquer les Yankees. Leur flanquer la frousse, faire en sorte qu'elle ne les lâche plus. Il désirait tellement semer la terreur parmi les Yankees de Franklin ! Il savait tirer parti de la peur. Certaines victoires, il les devait presque uniquement à l'effroi qu'il lisait dans les yeux des commandants de l'Union, qui guettaient tout tremblants par les ouvertures de leurs fortifications. Mais à présent, ses chances étaient bien minces d'effrayer les Yankees. C'étaient ses hommes à lui qui s'avançaient dans l'inconnu. Qui c'est qui a la frousse, maintenant ?

Ses troupes ne payaient pas de mine et se renouvelaient à une telle allure qu'il oubliait parfois les noms des soldats. Bien qu'ils fussent aussi squelettiques que lui, aussi rompus de fatigue, ils étaient animés d'un espoir irrationnel qu'il ne se sentait pas à même de partager. Seigneur Dieu, ils chevauchaient tout de même aux côtés de Forrest ! Le héros de Shiloh et de Brice's Cross Roads ! Ils avaient foi en lui, et cette foi l'écrasait comme un fardeau. Ils n'appréhendaient pas le champ de bataille avec le même regard que lui, n'évaluaient pas aussi justement les atouts et les failles de l'adversaire. Il en arrivait à leur en vouloir d'être incapables de lire dans son esprit, d'anticiper ses initiatives. Peut-être commettait-il une injustice à leur endroit, mais nul n'est à l'abri de la lassitude. Pourquoi est-ce toujours à moi de réfléchir ? *Au moins ils étaient loyaux, il devait leur accorder cela.*

Ils remontaient la route à péage, déguenillés dans leurs uniformes gris, se guidant sur les empreintes de l'ennemi. La route, droite et légèrement vallonnée, était bordée de fermes et de champs aux terres riches mais laissées à l'abandon. Des visages soupçonneux lorgnaient aux fenêtres des fermes. Dans le temps, les femmes accouraient dans leur chemise de nuit pour nous regarder passer, et aujourd'hui voilà ce qu'on récolte. Quel foutoir ! Ce beau petit saligaud de Jeff Davis devrait voir ça.

Il y avait quelque chose de pourri dans le monde tout entier, et Forrest ne distinguait plus ceux qui l'aimaient de ceux qui le haïssaient. Enfin, ce n'était pas l'exacte vérité : il savait que les Yankees le détestaient. Les nègres de même. Qui sait si des Yankees et des nègres n'étaient pas tapis derrière ces fenêtres, de sales Yankees et des fugitifs.

Il fit une pause pour embrasser du regard les terres arables qui s'étendaient autour de lui, vallonnées et brunies, ondulant à perte de vue. Dans les champs incultes, les dernières herbes sèches se dressaient çà et là, balancées par le vent. Il étudia avec plus d'attention le terrain qui l'environnait, et, l'espace d'un instant, il lui parut familier. Il avait quasiment oublié qu'il était déjà passé sur cette route, à cet endroit précis. Près de deux ans auparavant, il y avait pourtant livré une bataille victorieuse. C'était même à cette occasion qu'il avait perdu son étalon favori, un robuste alezan appelé Roderick. Aussi fidèle que stupide, ce cheval. Il refusait de rester en dehors de la mêlée, alors que Forrest l'avait envoyé à l'arrière avec une blessure. Il avait réussi à s'échapper, galopant autour du champ de bataille jusqu'à ce qu'une balle le touche à la tête alors qu'il sautait par-dessus une haie. Tout cela pour retrouver son maître. Il n'y avait pas de leçon à tirer de cette histoire, songeait Forrest. Elle s'était produite et rien de plus.

Tandis qu'ils poursuivaient leur route, il s'attendait à entendre les cris du bétail et des poulets, les clameurs des enfants et le grincement des chariots, mais il n'y eut rien de tout cela. Hormis les visages qui les épiaient aux fenêtres, tout le monde semblait s'être volatilisé. Ils savent qu'une bataille se prépare. *Il éperonna de nouveau sa monture. Bien que Franklin ne fût plus très éloignée, le trajet à travers les collines lui semblait une épreuve sans fin. Forrest n'aimait pas la légère montée qu'accusait la route aux approches de la ville, droite et exposée tout du long. Il ordonna une halte, et les chevaux ombrageux de ses hommes s'immobilisèrent autour de lui en renâclant. Scrutant les visages crasseux et brûlés par le soleil qui portaient vers lui des regards pleins d'attente, il demanda si quelqu'un connaissait la région.*

Un homme leva la main tout en crachant sa chique de tabac, écartant de ses yeux des mèches de cheveux blonds. Il comptait parmi les plus anciens des soldats de Forrest.

– J'ai mon oncle qui habite par ici. J'suis déjà venu.

– Tu connais un endroit d'où je pourrais observer la ville sans me mettre à découvert ?

Il faisait confiance à cet homme, qui avait tiré en plein visage sur un officier nordiste avant qu'il ait pu enferrer Forrest.

– *Y'a une maison pas loin de la route de Lewisburg. Elle a deux étages. C'est chez les McGavock.*

McGavock, McGavock, ce nom me dit quelque chose.

– *Elle se trouve où, cette maison ?*

– *Je peux vous y mener. Y'a des bois tout autour, on aura pas de mal à s'approcher sans se faire voir.*

McGavock. Je lui ai peut-être vendu des esclaves.

– *En route.*

2

CARNTON

Mariah savait bien que Carrie n'irait pas accueillir les soldats. Refermant la porte derrière elle, elle longea le couloir pour descendre l'escalier qui menait au rez-de-chaussée. Elle se disait que si les Confédérés devaient venir, il convenait de les recevoir avec autant d'égards que n'importe qui, à la grande porte. S'il lui fallait encore mentir pour protéger sa maîtresse, et cette fois à des hommes aussi terrifiants que les démons de ses cauchemars familiers, elle s'adjoindrait la puissance de la demeure, tout ce qui subsistait en elle d'imposante dignité. C´était bien peu, mais tout de même…

Par moments, elle avait l'impression d'être devenue la maîtresse des lieux. C'était elle qui choisissait le menu des repas, elle qui distribuait des ordres aux quelques domestiques restants. Au cours de ces deux années, elle avait éconduit bien des visiteurs dans l'allée pavée, devant la maison, expliquant que sa maîtresse était trop souffrante pour quitter son lit et les recevoir. A force, les gens de la ville avaient renoncé à venir, sinon pour parler affaires avec le colonel John ou Mariah elle-même, et elle n'ignorait pas qu'ils s'interrogeaient sur la santé de Carrie, se demandant s'il était bien convenable de laisser entre les mains d'une négresse la direction d'une maison. Désormais, c'était aussi Mariah que les enfants de Carrie, Hattie et Winder venaient chercher à grands cris pour régler leurs chamailleries, après s'être heurtés trop souvent à la porte close de la chambre de leur mère. Au bout du compte, Mariah en venait même quelquefois à oublier Carrie, chose impensable à l'époque où elle se démenait pour servir les repas, apporter la couture, les livres, les balais et Dieu sait quoi encore. Le temps où sa maîtresse dirigeait la maison. A présent, il lui arrivait de tressaillir en entendant ses pas au-dessus de sa tête.

Traversant le vestibule aux tapis usés, Mariah passa devant le tableau des « Masques de la Tragédie » et allongea le pas pour aller ouvrir. Elle sortit sous le porche à colonnades, les mains croisées sur son ventre pour les empêcher de trembler.

Au bout de la grande allée se tenait un petit détachement de cavaliers, et à travers les buis et les cèdres qui la bordaient, Mariah aperçut un homme de haute taille basculer sur sa selle pour mettre pied à terre. Il y avait tant de langueur dans ses mouvements qu'elle s'étonna de le voir remonter l'allée aussi vivement. Elle aurait voulu qu'il reste pour toujours à la grille. Il allait tête baissée, les jambes arquées et la démarche souple, et il ne lui fallut que quelques instants pour parvenir à sa hauteur. Lorsqu'il s'avisa de sa présence, il esquissa un geste pour se décoiffer mais changea d'avis dès qu'il distingua mieux son visage. Près de la grille, un des soldats en gris, couleur de l'armée confédérée, descendit de cheval pour serrer dans sa main osseuse la bride de la monture de son chef.

– J'ai besoin de votre galerie, celle qui donne sur l'arrière, au deuxième étage. Je l'ai repérée en venant ici. Appelle tes maîtres, il faut que je leur parle.

– Pardonnez, monsieur, mais le colonel McGavock est sorti, et madame est trop malade pour vous r'cevoir. C'est avec plaisir qu'elle vous r'cevra une aut' fois, et elle vous envoie toutes ses excuses.

Il la considéra un long moment, comme pour la percer à jour, puis hocha la tête. Sa botte frappa la dernière marche du porche, faisant voler des éclats de terre rouge dans l'allée.

– Je viens pas en visite. Je suis le général Forrest, et j'aurais besoin de la maison pour une opération de reconnaissance. Prends garde à ce que tu racontes.

Sur ces mots, il gravit les marches deux à deux dans l'intention d'écarter Mariah, mais elle s'était déjà plantée sur le seuil.

– S'il vous plaît, monsieur, le colonel McGavock y veut pas de visiteurs, y veut pas non plus de dérangement.

Forrest s'immobilisa un instant, les poings serrés, et hocha de nouveau la tête. On aurait cru qu'il recherchait dans sa mémoire quelque chose qu'il avait su autrefois, qu'on lui avait peut-être enseigné dans sa jeunesse mais qu'il avait oublié depuis. Il opina, inspira profondément.

– Tu vas aller dire à ta maîtresse que je regrette bien qu'elle soit souffrante, et que j'espère qu'elle va se remettre. Je tâcherai de pas faire de tapage, mais j'entre quand même. Déguerpis de là.

Mariah avait tout tenté, et elle comprenait qu'il ne lui restait qu'à s'incliner. Elle se rappelait maintenant où elle avait entendu le nom de Forrest. La dernière fois où elle s'était rendue en ville acheter des provisions, des Noirs avaient parlé de lui. *Forrest, il a tué tous les soldats de couleur, il leur a coupé l'cou. Y'en a pas un qu'est resté debout, et après il a planté leurs têtes sur des piques et il les a baladées au bout. Fort Pillow, c'est là que ça s'est passé. Sûr que c'est le démon, ce bougue-là. Mais le Seigneur y va lui quérir des comptes, pour ça oui.* Ce souvenir le diminuait aux yeux de Mariah, il le rendait moins humain et par là même plus méprisable. Elle refusait de lui témoigner du respect. Elle se plaqua contre le mur tandis qu'il foulait sans ménagements le tapis à damiers pour prendre l'escalier. Des houppettes de poussière s'élevèrent sous ses pieds.

– C'est par là qu'on monte au second ?

– Oui.

– Tu me préviens dès que le *colonel* est de retour, c'est compris ?

– Oui.

Mariah s'engagea à sa suite dans l'escalier : elle n'allait tout de même pas le laisser sans surveillance alors que Carrie était là-haut.

3

SERGENT ZACHARIAH CASHWELL, 24E COMPAGNIE DE L'ARKANSAS

On était tous là à avancer sur cette route, et avec ce bataclan que les Yankees avaient semé de tous les côtés, les officiers pouvaient rien faire pour empêcher les gosses de sortir du rang en vitesse et d'aller rafler tout ce qui brillait par terre et qui avait l'air de pouvoir servir, pareil que les corneilles quand elles cherchent de quoi garnir leur nid. Les anciens comme moi, on était plus assez nigauds pour ramasser quoi que ce soit, parce qu'après il faut le trimbaler, tout ça, et on se trouvait déjà bien assez chargé. Mais quand même, tout ce que les Yankees avaient balancé, on en avait pas vu autant depuis des mois, peut-être même des années. Des bibles de poche et des petits écritoires, des jetons de poker et des lettres d'amour, des jeux de cartes et des chemises de nuit, des gamelles et des pots de confiture, et des beaux couteaux tant qu'on en voulait. C'était comme si un colosse avait attrapé un train bourré à craquer, un train qui serait venu de New York ou par là-bas, et l'avait renversé pour trier tout ce qu'il contenait. Et là, je parle uniquement des choses qui pouvaient faire envie à quelqu'un, parce que sinon il y avait beaucoup plus. Des chariots incendiés abandonnés en bord de route, des caisses pleines de viande pourrie et infestée de vermine, des chevaux et des mules abattus dans leurs traits. Je suppose qu'elles cavalaient pas assez vite, ces bêtes-là, et on pouvait pas reprocher aux Yankees de se délester autant que possible. N'empêche, c'était pas joli à voir. A moi pourtant, ça m'a fait plaisir de voir ça, parce que ça montrait bien qu'ils étaient aux abois. Ils prenaient la fuite. Et c'était nous, la 24e compagnie de l'Arkansas, qu'ils cherchaient à fuir. Nous et les autres brigades qui venaient devant ou derrière. Quand j'essuyais la sueur qui me dégoulinait dans les yeux pour jeter un regard alentour, je voyais des colonnes de soldats s'étirer à l'infini. Mais la plupart du temps, je me contentais de poser un pied devant l'autre sans relever la tête, comme on m'avait enseigné.

Les officiers à cheval arrêtaient pas de se déplacer le long de la colonne, ils savaient plus quoi inventer pour nous redonner du courage. Ce que j'avais appris, moi, c'est que si tu as besoin qu'un officier t'encourage, c'est que tu vas pas bien fort. Il y avait quand même des jeunes pour les écouter, ça leur mettait du baume au cœur. Ils leur parlaient du Sud glorieux, de nos femmes qui les regarderaient en espérant qu'ils se battent comme des vrais Sudistes – durs au combat, n'abandonnant jamais. J'avais envie d'ajouter *Jusqu'à ce qu'une balle vienne te trouer la peau*, mais j'ai préféré me taire. Ces officiers, ils s'escrimaient à monter un paquet de gars avant la bataille, et c'était sans doute ce qu'il fallait faire, quoi que j'en pense. Il y avait des gens originaires du pays, et on voyait bien qu'il leur tardait d'en découdre. Il fallait les retenir et les calmer pour les empêcher de courir et de brailler et de prendre le mors aux dents.

Un fier-à-bras de ma compagnie, à l'avant, avec une grosse barbe et un cou de goret, s'est mis à vociférer pour que la fanfare nous joue quelque chose. Il a commencé à taper des pieds en faisant ferrailler sa baïonnette, d'autres l'ont imité, et bientôt on s'est tous retrouvés à beugler « The Bonnie Blue Flag », et à réclamer un morceau aux musiciens, histoire qu'ils se rendent utiles, pour une fois. Ils ont réussi à sortir quelques notes avant qu'un des commandants vienne s'emparer d'une trompette et menace de les assommer avec, s'ils s'arrêtaient pas tout de suite. C'était marrant, et peut-être meilleur pour le moral des troupes que d'entendre l'air en entier, vu que la fanfare était pas bien fameuse.

Ce qui me trottait encore dans la tête, à moi, c'était ces pots de confiture et ces chemises de nuit jetés au bord de la route. A les voir, je me demandais si on livrait bien la même guerre qu'eux.

A ce moment-là, on a reçu l'ordre de se mettre en formation. Ils nous ont fait arrêter tout net, et du coup j'ai buté contre le gars devant moi, il sentait la sueur et sa chemise en grosse toile empestait. Les hommes ont cessé de bavocher, et les mille soldats se sont dirigés d'un côté et de l'autre de la route, tous groupés d'abord, et puis la colonne est devenue de plus en plus mince, comme une bobine de fil qu'on dévide. On entendait plus personne trépigner, maintenant, et le cliquetis des baïonnettes s'était tu. On a avancé à travers les collines, certaines unités ont fait halte devant un rideau d'arbres, mais la plupart marchaient à découvert. Il m'a fallu un petit moment pour saisir qu'on allait plus bouger et se battre juste là, au lieu de pourchasser les Yankees jusqu'à Nashville. Les lignes de l'Union avaient l'air très, très éloignées, sur une hauteur où je voyais des hommes en train de creuser la terre. Les pelles et les pioches étincelaient au soleil et, par moments, on avait l'impression d'entendre résonner leurs outils une seconde après qu'ils les avaient plantés dans la terre. Il a fait une chaleur terrible, pendant ce mois de novembre. Qu'avait dit le général Hood pendant qu'on passait la rivière pour entrer au Tennessee ? *On ne combat plus selon les conditions de l'ennemi.* En observant ces fortifications là-haut, à plus d'un mile de distance, je me disais, *Si c'est ça nos conditions, on doit être la plus grande armée du monde.*

Ça faisait trois ans que j'étais soldat. J'avais déjà reçu une balle, et mon bras gauche ne se requinquait pas trop bien. Des fois, j'avais du mal à épauler mon fusil sans le faire trembler. En pensant à ça, j'ai plié le bras pour le dégourdir un peu. On s'est assis, et la longue attente a commencé.

Avant une bataille, on a toujours l'impression que l'attente n'en finit jamais, que ce soit vrai ou pas. Ici ou là, des officiers à cheval se concertaient de leur côté, ensuite ils rejoignaient les sergents et on nous informait de ce qui se passait. Puis ils recommençaient et il y avait contrordre. A tous les coups, les gars perdaient la boule. Ils criaient à la cantonade. *On y va oui ou merde*, ils bondissaient sur place, ou ils tournaient en rond en envoyant des coups de pied aux arbres ou à n'importe quoi. Par moments, on n'était pas sûrs de ce que ça voulait dire *On y va*, se battre ou s'échapper en courant. Je parie que les deux possibilités leur traversaient l'esprit, à presque tous. Moi j'y pensais chaque fois, mais j'avais fait pas mal de batailles et jusque-là je m'étais jamais enfui. Ou du moins, pas avant que tous les autres se sauvent. C'est la règle que je m'étais donnée.

Ce que je vais dire maintenant, il faut avoir été à la guerre pour le comprendre : avant le début d'une bataille, si vous étiez assez malin, vous trouviez le moyen de vous convaincre que ça vous était égal, de vous en sortir ou d'y rester. Quand on est bien tranquille chez soi, avec des marmots qui gambadent et des champs à cultiver, on peut pas voir les choses de cette façon, à moins d'être malade ou d'avoir le cerveau détraqué. Forcément que ça compte, de savoir si on va vivre ou pas. Mais si on se jetait dans la bataille en se préoccupant de garder la vie sauve, on serait pas capable de se battre, même en sachant qu'on a ni plus ni moins de chances d'y passer que le voisin. Qui mourait et qui s'en tirait, il n'y avait aucune logique là-dedans, et il valait mieux pas que la lâcheté et les regrets viennent se mêler à nos dernières pensées. La meilleure solution, c'était de s'en fiche, de se laisser emporter par la cohue des soldats et de se ruer vers la fumée et les balles en sachant qu'on avait déjà vaincu la mort. Quand on se laissait entraîner comme ça, on pouvait se battre indéfiniment.

Chacun avait sa façon à lui de se mettre l'esprit en paix. Pendant qu'on traînait aux abords de Franklin, je voyais les gars de ma compagnie occupés à leurs petits rituels. Il existait deux manières de se préparer : la plupart des jeunes, à moins qu'ils aient été d'une sagesse ou d'une force d'âme exceptionnelles, tâchaient de se leurrer de leur mieux pour oublier la possibilité de la mort. Un gosse qui avait eu tout juste le temps de salir son uniforme a planté deux brins de paille dans son chapeau, avant de se mettre à crier à pleine voix toutes les blagues qu'il connaissait, à la cantonade, comme si tout devait bien se passer, pourvu qu'il arrive à rire sans arrêt jusqu'à ce que la balle le touche. Il avait pas un public énorme, mais c'était pas ça qui comptait.

Ecoutez, là, j'en ai une autre. C'est trois vieux qui font la cour à une jeune femme, et elle leur demande. « Qu'est-ce que je peux attendre d'un mariage avec vous ? » Alors le premier il lui répond « J'ai un grand… »

D'autres jeunes faisaient les cent pas en se frappant le torse, ils juraient et s'ébrouaient comme des taureaux. Il y avait ceux qui s'escrimaient à s'échauffer tellement la bile qu'ils fonceraient bille en tête là où on leur commanderait d'aller, pareil que s'ils avaient des œillères, sans penser à rien d'autre qu'à colleter quelqu'un ou quelque chose. Certains ramassaient des pierres, et ils les jetaient de toutes leurs forces aux lapins et aux écureuils ahuris, et aux vols de cailles que notre boucan chassait de leur cachette. Moi j'ai chopé un drôle, un montagnard pieds nus avec une tignasse rouge, qui cognait un vieux caroubier derrière nous à coups de pieds et de poings, et je l'ai retourné pour l'obliger à s'asseoir avant qu'il s'esquinte pour de bon.

Les autres vétérans et moi, on s'y prenait autrement. On avait tous été au feu, et on peut pas connaître ça plus de deux fois sans que la mort reste toujours présente à l'esprit. Le gars avec qui je m'étais engagé trois ans plus tôt, mon meilleur copain de Fayetteville, il avait pris une balle Minié dans l'œil à Atlanta. Dans mes rêves, je le revois toujours par terre, avec sa figure ronde et rose, la bouche ouverte qui laissait voir ses dents mal rangées, ses cheveux blonds comme les blés tout poissés de sang. Après ça, je n'ai plus jamais oublié la mort.

Pour me préparer, je m'asseyais sur mon paquetage, je choisissais un point à l'horizon, et j'attachais mon regard dessus. C'est ce que j'ai fait ce jour-là, à Franklin. Je ne quittais plus des yeux ce qui ressemblait à un clocher d'église à la sortie de la ville, à la limite de mon champ de vision, et là j'ai évalué ma place dans ce monde. Mon père était mort jeune, et ma mère avait fichu le camp quand j'avais une dizaine d'années. Je n'avais pas de fiancée, personne m'attendait nulle part. J'étais un homme, rien de plus, et j'aurais beau arriver à cent ans, on m'oublierait quand même tôt ou tard. Les hommes meurent, c'est dans l'ordre des choses. A cette époque j'avais perdu la foi. Sinon, je suppose que j'aurais prié pour avoir la vie sauve, mais là je n'ai rien fait du tout, à part regarder ce clocher en respirant bien fort, et me persuader que je n'avais aucune importance sur cette terre. J'étais une fourmi, un grain de poussière, un souvenir perdu. J'étais aussi insignifiant que les autres, et voilà justement ce qui faisait ma force. Et puisque ma vie se réduisait à rien, que ma mort aussi était vide de sens, je me sentais délivré de ce monde, unique souverain de mon monde à moi, dans lequel un seul acte de bravoure avant la mort resterait mien pour l'éternité. Ça, même Dieu ne pourrait pas me l'enlever.

Quand ils nous ont ordonné de nous remettre en ligne, je me sentais prêt. Les soldats ôtaient la poussière de leurs habits, resserraient leur ceinture et vérifiaient sans cesse leurs cartouches et leurs munitions, au cas où. Je suis resté sur place à contempler en silence les terres vallonnées, et j'ai entendu les premiers détachements de soldats commencer à tirer ; il me semblait que si je regardais assez bien, je pourrais voir la courbe du globe terrestre. C'était tellement beau, tout ça. Les collines dorées avaient des formes douces, et un couple de biches a surgi des bois pour bondir à travers champs pendant qu'on se mettait en marche. Je m'imaginais bien vivre dans cette petite ville que j'avais devant moi, dans une maison digne de ce nom, dans une autre vie, dans des circonstances différentes. Je me suis dit avant qu'on parte : *Je me demande pourquoi on m'a choisi cet endroit pour mourir.*

Et dans le fond, c'est de là que je tirais ma plus grande force : je savais que j'allais mourir. Je ne m'en réjouissais pas, loin de là, mais ça me soulageait de le savoir.

4

CARRIE MCGAVOCK

Tout d'abord j'entends monter des voix étouffées depuis le corridor central, puis les bottes de soldat font gémir les marches de l'escalier. Je perçois une odeur mêlée de tabac et de sueur, que j'imagine émaner de sa personne pour s'insinuer dans les fibres mêmes de ma maison, s'infiltrer jusqu'au cœur de sa substance pour venir troubler ma paix et semer partout le désordre. Que peut-il se passer de si important ? Je reprends la robe de Martha, et je la brosse si fort que l'étoffe commence à s'élimer.

Prenez bien soin de la maintenir au frais, et dans l'obscurité. Tirez les stores, s'il vous plaît.

Soudain je trouve la pièce étouffante, son atmosphère confinée. L'air y semble raréfié, et le peu qui subsiste est ténu et fragile, comme vicié. Je m'éloigne du lit pour aller à la fenêtre qui donne sur l'allée, devant la maison. Le soleil a évaporé la buée et, très haut dans le ciel, il pèse sur cette journée exceptionnellement chaude. De là, je peux observer les hommes sur la grande allée, qui attendent avec leurs chevaux. Du bout des doigts, je tambourine sur le rebord de la fenêtre, et je me mets à bâiller. Chez moi, la nervosité provoque toujours des accès de bâillements, une singulière habitude qui m'a prise dès l'enfance. Sitôt que mes émotions prenaient le dessus, mes doigts s'envolaient immanquablement vers ma bouche. Tout en surveillant les cavaliers, je m'efforce de projeter vers eux mes pensées. *Allez-vous-en.* J'ai l'impression qu'ils m'entendent, mais je me trompe. Je croirais deviner de l'effroi sur leurs visages, si je n'avais acquis tant de défiance envers mon propre jugement. Je me garderais bien de miser sur leur frayeur.

Me détournant de la fenêtre, je me hâte d'aller verrouiller la porte. L'oreille collée au battant, je sens contre ma joue la fraîcheur crayeuse de la peinture. Que disent-ils ? Leurs paroles ne me parviennent pas distinctement.

Docteur, elle refuse de bouger.

Non, ce n'est pas cela. C'est de la guerre qu'ils parlent. La guerre, qui depuis si longtemps trépide et bourdonne autour de moi, et qui a déjà abattu presque tous les vieux arbres de notre bosquet, coupés pour quelque mystérieuse raison par des esclaves que je n'ai pas reconnus. Même si je m'intéresse assez peu à ses rouages, je ne peux m'empêcher de me sentir assiégée, ni d'espérer que l'armée sudiste mettra fin à l'occupation et chassera l'envahisseur. Mon envie d'être secourue est atténuée par le paradoxe dont elle découle, le désir tenace que l'on me laisse tranquille. Je souhaite que les Confédérés livrent bataille, mais pas *ici*.

J'ai mal, maman.

J'entends les pas de l'homme dans la chambre voisine, le bruit de la double fenêtre qui grince et vibre tandis qu'il force sa résistance, puis il sort sur le deuxième niveau de la galerie. Derrière lui, les pas menus et irréguliers de Mariah. Tout doucement, je m'éloigne de la porte et je reste à contempler la robe en soie de Martha, en tissu écossais rouge et vert, étendue avec soin sur le lit.

Notre Père qui êtes aux Cieux, que Votre nom soit sanctifié.

Un nouveau trou est apparu à l'ourlet. Le temps s'égrène inlassablement, martelant mes tempes sans répit. Et l'obstination de ces mites à s'en prendre aux affaires de ma petite fille, rongeant, rongeant sans repos ! Je sens jusque dans ma gorge les battements de mon cœur, et mes entrailles se tordent. Mes yeux peinent à accommoder, comme si un voile de gaze s'était posé sur toute chose. Au bord de perdre connaissance, je cherche par terre un coin où je pourrais me blottir.

Il ne reste qu'à attendre, on ne peut rien faire de plus.

Sans m'en rendre compte, je m'empare vivement de la robe,

comme si le lit avait voulu me la dérober. Je la range sur un cintre du placard, poussant la porte jusqu'au claquement du pêne. Quelques instants, les étoffes bruissent en se balançant à l'intérieur, puis le silence revient.

De nouveau, je m'approche de la porte. Ils sont dehors, sur la galerie. Le souffle suspendu, je ne demande qu'à m'abolir entre les plis de ma robe à crinoline noire. Après quelques minutes, une voix s'élève, mais cette fois, l'homme semble monologuer sans escompter de réponse, marmottant de sa voix éraillée et tendue. Je ne perçois que quelques bribes. *Guet... ordre de bataille... enfilade... peur... blessés.* Quel genre d'homme est-il, pour soliloquer ainsi à voix haute ?

Ma chère mère,

Martha vient de nous quitter pour rejoindre Notre Seigneur Jésus-Christ. Je suis restée auprès d'elle jusqu'à la fin, et même à l'instant de mourir, couchée dans son lit, elle a pris ma main dans la sienne en me disant que tout irait bien. Elle me demandait de ne pas m'inquiéter, Notre Sauveur la conduirait en sa demeure. Elle s'est soulevée légèrement dans son lit, le regard levé vers le ciel, souriante, et puis elle est retombée. C'était fini. Elle avait trouvé la paix, enfin. Si vous saviez comme elle était belle.

Il marmonnait quelque chose au sujet de la guerre. A cause de cette guerre, cet homme a fait intrusion chez moi. Il faut que je le voie, que je sache qui a eu l'audace d'introduire dans ma maison cette sordide affaire, même s'il s'agit d'un Confédéré. Je remets de l'ordre dans mes vêtements, lissant les plis sur le devant de ma jupe, et je regarde mon reflet dans le miroir. Le visage qu'il me renvoie ne peut pas être le mien. A travers le carreau, je constate que la plupart des hommes ont mis pied à terre et que l'un d'eux remonte l'allée à grands pas, sans doute pour rejoindre son supérieur. J'ouvre la porte, je sors de la chambre.

Dans le corridor, les rayons de clarté venus de ma chambre semblent presque palpables, et je n'imagine rien de plus matériel que les tourbillons dorés de la poussière. Je quitte la lumière pour l'obscurité du couloir, un bref instant, avant d'entrer dans la chambre inoccupée où l'homme a pénétré. Les voilages se balancent mollement devant la fenêtre, presque aussi large qu'une porte. Jamais je n'aurais cru que l'air du dehors soit si frais, ni qu'il sente aussi bon. Depuis la fenêtre, je surveille l'homme à son insu.

De haute stature et la mine lugubre, il observe Franklin dans le lointain, appuyé contre la balustrade de la galerie. Il fronce ses lèvres craquelées, fourrage dans ses cheveux malpropres. Devant lui s'étendent des arpents de bois et de terres cultivées, houle brune ponctuée ici ou là d'un boqueteau ou d'un ruisselet qui va se jeter dans une petite rivière. Il se tient quasiment immobile, et je me dis qu'il risque de basculer en avant s'il n'y prend pas garde. Il se balance doucement d'avant en arrière, ses grosses bottes noires maculées de boue et de poussière de macadam. Derrière lui, si proche qu'elle pourrait le toucher, se tient Mariah.

La voix de l'homme me fait sursauter.

– Elle est grande comment, cette maison ?

Trop grande. Plus vaste que la terre entière, certains jours.

– Huit grandes pièces, des couloirs, et l'aile plus ancienne où c'est que s'est installée la famille. Nous autres, on reste dans ces cases, là-bas.

Elle pointe son doigt vers le treillage, à l´extrémité de la galerie. Je regarde à mon tour, comme une étrangère. Des draperies funéraires d'un blanc jauni pendent toujours dans l'embrasure des portes et couvrent les miroirs, en témoignage de la mort des enfants qui vivaient là jadis. Mes enfants, si vulnérables et si purs, et tellement confiants. La nuit venue, les draperies se parent d'allures fantomatiques, animées par les vents coulis qui s'immiscent sous les portes et au travers des cloisons.

Mariah a tenté de les décrocher voilà bien des années, mais je le lui ai interdit.

– Ils ont de l'eau par ici ?

Je note bien le « ils », comme si Mariah n'habitait pas ici. Il y a quelque chose de singulier chez cet homme, dans sa façon de considérer Mariah derrière ses paupières mi-closes. On dirait qu'il attend d'elle quelque chose qui force son respect, et que Mariah n'y a pas réussi. Je lui en veux, à lui, aux siens, au lieu d'où il arrive. Il fait partie de ces hommes qui semblent percer les autres à jour tout en demeurant pour eux une énigme presque totale. Je m'inquiète pour Mariah.

Il me revient alors en mémoire une conversation que nous avons eue enfants, lorsque nous vivions encore en Louisiane, bien longtemps avant de venir ici. *Mon arrière-arrière-bon-papa, il a dit des prières pour moi bien avant qu'je voye le jour,* m'avait raconté Mariah, *quand ma moman savait pas encore qu'elle m'aurait dans son ventre. Et ma moman, elle fait pareil là-tantôt pour mes petits à moi, moi qu'ai jamais donné de baiser à un garçon.* Dans sa famille, on s'y prenait ainsi pour placer sous la protection de Dieu les enfants qui venaient au monde.

Je m'étais demandé tout haut si mes propres aïeux avaient prié pour moi de cette manière. Mais ces Blancs dont les portraits ornaient les murs de la maison, Mariah les imaginait mal s'agenouiller et réciter des prières pour quelqu'un qui n'existait pas encore, et qui peut-être n'existerait jamais. Je savais qu'elle avait raison. Il me semblait les entendre : *Des superstitions sans fondements, bonnes pour les nègres.*

Aujourd'hui je me demande si tout le mal ne vient pas de là. Et si l'on m'avait vraiment oubliée dans les prières, et que c'était cela qui avait fait de moi une étrangère en ce monde ? Je ne suis tout de même pas la première à avoir perdu un enfant. Mariah, convaincue d'être protégée par la bénédiction de ses ancêtres, ne craint nullement le genre d'individu qui se tient face à elle. J'en ai bien conscience. Mariah répète souvent : *Seigneur, j'abandonne pas tant que j'ai pas les clés du paradis.*

Moi je demeure plus sceptique, ce qui à cet instant précis m'incite curieusement à prier pour Mariah.

– Y'a de l'eau par ici, la citerne à côté de l'entrée de service, et un petit ruisseau pas loin.

Mariah accroche mon regard, comme pour me signifier quelque chose, mais je me borne à la regarder fixement, les doigts emmêlés dans les plis du voilage.

– Il y a quelqu'un ici qui sait panser une blessure ?

– On est plus bien nombreux à c't'heure, mais les plaies et les bosses, on sait y faire.

– Si la bataille se passe comme je le crois, ça va être un peu plus que des plaies et des bosses. Et Mrs McGavock ?

– L'est souffrante.

– Mais les blessures, elle saurait les soigner ?

– J' dirais que du sang, elle en a vu plus qu'à son tour.

L'homme se met à rire, il est visiblement dans de meilleures dispositions.

– Tu es futée comme négresse, c'est pas vrai ?

– Pour ça, oui, merci bien.

– Tu as une idée de ce qui se prépare ?

– Non.

– Ce qui se prépare, c'est que toute cette foutue armée du Tennessee est en marche. Où est Mrs McGavock ?

– Elle se sent pas bien.

Je comprends qu'en se répétant, Mariah cherche à marquer sa désapprobation, mais c'est le genre d'homme à qui rien n'échappe, moi-même je m'en rends compte. Sa bonne humeur disparue, il plisse les yeux, le regard sombre.

– Tu as beau être une maligne, ça m'empêchera pas de t'envoyer mon poing dans la figure si tu t'entêtes à causer sur ce ton. Mrs McGavock va être obligée de sortir de son lit, ou de là où elle est, je me fiche de ce que tu penses ou de ce qui l'arrange. Quand l'armée va arriver, je suis sûr que cette fichue ville sera pleine de cadavres, de mourants et de blessés, et il faudra s'en occuper. Vous allez nous aider, ici.

Je m'apprête à le rabrouer, mais au moment d'ouvrir la bouche, je constate que Mariah, impavide, se redresse de toute sa hauteur. Elle est capable de se défendre seule.

– Le colonel McGavock, y va vouloir en parler avec vous, monsieur. Je peux vous apporter quèqchose durant que vous attendez ?

Mariah esquisse un geste, comme pour l'inviter à quitter la galerie et le conduire au salon.

– Je vais te dire, la négresse : moi j'attends pas après les prétendus colonels.

Une voix retentit alors dans mon dos.

– Je cherchais le général Forrest, madame.

Je pousse un léger cri, une main sur la bouche, en me tournant vers l'homme qui se tient derrière moi, sur le seuil de la chambre d'invités. Il est aussi sale que son chef, mais lui parle avec l'accent irlandais. C'est un soldat petit et maigre, à l'air un peu fébrile. Il se racle la gorge, époussette ses vêtements avec son chapeau et me dévisage avec attention.

Ainsi, c'est un général, cet homme. Un général. N'ayant nulle part où me réfugier, je me campe bien droite devant lui, m'efforçant de sourire, mais dans l'état d'agitation qui est le mien, c'est un bâillement qui vient à la place.

– Ce monsieur est sur la galerie. Par là.

– Merci bien, madame.

Il passe devant moi pour rejoindre le général Forrest, mais celui-ci l'ignore, tourné vers la fenêtre.

– Mrs McGavock. J'ai besoin de vous parler, madame.

Je me suis approchée dans l'intention d'affronter l'intrus, mais quelque chose en lui, dans sa voix, m'a arrêtée. Il m'impressionne. Pour la première fois, je prends la pleine mesure de mon isolement, je me rends compte combien les visiteurs sont rares, et ténus mes liens avec le monde extérieur. Quel est le nom du pasteur qui officie à l'église ? Même cela je l'ignore. Qui sont les derniers à avoir perdu un fils à la guerre ? Cela non plus, je ne saurais le dire. Du haut de la galerie, j'ai regardé les convois funéraires remonter la route en direction de la ville, et ma mémoire n'en conserve que les impressions les plus rudimentaires – la forme et le bruit des roues, l'inclinaison du chapeau des hommes, la teinte du cercueil exposé et poli comme un objet précieux. Les visages sont absents, je ne les vois pas. Ils doivent pourtant exister, mais je ne me souviens d'aucun.

Face à cet homme, mon esprit est vide. J'ignore tout à fait qui il est, et même ce qu'il représente. C'est une créature surgie de marais inconnus, façonnée par des forces et des événements que je ne saurais nommer.

Dans le bureau de John, j'ai passé des heures penchée sur la mappemonde, à suivre du doigt les lignes, les méandres et les formes improbables. J'ai pris le temps d'apprendre par cœur les frontières qui bornent mon univers. Natchez, Mobile, la bosse que forme le Kentucky, et là Wilmington. Là c'est Nashville. Des heures durant, je me récitais à mi-voix les noms des contrées au bout du monde, en me demandant d'où leur venaient ces noms, comment leurs contours avaient été définis, et quelle conjuration de forces les maintenait à leur place. Je n'étais pas très sûre qu'il en soit ainsi, mais pourquoi, sinon, aurait-on pris la peine de les reporter sur un globe ? La limite entre l'Europe et l'Asie m'a longtemps occupée, ligne de partage entre l'existence et le néant. Sur la gauche, dans la partie occidentale de la mer Noire, la carte était bien remplie, garnie de noms inscrits en tout petits caractères, de chaînes de montagnes et de taches colorées. La Hongrie, la Moldavie, la petite Tartarie, la Crimée, la Dalmatie, Gallipoli, Banja Luka. A l'Est la carte devenait blanche et sans reliefs, interrompue seulement par les mots « Anatolie » (ou Asie mineure). Se pouvait-il qu'il n'y ait rien, absolument rien en Anatolie ? Cette idée dépassait l'entendement et me vrillait les entrailles. Je m'étonnais aussi que les cartographes n'aient pas su décider du nom qui convenait aux choses, et qu'ils aient préféré s'abstenir. Moi aussi j'avais eu du mal à choisir un nom pour mes enfants.

Ce général Forrest qui se tient près de moi, même l'ornithorynque ne me paraît pas plus lointain. Peut-être arrive-t-il d'Anatolie, ou d'une de ces vastes étendues du globe qui portent simplement le nom de « désert ». Que dire à un homme tel que lui ? Il ressemble à un squelette, à un arbre, à un morceau de métal tordu. Avons-nous seulement une langue commune ?

Il est trop tard pour se soucier de tout cela.

– Je suis bien Mrs McGavock.

Je sors sur la galerie, et je me dresse devant lui, le regard clair et humide, les mains jointes devant moi.

Il me contemple intensément, comme si je risquais à tout instant de tomber en poussière.

– Madame, je suis le général Nathan Forrest. Je regrette de faire tout ce raffut pendant que vous essayez de prendre du repos, mais je suis bien obligé. Dieu sait si je m'en passerais. On a besoin de votre galerie pour inspecter le terrain avant la bataille. Elle ne va pas tarder à éclater près d'ici, c'est certain. A mon avis, elle n'aura pas lieu ici même, mais pas loin, peut-être entre la rivière et la ville. C'est là que l'ennemi a ses fortifications. Des troupes vont passer, et le combat pourrait s'étendre jusqu'ici.

– Pourquoi ici ?

Mes propres paroles me surprennent. Je n'avais aucune intention de m'entretenir avec cet homme, ce général Forrest, mais la question s'est frayée un chemin hors de ma bouche sans que j'y prenne garde. Je me détourne de lui pour regarder mon jardin, où les pies saisissent dans leurs becs noirs des brindilles et des graines. Discrètement je recule d'un pas, pour ne pas me trouver trop près de lui.

– Les Yankees, c'est ici qu'ils sont aujourd'hui. Demain ça se peut qu'ils aient bougé, mais pour le moment ils sont bien là.

– Que nous veulent-ils donc ? La ville est si petite.

– Sans doute qu'ils veulent rien de spécial. Tout ce qui les intéresse, c'est qu'on s'en aille et qu'on meure tous. Il va y avoir un tas de blessés aujourd'hui. Il nous faut un hôpital de campagne. Votre maison ferait bien l'affaire.

Je me figure qu'il s'agit là d'une simple éventualité, d'une remarque en passant. Mon hostilité s'atténue, il m'est agréable qu'on trouve quelque valeur à notre vieille maison délabrée.

– Vous avez sûrement raison, général Forrest.

– Alors vous êtes d'accord.

Sa réponse me déroute.

– Pardonnez-moi, mais je crois qu'il y a un malentendu.

Le visage de Forrest se rembrunit, ses pommettes saillantes s'empourprent.

– Possible qu'on ait besoin de votre maison comme hôpital de campagne. Désolé de vous presser comme ça, madame, mais il me faut savoir tout de suite si vous acceptez.

Un hôpital ? Cet endroit n'a rien d'un hôpital. Chaque latte gémissante du plancher, les courbes et les lignes du motif de la tapisserie, les odeurs de moisissure qui descendent par bouffées du grenier, rien de tout cela ne tolère la moindre intrusion. Comment ne s'en rend-il pas compte ?

– Je ne vois pas comment nous pourrions servir d'hôpital.

– Rapport aux parquets et au toit, madame. C'est bien confortable.

Je n'imagine même pas à quoi ressemble la guerre, ni la voix des blessés et des hommes à l'agonie. Où allons-nous les mettre ? *Cette maison n'a jamais été un bon hôpital. Ici la mort s'empare de tout.* Je perçois bien la force de cet homme, je devine à sa posture, solidement planté sur ses pieds, jambes écartées, qu'il n'a pas l'habitude d'essuyer un refus.

– Madame, je voudrais surtout pas vous manquer de politesse, mais cette maison nous convient. Assez proche du champ de bataille, mais pas trop. On la voit à des miles de distance. Si je l'ai décrété, elle servira d'hôpital aujourd'hui, et on va y envoyer nos blessés. Mais je comprends bien qu'en l'absence de votre mari, ce soit un choc pour vous, donc je vais faire le tour du pays pour chercher une autre maison qui nous irait aussi bien. Quoi qu'il en soit je vous tiendrai au courant. Mais si je me décide pour la vôtre, il faudra vous tenir prête.

J'ai eu tort de quitter la chambre de Martha, j'aurais dû en fermer la porte à double tour et me tapir derrière. Comment ose-t-il entrer dans ma maison et me donner des ordres ? Je le regarde droit dans les yeux, essayant de déceler le sens de ce fardeau qu'il cherche à m'imposer. Je vois un homme qui en sait plus qu'il ne veut bien en dire. Ses yeux m'implorent, mais son corps se dresse de toute sa hauteur et me cache la clarté du soleil. Pourquoi donc prend-il la peine de me demander la permission ?

– Si les choses en arrivent là, je suppose que nous devrons nous en accommoder. Je préviendrai mon époux dès son retour.

Forrest semble vouloir ajouter quelque chose, mais il ne dit rien.

– Attendez-vous à recevoir un émissaire de ma part. Sûrement le lieutenant Cowan ici présent. Si on installe l'hôpital chez vous, il restera ici pour vous aider à tout préparer.

– Bien.

Je me demande où nous trouverons de quoi faire des pansements et des soins. *De quoi opérer.*

5

30 NOVEMBRE 1864, MILIEU DE MATINÉE

Forrest avait des doutes. Il s'inquiétait de ce projet avec cette femme et sa négresse, craignant qu'elles ne soient pas à la hauteur. Il ne savait pas exactement ce qui était arrivé à la femme en habits de deuil qui se tenait sur la galerie, mais il comprenait que quelque chose la harcelait et la torturait jusqu'à la consumation de ses forces. Ce visage tourmenté, il en avait déjà vu de semblables dans le Mississippi, dans l'ouest du Tennessee, dans l'Alabama et en Georgie, des veuves et des orphelins frappant le sol de leurs binettes cassées ou fuyant l'ennemi dans leurs beaux attelages. Ils avaient tous le même aspect. A une époque, il apportait du secours à ces gens-là, ou du moins de l'espoir, et leurs visages fermés s'illuminaient d'un sourire. Désormais, il était conscient de ne plus leur donner qu'un surcroît de frayeur. Une sale odeur de mort lui collait à la peau, et il ne pourrait plus rien y changer. Mais cette femme en face de lui, dans sa longue robe de basin, avec son collier de perles noires, ses grands yeux clairs et sa peau blanche comme la craie, et ce sourire crispé qui suggérait qu'elle s'attendait au pire – cette femme lui rappelait son épouse qu'il avait laissée au Mississippi, abandonnée pendant toutes ces années où il traquait les Yankees. Etait-elle aussi usée que celle-ci, qui n'avait guère plus de trente ans ? A cet instant, il aurait donné n'importe quoi pour rentrer chez lui et fuir les femmes comme elles. Il refoula cette pensée et s'efforça de l'oublier. Il n'y avait pas moyen de s'enfuir.

Retirant son chapeau, il adressa un signe au lieutenant qui allait au bout de la galerie observer le terrain. Va voir ce merdier et ramène-moi un plan, pour une fois. *Il lui décocha un regard furieux avant de se tourner vers la jeune femme. En sa présence, il se sentait embarrassé par sa chemise crasseuse.*

Tout en s'opposant au projet auquel il destinait sa maison, elle chercha à amener la discussion sur la guerre et sur la bataille. Combien de conversations identiques avait-il déjà subies ? Un bon millier, probablement. Il n'avait plus de temps à gaspiller avec ça. Un jour viendrait peut-être où il userait sa salive pour raconter la guerre, mais aujourd'hui il était trop occupé à la livrer. Il aurait déjà dû partir, mais la maison possédait un charme indéfini qui l'avait poussé à s'attarder plus que de raison. En d'autres circonstances, il y aurait passé volontiers un moment, mais qui sait si une telle chose redeviendrait possible un jour ? Il fallait qu'il s'en aille.

Le lieutenant Cowan revint près de Forrest, livide et l'air éperdu. Forrest esquissa un bref sourire, sachant ce que l'homme avait vu et conscient de son malaise. Ce qu'il venait de voir, c'étaient les fortifications des Nordistes, Fort Granger, les vestiges du bosquet et les champs dégagés qui s'étendaient autour des défenses à des miles à la ronde. Un terrain à découvert.

De l'avis de Forrest, ses soldats auraient pu tout aussi bien se tirer une balle dans la tête. Les deux hommes rentrèrent dans la maison et regagnèrent le rez-de-chaussée pour sortir par la grande porte. Le lieutenant ne proféra pas un mot avant d'avoir rejoint les chevaux.

Nom de Dieu.

Les troupes montèrent en selle et se mirent en marche. Ils avaient parcouru un mile lorsque Forrest se tourna vers Cowan. Il portait de nouveau son grand chapeau mou, tellement enfoncé sur sa tête que ses yeux disparaissaient dans l'ombre. Il lui parla assez bas pour que les autres ne puissent pas entendre.

– Ce que je veux que tu fasses, Cowan, c'est aller jusqu'au quartier général de Hood et faire savoir que cette maison, là, Carnton ou je ne

sais quoi, on va la transformer en hôpital. Je suppose que des hôpitaux, on en aura besoin de plus d'un aujourd'hui, mais ce sera déjà un début. Assure-toi qu'ils envoient bien des émissaires pour transmettre la nouvelle, ne te contente pas d'avertir ce foutu état-major. Ensuite tu vas retourner là-bas et dire à cette femme que le général Forrest, après mûre réflexion et tout ce que tu voudras – enjolive-moi tout ça de ton mieux – a décidé que sa maison servirait d'hôpital de campagne pour le bien de la cause. Et fais en sorte qu'on puisse mourir en paix dans ce fichu hôpital, sinon gare à toi. C'est compris ?

– Oui, mon général.

– Alors en route.

– Bien, mon général.

Tout en chevauchant et en discutant avec les hommes de Hood, Cowan ne cessait de se demander pourquoi Forrest lui avait fait la grâce de le choisir pour la mise en place de l'hôpital. Beaucoup d'hommes allaient périr ce même jour. Le vieux veut un hôpital bien confortable parce qu'il s'imagine que c'est sa dernière journée, *se disait Cowan. D'habitude, il se défiait des motivations d'autrui, mais il n'avait jamais nourri envers Forrest une trop vive animosité. Le général leur avait souvent sauvé la mise, et ils lui en étaient redevables. Cowan aimait bien Forrest, tout simplement, il appréciait le tour à la fois familier, profond et vaguement menaçant qu'il savait donner à chacune de ses paroles. Il ne ménagerait pas ses efforts pour lui trouver un endroit accueillant pour mourir. Et il se jura de ne jamais oublier que lui-même avait été épargné, ni par qui. Le lieutenant Cowan n'était pas courageux, et il s'en moquait éperdument. Il préférait rester en vie, dans n'importe quelles circonstances.*

De retour à Carnton, il mena son cheval gris devant la grande porte et mit pied à terre. Alors qu'il contournait la maison pour se faire une idée du terrain – les blessés et les mourants ne rentreraient pas tous à l'intérieur – il découvrit sur l'arrière une fillette brune en robe de vichy qui jouait au cerceau. Elle le fit rouler dans l'herbe taillée de l'allée, jusqu'à ce qu'il prenne de la vitesse et lui échappe pour aller tomber au milieu des hautes herbes sèches qui entouraient un petit cimetière. Cowan s'arrêta pour la regarder. Elle était jolie, pure, heureuse. C'est la plus belle fille du monde, *songea-t-il. Elle chassait tous les souvenirs des putains qu'il avait connues à Atlanta, avec leur fard à joues, leur corruption et leur langue de vipère.* Pure, pure, pure, *se répétait-il en contemplant la jeune fille.* Il la laissa là pour gravir les marches du porche, dégoûté de lui-même. En haut se tenait la servante noire, et elle ne le quittait pas des yeux. Il l'apostropha.

– Je voudrais parler à Mrs McGavock.

– Je fais que vous dire qu'elle est souffrante, et vous m'écoutez pas. Elle vient de prendr' sommeil.

Cowan avait peur des négresses ; elles avaient toujours l'air de savoir quelque chose que vous ignoriez, et il ne mordit pas à l'hameçon.

– Dans ce cas, voulez-vous bien avertir Mrs McGavock que le général Forrest lui transmet toutes ses excuses, mais qu'il a conclu à son grand regret qu'il n'y avait pas d'autre bâtiment susceptible d'accueillir un hôpital pour soigner les blessés de la prochaine bataille, et qu'il gage qu'elle ne sera pas trop incommodée par cette intrusion.

– Incommodée ?

La négresse s'esclaffa. Un peu plus loin, il entendit la fillette pousser son cerceau, et il crut percevoir aussi le froufroutement de sa robe. La négresse se contenta de tourner les talons et de rentrer sans refermer la porte. Cowan la suivit à l'intérieur.

6

Lieutenant Nathan Stiles, 104e compagnie de l'Ohio

Nous creusions de plus belle avec tout ce qui nous tombait sous la main, baïonnettes, tasses, pioches ou pelles. On m'avait nommé commandant de ma compagnie car les trois précédents avaient trouvé la mort en l'espace de trois mois, ce qui, honnêtement, ne parlait guère en faveur de cette fonction. Cependant l'équipe se dirigeait pratiquement toute seule. Vous leur donniez l'ordre de creuser, et ils obtempéraient. Il suffit d'avoir connu un combat pour apprécier la beauté d'une tranchée. La première balle Minié vous frôle le crâne en sifflant, et aussitôt vous redoublez d'ardeur à la tâche. Cette fois, pourtant, nous ne comprenions pas bien pourquoi il était si impérieux de travailler d'arrache-pied. Il semblait en effet impossible qu'un combat ait lieu ici. Juché sur l'abri de l'égreneuse autour duquel nous creusions le fossé, je ne voyais rien d'autre que des champs dégagés et ces collines sur lesquelles nous étions tombés la nuit précédente. Qui aurait l'idée de livrer une bataille à cet endroit ? En regardant autour de moi, je constatai que les autres compagnies et brigades s'employaient également à creuser, et qu'en comparaison nous étions plutôt bien lotis. Mon petit morceau à moi était juste là, à côté de l'égreneuse, et nous, les troupes de l'Ohio, aidés par les soldats de l'Indiana et de l'Illinois, on s'occupait de bâtir tout autour un retranchement bien solide. On formait une proéminence sur la ligne – le colonel appelait ça un saillant, mais pour moi qui n'avais pas fréquenté West Point pour apprendre tous ces termes compliqués, c'était seulement une proéminence, qui nous exposait sur trois côtés au lieu d'un. Toutefois le coteau qui menait jusqu'à nous était plutôt abrupt, et devant nous, des soldats de l'Indiana taillaient une grande haie épineuse pour la dresser au pied de la colline. Personne ne la prendrait d'assaut.

J'étais sur le point d'aller dormir. Certains officiers avaient déjà trouvé un endroit où se coucher, sous des porches ou à l'intérieur des maisons. Quelqu'un avait déniché du whisky, et beaucoup d'hommes étaient en train de se rincer le gosier. Les occupants de ces maisons avaient beau être accueillants et leurs femmes avenantes, je ne pouvais m'enlever de l'esprit qu'ils étaient tous des rebelles, et je ne leur faisais pas plus confiance qu'à leur whisky. Je restai dehors près de la ligne de tranchées, et j'essayai de me préparer du café. J'avisai alors un général qui traversait la ville d'un pas incertain, le regard furibond, envoyant des postillons qui se collaient à sa barbe tandis qu'il injuriait deux messagers pour des raisons que je ne saisis pas. Ces hommes étaient venus à cheval depuis des unités assez éloignées de nous sur la route, à un demi-mile environ au pied de la colline. En plissant bien les yeux, je vis que les hommes placés devant nous se démenaient autant que nous pour creuser, peut-être même davantage, comme s'ils avaient aperçu quelque chose de grandiose et de terrible. Deux ou trois coups de feu retentirent sans que j'y prête grande attention, ce que je fus amené à regretter par la suite. Je ne comprenais pas ce que ces hommes faisaient là : certaines choses m'échappaient dans les stratégies de la guerre, et je me contentais d'exécuter les ordres. Je commandai à mes hommes de continuer à creuser, et mon café me brûla la langue.

Je n'oublierai jamais la scène étrange dont je fus le témoin avant les premières décharges et le début du désastre. Je m'étais éloigné des lignes de quelques centaines de mètres, entrant au hasard dans des maisons vides. Tout bien pesé j'avais décidé que ce whisky ne me ferait pas de mal, mais il n'en restait quasiment plus et la chance ne joua pas en ma faveur. Je ne sais combien d'hommes ivres, la langue pendante, me déclarèrent qu'ils étaient à court avant que je me résigne à repartir bredouille. J'allais renoncer après avoir fouillé une dernière cave, sous une des plus grandes maisons de la place principale, lorsque de violents éclats de voix me parvinrent de l'avant de la bâtisse. Des gens s'étaient réunis sur le porche, et une échauffourée semblait près de se produire. Avec le recul, je m'étonne de constater qu'à quelques heures à peine de la bataille, je m'excitais à la perspective d'une rixe, mais je ne saurais le nier.

Contournant la maison, je fus frappé de stupeur par ce que je découvris : un jeune officier confédéré. *On a un prisonnier*, pensai-je alors. Il était pourtant manifeste que je me trompais. Les joues empourprées et l'œil farouche, le jeune homme à cheval toisait d'un regard furieux le civil plus âgé qu'il prenait à partie, écartant les mèches blondes qui lui tombaient sur les yeux. Il présentait l'aspect dépenaillé que nous nous attendions à trouver chez les rebelles, mais n'avait pas cet air d'abattement qui s'accordait trop bien à leur tenue loqueteuse. Cet homme-là avait l'habitude d'une vie plus facile, d'une compagnie plus raffinée. Une querelle l'opposait au vieil homme, et j'avais peine à suivre leur échange de mots. J'aurais aimé savoir ce qu'il faisait là, mais les officiers de mon régiment se contentaient de les observer avec des yeux ébahis. Le vieil homme portait un sévère costume noir et allait nu-tête. Ses cheveux gris agités par la brise tiède, il levait vers le soldat un regard aussi courroucé que le sien. Je regrette de ne pas garder un souvenir plus net de leurs paroles, mais il n'y a qu'une chose que je me rappelle avec précision : le plus vieux traitait le jeune homme d'imbécile, et celui-ci lui rétorqua qu'il n'était qu'un traître allié à l'ennemi.

Entendant cela, les badauds rassemblés sous le porche finirent par s'enhardir, poussés par l'alcool, et l'un des plus costauds descendit les marches en faisant mine de se saisir du cavalier. Le vieux leva alors la main, qu'il avait large, rêche et calleuse comme celle d'un fermier.

– Messieurs, fit-il, ce garçon est le seul fils d'une veuve.

Cela eut l'air d'amadouer mes soldats, car ils se rassirent sous le porche en secouant la tête.

Je fus tenté de répliquer *Moi aussi je suis le seul fils d'une veuve*, parce que c'était la vérité et que ça ne m'avait pas empêché d'être la cible des balles, mais cette phrase semblait revêtir une signification spéciale parmi ces hommes. Je suppose que c'étaient des francs-maçons ou quelque chose comme cela. On ne saisit jamais vraiment comment fonctionnent les regroupements humains, et surtout les raisons qui les motivent, jusqu'à ce qu'il soit trop tard pour comprendre ou seulement en avoir envie.

Ils laissèrent partir le jeune rebelle, sans rien dire d'autre. Je le regardai tourner la bride à son beau cheval bai et partir au trot comme s'il mettait quiconque au défi de l'arrêter, ce que personne ne fit. La scène m'avait mis mal à l'aise, et pendant un instant je ressentis l'impulsion de le rattraper pour m'excuser d'être là, dans cette maison qui était manifestement la sienne. Il chevauchait bien carré sur sa selle, et la jument ne cessait de lever la tête comme pour l'inciter à se hâter. L'homme et sa monture semblaient bien se connaître. Il brida cependant l'élan de la bête, jetant un coup d'œil par les fenêtres des maisons habitées.

Lorsqu'il eut disparu, les hommes tentèrent de convaincre le vieux en costume noir de prendre un dernier verre en leur compagnie.

– On prend tous de l'âge, Mr Baylor, à commencer par ce whisky, Dieu merci.

Celui-ci déclina d'un geste et baissa les yeux comme s'il contemplait ses souliers. Là-dessus il s'éloigna, les mains enfoncées dans ses poches, et tourna à l'angle de la maison, à l'endroit où je me tenais. Il ne sembla pas remarquer ma présence. Je faillis lui demander qui donc était pour lui ce jeune rebelle, mais je me ravisai, car son visage se plissait et se tordait comme si quelque chose essayait de lui arracher la peau. Alors que je le croyais passé, il m'aperçut et s'arrêta quelques instants, rajustant son costume noir en me dévisageant. Il y avait quelque chose de particulier dans les yeux gris de cet homme.

– Vous êtes un malin, fit-il avant de tourner les talons.

Je me serais bien dispensé d'assister à cette scène.

Je rejoignis mon unité à pas lents, et le découragement qui m'accabla alors ne s'expliquait pas seulement par le manque de whisky. En mon absence les rues s'étaient remplies de monde. Des charrettes chargées de nègres se bousculaient, heurtant parfois les voi-

tures plus élégantes des réfugiés blancs qui persistaient à les ignorer, refusant de céder devant des esclaves fugitifs qui fuyaient pourtant comme eux l'armée confédérée. Dans tous les chariots, des batteries de marmites et de poêles plus ou moins cabossées tambourinaient discrètement contre le bois, accrochées à l'arrière. Lentement, le flot des civils s'éloignait vers la limite nord de la ville, où l'on réparait et renforçait le pont de la Harpeth River. Avec un peu de chance, il se remettrait bientôt à gémir sous le poids des réfugiés et des chariots de ravitaillement de l'armée. Au loin, j'entendais les cris des intendants militaires qui tâchaient de maintenir l'ordre sur le pont, et les barbotements de l'eau quand les gens étaient trop pressés de traverser la rivière. Des chants s'élevaient : *We'll pray the Lord in heaven above, roll, Jordan, roll.*

Lorsque enfin je fus de retour à l'égreneuse, les hommes avaient cessé de creuser, dressés au bord de la tranchée pour scruter les champs qui entouraient la ville. Ils se tenaient cois, une expression hébétée sur le visage, comme s'ils avaient peur d'être entendus ou repérés. Une des nouvelles recrues, Colbert, s'était assis un peu à l'écart et pleurait dans son chapeau, mais les autres étaient trop captivés pour s'en rendre compte. (Je devais apprendre un peu plus tard que son bébé avait succombé à la vérole. Ce n'était pas un pleurnichard. Il combattit bravement et connut une fin rapide.) Un des vétérans, un petit Allemand aux jambes arquées nommé Weiss, s'était perché sur l'égreneuse et plissait son seul œil valide pour observer je ne sais quoi devant nous. Je montai près de lui, escaladant les balles de coton jusqu'à trouver une prise sur les bardeaux pour faire basculer mes jambes. Je fus bientôt debout à ses côtés.

Ce que je vis alors, jamais je n'avais rien vu d'aussi beau, et j'espérais aussi ne plus jamais le revoir. Au loin toute l'armée confédérée du Tennessee se tenait en ligne. L'armée tout entière. Lorsque nous combattions ici dans l'Ouest, dans l'Alabama, le Mississippi ou le Tennessee, nous étions toujours cernés par des rivières, des forêts et des petites routes tortueuses, et je ne me figurais pas ce que pouvaient représenter des milliers d'hommes faisant front en face de nous. Cette fois je les voyais. Ils miroitaient dans le lointain, l'air de plus en plus chaud rendait leurs contours imprécis comme une image vue en rêve, une vision surnaturelle. Une foule de bannières

claquaient dans le vent, ici le drapeau sudiste avec sa croix rouge et bleue, là les étendards fanés d'une des divisions, blancs et bleus. Des fanfares jouaient, notamment « The Girl I Left Behind Me ». J'aurais aimé qu'ils restent là pour toujours, figés dans leur splendeur. Une joie étrange me possédait à ce moment-là, et tout ce que je peux dire pour la justifier, c'est que je les affrontais depuis si longtemps et qu'ils mettaient tant d'ardeur au combat que je me sentais fier de les contempler enfin dans leur ensemble, fier qu'une telle armée, cette masse vibrante d'uniformes gris et de métal acéré dont les clameurs stridentes évoquaient une étrange complainte, se soit mise en formation pour livrer bataille contre nous. J'étais fier que nous soyons dignes de cela. Et j'avais beau savoir qu'aucun d'eux n'hésiterait à me tirer une balle dans la tête alors que je faisais le guet avec Weiss, qui jurait dans une langue inconnue de moi, je n'en faisais pas une affaire personnelle. J'aurais voulu que tout s'arrête et que les rebelles puissent se voir tels qu'ils m'apparaissaient en cet instant. Mais ces choses-là ne se produisent jamais, et de tels spectacles sont condamnés à disparaître. Ils commencèrent à avancer.

Weiss posa ses mains sur sa tête en marmottant entre ses dents.

– Mon Dieu, ils vont nous affronter ici même, et ça va être un carnage. Massacrés comme des bêtes. Les imbéciles.

Weiss se remit à jurer.

– Ce n'est pas bien, c'est tellement absurde. Je peux pas tirer sur des moutons, ce n'est pas possible.

Je lui répliquai qu'il le fallait, et qu'il ferait bien de descendre de cette fichue égreneuse.

– Je refuse de tuer des moutons, répéta-t-il.

– Continuez de creuser.

7

La ferme des Griffin

Sur Winstead Hill, à deux miles environ au sud de Franklin, deux garçons faisaient le guet, tapis au milieu des herbes.

Chacun avait fourré dans sa poche un pain au jambon, garni non pas de porc salé mais de la viande fraîche du cochon tué par les Willis deux semaines auparavant. Ab Willis s'était muni d'une gourde faite d'une vessie de taureau qu'il prétendait tenir d'un Indien assassiné, mais son ami Eli savait qu'il l'avait achetée à un colporteur qui passait dans le coin de temps à autre. Lui-même avait pris quelques sous dans sa cagnotte pour s'offrir un petit canif, et c'est comme ça qu'il était au courant. Le vieux marchand, accompagné d'une épouse étonnamment jeune, transportait à l'arrière de son chariot tout un lot de gourdes semblables, qu'Eli avait prises tout d'abord pour de gigantesques champignons. Pourtant il fit semblant de croire à l'histoire : Ab était un bon ami, même s'il n'était pas très malin.

C'était lui qui était venu annoncer la bataille dans l'après-midi, cognant à la porte des Griffin alors qu'Eli terminait son déjeuner. Il essayait de convaincre son père qu'il n'était pas urgent de sortir les bêtes et qu'il passerait volontiers l'après-midi à pêcher, lorsqu'il entendit Ab gravir les marches du porche.

Toc, toc, toc, aïe.

Ab s'était écorché avec le clou qui saillait du battant. Eli aurait dû le retirer pendant l'hiver, mais il n'y avait plus pensé, et maintenant il était un peu tard pour l'arracher. Mr Griffin alla lui ouvrir. Ab, suçotant son doigt entaillé, demanda après Eli d'une toute petite voix, intimidé comme toujours par ce veuf chaussé de grosses bottes, ses yeux de vieil homme soulignés de poches boursouflées.

L'endroit où habitait Eli Griffin était à peine plus qu'une cabane. Il se trouvait à quelques miles sur la route de Columbia, dans un bois paisible à un mile de distance de la route. La maisonnette avait deux étages et un fourneau à bois dans la cuisine, sur lequel Becky préparait les repas. A l'intérieur tout était gris du sol au plafond – des planches de peuplier passées au badigeon –, mais il y avait tout de même une modeste cheminée dans le coin opposé à la cuisinière, et toute la famille – Eli, Becky et leur père Joseph – s'y trouvait parfaitement à son aise. Chacun avait son siège bien à lui devant le foyer. Les trois chambres de l'étage abritaient des lits rudimentaires dont les matelas étaient rembourrés de spathes de maïs. Sur les murs, les décorations se limitaient à un portrait de George Washington qu'Eli avait chipé dans une ferme abandonnée par des voisins des années plus tôt, et à une esquisse de leur mère que Becky avait dessinée enfant. La disparition de Mrs Griffin remontait à trois ans, et chaque fois qu'ils se mettaient à table, ils priaient pour qu'elle trouve la voie du paradis. Elle n'avait jamais pris la peine d'enseigner ses recettes de cuisine à Becky – elle ne pensait sûrement pas que la consomption l'emporterait si vite – mais sa fille en avait inventé quelques-unes, et Eli n'aurait jamais songé à se plaindre de la nourriture.

Dès qu'Eli se présenta à la porte, Ab s'empressa de lui rapporter ce qu'il avait vu le matin même : des milliers et des milliers de soldats confédérés remontant la route avec des fusils, des sabres et des tas d'autres choses faites pour le combat. Il avait l'impression que c'était la fin du monde. Sans un mot, Mr Griffin alla sortir le bétail, oubliant qu'il avait commandé à Eli de s'en charger, tandis que Becky, qui avait écouté tout en desservant la table, montait s'enfermer dans sa chambre. Pour la première fois depuis un moment, ils avaient laissé Eli tout seul. Il ne se soucia pas de savoir pourquoi.

Des fusils, des cavaliers ! Ab lui tendit un petit pain et ils se mirent en route, prenant le sentier qui passait devant le puits des Griffin.

Ils galopaient à toute allure, insouciants, bondissant et criant comme si on venait de les libérer d'un lieu sombre et confiné, où les gens se contentaient de prier pour qu'il ne se passe rien. Mais cette fois, bon Dieu, il se passait vraiment quelque chose.

Ils coururent un bon moment à travers les champs qui bordaient la route, s'arrêtant de temps à autre pour ramasser les objets que les soldats avaient éparpillés sur leur passage. Eli s'empara d'un couteau dont le manche en os était marqué d'encoches et le fourra dans son pantalon. Ab éleva un bocal de conserve au-dessus de sa tête pour juger de l'effet des rayons du soleil à travers le verre, puis il le jeta à terre où il se brisa avec un pop, envoyant des éclaboussures de confiture de pêche dans toutes les directions. Ils se disputèrent ensuite un paquet de cartes, et ce fut Eli qui l'emporta. Ab se décida pour une lunette un peu abîmée, à la lentille fendue. Enfin ils s'accordèrent une halte pour reprendre leur souffle.

– Ils sont où, alors ? Je croyais qu'ils étaient des milliers.

Malgré les déchets qui jonchaient le bord de la route, Eli se demandait si Ab n'avait pas tout inventé.

– Ils ont pris la route, sans doute qu'ils sont arrivés en ville. Ils avançaient vite, t'aurais jamais pu les suivre, clampin. Je te parie qu'ils ont déjà pris la ville, et qu'on a tout loupé parce que tu lambinais devant ton assiette au lieu de t'intéresser à ce qui se passe.

– Hé, gros lard, tu veux me faire croire que tu t'es passé de manger ?

– Tout ce que je dis, moi, c'est qu'il me faut pas des éternités pour avaler mon déjeuner.

Ils se bagarrèrent encore un peu, puis, sans un mot, détalèrent sur la route qui menait en ville. Ni l'un ni l'autre ne savait précisément à quoi s'attendre, ce qui expliquait d'ailleurs leur impatience d'aller se rendre compte par eux-mêmes. En faisant plusieurs étapes, ils passèrent les deux heures suivantes à couvrir les cinq miles qui les séparaient de Breezy Hill et Winstead Hill, respectivement du côté est et du côté ouest de la route. A l'ouest, ils distinguaient un groupe de gens au sommet de la colline, hommes et femmes, rassemblés là pour observer ce qui se préparait. Quelques dames étaient installées dans les fauteuils que leurs maris avaient fait suivre dans les buggies qu'Eli et Ab trouvèrent rangés au bas de la colline, côté sud. Une vingtaine de personnes se pressaient là-haut comme les invités d'une fête, et les deux garçons montèrent se joindre à eux.

– On dit qu'on est des espions, proposa Eli.

– Tu vas faire un drôle d'espion avec tout ce monde autour. Ils auront vite fait de t'attraper.

– On va se faufiler, crétin. Eux ils sont en haut, et si on fait le tour ils nous verront pas. On va rester dans les grandes herbes.

– J'sais pas, on dirait que la vue est bonne, depuis là-haut, ils ont pas l'air de s'y trouver mal. Si je me trompe pas, on dirait qu'y en a des tas.

– On a toutes les munitions qu'il faut, soldat Willis.

Ils se mirent à ramper sur l'arrière de la colline et, une fois arrivés à mi-hauteur, commencèrent à contourner la butte vers la droite. Cela prenait du temps. Eli ne cessait de réclamer à Ab sa nouvelle lunette pour observer les gens en haut. A cause de la lentille fendue, ils avaient tous l'air d'être coupés en deux, avec des têtes gigantesques et des jambes minuscules, comme des nains. Eli en avait le fou rire. On aurait dit des elfes perchés sur la colline, de drôles de petits monstres.

Après s'être tortillés une bonne demi-heure parmi les herbes, Eli et Ab trouvèrent une position sur l'avant, en contrebas de la crête et à l'abri du regard des pique-niqueurs. Ce qu'ils virent devant eux était à ce point sidérant et étrange qu'ils restèrent pantois, allongés par terre.

Pile en face d'eux, et déployée sur un mile de chaque côté, se tenait l'armée. La longue ligne grise serpentait sans fin d'un côté et de l'autre. Ils essayèrent de compter, mais au bout d'un moment, ils auraient juré que c'étaient les mêmes hommes qu'ils voyaient encore et encore, comme s'ils étaient tous un seul homme. Ils grignotèrent leurs petits pains tout en se prêtant la lunette.

Les deux garçons regardèrent les Confédérés se déployer le long de la ligne, certains avançant avec précaution sur leurs pieds endoloris, d'autres marchant à grandes enjambées, comme si jamais de leur vie ils n'avaient connu la souffrance. L'un des hommes s'arrêta pour se soulager dans les buissons, au pied de la colline, et Eli jura qu'il sentait l'odeur humide de la chicorée, et peut-être même un soupçon de café.

Des drapeaux de toutes sortes claquaient dans le vent, s'enroulant autour des hampes. Ils n'étaient là que pour l'apparat, mais les soldats offraient un spectacle grandiose.

Ab fut le premier à rompre le silence. Il secoua la tête deux ou trois fois, comme s'il s'apprêtait à faire un commentaire, puis se ravisa. S'emparant de la longue-vue, il chercha des yeux quelque chose qu'il pourrait comprendre.

– Vise ce maigrichon, par là-bas ! On dirait qu'il va partir en cendres et s'envoler dans le vent. Grillé dans c't'uniforme, pareil qu'une saucisse !

Ab montrait un grand soldat à la silhouette grêle, pieds nus et couvert de sueur, qui nageait dans un uniforme trop ample. Il tripotait son fusil tout en essayant de s'extraire de sa chemise. Ab eut l'impression de voir un des boutons voltiger dans l'herbe.

– D'après toi, c'est un quoi, son flingot ?

Eli lui prit la longue-vue pour observer le soldat efflanqué. Il lui faisait quand même pitié, avec ces poches sous ses yeux qui avaient l'air de ballotter, et sa mine un tantinet effrayée. Il n'avait aucune idée sur le fusil, mais il se dépêcha de concocter une histoire.

– Ce fusil que tu vois, eh ben c'est un Robert E. Lee avec une lunette spéciale pour les cibles à longue portée. Ça te mouche un gars à deux miles de distance. Le soldat, là, ça doit être un fameux tireur. Pasque des fusils comme ça, l'armée en donne pas à n'importe qui. Je t'y parie que çui-là, c'est un de leurs meilleurs.

– J'le connais pas, ce fusil. Y tire à deux miles ? Nom de Dieu !

– Il te crache un millier de cartouches à la file, sans chauffer ni rien. Et en plus, il a une fixation qui sert à la coupe du bois, et qu'est capable d'abattre des arbres aussi gros que toi. C'est dire comme ils sont gros.

– De Dieu !

Ils ne dirent plus rien. Eli regarda le gringalet se remettre péniblement en ligne, puis il laissa son esprit vagabonder. Cotton, le seul soldat confédéré de sa connaissance, se trouvait-il quelque part sur le champ ? *Dommage que Becky soit pas là*, se disait-il, *peut-être qu'elle, elle y comprendrait quelque chose.*

Ecartant la longue-vue des lignes confédérées qui se formaient devant eux, Eli s'aperçut qu'à un mile de distance, sur une autre colline à l'est de la ville, un battaillon d'artillerie yankee était en train de se préparer : certains s'occupaient de caler l'affût des canons rayés, d'autres empilaient des centaines d'obus pour le bombardement, d'autres encore pointaient vers le bas de Winstead Hill les gueules noires et luisantes des canons. Tout cela paraissait si lointain, si étranger à leur univers, qu'il lui semblait suivre une pièce à l'intrigue fabuleusement embrouillée.

Le premier tir d'artillerie fit long feu. L'obus monta et se mit à siffler et à mugir lorsqu'il entama sa courbe descendante. Ce bruit dissipa la confusion d'Ab, qui eut tout juste le temps de se jeter au sol et de ramper vers une légère dépression du terrain. Eli, par contre, prit appui sur un genou pour pouvoir regarder autour de lui, la curiosité l'emportant jusqu'au bout. Le projectile au museau pointu se ficha en terre derrière la ligne confédérée, à une quarantaine de mètres du poste d'observation des deux garçons. Avant d'exploser, il resta enfoncé dans le sol à quelques pouces de profondeur, un mauvais fonctionnement de la fusée qui préserva les garçons de la déchirure des shrapnels. Le bruit, en revanche, ils ne purent pas y échapper. Le fracas de l'explosion creva un des tympans d'Eli. La puissance de l'air comprimé, qui se libérait par vagues après l'impact, souleva le garçon de terre et le projeta à une dizaine de mètres. La dernière chose dont il eut conscience fut la profondeur du ciel, infini et serein, juste avant que sa tête ne heurte l'arête tranchante d'une saillie de calcaire qui affleurait légèrement du sol.

8

CARNTON

A quelques miles de la demeure des McGavock, un Noir à dos de mule, jeune et de haute taille, se frayait un chemin parmi les épis desséchés et les tiges cassées d'un champ de maïs aux formes vallonnées. Il avait passé la plus grande partie de la matinée à parcourir le domaine, donnant de l'éperon à Zack pour forcer son allure, maudissant l'animal chaque fois qu'il tournait la tête vers lui en montrant les dents. Il s'agissait de Theopolis, le fils de Mariah, et il avait dix-neuf ans. Lorsqu'il repéra enfin le colonel McGavock qui enroulait du fil de fer autour d'un piquet de la palissade, à l'autre extrémité du vaste champ, il ramena au pas la vieille Zack et s'avança avec une attitude pleine de grâce et de dignité. Car c'étaient là des choses auxquelles ce jeune homme attachait un grand prix, la dignité et la grâce, et pour cette raison, le colonel l'estimait plus que tous les esclaves qu'il avait pu posséder.

A demi aveuglé par la sueur qui coulait dans ses yeux, le colonel n'avisa Theopolis et sa monture que lorsqu'ils se trouvèrent à deux pas de lui. Il nota que le jeune homme s'efforçait de garder son sérieux, quoiqu'un léger sourire s'ébauchât sur ses lèvres. Le colonel savait à quel point il s'amusait du spectacle d'un Blanc en train de s'échiner dans son costume de ville.

– Qu'est-ce qui te fait donc rire, mon garçon ?

– Je ris pas l'moins du monde, maître. Elle est bien réussie, cet'clôture.

John considéra son ouvrage. De ce côté du champ, la palissade en zigzag s'était vermoulue, à l'endroit où le ruisseau voisin apportait de la boue et de l'humidité, et il lui avait fallu couper quelques jeunes arbres, en arracher l'écorce et les attacher solidement ensemble. Les nouveaux piquets, d'un blanc éclatant, se détachaient comme les pièces d'un casse-tête géant sur l'argent terni des éléments plus anciens. Un travail honorable.

– Je ne m'attendais pas à faire aussi bien. Mais dis-moi, pourquoi es-tu venu m'interrompre ?

– J'voulais vous avertir qu'y a des hommes qui sont venus à la maison, des hommes à cheval avec des uniformes.

– Quel genre d'uniformes ?

La nouvelle alarmait John. Il siffla pour appeler son cheval, qui mangeait des spathes de maïs séchées un peu plus loin.

– Gris, les uniformes. Sans doute des rebelles.

– Des Confédérés.

– C'est ça, maître.

John se mordillait la lèvre, les bras croisés.

– On va rentrer tout de suite et voir ce qui se passe. Je pars devant.

Il sauta souplement en selle et prit les rênes. McGavock avait passé les quarante ans, mais il paraissait beaucoup plus jeune. Aucun fil blanc ne déparait sa barbe épaisse, et il se tenait irréprochablement droit sur le dos de son cheval. Ses yeux étaient du noir profond d'un ciel nocturne, mouchetés de petits éclats bruns. Les trois enfants qu'il avait perdus avaient eu des yeux semblables, mais pas ceux qui lui restaient. N'étant pas dépourvu de sensibilité il s'était avisé de la coïncidence, même s'il avait préféré l'écarter de son esprit.

Depuis qu'il avait envoyé vers le sud la plupart de ses esclaves par crainte des réquisitions, chez des amis de Montgomery dont le domaine restait en dehors de la zone de combat, il assurait le plus gros de la besogne nécessaire à la bonne marche de la plantation, et l'effort le maintenait en bonne condition physique. Il se plaisait à croire qu'il exploitait le domaine, mais force lui était d'admettre dans ses moments de lucidité qu'il en tirait tout juste de quoi nourrir les siens et faire rentrer un peu d'argent. Il n'avait même pas pris la peine de payer les traites de sa propriété, et sans le tumulte des temps de guerre, on l'aurait sûrement déjà saisie. Il s'était résigné à simplement tenir bon jusqu'à la fin du conflit, quand il pourrait remettre en culture la totalité de ses terres vallonnées : on verrait de nouveau la houle verte du maïs, du tabac et du trèfle, les arbres fruitiers seraient taillés avec soin, et les Hertford et les Shorthorns auraient de quoi manger. Son grade de colonel, purement honorifique, lui avait été décerné après qu'il eut payé les uniformes et le fourniment de la compagnie confédérée qui s'était formée aux abords de Franklin. L'argent qu'il avait emprunté avait servi à vêtir et armer des hommes dont la plupart étaient morts et enterrés bien loin de Franklin. Voilà donc où se trouvait sa dette – elle se délitait dans la terre de tombes déjà oubliées. Pour John, le terme de « colonel » en était venu à signifier « endetté ».

Alors qu'ils se dirigeaient vers la maison depuis quelques minutes, ils aperçurent un mouvement dans la ligne des arbres. Des chevaux.

S'arrêtant pour mieux voir, John distingua un premier éclair, puis un autre, suivis de la détonation d'un fusil à répétition. Il jeta un coup d'œil à Theopolis, réfugié dans l'ombre de son grand chapeau comme s'il espérait disparaître. Lorsqu'il tourna de nouveau la tête, un homme sortait des bois, monté sur une jument pie. A huit cents mètres de distance, John le vit repousser son chapeau bleu de soldat pour se gratter le front. Il voulait manifestement accrocher son regard.

Dans d'autres circonstances, John ne se serait guère troublé de cette rencontre. Il avait appris à s'accommoder de la présence yankee, qui avait cessé de le terroriser pour seulement l'incommoder. Il avait subi leurs inspections occasionnelles, leur manque de respect, leurs sarcasmes voilés. Comme presque tous les habitants de la région, il avait prêté leur serment d'allégeance qui ne signifiait rien pour lui. S'il tolérait leur occupation, il n'en priait pas moins pour leur débâcle.

Aujourd'hui, cependant, si Theopolis ne s'était pas trompé sur ce qui se passait chez lui, l'intrusion de Yankees sur sa propriété ressemblait à une menace. Si jamais ils le suivaient, pour Dieu sait quelle raison, il ne pouvait pas les conduire vers un affrontement dans sa propre demeure. Jusque-là il avait esquivé la guerre, et il refusait de la voir s'exhiber devant sa porte, sous les yeux de sa famille.

Il mit donc cap à l'est, dans la direction opposée à la maison, et s'engagea à travers champs.

– On nous attend à la maison, lui rappela Theopolis d'une voix tremblante.

– Tais-toi, mon garçon, et suis-moi.

Du coin de l'œil, il constata que trois autres cavaliers sortaient au pas du terrain boisé pour rejoindre le premier. Des éclaireurs, probablement. Ils avaient l'air harassés, très différents des hommes satisfaits et bien nourris qui tenaient la paisible garnison de Franklin. Leur apparition laissait présager quelque chose de nouveau.

John et Theopolis avaient déjà couvert une bonne partie du champ et bifurqué vers une autre route qui leur permettrait de regagner la ville en traversant la rivière, lorsque les éclaireurs les prirent en chasse, donnant de l'éperon pour les rattraper. Au moment de pénétrer dans les bois, John et Theopolis entendirent plusieurs déflagrations. L'une après l'autre, trois balles trouèrent en sifflant les broussailles qui les entouraient. John talonna sa jument pour s'élancer au galop vers le pont, cinglé par les rameaux des jeunes arbres de Judée qui marquaient sa peau de zébrures.

Mais la vieille Zack se moquait bien des coups de feu, il lui en aurait fallu davantage pour consentir à se presser. Theopolis pouvait toujours la bourrer de coups de pied et de poing, c'était peine perdue, et lorsque John regarda par-dessus son épaule, il comprit qu'il devait rebrousser chemin. Il tira d'un coup sec sur la bride de Zack, qui s'immobilisa en dérapant. Derrière eux, les éclaireurs franchissaient la ligne des arbres et s'enfonçaient dans les bois à leur suite. L'un d'eux s'attarda en arrière, son arme levée.

– Descends, hurla John en faisant signe à Theopolis, qui se laissa glisser à bas de sa mule, du côté opposé à leurs poursuivants.

Aussitôt, une balle atteignit la vieille Zack au garrot, et Theopolis, désarçonné et jeté dans les broussailles, sentit au moment de tomber les vibrations du plomb qui percutait l'os. La mule se cabra avec un grand cri, heurta un arbre et s'effondra à terre. Des éclaboussures sanglantes rougirent le tronc et tachetèrent les branchages. L'animal lança deux ruades, manquant briser le crâne de Theopolis qui se releva tant bien que mal et se précipita vers John en lui criant de le prendre en croupe.

John savait qu'ils ne pourraient pas s'échapper. Alors que Theopolis s'agrippait à la jument, il appuya fermement sa botte contre sa poitrine et le renversa violemment au sol, espérant qu'il ne lui en tiendrait pas rigueur et comprendrait qu'il cherchait seulement à donner le change.

John regarda les éclaireurs approcher. Tout d'abord il se tint très raide sur sa selle, puis, jugeant cette attitude malvenue, il préféra relâcher légèrement ses épaules pour laisser croire qu'une patrouille de Nordistes ne suffisait pas à le démonter. Il tenta en vain d'empêcher sa monture de bouger. L'agonie de Zack, qui se débattait en hennissant et en gémissant, rendait la jument nerveuse.

Le premier à atteindre la clairière fut le cavalier à la jument pie, un petit homme bedonnant à la longue barbe hirsute et emmêlée, qui tenait le milieu entre le commis d'épicerie et le prophète investi d'une mission vengeresse. Ses yeux d'un bleu clair étincelaient dans un visage bouffi et couperosé. Pénétrant à leur tour dans la clairière, ses compagnons encerclèrent John en un savant ballet d'intimidation. Plus jeunes que leur chef, ils arboraient des barbes plus ou moins piteuses.

– S'il vous plaît, monsieur, auriez-vous l'obligeance de mettre pied à terre ?

Il s'adressait à l'homme qu'il tenait au bout de son canon, ce planteur du Tennessee imposant mais plus très jeune, avec une sollicitude teintée de déférence : il possédait un indéniable talent de comédien, et c'était pour cela que sa petite troupe d'éclaireurs et de cavaliers lui restaient fidèles.

Par prudence, John attendit quelques secondes avant de descendre de cheval, se demandant à quelle allure il devait s'exécuter pour ne pas avoir l'air timoré.

– Pourquoi nous avoir pris en chasse ? Nous ne faisions rien de répréhensible.

– Pardonnez mon indiscrétion, mais pourquoi êtes-vous partis au galop ?

Les éclaireurs s'esclaffèrent avec des regards entendus.

– Nous vous avons pris pour des confédérés en train de fouiner, ou pour des bandits. Difficile de savoir à qui on a affaire, par les temps qui courent.

– Nous ne sommes ni des bandits ni des confédérés, vous le voyez bien. Et vous, je peux savoir qui vous êtes ?

John leva la tête, et l'éclaireur abaissa son regard vers lui, son menton noyé dans le fouillis de sa barbe. John prit le parti d'attaquer.

– Pourquoi avez-vous tiré sur ma mule ? C'est une bonne bête, dure à la peine. On ne faisait que passer pour se rendre en ville. J'exige un dédommagement.

– Votre mule ?

– Il faudrait abattre cet animal pour abréger ses souffrances, et comme vous le constatez, nous ne portons pas d'arme ; j'insiste donc pour que vous terminiez ce que vous avez commencé.

– *Votre* mule ? Je crois que vous faites erreur.

Sur le moment, la question déconcerta John.

– Si vous insinuez que j'ai volé cet animal, vous vous trompez lourdement.

Ses paroles restèrent suspendues entre eux. L'éclaireur recula légèrement sur sa selle.

– Quoi que vous en pensiez, nous sommes ici sur le territoire de l'Union ; et tout ce qui s'y trouve appartient de fait à l'Union. Cette mule ? Elle a labouré combien de terres, ces quatre dernières années ? Combien de sales rebelles son travail a servi à nourrir ? Cet animal est une arme aux mains de l'ennemi, et en tant que telle, propriété des Etats-Unis d'Amérique.

Zack s'était écroulée, repliée sur le flanc, et elle poussait des râles profonds et gutturaux, une écume rougie de sang dégouttant de sa bouche. Comme animal de trait, Zack n'avait jamais valu grand-chose. Les rares fois où elle se laissait atteler, il fallait l'atteler seule, car elle refusait de travailler aux côtés d'un cheval ou d'une autre mule. L'écurie de John contenait une bonne demi-douzaine de bêtes dont les cicatrices au garrot ou à l'encolure pouvaient en témoigner. En revanche elle acceptait les cavaliers sans regimber, surtout s'il s'agissait de Theopolis. Elle se prend pour un cheval, se disait toujours John.

– Bien. Cette mule est peut-être votre propriété, monsieur, mais je ne change pas d'avis pour autant. Demandez à un de vos hommes de l'achever.

L'éclaireur secoua la tête.

– Impossible. Il me faudrait une autorisation, vous comprenez.

– Si c'est ça je m'en charge moi-même. Passez-moi une arme.

– Je n'ai pas pour habitude de fournir des armes aux rebelles. Et si vous touchez à cette mule, vous en paierez les conséquences, camarade rebelle.

John ne releva pas l'insulte. Il se sentait submergé par le remords, par le sentiment irrationnel d'avoir trahi la vieille Zack, persuadé que chaque instant de son calvaire était un reproche envers lui. Les provocations des hommes ne le pousseraient peut-être pas à défendre son honneur, mais cette bête privée de parole était devenue son accusateur le plus éloquent. Dans la sacoche à outils accrochée à sa selle, il alla chercher le marteau de forgeron dont il s'était servi pour réparer la clôture. D'un geste lent, il le brandit plusieurs fois, cherchant l'équilibre parfait.

L'éclaireur cracha à ses pieds un jet de jus de tabac.

– Réfléchissez à ce que vous allez faire, camarade. Ceci est la propriété du gouvernement.

Le ton manquait de conviction. Les éclaireurs semblaient plus empressés de regarder ce que John allait faire que de l'en empêcher. Du bout de sa botte, il recouvrit de terre la tache de salive brune, la tassa sous son talon et se dirigea vers Zack à grands pas.

L'animal renversa la tête, le regard fixé sur son maître. Il ne tremblait plus, comme s'il pressentait ce qui allait arriver. John chercha l'endroit le plus propice pour assener le coup. Au front ou derrière la tête ? Sur l'oreille, peut-être ? Il se demanda si Zack se sentait seule, rejetant aussitôt cette pensée inconfortable. Depuis quand se conduisait-il comme un imbécile sentimental ? Debout devant Zack, il s'efforçait de paraître aussi calme et rassurant que possible, en dépit du marteau qu'il tenait à la main. Les éclaireurs ne dirent plus rien, et Theopolis repartit dans les bois. Décidant de frapper à la tempe, John prit de l'élan et balança le marteau au-dessus de sa tête tandis que la bête laissait échapper un grand soupir. On aurait dit qu'elle voulait abaisser ses paupières sur ses yeux chassieux.

Lorsque tout fut fini et que John se tourna vers son persécuteur, le petit éclaireur grassouillet braquait sur lui son fusil à répétition.

– En plus d'être un lâche et un rebelle, vous êtes maintenant un criminel. Et vous êtes pas bien dégourdi avec un marteau.

A présent qu'il était certain de mourir, John trouvait cette perspective moins effrayante qu'il ne l'aurait cru. Ses entrailles bouleversées se contractèrent, son cœur se mit à battre la chamade alors que le sang lui montait au visage. Il serra les mâchoires, les sourcils froncés. Il était prêt.

Mais le petit éclaireur haussa les épaules d'un air d'ennui et s'en retourna d'où il venait, menant son cheval vers le passage entre les arbres, en direction du champ. Ses hommes se remirent en rang deux par deux en menant un grand raffut parmi les broussailles et les branches sèches. Le petit éclaireur se plaça sur le côté et fit signe à la troupe d'avancer, lui donnant l'ordre de partir au sud par la route de Columbia. Il se tourna vers John en inclinant son chapeau.

– Le bonhomme qui est chez vous, celui que votre nègre a vu, c'est ce diable de général Nathan Forrest. Vous en avez sans doute entendu parler. Et je vous garantis qu'il n'a rien d'un gentleman, lui. Pas comme vous ou moi, *monsieur*. Pendant que vous faisiez l'idiot dans les bois, une bataille se préparait alentour. Je parie que vous n'avez rien entendu venir. A votre place, je laisserais cette mule en pâture aux charognards et je rentrerais chez moi sans perdre de temps. Bien le bonjour, *monsieur*.

Dès que les Nordistes ne furent plus en vue, John et Theopolis se mirent en selle et suivirent le conseil qu'on leur avait donné.

9

LA FERME DES GRIFFIN

Becky savait que Cotton se trouvait sur le champ de bataille. Elle le savait, comme elle savait depuis toujours qu'il viendrait à elle, puis qu'il s'en irait et trouverait la mort.

« Cotton ? On a pas idée de s'appeler comme ça ! » répétait souvent Eli.

De toute évidence, ce n'était pas le prénom qu'il avait reçu au baptême.

Mais Becky refusait de lui révéler sa véritable identité. Elle ne le fit jamais connaître à son père et prit même soin de se cacher de lui lorsqu'ils se rencontraient, si bien que leurs rendez-vous d'amoureux n'avaient jamais lieu au grand jour, comme chez les gens de bon ton.

Cotton apportait des cadeaux pour Eli – des pommes fraîchement cueillies, des puzzles, des portraits de généraux découpés dans le journal – et il avait dû se concilier ses bonnes grâces, car l'enfant se fit leur complice pour garder le secret de leur relation.

Après que Cotton se fut enrôlé, Becky se retirait furtivement dans sa chambre pour lui écrire – des centaines de lettres, lui semblait-il. Il s'était battu à Chattanooga, les Yankees l'avaient fait prisonnier, et il s'était évadé au péril de sa vie pour rentrer tout seul au Tennessee, à pied, avant de s'engager de nouveau : elle savait tout cela, mais quelquefois, quand elle pensait à lui, elle avait l'impression de se raconter une fable merveilleuse sur une personne qui n'était pas Cotton. Que les circonstances révèlent un guerrier chez un garçon aussi charmant que lui, aussi plein d'insouciance, c'était là un des curieux effets de la guerre. Soir après soir, elle lui écrivait des lettres, penchée comme un arbrisseau au-dessus de sa petite table de toilette. Elle recevait rarement une réponse. L'inquiétude en avait fait sa proie, consumant ses forces. Il ne restait plus rien de ses rondeurs enfantines, ses joues s'étaient creusées, et entre ses yeux se dessinaient de profonds sillons. L'étoffe de ses robes bâillait sur son corps émacié, et les larmes perlaient au coin de ses paupières, là où dix-huit étés de corvées en plein soleil avaient formé des ridules quand elle plissait les yeux dans la lumière pour ramasser les pois mangetout, ou poursuivait les poules capricieuses jusqu'aux cachettes où elles pondaient leurs œufs. Il lui avait dit qu'il l'aimait, mais ce temps semblait maintenant bien lointain.

Et là, quelques jours à peine avant que les Confédérés ne défilent sur la route à péage, Cotton était réapparu. Il arriva à la ferme sur son vieux cheval, fourbu et couvert de poussière dans son uniforme confédéré dont l'unique rangée de boutons en cuivre saillait sur sa poitrine. Il se distinguait par sa taille élancée et par la blondeur de ses cheveux, et la belle ligne droite de son nez évoquait le ciseau d'un sculpteur de la Grèce antique. Son cou était svelte, ses yeux bleus empreints de bonté. De l'avis de Becky, Cotton n'était pas taillé pour devenir héros de guerre. L'expression de son visage était maussade lorsqu'il mit pied à terre. Il s'était amaigri, et ses traits se crispaient plus promptement qu'autrefois. Ne voyant pas Becky à cause de la pénombre, il resta tout d'abord campé bien droit sur le seuil de la maison, le menton levé comme pour distribuer des ordres, et ses yeux mi-clos ne cillèrent pas une fois. Dès qu'il l'eut aperçue, son corps se détendit, comme s'il se rappelait soudain le lieu où il se trouvait. Le soulagement parut l'envahir. Prenant Becky par la main, il l'entraîna vers le verger à l'abandon.

Ils s'arrêtèrent dans une clairière entourée de pommiers mangés par la rouille du cèdre.

– Il y a si longtemps que tu ne m'as pas écrit, fit Cotton.

Sans le regarder, Becky contemplait les arbres devant elle, immobile.

– Je ne sais plus quoi dire. Je n'ai rien de nouveau à raconter, et je t'ai assez ennuyé avec mes besognes.

– Rien de ce que tu écris ne pourrait m'ennuyer. Et puis l'ennui peut avoir son charme, une fois de temps en temps. Parfois, je ne demanderais qu'à m'ennuyer. Toutes ces marches et ces coups de feu, les messagers courant en tous sens.

– Alors tu es venu parce que je ne te donnais plus de nouvelles des poulets ?

Cotton eut un sourire.

– Si je suis venu, c'est parce que je t'aime.

Cette fois Becky ne répliqua pas. Elle dévisagea longuement Cotton, droit dans les yeux, et il lui rendit son regard. Ou plutôt il le soutint. Elle le regarda encore, puis elle posa la main sur la manche grise de son manteau, passant la paume sur la ganse d'un jaune sale qui s'entortillait autour du poignet. Brusquement elle retira sa main, comme si elle lui avait brûlé les doigts.

Becky recula de quelques pas et s'approcha lentement du tronc d'arbre mort qui marquait l'extrémité de la clairière. Elle resta assise quelques instants, en silence.

– Qu'est-ce que tu fais ici ? demanda-t-elle enfin. On est bien en guerre, non ? J'aurais juré qu'on était en guerre, avec tous ces enterrements qu'on voit en ville. Ils sont nombreux à porter du noir, ces temps derniers, mais après tout, c'est peut-être la mode qui veut ça. C'est ça, c'est à cause de la mode ? Parce que moi, j'y connais rien du tout, à la mode. Est-ce qu'on met du noir à Nashville ? Qu'est-ce qu'elles en pensent, les filles de l'Académie féminine de Franklin ? Moi je suis perdue.

Cotton s'avança vers Becky, mais il ne voulut pas s'asseoir. Elle était furieuse contre lui, et pourtant les larmes brillaient dans ses yeux.

– Calme-toi ma chérie, je t'en prie.

– Oh, va te faire fiche !

Sur le moment, la grossièreté de Becky désarçonna Cotton. Il resta une minute à cligner les yeux, debout près d'elle, puis se passa deux ou trois fois la main dans les cheveux, plaquant les mèches contre son crâne. Becky constata alors à quel point ils étaient sales.

– Je suis venu parce que les garçons du coin, comme moi, se sont accordé un jour de permission pour aller voir leur famille. L'armée est à Columbia, et il nous restait du temps. Tu n'as aucune raison de m'en vouloir.

Becky se raidit, l'air dépité, et une moue se dessina sur son visage.

– J'en ai beaucoup, des raisons de t'en vouloir. Tu oses dire que tu m'aimes, alors que ton père aimerait mieux se couper un bras que de voir son fils avec une paysanne qui a une odeur de feu de bois et de corvées ménagères.

– Je croyais que tu sentais la lessive ?

Cotton voûta légèrement les épaules et la regarda du coin de l'œil, comme s'il s'attendait à recevoir un coup.

– Tu sais bien qu'elle me plaît, ton odeur. J'ai fait ce voyage à cheval, en passant devant Dieu sait combien de Nordistes qui ne demandent qu'à faire la peau à des gens comme moi, seulement pour pouvoir te voir, alors je t'en prie, cesse de retourner contre moi tout ce que je te dis. J'ai passé trop de temps en compagnie des hommes.

– C'est toi qui l'as voulu, répliqua Becky en chiffonnant l'ourlet de sa robe.

– Quoi donc ?

– Passer tout ce temps en compagnie des hommes. C'est toi qui l'as voulu.

– Je n'avais pas le choix.

Becky leva les yeux au ciel, serrant le poing sur l'étoffe tirebouchonnée de la jupe.

– Je ne veux pas de l'amour d'un homme qui a si peu de jugement. Je crois que ça va de soi, je refuse de passer mon temps, ma vie entière, avec un homme qui préfère se faire fracasser la caboche que rentrer à la maison.

Cotton se sentit vaincu. Ce qui restait en lui de prestance militaire l'abandonna, et il sembla gagné par une espèce de mollesse, chancelant sur ses jambes maigres, tel un homme qui tangue sur des échasses, pris de vertige. Il fourragea dans ses cheveux, répéta le geste encore et encore, puis il rejoignit Becky sur le rondin et s'assit à l'autre extrémité, les coudes appuyés sur les genoux. Il s'absorbait dans la contemplation de la terre comme si elle devait lui révéler quelque chose. Un moqueur le prit à partie, perché dans un pommier à quelques pas de lui.

– Si tu me le demandes, je ne repartirai pas. Je te le promets. Je resterai caché ici jusqu'à ce que tout soit fini, en priant pour que personne ne me démasque et que ma réputation n'en sorte pas ternie.

– Au diable ta réputation.

Cotton pencha la tête de côté.

– Dis-moi, Rebecca Griffin, depuis quand as-tu des pensées aussi basses ? Tu as beau jeu de traiter ma réputation à la légère. Tu sais que tu as tort, mais tu t'obstines quand même.

– C'est parce que je n'ai pas de réputation à défendre, tu le sais bien.

– Seule l'ignorance t'amène à parler ainsi, et tu te trompes.

Tournée vers lui, elle avait lâché l'ourlet de sa robe et posé les mains sur ses genoux, comme à l'église.

– Je suppose que je devrais aimer un homme qui me tient pour une ignorante ?

– Je ne te tiens pas pour une ignorante, Dieu m'est témoin. Ce que je crois, c'est que tu fais exprès de jouer à l'ignorante, et que tu sais très bien ce que ça signifie, de déserter ; toi aussi tu m'estimerais moins si j'étais le genre d'individu qui laisse les autres aller à la mort, des gens qui ont mis leur confiance en moi. Qui m'a accordé son premier baiser quand je suis parti me battre, en me disant combien elle était fière ? Dans mon souvenir, tu ne t'opposais pas à la compagnie des hommes, à ce moment-là ?

– Mon premier baiser ? Je l'ai oublié. Il y en a eu tellement.

– Ne te moque pas de moi.

– C'est toi qui ne sais plus plaisanter.

– Donne-moi une réponse, fit Cotton en se levant.

Becky eut un mouvement de recul, légèrement effrayée. Ses yeux s'écarquillèrent, brillant d'un éclat mouillé. Une longue mèche châtain lui tomba sur le front, échappée du chignon qu'elle portait bien serré sur la nuque.

– Ma réponse ?

– Est-ce que tu veux que je reste ?

Becky pinça la bouche et se mordit la lèvre inférieure. Cotton attendait, debout devant elle, les mains jointes derrière le dos, écartant légèrement les jambes comme s'il haranguait des troupes à la revue.

– Toi tu as bon cœur, tu es gentil. C'est moi qui ai été méchante et odieuse.

– Il suffit que tu me le demandes, et je ne m'en irai jamais.

– Je n'ai pas le droit de faire ça.

– Si, tu as le droit. Je te donne ma parole. Moi aussi j'en ai assez.

– Non, je ne veux pas.

Cotton s'approcha d'elle aussitôt pour la serrer contre lui. Le visage blotti contre sa poitrine osseuse, elle entoura sa taille de ses bras. Tout d'abord ils restèrent ainsi, immobiles, puis ils se donnèrent un baiser. Et que ce baiser eût été le premier, le second ou le millième, ils semblaient tous les deux faits pour l'étreinte. L'oiseau-moqueur s'envola de la branche.

Plus tard ils revinrent vers le porche, où Cotton avait attaché son cheval et, pendant un moment, ils échangèrent de longs regards pleins de surprise et de confusion, comme s'ils doutaient encore de ce qui venait de se produire. Becky n'avait même pas renoué son chignon, et ses cheveux se balançaient dans son dos, hâtivement rassemblés en queue de cheval. Cotton, qui avait pris le temps de rajuster son uniforme, affichait une expression impassible, prêt à repartir au combat.

Sur les marches du porche, Eli mâchonnait un brin de paille, attendant visiblement leur retour.

– Cotton, c'est quoi ton vrai nom ?

Cotton caressa la tempe de Becky avant d'empoigner les rênes de son cheval.

– Tu veux dire mon nom complet, Eli ?

– Oui.

Tandis qu'il se mettait en selle, Becky se figea comme une statue, les paupières baissées. Elle s'assit sur les marches et garda les yeux braqués sur le cheval, fuyant le regard de Cotton.

– Mon nom complet est Cotton Gin, naturellement.

– C'est ça, ton vrai nom ? Ça m'étonnerait.

Cotton sembla méditer sa question, mais il se borna à lui sourire.

– Le nom de mon cheval est encore plus étrange.

– C'est quoi ?

– Guidance.

– C'est un nom, ça ?

– Plutôt une espérance.

Il ne savait plus quoi dire. Il regarda Becky en ébauchant un signe de tête, comme pour lui transmettre quelque chose en se passant de mots. Becky ne leva qu'une fois les yeux, et les baissa dès qu'elle eut croisé le regard de Cotton, hochant la tête à son tour. Puis Cotton dirigea sa monture vers le sentier qui menait à la grand-route et s'en alla au petit trot. Lorsque le claquement des sabots eut décru, Becky et Eli relevèrent la tête d'un même mouvement, juste à temps pour voir Cotton se tourner vers eux et agiter son chapeau avant de disparaître.

Ce fut à cet instant, quand il se retourna le chapeau à la main, que Becky eut la certitude qu'il allait mourir.

10

Sergent Zachariah Cashwell, 24e compagnie de l'Arkansas

Moi j'étais perdu dans ma rêverie, en paix avec l'idée de la mort, mais ce qui m'en a arraché au bout d'un moment, c'est cette précision qu'ils mettaient à nous descendre, les Yankees. On était à portée de tir, attendant d'être plus près pour ouvrir le feu, quand ils ont lâché une salve qui nous a éblouis comme un éclair en nappe, et dans les rangs devant moi, les hommes tombaient si vite que ça faisait des rangées bien ordonnées, comme du foin coupé. Le chaos avait pas sa place là-dedans. Entre le canon de chaque fusil yankee et la chair de chacun de nos morts, on aurait pu tracer une ligne bien droite. Pas de perte, pas d'erreur, pas d'incertitude. En une seconde de temps ils étaient tous morts, je sais pas s'ils étaient cent ou plus. Le hasard n'a pas mis son doigt dans la visée d'un seul tireur, ni empêché une seule balle de faire mouche. Nous, depuis tous ces mois, c'était la chance qui nous gardait en vie, et qu'est-ce qui nous resterait si elle nous faisait faux bond ? On a quand même continué d'avancer, au milieu de tous ces corps affalés, de ces rangées de corps.

La première salve passée, on a cru qu'on avait nos chances. Quand ils ont vu ce qu'ils nous avaient fait, les tirs se sont arrêtés, ils ont dû penser que c'était pas la peine de se tracasser. Nous on s'est remis à brailler en levant nos drapeaux en l'air, et on s'est élancés en courant. Dans cette fournaise, j'avais les poumons en feu. Il y en avait, parmi les jeunes, qui voulaient se débarrasser de leur veste et de leur chemise, et on essayait de les prévenir qu'il fallait pas, que le temps ne tarderait pas à changer, mais on avait déjà assez de mal à respirer sans se fatiguer en plus à donner des leçons. Du coup, on a laissé derrière nous une traînée de manteaux et de chemises. Cette nuit-là sur le champ de bataille, je parie qu'ils ont tous regretté de rien avoir pour se tenir chaud, les blessés et les mourants qu'on avait été obligés de laisser derrière nous. Dieu connaît pas la constance, et pendant la nuit le temps s'est mis au froid pour de bon. Le cagnard et ensuite la froidure, c'était Lui qui décidait. On aurait dit qu'Il avait tourné le dos à Franklin.

Je croyais qu'on était presque rendus quand on s'est trouvés bloqués par cette haie, épaisse et hérissée d'épines, que les Yankees avaient dressée en bas de la colline qui menait vers leurs positions. C'était rudement malin de leur part. On est restés cloués sur place, les fesses par terre à attendre de se faire moucher. En voyant ça, un officier de chez nous a voulu lancer son cheval à travers la haie, mais il a réussi qu'à s'empêtrer dedans. On était plantés là, à écouter le bruit des balles qui déchiraient l'air, le choc que ça faisait quand elles frappaient le bois, la terre ou la chair. Le cheval s'était fait blesser, il perdait beaucoup de sang. Il hennissait comme un fou en donnant des ruades, le sang et la bave m'aspergeaient de partout. Au bout du compte, il a désarçonné son cavalier et il a pris la fuite. L'officier a été abattu sous nos yeux pendant qu'il s'escrimait à tailler dans la haie à coups de sabre. Il nous criait de le suivre quand il s'est effondré à mes pieds. J'ai récupéré ses pistolets.

On aurait passé toute la journée là si les Yankees avaient pas commencé à nous faucher un par un. C'était sûr qu'il faudrait s'ouvrir un passage dans cette haie si on espérait sauver notre peau. Il n'y avait plus moyen de reculer, maintenant : on avait plus le temps de se sauver en courant, et on s'était trop engagés pour accepter que l'ennemi nous tire dans le dos.

C'est comme ça qu'on s'est tous mis à lacérer les branchages. Ç'a été un sacré gâchis. Les hommes frappaient les branches et coupaillaient dedans jusqu'à ce qu'ils se fassent descendre, et alors on tirait les corps en arrière et d'autres venaient les remplacer. Ça a duré comme ça un bout de temps, avant que les trous soient assez larges pour laisser passer deux hommes à la fois. J'aimerais savoir combien de soldats auraient pu s'en aller de ce champ de bataille au lieu de finir enterrés dessous si on en était restés là ; bravo, félicitations, maintenant on rentre chez nous. Parce que les choses ont fait qu'empirer sitôt qu'on a voulu se glisser par les brèches. On offrait aux Yankees une cible à viser, quelques points sur lesquels concentrer les tirs. Quand les hommes réussissaient à se faufiler, c'était juste pour se faire déchirer par les balles. Il est venu un moment où les fentes qu'on avait ouvertes étaient tellement encombrées par les corps que personne pouvait plus avancer, comme si la haie s'était refermée toute seule.

Après coup, on a du mal à croire que tout ça s'est produit en deux petites heures, ça paraît impossible, qu'il arrive tant de choses en si peu de temps. Quand l'écho de la dernière balle s'est éteint sur le champ de bataille, rien n'était plus pareil. Parfois, je pense à l'homme qui l'a tirée, cette dernière balle, peu importe qui il est. Je me demande ce qu'on peut ressentir, quand on est celui qui décide : *Maintenant ça suffit.*

On est pas tous morts devant cette haie. Dans une bataille, il faut savoir que si on pousse suffisamment de soldats en avant, une poignée se débrouillera toujours pour se sortir d'à peu près n'importe quoi. Nous qui avons réussi à franchir la haie sains et saufs, on a grimpé un moment le versant de la colline avant d'arrêter de beugler et de se rendre compte qu'on s'en était tirés. Des fois, on est dans un tel état que chaque pas à faire, chaque petit obstacle sur le champ de bataille peut sembler à ce point impossible qu'on voit quasiment rien au-delà, et une fois qu'on l'a passé, on a peine à se rappeler ce qu'on fichait là. On s'est jeté à plat ventre pour se tapir dans l'herbe, on savait plus trop comment faire avec si peu de survivants. Moi je tenais les deux pistolets de l'officier mort, mais je me contentais de les regarder fixement, en examinant toutes les éraflures et les traces de poudre. Autour de moi tout était clair, précis de contours. Les choses les plus minuscules devenaient bien nettes à mes yeux. Une fourmi rampait au sol pour rentrer dans son trou, agitant la tête avant de s'engouffrer dedans. J'ai compté les nervures sur un brin d'herbe. Mes autres sens, eux, ils percevaient plus rien. Pas de sons, pas d'odeurs, aucune sensation au bout de mes doigts.

Comme je m'étais désintéressé de la bataille, j'ai pas remarqué tout de suite que le jeune intendant militaire adjoint du général remontait la ligne derrière la haie, du côté de l'ennemi, en nous commandant de charger. J'ai regardé de quoi il avait l'air quand son cheval est passé devant moi. Un grand échalas avec une tignasse blonde et crasseuse qui dépassait de sous son grand chapeau. J'ai jamais oublié le nom du cheval, tellement il était bizarre. Guidance, il s'appelait. *Quel imbécile*, je me suis dit alors, *un intendant a rien à faire ici. Personne lui demande de se battre, et voilà qu'il met sa vie en danger.* D'un bond, un des sergents a saisi la bride du cheval et a essayé de le dissuader. *A l'arrière, capitaine, à l'arrière !* Il me semble encore l'entendre. Mais ce jeune officier, il était déjà trop échauffé, il faisait des grands ronds avec son chapeau en vociférant qu'il voulait combattre pour sa ville, par Dieu ! Lentement, l'un après l'autre, on est tous allés se remettre en formation d'attaque. Je crois que les derniers mots qu'il a entendus, ils sont sortis de la bouche de ce sergent. *Ne chargez pas trop tôt, vous allez les épuiser.* Sur le moment j'ai trouvé qu'il était de bon conseil, mais quand on s'est redressés, les Yankees ont ouvert le feu derechef et, dès que les morts ont commencé à tomber, on a tous flanché, certains se sont même couchés à nouveau par terre. Le jeune officier a dû saisir ce qui se passait, et il s'est dit qu'il n'avait pas le temps de balancer. Toujours est-il qu'il a tourné son grand cheval gris vers les lignes ennemies, en criant quelque chose à propos de sa maison et de sa famille, et puis il a dégainé son sabre. Le spectacle était tellement saisissant qu'on l'a suivi quand il a chargé.

Presque tout de suite il a perdu son chapeau, ses cheveux blonds battaient dans le vent au rythme du galop. Il est allé trop loin, en un rien de temps il s'est retrouvé tout seul au front. On le suivait en soufflant, sa silhouette de plus en plus petite devant nous, et en voyant les Yankees détourner leurs armes de nous pour les diriger ailleurs, j'ai su que son temps était compté.

Quand il a touché terre, le cheval était déjà mort. Il s'est trouvé catapulté par-dessus la tête de l'animal et, à l'instant où il a mordu la poussière, il devait bien avoir sept balles dans la peau. Je le sais parce qu'on est passés près de lui, et il appelait à l'aide en tonnant contre les salauds qui étaient venus l'abattre sur ses propres terres. Il perdait du sang au cou et à la hanche, sa bouche s'était remplie de terre quand il était tombé. Ce qui m'a paru drôle, chez lui, c'est qu'il ressemblait pas aux blessés ordinaires, qui vous implorent de leurs yeux innocents comme si vous étiez capable de tout leur expliquer. Ce jeune homme, c'était seulement de la colère qu'on lisait dans ses yeux. On aurait dit aussi qu'il avait pas encore de barbe au menton. Quand je l'ai vu pour la dernière fois, il avait presque perdu la voix, et pourtant il hurlait pour qu'on avance encore. Et nous on a obéi.

Juste comme je le dépassais, notre porte-étendard a pris une balle dans la bouche. Il s'est effondré sur le drapeau et s'est retrouvé entortillé dedans, si bien qu'on aurait cru qu'il dormait sur cette fichue bannière, quand il a cessé de remuer.

Ce qui s'est passé ensuite, je serai jamais capable de l'expliquer, jamais de ma vie. Ça reste encore un mystère. Le fort en gueule qui avait réclamé un air à la fanfare tant qu'on était en marche, ce gros lard que j'avais toujours vu se tenir à carreau, il est sorti du rang juste à côté de moi pour courir ramasser le drapeau. C'était un dénommé Warren, de Nashville, il portait une barbe noire, et ça lui arrivait de barboter de la nourriture. Jusqu'à ce moment-là, il m'intéressait pas plus que ça.

Je sais pas ce qui l'a poussé, mais il a fait marcher ses grosses pattes, et bientôt il se penchait sur le porte-étendard, son large dos tendu pour faire rouler l'autre comme une barrique. Dans une main il a pris le drapeau, dans l'autre son fusil, et il s'est tourné vers nous tandis qu'on s'approchait. La figure cramoisie, il a crié en postillonnant : « Quoi, vous voulez la vie éternelle ? » Ensuite il a fait volte-face pour se jeter en avant, et on s'est rués derrière lui comme une meute de chiens. Personne a pipé mot.

Des deux côtés de la ligne, qui s'étendait sur un bon mile de chaque côté, j'ai vu des milliers de groupes comme le nôtre foncer vers la ligne yankee. J'imaginais que chacun avait connu son lot de drame et de tragédie, des centaines, des milliers d'instants semblables à celui où notre drapeau a été relevé de terre et a continué d'avancer au bout de ces gros bras tendus bien raides. A ma droite, du côté de la route à péage, la fumée d'un obus a enveloppé en sifflant toute une escouade de gars de l'Arkansas, et il n'est plus resté qu'une brume rose pâle pour prouver qu'ils avaient été là. Sur la gauche, là où la ligne yankee tenait un morceau de terrain spécialement abrupt, des soldats du Mississippi étaient accroupis comme des ombres contre le rempart, la tête renversée en arrière comme s'ils espéraient voir quelque chose derrière les fortifications. De temps en temps, ils trouvaient le courage de hisser un homme sur leurs épaules pour qu'il tire sur l'ennemi, et là ils se faisaient tuer ou capturer. Plus loin sur la ligne, un autre groupe se pressait contre la palissade en agitant un chiffon blanc au bout d'une baïonnette.

Moi je courais toujours, et petit à petit je rattrapais notre nouveau porte-étendard. Les pistolets pesaient trois fois rien dans ma main, au point que ça me choquait. Je pouvais pas croire qu'ils seraient capables de tuer, ils ressemblaient trop à des jouets. Le porte-étendard s'est mis à tituber. Mon foulard m'irritait le cou, alors je l'ai arraché et jeté par terre. Luttant de toutes ses forces pour ne pas s'effondrer, Warren s'est précipité en avant une dernière fois. J'ai pensé à cet officier aux cheveux blonds et à son beau cheval, à leur mort si gratuite et si impressionnante. Le champ et la route étaient en montée, on aurait cru qu'ils s'allongeaient à mesure qu'on progressait. A côté de moi les hommes s'écroulaient et je les laissais loin derrière moi, tassés par terre. D'un seul coup ils existaient plus, pour ainsi dire. Je regrettais de ne pas avoir eu l'occasion de parler au jeune officier, et la pensée m'est venue : *Il n'y a jamais de belle mort.*

Arrivé à vingt mètres des fortifications, le nouveau porte-étendard a fait une pause pour reprendre haleine et s'est tourné vers nous en balançant le drapeau, comme s'il voulait nous prévenir qu'il avait déjà pris les positions yankees. Les yeux exorbités, la sueur gouttant au bout de son nez, Warren a recommencé à brailler, sur cette histoire de vie éternelle. Une balle l'a frappé à la nuque, et ç'a été la fin de son petit rôle dans notre tragédie commune.

Oh non, il n'y avait pas de belle mort. Pourtant la sienne paraissait moins dure que bien d'autres, et c'est ma seule façon d'expliquer ce que j'ai fait. Je me suis approché du drapeau que sa main gauche serrait toujours, rejetée loin de son corps, et je le lui ai arraché. Il se tenait tout à fait immobile, les muscles de son cou étaient relâchés, le dos puissant détendu. Tant qu'on est vivant l'immobilité est jamais vraiment parfaite, je m'en suis aperçu alors, même quand on a pas l'impression de bouger, il reste toujours une espèce de palpitation. C'était curieux et en même temps rassurant, de voir un homme complètement au repos, et je suis allé le rejoindre.

J'ai jeté mes pistolets par terre, ils me serviraient plus à rien, maintenant. J'ai pas prononcé un seul mot, je suis pas fort pour les discours. Tout ce que j'ai fait, c'est me mettre à marcher vers les fortifications, m'attendant à chaque instant à recevoir la balle qui me tuerait. C'était pas du bonheur que je ressentais alors, c'était de l'exaltation.

11

CARRIE MCGAVOCK

Il me semblera toujours que le pas des hommes a continué de résonner dans la maison bien après qu'ils furent partis. Longtemps je restai sur le porche à scruter la campagne, cherchant à comprendre ce qui les avait troublés à ce point. Mais je ne vis que les douces ondulations des collines, le ruisseau qui passait à la limite de mon champ de vision avant de se perdre dans le lointain, et les pluviers farouches voletant au-dessus des champs hivernaux, veillant sur leurs nids. Ce qu'avaient pu percevoir ces hommes appartenait à l'avenir, prévision de ce que pourrait rendre possible la configuration du terrain. Ces choses-là n'étaient pas visibles pour moi.

Je coulai un regard vers Mariah qui patientait, dans l'expectative, les mains jointes devant elle.

– Qu'allons-nous faire ? Ils ne peuvent pas faire cela ici, ils devraient en être conscients. Nous ne sommes pas infirmières.

Mariah ne pouvait deviner si je faisais allusion à leur projet de transformer la maison en hôpital, ou bien à leur plan de bataille. Quoi qu'il en soit, les choses étaient maintenant irréversibles. Ils reviendraient forcément. Je me sentis étreinte par quelque chose de glacé, qui me traversa comme un fantôme pour aller planer dans la cour et agiter les dernières feuilles du pacanier.

– Y faut se tenir prêtes, me dit alors Mariah. C'est pas nos causers qui vont changer quèqchose.

– Non, ce n'est pas possible. Je te dis qu'ils ne viendront pas. Je vais demander au colonel McGavock de parler au général Forrest. Il s'en occupera. Il ne permettra pas que cette maison soit profanée, il ne le tolérera jamais.

– Si fait, 'dame.

Pourtant je savais qu'ils viendraient. Si j'avais appris une chose depuis que je vivais ici, c'est que j'étais incapable de repousser quoi que ce soit. Moi qui n'avais pas su empêcher la mort d'entrer comme chez elle, comment parviendrais-je à écarter ceci ? En imagination, je voyais ma maison après le passage des blessés et de ceux qui les accompagnaient. *Combien seraient-ils ? Dix ? Vingt ?* Mes entrailles se tordaient à l'idée de ces hommes dans ma maison, de leur sang répandu. Peut-être pourrais-je secourir une poignée d'entre eux, et il se pouvait que la guerre épargne les autres.

Il me semble que ses pleurs et ses gémissements ne cessaient jamais. Par moments elle criait pour que je vienne près d'elle. Il en a été ainsi jusqu'à la fin. Sa peau rougie était sèche et gercée. J'avais presque l'impression qu'elle me brûlait la main. Chaque jour je m'installais à son chevet, appliquant sur son front des compresses d'eau froide, et son corps semblait absorber chaque goutte d'humidité sans rien en retirer en échange, ni fraîcheur ni soulagement.

Un souffle remua l'air et balaya le porche. Midi approchait et, dans le ciel gris, le soleil flou et pâle était comme un palimpseste de l'été. Une sueur froide mouilla mon front, les battements de mon cœur pulsaient à l'intérieur de ma gorge. Je fis un effort pour maîtriser mon souffle.

– Mariah, va commencer les préparatifs, tu veux bien ? Je te rejoins dans un instant.

– Bien, 'dame.

Je rentrai dans la maison, où les coins sombres et le vestibule gagné par l'obscurité gardaient la fraîcheur. Quelqu'un remarquerait-il mon absence si je passais la journée cachée dans le noir ? Je ne me suis pas arrêtée.

Lorsque je sortis sur la pelouse, la brise tiède m'enveloppa de nouveau. J'allais sans réfléchir à ma destination. Mes pas me portaient vers le jardin, par-delà la pelouse, mais quelque chose sur ma droite aimantait mon regard, un petit bouquet d'arbres dans un enclos de fer forgé. L'herbe était encore tendre. De nouveau le vent se leva, et je me sentis près d'étouffer. J'aurais voulu le frapper de mes mains, le chasser loin de moi.

Depuis le jardin, j'ai regardé le cimetière. Les stèles funéraires semblaient venir en procession à ma rencontre. Le cimetière était pour moi comme un second bosquet enfoui sous mes pieds, fait d'arbres, de calcaire et d'enfants, et voilà pourquoi je n'osais y poser les yeux que dissimulée dans mon jardin, en jetant des regards furtifs à travers les feuillages.

Dans le temps il était si joli, ce jardin, si propre et si bien taillé, une foison de rudbeckies et de pivoines, de buis, de tournesols et de crêpe de myrte s'épanouissant docilement entre les allées. Je lui portais un amour sans réserve, et je trouvais une satisfaction dans ses frontières et ses distinctions, dans la concentration des textures et des nuances. A lui seul il réfutait toute idée d'incertitude.

A présent, on reconnaissait à peine le jardin d'autrefois, tel que je l'avais découvert dix-huit années plus tôt, jeune mariée de dix-sept ans arrivant dans la voiture de son nouvel époux. Mon jardin s'était défait, à l'instar de ma demeure, de Franklin, du Tennessee et du monde tout entier, me semblait-il. Pendant l'été, une invasion de rudbeckies occupait les parties les plus ensoleillées, si bien que même à la nuit close, je voyais depuis le porche l'éclat exubérant de leurs floraisons jaunes. Le cœur-de-Marie, le teinturier et le lierre avaient pris possession du reste. Les pivoines luttaient pour trouver la lumière, et je me réjouissais doucement de leurs percées occasionnelles. Même si je ne leur offrais aucun secours, leurs modestes victoires m'apportaient du réconfort.

Tant d'années s'étaient écoulées depuis ma première nuit à Carnton. La demeure avait croulé sur ses propres fondations. *Tout comme moi*, pensais-je sans m'en étonner.

Ombre parmi les bruns et les beiges de mon jardin, ce jardin à l'italienne au tracé jadis si précis, je rappelai à ma mémoire la première fois où j'avais vu la maison. Un observateur distrait aurait pu s'y tromper, mais la demeure n'était plus la même. Sa charpente existait toujours, pourtant bien peu de choses me semblaient familières. L'édifice néo-classique en briques rouges, avec son portique grec et les deux niveaux de son imposante galerie dans le style italien, qui courait sur tout l'arrière, était maintenant désert : nous nous étions confinés dans l'aile est, qui fut à l'origine le corps de logis principal. *Sans nos esclaves il n'est plus possible d'entretenir la maison.* Sur les instances de John, nous avions envoyé la plupart des esclaves en Alabama, chez des amis, afin que les Nordistes ne puissent pas les réquisitionner en même temps que tout ce qui leur tombait sous la main. *Mariah ne suffira pas à s'occuper d'une maison aussi vaste*, avait-il déclaré. Je savais que la vérité ne se résumait pas à cela. Ce que John désirait aussi, c'était que je cesse de vivre parmi mes enfants défunts, ne serait-ce que pour un moment. Je n'en poursuivais pas moins mes errances à travers leurs chambres, l'oreille aux aguets.

Je gardais souvenance des voix de mes enfants, du son de ma propre voix lorsque je leur donnais des leçons ou que je leur lisais des histoires de la Bible ; je me rappelais aussi les accents du piano, le tic-tac de la haute pendule à caisse du vestibule. *Rien ne disparaît.* J'imaginais que les bruits que faisaient les enfants, les parfums qui émanaient d'eux, perduraient quelque part, emportés par le vent. Cette idée me consolait. Ils existaient aussi dans mon esprit, sous la forme de souvenirs, mais depuis quelque temps j'en étais venue à me défier d'eux.

Jamais je ne pourrais abandonner ces souvenirs. Ils m'assaillaient de leur essaim bourdonnant.

Au rez-de-chaussée, un corridor central traversait la maison sur toute sa longueur. Un large escalier menait au vestibule de l'étage. En haut comme en bas, de lourdes portes en bois de peuplier ouvraient sur deux pièces de chaque côté. Au premier niveau, le salon de réception se trouvait sur la gauche, le bureau de mon époux sur la droite. Notre salon, orné jadis de nos portraits de famille, était situé sur l'arrière, face à la salle à manger dont la table était à présent recouverte d'un drap. Au deuxième étage, où je passais désormais le plus clair de mon temps, les portes des chambres d'enfants restaient toujours fermées. Il y avait au-dessus de l'entrée une petite pièce biscornue sans affectation définie – un accident de construction, un espace fortuit –, où je passais mes journées dans un petit fauteuil à bascule en étoffe de crin.

Mon cas laissait les médecins perplexes. Comme toutes les femmes que je connaissais à Franklin, j'avais reçu ma fiole de laudanum lorsque le chagrin m'avait submergée, mais contrairement à elles, je n'avais fait que m'abîmer plus profondément dans le désespoir, et – je le savais – dans mon extravagance. D'après le docteur Cliffe, il ne s'agissait pas là de l'issue habituelle. Dans ce petit flacon, les dames de mon ancienne coterie puisaient la force de trouver un sommeil sans rêves lorsqu'elles envoyaient au combat un mari ou un fils. Elles donnaient l'impression de diriger leur maison comme si de rien n'était, mais, en vérité, leurs journées s'écoulaient dans une stupeur bourbeuse, et elles perdaient le fil des conversations.

Il faut dire que je n'avais jamais pris de laudanum. Chaque jour, j'en versais quelques gouttes dans un ancien flacon à parfum que je cachais dans un compartiment de ma table de toilette. Tous les mois, John se rendait consciencieusement en ville pour se procurer de nouvelles doses, et je continuais, jour après jour, à en verser un peu dans mon flacon à parfum. *Je ne veux pas en prescrire davantage*, avait dit à John le docteur Cliffe, pensant que je n'entendais pas, *parce qu'une quantité plus forte lui serait fatale, si par accident elle la prenait en une fois.*

Depuis le temps où j'avais vu mourir John Randal, le premier de mes enfants à me quitter, tout juste âgé de trois mois, j'avais rassemblé des dizaines et des dizaines de ces doses mortelles, passant au fil des mois à des flacons de plus en plus grands. Il avait de si grands yeux, et il était si petit ! Lorsqu'il me regardait, le front toujours plissé par la souffrance et l'imploration, je contemplais la possibilité d'une authentique innocence et le crime monstrueux perpétré contre cette idée même, contre moi, *contre mon fils*. Parfois la douleur s'atténuait et il esquissait un sourire, mais je ne trouvais que les larmes pour y répondre et pour lui dire combien je l'aimais, combien il était merveilleux. Il vint un moment où il ne sourit plus. Lui qui était sans défense contre le monde, je l'aimais encore plus et je haïssais le monde. Le matin en m'éveillant, j'allais chercher le flacon au fond de ma table de toilette. Je le soupesais dans le creux de ma main, me demandant si je choisirais ce jour-là pour en boire le contenu, et chaque fois je décidais que non. Je le rangeais alors dans le compartiment secret, je faisais glisser le panneau. Certains jours il m'obsédait plus que d'autres, et même s'il m'arriva une fois d'en retirer le bouchon, je finissais toujours par le remettre à sa place.

Toutefois je savais qu'il était là. Je savais chaque jour la mort à ma portée, et cette pensée me réconfortait. Ce n'était pas un rappel de la mort que je recherchais là. Autour de moi, tout conspirait déjà à me la rappeler, chaque pièce, chaque fenêtre, chaque pan de tapisserie. Je n'avais nul besoin qu'on me ramène à elle. Ce que j'aspirais à connaître, c'était ce qu'avaient éprouvé mes enfants dans leurs moments les plus intenses, alors qu'ils luttaient pour leur propre vie avec tant de courage et de force. Jamais je n'avais vu en eux une telle puissance qu'alors, quand ils me demandaient pardon à voix basse, grelottant et le souffle court. *Ils me demandaient pardon*. Aux heures qui précédaient la mort, ils avaient donné le meilleur d'eux-mêmes. Il me semblait que si j'accédais à la même expérience, nous partagerions une chose plus inaltérable que les souvenirs, plus solide que la pierre qui s'effritait sur leur tombe.

Chère mère,

Il m'incombe d'apporter quelques rectifications à ma dernière lettre au sujet de Martha. Ç'a été un grand poids sur ma conscience, et bien que j'aie cherché par là à lui rendre l'hommage qu'elle méritait, je sens qu'il est de mon devoir de revenir sur certaines inexactitudes. Ce n'est pas dans la paix que Martha est retournée à son Créateur. Elle avait peur, elle m'appelait à l'aide, et en dépit de toute ma volonté, je ne pouvais rien pour elle. Je ne sais pas vraiment ce qu'elle a vu lorsque la lumière s'est ternie dans son regard, mais jamais je n'oublierai la terreur qu'il exprimait. Je prie pour que Notre Sauveur l'ait accueillie entre ses bras – et personne n'en est plus digne qu'elle –, mais je n'ai aucune certitude. J'espère ne plus jamais revoir chose pareille jusqu'à ce que je trouve à mon tour la bénédiction du repos. Si je vous dis cela aujourd'hui, c'est que je ne veux pas mêler au souvenir de ma Martha des choses contraires à la vérité, même si elles furent dictées par la bienveillance. Puissiez-vous me pardonner.
Avec l'affection de votre fille.

Carrie

Je suis restée dans mon jardin, laissant le froid transir mes jambes. A cause de ma négligence, les roses étaient mortes de soif, remplacées par les herbes folles et les autres plantes parasites – toutes ces choses vivantes que le regard inattentif confond avec la mort. Il en est qui s'attristent des jardins dépéris, mais je ne suis pas de ceux-là. Le déclin fait partie de la nature. Je me rappelais non sans gêne le temps où je soignais mes plantations, sarclant, arrachant les mauvaises herbes, m'évertuant à contrer l'inéluctable. Je ne trouvais de tristesse ni dans mon jardin, ni dans ma maison, ni dans le petit cimetière familial aux tombes toutes neuves.

La mort m'accompagnait depuis le début, et aujourd'hui ma maison devait se changer en hôpital. Je n'étais pas d'une nature morbide, mais si la mort me cherchait querelle, je n'allais pas me dérober. *Dis ce que tu as à me dire ou laisse-moi en paix.* Je n'ai pas détourné le regard. *J'ai vu.* Le jardin, le cimetière, la chambre de Martha – je possédais un pouvoir. J'étais douée d'une puissance dont les autres étaient dépourvus. Non, je n'aurais pas d'autre enfant. Je ne sèmerais pas de graines nouvelles. Je ne quitterais pas non plus ma maison, je n'en changerais pas le décor. Et je refusais aussi de m'enliser dans le languide égarement des conversations opiacées avec les dames de la ville, si attachées à leur laudanum. Je n'avais pas à rechercher l'oubli et l'apaisement, ni à fuir la vérité la plus incontestable de mon existence : les choses que j'aimais le plus étaient mortes, et je leur avais fait défaut. *Que cette plaie demeure ouverte.* Je comprenais que j'étais capable de supporter cette souffrance, et qu'il m'arrivait même de la désirer ardemment. Le docteur Cliffe avertit John que je me laissais aspirer par la spirale ténébreuse de la mélancolie, mais je ne voyais là qu'une force. La mort avait perdu le pouvoir de m'effrayer.

S'il fallait en échange passer pour folle et ignorer les façons des vivants, j'acceptais de payer ce tribut. C'était même une rançon dont je m'acquittais avec joie, car elle prenait un goût de vengeance. Mon regard fit encore le tour du jardin, et d'un grand geste brusque, je brisai les tiges brunies de deux tournesols fanés et les regardai s'abattre sur la terre sombre, dans la décomposition des feuilles.

Ensuite je suis rentrée.

12

LIEUTENANT NATHAN STILES, 104E COMPAGNIE DE L'OHIO

J'ai vu un petit rebelle d'une douzaine d'années étouffé sous le poids des corps qui s'entassaient sur lui. Oui, étouffé. Je n'avais jamais envisagé cette éventualité. Seule sa tête émergeait du monceau de cadavres et, l'espace d'un instant, je crus qu'il cherchait mon regard pour me dire quelque chose, mais que le souffle lui manquait pour parler. Il ne pouvait plus respirer, et Dieu sait où il avait été blessé. Il remuait les mâchoires, des larmes plein les yeux. Quand je le vis pour la dernière fois, un nouveau corps s'écrasait sur lui et finissait de le recouvrir, comme si une vague déferlante l'avait entraîné vers le large.

Nous faisions passer des fusils chargés aux tireurs postés à l'avant, tandis qu'ils nous renvoyaient les armes chaudes et encore fumantes, pour le ravitaillement. Au fond de la tranchée gisaient les Confédérés qui étaient parvenus au bord de notre retranchement, pour se faire abattre aussitôt. Il y avait avec eux des morts de notre camp, ceux qui avaient reçu une balle dans la tête en voulant jeter un coup d'œil à l'offensive. En général, nos soldats se contentaient de lever leur fusil au-dessus de leur tête, par-dessus les rondins qui étayaient la tranchée, et de tirer au jugé dans la direction de ces cris effroyables. Des corps si nombreux encombraient le fossé qu'on se trouvait forcé de les piétiner, et je redoutais qu'ils ne l'obstruent tout entier, nous poussant hors de notre retranchement, et ne finissent par combler tout l'espace en nous laissant asphyxiés comme ce petit rebelle haletant et crasseux.

Si j'avais su ce qu'impliquait la défense d'un saillant, je me serais abstenu de railler le langage prétentieux du colonel. Dépassant de la ligne principale, nous étions cernés sur trois côtés, et pour peu que les régiments qui nous encadraient viennent à s'emballer et à viser tout ce qui bougeait devant eux, ils risquaient de tirer sur notre position ; il faudrait envoyer quelqu'un leur dire d'arrêter tout de suite. Cette manœuvre m'a coûté deux messagers.

Pour ériger nos défenses, nous avions dépouillé l'égreneuse de tout le bois et le métal qu'elle pouvait nous fournir – planches, solives et presses à vis – si bien que le coton qu'elle abritait se trouvait exposé aux salves des rebelles. Bientôt, la désintégration des balles nous couvrit de houppettes blanches, tandis que le reste des fibres de coton flottait devant nous au-dessus du champ. Les rares fois où je hasardais un coup d'œil par-dessus nos fortifications, je voyais les flocons cotonneux poudrer les morts comme une nouvelle neige. Au cours de cette journée, peu de choses marquèrent autant ma mémoire, me donnant l'impression de passer dans un autre monde. C'était un spectacle d'une affreuse beauté, et parfaitement insolite.

Pourquoi ont-ils continué d'avancer ? Au bout de deux heures de combat, le massacre était si ignoble que si un rebelle se montrait au bord de notre retranchement en brandissant un drapeau ou un fusil, nous préférions le faire tomber et le capturer que lui tirer dessus. A moins qu'il ne parût spécialement dangereux. Ceux-là finissaient au fond du fossé.

Chez les prisonniers, le soulagement paraissait dominer tout le reste. Ils ne comprenaient pas tout de suite ce qui leur arrivait, et une brève bouffée de honte cédait la place à une joie insoutenable quand ils se rendaient compte qu'ils auraient la vie sauve. L'un d'eux fondit en larmes, un autre assenait des claques dans le dos de tous ceux qui passaient à sa portée.

« Sacré nom, vous vous êtes battus comme des chiens. Laissez-les souffler un peu, ces pauv' bougres, hein ? Y'a de quoi manger, par ici ? Il est pas vilain, ce fusil, j'peux pas l'avoir ? Hé l'ami, je disais ça pour rire, vrai. Jamais j'avais rien vu comme ce champ de bataille. D'ici on voit que dalle, y'a trop de fumée. Mais bon, y a pas à dire, vous nous avez mis la raclée. J'disais ça pour parler, c'est tout. Vous en reviendrez pas quand vous verrez de vos propres yeux. C'est par où, l'arrière ? J'voudrais brusquer personne, mais j'ai eu mon compte, moi. »

Pourtant ils avançaient toujours, déferlant sur nous en une vague inépuisable qui refluait en laissant derrière elle des formes contorsionnées et recroquevillées dans l'herbe, des fusils abandonnés étincelant sous la lumière rasante, des bannières repliées entre les mains des porte-drapeaux terrassés. Certains de nos soldats repéraient déjà leurs trophées, les choses qu'ils avaient l'intention de ramasser plus tard.

– Tu le vois ce gars, juste là ? Je m'en vais lui faucher son barda. Non, çui-là, regarde ! Celui qui a eu la mâchoire emportée. Tu peux pas le louper, il a la langue qui pend jusque par terre. On dirait bien qu'il a perdu un œil, en plus. J'suis pas très sûr. Tu l'as vu, à force ? Son couteau ferait bien mon affaire, je vais me le prendre aussi.

Je leur imposai silence, bien que je comprenne leur impulsion. Moi non plus je ne voulais pas quitter cet endroit sans emporter un souvenir. Levant les yeux, je vis l'abri de l'égreneuse se disloquer sous l'assaut des balles. Même si je ne demandais qu'à m'éloigner de cette guerre pour toujours, ce que je voyais sur ce champ de bataille exigeait un acte de mémoire. C'était une terre impie, mais je remerciais Dieu de me l'avoir montrée. Jamais plus je ne regarderais un homme sans m'interroger sur les crimes dont il était capable. Une telle vérité valait la peine d'être apprise.

J'étais perdu dans ces méditations lorsque je compris que le crépitement que j'entendais ne provenait pas de l'égreneuse frappée par les balles. Une grêle d'éclisses m'ayant fait lever les yeux, je constatai que les projectiles rendaient un son mat en heurtant les lattes de bois. Le craquement venait de la direction opposée, plus loin sur le champ de bataille. Les morts et les agonisants formaient une masse si compacte que les hommes qui chargeaient leur marchaient dessus, fracassant les jambes, les bras, les côtes. Ce que j'entendais, c'étaient les os qui se brisaient.

J'ai tenté mon possible pour qu'ils épargnent le porte-étendard, mais ce n'était pas en mon pouvoir. On aurait dit plutôt que la vue des couleurs ravivait leur violence, chacun pour des raisons bien à lui, probablement. Le grand gaillard qui vociférait Dieu sait quoi tomba juste devant nos fortifications alors qu'il agitait son drapeau pour rallier les troupes. Sans rien voir venir, il s'élança vers ses hommes bras écartés, comme s'il voulait les étreindre. Nous avions vu les soldats de son unité se frayer un chemin à travers la haie défensive pendant qu'on les décimait. Nous avions vu aussi un jeune officier à l'œil farouche exhorter les survivants à l'assaut, et lui aussi nous l'avions abattu. Lui et son cheval. Malgré tous les hommes que nous avions tués, les autres s'entêtaient à avancer. Le costaud prit le drapeau des mains d'un camarade fauché à mi-chemin, et il se mit en marche en ahanant, aboyant de temps en temps des paroles qui semblaient faire hésiter les autres à poursuivre. Il n'était pas taillé pour le commandement, cela se voyait tout de suite. Il est mort peu de temps après.

Pour ma part, j'avais perdu ma répugnance à tuer, cela ne me rebutait plus. J'avais vu trop des nôtres tomber, touchés pour la plupart à l'œil ou au visage alors qu'ils risquaient un regard entre les planches de notre retranchement, et je tuais tous ceux que je pouvais. Comme les morts des deux camps engorgeaient la tranchée, je dus affecter deux hommes à l'évacuation des corps, afin de libérer de la place. Oh non, je n'avais plus aucun mal à supprimer les Confédérés. Le choc initial de la bataille s'était dissipé. J'étais devenu comme insensible.

Pourtant, je ne pouvais me résoudre à ouvrir le feu sur un homme désarmé, même s'il portait leurs fichues couleurs. Cette ferveur, cette foi infaillible en une cause qui poussait un homme à courir au-devant de la mort pour accomplir une tâche essentiellement symbolique, tout cela forçait mon respect. Pour faire montre d'un courage aussi aveugle, il fallait qu'il ait touché à une réalité primitive que l'on gagne peut-être à ignorer, mais qui n'en reste pas moins extraordinaire.

Cependant je n'intervins pas assez tôt pour sauver le premier porte-étendard, et il se fit abattre. C'est à ce moment-là que j'avisai l'autre homme.

A vingt mètres de lui à peine, je compris qu'il s'apprêtait à relever les couleurs. Il était grand, avec des yeux bruns pleins de tristesse, et j'eus l'impression qu'il soupirait lorsque le drapeau vacilla et chuta. Ce qui m'a le plus frappé, toutefois, c'est qu'il s'est arrêté de courir. Il a marché vers le drapeau, jetant ses pistolets à terre, et empoigné la hampe pour s'avancer vers nous comme s'il menait une parade militaire. Il se contentait de porter l'étendard bien haut au-dessus de sa tête, sans un mot. Il souriait, aussi, et je crois que c'est ce détail qui provoqua une hésitation chez mes hommes, m'offrant une occasion de m'interposer.

– Ne tirez pas sur le porte-étendard !

Sourd à mes injonctions Weiss leva son fusil, et je fondis sur lui pour le désarmer. On aurait cru que je le tirais d'un cauchemar, car il secoua la tête comme pour chasser la confusion de ses pensées. Je criai de nouveau :

– Détournez vos armes ! Laissez le porte-étendard venir vers nous !

La plupart des hommes obtempérèrent, mais certains visèrent quand même le drapeau, et c'est un miracle qu'aucune balle, pas même une balle perdue, n'ait touché cet homme. Il donnait l'impression de flâner – je ne trouve pas de terme plus juste pour décrire son allure –, se rapprochant de notre ligne, et il s'aventura jusqu'à l'extrémité de notre position pour planter son drapeau juste sous mon nez. Il souriait toujours et, levant son grand nez vers le ciel, il se mit à rire comme un possédé. Si d'autres choses ne les avaient pas appelés, s'il n'y avait pas eu d'autres soldats à abattre, les hommes de ma compagnie l'auraient contemplé plus longtemps.

Mais finalement nous sommes restés seuls tous les deux. Il regardait autour de lui comme s'il venait de réussir l'ascension d'un sommet, les bras ouverts dans un geste de suppliant. Il attendait quelque chose.

Je l'ai fait basculer au fond de la tranchée en l'attrapant par son ceinturon, et là il m'a regardé, ses yeux enfoncés dans un visage brun et tanné. Ecartant son col, il a dénudé son cou, me le montrant comme pour dire : *Vise à cet endroit, et surtout dépêche-toi.* Sans le quitter des yeux, j'ai tenu mon pied appuyé sur sa poitrine, jusqu'à ce que son expression ait changé. Fou de rage, il s'est débattu pour se libérer en me traitant de lâche. Quand il m'a craché dessus, une telle fureur m'a pris que j'aurais pu tout aussi bien lui trancher la gorge, mais quelque chose en lui me retenait. Un homme tel que lui ne devait pas mourir. Il n'avait plus l'air très jeune, pas assez en tout cas pour brader sa vie sur un coup de tête. Alors même qu'il luttait contre moi, ses traits se sont détendus, j'ai vu s'effacer les rides profondes qui se creusaient entre ses yeux. Il me dévisageait comme s'il me connaissait, un sourire narquois sur le visage. A ce moment-là, j'ai de nouveau failli le tuer. Cependant il a cessé de résister, et il est resté tranquillement étendu.

– Vous êtes mon prisonnier, lui ai-je dit.

– On dirait bien, oui.

– Pourquoi voulez-vous mourir ?

– Je veux pas mourir, Yank. Je veux juste que tu fasses ton devoir.

– Mon devoir ?

– Si c'est pas ton devoir de me descendre, alors qu'est-ce que tu fiches ici ?

– Ce serait contraire à l'honneur.

Il a encore éclaté de rire, un rire sifflant qui m'a rappelé que la pression de mon pied devait lui couper le souffle. J'ai retiré ma botte, et il n'a pas fait un mouvement. Ses yeux me fixaient toujours.

– Qui c'est qui a inventé cette règle ? m'a-t-il répondu, encore sous l'emprise de la fièvre du combat.

Il parlait à tort et à travers, je pense qu'il avait l'esprit dérangé. Je venais de lui sauver la vie, le reste importait peu. Pour une fois que j'avais bien agi, je ne lui permettrais pas de me faire changer d'avis. Je l'ai saisi par le col pour le traîner à l'arrière et le remettre entre les mains d'un garde.

– Cet homme est un prisonnier.

Il s'est tourné vers moi tandis qu'on l'emmenait, et il riait toujours.

– Ça tu l'as dit !

13

CARRIE MCGAVOCK

Depuis le palier de l'étage, j'observais ce qui se passait en bas. Mariah s'affairait au rez-de-chaussée, transportant des tables d'un côté, des chaises de l'autre. Si Hattie et Winder faisaient mine de vouloir l'aider, elle leur distribuait des petites tapes sur les mains. *Dites donc, ti bonhomme, je m'en vais vous rosser moi-même si vous tombez ce vase. Et me faites pas ces yeux-là, en plus ! Allez, filez tout-suite, y nous faut tout sortir d'ici !* Cela faisait bien longtemps que je ne lui avais pas vu un tel entrain. A moins que je n'y aie pas prêté attention.

Hattie et Winder avaient fini par se réfugier dans un coin, près de la porte d'entrée, où ils se coiffaient à tour de rôle avec la brosse de Martha. Hattie portait une ancienne robe de sa sœur, en taffetas bleu avec un col d'organdi blanc. Pas encore à sa taille, elle se gonflait comme une tente autour d'elle tandis qu'elle pinçait entre ses doigts les boucles de Winder, à genoux derrière lui. Un immense branle-bas semait la panique autour d'eux, mais ils ne s'en rendaient même pas compte.

– On va s'en venger, Miss Carrie. On fait d'la place, et les jolies choses, on les remise à l'abri. Là tantôt, y'a un paquet de bougues qui vont rentrer ici avec de la terre aux souliers, et j'comprends bien qu'ça vous ferait tourment, tout ce sale sur vos tapis. Ça vaut mieux qu'y s'baladent sur des planchers tout nus.

Au cours de tous ces mois, de toutes ces années, où je me balançais sans fin dans mon fauteuil à bascule capitonné, retirée dans la petite pièce au-dessus de l'entrée, j'étais traversée de pensées fugitives sur l'ossature de la maison. Murs derrière les murs, planchers sous les planchers, je cherchais à m'en représenter l'apparence. S'était-elle décomposée au fil des ans, pourrait-elle soutenir longtemps le poids de mon foyer ? Des relents de pourriture flottaient dans l'atmosphère, et un léger gauchissement déformait ses murs. (Cela je l'avais remarqué à force de rester étendue sur le sol frais, les yeux au plafond et la tête appuyée contre le mur.) J'imaginais qu'au-dessous de moi, autour de moi, des choses vivaient que mes yeux ne verraient jamais. Je me disais pourtant que la maison finirait bien par s'effondrer, un jour ou l'autre, et que ce jour-là, j'apercevrais peut-être les choses mystérieuses qui me rongeaient depuis tout ce temps. C'étaient des pensées de cette nature qui me dissuadaient de me rendre en ville et de paraître en société. J'avais cessé d'être quelqu'un de présentable.

Ses fenêtres à présent grandes ouvertes, la maison respirait de toutes ses forces tandis que je happais de brèves goulées d'air, debout sur le palier de l'étage. Le monde extérieur n'avait pas manqué de s'y engouffrer en même temps qu'une poignée de feuilles mortes, et la souris que l'un de nos chats faisait sauter dans un recoin de la salle à manger. La maison avait écarté l'écorce qui la protégeait, abdiquant sous l'assaut de la folie et du temps. Un sentiment d'euphorie s'était emparé de moi, pareil à celui qu'on éprouve peut-être au moment de se noyer, lorsqu'on abandonne la lutte et qu'on laisse les eaux emplir ses poumons et recouvrir sa tête. Maintenant les dés étaient jetés.

– Bien Mariah, c'est parfait. Mais les affaires des enfants, c'est moi qui m'en occuperai.

– Oui, 'dame.

Je descendis l'escalier et traversai l'entrée à pas feutrés pour rejoindre près de la porte mes deux autres enfants.

– C'est une très jolie robe, Hattie chérie.

Hattie avait hérité de mes cheveux noirs. Même pour une fillette de neuf ans à peine, elle n'était pas très éveillée. Ses pieds butaient toujours sur quelque racine d'arbre, et quand on lui racontait une histoire, elle se mettait à rire avec un petit temps de retard. Jusque-là, je ne voyais en elle qu'une fillette rêveuse que la vie préserverait des plus grandes douleurs, mais ce jour-là, je devinais la menace du péril sur la tête de ma petite fille – des hommes brutaux qui bouleverseraient tout sur leur passage, hurlant, pleurant, perdant leur sang –, et je me promis de veiller sur elle.

– C'est vrai, maman. Dites-moi, maman ? Les robes de Martha sont toutes dans sa chambre, entassées sur son lit et sens dessus-dessous. J'ai bien dit à Mariah d'y faire attention, de ne pas les froisser, je vous assure, maman, je le lui ai dit, mais elle n'a rien écouté, ce qui est très impoli de sa part, à mon avis, mais là elles ne sont pas trop chiffonnées, ne vous inquiétez pas, et celle-ci, elle est tellement jolie, elle me plaît depuis toujours et…

Elle s'interrompit pour reprendre son souffle.

– … je peux la garder, maman ?

Je caressai les cheveux bruns de Hattie, réprimant l'impulsion fugace de les couper pour les cacher dans ma poche ; cette pensée me rappela la tâche dont je devrais m'acquitter tout à l'heure. *Tout à l'heure. Pour l'instant j'ai celle-ci, avec sa chaleur, sa délicatesse, sa gaucherie. Je découvre aujourd'hui la douceur de sa chevelure.*

– Prends tout ce qui te fait plaisir, ma petite fille, mais il faut se mettre à l'ouvrage sans tarder.

Winder se tourna vivement vers moi, poussant un grand cri parce qu'Hattie tenait toujours ses cheveux dans sa main.

– Quel ouvrage, maman ?

A sept ans, Winder se prenait déjà pour un grand garçon, un homme, même, et fondait en larmes chaque fois que son père refusait qu'il aille labourer avec lui, ou tirer sur les corneilles qui volaient les semences. En regardant mes deux enfants, je m'étonnais de ne pas avoir remarqué qu'ils étaient en train de grandir. Cela peut sembler absurde, mais l'idée que les enfants grandissaient me laissa un moment stupéfaite. J'avais trop l'habitude de contempler, suspendu en face de mon lit, le portrait de mes autres enfants, leur sourire extatique figé pour l'éternité.

– Des hommes vont venir ici, mon petit, des hommes blessés dont il faudra prendre soin.

– C'est des soldats, maman ?

Winder ne saisissait pas non plus ce qui l'empêchait de devenir soldat, ou « cavelier », comme il disait. Lassé de ses tentatives d'explication, John lui avait offert, un soir à l'heure du dîner, un petit chapeau de cavalier qu'il s'était empressé d'égarer dans la cour, où deux chiens errants l'avaient mis en pièces avant que notre sanglier, Prince Edward, ne finisse de le dévorer.

– Oui, ce sont des soldats qui vont venir. Maintenant lève-toi – et toi aussi Hattie. Dépêchez-vous, il faut que vous m'aidiez à tout empaqueter.

Mariah observait la scène à la dérobée, mais j'étais sûre qu'elle n'avait rien entendu, même si elle tendait l'oreille autant qu'elle le pouvait à cause du remue-ménage des meubles que l'on transportait.

Nous nous étions connues enfants sur la plantation de mon père, en Louisiane. Elle m'avait d'emblée appelée Miss Carrie, et la Miss Carrie en question avait brièvement scandalisé la maisonnée en la gratifiant en retour d'un Miss Mariah. Chez moi en Louisiane, nous nous esquivions à la première occasion pour partir explorer les basses-terres, bravant serpents et sangsues en cherchant des fougères et de minuscules têtards au corps glissant. Mais le temps s'était immiscé entre nous, et la vie de Carnton ne nous permettait pas de renouer les liens qui nous unissaient autrefois, surtout depuis la disparition de mes enfants.

Mariah, j'en suis certaine, s'étonna de voir les petits se lever docilement et m'escorter jusqu'à la chambre de Martha. Elle escomptait sans doute qu'ils restent dans nos jambes et fassent des sottises, fidèles à leurs habitudes. Pourtant, je réussis à les faire défiler à ma suite comme deux petits pages, et j'espérai que Mariah en serait impressionnée. Elle n'était pas la seule à savoir mener les gens à la baguette.

De ce que contenait le principal corps de logis, nous avons presque tout caché. Otages de guerre. Beaucoup plus tard, après que les hommes eurent quitté la maison, je me figurai que la demeure, telle que je l'avais connue, continuait d'exister quelque part, simplement démembrée, ses morceaux éparpillés un peu partout, enfouis sous un arbre ou dissimulés dans un grenier à foin : les tapis des Flandres que nous avions roulés, les livres, les lits à baldaquin. Il ne restait de familier que les tapisseries de la salle à manger aux motifs de ruines égyptiennes et de temples mayas, dont les teintes éclatantes se voilaient d'une grisaille de poussière et de moisissure. *Rien ne disparaît entièrement.*

La maison s'était métamorphosée en quelque chose de plus brut, de plus solide et de plus dépouillé. Je me chargeai d'emballer les jouets et les vêtements de mes enfants, puis j'empruntai à Mariah quelques-uns de ses aides, les plus jeunes parmi les quelques serviteurs que John avait gardés, afin qu'ils transportent les boîtes au grenier. Hattie et Winder n'auraient pu se rendre utiles à personne d'autre qu'à moi, et leur compagnie me divertissait.

Trains miniatures, cerceaux et chevaux de bois montèrent au grenier, en équilibre sur la tête de jeunes nègres qui ne profitaient d'aussi beaux jouets que lorsqu'ils étaient abîmés et mis au rebut. Croyant que personne ne les voyait, ils s'accordèrent quelques minutes pour faire rouler le train sur le plancher. On enleva la plupart des meubles. Les portraits furent décrochés des murs, les chandeliers retirés des tables, suivis par la collection de figurines en parian auxquelles j'attachais autrefois tant de prix.

Tous ces objets furent relégués dans des coins dont je ne soupçonnais même pas l'existence : vides exigus sous les lames disjointes des parquets, compartiments secrets des buffets, sombres recoins derrière les meubles d'angle. Mariah empaqueta les porcelaines et l'argenterie, qu'elle donna ordre d'enterrer sous un des cèdres du jardin. On passa le balai et on briqua les sols, on découpa dans de vieux draps d'étroites lanières qui serviraient de pansements. En quête de seaux et de cuvettes pour les réserves d'eau, Mariah fouilla la maison et l'aile d'origine et grappilla toute la provision de lessive qu'elle put trouver, même les miettes que les esclaves engrangeaient parfois dans les cases, camouflées sous une planche mal jointe dans l'attente des grandes occasions.

Il restait un endroit que je me sentais en devoir de protéger avant l'assaut, avant que des choses qui dépassaient mon imagination ne prennent possession de ma demeure. J'allai ouvrir mon écritoire fermé à clé, soulevai le rabat incliné. Il contenait des jouets, de vieilles poupées défraîchies, un abécédaire, un hochet. D'un des petits tiroirs, je retirai deux daguerréotypes que j'examinai longuement. Sur l'un d'eux, Martha tenait Mary Elizabeth par la main, le jour de son sixième et dernier anniversaire. Au bout d'une après-midi de jeux avec nos petits invités, cousins ou amis de la famille, la robe de fête de Mary Elizabeth était passablement chiffonnée et salie. La seconde image montrait un bébé endormi dans une robe blanche – pas mort, seulement assoupi. John Randal. Sa vie avait été si courte que je ne possédais que cette unique effigie. Je remis les portraits à leur place.

La fin de Martha n'a pas été rapide. Cela a duré un temps infini. On aurait cru qu'elle était en train de se dissoudre. Jour après jour elle s'amenuisait. Au bout de deux semaines elle ne parlait presque plus, mais son regard ne se détachait pas de moi, et j'avais l'impression de deviner ses pensées aux seuls battements de ses cils. La sueur ruisselait sans répit dans ses yeux, si brûlante qu'il lui arrivait de cligner des paupières plusieurs minutes d'affilée, sans pouvoir s'arrêter. Si je voulais l'écouter – c'était le mot qui me venait à l'esprit – je devais m'asseoir tout près d'elle en lui tamponnant le front. Parfois, j'y appliquais des feuilles de tabac humides, mais elles ne faisaient jamais baisser la fièvre, marquant sa peau d'un orange sombre dont la vue m'était intolérable. Je ne pouvais rien faire d'autre que rester assise à ses côtés, jetant par terre les lourdes compresses détrempées.

Ma corbeille à ouvrage occupait une place tout au fond de l'écritoire. Juste sous le couvercle en paille tressée, une pièce de dentelle repliée reposait par-dessus un fatras de ciseaux et de rubans, d'aiguilles et de bobines de fil. Je le posai sur mes genoux et écartai le premier pan, découvrant trois mèches de cheveux nouées chacune d'un mince ruban noir. Depuis des années mon écritoire servait de reliquaire, et je venais parfois y chercher ces mèches pour les sentir contre ma joue. Cette fois je me contentai de les contempler, alignées toutes les trois sur mes genoux, jusqu'à distinguer chaque cheveu de chaque boucle. Ensuite je les enveloppai de nouveau, et lorsque je les eus enfouies dans la poche de mon tablier, j'appelai une servante pour qu'elle emporte l'écritoire. Entre les hululements du vent sous les portes, le crissement sonore des draps que l'on déchirait et le capharnaüm général, je n'entendis pas le cheval de John approcher de la maison ; je vis tout à coup sa tête se balancer le long de la grande allée et, derrière lui, celle de Theopolis. Son visage était rembruni, une expression que je ne lui connaissais pas. Qu'était-il arrivé de nouveau ? Avait-il déjà eu cette figure morose ?

John mit pied à terre, et Theopolis se dirigea d'un pas décidé et vigoureux vers la porte de la cuisine, de l'autre côté de la maison. C'était le nègre le plus invraisemblable que j'avais vu dans ma vie, et je me demandais vaguement quel genre d'homme il serait s'il avait la peau blanche.

Entrant par la porte principale, John considéra d'un œil déconcerté le désordre de sa maison.

Je vins me placer derrière lui.

– Qu'est-ce qui se passe ici ?

– C'est comme un feu, venu nous purifier et consumer ce qui est corrompu.

John se tourna doucement vers moi, et je lus dans ses yeux ce qu'il pensait alors. *Elle est toujours malade.*

– Tu devrais aller t'allonger.

– Je ne suis pas fatiguée.

Je mentais en disant cela.

14

SERGENT ZACHARIAH CASHWELL
24E COMPAGNIE DE L'ARKANSAS

J'étais perdu. C'est quelque chose qui arrive si vite, d'être perdu. Je n'en revenais pas que ma vie ait été chamboulée aussi rapidement, un instant j'étais au seuil de la mort, et juste après je me retrouvais assis par terre contre le mur d'un vieux fumoir, les poignets liés. J'ai pas pensé une seule fois *C'est pas bien*. Je devenais un prisonnier, et j'acceptais les obligations qui allaient avec, aussi facilement que j'avais relevé ce foutu drapeau pour marcher vers les fortifications. Tout ça s'est passé sans que j'y réfléchisse le moins du monde. Je souffrais, et je me résignais à ce que la souffrance soit devenue mon lot. Dans nos rangs c'était la débâcle, et les soldats de l'Union qui s'en allaient vers l'arrière en charriant leurs propres blessés, frottant leur figure noircie par la fumée, me faisaient aussi de la peine.

– Ils sont où tes amis, Johnny Reb ? Tu les as laissés à la traîne ? T'es une lavette qui s'est occupée que de sauver sa peau ?

Le soldat s'est campé devant moi et m'a craché dessus, un gringalet au crâne dégarni qui avait un bras en écharpe, tenu par un morceau de corde. Si j'avais pu je l'aurais cassé en deux à la seconde, mais là j'ai pas bronché. La salive a coulé le long de ma joue, j'ai senti qu'elle séchait.

C'était ça, ma nouvelle vie. J'avais la tête encombrée de pensées qui se bousculaient sans arrêt, ça faisait bien longtemps qu'il m'en venait pas de semblables. Je me demandais ce qui allait m'arriver. Avant que le lieutenant baisse son arme et me déclare prisonnier, j'avais rien d'autre à l'esprit que la foulée suivante, les quelques mètres que j'allais franchir, la balle qui filait à deux doigts de mon crâne, mais ensuite, ç'a été une explosion de questions sur ma vie, sur le monde nouveau dans lequel j'avais été précipité. Ça faisait tellement de choses à penser que la force me manquait pour me tracasser d'un peu de salive sur ma joue. Je suis devenu une autre personne. A quoi ressemblait cet autre ? Où est-ce que j'irais ? Pourquoi m'avait-on épargné, dans quel but ? Quand est-ce qu'on me donnerait à manger ?

De temps en temps, je levais les yeux de mes godillots aux lacets effilochés pour observer ce qui se passait autour de moi. On était cinq assis en rang d'oignon contre le fumoir, et personne soufflait mot. Sans doute qu'on avait tous de quoi gamberger de son côté. Moi qui étais près de l'angle, j'avais vue sur la route, à ma droite. Le prisonnier à ma gauche n'arrêtait pas de lever ses mains ligotées pour pouvoir se gratter la tête, et des petits bouts de peau se déposaient sur son pantalon, jusqu'à ce que le vent les enlève.

A la tombée de la nuit, les Yankees ont commencé à déplacer leur matériel et leurs hommes vers l'arrière, en prenant cette route, et, au bout d'un moment, deux gaillards se sont approchés de nous :

– On lève son cul, les rebelles. Tout le monde décampe d'ici.

Ils braquaient leurs Springfield sur nous, et l'un des deux mordillait un gros cigare éteint. On s'est mis debout pour se traîner avec eux jusqu'à la route. Je crois bien qu'ils avaient la tête aussi embrouillée que nous autres, parce qu'ils nous commandaient de nous arrêter et puis de repartir, et ils nous faisaient faire demi-tour quand ils nous avaient emmenés d'un côté.

– Pourquoi il faut les faire suivre, nom de Dieu ? a demandé le plus grand.

Il avait une cicatrice blanche sur le cou, qui virait au rouge dès qu'il se mettait à parler. D'après son accent, ce devait être un Anglais. Le deuxième garde, plus petit que lui mais solide et trapu, cherchait partout de quoi allumer son cigare.

– Te pose pas de questions, Campbell. Ce qu'on tient, là, c'est le butin de guerre.

Il a ricané en disant ça, mais pas longtemps, à croire qu'il était pas si convaincu de ce qu'il racontait.

On a fait halte sous un grand chêne, le temps de laisser passer les chariots et les caissons, après qu'un convoi de ravitaillement a manqué nous renverser en filant vers un pont assez éloigné. En passant, un soldat bancal qui ne portait rien d'autre qu'une pelle m'a flanqué une claque derrière la tête. Finalement il s'est arrêté pour fouiller dans mes poches.

– T'amuse pas à ça, soldat, ou je te bute sur place.

C'était celui au cigare qui venait de parler.

– Mais il a des allumettes.

Le gars à la pelle a sorti ma boîte, une petite boîte ronde en fer-blanc que je gardais depuis Atlanta. Il me l'a agitée sous le nez.

– Tu les remets à leur place, a fait le garde au cigare.

– Qu'est-ce que ça peut te fiche ?

– Ta tronche me revient pas, tout d'un coup. Dégage de là.

– Merde.

D'un seul mouvement, le gars s'est débrouillé pour fourrer la boîte dans ma poche tout en m'envoyant un coup de coude dans les côtes, et puis il a sauté à l'arrière d'un chariot en gueulant :

– Hé, le rebelle, t'auras pas besoin d'allumettes là où tu vas. Il fera bien assez chaud comme ça.

– Va au diable, a répondu celui au cigare.

– Ouais, c'est juste à ça que je pensais.

Le chariot est reparti, et le costaud s'est planté devant moi. Avec ce convoi qui n'en finissait plus on ne bougeait toujours pas, je me suis dit qu'on allait rester là un bout de temps.

– T'as des allumettes, Johnny Reb ?

– Ouais.

– Tu peux m'en passer une ?

J'ai dû lui faire un drôle d'air, parce qu'il a froncé les sourcils, sa cicatrice écarlate.

– Je voulais dire, passe-moi une allumette.

Il avait pas la trempe pour faire ça, je l'ai compris à ce moment-là. Il tenait mal son rôle. Certainement un brave gars, comment savoir. Si ça se trouve c'était juste un crétin, incapable de mesurer son pouvoir. Ou pas encore habitué à s'en servir. Le plus bizarre là-dedans, c'est que je le plaignais un petit peu, même si je me rendais compte que je pouvais pas accepter de rester sous sa coupe. Ni sous la coupe de qui que ce soit, d'ailleurs. Je suppose que c'était ça, la conclusion de toutes ces pensées qui me harcelaient depuis tout à l'heure : il fallait que je m'en aille. D'accord j'étais un prisonnier, un homme dégradé. Voilà ce que j'étais devenu, mais je voulais pas que ça dure toute la vie, pas pour un empire.

Il a pris la boîte dans ma poche, frotté une allumette sur le canon de son fusil pour allumer son cigare. J'ai respiré l'odeur du tabac, je la trouvais agréable. Il m'a regardé en disant :

– Je t'ai vu monter le coteau, là-bas.

Je lui ai rien répondu.

– Tu devrais être mort.

J'ai hoché la tête.

– Ça pourrait te plaire, un cigare.

De nouveau j'ai fait oui de la tête. L'autre s'est fichu en rogne.

– Perds pas ton temps avec ce fils de pute. On se tire d'ici.

Les autres prisonniers gardaient la tête baissée, ils fixaient la terre à leurs pieds. A mon avis, ils allaient rester pas mal de temps en captivité.

– Ferme-la.

Il a ouvert un étui en métal qui contenait les plus affreux cigares que j'ai jamais vus. Il m'en a collé un dans la bouche et a gratté une deuxième allumette. Puis il a escamoté ma boîte dans la poche de son pantalon avant de s'éloigner. J'ai aspiré à pleins poumons, en laissant la fumée me brûler la gorge, et j'ai résisté de toutes mes forces pour ne pas me mettre à tousser et recracher ce machin. J'avais pas l'habitude de fumer.

Les deux gardes ont discuté entre eux, et le grand a décrété :

– On repart, on va prendre un raccourci.

Ils nous ont entraînés dans une allée qui séparait deux maisons, on a traversé les cours et passé la barrière d'une écurie criblée de balles. Ils s'y seraient pas pris autrement s'ils avaient voulu m'accommoder : ils avaient décidé de contourner les voies les plus fréquentées pour gagner le pont par une route secondaire, ce qui m'a mené dans cette cour, et puis du côté de l'écurie avec sa mangeoire remplie de fourrage, près de la porte. En passant devant, je me suis mis à tousser comme un perdu, et avant que les gardes aient pu me surprendre j'ai fait voltiger le cigare en plein dans le tas de foin sec. Quand ils ont tourné la tête, j'étais en train de piétiner la terre du bout de ma botte, comme si j'écrasais le mégot dans la boue.

– Faut pas gâcher ce tabac, a dit le plus petit. C'est un cadeau de l'armée du Tennessee.

J'ai opiné, et on s'est remis en marche vers ce pont qui conduisait Dieu sait où.

Evidemment le feu a pris. Tous ces gars de l'Union, ils ne cherchaient qu'à quitter la ville sans se faire remarquer, et moi j'envoyais le plus formidable signal de fumée qu'on puisse imaginer. J'ai idée que ça a pas mal dérangé leurs plans. Ç'a été la pagaille, un capitaine a expédié nos gardes combattre l'incendie, et pendant qu'ils expliquaient qu'ils devaient nous tenir à l'œil, j'en ai profité pour m'esbigner. J'ai pris un petit sentier, j'ai suivi la berge d'un ruisseau et je me suis enfoncé dans l'eau. Derrière moi, je voyais les deux zigs qui s'entêtaient à parlementer avec l'officier, et les silhouettes immobiles des autres prisonniers, qui se découpaient en noir sur les flammes.

Le monde entier s'étendait devant moi dans le noir, et je me suis lancé.

15

LIEUTENANT NATHAN STILES
104E COMPAGNIE DE L'OHIO

Ce jour-là, je n'ai pas recroisé la route du porte-étendard. Pendant la nuit, alors que les combats s'étaient calmés et qu'on n'entendait plus que les râles plaintifs des blessés étendus devant nous, je me suis dit : *J'ai sauvé l'un d'eux.* Dieu seul savait quel sort je lui avais réservé en lui évitant la mort, mais j'espérais qu'un jour il m'en serait reconnaissant.

Après la tombée de la nuit, nous sommes restés assis plusieurs heures à guetter les coups de feu occasionnels que lâchaient les fusils de quelques rebelles acharnés et incontrôlables, mais la bataille était terminée. Et aussitôt la rhapsodie a commencé.

Nous sommes l'écueil sur lequel Hood s'est brisé, déclamait un des piètres poètes de notre compagnie. Je gage que tous ont consigné dans leur souvenir ces vers de mirliton pour les replacer dans une lettre, dans leurs mémoires ou dans une conversation sous un porche, dans cent coins différents du pays. Quelles foutaises. Alors que les membres des autres unités se dispersaient sur le champ de bataille pour glaner quelques souvenirs, je n'ai pas lâché la bride à mes hommes. Qu'auraient-ils tiré de ces pitoyables cadavres ? *Seulement une nouvelle occasion de tremper les mains dans le sang.* Je refusais de m'en faire le complice.

Nous avions reçu ordre de nous retirer, mais il fallait attendre le moment opportun. Comme la nuit précédente, nous devions nous déplacer avec la plus grande discrétion. Tout en fourbissant mon pistolet je pensais à mes chers livres grecs, que j'avais laissés dans la maison de mes parents. Me serait-il possible de reprendre mes études, resterait-il des gens à mon retour pour diriger une université ? Dorénavant, je ne lirais plus ces ouvrages dans le même état d'esprit : j'avais vu de mes propres yeux les Spartiates, les Thébains et les Grecs de l'Attique. La seule gloire que l'on pouvait briguer était celle de survivre. *Nous sommes l'écueil sur lequel Hood s'est brisé* – cela signifiait simplement que nous étions en vie et pas eux. Quelle fierté peut éprouver un homme en ôtant la vie à son semblable ? Aucune. Il n'y a que le soulagement, et je maudis quiconque accule un homme à se sentir seulement soulagé d'avoir donné la mort. C'est pour cela que sur ce champ de bataille, des notions telles que l'honneur et la gloire me paraissaient tellement spécieuses. Avec beaucoup, beaucoup de chance, nous risquions de devenir assez vieux pour que nos souvenirs s'effacent.

Brusquement, alors que je ressassais mes sombres réflexions, un incendie s'est déclaré en ville, loin à l'arrière. *C'en est fait de notre retraite furtive.* Mais on n'a pas tardé à l'éteindre, il n'y avait aucun dommage. Aucun dommage.

16

CARRIE McGAVOCK

J'étais de nouveau dans le jardin, sur le parterre en losange que formait l'intersection des allées, et dont les quelques heures de soleil n'avaient pas suffi à ameublir le sol. J'écoutais les bruits nouveaux dont l'écho parvenait jusqu'à moi, effleurant d'un geste distrait les tiges évidées et brunies des rudbeckies et des langues-de-daim défleuries. Les graines jaillies de leurs cosses s'agrippaient à l'arrière de ma longue jupe de laine noire. Je tendis l'oreille en silence. Ce bruit qui avait arrêté mes pas requérait mon attention tout entière.

C'était la rumeur des combats. A deux miles de distance, ce qui devait être la détonation des armes à feu évoquait le crépitement d'une flambée nouvelle dans l'âtre refroidi. Même si elle pénétrait partout et ne s'interrompait jamais, elle me semblait incroyablement inoffensive. Une fois que j'eus entendu le premier coup de feu, je n'entendis quasiment plus rien d'autre. De temps en temps, je distinguais le rugissement profond de la canonnade, dont l'écho ressemblait au roulement sourd d'un tambour militaire. Je dressais l'oreille, à l'affût d'autres sons – les piaillements des bouvreuils et des mésanges, par exemple, mais ils avaient disparu, ou mon oreille n'était plus capable de les percevoir. Il n'y avait pas d'autre bruit. Pas même, au-dessus de ma tête, le crissement des dernières feuilles sèches qui s'accrochaient aux ramures. Alors que le grondement des obus s'amplifiait, je compris soudain qu'ils explosaient sur notre domaine, à l'endroit où se dressaient les vestiges de notre bosquet. Nous qui avions eu l'impression d'attendre une vie entière que passe cette guerre, voilà qu'elle passait beaucoup trop près de notre monde. Qui donc aurait eu motif de tourner les canons vers nos terres ? Il n'y avait certes pas d'armée à Carnton.

Les deux chirurgiens, chacun accompagné d'un groupe d'assistants, étaient arrivés au début de la bataille. Ils avaient aussitôt sorti de leurs gonds deux de nos portes intérieures, de grands panneaux en peuplier massif délicatement ornés d'une peinture faux-ébène, afin de les transformer en tables d'opération. Des tréteaux de fortune leur servaient de support. Le médecin qui s'était présenté le premier était un petit bonhomme claudicant, au crâne chauve et à la mine renfrognée ; ses semelles fangeuses laissaient des traces sur les parquets, et il traînait dans son sillage des remugles d'éther et de crottin de cheval. En voyant la pile de draps coupés installés dans l'entrée par Mariah, il réclama un supplément de bandages.

Le deuxième médecin se mouvait avec lenteur. Plus âgé, la silhouette lourde, ses pommettes faisaient deux taches rouges sur son visage pâle.

– Seigneur Dieu, Winston, on n'a jamais assez de pansements. On se trouvera à court de toute manière, ça finit toujours comme ça. Calmez-vous donc.

Le vieux médecin fit cette réplique au petit qui agitait un doigt menaçant sous le nez de Mariah, et je lui sus gré de s'être interposé. Mariah, les poings serrés, se faisait violence pour garder bonne figure.

Leurs voix résonnaient dans les pièces vides aux parquets nus, et la maison semblait s'agrandir encore et encore, comme si ses murs avaient décidé de reculer jusqu'à ce que je me trouve perdue dans cet immense espace, créature infime et négligeable. Pendant que les médecins et leurs aides s'occupaient de leurs préparatifs, je m'étais promenée dehors avec les enfants. John, qui m'avait accompagnée un moment, cherchait à me tenir par la main, mais je la laissai obstinément enfoncée dans la poche de mon tablier. Cela faisait des années que nous n'avions pas marché sans but côte à côte, et je préférai m'abstenir de le lui rappeler. Nous longeâmes l'allée bordée de cèdres, contournant l'aile est pour passer devant le quartier des esclaves. John en profita pour inspecter la citerne.

– Je suppose que cette eau ne suffira pas.

– Non, sûrement pas.

– Theopolis et moi, nous pouvons commencer à en tirer du puits. Restez ici si vous voulez.

– Bien sûr.

John posa le menton sur ma tête et m'attira vers lui, mais la raideur de mon corps sembla raviver son malaise. Il s'écarta de moi.

– Il faut que j'aille puiser de l'eau.

Je poursuivis mon tour de la propriété, écoutant les cris de Mariah qui s'échappaient par les fenêtres ouvertes. *Ecoute monsieur, apporte ces chaises par ici, donne-moi les ciseaux.* Ne sachant que faire, je continuai à marcher. J'ignorais ce que l'on attendait de moi à présent. *Seigneur, donne-moi la sagesse de comprendre ce que tu veux de moi et la force de l'accomplir.* Je répétai cette prière une bonne dizaine de fois, chaque fois que je passais devant la porte.

Un peu plus tard, je vis à l'extrémité de l'allée pavée un gamin rondelet dont les bras entouraient le corps d'un autre garçon, qui s'appuyait de tout son poids contre lui. Ils ne devaient pas avoir plus de quatorze ans. J'allai me poster devant la maison, et nous échangeâmes un long regard, le garçon indemne et moi, chacun à un bout de l'arceau de cèdres. Je voulais leur faire signe d'approcher, mais je n'arrivais pas à retirer mes mains de la poche de mon tablier. Je restai là, frappée de mutisme. Le garçon m'apostropha sans avancer davantage.

– On m'a dit qu'c'était un hôpital, ici.

Je hochai la tête.

Il ne bougeait toujours pas, déplaçant légèrement son ami pour s'assurer une meilleure prise. On sentait à la stridence et aux intonations de sa voix qu'il se savait dans un mauvais pas.

– Mon copain s'est pris un coup sur la tête après qu'y a eu cette grosse explosion, là où on s'était mis pour regarder, on faisait pas de mal, rien que regarder. Bang, ça a fait, et lui il a voltigé en l'air et j'ai eu plein de terre dans les yeux, et maintenant y a des moments où il dort et d'autres où il se réveille, et il m'a fallu le porter un bout de chemin, et puis, m'dame, je crois bien qu'il est blessé.

Oh non, pas un enfant. Pas un autre enfant. Le général Forrest m'avait bien parlé de soldats ? Et les soldats étaient des hommes, pas des enfants.

J'aurais voulu m'enfuir en courant. L'idée m'a effleuré l'esprit. Devant mes yeux, un nouvel enfant attendait de mourir entre mes bras, il attendait que je le soigne pour qu'un Dieu lointain puisse l'abandonner, un Dieu qui pas une fois – *pas une fois* – ne m'avait soutenue quand l'épreuve dépassait mes forces. Qu'enseignait le Deutéronome ? *Ta force durera autant que tes jours.* Et dire que j'y avais cru ! Toutes nous y avions cru. Chaque mère, chaque veuve, chacun des fantômes hagards qui erraient à travers leur maison, et les silhouettes voilées de noir qui levaient les yeux vers le ciel pendant que les nègres jetaient des pelletées de terre sur les cercueils. Et quelle rétribution avait été la nôtre, sinon une douleur qui excédait tout ce que nous pouvions supporter ? Je n'oubliais pas les émissaires que Dieu avait consacrés pour le représenter sur cette terre ; les hommes, qui menaient leur guerre sainte et maudite comme s'ils disposaient d'une inépuisable réserve de corps et de forces, comme si la détresse n'était pas assez profonde. Quelle était la chose que Dieu voulait de moi ? J'en avais déjà trop vu. Mon cœur ne cachait plus rien, froid et dur comme le silex. Il s'était changé en pierre, et Dieu pouvait bien le prendre. Mais un autre enfant ?

Sauve-toi, petit garçon. Ici tu vas mourir. J'apporte la mort : c'est ce que Dieu m'a révélé, le grand dessein qu'il m'a choisi.

Un frisson me passa dans le dos. J'aimais Dieu. Ou plutôt non, je le craignais. Sa puissance m'emplissait de respect et d'effroi, et je lui avais toujours obéi. Et voilà qu'un garçon venait à moi, à l'autre bout de l'allée, avec son ami qui attendait un signe de ma part, les larmes lui perlant aux yeux. Ce n'était pas la mort qui était insoutenable, mais l'idée qu'elle faisait partie de Son plan alors que nous avions mis notre foi en Lui pour qu'Il nous délivre du mal. J'espérais que le petit qui se tenait en face de moi résisterait jusqu'à ce que mes pensées se démêlent, et que je trouve un moyen de le secourir. Le garçon grassouillet, qui n'avait pas flanché jusque-là, commençait à ployer sous le poids de son compagnon, et lorsque ses genoux fléchirent, il appuya la joue sur la tête de l'enfant et le soutint sous les bras de toutes ses forces pour l'empêcher de glisser. Quand il s'écarta de lui, une traînée de sang s'était imprimée sur sa large joue blanche.

Ta force durera autant que tes jours. La force. *Ta* force. Ma force.

La mienne. Non pas la sienne, mais la *mienne.* Il n'était pas responsable de tout cela. Pas responsable pour Martha, pour John Randal et pour Mary Elizabeth. *Il était faible.* Cette soudaine prise de conscience fit danser des taches devant mes yeux et me coupa le souffle. Il était donc faible ? Mes enfants ne m'avaient pas été enlevés, ils étaient *seulement morts.* Seulement morts ; il n'y avait pas de sens particulier à y trouver, pas de trahison. Il était absent, leurs morts privées de signification, et mes années de deuil n'avaient servi à rien.

En un instant, alors que je regardais le petit garçon et son camarade à l'agonie, la peur se mua en amour. Je ne craignais plus Dieu, je L'aimais. J'aimais le fait qu'Il n'ait pas sauvé Son propre fils. Il n'avait pas pris Son fils, Il l'avait *perdu*, perdu *à cause* des péchés de ce monde.

Jamais plus je ne Le blâmerais, mais je cesserais en même temps de Lui adresser mes prières. *Que Ta volonté soit faite.* Il n'avait certainement pas voulu la mort de Son fils ni celle de mes enfants, pas plus qu'Il n'avait *voulu* que le péché entre en ce monde. Je ne prierais plus Dieu pour que Sa volonté soit faite, comme s'Il en avait le pouvoir. C'était *moi* qui détenais ce pouvoir, me semblait-il à présent. Il n'était pas l'auteur de la mort de mes enfants.

Je Le servirais parce que je m'en savais capable. C'étaient les hommes qui avaient fait du mal à ce garçon. Des hommes puissants dont j'étais entourée. Je les entendais dans le lointain, l'odeur de poudre de leurs armes piquait mes narines.

Cours.

Cours.

Cours.

J'ôtai les mains de ma poche et m'élançai vers les deux garçons. Le gamin essuya ses joues mouillées de larmes et faillit laisser échapper son ami. Il le redressa et vint à ma rencontre.

C'est ainsi que tout commença.

J'attrapai le blessé par une épaule et, à nous deux, nous l'aidâmes à gravir les marches du perron et à entrer dans la maison. Alors qu'il passait sous le portique, sa tête dodelinant sur son cou fluet, il reprit conscience et aperçut le bleu du plafond.

– Bon Dieu, qu'est-ce qu'il est beau, le ciel !

Son compagnon s'excusa d'un air contrit pendant que nous l'installions sur un siège.

– Il a dit de drôles de choses tout le long du chemin. C'est pas son habitude de jurer comme ça. Enfin, pas trop.

Il poursuivit sur sa lancée, me raconta qu'il avait perdu sa longue-vue, quel dommage, quand même, qu'il s'appelait Ab et son ami Eli, que les Confédérés avaient des drapeaux et des fusils capables de tuer un homme à cent miles de distance, et qu'eux étaient des espions, mais pour de faux, et si seulement cette roche n'avait pas été là.

Je ne l'écoutais pas ; j'avais envie de lui dire d'aller chercher un médecin ou une ordonnance tandis que je passais la main dans les cheveux bruns et collants d'Eli, cherchant la blessure. Je sursautai en la sentant sous mes doigts : une estafilade longue de trois pouces à la base du crâne, chaude et poisseuse. Le dos de sa chemise était taché de sang bruni. Malgré les coups sourds de mon cœur qui me martelaient les tympans, je parvins à garder mon calme en caressant doucement la tête et le visage du garçon. Il avait l'air si gentil. J'appelai à l'aide, une fois, deux fois, jusqu'à ce que Mariah et un des médecins dégringolent les marches derrière moi. Sans un mot, Mariah s'empara d'Ab et l'attira à elle pour l'éloigner du blessé. Il n'opposa aucune résistance. Le petit docteur irascible pinça sa moustache en grommelant.

– Qu'est-ce que c'est ?

Je lui expliquai que l'enfant avait reçu un choc, qu'il portait une plaie à la tête. Avec délicatesse, le médecin posa la main sur le crâne du garçon, le fit pencher en avant et palpa rapidement l'arrière de la tête.

– Il s'est simplement cogné la caboche, il n'a qu'une légère coupure. D'où il sort, celui-là ? Qu'il ne traîne surtout pas dans les parages. Faites-lui un pansement et renvoyez-le immédiatement d'où il vient.

Il s'adressait à moi comme à une inconnue, dont la maison n'était qu'un des cent hôpitaux qu'il avait dû fréquenter au cours des années. Il ignorait tout de moi, même mon nom. J'aurais pu être n'importe qui. Il attendait que je lui réponde, tripotant sa moustache en roulant des yeux, mais je me bornai à hocher la tête. Il remonta bruyamment à l'étage, dans la salle d'opération. Mon regard le suivit un instant avant de se reporter sur l'enfant.

Mariah, qui parlait avec Ab dans un coin, l'envoya prévenir la famille d'Eli. Il se rua à l'extérieur et disparut dans l'allée.

Le petit blessé avait de nouveau perdu connaissance. Je tirai sa chaise contre le mur pour qu'il ne puisse pas basculer, tandis que Mariah prenait l'initiative d'apporter un baquet d'eau, une serviette propre et un bandage long et étroit. Je m'agenouillai derrière le garçon, à même le bois dur du parquet, et bassinai la plaie avec la serviette mouillée. Réveillé par la douleur et le froid, il commença par gémir et jurer, mais il s'apaisa aussitôt, laissant sa main reposer dans ma paume tendue. Je continuai à laver la blessure, tout doucement, rinçant la serviette dans l'eau du baquet qui se teinta peu à peu d'une nuance rose clair. Avec beaucoup de soin, je nettoyai la coupure longue et fine, ôtant la terre jusqu'à voir apparaître le rosé des chairs saines. J'oubliai très vite la présence de Mariah, qui me regardait agenouillée au sol comme une lavandière.

Je restai ainsi lorsque le deuxième blessé arriva, puis le troisième et le quatrième. J'étais toujours là quand on amena le quinzième, l'étoffe de son pantalon en loques pendant par-dessus le brancard sur la jambe à demi arrachée, une ceinture faisant garrot autour de la cuisse. Ils me frôlaient dans une espèce de brouillard – ordonnances, blessés, agonisants, fossoyeurs. Tant que je tamponnais la plaie d'Eli, ils ne formaient qu'une tapisserie aux couleurs éteintes, au milieu de sons étouffés. Mes genoux s'ankylosaient à mesure que la foule emplissait ma maison. Je restai agenouillée, à nettoyer la blessure du petit garçon.

Lorsque le premier niveau fut comble, les ordonnances commencèrent à charrier les hommes à l'étage. Dans le salon les hommes gisaient alignés, gémissant parfois, inanimés pour la plupart, mais je ne m'approchai pas d'eux. Pendant que j'effaçais les dernières traces de terre, je demeurais sourde au bruit de la scie du chirurgien. En pansant lentement sa tête de trois épaisseurs de tissu, je ne prêtai attention qu'à la minutie qu'avait mise Mariah à tailler mes vieux draps de coton. J'ignorai les appels du soldat aux cheveux roux allongé à deux pas de moi, un homme de Caroline du Nord qui tenait à deux mains les chairs déchirées de son ventre. *S'il vous plaît, m'dame, j'aimerais tellement boire un peu d'eau, si ça vous embête pas.*

– … m'dame, s'il vous plaît. Je vais bien, moi. Lui, là, lui il a besoin de vous.

Le garçon – Eli –, revenu à lui depuis quelques minutes à peine, n'avait pas manqué de remarquer les hommes qui évoluaient autour de lui. Il ne se souciait pas de cette femme qui l'entourait de son bras. Tout ce qu'il voyait, c'était cet homme tourmenté par la soif, et le sang qui sourdait à travers ses doigts noués, gouttant sur le parquet. Je le devinai sur son visage.

– Lui, là-bas.

– Tu as raison.

– Lui.

– Tu es toujours en vie, tout va bien se passer.

– J'vous en prie, madame, moi je vais bien. Mais lui, là, il a besoin de vous.

Les yeux révulsés, l'homme se mit à hurler à en perdre le souffle, la gorge contractée de spasmes.

Je hochai la tête, et en passant les doigts dans mes cheveux, je défis mon chignon. Quelque part à l'intérieur de moi, s'était imprimé le bruit de tous ces hommes qui investissaient chaque coin de ma maison. A présent que j'avais contemplé l'inconcevable, je comprenais ce que cela signifierait, d'assister le Seigneur. Cependant j'avais sauvé un enfant ; j'avais tenu un enfant entre mes bras, et il n'était pas mort. Le Seigneur s'était amendé.

Demandant à Mariah de me suivre, je me levai et me détournai d'Eli sans un mot. Enjambant les corps de ces hommes qui hurlaient, je me précipitai dans l'escalier. Lorsque je fis irruption dans la pièce transformée en salle d'opération, je trouvai le petit médecin à la fenêtre, en train de fumer, pendant que son collègue essuyait le sang sur la table. Je traversai si vivement la pièce qu'il faillit avaler sa cigarette allumée quand je surgis devant lui.

– Je suis ici chez moi. Vous avez compris ?

– Je n'ai jamais prétendu le contraire, madame.

– Je voulais dire qu'étant ici chez moi, je refuse que l'on me traite comme si mon avis ne comptait pas.

– Je regrette, madame, mais comme vous le constatez, on a réquisitionné cette maison pour en faire un hôpital. L'intendant vous dédommagera généreusement en…

Baissant les yeux vers la table d'opération, je posai la main sur un petit couteau effilé et le contemplai ostensiblement pendant que je parlais.

– Répondez-moi encore sur ce ton et je vous tranche la langue.

Derrière moi, le vieux médecin éclata de rire, une expression amusée dans ses yeux écarquillés. Il n'esquissa pas un geste pour me retenir.

– En bas, un jeune homme hurle qu'il a eu les entrailles arrachées, et pendant ce temps, vous vous accordez une petite pause. Je veux le voir tout de suite sur cette table.

Le petit docteur recula de quelques pas et essaya de bomber le torse, appuyé contre le mur.

– Madame, nous avons entrepris une opération de triage, et tout est sous…

Je serrai le couteau dans ma main sans l'ôter de la table.

– Je vous jure que je le ferai.

Le vieux médecin intervint alors.

– Winston, cette fichue histoire de triage ne tient pas debout, et vous le savez. Un gars à l'agonie en vaut un autre. La faculté vous a gâché. Allons-y, c'est moi qui vais trancher dans ce ventre si vous ne le faites pas.

Je levai les yeux et gagnai la porte à reculons, sans jamais détacher mon regard du petit docteur.

– Si quoi que ce soit vous empêche d'assurer vos fonctions dans cette salle, j'exige d'en être informée. Que l'on m'avertisse immédiatement.

Le petit docteur fuyait mon regard, mais il était déjà en train de se laver les mains.

– Bien madame, répondit l'autre. Merci. Vous voulez bien nous envoyer ce jeune homme ?

Je demeurai un instant sur le seuil, les bras croisés, et je hochai la tête.

– Il y en aura beaucoup d'autres.

– Je n'en doute pas, madame.

Une fois sortie, je me tournai vers Mariah et sentis mon souffle s'accélérer. Elle me passa un bras autour des épaules, mais je l'écartai au bout de quelques secondes. Je lui demandai de tailler de nouveaux pansements, puis je redescendis.

A présent des centaines d'hommes jonchaient le sol tout autour de moi ; il me semblait qu'ils étaient des milliers, des millions allongés par terre. J'ai tout vu, les membres convulsés et les soubresauts qui agitaient leurs poitrines, les yeux éperdus qui roulaient dans leurs orbites. J'ai vu dépasser de leurs poches des lettres qui attendaient d'être distribuées Dieu sait où. Et chacun d'eux semblait me supplier de lui apporter à boire. *S'il vous plaît, madame, s'il vous plaît.* Tel était le prix de ma rédemption.

– Je viens.

Dehors, alors que l'obscurité envahissait le ciel rouge du crépuscule, les ordonnances commençaient à aligner les blessés sur la pelouse. Il n'y avait plus de place à l'intérieur. Pendant des jours il n'y en aurait plus.

17

30 NOVEMBRE 1864, SOIR

L'histoire dit que l'on pouvait traverser tout le champ de bataille sans jamais fouler le sol, en marchant sur les corps des soldats tombés. Pour décrire les monceaux de cadavres, certains ont employé l'image de billes de bois empilées, d'autres les ont comparés à des gerbes de blé, d'autres encore à des sacs de farine. Selon les versions, des rivières de sang coulaient sur la terre, ou la terre était tachée de sang, ou bien elle n'était plus que sang. Les blessés gémissaient et claquaient des dents, ils vagissaient, ils poussaient des hurlements. Là encore les récits diffèrent. Les lettres et les mémoires touchants que les survivants écrivirent dans les années d'après-guerre achoppaient inévitablement sur la tâche de dépeindre les morts. Le lendemain de la bataille, on dénombrait près de 9 200 victimes dans une ville de 2 500 habitants. Un tel spectacle se situait au-delà des mots, et un mois plus tard les morts étaient tous ensevelis, enterrés à la hâte sur le champ de bataille ou transportés dans les nouveaux cimetières fédéraux de Nashville et Murfreesboro : en d'autres termes, ils devinrent très vite invisibles.

Sur le champ de bataille, des milliers d'hommes gisaient du côté confédéré, et ils étaient peut-être un millier du côté de l'Union. Il faut aussi compter les quelques milliers de soldats atrocement blessés dans les deux camps, et les centaines de disparus dont on n'entendit plus jamais parler. Et il y avait aussi tous ces hommes à ce point brisés et défigurés que l'armée n'en tirerait plus rien, et qui rentrèrent chez eux marqués dans leur corps et dans leur mémoire pour le restant de leur vie – des vies souvent écourtées par ce qui s'était passé à Franklin. L'ampleur de la violence commença à se faire jour, mesurable par le décompte rigoureux des blessés et des morts. Pourtant il est impossible de l'appréhender dans son ensemble. N'importe qui perdrait l'esprit à vouloir embrasser l'entière tragédie, connaître tous ses effets et toutes ses conséquences, et tous les noms des hommes et des femmes respectables, des génies et des saints qui ne vinrent jamais au monde parce que leur lignée s'était éteinte sur cette colline de Franklin. Cela reviendrait à vouloir contempler le visage de la Gorgone, ou même la face de Dieu.

Ce qu'il ne faut jamais oublier à propos des morts (entassés comme des billes de bois ou des gerbes de blé, selon vos préférences), c'est qu'ils n'étaient faits que de chair, et d'une chair prompte à se corrompre. Devant cela l'esprit se dérobe, refuse d'y regarder de plus près. Les morts se réduisent à des objets, à des déchets dont il faut se débarrasser. Et pourtant, si l'on consent à un regard plus attentif – seuls quelques jeunes gens intrépides en eurent l'audace –, d'autres choses se révèlent, qui transcendent la chair, le sang et les chiffres. Ce sont là des faits qui s'effacent des mémoires, mais pour un regard assez aiguisé, le souvenir de certains visages, même dans la mort, ne manque pas d'éloquence.

Un garçon du Mississippi écrivit à sa fiancée : « J'ai vu des dizaines de blessés qui s'étaient déchiqueté le pouce à force de le mordre pour s'empêcher de larmoyer comme des pleutres, pendant que les tirs les visaient sans pitié. De tous les champs de bataille que j'ai connus, Franklin est le seul où la plupart des victimes exprimaient un effroi et une épouvante suprêmes. Ils gardaient les yeux grands ouverts, exorbités par la peur. La posture qui était la leur, couchés sur le ventre, les mains tendues et griffant la terre, leur visage à demi enfoui dans la glèbe, portait témoignage du supplice intérieur qu'ils avaient enduré avant que la mort ne les délivre. »

Les morts confédérés et ceux de l'Union gisaient chacun de leur côté, séparés par les retranchements, et à la faveur de la nuit, ce qui restait des troupes fédérales se retira discrètement. Elles quittèrent la ville alors même que le commandant sudiste préparait l'offensive du matin. De nombreux Confédérés déambulaient sur le champ de bataille, cherchant vainement leurs camarades, évaluant à sa pleine mesure l'horreur qui s'étendait à leurs pieds. Ce ne fut qu'à ce moment-là, alors que la nuit froide était déjà bien avancée, qu'ils prirent conscience du silence. Il n'était pas absolu, car les plaintes et les gémissements des blessés flottaient dans l'air, mais le fracas qui avait martyrisé leurs oreilles durant près de cinq heures – les décharges des fusils et le grondement des canons qui avait résonné du crépuscule jusqu'au cœur de la nuit sans lune – avait fini par expirer.

Le général confédéré pleura en apprenant les nouvelles, et le lendemain il marcha sur Nashville pour achever ce qu'il avait entrepris. Quelques mois plus tard, la Confédération capitulait.

Pourtant la bataille de Franklin n'était pas terminée. Canons et chariots avaient peut-être quitté la ville, mais pour certains le combat ne faisait que commencer. Il y eut ceux qui luttèrent pour leur vie dans les salles sans feu des hôpitaux de fortune, ceux qui s'évertuèrent à retrouver le souvenir du Franklin de naguère, avant le 30 novembre 1864 ; et ceux, aussi, qui s'accrochaient de toutes leurs forces à la vaine espérance ou à l'obscur dessein qui avait amené la guerre dans la ville, au prétexte qu'abandonner cet espoir et ce projet revenait à priver de sens le massacre et à faire de toute l'histoire une immense blague du bon Dieu. D'autres, enfin, s'acharnaient à réduire à néant tout ce qui persistait en eux de ces considérations romantiques.

LIVRE DEUXIÈME

18

30 NOVEMBRE 1864, NUIT

En ville, un vieil homme aux cheveux gris du nom de Baylor, tout de noir vêtu, regardait le convoi qui avançait vers le porche de sa maison : sur un brancard porté par ses esclaves, son propre fils blessé agonisait, délirant sous l'effet de la douleur.

– Mettez-le en quarantaine, fit-il quand ils voulurent entrer dans la maison.

Lorsque son fils passa devant lui, il réprima l'impulsion de toucher les boucles blondes qui flottaient librement par-dessus le bord du brancard. La souffrance arrachait des cris au mourant.

– Faites-le taire, pour l'amour de Dieu. Installez-le confortablement, mais faites-le taire.

Il ne souhaita pas aller voir son fils, pas avant qu'il ne soit mort. Le vieil homme savait qu'il mourrait, comme il savait qu'il avait échoué à inculquer un brin de bon sens à son garçon. Ce n'était pas la peine qu'il voie cela de ses propres yeux, qu'il reçoive comme un reproche le dernier souffle de son fils. Si seulement il avait eu plus de temps pour lui apprendre les choses avant le début de cette maudite guerre. Qui lui avait mis en tête de sacrifier sa vie pour une cause ? Ou pour une fille ? Son fils croyait-il pour de bon qu'il ignorait l'existence de sa petite traînée de la campagne, et ses rendez-vous avec elle ? Son fils ne renoncerait jamais à la Cause, comme l'attestait la prose prolixe qu'il publiait dans le Rebel, *se cachant derrière le nom de Cotton Gin comme si son père pouvait se tromper sur ses mots. Les mots qu'il lui avait crachés au visage. La Cause.*

Les grandes causes et tous ces idéaux romantiques n'avaient pas droit de cité sous le toit des Baylor. Il accusait le monde entier de la mort de son fils, mais surtout les assassins pleins de charisme qui l'avaient entraîné dans le combat. Ils allaient payer. Dans l'obscurité, il entendit un homme réclamer de l'eau sur le champ de bataille, et il le couvrit d'imprécations.

19

ZACHARIAH CASHWELL

J'ai mis un moment à comprendre où j'avais échoué après avoir faussé compagnie aux gars de l'Union. Il y avait comme un trou dans le cours du temps, et dans l'immédiat j'étais pas capable de le combler. Mes sens revenaient petit à petit, l'un après l'autre. Au début je sentais seulement ce qui se passait en dehors de mon corps, comme les vibrations de la surface sur laquelle je reposais. Je sentais les gens qui marchaient. *Je suis couché sur le sol*, je me disais, *sur un plancher*. Pendant un moment, j'ai concentré toute mon attention sur la façon dont il trépidait sous mon corps, j'avais presque la sensation du grain de son bois contre mes omoplates. *Mes omoplates*. Je sentais le piétinement sourd des bottes sur les lattes et, par moments, il me semblait entendre les souliers d'une femme qui marchait à pas pressés. Ses talons claquaient sur le bois et la cadence était plus rapide, c'est ce qui m'a permis de faire la différence. Bon Dieu, j'aurais pas su dire la dernière fois où j'avais entendu, ou même vu, une dame se déplacer sur un parquet.

Une fois qu'on a commencé à reprendre ses sens, ils finissent tous par revenir. Sauf si on a eu les yeux arrachés ou les tympans crevés. Dans cette vie, il y a deux possibilités : soit on est endormi soit on est réveillé, et dans les deux cas, ça dure jamais très longtemps. Après avoir senti les gens marcher sur les planchers, à cause des vibrations, je les ai aussi entendus. Et puis des voix ont retenti tout autour de moi, des hommes qui devaient être couchés par terre, eux aussi. J'ai pensé à mes yeux, mais je les ai gardés fermés. J'aimais mieux comme ça. J'entendais les hommes gémir, pleurer, tousser, ou rabâcher cent fois les mêmes plaisanteries. Finalement, c'est grâce à leurs blagues que j'ai saisi où je me trouvais. Ce genre de niches, on les fait quand on pense à la mort, et du coup j'ai su que j'étais dans un hôpital.

Comment c'était possible que je me retrouve à l'hôpital, alors que je m'étais sauvé comme un chef, aussi vif qu'une anguille ? J'avais réduit l'écurie en cendres, et personne m'avait vu filer. J'avais retrouvé ma liberté. De nouveau, j'ai entendu les pas de la femme sur le plancher. Puisque j'étais libre, ça aurait pu me plaire, un endroit avec des femmes qui vont et viennent, mais pas s'il fallait rester couché par terre au milieu des chialeurs, des braillards et des pitres. Ils sentaient mauvais, la sueur, la merde, et aussi cette odeur d'ammoniaque qui vient quand on a rien mangé depuis longtemps. Mon nez avait recommencé à marcher. En ouvrant les yeux, j'ai vu le plafond blanc et nu, et les hommes qui tremblaient et se balançaient tout autour de moi. *Et moi*, je me suis dit, *qu'est-ce que j'ai ?*

Alors j'ai commencé à avoir mal, et j'ai su que j'avais retrouvé tous mes sens. C'était comme un feu qui me prenait la jambe droite, montait dans la hanche et jusqu'au milieu du dos, et cette foutue brûlure était tellement mauvaise que j'ai dû serrer les dents pour ne pas hurler et réclamer un seau d'eau ; pourtant le cri a dû sortir malgré moi, parce que j'ai remarqué que certains me jetaient un regard avant de retourner à leurs propres misères. Les mâchoires crispées, j'ai senti la souffrance m'envelopper tout entier, jusqu'à ce que je devienne une chose minuscule au milieu de cette douleur. Ensuite j'ai dû me rendormir.

En rêve, j'ai entendu une voix : *Alors le bonhomme il arrive aux portes du Paradis, et là qu'est-ce qu'il voit, son nègre assis sur le nuage avec les clés à la main, et il lui dit, le nègre : « J'crois bien que les premiers c'est les derniers, là tantôt. Mais quand même, maît', t'es un sacré-bel mâle. »* Je me suis réveillé. Les voix me cernaient de toutes parts, comme la souffrance. J'aurais voulu qu'on m'arrache la moelle pour me soulager, mais il n'y avait rien à faire. J'ai écouté les autres pour essayer de moins y penser.

J'avais du mal à les voir, parce que ça m'obligeait à remuer la tête et qu'alors je souffrais encore plus. J'ai juste observé du coin de l'œil les hommes en gris allongés autour de moi, tous tellement emmêlés que la pièce m'a paru infestée de gris, comme si elle grouillait de rats. *C'est la fièvre*, je me suis dit alors. A force, j'ai réussi à les distinguer les uns des autres, à rattacher une voix à chacun, et j'ai prêté l'oreille à leurs prières.

Les deux qui m'encadraient étaient morts, ou alors ils étaient pas très bavards. A côté de mon voisin de gauche, un jeune aux cheveux blonds cherchait à se mettre assis, mais il a eu beau essayer encore et encore, il était trop faible pour tenir bien longtemps, chaque fois il retombait. Il a fini par renoncer, ses paroles ne s'adressaient plus qu'au plafond.

– Y en a pas un qui m'aiderait à sortir c'te lettre de ma poche ?

Personne a répondu. Moi je lui aurais volontiers rendu service, mais je luttais pour garder mon équilibre, perché très haut sur un fil comme on en voit dans les fêtes foraines, et en bas, des flammes brûlaient d'un côté et de l'autre. Si je faisais un mouvement pour l'aider, j'étais sûr de tomber, et il fallait surtout pas.

– C'te lettre, elle est pour ma mère. Nom de Dieu, elle sait même pas où j'suis. Je l'ai là, ma lettre, allez, s'il vous plaît.

Un homme lui a parlé depuis l'autre bout de la pièce.

– Tiens bon, le môme. La dame de tout à l'heure, peut-être elle va revenir, alors y faut tenir bon.

Le garçon n'a plus ouvert la bouche et il s'est même arrêté de bouger, ces mots avaient dû le tranquilliser.

A un moment une négresse est entrée, je la voyais juste en face de moi dans l'encadrement de la porte, les mains sur les hanches, elle secouait la tête. Une de ces négresses jaunes qu'on rencontre parfois dans les villes. C'était pas une négresse des champs, ça se remarquait rien qu'à sa façon de se tenir. Nous on devait faire peur à voir, et quelqu'un d'aussi propre qu'elle, j'en avais pas rencontré depuis des mois. Des années, même. Ou peut-être jamais de ma vie. Un seau dans une main et une louche dans l'autre, elle faisait le tour pour verser de l'eau dans nos bouches ouvertes, pareil qu'à des oisillons. On se contentait d'ouvrir grand le bec, et l'eau coulait dedans. Je l'ai bénie en silence, même si j'étais un peu fâché avec le Bon Dieu. Je me disais que ça pouvait pas faire de mal.

Avec l'eau, la douleur s'est un peu calmée, et je me suis presque assoupi. Je tâchais de me rappeler ce qui m'était arrivé. La négresse se déplaçait autour de la pièce en passant entre nos jambes, et pestait à voix basse si elle butait contre une botte. Est-ce qu'elle savait ce qui m'était arrivé ? Dès que quelqu'un se mettait à tousser, à cracher, à vomir ou à rire, des tourbillons de poussière s'élevaient, et en les regardant j'ai retrouvé ce qui s'était passé. C'est la poussière qui m'a aidé à me rappeler.

Je m'étais sauvé, et je m'éloignais de l'incendie et des gardes. A partir de là, n'importe quelle direction faisait l'affaire, ça m'était bien égal. Je courais vers la rivière, en pensant que je me glisserais dans l'eau pour me cacher contre la berge jusqu'à ce qu'ils soient partis, et qu'ensuite je m'en irais vers l'aval. Mais quelque chose m'a frappé au côté, comme un marteau, et m'a jeté à terre. La douleur que j'ai ressentie sur l'instant, je ne m'en souviens plus. Elle est venue plus tard. Je me rappelle seulement que le coup m'a renversé et que j'ai roulé par terre, et au sommet de la colline, je voyais les autres prisonniers, tête baissée, et la silhouette d'un homme armé qui se détachait sur les flammes et la fumée de l'incendie. *Vous avez pas besoin de moi, si ? Qu'est-ce que vous me voulez ? Voilà mon corps, si vous y tenez tellement. Mais pourquoi ?* C'est la question que je me suis posée, et je n'ai pas eu de réponse. Je me suis remis debout pour repartir en courant, mais dès que j'ai pris appui sur ma jambe droite, je me suis écroulé. La douleur m'a pris aussitôt, tellement violente que je tenais à peine les yeux ouverts. C'était pire que la première balle que j'avais reçue. Tant que je pouvais m'empêcher de fermer les yeux, j'arrivais quand même à bouger. A force de ramper, j'ai réussi à atteindre la rivière, je me suis laissé tomber dans l'eau et le flot m'a englouti, j'ai crié et l'eau entrait dans ma bouche, je me suis mis à tousser et alors j'ai senti que le courant m'emportait. Voilà comment la guerre s'est terminée pour moi ; du moins la partie de la guerre qui a affaire avec les canons et les fusils.

En dehors de ça, j'ai tout oublié. La négresse m'a enjambé lestement et a baissé les yeux vers moi. Son nez était semé de taches de rousseur, et j'ai remarqué qu'elle tenait sa jupe retroussée d'un côté pour pas se salir en circulant parmi nous. Elle a versé de l'eau dans ma bouche ouverte. D'un seul coup j'étais incapable de déglutir, et l'eau qui ruisselait sur mon menton a formé une petite flaque sur le plancher. J'ai levé la tête, les larmes aux yeux. J'avais pas fait exprès de faire des saletés, loin de moi l'idée d'embêter cette femme. Je l'ai regardée sortir de la pièce, en me demandant si elle reviendrait. Le sommeil m'a repris, j'ai dû somnoler quelques minutes. C'est difficile de se souvenir.

– Ho, camarade !

L'homme qui venait de me réveiller était couché à mes pieds. Dans son cou, ses cheveux gris étaient poissés de sang, mais j'aurais pas su dire si c'était le sien, celui d'un autre ou même le mien. Sans doute que je saignais, mais j'avais pas eu envie de bouger pour vérifier. La tête penchée en arrière pour mieux se faire entendre, il m'a interpellé derechef.

– J'suppose qu'on est coffrés en prison ?

J'ai réfléchi un instant.

– Drôle de prison, y a pas de gardiens.

– T'es là de ton plein gré ?

– Non.

– Ben alors c'est une prison, qu'ils appellent ça comme ils veulent.

Le vieux s'est tourné sur le côté droit pour mieux me voir. Avec tous ces gars étendus autour de lui, je comprenais pas pourquoi il tenait tant à me parler à moi. Quand il m'a regardé, je me suis aperçu que c'était un étranger. A moins qu'il soit venu du fin fond de la Louisiane, je sais pas trop. Il avait le teint basané et un nez aussi crochu que le bec d'un oiseau de proie. Il n'arrêtait pas de renifler et de tousser, sûrement qu'il avait pris mal, et dès qu'une quinte plus sérieuse le prenait, son œil abîmé avait l'air de s'enfoncer dans sa tête et, sur toute sa figure, des ravines et des vallées faisaient des creux plus sombres dans la peau flasque. J'admirais sa courte barbe d'un blanc impeccable, qui lui montait bien haut sur les joues. Il causait plus vite que les gens que j'entendais d'habitude, ce qui m'a laissé croire qu'il venait de la Nouvelle-Orléans. Chez moi dans l'Arkansas, on les voyait descendre le fleuve sur leur barge chargée de coton et de whisky, ces hommes pleins de bagou qui baragouinaient dans leur sabir quand ils voulaient pas que les autres comprennent. Celui-ci, par contre, il demandait pas mieux que de se faire entendre.

– Je reste pas ici-dedans, moi. Ça non. Ce s'rait trop moche de finir comme ça. Faut que je lève mon cul et que je tire mes pieds d'ici, sauf que ma jambe droite, elle va pas tenir le coup, c'est pour ça que j'ai besoin d'aide. J'ai la guibolle en morceaux, et Dieu sait ce qu'est arrivé à mon œil, là. J'essaye de le bouger, mais je sais même pas s'il y est encore. Je dois avoir de quoi te payer si tu me sors d'ici. Dans le temps j'avais des sous, et toi t'as une tête à empocher tout ce qu'on veut bien te donner. D'où tu viens ?

Je ne lui ai pas répondu, mais ça l'a pas découragé.

– Je m'en fous pas mal, tiens, de savoir d'où tu es. Tout ce que j'ai besoin, c'est que tu m'aides à me mettre assis, et que tu me laisses m'appuyer sur toi pour qu'on s'en aille d'ici et qu'on dise adieu à toutes ces épaves. J'en peux plus, de croupir dans ce tas de macchabées, même s'y en a qui respirent encore. Ce qui est sûr, c'est qu'ils sont claqués, et pas moi.

Tout en braillant ces derniers mots, le gars s'est débrouillé pour se dresser sur son séant, mais il tenait pas bien droit. Sa petite sortie avait pas beaucoup plu au reste de la compagnie. Du côté de la fenêtre, un homme s'était mis dans un coin, un des seuls, sans doute, à pouvoir tenir debout tout seul. Appuyé sur un bâton, il plaquait la main sur sa blessure au ventre. Il était grand, ce zig. Peut-être qu'il restait plus assez de place pour qu'il puisse s'allonger, ou alors il rentrait pas au milieu des autres, comme une pièce de bois mal taillée. C'était un de ces gars tellement grands qu'ils paraissent encore plus maigres, bien plus qu'ils le sont en vérité. En y regardant de plus près, on s'apercevait qu'il devait être solide, avant. Il avait les bras robustes. Il portait pas la barbe, ce qui lui donnait l'air plus dur que les autres, comme s'il n'avait rien à cacher. Ou rien qu'il veuille se donner la peine de cacher.

– Hé le vieux, tu vas pas la boucler ? Je mise une semaine de paye que t'as pris des balles dans le dos. Tu veux pas nous montrer, c'est tout. T'as pas dans l'idée que la jolie petite dame vienne te retourner comme une marmaille pour soigner les trous que t'as dans la carcasse. Ce que je vais faire, moi, c'est écrire une babille et l'envoyer au journal, en disant que j'ai croisé un Espagnol fort en gueule avec des trous plein le dos, et que je me demande bien comment il les a ramassés.

Des voix résonnaient dans toute la pièce.

– Une semaine de paye, t'as dit ? Quelle semaine ? Et quelle paye, d'abord ? Qui c'est qu'est payé, ici ?

– Si ça se trouve il est pas espagnol. Peut-être que c'est un nègre, allez savoir.

– Y a pas quelqu'un qui ferait appeler la p'tite dame, là ? J'serais pas fâché de la reluquer un peu plus.

– Ouais, mais elle, ça va pas l'amuser de voir ta binette. T'as une oreille en moins, et la moitié du nez.

– Il me reste quand même le principal.

– Pareil pour ma pomme.

Le vieux couché à mes pieds s'est contenté de sourire, il devait être habitué aux injures. Moi par contre, j'avais le sang qui bouillait rien qu'à l'idée de ce que j'aurais fait si c'était moi qu'on insultait de la sorte. Mais avec ces pékins de la Nouvelle-Orléans, on peut jamais prévoir. Ils ont des façons de penser bien à eux. Il a continué à parler avec moi, sans tenir compte du grand, là-bas dans le coin.

– Qu'est-ce que t'en dis ? On décampe d'ici ?

Je mourais d'envie de me sauver, aussi fort que j'avais voulu échapper aux gardes yankees. Mais j'arrivais pas à bouger. Quand je lui ai expliqué, il a regardé ma jambe, puis il a levé les yeux et les plis qui barraient sa figure ont disparu.

– Désolé.

– Quoi ?

– C'est la vérité, que tu peux pas te sortir d'ici.

– Qu'est-ce que tu racontes ?

– Ta jambe, là, tu vas pas la garder longtemps, qui sait même si elle va pas tomber toute seule. Tu sens quelque chose ?

– Rien du tout.

– Ça, c'est pas bon signe. Faut qu'ils se dépêchent de te faire passer sur le billard.

Et là il s'est égosillé :

– Hé ! à l'aide, à l'aide !

Mais moi je voulais pas y aller, sur le billard. Quand j'ai essayé de lui envoyer un coup de pied pour qu'il se taise, la douleur m'a coupé le souffle, j'ai même failli reperdre connaissance. Je tâchais de lui imposer le silence en luttant pour garder les yeux ouverts, mais c'est tout juste si j'avais la force de chuchoter.

– Fais pas ça, s'il te plaît.

Le grand escogriffe qui nous observait dans son coin a enjambé les rangées de soldats pour venir se camper au-dessus de nous. Une goutte de sang a glissé sur un de ses larges doigts, à l'endroit où il appuyait les mains sur son ventre, avant de tomber par terre.

– El Conquistador, j'ai l'impression que ce gars a plus envie de t'entendre.

– Regarde un peu sa jambe. *Dios mio !*

– Je la vois bien, mais ça m'est égal. Il veut que tu tiennes ta langue, et s'il faut en passer par là, c'est moi qui te la ferai boucler.

– Pas la peine.

– Tu marques pas bien mieux que lui. T'es tellement pâlot que tu pourrais passer pour un Blanc.

– Et toi tu causes comme si on t'avait bousillé la cervelle. Qu'est-ce tu veux ?

Le grand s'est frotté le menton comme s'il portait la barbe, et j'ai remarqué qu'il était pas rasé de près comme je l'avais cru. Son visage était couvert de cicatrices, des marques de brûlures très anciennes, je dirais, et à ces endroits-là la barbe ne poussait pas. On aurait cru qu'on lui avait appliqué un fer chaud sur la figure, en oubliant juste quelques morceaux de peau ici ou là, et j'ai vu qu'il avait une touffe de poils roux sous le menton. Je l'ai fixé pour accrocher son regard, je voulais qu'il m'explique ce qui clochait chez moi. Lui il m'a pas vu, ou plutôt il a fait semblant. Il s'adressait toujours à l'Espagnol.

– Si tu veux sortir d'ici, on y va.

– Avec toi ?

– Il te faut juste faire le mort quand je te porte dehors. Même si ça te démange d'ouvrir ta gueule, tu tiens ta langue. Si t'es mort, on peut partir d'ici. Les morts ont le droit de sortir, et moi je viens avec toi.

Ses mains se sont écartées de son ventre blessé, où la tache de sang devenait de plus en plus rouge. Il s'est penché pour hisser le vieux sur son épaule comme un sac de farine, et sur le moment, le bonhomme a laissé échapper un cri.

– Je t'ai pas dit de fermer ton bec ?

Le vieux a serré très fort les paupières, deux larmes ont coulé par terre à mes pieds. Qui est-ce qu'ils croyaient berner, avec ce cadavre larmoyant ?

Le grand s'est dirigé vers la porte, et il allait sortir quand une dame est entrée dans la pièce, une Blanche qui l'a repoussé du bout du doigt. Ce devait être elle, dont j'avais entendu les talons pointus.

Elle était brune et pâle, tout habillée de noir. C'était à son propos, les blagues de tout à l'heure, quand ils se languissaient de la voir revenir et imaginaient les réactions de leur « principal ». A ce moment-là, j'ai pensé que je ne pouvais pas être en train de mourir, parce que son apparition m'a fait l'effet d'un coup de poing dans l'estomac, et ça, c'est bien le signe qu'on est vivant, je crois. En la voyant, j'ai ressenti de la gratitude, de l'excitation et de la peur, tout ça à la fois.

J'étais incapable de faire quoi que ce soit, cloué au sol par la nervosité et la douleur. Elle avait des yeux très écartés, et la lèvre du bas pleine et bombée, à la façon des poupées ; belle comme elle était, elle aurait pu être peinte sur un tableau, au mur d'un palais à l'autre bout du monde. A cet instant, j'ai prié Dieu de ne plus me montrer les choses que je ne pouvais ni toucher ni posséder. *Plus de beauté pour ce pauvre bougre.* Tant qu'elle se tenait là, dans la même pièce que moi, à regarder d'un œil furieux la grande perche avec l'Espagnol cramponné comme un opossum à son épaule, je sentais le monde reculer loin de moi. Cette femme me rappelait tout ce que j'avais perdu, elle me rappelait qu'il me restait bien peu, que j'étais déjà bien engagé sur le chemin de l'autre monde. Il me tardait qu'elle s'en aille pour me débarrasser de ces idées-là et sombrer de nouveau dans le sommeil. Je lui en voulais terriblement de me faire venir ces pensées en tête, et à cause de ça, j'ai cru tout d'abord que je devais la haïr, elle plutôt que le soldat qui m'avait mis une balle dans la jambe.

– Ne vous avisez surtout pas de bouger, tous autant que vous êtes.

Elle nous parlait rudement, mais comme si elle cherchait à se convaincre de sa propre dureté. Même si sa voix tremblait par moments, on était forcé de l'écouter.

– Celui-là il est mort, madame. Je voulais juste l'emporter dehors, histoire de faire de la place.

– Moi je ne le trouve pas si mal en point.

– Il a perdu tout son sang, je dirais. Une balle dans la jambe, ça saigne énormément.

Je ne la quittais pas des yeux. De l'endroit où je me trouvais, allongé par terre, son visage encadré par le montant travaillé de la porte et la moulure ancienne du plafond ressemblait à un portrait. Se détournant de l'échalas, elle nous a tous embrassés du regard, le parterre grouillant et gémissant de gars assez nigauds pour s'être fait tirer dessus. *Assez nigauds*. Jusque-là, je considérais pas la chose de cette façon, mais ça faisait aucun doute. Quelle que soit la raison, c'était une folie de s'exposer au feu. Honorable peut-être, mais pas bien futé. Combien d'idioties ont été commises au nom de l'honneur ? Dans l'Arkansas, j'avais vu deux bonshommes s'arracher les yeux parce qu'un des deux se moquait de la commère dodue de l'autre. Aveugles peut-être, mais ils avaient sauvé l'honneur. Je suppose que c'était la sagesse qui précède la mort. La sagesse. Merde, personne m'en aurait prêté une once avant ça, de sagesse. J'ai tiré plaisir de l'idée que j'en avais gagné, aujourd'hui je l'admets sans gêne. Un grand plaisir, même. Je me suis recouché en pensant à celui que j'étais devenu, tout en observant la dame du coin de l'œil.

– Reposez-le, elle a dit, je n'ai pas l'impression qu'il soit mort.

Quelqu'un s'est exclamé à l'autre bout de la pièce :

– Oh que si, madame, il est mort. Il a cassé sa pipe.

Un autre a glapi en ricanant, d'une voix de crécelle.

– Il a plié ses chemises.

Ils s'en sont tous mêlés, le regard braqué sur la dame et le soldat. Ça barjaquait de partout.

– Il a passé l'arme à gauche.

– Ils lui ont mis l'estocade.

– Pour un Espagnol c'est pas étonnant.

– Il est aussi mort que le général Jackson.

– Il y ressemble pas du tout, à Stonewall Jackson.

– N'empêche, il est flambé.

– Aussi mort qu'Abe Lincoln.

– Il est pas mort, çui-là.

– Chut.

Le grand échalas qui coltinait l'Espagnol sur son dos, on voyait bien que tous ces boniments le mettaient en rogne, il décochait des coups d'œil furibonds à tout le monde. Sa manœuvre tournait moins bien qu'il l'espérait, et toute cette jactance arrangeait pas trop son affaire. Lui qui comptait sur une sortie discrète, ni vu ni connu, il devenait le point de mire général, et en plus la dame ne s'écartait pas de son chemin. Il faisait son possible pour prendre un visage hargneux, mais rapport à sa peau, son visage s'est durci seulement en partie, si bien qu'il avait surtout l'air de souffrir. D'ailleurs c'était peut-être le cas. Je voyais bien qu'il saignait encore.

– Madame, çui-ci est mort, et je m'occupe de le porter dehors, sur le charnier. Y'en a bien un dehors, non ? Il faut l'y emmener, celui-ci, sinon je vous dis pas les saletés qu'il va apporter ici-dedans. C'est pas bon pour l'hygiène.

– Il est en train de pleurer, monsieur. J'ai déjà vu des morts, mais jamais un mort en larmes.

– Ben, c'est juste les larmes de l'agonie. Pareil que le râle de l'agonie, vous comprenez. C'est pas commun, il faut que la mort ait été très, très pénible. Regardez-y vous-même, il bouge pas.

Je suppose qu'à ce moment-là, il a décidé de jouer son va-tout pour faire passer sa fable, et il s'est mis à sautiller sur place pour prouver que le cadavre bronchait pas. J'aurais pu l'avertir que c'était perdu d'avance. La dame ne voyait pas la figure de l'Espagnol, masquée par le large dos de son sauveteur, mais de mon côté on la voyait bien. Il grinçait des dents et se mordait la lèvre, riboulant des yeux comme s'il cherchait le regard du Bon Dieu, et quand l'autre s'est mis à le secouer, il faut pas s'étonner qu'il ait hurlé aussi fort que si on lui tirait dessus. Un cri bref et perçant qu'il a essayé d'étouffer, mais on risquait pas de s'y tromper.

Pourtant le grand ne s'avouait pas vaincu pour si peu, et il a voulu feinter pour contourner la dame, mais ses bottines à lacets l'empêchaient pas d'être vive et elle a continué à lui barrer la route. Je m'attendais à ce qu'il la renverse d'un coup de poing, mais non, il lui restait encore un petit brin de décence.

– Bon Dieu, je vous demande que de me laisser sortir. Lui aussi il veut partir. On veut juste s'en aller.

Le faux cadavre a répété entre deux hoquets :

– On… veut… juste… s'en aller.

J'ai baissé les paupières, persuadé que la comédie était terminée ; elle allait appeler quelqu'un, un gardien, pour qu'il règle cette histoire avec ces deux-là, et il les renverrait à leur place. Je me suis replongé dans mes rêveries sur cette idée de sagesse. Nous étions destinés à mourir ici, gisant à même le sol. C'était le sort qui nous revenait, pour être tombés au nom de l'honneur. Avoir compris ça, ça me réchauffait le cœur et ça me remplissait de fierté, à tel point que j'ai pas remarqué tout de suite que la dame avait ameuté personne. Elle restait où elle était, rien de plus. Elle fixait le grand au visage marqué de brûlures, regardant bien en face sa vilaine trogne, comme pour l'étudier. Les bras croisés, elle se balançait d'un côté et de l'autre, avec la moue de quelqu'un qui réfléchit très fort. C'est incroyable comme elle était belle.

– Très bien, allez-vous-en.

L'échalas n'avait pas dû comprendre ce qu'elle voulait dire, vu qu'il a baissé la tête et tourné les talons, comme s'il allait reposer l'Espagnol par terre et se remettre dans son coin.

– J'ai dit, allez-vous-en. Si vous tenez tant à partir, vous avec - une balle dans le ventre et lui avec sa jambe qui ne guérira jamais, eh bien allez-y. Partez. Vous êtes un homme, vous saurez vous débrouiller seul. Personne ici ne peut vous être utile. Allez-y donc.

Il y avait quelque chose d'étrange dans son expression. Elle souriait pas mais ne fronçait pas non plus les sourcils, son visage ne trahissait ni la peur ni l'inquiétude. Il était tout à fait lisse, sa bouche détendue et immobile. Ses grands yeux se portaient vers lui, et pourtant elle ne semblait plus le voir. Comme si elle l'avait déjà oublié.

Lui, il paraissait dérouté par sa proposition. Au début, on aurait cru qu'il allait insister pour rester, tout bien pesé. Il a reposé l'Espagnol, qui a marché par mégarde sur le bras d'un gosse et s'est fait engueuler par son propriétaire. Il s'efforçait de deviner ce qu'elle avait en tête. Il y avait tant de froideur sur son visage qu'on ne pouvait pas lui reprocher de vouloir y échapper, d'accepter de céder pour la voir disparaître. Mais tout compte fait, il ne s'en tracassait pas tant que ça.

Quand il a eu compris qu'elle parlait sérieusement, il a chargé derechef l'Espagnol sur son épaule et s'est dépêché de sortir.

La dame ne l'a pas retenu. Elle nous a tous regardés, et on lui a retourné son regard.

– Vous aussi, vous pouvez partir. Personne ne vous en empêche. Vous feriez peut-être mieux de quitter cette maison et d'aller mourir n'importe où dans les bois. Ici nous n'avons que deux médecins, et une modeste réserve de bandages. Honnêtement, nous ne vous serons pas d'un grand secours.

Plutôt qu'à nous, elle avait l'air de s'adresser à quelque chose d'autre, derrière la vitre. Et malgré tout, ses paroles ont fait le silence dans la chambre. Les gars ont cessé de chigner et de rouscailler.

– Allez, debout ! Vous n'êtes pas mes prisonniers. Dehors, tout le monde !

On n'a pas bougé, aucun de nous ne s'y serait aventuré. Tout ce qu'elle venait de dire, comme quoi elle ne pouvait pas grand-chose pour nous, que de toute manière on avait de fortes chances d'y passer et que ce serait aussi simple pour nous de se dénicher un coin plus agréable où mourir, c'est ce qui nous a convaincus de nous tenir à carreau. Du moins c'est vrai pour moi. Une femme qui parlait de cette manière était capable de vous sauver, peu importe ce qu'elle racontait. La quitter, ça revenait à s'éloigner d'une des dernières personnes décidées à nous aider. Et ça, personne n'en aurait eu l'audace.

Moi, évidemment, je n'étais pas en état de bouger, j'aurais pu le vouloir que je serais allé nulle part.

Puisque ses offres de libération trouvaient pas preneur, la dame a tourné les talons sans plus attendre ; elle est sortie de la pièce à grands pas, le bas de sa jupe effleurant le visage des gars placés près de la porte.

20

CARRIE MCGAVOCK

L'avenir qui m'attendait ressemblait à une guirlande de jours passés à faire bouillir de l'eau et à panser des plaies. Demain, demain et puis encore demain. Il y avait tant d'hommes au corps plus ou moins dévasté dans la maison qu'on n'imaginait pas que le moindre espace puisse se libérer.

Je ne tardai pas à trouver des satisfactions dans cette vie, bien que l'on ne puisse aucunement se réjouir du spectacle de la souffrance. La douleur de ces hommes hantait mes rêves. Depuis que nous dormions à la cuisine, Mariah, les enfants et moi, installés sur d'inconfortables paillasses pour laisser les chambres aux soldats, mes rêves étaient devenus très vivaces. J'aurais aimé savoir ce que ma mémoire conserverait dans mon grand âge, les soldats eux-mêmes ou les songes qui me visitaient. Je penchais plus volontiers pour les rêves, qui dès les premiers jours s'insinuèrent dans mes heures de veille, brouillant la frontière entre réel et illusion. Cela ne m'inquiétait pas outre mesure, car Mariah m'avait avoué, un soir avant le coucher des soldats, qu'il lui arrivait de douter parfois de la réalité de ce qui l'entourait, et qu'elle se surprenait fréquemment à dévisager un homme en se demandant s'il était là pour de bon, si ses blessures existaient vraiment. *Des fois ça paraît pas possible*, chuchotait-elle au-dessus des formes assoupies de Hattie et Winder.

Ce n'était ni la douleur ni la violence qui m'apportaient ces quelques moments de joie. Ce sentiment, je l'éprouvais à la vue de mon linge que l'on déchirait pour en faire des bandages, des portes et des moulures transportées à l'extérieur et disloquées à coups de hache pour alimenter les feux, des taches qui couvraient les parquets et les murs. Je l'éprouvai aussi en prenant conscience que depuis deux jours je ne voyais pas John, occupé à charrier de l'eau pour nos patients, et que je ne m'en étais pas aperçue. Une rupture était survenue, et je prenais plaisir à en imaginer les conséquences. Les enfants ne peuvent s'empêcher de rire au vertige qui les saisit lorsqu'on les fait tournoyer sur eux-mêmes, et ce que je ressentais s'apparentait un peu à cela.

Dans les tâches que j'accomplissais, rien ne m'enchantait autant que de constater à quel point les hommes aimaient que je les bouscule, que je traite à la légère le sérieux de leur mal. Les premières fois où j'étais entrée parmi les blessés et les mourants, l'effroi et le désir de les réconforter m'avaient poussée à m'agenouiller auprès des plus atteints – un homme touché au ventre, ou un autre, amputé d'une jambe, dont la plaie saignait sans discontinuer – et à leur caresser la main en répétant combien j'étais désolée, leur offrant de prévenir leurs proches et de prier avec eux. Tous, ils secouaient la tête et refermaient les yeux en silence, s'efforçant de m'ignorer. Je finis par comprendre que la seule chose en mon pouvoir pour aider un agonisant était d'adoucir l'épreuve du passage, et que je n'y parviendrais certainement pas en les couvant d'un regard affligé qui leur laissait entendre que la fin était proche.

Lorsque je m'aperçus que mes gestes de consolation ne contribuaient qu'à tarir l'espérance, entraînant un supplice d'une autre nature, je commençai à distribuer du whisky aux cas les plus graves, que je versais en souriant dans leur bouche. Et si les autres se plaignaient de ne pas recevoir leur rasade, je me redressais en déclarant que je réservais mon whisky aux plus séduisants d'entre eux, et que le reste pouvait s'estimer heureux de boire de l'eau. Les hommes lâchaient des jurons en riant. Ceux qui agonisaient avec le goût du whisky sur la langue savaient que ma boutade signifiait qu'ils étaient condamnés, mais je ne renonçais pas à leur redonner un peu d'espoir en ravalant ma tristesse. Tout au moins la mort cessait-elle d'être redoutable, puisqu'une femme comme il faut la traitait de façon si cavalière, et cela contenait une forme d'espoir. C'était en tout cas ce que je croyais.

Pas un de ces hommes ne me vit une fois quitter la maison et gagner le quartier des esclaves, où je pouvais m'asseoir et pleurer, adossée à un tronc d'arbre. Dans les jours qui suivirent la bataille, je fus la proie d'une meute d'émotions violentes dont les brutalités ne me déplaisaient pas. Je riais ou fondais en larmes au gré de mon humeur. Quand j'estimais que Mariah me houspillait par trop en réclamant des pansements depuis le palier de l'étage, je lui rétorquais qu'ils arriveraient en temps voulu, et que je me dispensais fort bien de ses ordres. Puis je m'attendrissais et sortais la rejoindre près de la citerne, lui présentant mes excuses tout en lissant ses cheveux. D'aucuns auraient pu s'offusquer de me voir demander pardon à quelqu'un comme Mariah, mais je m'en moquais éperdument. J'avais par moments l'impression que les ténèbres d'autrefois allaient de nouveau se refermer sur moi et me pétrifier, mais leur emprise était affaiblie par la réalité incontestable de ces hommes étendus dans ma maison et sur ma pelouse, et par l'intuition qu'ils annonçaient des choses inconnues de moi. Parfois je me sentais horrifiée de les considérer comme une aubaine, et non comme une charge.

Jamais je n'avais connu une si grande liberté. Je me sentais reconnaissante envers le monde, un monde bien plus vaste que celui que bornaient les murs de Carnton, et bien que le fardeau pesât davantage, l'effort consenti pour le soutenir me grandissait en proportion. Quand je déambulais dans la maison et m'asseyais sur les quelques sièges qui restaient – ceux que j'avais apportés de Louisiane lorsque John m'avait emmenée ici –, je les examinais comme pour la première fois, et certains détails, éraflures, taches ou motifs du bois, me semblaient nouveaux. Peut-être ne les avais-je jamais remarqués. C'était bien cela, la principale nouveauté : rien n'échappait plus à mon attention.

Je me trouvais dans cet état d'esprit lorsque je découvris Zachariah Cashwell, allongé sur le parquet de la chambre d'invités de l'étage, sa jambe droite immobile et raide tandis que la gauche ne cessait de trembler, parcourue de soubresauts. Son visage aux traits rudes était strié d'égratignures et de traînées de boue rougeâtre. La maigre barbe sur son menton m'a amusée. J'appris plus tard qu'il avait trente ans, un âge un peu tardif pour avoir des ennuis avec sa barbe. Mais ce furent surtout ses yeux qui retinrent mon attention, ses prunelles vertes à l'éclat humide ; les seuls dans cette pièce dont je ne sentis pas le regard s'appesantir sur moi durant mon algarade avec le grand échalas couvert de cicatrices et son piteux simulacre de cadavre. Sans les yeux de Zachariah Cashwell, j'aurais laissé un des gardes s'en occuper. Il fixait obstinément le plafond, le menton levé. Contrairement à la plupart de ses compagnons, il semblait prêt à mourir. On avait l'impression qu'il accueillait la mort avec joie, qu'il la pressait de venir. Je me demandai si je devais aller chercher le whisky. Pour une raison encore obscure, je voulais à tout prix qu'il pose son regard sur moi. Je ne me retirai pas.

J'improvisai un esclandre, invitant le géant et son ami l'opossum – et quiconque pareillement disposé – à s'en aller de chez moi, et à se traîner où bon leur semblerait pour attendre la mort. Sans cesser de tortiller mon mouchoir au fond de ma poche, j'ajoutai même que je ne les regretterais pas, tout en espérant qu'aucun d'eux ne ferait un geste. Surveillant Cashwell à la dérobée, je notai que mon discours produisait l'effet recherché : il m'observait avec curiosité, et s'était même légèrement déplacé pour mieux me voir. Sa jambe droite paraissait inerte, comme rivée au sol, mais il réussit à prendre appui sur son coude pour y voir comme il faut. Je me sentis flattée de la grimace que lui arracha ce mouvement.

Idiote, espèce d'idiote. Que m'importait l'opinion de cet étranger au corps ravagé, venu d'un monde qui m'indifférait et me resterait toujours indéchiffrable ? Elle ne m'intéressait nullement, et je m'en préoccupais d'autant moins que j'avais réussi à attirer son attention. C'était pure vanité de ma part. Peut-être s'agissait-il chez moi d'une nouvelle passion. A compter de ce moment-là, je résolus de confier ces hommes aux seuls soins de Mariah. *A quoi bon entretenir la vanité ?* Plus tard, je demandai à Mariah de se renseigner sur son nom.

Nous avions cédé aux victimes l'ensemble de l'habitation et de la galerie. Leur disposition n'obéissait à aucune logique, le petit docteur n'ayant jamais mené à bien ses projets de triage. Les premiers arrivés occupèrent les plus belles pièces de la maison, quelle que fût la gravité de leur état. A mesure qu'avançait la première journée, les blessés qui déferlaient sur Carnton par vagues incessantes, certains à pied ou à cheval, d'autres convoyés dans des charrettes ou sur les épaules de leurs compagnons, s'installaient en cercles concentriques toujours plus étendus, qui partaient de la salle d'opération pour irradier dans toute la maison, sous les porches et sur la pelouse. Chacun d'eux était prisonnier de l'Union, propriété des Etats-Unis d'Amérique, mais tout d'abord personne ne se présenta pour réclamer le butin. Je supposais qu'ils viendraient plus tard, dès que l'ordre serait rétabli à Franklin, même si j'ignorais tout à fait le temps qu'il faudrait pour cela. Pourtant j'étais naïve de croire qu'ils attendraient le retour de l'*ordre*. Le troisième jour, une première voiture cellulaire emmenait déjà les blessés les plus valides.

Quand j'éprouvais le besoin de respirer l'air frais, j'allais trouver Mariah et nous nous promenions ensemble sur la pelouse, du côté du jardin, enjambant avec précaution les corps affalés de ces étrangers plus ou moins dévêtus. De là nous pouvions embrasser la scène dans son ensemble. Dans le temps, mon père me lisait de brefs passages de ce livre à propos de la guerre déclenchée par Hélène de Troie, qui décrit longuement le campement des Grecs autour de ce que mon imagination d'enfant voyait comme une immense maison en pierre. Autour de nous, les soldats allumaient des feux pour mettre de l'eau à bouillir, et ceux qui pouvaient marcher faisaient les cent pas en se racontant des histoires, reculant d'un bond devant les étincelles attisées par le vent. Je me le représentais ainsi, le campement des Grecs, bien qu'ils fussent sans doute moins vêtus et plus foncés de peau. Se trouvait-il un Achille parmi eux ? Ils semblaient à ce point exténués, vidés de toute leur rage, que c'était difficile à croire. Où était donc Hélène de Troie, et quelle femme avait-elle été pour inspirer de telles choses ? *Aucune femme n'est assez belle pour cela*, pensai-je sur le moment. *Les hommes ne sont que des sots.*

John fit son apparition pendant une de ces promenades, revenant à cheval de je ne sais où.

– J'ai découvert une nouvelle source, nous devrions bientôt apporter un supplément d'eau.

Je m'approchai de lui et posai doucement la main sur le harnais, tandis que Mariah regagnait la maison.

– C'est bien, John.

– J'ai aussi des nouvelles de la ville, si tant est qu'elle mérite encore ce nom.

– Elle ne l'a jamais vraiment mérité.

John posa sur moi un regard dur. Avec chaque jour, chaque heure qui passait, j'épuisais ses réserves de patience. Cela m'indifférait.

– Quelle que soit votre opinion, Carrie, vous ne la reconnaîtriez pas.

– Il faut que je voie cela, John, elle y a peut-être gagné.

– Je ne crois pas. Je vous conseille de rester ici pour l'instant.

– Cela devrait m'être facile. J'ai derrière moi une longue expérience.

John tourna la bride du cheval afin qu'il s'écarte de moi, et j'esquissai un mouvement de recul. Sur son visage se mêlaient la tristesse, la perplexité et la colère, comme s'il recouvrait ses esprits après une chute et ne savait plus trop où il se trouvait.

– Ce n'est pas moi qui vous ai retenue dans cette maison. Je vous ai priée plusieurs fois de partir.

– Et à présent c'est ce que je souhaite. Deux petites heures, pour voir ce qui se passe.

– C'est impossible dans l'immédiat. D'ici quelques semaines, les choses auront peut-être changé.

Je tournai mon regard vers l'un des feux de camp, où un jeune homme frappait ses jambes de pantalon pour éteindre les flammèches allumées par des charbons envolés. *Il faudrait que j'aille l'aider.*

– Vous avez raison, les choses vont changer. Merci d'avoir trouvé la source.

– Carrie, dès que vous aurez un moment, envoyez quelqu'un pour qu'on puisse commencer à remplir les seaux.

– Je n'y manquerai pas.

– Je répugne à retourner en ville, mais il y a quelqu'un que je dois voir absolument.

– Voulez-vous que Theopolis apporte votre fusil ?

– Non, il ne me servira plus à rien.

John fit faire demi-tour à son cheval bai et contourna la maison pour prendre la grande allée, se frayant prudemment un chemin entre les groupes d'hommes du campement qui brûlaient les derniers vestiges de la clôture du jardin. Si John fut peiné de constater le dommage, il n'en laissa rien transparaître. Un vieil homme ivre, qui s'était saoulé à la bouteille que l'on se passait de main en main, se remit debout sur le passage de John, et lui adressa un bref salut avant de chanceler et de s'écrouler par terre. John ne s'arrêta pas.

Je rentrai, sachant que quelque chose allait changer. Louvoyant entre les hommes qui se reposaient sur les marches du porche, je pénétrai dans la maison par l'arrière, et la puanteur me suffoqua. Mes narines en avaient si peu l'habitude que je n'identifiai pas les éléments qui la composaient. Lourde, aigre et confinée, je la pris pour l'odeur de ce monde que ma demeure et mon époux tenaient à distance de moi depuis toutes ces années.

Je rassemblai mes jupes et montai discrètement à l'étage, dans la chambre d'invités. Je restai là à observer les hommes, dont la plupart avaient sombré dans le sommeil ou dans l'inconscience qui précède la mort. Mais l'homme aux yeux verts me regardait, et je me tournai vers lui. Zachariah Cashwell.

– C'est votre tour, monsieur. Que dois-je dire au médecin sur votre cas ?

Il ne m'aurait pas regardée autrement si je l'avais frappé d'un coup de pied en plein ventre. Il secouait la tête, les paupières contractées. Lorsqu'il parla, sa voix rendit un son râpeux et métallique, comme s'il n'avait pas ouvert la bouche depuis une éternité.

– Je pense pas que ça vaille la peine. J'ai attendu trop longtemps. Il doit y avoir des gars qui ont de meilleures chances, ici. On dirait bien que j'ai une balle dans la hanche droite, et je crois que ça fait des jours que je saigne. Je sens que j'ai la fièvre, et ma jambe, elle commence à sentir. C'est trop tard, à mon avis. Laissez-moi tranquille. De toute façon, y'a un moment que je devrais être mort.

C'est le discours qu'est censé tenir un homme. Sortant sur le palier, j'appelai deux ordonnances, ou deux gardiens, peu importe.

– Venez donc chercher cet homme.

Tandis que les deux ordonnances l'emmenaient en improvisant un brancard avec leurs bras croisés, il se mit à crier et à m'agonir d'injures. Il se tut lorsque je le giflai, me dévisageant d'un air incrédule. Si les autres occupants de la chambre ne s'étaient pas avisés de ma présence, ils ne tardèrent pas à la remarquer.

– Mettez-le sur la table et faites-le taire.

Les ordonnances, deux garçons trop timides pour faire des soldats, hochèrent la tête et l'emportèrent, l'un des deux plaquant fermement une main sur sa bouche, si bien que ses jurons se réduisirent à un léger bourdonnement.

Plus tard il me dira merci, oui, il me remerciera un jour.

J'ai regardé les médecins lutter contre cet homme jusqu'à ce qu'ils l'aient attaché à la table. Debout sur le seuil, je les ai regardés le calmer à l'éther. Sa tête a ballotté sur un côté, et son regard s'est arrêté sur moi, insoutenable mais impossible à fuir. Les chirurgiens débattaient de son cas. Le plus petit, celui au crâne dégarni, avait donné la preuve de ses compétences médicales, bien qu'il fût par ailleurs un insupportable blanc-bec.

– Il est évident qu'il faut couper cette jambe, mais à quel niveau ?

Le plus âgé se montrait circonspect. De toute évidence, il aurait été plus à sa place au milieu de ses petits-enfants, il n'avait pas la moindre envie de trancher quoi que ce soit. Le front sillonné de plis profonds, il ne cessait de se gratter la nuque en jetant à son patient des coups d'œil suppliants, comme si celui-ci pouvait résoudre le problème et deviner la solution.

– Vous croyez que c'est monté jusqu'à la hanche ?

– Dans ce cas, autant dire qu'il est mort. On ne peut plus rien faire.

– Alors il faut couper toute la jambe, jusqu'en haut ?

– Oui, toute la jambe, on verra bien la suite.

Cashwell s'est tourné vers les médecins.

– Qu'est-ce qui vous fait dire que je préfère pas mourir que finir estropié ?

Le petit docteur replet, qui s'employait déjà à désinfecter la scie, lui a lancé un regard déconcerté.

– Vous n'avez pas le choix, mon garçon.

– Je suis pas un garçon.

– Monsieur.

– Vous allez me couper la jambe, et encore il faudrait que je vous donne du monsieur. Je devrais peut-être vous embrasser, par-dessus le marché ?

Le plus vieux des deux médecins est intervenu.

– Taisez-vous, on y va.

D'ordinaire, je me retirais à ce moment-là, et j'allais fermer les portes des chambres des blessés pour atténuer le bruit, les oreilles bouchées par des tampons de ouate. Les membres qui s'entassaient sous la fenêtre de la salle d'opération, de plus en plus nombreux, ne me laissaient aucun doute sur ce qui se passait. C'était une nécessité. Il fallait que ces hommes survivent. La vie, quel qu'en fût le prix, valait mieux que l'inverse. C'est la leçon que j'avais apprise en assistant à la fin des mes enfants, et je croyais que telle était la volonté du Seigneur. Le Seigneur avait besoin de moi – et des médecins, de Mariah et des gamins qui servaient d'ordonnances – pour garder Ses enfants en vie. Il pouvait y veiller Lui-même, mais son dessein m'apparaissait distinctement.

Et malgré cela, je savais que j'avais trahi cet homme aux yeux verts, Zachariah Cashwell. Il était prêt à mourir, il désirait la mort, et je la lui avais refusée. Il n'avait pas tous ses esprits, j'en étais persuadée, mais s'il décidait plus tard de m'accuser, cette conviction ne suffirait pas à me disculper. Il était le triste enfant de Dieu condamné à clopiner pour le restant de ses jours sur un pilon de bois raide et écaillé, grossièrement taillé à la ressemblance d'une jambe. Moi qui lui imposais ce destin au nom du Seigneur, je devais également en répondre. Pourquoi je me sentis responsable de cet acte particulier, de cette petite trahison, plus que de toute autre décision prise au cours de ces quelques journées, je ne saurais m'en justifier. Je n'avais jamais vu un homme semblable à lui.

Je suis donc restée sur le pas de la porte, et j'ai regardé. Je l'ai vu sombrer dans la douce torpeur de l'éther, mais il a toujours conservé assez de lucidité pour savoir ce qui se passait, et pour s'apercevoir de ma présence. J'ai vu les médecins découper son pantalon le long de la couture, et j'ai vu les marbrures sur sa peau, les taches rouges et les marques bleu sombre, et le pourtour noirci de la plaie. Je les ai vus serrer un garrot à hauteur de la hanche et immobiliser la jambe avec une sangle avant de planter leur bistouri acéré, d'une propreté invraisemblable, entaillant profondément les chairs au-dessus de la blessure. Le sang perlait à l'endroit de leurs fines incisions, rouge vif et moins abondant que je ne l'aurais cru. J'ai vu les yeux verts se révulser, j'ai entendu les brefs hoquets et les râles saccadés d'un homme qui s'efforçait d'endiguer sa souffrance, comme s'il redoutait qu'elle ne déborde pour l'engloutir tout entier. J'ai vu le petit docteur prendre sa scie et enfoncer la lame dans l'incision, où elle a dû toucher l'os. J'ai vu l'expression inquiète du plus âgé des médecins devant la face blême et baignée de sueur du patient. Imbibant d'éther un nouveau chiffon, il l'a appliqué sur son visage en l'invitant d'une voix douce à inhaler profondément. Il lui chuchotait à l'oreille, comme pour ménager le repos de quelqu'un d'autre. J'ai vu la tête de l'homme aux yeux verts rouler de nouveau sur le côté, le regard braqué sur moi, mais trop vague pour distinguer quoi que ce soit. Pourtant ces yeux n'ont pas quitté un instant mon visage. Je me suis surprise à agripper si fort le montant de la porte que mes ongles s'étaient incrustés dans le bois. J'ai noté en les regardant qu'ils s'étaient écaillés et cassés, et aussitôt la désinvolture de ce geste m'a à ce point horrifiée que j'ai enfoncé mes mains dans la poche de mon tablier, appuyée à l'embrasure de la porte, résolue à ne pas détourner les yeux jusqu'à la fin.

Je n'aurais jamais cru que ce soit si rapide. La scie a mordu dans l'os, et l'os a cédé. Cela ne fit qu'un léger bruit, beaucoup plus faible que celui du bois scié. La jambe était là et, l'instant d'après, elle n'y était plus, comme si elle était partie à la dérive, détachée du corps. Comme je fixais le visage de Zachariah, toujours conscient mais immobile, je n'ai pas prêté grande attention à ce qui advenait de sa jambe, même si je savais qu'elle avait dû rejoindre les membres entassés devant la fenêtre. Il s'est mis à pleurer, et je secouais la tête comme si cela devait l'arrêter. Ses larmes n'étaient pas plus grosses que des gouttes de sueur, mais plus terribles que tout ce que je venais de voir. Je suis sortie pour aller retrouver Hattie et Winder, dont les pleurs séchaient plus vite. Eux n'avaient nulle raison de me haïr.

Ces jours-là furent les plus importants de ma vie. Seul le chaos permet de nous révéler à nous-même, dans notre bonté aussi bien que dans nos élans de violence et nos mesquines rancœurs. Je découvris que mon intelligence s'affûtait à mesure que s'estompaient mes repères et mes certitudes. Parmi les multiples objets qui se disputaient mon attention, j'en choisissais un et je m'y attachais. Je déplaçais les hommes dans les chambres, les disposant plus rationnellement pour libérer de la place à ceux qui grelottaient dehors. Ils se cramponnaient à moi en me tendant des lettres, et je les acceptais. J'ignorais ce que j'en ferais, mais je savais sans l'ombre d'une hésitation que mon devoir était de les prendre. Cela me déconcertait, de le savoir aussi clairement. De savoir ce qu'il convenait de faire au milieu du désastre. Et pourtant c'était indéniable.

Après Cashwell, je pris l'habitude de rester auprès des médecins pendant les opérations, lorsque je n'étais pas appelée ailleurs. J'appris à leur présenter les instruments et à apporter l'éther dès qu'ils en avaient besoin. Je les vis faire à d'autres hommes des choses qui ne devraient pas exister sur cette terre, je vis les os découpés par la scie. Je tenais la main des hommes que l'on amputait d'un membre jusqu'à ne plus pouvoir supporter la force de leur étreinte ; tout d'abord je tâchais de résister, estimant que c'était la moindre des choses, mais je cédais très vite devant la douleur et finissais toujours par dégager ma main. Il m'était facile de libérer mes doigts de leur paume moite, et je doutais même qu'ils s'en rendent compte.

Mes enfants apportaient de l'eau aux hommes et jouaient aux jacquets avec ceux qui pouvaient tenir assis. Certains leur racontaient leurs souvenirs d'enfance, comptant sur leurs histoires pour procurer à Hattie et Winder le repos et le réconfort dont ils avaient besoin. Cependant la mémoire est chose fragile, et bien peu arrivaient au terme du récit. Leurs contes pleins de pionniers fantastiques et de jeunes beautés s'effilochaient avant la fin, pour toujours inachevés. Parfois je me demande si ce n'est pas cela que Hattie et Winder ont le mieux retenu de cette époque, plutôt que la présence tangible de ces hommes détruits par la guerre. En évoquant ces jours, je me pose la question : ont-ils appris à ce moment-là qu'il n'y a jamais de dénouement à l'histoire et qu'elle se poursuit indéfiniment, si bien que les gens oublient comment elle a débuté et de quelle façon elle est censée finir.

Je ne craignais rien tant que de les voir acquérir ce savoir, moi qui n'étais pas apte à les en préserver. Mes enfants disparus y avaient échappé, mais il n'y avait plus moyen d'y soustraire Hattie et Winder. Pas dans ces circonstances.

Des hommes arrivaient dans ma maison, d'autres en sortaient. Les vivants entraient, les défunts étaient transportés à l'extérieur. Bientôt, une jonchée de morts recouvrit mon jardin, et l'étendue de grandes herbes jaunies qui séparait la maison du petit cimetière familial. Il faisait assez froid pour les laisser là, me dit-on, la puanteur ne serait pas insupportable. Les mains manquaient pour les enterrer, et il restait des doutes sur le lieu de leur inhumation. Chaque jour ou presque, un officier de l'Union faisait le tour de la propriété à cheval, inspectant le champ de cadavres, et repartait sans un mot. J'en conclus qu'ils ne se souciaient guère de ce qui se passait ici, du moment que tout le monde se tenait tranquille. Je sais qu'une poignée réussirent à s'évader, j'en vis même un clopiner à travers notre champ de maïs pour s'enfoncer dans les bois, appuyé de tout son poids sur une canne rudimentaire. Où irait-il ? Avait-il seulement la notion de l'endroit où il se trouvait ? C'était probablement ce qui retenait la plupart des blessés en état de marcher : ils n'avaient nulle part où aller. Il suffisait peut-être de traverser le champ pour retrouver la liberté, mais avec elle venaient la faim, l'égarement et la solitude. Cette dernière me semblait pire que tout. Un des soldats dont je m'occupais me confia que rien ou presque ne donnait autant d'effroi que la solitude : c'est à cause d'elle que nous redoutons tellement la mort, et il faut être insensé pour s'y exposer de son vivant. Je n'avais jamais considéré la chose de cette manière.

21

FRANKLIN

Presque chaque jour, John partait en ville chercher des vivres et des vêtements pour ravitailler les soldats logés chez lui, et se procurait par la même occasion sa ration de whisky. Il prenait aussi du brandy, quand il en trouvait. Il buvait seul, en se cachant de Carrie et de Mariah qui s'affairaient sans cesse, sauvant les vies de ces hommes qui les remerciaient de tout leur cœur. *Merci, m'dame, oh oui, merci du fond du cœur, que Dieu vous garde, merci, merci.* Cela faisait des années que Carrie ne lui avait pas paru aussi bien.

Un jour il l'observa d'un coin du quartier des esclaves, adossé à un arbre, sirotant une bouteille de bourbon dénichée au fond d'un chariot à foin abandonné. Les joues rosies, la chevelure aussi opulente qu'au jour de leurs noces, elle ne ressemblait plus au fantôme dévasté, rabougri et voûté dont il partageait l'existence depuis la mort du premier enfant. Elle se redressa, très droite, ses cheveux échappés au peigne bouffèrent dans le vent, et sur les marches du porche, ces hommes qui avaient donné la mort, ces hommes devenus infirmes contemplèrent le visage de leur rédemption. *Elle apporte le salut*, songea-t-il en buvant une généreuse lampée d'alcool. *Si je l'avais su plus tôt, j'aurais invité les armées à venir combattre chez nous. Comment ont-ils pu mettre tout ce temps à comprendre que Franklin était l'endroit le plus propice à ce carnage infernal ? J'aurais pu le leur proposer bien avant, leur offrir des subventions. Contracter un nou-*

vel emprunt auprès de la banque et soudoyer les généraux. Si j'avais su, j'aurais fait bâtir des tribunes et vendu des billets aux spectateurs, et Carrie aurait disposé d'une solide réserve d'estropiés à accompagner vers l'au-delà. Décidément tu es trop bête, McGavock.

John n'était pas un véritable alcoolique, pas pour le moment. Il avait simplement besoin de quelque chose à faire, lui à qui il restait si peu. Il buvait seulement ce qu'il fallait d'alcool pour oublier un peu l'odeur pestilentielle qui infestait sa maison et sa propriété.

Là où il ne voyait qu'une laideur qui l'anéantissait, il lui semblait que Carrie ne percevait que beauté et douceur. Tandis qu'il l'observait en buvant près de son arbre, il évoqua le premier matin après la bataille, lorsque les carcasses de quatre généraux abattus avaient été traînées sous leur porche, alignées comme des poupées sur une étagère. Il s'était dit sur le moment : *C'étaient donc eux, nos généraux ?* Trois sur quatre avaient bien dix ans de moins que lui. Derrière leur barbe vigoureuse, ils conservaient des traits enfantins. John et Theopolis revenaient de puiser de l'eau à la citerne quand ils tombèrent sur cette scène : un groupe de capitaines et de lieutenants entouraient les quatre corps, le chapeau à la main. John ne ressentit pour sa part aucune émotion, bien qu'il mesurât le caractère exceptionnel du spectacle ; quatre généraux morts à la fois, c'était un peu comme si un poisson-chat de trente livres jaillissait de la Harpeth River pour s'abattre sans vie à vos pieds. On ne voit pas ça tous les jours.

Carrie sortit alors de la maison, et après avoir regardé un moment sans bouger, elle s'ouvrit un chemin parmi les jeunes officiers, s'inclina avec une lenteur solennelle devant chacun des généraux et déposa un mouchoir sur leur visage. *Qu'est-ce que ça signifie ?* s'était-il demandé. Mais les officiers paraissaient le comprendre, et lorsqu'elle se fraya de nouveau un passage parmi eux pour rentrer poursuivre son ouvrage, leur regard exprimait un respect presque sacré. *Je n'y comprends absolument rien !* pensait John. *Quel est le sens de ce geste ? Qui le lui a enseigné ? Et qui est donc cette femme ?*

Il s'était accoutumé à la solitude. Qu'il fût chez lui ou à cheval sur la route à péage qui conduisait en ville, il s'agissait de son état habituel. Autour de lui une immense bataille venait de faire rage, et il ne se serait pas senti plus esseulé sur un bloc de glace perdu en plein océan. Bien qu'il n'eût jamais vu l'océan, il ne concevait rien de plus isolé qu'un morceau de banquise flottant en son milieu, participant de l'élément aquatique sans y être fondu. *John McGavock, dans le monde et hors de lui.* Voilà ce que l'on ressentait à être marié à une femme qui se passait fort bien d'un époux. *J'aurais dû me méfier, déjà enfant elle n'était pas normale.*

John avait connu l'enfant, puis la jeune fille toujours dans le sillage de son père, lors de ces visites hivernales à la plantation, et enfin la jeune femme – *si fugacement* –, avant d'en faire son épouse. Que savait-il d'elle avant le jour de leur union ? La seule chose dont il était sûr, et qui demeurait vraie en dépit des apparences, c'est qu'elle possédait la résistance nécessaire pour vivre aux abords de la minuscule bourgade de Franklin, dans le comté de Williamson au Tennessee, qui marquait la frontière à l'époque de leur mariage. Elle n'avait pas la fragilité des autres filles.

Au bout d'un moment, McGavock se mit en selle et chevaucha sur la grand-route en silence, et au bout d'un demi-mile environ, la pente déroba la maison à sa vue. Il avait la vague intention d'aller trouver Mr Baylor, qui dirigeait la banque, et de solliciter sa clémence au sujet de son emprunt. L'hécatombe guerrière ne lui laissait qu'un faible espoir de récupérer l'argent qu'il avait investi dans l'armée confédérée, ce qui signifiait qu'une grande partie de ses terres reviendrait à la banque. Baylor le savait aussi, naturellement, et son tempérament coriace et inflexible ne l'inciterait pas à effacer la dette. Peut-être John obtiendrait-il qu'il la suspende momentanément et lui accorde un délai supplémentaire. Le temps constituait son dernier atout. Il jugea bon de faire au moins une tentative.

Il redoutait ce qu'il allait découvrir en arrivant en ville. Ce n'était pas le cataclysme de la guerre qui lui donnait ces hésitations, selon lui elle serait bientôt terminée. Qui était capable d'en supporter davantage ? Les Unionistes préparaient déjà une convention à Nashville afin de former un nouveau gouvernement de loyalistes et d'ennemis de la Confédération, faisant fi de l'armée confédérée qui s'attardait dans les parages. Certains applaudissaient sans doute le massacre perpétré à Franklin, en ce qu'il contribuait à favoriser leurs plans. Qu'un Sudiste – car les Unionistes étaient tout de même des Sudistes – puisse se réjouir de la mort d'un autre Sudiste, cela dépassait l'entendement de McGavock. Sûrement, se dit-il, qu'ils ne se considéraient pas comme tels. Ou du moins, ce n'était pas la définition qui leur venait spontanément à l'esprit. *Hommes d'affaires, politiciens, vainqueurs.* Ils préféraient ces mots-là. Bien plus loin dans la liste arrivait celui de « sudiste », mais il n'abordaient certainement pas le sujet dans leurs cercles, pas à ce moment-là. Ce terme douteux était gâté par des connotations dont ils aimaient mieux se défaire.

Dans la ville en ruines, on trouvait d'autres hôpitaux que Carnton. A présent que les réserves s'épuisaient – on serait bientôt à court d'éther et, le matin même, le petit médecin avait cassé sa scie sur un fémur – John s'était proposé pour faire le tour des autres hôpitaux improvisés afin de récolter tout ce qu'il pourrait.

Il eut l'idée de faire boire son cheval dans un ruisseau qui enjambait la grand-route mais il changea d'avis. *Comment savoir ce qu'il y a dans cette eau, maintenant ?* Il poursuivit son chemin.

Franklin avait subi une grotesque métamorphose, comme si Dieu, descendu des Cieux par quelque déchirure, avait décidé de saccager sa Création, édifices, arbres et êtres humains, de la briser et de la distordre, à seule fin d'observer le résultat. Les hommes qui transportaient les morts ici ou là, à l'arrière d'un chariot ou dans un trou béant, se mettaient à chanter et à vociférer, quand ils n'en venaient pas aux mains. Au moment d'entrer en ville, il s'arrêta devant un groupe qui faisait circuler une bouteille, sans oublier dans sa tournée le cadavre qu'ils devaient porter en terre. Un jeune soldat avec un épi de cheveux roux et des yeux vagues s'esclaffait de rire quand l'alcool ruisselait sur le menton du mort.

– Hep camarade, faut tenir l'alcool mieux que ça.

– Va pas gâcher tout ça pour lui !

Le rouquin se redressa, sans perdre un pouce de sa modeste taille, pour rétorquer à celui qui l'interpellait. John ne l'identifia pas, car à ses yeux ils se ressemblaient tous, avec leurs faces badigeonnées de boue rougeâtre. Peu de choses les distinguaient les uns des autres.

– Il en a plus besoin que jamais, à l'heure qu'il est.

– Même vivant, il buvait jamais sa goutte. Qu'est-ce que tu racontes ? Avise un peu la bible qu'il a dans sa poche. Ces gars-là sont pas des buveurs.

Le rouquin réfléchit un instant et ingurgita une bonne lampée d'alcool.

– C'est bien ce que je voulais dire. Pense à ce qu'il a manqué à cause de ce bouquin. C'est sa dernière chance de se rincer le gosier avant que la terre le recouvre, et moi je cherche à lui rendre service.

– Et merde, contente-toi de creuser, va !

Des gamins s'ébattaient dans les rues, jouant avec des fusils confisqués qui pesaient presque aussi lourd qu'eux. Le corps déhanché par leur fardeau, ils mettaient en joue chevaux et soldats, ou se prenaient mutuellement pour cibles. Ces enfants devaient être du coin, mais John n'en reconnut aucun. Quelque chose en eux le choquait. Coiffés des chapeaux qu'ils avaient ôtés aux cadavres, ils affichaient une expression de ravissement frénétique, comme si on venait de leur remettre les plus merveilleux des jouets au prix d'une vision qu'ils ne possédaient pas les mots pour décrire. C'étaient les sourires déments de ceux qui ont conclu un terrible marché et jouissent de leur bien tant qu'il est encore temps.

Que vont devenir nos enfants ? se demanda John.

22

ZACHARIAH CASHWELL

Je sais pas au juste combien de temps j'ai dormi. Des jours et des jours, une année entière, qui sait ? Difficile à dire. Je me demandais si ça nous avançait vraiment à quelque chose, de mettre des mots sur le temps. Qu'est-ce que ça permettait de mesurer ? Sûrement pas la vitesse à laquelle passe la vie. Bon Dieu, peu importe que ça prenne un siècle ou une seconde pour qu'une vie soit bouleversée.

J'ai fait des rêves bizarres et pleins de couleurs, consolants et effrayants et pervers, mais les détails valent pas la peine d'être rapportés. Je suppose qu'ils étaient du même acabit que ceux du voisin. Les lueurs, les éclats de lumière, les choses qu'on pense sont présentes mais elles existent pas – ça change rien du tout. De toute manière, ça me ressemble pas de raconter mes rêves. Ce qu'il y avait de spécial dans ceux-là, malgré tout, c'est que je me souvenais de tout au réveil. Tous les détails, les couleurs et les mots me restaient en mémoire. Je savais que depuis des jours je ne cessais pas de rêver, et que j'avais eu des pensées qui me venaient rarement d'habitude. Bien sûr, j'avais déjà fait des rêves mais, d'ordinaire, les impressions confuses se dispersaient en quelques minutes, le temps que je me débarbouille la figure à l'eau fraîche.

Cette fois, pourtant, il me semblait avoir vécu une autre vie, comme si m'étais absenté pendant Dieu sait quel temps. Et là où j'étais allé, se trouvaient des choses que je connaissais mais dont j'avais perdu le souvenir. J'étais un enfant à ce moment-là. Je redevenais presque le gamin que j'avais été, la tête remplie d'idées farfelues et d'exploits impossibles. A mon réveil, je me sentais aussi seul qu'un enfant.

Je savais ce qui m'était arrivé. Cette fichue bonne femme était venue me chercher contre mon gré pour me livrer à la scie du chirurgien. Je me le rappelais, je me souvenais aussi lui avoir fait baisser les yeux pendant que le docteur frottait la lame contre mon os. C'est une chose que les gens supportent pas, de voir les preuves de leur propre méchanceté, et moi j'ai fait en sorte qu'elle puisse pas les manquer.

Quand je me suis réveillé, je savais que j'avais perdu ma jambe, mais comme je le sentais pas, j'ai attendu des heures avant de m'en assurer. Ils m'avaient gavé de médicaments pour soulager la douleur, du coup je me disais que quelqu'un avait pu les faire changer d'avis pendant mon sommeil, et je me suis pas donné beaucoup de peine pour me rendre compte. J'avais même l'impression de pouvoir remuer les orteils, ce qui m'incitait pour de bon à lorgner vers ma jambe, mais j'avais entendu parler de l'illusion des amputés. Pas question que je me laisse rouler comme ça, pas pour le moment. J'ai persisté à croire que la jambe était toujours à sa place, luttant contre l'envie de constater le contraire, jusqu'à ce qu'une servante de couleur entre dans la pièce et me retourne comme si je pesais pas plus qu'un mioche. *J'ai perdu ma jambe. Ça me rend plus petit, moins humain. Je pèse moins lourd sur la terre, je suis plus insignifiant.*

– Sors tes mains de là, négresse.

Ces mains-là, les mains de cette belle négresse aux taches de son et au regard dur, elles me donnaient la preuve que j'étais un homme mutilé. Elles me laissaient pressentir la vie que j'aurais désormais, à béquiller comme un vieillard, taillant des jambes de bois pour passer le temps en essayant d'ignorer les regards éberlués des gamins. Je ne pouvais plus m'évader, jamais plus je ne pourrais courir. J'étais enchaîné et ligoté pour la vie, attaché comme un chien au bout d'une corde qu'un piquet retient à la terre. Je me sentais *contenu*, pour reprendre ce mot que les officiers nous lançaient pour un oui ou pour un non. *Contenir l'ennemi; voilà notre plan.* Ce lit, cette chambre, le pansement de ma jambe droite, rien de tout ça ne faisait partie de mon plan. Il n'y en avait pas eu, de plan, que les coups de feu, les shrapnels et la course en avant. De quoi j'allais vivre, à l'avenir ?

– Vous n'avez pas besoin de lui parler sur ce ton.

Je reconnaissais la voix, mais j'ai pas su tout de suite d'où elle venait. C'était cette femme, le commandant, la voleuse qui m'avait pris ma jambe.

– Elle essaie juste de vous laver.

La voix résonnait au-dessus de moi, sur la gauche derrière mon dos, et j'ai voulu me retourner pour lui dire tout le mal que j'en pensais, d'elle et de sa négresse, mais j'arrivais pas à rouler sur le côté gauche, sans ma jambe pour me donner de l'élan. Je me tortillais en soufflant comme un poisson dans les eaux basses, en plein été.

– Propre, je l'ai jamais été, et j'aimerais mieux pas vous avoir aussi près. Des fois qu'il vous viendrait l'envie de me faucher un œil, ou le foie. Y'a un autre morceau que vous voulez prendre ? Allez, emportez la tête. Voici la tête de Zachariah Cashwell, elle est pour vous.

En m'aidant de mon bras droit, j'ai fini par me tourner sur le flanc gauche. La négresse avait rejoint l'autre de ce côté du lit et elles se tenaient là bras croisés, toutes les deux, comme si elles évaluaient des têtes de bétail.

– Je ne pense pas me charger moi-même de votre toilette. Ce ne serait pas convenable, encore que Dieu seul sache ce qui l'est ou pas, ces temps-ci. Je doute qu'il soit bienséant pour une dame de se trouver seule dans une maison avec des centaines d'hommes, mais que puis-je y faire, honnêtement ?

Elle me parlait sans détour, pas effrayée le moins du monde, comme elle s'était adressée à tous ces gars quand on était couchés dans la salle, tous ensemble. Elle nous traitait comme des mômes qui auraient pas saisi une chose qu'elle savait pertinemment, elle, et que ça la fatiguait de devoir seriner. J'étais pas habitué à ce qu'une femme prenne ce ton avec moi. Pour dire la vérité, j'avais pas du tout l'habitude que les femmes me parlent, mais celle-là, je savais qu'elle prenait des libertés, qu'elle sentait que, pour une fois, elle avait le dessus.

– Vous êtes qui ?

Carrie McGavock, elle a répondu, et j'étais chez elle, dans un lit de sa maison. *Dans la mesure où vous êtes couché dans un lit qui m'appartient, je vous conseille de surveiller votre langage et de témoigner à Mariah un peu plus de respect.* Pendant qu'elle disait ça, ses yeux avaient l'air de se dilater et de s'assombrir, comme ceux d'un chat sur le qui-vive. *Tout ceci est à moi*, a-t-elle déclaré, et j'avoue que j'en menais pas large.

La négresse a secoué lentement la tête. Elle aussi, elle m'impressionnait un petit peu. Sur le moment, n'importe quoi m'aurait fichu la frousse. Je souffrais le martyre à cause de ma jambe, par moments j'avais l'impression que des géants l'avaient arrachée avant de la recoudre avec du fil de fer, et d'autres fois, c'était comme si des elfes des marais attroupés autour du moignon y enfonçaient des branches de cyprès enflammées. Les elfes, j'y avais pas repensé depuis mon enfance. Enfin le sommeil m'a repris.

J'ai somnolé et rêvé, tantôt conscient, tantôt assoupi. Dans mon rêve, la McGavock me conduisait par la main à travers un bosquet où les arbres étaient parfaitement alignés et tous semblables, rangée après rangée, leur écorce creusée de profonds sillons m'égratignait les mains quand je voulais me retenir à eux pour l'empêcher de m'emmener plus loin. Pourtant quelque chose m'entraînait, et les arbres me refusaient leur secours. Elle me disait quelque chose que je ne comprenais pas. Ses yeux sombres se posaient sur moi et elle disait quelque chose de si joli que ça sonnait comme un tintement de clochettes, et au bout d'un moment j'ai compris que c'était le nom des arbres. Pas leur variété, puisqu'ils étaient tous pareils, mais leur *nom*. Elle prononçait leurs noms et connaissait l'emplacement de chacun. J'essayais d'articuler *Vous êtes qu'une folle*, mais pour une raison quelconque je me mettais à faire un discours devant un bataillon d'hommes sans visage, et je leur disais qu'il ne restait plus d'espoir, que de toute manière il n'y en avait jamais eu, et qu'il valait mieux prendre du bon temps tant que c'était possible, et est-ce que c'était si méchant que ça, de recevoir une balle ? Et alors ils remuaient leurs têtes sans visage et sautaient sur leurs pieds pour foncer à la débandade à travers le bosquet jusqu'à ce que je ne voie plus que les crosses des fusils briller au loin dans le noir. La femme se tenait à côté de moi et son visage a changé, ses yeux sont devenus plus clairs, et dans ces yeux j'ai entrevu ma propre mère, avant qu'elle me laisse avec ma tante. *Je m'en vais dans l'Ouest, mon petit, je te ferai venir plus tard.* Ces mots me tordaient les boyaux comme toujours et alors la figure de la McGavock a encore changé et elle est redevenue elle-même. Quand les arbres ont commencé à balancer dans le vent et à culbuter pour s'écraser autour de nous, on a avancé à grands pas, pareil que des dieux, en repoussant les larges troncs comme de simples herbes sèches.

Je me suis demandé en me réveillant : *Est-elle la Mort ?* Se pouvait-il que la mort soit si jolie ?

J'étais seul dans la chambre, j'entendais à peine les cris et les pleurs des hommes dans la salle d'opération. On avait dû me déplacer dans un coin éloigné de la maison. Pourquoi est-ce qu'on m'avait couché là, dans ce grand lit, avec ce bon matelas et ces draps propres ? Je m'étonnais que le ciel, dehors, ne soit pas gris, de la couleur qu'il prend toujours en hiver, mais d'un jaune de meurtrissure, comme si on l'avait frappé à coups de poing, cette teinte qu'il a pendant que l'orage éclate sur le fleuve et verse la pluie à pleins seaux. Même à travers la petite fenêtre, ce ciel bas m'accablait, il m'écrasait la poitrine. De temps à autre, des soldats passaient devant la vitre, et parfois il y en avait un qui tombait, comme si on lui avait fait un croche-pied ou si quelque chose l'avait poussé par en dessous.

J'ai décrété que je me lèverais plus jamais, mais la négresse est revenue et elle était pas du tout d'accord.

– L'est temps de s' lever, sergent Cashwell.

– Non, j'ai dans l'idée de rester comme ça un moment. Je suis bien à mon aise, là, et vous me devez au moins ça, vous qui m'avez découpé comme un porc. Jamais de ma vie j'ai couché dans un lit pareil, et je commence à m'y faire.

La négresse a effleuré le dessus d'une vieille commode appuyée contre le mur, et elle a observé la trace de poussière qui lui blanchissait le tranchant de la main. Au regard qu'elle m'a lancé, je me suis dit qu'elle risquait de s'abattre sur le coin de mon nez, cette main, et j'étais pas bien sûr de pouvoir parer le coup. Ça me faisait encore une nouvelle expérience, d'être faible.

– Ce qu'on a fait… ce qu'y-z-ont fait Miss Carrie et les docteurs, c'est le plus qu'on pouvait pour vous. Mais c'est pas pour me gourmer avec vous qu'on m'a envoyée ici là. J'suis venue vous bailler quèqchose.

Elle a tendu la main dans le couloir pour faire rentrer une paire de béquilles taillées grossièrement. Les traverses étaient recouvertes d'étoffe entourée de ficelle, mais elles devaient être bien dures quand même.

– Tu comptes en faire quoi ? je lui ai demandé.

– Vous les donner, comme elle veut Miss Carrie.

– C'est bien aimable, mais je crois que j'en aurai pas besoin. Tu peux les filer à un de ces gars que je vois trébucher, là-dehors. Moi j'ai l'intention de rester où je suis. Bien tranquille et à l'abri, voilà mon plan pour l'avenir.

– Vous s'rez pas à l'abri, ici, elle a protesté en riant.

– Vraiment ?

– Par ici y a nulle part où vous s'rez à l'abri. Vous êtes prisonnier, vous l'savez bien.

– Si c'est ça la prison, qu'on me parle pas de la liberté. Je tiendrais pas le choc. Ça doit faire trop de plaisir, je parie.

– Riez donc vot'content, mais ces béquilles-là, vous les trouv'rez pas de trop quand y viendront vous chercher.

– Qui ça ?

– Qui, selon vous ?

– Les Yankees.

– Tout juste.

– Les Tuniques bleues ?

– Si fait.

– Des Unionistes, alors.

– Ce mot y'm'dit quèqchose aussi.

– Des Républicains.

– C'est malaisé de les r'connaître, par les temps qui courent.

– Tu dois avoir raison.

– Doutez pas d'ma parole, sergent Cashwell. J'en sais un brin plus long que vous en attendez d'un nègre.

– J'en suis persuadé.

– Oh que non.

Elle me plaisait bien, finalement. On se ressemblait, tous les deux, à part que c'était une négresse, et une femme, aussi. Cette façon qu'elle avait d'être rude, et ses propos effrontés, j'aimais bien ça. Je connais un paquet de gars qui l'auraient rossée en l'entendant causer sur ce ton, mais moi ça m'a jamais gêné. Les nègres, j'avais pas d'avis bien marqué à leur sujet, ni dans un sens ni dans l'autre, et je me posais pas tellement de questions sur le langage qu'ils devaient tenir ou pas. Ils m'ont jamais obnubilé comme ça arrive souvent aux Blancs. Contrairement à beaucoup de gens de chez moi, je m'affolais pas à l'idée qu'ils puissent se soulever. Je me disais que, dans ce cas-là, je serais toujours capable de m'occuper de ma personne et de me planquer dans les marais. De disparaître. Et voilà que maintenant, une négresse me tendait des béquilles pour que je puisse me débrouiller tout seul avant que les Yankees viennent me ramasser. Les marais pouvaient m'engloutir.

– Bon, je les prends.

– Miss Carrie, elle vous demande sous le porche derrière la maison.

– Et après ? Elle veut aussi que je danse avec elle ?

– C'est tout pour le moment.

Pourtant ce n'était pas tout. Cette négresse en savait beaucoup plus qu'elle ne voulait en dire ; ça me l'a rendue moins sympathique, mais c'est venu plus tard.

Comme je pouvais m'aider de ma bonne jambe, la gauche, j'ai réussi à me placer sur le côté droit. *Toujours fort comme un chêne, si, c'est la vérité.* J'en ai profité pour vérifier l'état de mon braquemart, tant que j'y étais, et en baissant un peu mon pantalon, j'ai pu constater que tout marchait bien de ce côté-là. *Comme un chêne.* Ça m'a fait rire. Tout près du vide où aurait dû se trouver ma jambe, mon sexe était aussi ferme et imposant qu'avant ; c'est-à-dire pas tellement, pour tout dire. Ça m'avait jamais dérangé plus que ça, mais aujourd'hui, si. Ça devenait important, d'un seul coup, et j'imaginais pas qu'une femme veuille encore poser les yeux sur moi. *Dieu a donné, Dieu a repris. Un sacré blagueur, le Bon Dieu.*

Une fois que j'ai réussi à m'asseoir au bord du lit, j'ai tiré les béquilles vers moi, une de chaque côté, pour prendre appui dessus et me mettre debout. Mes bras tremblaient pendant que j'essayais de me soulever, et les béquilles étaient tellement instables qu'une des deux m'a échappé et s'est écrasée bruyamment sur le plancher. Je suis retombé sur mes fesses, l'autre béquille m'a aussi glissé des mains. Un moment je suis resté étendu, les yeux au ciel, j'admirais les dessins de la tapisserie et le plâtre du plafond qui n'avait pratiquement aucun défaut, mis à part quelques auréoles d'humidité ici ou là. Sept, je les ai comptées. Je me demandais pourquoi les moisissures décidaient d'apparaître et de s'étaler à un endroit plutôt qu'à un autre. Est-ce que c'était l'effet du hasard, ou obéissaient-elles à une manière de plan ? Peu importe. Le rôle de ces taches, c'était de faire vrai, de rappeler qu'on était dans le monde réel, où les choses n'ont jamais si bel aspect qu'on le voudrait.

Quand je me suis mis à plat ventre, j'ai senti la couverture rêche contre ma peau. J'espérais qu'elle venait pas des réserves de l'armée, sinon la maison serait envahie de puces et de mites en un rien de temps, mais non, elle était trop délicate et trop colorée. Me poussant vers le bord du lit, j'ai réessayé d'attraper les béquilles. Je me suis rapproché du bord jusqu'à me sentir près de chuter, tout chancelant. *Il faut pas que j'oublie que je pèse plus comme avant.* C'était déjà un assez gros effort de saisir les béquilles et de les relever. Cette fois je me suis installé au bout du lit, prenant mon élan pour me tenir debout, et je m'en suis plutôt bien tiré, même si les traverses me faisaient mal sous les bras.

Une fois qu'on a appris à se lancer, c'est pas compliqué d'avancer avec des cannes. Ma jambe me faisait un mal de chien, mais je me privais pas d'avaler les calmants qu'on me donnait. Au début je tenais pas bien d'aplomb, il m'a fallu faire deux fois le tour de la pièce, histoire de m'entraîner et de prendre le coup. Finalement, j'ai réussi à sortir sur le palier ensoleillé, les yeux baissés de peur qu'un nœud dans le bois ou n'importe quoi d'autre me fasse trébucher. Mais les lattes étaient remarquablement ajointées, et le parquet était propre, aussi.

Devant moi, j'ai avisé une petite porte qui pouvait bien conduire à un porche, sans doute qu'elle m'y attendait, la McGavock. Vu que la porte en peuplier massif était parfaitement ajustée au cadre, c'était pas commode de la pousser. *Y'a des bons menuisiers dans le coin*, je me suis dit. Enfin j'ai réussi à ouvrir, et je me suis retrouvé au milieu de la perversité. C'est le seul mot qui m'est venu pour décrire ça.

Pourtant je m'étais frotté à pas mal de batailles, et à ce qui se passait après ; c'est peut-être l'impression de chaos qui m'a fait ça, en venant de la paix et de la solitude de cette chambre. D'un seul coup, je me croyais revenu à la fête foraine qui passait près de chez moi, dans l'Arkansas, sauf que les choses annoncées sur les flancs des voitures – les monstres formidables et terrifiants qui n'auraient jamais dû voir le jour – existaient pour de bon. Désormais, je ne pouvais plus me retrancher dans la certitude que les horreurs étaient de simples tromperies, comme quand j'étais petit. J'essayais de me répéter *Ce sont des attrapes*, *rien que des attrapes*, pourtant mes yeux m'assuraient le contraire.

Les chariots étaient bourrés de cadavres, et la fumée qui s'élevait d'un peu partout et me faisait tousser ne masquait pas entièrement la puanteur. Au-dessous de moi, des hommes passaient en boitant ou rampaient par terre, réclamant à boire, ils appelaient leurs amis ou leur mère. Plus loin, l'un d'eux dansait la gigue devant un feu de bois en agitant la manche vide de sa chemise, un peu à la manière d'une danseuse à l'écharpe. Autour de lui les gars riaient, comme si tout était normal. Aucun n'avait l'air complètement humain. En prenant des morceaux aux uns et aux autres, on aurait pu fabriquer quelque chose de parfait. Il leur restait que des parties d'un tout, comme à moi.

– Bonjour, Mr Cashwell.

Au bout du porche, Mrs McGavock faisait bouillir des pansements tachés de sang dans un chaudron. Les mots me manquaient.

– C'est un triste spectacle, mais je suppose que vous avez vu pire.

Le ver est parmi nous, a dit le prédicateur avant d'emporter ma mère loin de moi. *Le ver est parmi nous, contemplez les signes de sa présence. Il détruit le cœur des hommes, brise leurs os, tranche le lien qui unit l'homme à la femme, dresse l'enfant contre l'enfant et verse l'iniquité sur les champs jusqu'à ce que le venin les ait desséchés et noircis. Et le ver laissera dans son sillage visqueux les infirmes et les victimes du poison, comme l'armoise jaillit sur les traces du serpent lorsqu'il s'enfuit du Paradis. Oh oui, le ver est ici.*

J'avais mal à la tête mais j'ai fini par m'y habituer, ainsi qu'à la vue de ces hommes devant moi. Une fille que j'avais déjà aperçue, une Blanche, se déplaçait parmi eux avec de l'eau et des marmites de patates bouillies, à ce qu'il m'a semblé. La McGavock l'interpellait pour lui commander où aller, d'un groupe à un autre. Au bout d'un moment, elle s'est assise sur les marches pour regarder autour d'elle, et moi je suis resté à côté, en m'exerçant à garder l'équilibre sur mes nouvelles béquilles.

– Becky, prends garde à ne pas distribuer toute l'eau en une fois. Fais le tour. J'en vois là-bas qui ont l'air plus assoiffés que ceux-ci.

Mrs McGavock s'est tournée vers moi pour me parler, mais sans relever la tête.

– Le frère de cette jeune fille, un petit garçon, a failli avoir la tête arrachée par un obus.

– Il a combattu ?

– Non, bien sûr que non.

– Pas de veine, alors.

– Je ne crois plus à la chance, Mr Cashwell.

Cette fille semblait avoir passé une vie de labeur, et malgré tout il y avait de la douceur dans sa bouche et dans la courbe de son menton, là où on guette toujours les signes de la bonté. Elle charriait les seaux comme un homme, deux par deux. Elle a levé les yeux vers Mrs McGavock et a hoché la tête avec un sourire.

– Elle est amoureuse.

– D'un de ces gars ?

– Non, évidemment. D'un garçon qui devrait se trouver là, mais qui n'y est pas. Dieu seul sait où il est.

– Qui est-ce ?

– Je l'ignore.

– Elle vous l'a pas dit ?

– Non, elle ne m'a rien raconté du tout. Je le vois simplement sur elle. Ses espoirs se lisent clairement sur son visage.

Je comprenais rien à ce qu'elle racontait. Sa tête avait beau être tournée vers moi, on aurait dit qu'elle parlait à quelqu'un d'autre. Ça me mettait un peu en colère, de la voir se conduire comme s'il lui restait plus rien à apprendre. Qu'est-ce que ça peut bien savoir, sans blague, une femme qui a passé sa vie enveloppée dans des châles, à se faire servir par des négresses ? Moi j'avais vu des choses, fait des choses. Autrefois, dans une autre vie.

J'imagine que le vieux pensait pas qu'on pouvait le voir, accroupi derrière le pacanier de la pelouse, parmi les centaines d'hommes allongés. Il se tenait un peu à l'écart, et je l'aurais sûrement pas remarqué si Becky, qui balançait ses seaux en hélant les hommes –

Qui veut de l'eau ? J'ai des patates, aussi –, ne s'était pas fait attraper en passant près de l'arbre. Elle a lâché les seaux, qui ont dévalé à grand bruit la légère pente avant de s'arrêter contre la palissade.

Il n'y a pas eu un seul gars pour se lever et lui porter secours, et franchement, je peux pas leur en tenir rigueur. Qui aurait pu se soucier d'autre chose que de sa nouvelle vie, de ses propres chances de s'en sortir ? Mrs McGavock non plus a rien remarqué, penchée de nouveau sur sa lessive, le visage auréolé par la vapeur blanche qui montait de la bouilloire. Quand j'ai voulu crier, j'avais tellement perdu l'habitude de hausser la voix que j'ai seulement réussi à tousser et à crachoter. J'ai réussi à sortir un deuxième cri, qui s'est noyé dans le bruit des hommes sur la pelouse sans que personne ait l'air d'y prêter attention. Je serais bien allé l'aider moi-même, mais je voyais pas bien comment je me débrouillerais pour contourner tous ces corps avec mes cannes. Pourtant elle était tellement belle, cette fille, et dure comme un roc. Elle me rappelait celles avec qui j'avais grandi, obligées de trimer autant qu'un garçon, et qui se laissaient pas monter sur les pieds. Je me suis demandé si elle saurait se défendre toute seule, et puis je me suis dit que je pouvais plus attendre.

J'ai jeté une des deux béquilles, du côté de ma bonne jambe, et je me suis aperçu que j'avançais à bonne allure si je me contentais de sautiller, en n'utilisant la deuxième que pour me soutenir si je m'arrêtais ou si je changeais de direction. J'ai clopiné au milieu des hommes, en baissant les yeux je voyais défiler leurs figures, leurs uniformes gris, le blanc des bandages, la terre où ils étaient couchés. Ils se sont redressés pour me regarder, je l'ai bien senti.

Près de l'arbre, le vieux briscard était pas allé bien loin. Je crois qu'il avait pris une balle dans la tête pendant la bataille, juste une blessure superficielle, mais ça suffit pour perdre des quantités de sang. Il lui restait pas beaucoup de forces. Sa barbe était presque grise, mélangée d'un peu de brun, et même si elle couvrait une bonne partie de ses joues, elle laissait voir sa peau grêlée et granuleuse. Il était laid comme tout, ce bonhomme, avec sa crinière d'étoupe et son braquemart dans la main. Il était peut-être plus costaud que moi, mais j'étais le plus teigneux des deux.

La fille l'avait frappé à coups de pieds, mais il avait réussi à la plaquer de nouveau sur le dos, coincée entre deux racines de l'arbre.

Pendant qu'elle le griffait et lui crachait dessus, j'ai levé ma béquille, en équilibre sur ma jambe, et je l'ai abattue sur cette fripouille. Le coup a pas porté bien fort, juste assez pour le renverser et refaire saigner sa plaie à la tête. La fille me regardait sans se relever, elle a rabattu ses jupes en reprenant son souffle. Le vieux soldat jurait, la salive aux lèvres.

– Qui tu es, nom de Dieu ? Fiche-moi le camp, l'éclopé. C'est pas tes affaires.

– Fous-lui la paix, vieux, il vaut mieux que ça s'arrête là.

– Ça, c'est moi qui décide.

Une voix de femme s'est élevée derrière nous.

– Je crois que c'est à Mr Cashwell d'en décider.

Rien n'échappait jamais à la maîtresse de maison, j'allais bientôt en faire l'expérience. Mais du diable si ça flanquait pas la frousse, de la trouver brusquement près de moi, comme un fantôme. J'allais me tourner vers elle quand j'ai vu que le vieux était prêt à m'attaquer, alors j'ai fait volte-face et j'ai cogné derechef, au ventre cette fois, le choc l'a laissé assis par terre un instant.

Ce que je comptais faire, moi, c'était lui envoyer deux ou trois torgnoles avant de mettre à l'abri l'estropié que j'étais devenu, pour pas me faire abîmer davantage. Une vraie empoignade, je pouvais plus me la permettre. Maintenant, même ce vieux aurait eu le dessus. Pour l'instant je l'avais piégé, mais ça durerait pas. La surprise ne marche qu'un temps. Au-dessus de la fille, une corneille était perchée sur la branche de l'arbre, elle sautillait de-ci de-là en nous observant, le cou tendu et le bec ouvert, comme pour nous dire quelque chose qui pouvait pas venir.

Accroupi, le vieux a pris appui pour se remettre debout. Alors que je regardais Mrs McGavock, ce sale vicieux est revenu sur moi, et là je l'ai frappé à la mâchoire, juste sous l'oreille, ça l'a pratiquement estourbi. Il a titubé un instant, puis il est tombé à genoux et a roulé sur le flanc comme un bébé.

Entre-temps la fille s'était levée. Elle est allée se camper au-dessus du bonhomme, hors d'haleine.

– Becky, non !

Elle a lancé vers Mrs McGavock un regard chargé de haine, avant de se rendre compte qu'il s'agissait d'elle. Alors son expression s'est radoucie, les plis entre ses yeux ont disparu et elle est retournée à ses seaux renversés, frotter la poussière qui couvrait les patates.

J'ai regardé fixement Mrs McGavock.

– Je voulais savoir comment vous réagiriez. Il vous manque une jambe, tout de même.

23

Carrie McGavock

Becky se présenta chez nous le soir où je découvris Ab et Eli au bout de notre allée. Il y avait eu quelques averses de neige pendant la soirée, mais on aurait dit qu'elle avait traversé un véritable déluge. Ses beaux cheveux châtains, longs et épars, hachuraient son front et ses joues, et tandis qu'elle se tenait là sur notre porche, apostrophant Mariah pour obtenir des nouvelles de son frère, elle ne prit pas une fois la peine de les recoiffer. Elle aurait pu être vraiment ravissante, cette jeune fille, si l'on n'avait pas décidé à sa place de l'utiliser comme un outil de ferme. Elle avait les mains brunes et rêches, couvertes de croûtes, comme celles d'un homme.

Les journaux se montraient intarissables sur les hommes les plus éminents du pays – ils entendaient par là notre nouveau pays, la Confédération des États américains – qui partaient au combat pour ne plus jamais revenir. Mais qu'en était-il des femmes remarquables ? Au cours de ces années, combien d'entre elles durent sacrifier, derrière la charrue, leur jeunesse et leur beauté ? Oh, je ne prétends pas qu'une femme ne devrait pas labourer les champs, quoique je frissonne à l'idée de ma propre incompétence. Ce n'est pas tant le maniement de la charrue que je désapprouve, que le fait qu'il exclut tout le reste, et l'impossibilité d'être autre chose que celle qui guide la mule et ramasse les haricots. Un homme trouvait toujours des occasions d'évoluer et, bien que cette transformation passât ces dernières années par la guerre et quelquefois par la mort, on ne mesure pas la dimension que donne à la vie la certitude qu'elle n'est pas immuable. Une fille telle que Becky ne possédait pas les moyens de changer quoi que ce fût à sa propre existence, et il lui était échu d'assumer des besognes et une vie d'homme. Ses charmes s'étaient fanés, ne laissant qu'une dureté de pierre. Parfois, quand je la regardais, un vertige me prenait à l'idée du gouffre qui nous séparait. Ni elle ni moi ne savait passer librement dans l'univers de l'autre, avec cette aisance qu'ont les hommes à se partager entre l'église et le saloon, la guerre et la chasse. Nos faiblesses n'étaient pas les mêmes, et lorsque je la surprenais assise dans son coin, refoulant ses larmes, je comprenais que j'avais conquis certaines choses qu'elle n'avait pas encore surmontées. Nous formions les deux moitiés d'un tout, et les pères et les mères, les familles, les histoires et les demeures qui se dressaient entre nous étaient autant d'obstacles infranchissables. Malgré ma volonté de l'aimer, je ne trouvais pas de chemin vers elle. Je la plaignais, tout comme elle devait me plaindre de temps à autre.

Ce n'était pas sa condition qui me faisait prendre Becky en pitié. Que signifiait le rang, désormais ? Je sentais mon propre statut s'effriter de jour en jour, et je ne le regrettais pas. Je m'habillais sans recherche et ne prenais plus la peine de me poudrer le cou. Il m'arrivait même de jurer devant les hommes, et je gardais en mémoire les grossièretés inconnues de moi qu'ils lançaient en ma présence. Les jurons faisaient office de mots de passe, *lingua franca* d'une nouvelle vie qui ne m'apparaissait pas encore distinctement, mais s'avérerait sans nul doute plus rugueuse que l'ancienne, dépouillée des tissages délicats qui maintenaient le voile de l'ignorance sur le fracas, la puanteur et l'âpreté du monde au-delà de Carnton.

C'est parce qu'elle était amoureuse que je m'apitoyais sur Becky. Son état se devinait à des signes multiples, comme sa façon de s'occuper sans faire d'exception des hommes confiés à nos soins, et de s'arrêter près d'eux pour épier les conversations ; ses questions à propos des autres hôpitaux, et sur l'éventuelle présence de garçons du Tennessee ; l'intérêt qu'elle accordait aux opinions et aux souvenirs de tout soldat du Tennessee dont elle croisait le chemin ; la brutalité et la véhémence qu'elle mettait à repousser les hommages masculins. Quand elle se tenait au-dessus de cet homme, près du pacanier, j'ai vu sur son visage la haine froide d'une femme qui a subi une lourde perte, et s'outrage que l'on ose songer à lui extorquer davantage.

Elle était si jeune. Je m'en rendis compte en la voyant assise près de son frère Eli, pendant un moment d'accalmie, leur jeunesse à tous les deux aussi frappante que leur ressemblance physique. Ils s'appuyaient confortablement l'un contre l'autre, dans une posture apparemment familière, et Becky lui caressait les cheveux, effleurant la croûte qui s'était formée sur sa plaie. Eli pinça les plis de sa jupe et referma la main sur un morceau d'étoffe. Ils se firent des chatouilles, elle éclata de rire en le traitant de petit gredin. Alors il lui tira la langue et tenta d'attraper les longs cheveux qui descendaient dans son dos. Quand elle lui donna une bonne tape sur le genou, il bouda une minute avant d'improviser quelques pas de danse devant elle, la taquinant à je ne sais quel propos tout en restant hors de sa portée. Eli s'étonna qu'au lieu de lui courir après pour lui donner une calotte sur l'oreille, Becky se tasse dans son coin avant de se lever et de rentrer en silence dans la maison. Il la regarda partir, puis s'éloigna à pas lents parmi les hommes, indifférent à leurs requêtes.

Eli était comme chez lui à Carnton, et il avait trouvé un complice en la personne de Winder. Mon fils ne quittait jamais d'un pas ce grand garçon qui distribuait aux hommes de l'eau, de la nourriture et de l'alcool de contrebande. Il était tellement débrouillard, et si gentil, en plus : il ne faisait jamais de bénéfice sur les friandises et les petites flasques de whisky qu'il apportait à ses patients favoris, se bornant à transmettre leur argent à la personne qui l'approvisionnait. Je l'avais vu comploter avec l'aide de l'intendant militaire chargé des commissions en ville, et l'homme eut beau rire, il empocha néanmoins le billet qu'Eli lui présentait dans sa petite main. A une époque, j'aurais interdit à Winder de se lier avec un gamin comme lui, mais à présent je n'en avais ni le cœur ni l'envie. Winder vouait à son aîné le genre d'amour qu'inspirent aux petits garçons les conducteurs de locomotive, les pionniers et les généraux illustres. Eli était devenu son obsession du moment, un reflet de lui-même dans une eau plus profonde et plus sombre, porteuse de plus riches promesses. Que tous ces hommes formidables tolèrent non seulement Eli, mais recherchent sa compagnie et ses services, cela fit forte impression sur Winder, qui commença à imiter sa démarche, jambes arquées, et la conserva toute sa vie.

Moi aussi j'avais une obsession, un projet bien à moi. Ce Cashwell était aussi différent de moi qu'Eli l'était de Winder, et je ne saurais expliquer pourquoi j'avais besoin de sa présence. Il ne m'attirait nullement, d'ailleurs je doutais qu'un homme puisse éveiller en moi ce genre de sensation. Je crois que ce qui me troubla au début fut de rencontrer un être, en l'occurrence un homme et un soldat, qui désirât la mort. Moi aussi j'avais souhaité mourir, par le passé, mais je m'apercevais en observant Cashwell que je n'étais à cet égard qu'un imposteur, un lamentable fantoche. De toute évidence, la perspective de la mort ne procurait aucun agrément à Cashwell, et cela le distinguait radicalement de moi, qui avais pris un plaisir malsain à contempler le grand flacon de laudanum dissimulé aux yeux de tous, y trouvant un soutien et, si je ne m'abuse, la force de survivre. Quoique mes moyens de me transformer fussent aussi strictement limités que ceux de Becky, je savais tout au moins que je pouvais me transfigurer dans la mort. Dans un univers privé d'alternative, la subsistance d'un choix produit un effet libérateur. Mais Cashwell, lui, ne *voulait* même plus de possibilités. Quelquefois je venais à son chevet, et après m'avoir ignorée un moment, il m'adressait quelques mots. Jamais il ne le formula ainsi, mais il me sembla déceler en lui la lassitude d'un homme qui a eu en face de lui toutes les possibilités. Ces derniers temps, elles avaient été brutales, iniques et inhumaines. Je me sentais grisée d'avoir à mes côtés un individu dont la somme d'expériences dépassait tout ce que je pouvais imaginer. S'il percevait la vie comme un fardeau pesant sur ses épaules, j'en ressentais tous les mystères en sa présence. Cela me réconfortait qu'il demeure encore des énigmes.

Un jour ou deux après que Cashwell eut entamé sa carrière de chevalier errant, lors de la petite scène sinistre qui se joua près du pacanier, sous le regard imperturbable des chirurgiens qui maniaient la scie à l'étage, l'haleine encore chargée du brandy de la veille, nous parvînmes à un accord. J'ignorais où se trouvait John, et je n'en avais cure.

En fin d'après-midi, je montai dans la chambre de Cashwell – je considérais cette chambre comme la sienne – et m'affairai avec les babioles éparpillées sur la table de toilette. Il y avait là un miroir de poche qui m'appartenait, et le visage que je vis s'y refléter me parut d'une incroyable jeunesse. J'aurais parié qu'il s'était écoulé des années depuis que le premier estropié avait passé le seuil de ma maison, et qu'il ne restait plus de moi qu'une vieille harpie au corps noueux. Cependant je me trompais. Pour la première fois de ma vie, il émanait de moi une espèce de fougue, si je puis dire. De l'assurance. Je souris à ma propre image, et le geste ne me sembla pas déplacé. J'avais l'impression de peser davantage. Non pas que j'eusse davantage de chair, mais j'étais devenue moins diaphane. Je sentais le parquet à travers les semelles de mes chaussures, la pesanteur dans mes genoux.

J'entrepris de remettre de l'ordre sur la table de toilette, poussant dans les angles le miroir, la boîte d'allumettes en métal et le petit bout de chandelle planté dans son bougeoir, tandis que j'installais au beau milieu le ceinturon de Cashwell, étroitement enroulé comme une coquille d'escargot ou un serpent lové sur lui-même. Je l'avais cru assoupi, mais il m'observait certainement.

– Vous faites quoi, Mrs McGavock ?

Surprise, je sursautai légèrement, avant de reprendre contenance et de me tourner vers lui. *Surtout rester impassible.* J'essayai de mettre de la froideur dans mon regard.

– Je fais un peu de rangement ; je suis toujours chez moi dans cette maison, une maison de qualité que j'entends bien maintenir en l'état, quel que soit le temps que vous passerez vautrés ici, vous et vos camarades.

Il avait toujours la figure hâve, mais chaque jour y ramenait un peu plus de couleurs. Il se dressa sur son séant, calé sur les mains, et serra étroitement le drap autour de sa taille. L'étoffe se creusait sur le vide de la jambe absente.

– Personne a jamais dit que c'était pas une maison de qualité.

– Je vous remercie.

– J'ai pas dit non plus que ça l'était. Le prenez pas en mauvaise part, mais cet endroit va pas me laisser des souvenirs bien plaisants. Ça peut faire pencher mon jugement.

Il me regardait avec insistance, guettant je ne sais quoi sur mon visage, une quelconque réaction. Il me mettait à l'épreuve. Je voulus me réfugier derrière une feinte lassitude ; la lassitude, les femmes de mon entourage étaient expertes en la matière.

– Je pourrais peut-être demander au chirurgien de couper votre deuxième jambe, pour vous rendre votre symétrie. La symétrie est synonyme de beauté, n'est-ce pas ?

– Moi je dis que vous auriez pu me laisser tranquille là-haut. C'était beau comme tout, avec ce joli plafond bleu qui me rappelait le ciel, quand j'allais pêcher. J'aurais pu mourir en pensant à la pêche, et…

– Ce genre de fadaises m'ennuie terriblement. Et vous aussi vous m'ennuyez. Moi qui vous prenais pour un homme intéressant, vous avez autant d'imagination qu'un morceau de bois. *Le plafond me rappelait le ciel.* Comme c'est touchant, comme c'est profond ! *Je veux mourir.* C'est assommant, à la fin. Votre conversation est d'une platitude !

– Toutes mes excuses, madame, mais j'ai pas trop l'humeur à bavarder, si c'est pour ça que vous êtes venue dans ma chambre.

– Ma chambre à moi.

– Je vous la rends avec plaisir. Fourrez-moi dans la prochaine voiture et je m'en irai volontiers.

Mais moi je ne voulais pas qu'il parte avec la prochaine voiture. *Pas encore.*

– Je veux décamper d'ici. Vous m'avez découpé comme un monstre, et il est temps que je commence ma vie de phénomène de foire. Ça m'a pas beaucoup plu, que vous laissiez cette fille se faire malmener, et quelle que soit l'expérience que vous mijotez là, je veux pas m'en mêler. Je suis pas à votre service pour vous écouter parler. Vous vous prenez pour qui, madame ? Vous portez la maladie sur votre personne, je le vois bien. Il y a quelque chose de tordu chez vous, de pas d'aplomb. Tout votre temps vous le passez à épier, moi, les hommes couchés par terre, cette fille. Mais vous *faites* quoi, Bon Dieu, à part décider qui doit vivre et qui doit mourir ?

J'étais incapable de soutenir son regard.

– Vous êtes Dieu, je suppose, ou alors son messager ou son prophète. Vous distribuez les miracles ou la lèpre à votre fantaisie, comme Elie. Ça vous surprend que je connaisse la Bible, hein ? Pour vous je suis un ignare de l'Arkansas dont vous pouvez vous servir à votre gré, ce qui reste à voir. Pourtant je la connais bien, la Bible, et je sais lire. Je saurais pas lire que je la connaîtrais quand même, la Bible. Maman me la crachait toujours à la figure avant que le pasteur arrive. Eh oui, ma mère elle s'est fait la belle avec un pasteur, qu'est-ce que vous en dites ? Vous imaginiez pas que ça puisse exister, des choses pareilles ? Ah, je parie que si.

Persuadée qu'il divaguait, je m'approchai de lui pour le calmer, mais il poursuivit cependant, oublieux de ma présence.

– Je parie même que vous croyez que c'est le lot commun, en dehors de chez vous, et que tous ces crétins de rustauds doivent se mettre à genoux devant les personnes instruites et bien mises, qui savent discuter comme il faut. Mais là vous vous trompez. Elle savait ce qu'elle faisait, ma mère. Elle m'avait donné le nom de Zacharie. C'était la femme dans le boisseau, vous la connaissez, cette histoire ? Elle est dans le livre de Zacharie. On amène cette femme dans un boisseau fermé par un disque de plomb, mais Zacharie sait pas ce qu'il peut bien y avoir dedans, alors les anges lui montrent la femme, et Zacharie dit que c'est pas bien, puis aussitôt il rabat le couvercle. Et les anges approuvent, ils disent que non, ce n'est pas bien, c'est pour cela qu'ils l'envoient à Babylone. La voilà partie, en route vers Babylone. Cette prophétie, je la comprends mieux que ma mère, qui s'en est allée je ne sais où avec le pasteur. Peut-être qu'elle fait la putain quelque part, allez savoir. Elle plaignait cette femme dans le boisseau, elle croyait que c'était *elle*, miséreuse et prisonnière de sa famille, de cette bicoque et de cet imbécile de marmot. Mais la femme était une pécheresse et Babylone le royaume de la malice. C'est ce que j'ai appris en commençant à lire. Moi j'étais Zacharie, celui qui a refermé le couvercle, et ma mère a trouvé le moyen de se faire emporter jusqu'à Babylone, le lieu qui était fait pour elle. J'ai plus entendu parler d'elle, et ça m'est bien égal.

De nouveau, ses yeux verts se posèrent sur moi.

– Je suis fatigué des femmes qui pensent trop, et si vous me voyez comme un gars qui va en baver pour marcher et pour se défendre, c'est une erreur. Une grossière erreur. Vous connaissez pas Dieu, vous connaissez que dalle. Dieu il vous serrera au fond du boisseau si c'est Sa volonté, et il aura pas besoin d'une raison. Que je sois couché ici en train de vous parler, dans ce beau lit tout propre, il y a aucun sens là-dedans. C'est juste arrivé comme ça, et ça rime à rien du tout. Vous auriez dû aider cette fille vous-même, vous mettre à hurler et lâcher une balle dans l'œil de ce vieux corniaud. Voilà ce qu'il fallait faire. J'ai pas besoin que vous fassiez mon éducation, ni de vous amuser, ni d'être convaincu que je reste un homme à part entière, parce que je sais ce que ça veut dire d'être infirme, madame. J'ai vu des choses, je sais comment ça se passe. Je prendrai une petite boîte et une canne et un écriteau, et je grappillerai ma pitance auprès des gens qui voudront bien s'apitoyer sur mon sort. Je veux pas de votre pitié, de celle dont vous êtes capable. La pitié de quelqu'un comme vous, j'en veux pas.

– Je n'en éprouve aucune à votre égard, Mr Cashwell. Je n'ai rien de tel à vous offrir.

– Si moi je vous en inspire pas, alors je préfère pas voir les saloperies qui vous feraient pitié.

J'aurais aimé le détromper, lui expliquer que je ne faisais que soigner les blessés, et qu'il ne s'agissait pas d'un choix mais de l'aboutissement d'une longue chaîne d'événements que l'on m'avait imposés malgré moi. Mais c'eût été moi, alors, qui aurais quêté de la compassion. Les choses tombent sur vous, voilà la vérité. J'avais envie d'ajouter que ces hommes ne constituaient pas à mes yeux une masse anonyme, et surtout pas un objet d'expérience. Il me jugeait inapte à les percevoir dans leur individualité, mais c'était lui, cet homme qui présentait tous les signes de la démence, l'esprit troublé par les prophéties de l'Ancien Testament et la perfidie de sa mère, qui n'en était pas capable. Lui qui au cours de ces dernières années avait marché au pas avec eux, porté le même uniforme et mangé la même nourriture, les regardant tomber tandis que d'autres prenaient leur place, pareils à une colonie de termites poussés par Dieu sait quelle force à avancer encore et toujours, ne reculant devant rien, prêts à sacrifier les plus faibles, il ne savait pas voir leur singularité. Pourquoi pas, après tout ?

Moi je voyais en eux des garçons et des hommes, des centaines de personnes qui vivaient sous mon toit, des individus ayant chacun son histoire, son visage et son avenir particuliers.

Comme moi, mes enfants percevaient ces distinctions qui échappaient à Cashwell. Hattie, qui assistait Mariah dans la tâche de tailler des bandages et d'inspecter le niveau d'eau de la citerne, me conta maintes histoires à propos de ces hommes. Sur la petite ardoise dont elle se servait pendant les leçons, elle dénombrait les blonds et les bruns, les châtains et les roux, puis elle recommençait en comptant les chauves et les cheveux gris.

La veille dans la matinée – et dire qu'il n'y avait qu'un jour de cela ! – elle était venue me trouver à la cuisine, le seul endroit où Mariah, John (lorsqu'il ne partait pas faire quelque course, ou boire dans son coin) et moi-même pouvions nous réunir tranquillement, pour me confier des choses sur les hommes qui lui avaient parlé, ou qu'elle avait observés.

Elle mentionna le garçon qui pleurait dans la chambre d'invités de l'étage, relégué dans un angle par les soldats plus robustes et tourné vers le mur toute la journée. Les médecins avaient retiré la balle logée dans son bras et recousu la plaie, mais la fièvre était montée quand même et il perdait ses couleurs de jour en jour, le visage livide sous un glacis de sueur. Il succomberait bientôt à l'infection, mais la force me manquait pour le révéler à Hattie. Pourtant je crois qu'elle le savait quand même. Elle me raconta qu'en allant apporter de l'eau dans la chambre avec Mariah, elle avait entendu ce garçon pleurer. Enjambant les soldats si accoutumés à la voir parmi eux qu'ils ne la regardaient même plus, elle s'était approchée de lui. *Que j'ai froid*, répétait-il inlassablement, *que j'ai froid, que j'ai froid*. Hattie, à qui le sens pratique ne faisait pas défaut, partit lui chercher dans sa propre chambre la couverture que lui avait fabriquée sa grand-mère, du coton doublé de satin et garni de dentelles. Le garçon leva les yeux vers elle en souriant, mais il refusa de la prendre.

« Alors, maman, je lui ai demandé « *Pourquoi ne voulez-vous pas de ma couverture ?* », et il me répond *« Maman m'a donné une couverture qu'elle a faite pour moi, avec mon nom dessus, et je l'ai emportée avec moi en partant à la guerre, mais quelqu'un me l'a prise quand le temps s'est mis au froid, il y a un mois à peu près, et depuis je l'ai pas revue. »* Il ne voulait accepter de couverture de personne, maman, pas même de moi, pourtant elle est bien jolie, et moi j'ai été aimable comme tout. Il m'a dit que ce serait du vol. Je ne suis pas d'accord, moi, mais quand même, il n'a pas voulu de ma couverture. Il grelottait comme s'il avait bien, bien froid, tout en pleurant, et il disait *"Je veux la couverture de maman, je veux la couverture qu'elle m'a donnée"*. »

Hattie fondit en larmes, et je compris qu'elle ne savait pas exactement pourquoi. Qu'elle ait déjà appris à pleurer ainsi, sur la cruauté des choses, m'emplissait de tristesse et d'indignation. A entendre son récit, je pensais que ce garçon ne tarderait pas à abdiquer, aussi je m'excusai et sortis. Si John ne sembla pas y prêter attention, Mariah, en revanche, s'en aperçut. Elle secoua la tête, mais tant pis.

Une bougie dans une main, une plume et une feuille de papier dans l'autre, je montai auprès du garçon. Je l'entendis sitôt que je pénétrai dans la chambre. Il ne se plaignait plus du froid, répétant simplement *Non non non*, sans fin, à peine un murmure au milieu du tintement des branches nues des peupliers contre la fenêtre et du vent qui se ruait sous le porche. Je restai debout devant lui. Il ressemblait à un petit va-nu-pieds au teint sombre, mais je suppose que la guerre et sa blessure avaient rabougri son corps. Il avait des cheveux châtains, et le visage barbouillé d'un mélange de fumée, de sueur et de terre. Quoiqu'il tînt les paupières baissées, je le vis remuer les lèvres. Lorsque je le secouai par l'épaule, à genoux près de lui, il s'éveilla en sursaut et me regarda fixement avant de refermer les yeux, quand il fut certain que je n'étais pas une autre, qu'il eût préféré voir à ses côtés.

– Vous ne voudriez pas une couverture ?

– Non, j'en avais une, j'en veux pas d'autre.

– Ici nous n'en manquons pas.

– Je m'en vais, j'ai pas besoin de couverture.

– Mais vous avez froid.

– Celle que je voudrais, c'est la couverture de maman.

– Ainsi votre mère vous a fabriqué une couverture. C'est bien gentil de sa part.

Il posa sur moi un regard vide, comme s'il attendait toujours quelque parole de bon sens. Je ne savais qu'ajouter, et ce fut lui qui parla.

– C'est pas comme ça que ça doit finir. On nous l'a jamais dit avant, personne nous a prévenus. Tout ce qu'on a fait c'est s'engager, donnez-moi un fusil et un chapeau, et en avant toute ! Maman elle est en Caroline du Nord, loin d'ici. On parle pas de sa maman quand on est un homme, mais moi je m'en fous. Pardon d'être grossier, madame. Quand on part, on voudrait qu'y ait des gens qui nous aiment avec nous, pas cette bande de fils de putes, qui arrêtent pas de jurer et de péter. Y'a personne que j'aime, ni dans cette pièce ni dans cet Etat ni dans cette armée. La seule que j'aime, je sais qu'elle pourrait me sauver la vie, j'en suis sûr. Et maintenant que c'est la fin – oh si madame, je le sais, vous fatiguez pas à secouer la tête, vous êtes bien bonne mais ça sert à rien –, elle pourra jamais savoir où je suis. Je vais passer, et on sera séparés pour toujours. Moi je pourrai plus penser à elle, et elle, elle saura pas où je suis. Tous les jours j'y pense, à elle, et là c'est presque le bout. Je veux pas faire ça si elle est pas là. Elle, elle saurait comment je dois faire, moi je sais pas, j'ai peur de m'y prendre de travers. J'essayais de prier, mais j'en connais pas tant que ça, des prières, c'était toujours elle qui les récitait. Qu'est-ce que je demande à l'heure qu'il est ? J'en sais même rien, rien du tout. Elle me manque, madame, vrai qu'elle me manque. C'est l'enfer, maintenant. Vous savez, elle m'a donné une couverture, mais je l'ai plus, quelqu'un me l'a fauchée, j'ai pas réussi à la reprendre. Oh mais j'ai essayé, dites-lui bien que j'ai fait mon possible. Je voulais pas la perdre, dites-le-lui, s'il vous plaît. Vous pourriez pas ?

Je n'avais jamais fabriqué de couverture pour Winder, ni prié pour lui. Mes seules prières avaient été destinées à mes enfants à l'agonie. Je pris la main du garçon.

– J'ai apporté une feuille de papier. Vous souhaitez que j'envoie une lettre à votre mère ?

– Oh oui, madame.

– Qu'est-ce que je dois lui écrire ?

– Je sais pas, rien de plus que ce que je viens de dire. Ou même pas autant, tenez. Vous pourriez juste lui dire que j'étais là, et où elle peut me trouver quand je serai passé. Tout ce que je veux, c'est pas être perdu.

– Vous préférez l'écrire vous-même ?

– J'sais pas écrire, moi. Et maman elle sait pas lire, alors vous avez qu'à marquer juste Pittsboro, Caroline du Nord, y'aura bien quelqu'un pour la lui lire.

– Quel est votre nom ?

– Marcus. Marcus Sanders de Pittsboro en Caroline du Nord. Ma maman c'est Mattie, mais les gens ils l'appellent Mat, mettez plutôt ça.

– D'accord.

– Elle est belle, votre maison.

Je passai auprès du garçon une grande partie de la nuit, jusqu'à ce qu'il ait rendu son dernier souffle. Des heures durant je lui caressai la main, et il me sembla sentir les pulsations s'arrêter à son poignet.

Marcus Sanders fait partie des hommes, des centaines d'hommes qui trépassèrent dans ma maison au cours de ces journées. La plupart m'ont laissé des souvenirs. Tous étaient différents, ils ne se réduisaient pas à leur corps. Mes souvenirs n'avaient pas tous la précision de ceux que je gardais de Marcus, limités parfois à quelques bribes : les airs qu'un soldat fredonnait d'une drôle de voix haut perchée, attirant autour de lui un groupe de badauds qui sautaient sur leurs pieds, martelant le sol de leurs bottes comme pour ébranler les arbres à la racine ; le jour où un des soldats, qui se vantait d'avoir fréquenté l'université, prononça devant une assemblée d'hommes inanimés un cours magistral sur la trahison d'Achille ; les heures que je passai à observer un jeune homme de Géorgie, Stace, sculpter dans le bois d'un pilier du porche un visage grimaçant aux dents proéminentes.

Tous sont morts, et ma mémoire les a tous préservés.

24

ZACHARIAH CASHWELL

Il est venu un moment où ça m'a plus tenaillé aussi méchamment, l'idée d'avoir perdu ma jambe. Ça faisait mon cinquième jour chez les McGavock, je m'en souviens. J'étais là, assis, cherchant un couteau et quelque chose à tailler avec, quand j'ai avisé le mouvement de deux têtes à travers le carreau, de l'autre côté de la chambre. Monter, descendre, monter, descendre, elles faisaient que ça. De temps à autre, celui qui marchait à la traîne criait quelque chose au premier, devant lui, et ils s'immobilisaient tous les deux ; celui de derrière haussait les épaules en faisant le geste de soulever quelque chose, puis ils se remettaient en route. Ça a duré une bonne partie de la matinée. Finalement, comme je trouvais pas de quoi découper, et que j'en avais marre de réfléchir à ce que je taillerais si j'avais les bons outils, je me suis levé et j'ai clopiné jusqu'à la fenêtre. Je pouvais poser les coudes sur le rebord, ça m'aidait bien à me tenir debout. Dehors, les hommes m'ont paru moins nombreux que quelques jours auparavant. Il restait quelques groupes dispersés çà et là, j'ai cherché des yeux ceux dont je voyais passer la tête, tout à l'heure. Bientôt ils sont revenus, transportant des corps dont certains étaient enroulés dans des draps blancs tachés, d'autres sans rien de plus qu'au moment de la mort. Ils déplaçaient le charnier d'un bout de la pelouse à l'autre, entre les cases à nègres et ce que je devinais être un jardin. Ils les changeaient d'endroit, rien de plus.

Le tas de cadavres restait pareil à lui-même, sauf qu'il diminuait d'un côté pour s'élever de l'autre. Les morts avaient le corps rigide, mais ils se courbaient encore un peu. Il leur arrivait même de se plier tout bonnement en deux quand les porteurs mettaient pas assez de distance entre eux, alors ils devaient les déposer par terre et leur piétiner les jambes pour les remettre à plat, comme on aplatit des arbrisseaux pour qu'ils soient plus faciles à porter, quand on débroussaille quelque part. J'ai dû rester une heure à les regarder passer d'un tas à l'autre, et tous les morts avaient la face grise.

Quand Mrs McGavock ne venait pas me harceler dans ma chambre, j'avais du temps pour réfléchir et écouter ce qui se passait autour de moi. Chaque jour était plus calme que le précédent, comme si la maison allait bientôt s'assoupir. Les cris se faisaient plus rares, maintenant, et les plaintes s'interrompaient par moments, même si je m'y étais habitué. Les choses avaient dû reprendre leur cours normal, au bout de quelques jours, le chambard s'était calmé pour savoir si on allait survivre ou pas. Les morts se sont tus, et les survivants ont pris sur eux et gardé la bouche cousue. Je crois qu'un paquet d'entre eux ont filé en douce pour rentrer à la maison. J'envisageais de le faire moi-même, mais au moment de me lever et de partir, un petit quelque chose me dissuadait toujours de m'en aller sur-le-champ. *Je partirai dès qu'on m'aura servi à dîner.* Vu que j'étais constamment affamé, je renvoyais toujours à plus tard. Ça a l'air d'une excuse, comme ça, mais je savais même pas où je me trouvais, et quand on est perdu, c'est pas si facile de se dégotter à manger. C'est des choses qu'il faut prévoir.

Après avoir vu les hommes charrier les cadavres, j'ai commencé à remercier le ciel du sort qui était le mien. Il me restait encore assez de sentiments chrétiens pour ça, et même si j'allais pas dire merci qu'on m'ait coupé la jambe, j'ai arrêté de fulminer. J'arriverais sans doute à me débrouiller sans. En m'y prenant bien, je pourrais peut-être rester dans ce lit pour toujours, et laisser Mrs MacGavock me chercher des noises quand l'envie lui viendrait. C'est ce que j'aurais choisi si j'en avais eu la possibilité.

Mais dès que j'ai renoncé à me morfondre à cause de ma jambe, j'ai pu mieux évaluer tout ce que j'avais perdu en même temps. Ce qui me faisait enrager plus que tout, couché là dans ce lit, c'était de savoir que j'étais plus l'homme qui avait relevé le drapeau pour foncer vers les fortifications yankees, le sergent qui en connaissait un sacré bout sur le combat. Cet homme-là, il n'existait plus. Celui que j'étais devenu ne pourrait plus jamais ramasser un drapeau de cette façon-là. Je dis pas que j'avais peur, je suis pas un lâche et je l'ai jamais été. La vérité, c'est que ça m'importait de vivre, dorénavant, et j'avais envie de m'occuper que de moi sans me mêler des affaires des autres. Quand j'étais prêt à mourir, je me sentais fort, redoutable, maître de tout. A présent c'était terminé, et j'imaginais pas qu'elle me revienne un jour, l'idée de mourir. Même quand les docteurs m'amputaient de la jambe j'étais décidé à en finir, et encore les jours suivants, avec cette douleur si terrible que la mort semblait inévitable. Maintenant le chambard était fini, comme je disais, et je comptais bien rester en vie. Je savais pas précisément comment m'y prendre, je comprenais juste qu'il me faudrait y réfléchir pour de bon. J'étais devenu pareil aux autres, pareil à celui que j'étais dans le temps. Avant la guerre, avant la bataille et l'assaut. La vie ne m'apparaissait pas comme un cadeau ; c'était un fardeau lourd à porter, mais il ne me restait plus qu'elle, et tant pis si je devais me rabaisser pourvu que je la préserve. Ces pensées-là me dégoûtaient, je sentais la colère en moi. Rien ne méritait plus que je me sacrifie, si bien que les choses qui m'entouraient, y compris ma propre personne, me semblaient comme diminuées. Le monde était vil et mesquin, et je me ferais semblable à lui s'il fallait ça pour sauver sa vie. Du même coup je rejoignais le commun des mortels. Je redevenais un homme ordinaire.

A certains égards ça peut avoir du bon, d'être ordinaire, je prétends pas le contraire ; *avoir des pieds d'argile*, comme disait ma vieille tante chaque fois que je m'attirais des ennuis. Je la trouvais plaisante à entendre, cette expression *des pieds d'argile*. Ou plutôt, un pied d'argile, en ce qui me concerne.

Une des choses qu'on peut se permettre quand on est un homme du commun, c'est de jouer de l'argent aux cartes sans s'embarrasser de scrupules. Parier de l'argent comptait comme un péché, mais puisque le péché devait entrer désormais dans l'ordre naturel des choses, je pouvais tout aussi bien m'y mettre tout de suite. Dans la maison, les gars étaient encore assez nombreux pour qu'on mise nos sous sur quelques parties, dehors sous le porche, et j'ai béquillé deci de-là, appuyé sur ma canne neuve, cherchant des hommes réveillés et capables de marcher un peu. Je connaissais un dénommé Jerrod Smalls, éborgné pendant la bataille, qui avait un paquet de cartes qu'il trimbalait depuis Montgomery. Il était jeune, Smalls, pas bien plus de vingt ans, mais comme il venait de la ville il se prenait pour un champion des cartes, et il accepterait sûrement de disputer une ou deux parties. Il était moins fort qu'il l'imaginait, mais depuis qu'il s'était fait crosser en plein sur le cigare par un soldat yankee, il comptait pas très bien, et il comprenait pas toujours qu'il était en train de perdre. Des fois, je me fatiguais même pas à l'avertir.

Les jours où j'étais d'humeur à taper le carton, c'était Jerrod que j'allais chercher en premier. En général, je le trouvais dans une des pièces qui donnaient sur la grande allée, observant par la fenêtre quelque chose qui m'échappait. Il avait de grands cheveux d'un noir de jais qu'il laissait pendre sur sa figure, et comme ça lui donnait l'air d'un fou furieux, les gens lui cherchaient jamais querelle. *A partir de maintenant, je fais que ce que je veux*, qu'il disait. Je suppose qu'il avait jamais vu un rasoir de sa vie, et l'œil qui lui restait était rond et sombre comme celui d'une génisse. Même s'il était aussi maigre que nous autres, tout en os, il avait pas une silhouette anguleuse. En entrant dans la chambre je l'appelais Lefty, « le gaucher », parce qu'il lui manquait l'œil gauche, en retour il me traitait de bancal, et on sortait chercher d'autres gars. Il battait les cartes tout en marchant, pour ça il était habile, les cartes faisaient un grand bruit comme une toile de tente qu'on déchire, plusieurs fois de suite. Ceux qui n'étaient pas à l'article de la mort le reconnaissaient, et quand ils pouvaient marcher ils nous interpellaient, on organisait une partie vite fait.

On jouait des billets confédérés, qui avaient jamais valu tripette et ne vaudraient bientôt rien du tout, donc on flambait pas à proprement parler, peut-être. Mais le désir d'accumuler tous ces billets sans valeur devant moi, je le ressentais dans mon cœur et dans mes tripes. Peu importe ce qu'ils représentaient, je les voulais pour moi, je voulais les accaparer, alors je me dis que j'étais quand même joueur en esprit, faute de l'être dans les faits.

On jouait un peu à tout, faro, euchre, écarté, *chuck-a-luck*, même, le jour où on a déniché un jeu de dés dans la poche d'un mort, mais Jerrod a pris une telle rage à cause d'eux qu'il les a jetés dans les hautes herbes, devant le porche, et on les a plus retrouvés.

Un matin, alors qu'on faisait une partie devant la maison, j'ai vu Mrs McGavock faire monter ses enfants dans une belle voiture couverte et agiter la main en pleurant, depuis le bout de l'allée.

– Tu as vu ça ? j'ai demandé à Jerrod.

– Ouais, vieux, tu viens de louper un pli.

– Non, là-bas, regarde.

Son bon œil a suivi la direction que je lui montrais.

– Mrs McGavock ? Ah, ah !

– Elle vient de faire partir les petits. Contre son gré, on dirait bien.

– Si tu veux mon avis, y a longtemps qu'elle aurait dû le faire. C'est pas un endroit pour des gosses.

Jerrod m'a lancé un bref coup d'œil, sans se faire remarquer des autres joueurs. Il avait l'air triste, et je pense qu'il essayait de voir si je l'étais aussi. Je sais pas la mine que j'avais, mais il s'est trouvé assez satisfait pour retourner à son jeu.

Il disait vrai, des gamins avaient pas leur place ici. On en doutait pas, Jerrod et moi. Les enfants de Mrs McGavock, le petit garçon et sa grande sœur, tournaient autour des soldats depuis des jours et des jours, ils distribuaient à boire, et le gamin et son copain Eli, qui était un peu plus âgé, faisaient leur petit commerce de whisky et de nippes. Je comprenais pas que Mrs McGavock les laisse traîner comme ça parmi nous. On était affreux à voir, toute la compagnie, et à quoi bon montrer ça à des enfants ? Quelle vision déformée du monde auraient-ils plus tard, après nous avoir soignés, nous les infirmes et les condamnés ? Mais ça ne regardait qu'elle, dans le fond, libre à elle d'élever des goules.

Mais sa petite, Hattie elle s'appelait, elle était mignonne comme tout, et certains ont pas manqué de s'en apercevoir. Souvent, les soldats lancent des paroles en l'air et ce serait idiot de tout prendre pour argent comptant, dans ce qu'ils racontent. Des fois, pourtant, on sent une différence dans la voix d'un homme, quelque chose de posé et de plus dur que les rodomontades habituelles, qui vous fait comprendre que cette fois il plaisante pas. Il peut dire le fond de sa pensée, tout aussi bien.

Deux ou trois jours avant que je voie les petits McGavock monter en voiture, avec leur mère qui agitait la main au bout de l'allée, on avait entendu ce genre de propos à la table de jeu, Jerrod et moi. Ils parlaient de cette gamine, Hattie. Elle était trop jolie, trop jeune et trop confiante pour rester au milieu de gars tels que nous. Je me suis décidé à en toucher un mot à Mrs McGavock. Ce que l'autre vieux bouc amoché avait failli faire à Becky, ça risquait d'arriver aussi à sa fille si elle y prenait pas garde. Elle m'a écouté en chiffonnant son tablier, ses yeux assombris par la peur ou la colère, j'aurais pas su dire. Elle m'a juste répliqué de me mêler de mes affaires, que si un jour elle avait besoin de conseils pour l'éducation des enfants elle n'oublierait pas de m'appeler, mais pour le moment elle se débrouillait très bien, merci. Je suppose qu'elle m'en voulait de l'alerter du danger qui planait sur sa propre fille, qui n'était pas une paysanne du coin avec un pistolet dans la poche.

C'est alors que je suis allé trouver le gamin, Eli. Il me faisait penser à moi au même âge, ou à celui que j'aurais pu être si j'avais eu une sœur qui m'aimait comme je l'aimais. C'était un dégourdi, je l'ai bien vu, et il remarquait tout ce qui se passait. Il prenait des commandes pour du whisky quand je l'ai attrapé par le bras pour l'entraîner derrière la maison, sous le porche.

– Tu peux me dire ce que tu fabriques, Eli ?

– Rien du tout.

– T'es drôlement affairé pour quelqu'un qui fait rien.

– Ouais, peut-être bien.

Pas commode, ce gosse ; je l'impressionnais pas du tout. D'ailleurs c'était pas mon intention. J'éprouvais très fort la bizarre impression de vouloir me faire aimer de lui, le mener sur le droit chemin et lui éviter un tas d'embêtements, à lui et à ses copains. J'avais envie de le protéger, même si j'étais qu'un éclopé tout juste capable de se défendre lui-même.

– T'es ami avec Hattie ?

– C'est la sœur de mon copain. J'la connais bien.

– Tu sais ce qui est arrivé à ta sœur ?

– Je sais que vous avez mis une rincée à un gars pour l'aider. Merci bien, monsieur.

Il a fait mine de s'en aller en haussant les épaules, comme si j'attendais seulement un merci, alors que cette idée ne m'avait même pas traversé l'esprit.

– Si vous fichez pas le camp d'ici, toi, tes amis et elle, la même chose pourrait bien arriver de nouveau à ta sœur et à Hattie.

Il était futé, le gamin, il a saisi d'un trait où je voulais en venir. Ces hommes, il les connaissait presque aussi bien que moi. Comme je disais, rien lui échappait.

– On a du travail.

– Pas ici. C'est fini. Ta sœur et eux, tu les mets à l'abri, compris ?

Il a baissé les yeux sur le billet confédéré tout froissé qu'il serrait dans sa main, en réalisant peut-être qu'il valait pas tant que ça, finalement.

– Je fais quoi, alors ?

Pour la première fois, il semblait apeuré pour de bon, et je savais que je pouvais chasser cette peur, au moins pour un moment.

– Tu vas trouver Mrs McGavock, et tu lui racontes que t'as entendu les gars parler de Hattie et Becky. Juste ça. Moi elle veut pas me croire, mais à toi elle te fera confiance.

– Pourquoi ?

– Je te le dis, c'est tout. Allez, file.

Il a jeté le billet aux hommes qui lui avaient payé leur alcool, et en s'en retournant vers la maison il m'a adressé un signe en disant quelque chose que je n'ai pas bien entendu. Peut-être *A tout à l'heure*, mais je suis pas sûr. C'était pas croyable comme il me ressemblait, ça m'a frappé sur le moment.

Alors que la voiture qui emmenait les petits McGavock disparaissait au bout de l'allée, j'ai repéré les deux autres laissés-pour-compte, Becky et son frère Eli, en train de s'éloigner de la maison. La poussière soulevée par les roues avait dû me les cacher jusque-là. Ils marchaient d'un pas décidé, sans se retourner, sans doute que je ne les reverrais jamais. Ou plutôt si, des gens comme eux, j'en rencontrerais sans cesse sur ma route ; on était pareils, eux et moi, des gens dans la débine, et on serait sûrement encore plus nombreux une fois que la guerre serait terminée. J'espérais que tout irait bien pour eux, qu'ils s'approcheraient pas de gars dans mon genre. Ça me remuait de penser tout ça, vu que je les connaissais à peine. Mais les jours passés chez les McGavock semblaient couvrir des siècles, et le moindre petit événement devenait le centre de l'univers.

Au moins, Mrs McGavock devait avoir pris les menaces au sérieux, puisqu'elle renvoyait aussi ces deux-là. Peu importe ce qu'elle disait.

Plus tard, quand on a eu interrompu la partie pour rentrer, Jerrod et moi, j'ai dit à Mrs McGavock que je l'avais regardée mettre ses enfants dans la voiture. Je l'ai approuvée d'avoir fait ça, et alors elle s'est tournée vers moi bien lentement, comme si elle devait rien brusquer parce qu'elle causait à un idiot.

– Je pense en effet avoir agi comme il fallait, Mr Cashwell, mais pas pour les raisons que vous imaginez.

– Et c'est quoi, les autres raisons ?

Elle m'a ignoré, suivant du bout du doigt les motifs compliqués sur la tapisserie de l'entrée. Il y avait de la douceur sur son visage, comme si elle repensait à un très ancien souvenir.

– Je vous crois, et j'en discuterai avec vous dès ce soir. C'est moi qui vous apporterai à dîner.

– Merci bien, madame.

Elle a plissé les yeux pour me dévisager, la figure marquée de rides profondes et sombres.

– Vous pensez qu'ils s'en tirent comment, à Nashville ?

Voilà le premier signe qui m'a indiqué que je resterais pas indéfiniment chez les McGavock. Une fois qu'on a renoncé à changer sa vie, c'est facile d'imaginer qu'elle bougera plus jamais. Mais d'autres se chargent de le faire à votre place, faut pas croire.

Le reste de l'armée m'était pour ainsi dire sorti de la tête, je me sentais coupé d'eux, pour moi ils étaient partis quelque part où je mettrais jamais les pieds. C'était Nashville, alors ? *Très bien, et après ?* Les gars dans la maison me dérangeaient pas ; ils étaient rassurants, avec leurs sales trognes, et dans le fond ils comptaient pour rien. Mais l'armée officielle, je ne voulais plus en entendre parler, vous voyez. Pourtant, quand je suis retourné dans ma chambre pour passer les deux heures avant le repas du soir, il m'est venu à l'idée que si les troupes se battaient à Nashville et que les choses tournaient mal – ce qui semblait inévitable, après la raclée qu'on venait d'essuyer – ces gars allaient rappliquer à toute vitesse sur la route de Franklin avec les Nordistes aux trousses, et moi j'étais pile sur leur chemin. *Merde.*

Par la fenêtre, j'ai regardé une bande de gars qui avaient attaché une corde à la plus haute branche d'un grand peuplier, et s'y suspendaient à tour de rôle pour voir jusqu'où ils montaient en prenant leur élan et à quelle distance ils sautaient quand ils lâchaient la corde. Ils se balançaient comme des mômes, en criant des sottises, levant les yeux vers les branches nues et le ciel bleu empoussiéré, puis ils se laissaient tomber sur ce qui ressemblait à un énorme tas de vieux manteaux. Parmi eux, je crois que certains étaient vraiment des gosses. Ç'a été le tour de Jerrod d'empoigner la corde et de s'y cramponner, et il s'en tirait pas mal du tout jusqu'à ce qu'elle prenne de la vitesse. Je voyais bien qu'il avait toutes les peines du monde à pas lâcher prise, et son air content avait disparu, il avait peur, maintenant. Il a fait la grosse erreur de lâcher la corde au sommet de sa courbe, peut-être parce qu'il n'y voyait plus très bien, avec un seul œil. Au lieu de descendre en vol plané, il a chuté quasiment à pic, au beau milieu de la pile de manteaux. Il flagellait l'air en braillant et se débattait pour se sortir de là, et j'ai constaté alors qu'il s'agissait pas de manteaux, mais de manches et de jambes de pantalon qui contenaient encore des membres. Les autres criaient d'enthousiasme en pointant leur doigt vers Jerrod, qui les insultait en repoussant bras et jambes à coups de pieds. Ils étaient tous tellement innocents, ce monceau de membres amputés ne voulait rien dire pour eux. Ils n'y lisaient aucun symbole, il n'amenait pas la moindre pensée dans leur esprit. Ils étaient juste ça – des choses mortes et figées qui signifiaient rien de spécial, et on pouvait ricaner de voir quelqu'un se rouler au milieu. Je remerciais Dieu que nous ayons des hommes, ou des garçons comme eux, sinon les Yankees nous auraient déjà écrabouillés depuis des années. Moi qui n'étais plus capable de sauter sans y penser sur un tas de membres coupés, j'en venais à les envier.

Parfois, quand elle était inquiète et cherchait une protection, ma mère se mettait à tracer des symboles dans le vide. La lettre A et quelque chose qui évoquait un fer à cheval. C'était le nom de Dieu, à l'entendre. Mon souffle a embué la vitre pendant que je regardais ces bouffons, mi-héros, mi-estropiés, et j'ai dessiné dessus les symboles de ma mère. Brusquement je me sentais fatigué, alors je me suis couché.

Mrs McGavock n'a pas pris la peine de frapper. Elle est entrée accompagnée de Mariah, et elles se sont affairées avec les assiettes et les plateaux comme si j'étais encore un invalide forcé de rester alité, alors que je me levais tous les jours pour bavarder et jouer aux cartes avec les autres. Mariah me fixait droit dans les yeux, je crois qu'elle me mettait au défi de protester. Elle savait pertinemment que ça ne se faisait pas, d'être servi comme ça par la maîtresse de maison. *Cet inutile ferait bien d'lever ses fesses et de s'en aller où y voudra.* Je devinais sans peine ce qu'elle pensait. Du reste elle avait raison, et je l'appréciais encore plus.

Quand mon repas a été servi, des pommes de terre avec du jambon frit qui devait venir du fumoir, Mrs McGavock a renvoyé Mariah et a penché la tête pour réciter les grâces.

– *Viens Seigneur Jésus, sois ici dans Ta maison, et bénis les présents que Tu nous accordes.*

J'ai récité en même temps qu'elle, dès les mots *Viens Seigneur* j'ai reconnu les grâces et les mots me sont revenus, sans que je me rappelle où je les avais entendus.

– Ce sont les grâces de l'Eglise morave, a-t-elle dit. Vous les connaissez ?

Elles m'étaient familières, je sais pas trop comment, même si j'ignorais ce qu'était un Morave. La Moravie, est-ce que ça existait, comme endroit ?

– Oui, je les connais.

– Vous êtes croyant.

– Oh non ! C'est juste que des choses me restent dans la tête, et je vois pas de mal à ce qu'on dise les grâces devant la nourriture. Peu importe lesquelles, non ? L'important c'est de se réjouir, voilà ce que j'en dis.

– Vous parlez comme un vrai théologien.

– Je peux manger, madame ?

Nous avons pris notre repas en silence, moi assis dans mon lit, le plateau posé sur la jambe, bataillant ferme avec le couteau pour découper mon jambon. Il avait dû passer un sacré bout de temps au fumoir, mais quoi, j'allais quand même pas chicaner.

Mrs McGavock avait un solide appétit, je ne m'attendais pas à ça ; elle qui était si blanche et délicate, toujours alanguie, je l'imaginais pas se gaver de jambon. En tout cas elle paraissait affamée. Elle tenait l'assiette en équilibre sur ses genoux serrés, les pieds étroitement joints. Sous son tablier, elle portait une de ses robes noires qu'elle traînait tous les jours, et j'ai remarqué pour la première fois le tissu fané et deux ou trois reprises aux coutures. Entre deux bouchées, elle me regardait à la dérobée, puis elle retournait à son assiette et piquait une patate du bout de sa fourchette.

– Pourquoi vous êtes venue ? je lui ai demandé alors.

– Que voulez-vous dire ? Je suis ici chez moi.

– Vous me prenez peut-être pour un innocent, mais c'est pas vrai, j'en suis pas un, et j'ai bien remarqué votre façon de me soigner et me cajoler comme si j'étais un parent à vous, et que vous comptiez toucher un joli héritage. Puisqu'on en parle, c'est de là que vous le tenez, votre argent ? Il vous vient de famille ? Parce que j'ai fait le tour de la propriété, et je l'ai pas trouvée flambante, elle doit pas vous être d'un gros rapport. Tout ça pour dire que puisque je vous connais pas plus que ça, à part que vous avez décrété qu'il fallait me couper la jambe, je me demande ce qui me vaut ce traitement de faveur, quand les autres gars dorment par terre. Ecoutez, vous en avez fait assez pour moi, même si au moment où je parle, des gars s'amusent avec ma guibolle comme si c'était un jouet. Vous en avez fait suffisamment pour avoir l'esprit tranquille. Dites juste ce que vous attendez de moi, et je le fais tout de suite. Vu que je vais sûrement pas m'éterniser par ici, il faut que je me presse de régler mes comptes. Alors dites-moi ce que vous voulez.

Mes patates commençaient à refroidir, j'en ai enfourné deux ou trois. Elle, elle avait repoussé son assiette et ses couverts, et elle me regardait, toujours assise, les mains jointes sur ses genoux, les lèvres serrées en une ligne indéchiffrable. Je n'étais qu'un crétin et un ingrat, je le savais. Je me conduisais comme ça exprès, en vérité, parce que je voulais rester libre et ne rien devoir à personne, et que le meilleur moyen d'y réussir était de payer sa dette et de brûler ses ponts ensuite, pour qu'il y ait pas de retour en arrière possible. De toute manière je ne la comprenais pas, je voyais pas pourquoi elle s'intéressait autant à moi, à ce que je faisais, à la façon dont on me traitait. Au début, quand elle m'a installé dans cette chambre et qu'elle s'est tant souciée de mon confort, j'attribuais tout ça à la mauvaise conscience, mais j'ai vite compris mon erreur, parce que dans ses yeux, je devinais pas le plus petit brin, pas la moindre étincelle de pitié. Elle ne se sentait pas coupable, et sa conscience l'aurait pas travaillée davantage si on m'avait débité morceau après morceau, jusqu'à ce que je sois plus bon qu'à rouler comme une barrique en la couvrant d'injures. Sa personne abritait pas une once de mauvaise conscience, elle avait pas ces manières craintives et douces qui vont avec la culpabilité. Cela dit, il m'arrivait de surprendre son regard posé sur moi quand je jouais aux cartes ou quand je me promenais clopin-clopant dans la cour pour respirer l'air frais, ou même le soir, si elle passait devant ma chambre. Ça ne me plaisait pas, d'être regardé sans savoir ce qu'on voyait en moi.

– Vous êtes comme une clé pour moi. Vous m'expliquerez les choses que je n'ai pas su comprendre. Vous me devez bien ça, Mr Cashwell, dans la mesure où je vous ai sauvé. Tout au long de ma vie, je n'ai connu que l'expérience contraire. L'envers de sauver. Tout ce que j'aimais le plus m'a été enlevé, parce que je n'ai pas pu faire alors ce que j'ai fait pour vous. Ainsi je me pose la question : *Dois-je penser qu'il m'est cher ? Etait-il destiné à me le devenir ?* Et honnêtement, Mr Cashwell, il m'en a coûté de me dire que je pourrais un jour m'attacher à vous. Ce que je veux que vous m'expliquiez, c'est pourquoi j'ai voulu que vous viviez, et pour quelle raison j'y ai réussi. Car voyez-vous, je ne le saisis pas bien, et la réponse m'importe infiniment.

Elle était hors d'haleine, et moi je perdais le souffle rien qu'à me faire violence pour ne pas l'interrompre. Tout ce qu'elle me racontait là, je n'y comprenais goutte. Elle ne lâchait que des bribes de pensées que j'étais censé comprendre, mais je n'arrivais pas à rassembler les morceaux. Je n'étais qu'un soldat, un soldat blessé, et je refusais toute responsabilité au-delà de ça.

Elle me paraissait immense dans son fauteuil, son regard planté dans le mien.

– J'ai aucune réponse à vous donner, madame.

– Si, mais vous ne vous en rendez pas compte.

Elle s'est détendue, les muscles relâchés, et puis elle s'est repliée sur elle-même. Elle me souriait en se frottant la nuque, là où son chignon commençait à crouler. J'attendais que ce soit elle qui parle, moi j'étais déboussolé.

– Je constate que vous ne comprenez pas où je veux en venir. Très bien. Je saurai la réponse quand vous me la donnerez, même si c'est à votre insu.

En silence, j'ai avalé la fin de mes patates avant d'écarter le plateau, et puis j'ai attendu, les bras croisés sur la poitrine.

– Je suppose que c'est moi qui devrai vous interroger.

– Sans doute, mais moi aussi j'ai des questions à vous poser, Mrs McGavock, si vous permettez.

– Appelez-moi Carrie.

– Vous voulez bien me répondre d'abord ?

– Bien, allons-y.

– Vous fâchez pas, mais j'aimerais savoir ce qui a bien pu vous arriver, pour vous rendre bizarre comme ça.

Je savais qu'elle serait forcément contrariée, mais je ne voyais pas d'autre question, et c'est la première qui m'est passée par l'esprit ; sitôt les mots sortis de ma bouche, j'ai réalisé qu'ils me taraudaient depuis pas mal de temps, depuis, je crois, la première seconde où je l'avais vue. J'avoue que j'en connaissais peu, des femmes, mais celles que je côtoyais n'avaient rien de commun avec elle. Elles n'étaient ni fortunées ni de bonne famille, et quand elles avaient des secrets et des blessures, elles en faisaient jamais mystère, elles vous les exposaient sans détour. *Son mari l'a abandonnée ; elle a tout juste de quoi manger ; son père a abusé d'elle ; elle a perdu sa fille.* Tout ça, c'est des choses faciles à définir. Carrie avait perdu plusieurs de ses enfants, je le savais. J'avais vu le grand tableau accroché dans une des pièces, trois petites figures peintes au milieu des nuages, pareilles à des anges, qui semblaient contempler le monde de là-haut comme s'ils étaient toujours vivants. Je supposais que c'était ça, son histoire, mais il restait des choses qui m'intriguaient. Je crois qu'elle venait de ce portrait, ma suspicion. Qui voudrait d'un tableau comme celui-là dans sa maison ? Les femmes que je fréquentais tentaient leur possible pour se libérer du passé, pour en brûler les traces derrière elles. Mais cette femme-là ne s'y prenait pas normalement ; ou c'était peut-être moi qui connaissais pas assez de femmes.

– Ainsi je suis bizarre ?

– Un peu. Enfin, beaucoup. N'en prenez pas ombrage.

– Certainement pas.

Elle a baissé les paupières, et sur son visage le sourire s'est épanoui, comme si elle attendait quelque chose avec impatience. Pendant un moment elle n'a pas bougé, puis elle a repris sans ouvrir les yeux.

– Que voulez-vous dire par « bizarre » ?

– C'est à cause de cette maison, tout ce qui s'y passe.

– L'hôpital ? Ça ne dépendait pas de ma volonté.

– Non, mais ça vous plaît, je le vois. Vous êtes contente de ce qui arrive ici, comme si vous l'espériez.

– C'est peut-être vrai.

– Et ça c'est bizarre, madame.

– Ça se peut. Et ensuite ?

– Pardon ?

– A quoi d'autre tient ma bizarrerie ? Il y a probablement autre chose. Je présume que vous avez croisé le chemin des choses morbides, à un moment ou à un autre. A moins que vous n'en ayez été préservé.

– Morbide, je comprends pas. Mais si ça veut dire errer dans cette maison comme l'ange de la mort, toujours à regarder, regarder et regarder encore, et laisser vos enfants contempler les choses les plus laides de la terre comme si c'était rien qu'un numéro de cirque, et me parler de ces réponses que je suis supposé avoir, moi qui ai jamais eu de réponse à donner à quiconque, sauf quand il s'est agi de charger et de ramasser une balle, et…

– C'est à cela que je faisais allusion. Parlez-moi de ça.

– De quoi ?

– Vous n'êtes pas idiot, Mr Cashwell, vous voyez fort bien où je veux en venir.

– J'ai bien peur que non.

– Charger, *tuer*, se battre. C'est cela que je veux savoir.

– C'est du passé, tout ça.

– Non, pas pour vous, je ne le crois pas. Je vois sur vous que vous n'en avez pas fini. Vous tuerez de nouveau.

– L'armée, c'est terminé.

– Je ne parlais pas de l'armée. Vous connaissez Mariah ?

– La négresse qui vient de venir ?

– Oui. Elle a fait une prophétie à votre sujet.

– Elle a pas la mine d'un prophète.

– Aimeriez-vous savoir ce que lui a révélé son rêve ?

– Non.

– Tant pis.

Le soleil se couchait, et dans la lumière orangée et rasante, chaque grain de poussière se détachait sur l'appui de la fenêtre. Avant je n'avais jamais prêté attention à la poussière, et là d'un seul coup elle me semblait importante, je la contemplais comme si elle devait me faire comprendre quelque chose. Mais il s'est rien passé. Je souffrais de la tête, au niveau de la nuque, pas le mal qu'on a quand on reçoit un coup, plutôt l'impression que quelque chose clochait là-dedans. Ça faisait une espèce de fourmillement, comme quand on a le bras qui s'endort et que le sang commence à revenir. En dehors de ce picotement, j'avais la tête vide, je me sentais aussi éparpillé que la poussière sur le rebord de la fenêtre. Je n'avais pas de sol sur lequel m'appuyer, aucun endroit d'où j'aurais pu dire : *voilà qui je suis, ce que je suis, voilà d'où je viens.* J'aurais pu être n'importe qui ou presque. Dans ma vie, d'ailleurs, j'avais déjà été plusieurs personnes. Celui qui avait couru vers les fortifications et tué d'autres hommes était aussi mort que le gamin dont la mère avait filé avec le pasteur au manteau noir. Que dire de lui, le soldat et l'assassin, sinon qu'il avait vécu ? Que dire de lui à une femme comme Carrie McGavock ? Je comprenais le sens de sa question, et j'avoue que j'avais jamais beaucoup réfléchi à ce qu'on ressentait à tuer d'autres hommes. Selon mon expérience à moi, donner la mort représentait juste l'autre face d'éviter d'être tué, le revers de la médaille, fatalement, et j'avais été capable de tuer seulement parce que j'acceptais la mort. C'était ce que je me répétais tous les jours en me cramponnant à mon fusil, après une nouvelle nuit de mauvais sommeil dans le froid, à même le sol. Ça restait une énigme, tout de même, et comment en faire part à une femme qui, de toute sa vie, n'avait pas dû recevoir une seule menace ? Je savais que la mort avait visité cette maison, mais elle s'était glissée jusqu'à elle sans prévenir, et je voyais là-dedans une forme de miséricorde. Elle n'y était pour rien, je ne suis pas de ceux qui comprennent la maladie et la mort comme un châtiment pour les fautes commises contre Dieu, la punition du péché. La maladie et la mort, elles ressemblaient aux termites dans la forêt : quelque chose pour s'occuper du bois mort, rien de plus.

– Posez-moi vos questions. Je suppose que ça déplairait à votre mari, de savoir que vous passez tout ce temps avec un autre homme, même un comme moi, alors il vaut mieux se dépêcher d'en finir.

– Ces jours-ci, mon époux vaque à ses propres affaires. Vous ne l'intéressez pas.

– Voilà un homme avisé.

– En effet.

On aurait dit qu'elle répliquait ça pour me faire plaisir, sans saisir vraiment le sens de mes propos. Avec cette douleur dans ma tête, je perdais vite le contrôle de ce que je racontais. J'avais envie de la blesser, de lui déclarer bien net que j'en avais rien à foutre, des dames riches et désœuvrées. La question a jailli comme ça de ma bouche.

– Est-ce que vous l'aimez ?

J'ai eu tort de lui demander ça, car ma question a ouvert comme une brèche en elle, et je suis devenu quelque chose à quoi elle a parlé pendant les deux heures suivantes. Sa façon de s'expliquer restait décousue, mais à force, j'ai réussi à deviner un dessin d'ensemble et à rabibocher quelques morceaux. Si mon but était d'insulter cette femme pour qu'elle me laisse tout seul tranquille, j'en étais pour mes frais. Au lieu de ça, je suis tombé amoureux d'elle, et après ça elle ne m'a plus jamais laissé tout seul tranquille.

Elle ne me regardait plus en parlant, ses yeux se portaient tour à tour vers le plafond, sur ses mains posées sur ses genoux, ou plus loin, vers les fentes entre les lattes du parquet. Et elle ne cessait pas de parler. Je ne pouvais ni détacher mon regard d'elle ni m'empêcher de l'écouter, même quand il a été clair qu'elle ne s'adressait plus qu'à elle-même, aux murs, au plafond, à la terre dure et froide du dehors, que laissaient entrevoir les éclaboussures de lumière entrées par la fenêtre.

Elle m'a raconté qu'elle était une petite fille en adoration devant son papa, et que son papa possédait une plantation de canne à sucre, quelque part en Louisiane. Cet endroit s'appelait Terrebonne, quoique j'aie entendu *terrible*, mais je n'ai jamais été fort pour tout ce qui touche aux langues. En tout cas, sa manière d'en parler n'évoquait rien de terrible, au contraire. Ça paraissait charmant, mais d'une façon qui m'était pas familière du tout, comme on peut trouver beau un dessin des montagnes de l'Ouest sans être sûr que ces montagnes sont jolies pour de bon, vu qu'on a jamais approché quoi que ce soit de ressemblant.

Elle m'a décrit la grille en fer forgé du porche de son père, ses gargouilles sculptées et ses chérubins que liaient des guirlandes imitant la glycine et les feuilles de magnolia. Depuis les marches de ce porche elle avait l'impression d'embrasser le monde entier, il semblait former le centre d'une terre conquise, avec des champs de canne à sucre à perte de vue, et l'autorité de son père capable de mettre toutes les choses au pas, de les domestiquer et de leur faire produire des richesses. Tout ce qu'elle savait du monde, c'est qu'il fonctionnait, qu'il obéissait à une logique et qu'on pouvait le dominer. Là-bas dans sa maison de Terrebone, disait-elle, chaque chose trouvait sa juste place. Et l'ordre, parti de leur demeure, rayonnait vers les champs et jusque vers les marais. Tout était si plat, là-bas, comme si le Seigneur était venu aplanir toutes les imperfections afin de proclamer qu'il s'agissait du centre de Sa création. *Je me demandais, par exemple, si des figuiers pareils aux nôtres poussaient ailleurs que dans notre jardin, et je ne me serais pas étonnée d'apprendre qu'il n'en existait pas d'autres. Il m'aurait semblé tout aussi naturel que les hérons blancs qui se dressaient comme des cierges sur la pelouse verte, du côté des marais, soient les seuls de leur espèce, ou que nos bayous moites aux lianes enchevêtrées marquent les limites de l'univers et constituent la source de tout ce qui était bon en ce monde.*

Mariah, cette négresse qui avait fait la prophétie que je ne voulais pas entendre, était la compagne de son enfance. Sa seule amie, elle disait. Quand j'ai fait remarquer qu'on devait se sentir bien solitaire, avec une négresse pour unique compagne, elle m'a regardé comme si je n'avais rien compris, et elle a poursuivi. Elle ne savait pas trop si Mariah était plus âgée qu'elle, toujours est-il qu'elle voyait toujours les choses avant que Carrie ait seulement songé à regarder. Sur la plantation, les nègres prétendaient souvent que ça venait de sa mère, douée de la seconde vue que lui avait transmise sa propre mère. *On les traitait de sorcières, mais ce n'était pas vraiment une injure. Je me souviens que la mère de Mariah ramassait des racines, et si elle passait en les portant dans le creux de son tablier, les autres nègres s'écartaient pour lui livrer passage. On la respectait et on la craignait, ce qui à mes yeux revenait au même.*

Tout avait changé à la naissance du bébé de Mariah. Elle n'avait pas de mari, ce qui n'était pas surprenant en soi, mais elles n'étaient que des enfants. Mariah et Carrie se considéraient toujours comme des enfants, et même si en réalité elles avaient atteint seize ou dix-sept ans, la grossesse de Mariah et la venue au monde du bébé causèrent un choc désagréable à Carrie. Le petit fut baptisé Theopolis, il avait le teint aussi clair que celui de sa mère, peut-être même plus. Carrie ne supportait pas la vue de ce petit. Il apportait la preuve que des secrets existaient entre elles, ce que Carrie ne pouvait tolérer. *Pourquoi ne m'avait-elle rien dit ?* Je trouvais qu'elle se tracassait beaucoup pour une relation avec quelqu'un qui n'était même pas blanc, mais j'ai bientôt compris que cette distinction ne comptait pas pour elle, du moins en ce qui concernait Mariah. Personne, parmi les Blancs en tout cas, ne connaissait le nom du père. Mariah refusait de le lui dire. *C'est juste un gars qu'est pas d'ici, me disait-elle. Je lui ai demandé pourquoi elle ne m'en avait pas parlé, et elle m'a répondu qu'elle ne voulait pas se déconsidérer à mes yeux. Elle soutenait que ça ne lui faisait pas peur d'être enceinte, elle redoutait simplement que j'apprenne les détails. J'ai eu beau répliquer « Je suis au courant des détails, je suis moins ignorante que tu ne le crois », j'étais en fait aussi ignorante qu'elle le pensait, tant des réalités physiques de la chose que de l'expérience particulière de Mariah. Cependant j'arrivais à les imaginer, et je me sentis brusquement très seule.*

Soudain, le monde paraissait à la fois plus vaste et plus étouffant. *Oppressant*, voilà le mot qu'elle a employé. Là où, auparavant, elle voyait l'ordre irradier autour de sa maison et de sa famille, elle ne percevait plus que des menaces. On aurait cru que ces arbres aux courbes si gracieuses s'étaient ligués contre elle, et que ce qu'elle prenait pour de la beauté – la beauté pure, créée pour son seul agrément – était l'œuvre d'une puissance qui échappait à son emprise et à son entendement, et se contentait d'exister, ni belle ni laide. *Vide de signification. C'était à cause du dédain, de ma propre insignifiance, l'impression que l'on me raillait derrière mon dos ou que l'on m'ignorait, tout simplement. Tout cela pour un bébé.*

Les deux filles se sont un peu éloignées l'une de l'autre, même si Carrie a fini par oublier son ressentiment à l'égard du petit, aidant quelquefois Mariah à s'occuper de lui. Mais elle a aussi commencé à s'habiller de noir. J'ai réalisé alors qu'elle devait porter du noir depuis vingt ans, maintenant. *Une jeune fille ne se vêt pas de noir, affirmait ma mère. Toutefois je n'en tenais pas compte et je me promenais dans mes robes noires afin de démontrer que personne ne comprenait rien, et que les convenances se réduisaient à des notions arbitraires et dépourvues de sens. Et puis j'ai continué à m'habiller de noir. Je m'y étais habituée, comme on s'accoutume à n'importe quoi. Je me trouvais belle allure, ainsi, et je pensais que, dans mes vêtements noirs, je pouvais plaire aux garçons que je rencontrais de temps en temps. J'ai appris que l'on pouvait se faire à tout, ce qui explique que les choses nous semblent à leur place quand ce n'est pas le cas. On cesse simplement d'y prêter attention.*

Elle a rapproché son fauteuil de mon lit, dans le cercle de lumière que projetait la lampe sur ma table de chevet. Le fauteuil se balançait en gémissant, et elle a continué à se balancer pour que le bruit meuble le silence pendant qu'elle réfléchissait à ce qu'elle allait dire. Ça me gênait qu'elle soit aussi près, parce que je n'étais pas certain de mes réactions. Presque toute ma vie, j'ai été sujet à des élans subits. Parfois, à l'époque où je suivais l'armée, il me prenait l'envie presque irrésistible d'attaquer quelqu'un à coups de pied sans raison aucune, d'insulter le colonel ou de me mettre à pleurer. Relever le drapeau sous la grêle des balles yankees faisait partie de ces élans que j'avais pas su maîtriser. Ce que je redoutais le plus, c'était quand l'envie me venait de passer un bras autour d'un des gamins qui s'escrimaient à épauler leur fusil, et de lui dire que je l'aimais en lui posant un baiser sur la tête. L'idée me fusait dans l'esprit, elle était là avant que j'aie pu tenter quoi que ce soit pour l'écarter. C'était une idée dangereuse, et ça me faisait peur d'être si près de faire le geste, ou même seulement de l'avoir eu en tête. Je savais bien que j'étais pas du tout un « efféminé », j'ai jamais eu de goût pour les hommes. Mais ces pensées bizarres qui m'aiguillonnaient, elles surgissaient à l'improviste, puissantes comme tout. Je les combattais et elles s'éloignaient. Qu'allait-il se passer ? Si je ressentais violemment l'envie d'embrasser la femme qui parlait près de moi, je doutais de pouvoir m'en empêcher.

– Quel rapport avec votre mari ?

– Je vais y venir. Votre question n'est pas simple, Mr Cashwell.

– Appelez-moi Zachariah.

– Je ne peux pas y répondre seulement par oui ou non. Votre question est outrageusement présomptueuse, d'ailleurs, et j'estime que vous devriez écouter ma réponse en silence, pour autant que je souhaite vous répondre. Vous êtes bien installé, il ne vous manque rien ?

– Rien du tout.

– Très bien, Zach.

– Zachariah.

Indifférente à ce que je disais, elle a recommencé à se balancer sur son fauteuil qui grinçait, tantôt dans l'ombre, tantôt dans la lumière jaune de la lampe. Sur son visage, les ombres se faisaient plus profondes et plus noires, on aurait dit qu'elle s'évanouissait peu à peu, à mesure que la clarté du jour déclinait. Les ombres sur son visage s'accordaient bien au noir de sa robe.

Elle m'a encore parlé de Mariah, puis elle m'a raconté comment elle, Carrie, avait tenté d'apprendre à flirter avec les jeunes gens du comté, elle m'a décrit le défilé incessant de cousins qui venaient chez son père pour une raison ou une autre. Elle s'y prenait mal, selon elle, mais elle comptait bien se dénicher un amoureux pour qu'il lui enseigne ce que Mariah savait déjà, puisqu'elle ne voulait pas le lui révéler. Pourtant elle était maladroite, et elle s'offusquait de constater que les garçons n'aimaient pas discuter des livres de la bibliothèque de son père, qu'elle connaissait presque tous en partie. Elle, elle aimait bien parler de Milton ; ce nom-là me rappelait rien, mais quand elle m'a expliqué qu'il écrivait sur le ciel et l'enfer, j'ai hoché la tête parce que ces choses-là me sont familières.

Avec ces garçons, elle essayait d'amener la discussion sur le paradis, mais ils lui coupaient la parole pour causer du cours de la canne à sucre, du temps qu'il faisait, du taureau d'un voisin qui s'était échappé de son enclos, ou des homards bleus qu'ils avaient pêchés dans les marais. Elle n'avait rien à leur dire, à ces Boudreaux, ces Landrieaux, ces Pontellier. Malgré tout elle aimait leur peau, et même leur nez brûlé par le soleil. *J'avais une chose à leur donner, et je savais qu'ils le comprenaient, et qu'ils y pensaient.* Mais la mère de Carrie en était consciente, elle aussi, elle voyait très bien ce que sa fille projetait de faire avec ces gamins cajuns. Et ça, elle ne le tolérait pas. *Pour maman, c'était déjà assez pénible de devoir vivre au bord du bayou sans frayer en plus avec ses créatures.* Elle a donc écarté ces garçons pour inviter des prétendants dignes de ce nom, que Carrie trouva encore pires, parce qu'ils étaient vieux et la regardaient d'une manière déplaisante, comme une marchandise à l'étalage.

Ça a duré comme ça jusqu'à ce que son cousin John arrive de Nashville, pour affaires. *C'est ce qu'ils prétendaient, en tout cas.* Il était déjà venu bien souvent sur la plantation pour des affaires, et il avait la réputation de savoir s'y prendre avec les nègres, il regrettait pas le temps qu'il passait avec eux à leur enseigner les nouvelles techniques agricoles ou à évaluer leur prix pour le père de Carrie. C'était un beau jeune homme, qui ne changeait pas de sujet pendant que Carrie lui parlait. *Peut-être qu'il ne m'écoutait pas, je n'en sais rien. Toujours est-il qu'il me laissait évoquer sans me reprendre des sujets tels que Dieu, la poésie, la mort, ou l'apparence trompeuse des choses. Je lui en étais très reconnaissante. Naturellement, je me souvenais de ses précédentes visites, on était obligé de le remarquer. Il avait une personnalité intéressante.*

– Donc c'était de l'amour.

– Vous êtes impudent.

– Je cherche juste une réponse.

– Il vaut mieux que vous ignoriez ma définition de l'amour.

– Et pour quelle raison, Mrs McGavock ?

Elle m'a dévisagé, pendant que les craquements du fauteuil emplissaient la pièce de leurs bruits menus. Depuis la cuisine m'arrivait une odeur de pain brûlé et, une seconde, j'ai failli bondir comme je pouvais hors du lit pour aller le sortir du feu avant qu'il soit tout noirci et immangeable. Les cheveux de Carrie s'étaient défaits sans que je m'en aperçoive. Ils lui couvraient une partie du visage, comme un mince paravent, et à travers j'entrevoyais l'éclat d'un œil, de la bouche, d'une joue ou d'une dent. C'est surtout son œil qui retenait mon attention. Sa voix passait à travers ce voile.

– Pourquoi restez-vous dans cette chambre ?

Sa question m'a pris de court, je suppose qu'elle me taquinait. Pourquoi je restais dans cette chambre ?

– Je savais pas que je pouvais choisir. Vous m'avez mis ici quand vous avez pris ma jambe et que vous l'avez jetée aux ordures. Je suppose que vous vous sentiez pas fière.

– Je vous ai sauvé la vie en vous ôtant votre jambe. On vous aurait amputé de toute manière, même sans moi, et je vous invite donc à clore définitivement cette discussion. C'est agaçant et puéril. En outre, je ne pense pas que vous ayez donné une réponse satisfaisante.

– Pourquoi je reste ici ? Qu'est-ce qui m'en empêcherait ?

– Je vois de multiples raisons. Par rapport aux autres hommes présents ici, vous avez bénéficié d'un traitement de faveur, et je ne vous perçois pas comme un habitué des privilèges. Je dirais que vous êtes quelqu'un de humble. Est-ce que je me trompe ?

– Je crois que vous avez tout faux. Peut-être bien que je suis humble, mais jamais un soldat, du moins dans ceux que je connais, irait refuser un lit et des privilèges de table. La chance a croisé mon chemin, je suis tombé sur ce lit et je le quitte plus depuis.

– Même si ça implique d'entendre les autres vous accuser de vous hausser le col ?

– J'ai rien entendu de tel.

– Cela m'étonnerait, puisque moi je l'ai entendu.

Pour dire la vérité, je l'avais entendu aussi, mais tous les gars qui disaient ça savaient que je pouvais encore leur mettre la raclée, alors ils se dépêchaient de la fermer. Pourtant elle avait raison, je profitais d'un avantage que j'aurais dû partager, et je le gardais que pour moi. C'était naturel qu'ils m'en veuillent. Avant, j'acceptais jamais de traitement de faveur. Je passais toujours après les autres quand on distribuait la tambouille, j'étais toujours le dernier à remplir ma gamelle et je prenais les gardes en milieu de nuit. En tant que sergent j'estimais que c'était mon devoir, et je m'en acquittais. Aujourd'hui les choses avaient changé.

– Pourquoi êtes-vous ici ?

– J'en sais rien.

– Pourquoi acceptez-vous que moi, une femme et une étrangère, je vous parle ainsi ?

– Je sais pas non plus.

– Qu'est-ce qui vous pousse à me répondre, à m'écouter ?

La réponse à ces questions-là, je la connaissais bien. Si j'étais là, c'était parce que jamais de ma vie je n'avais approché de si près une femme qui semblait prise, elle aussi, dans le fil noir qui serpentait à travers le temps et la trame de ma propre vie, qui s'usait ici ou là mais ne lâchait jamais, de plus en plus long, m'attirant vers Dieu sait quoi de mauvais. Je m'étonnais qu'une femme de bien, qui possédait des belles choses, une famille et un visage lisse et joli comme la porcelaine, soit aussi prisonnière de ce fil qui pouvait s'entortiller autour de quelqu'un jusqu'à ce qu'on ne voie plus rien de lui, sinon un cocon noir. Je pouvais tirer sur ce fil, le lier au mien, et je savais que je trouverais la paix de l'esprit si je faisais exactement cela : la libérer des enchevêtrements du temps.

Le temps qui enroule indéfiniment ses vrilles et qui emporte sans jamais rien ramener a le pouvoir de tuer quelqu'un des années avant qu'il ne s'arrache à son enveloppe de chair pour s'envoler vers Dieu. Je l'avais entendue glisser à travers les couloirs, chuchotant les noms de ses enfants en éteignant les lampes. *John Randal, Mary Elizabeth, Martha.* Ça ressemblait à une prière, une manière d'invocation. Un jour j'étais entré dans une église catholique, du côté de Natchez, et les voix des prêtres sonnaient ainsi quand ils s'avançaient vers l'autel en murmurant les mots qui ramèneraient à eux Jésus-Christ. Ces choses-là m'intéressaient pas beaucoup, et je ne croyais vraiment pas qu'un prêtre soit capable d'un tel prodige, et pourtant, je me suis surpris à prier pour que Carrie McGavock accomplisse un jour ce miracle : que le temps s'enroule sur lui-même jusqu'à perdre ses repères, et que ses enfants marchent de nouveau dans ces couloirs aux côtés de leur mère. Il y avait de la beauté dans cette femme. Pas dans sa douleur, mais dans la part d'elle-même que laissaient dans l'ombre le chagrin, les plis de sa robe noire et le fil noir du temps. Je voyais devant moi une jeune et belle femme, capable d'enlever de lourds fardeaux et d'apporter la rédemption aux hommes. Et moi j'aspirais au rachat, je désirais être absous. Le rachat, c'est de cette femme que je souhaitais l'obtenir, de l'ange qui se promenait dans le cimetière parmi ses enfants morts, et déposait des baisers sur leurs tombes quand elle pensait qu'on ne la voyait pas. Cela je n'aurais pas su l'expliquer avec des mots, c'était plutôt un sentiment.

– Je ne sais pas, ai-je dit en réponse à sa question.

– En effet, vous ne savez pas. Par conséquent je vous conseille de m'écouter poliment pendant que j'essaie de vous répondre, au lieu de me couper la parole.

Son sourire était plein de douceur, mais derrière cette douceur on devinait comme un triomphe.

– La gentillesse de John McGavock, voilà la seule raison dont j'avais besoin.

– C'est donc ça ? Un homme ne doit pas être davantage ?

– Non. A présent que j'y réfléchis, il me semble qu'il ne s'agissait que de cela. Mais il est bien rare que je pense à ces choses-là.

25

CARRIE McGAVOCK

Je confiai tout à Zachariah au cours de cette nuit-là, tout ce que conservait ma mémoire. Jamais je ne m'étais livrée à quelqu'un de cette manière. Il était prisonnier, et suscitait en moi une forme d'exaspération qui me poussait à lui parler encore davantage : je voulais qu'il voie, qu'il comprenne qui j'étais. Je pensais que si je pouvais lui raconter tant de choses, c'est parce qu'il s'en irait un jour ou l'autre, emportant mes paroles avec lui. Mais cela n'expliquait pas tout. Cet homme me semblait très étrange, et je ne l'impressionnais pas. C'était un être corrompu et déchu, et ses fautes se détachaient sur ses exploits comme des touches de couleur sur une courtepointe unie. Il ne ressemblait pas aux autres soldats du Sud. Ce furent ses péchés qui m'enhardirent, car ils l'empêchaient de me juger. Ses péchés m'attiraient à lui.

Il s'agitait dans son lit comme un enfant pendant que je parlais, écartant les cheveux qui tombaient sur ses yeux et y passant les doigts tout en s'ingéniant à ne pas me regarder. Son regard erra entre le plafond et la fenêtre, puis se posa sur la table de toilette. Il émanait de lui une odeur âcre et sûre, comme du vinaigre passé. Les nègres de la plantation de mon père dégageaient une odeur semblable. Il me faisait penser à eux, sauf que lui me répondait. Il me *défiait*. Qui, dans ma vie, avait jamais pris le temps de me provoquer, de se quereller avec moi ? Cet homme que j'avais pris pour illettré m'accordait son attention. Alors que dans ma jeunesse, j'avais aimé John parce qu'il était un mystère et ne m'interrompait jamais, l'homme couché dans ce lit, avec sa jambe amputée, en vint à m'obséder parce qu'il était une énigme et qu'il m'interrompait. En vieillissant, j'avais appris la souffrance qu'on éprouve à être seule avec ses pensées. Le silence que m'avait offert John n'était pas un cadeau, si louable que fussent ses intentions.

Je venais de rapporter à Zachariah ma décision d'épouser John lorsqu'il bascula brusquement de l'autre côté du lit, se saisit des béquilles appuyées au montant et se redressa de toute sa taille, désormais amoindrie. Je mis d'abord cela sur le compte de l'agitation, puis je vis de la tristesse dans son regard.

– Je veux plus rien entendre. Je sors faire un tour.

– Je vous accompagne.

– J'aimerais mieux pas.

– Vous connaissez votre chemin ? Dans le noir ?

– Je me retrouverai.

Il boitilla vers le fond de la chambre, où ses vêtements étaient entassés, et drapa tant bien que mal un vieux manteau sur ses épaules. Il passa la porte et s'engagea dans le couloir sans se retourner vers moi. Je restai assise un moment, hésitant à le suivre. J'eus un bref éclat de rire. Evidemment, que j'allais le suivre.

La lune se cachait derrière les nuages, mais elle était assez claire pour répandre une faible lumière. Je l'observai faire lentement le tour de la pelouse, le regard perdu au loin. Il avait dû sommeiller par intermittence tout au long de la journée, car l'absence des hommes parut le dérouter. Il n'en restait plus un seul sur la pelouse. Quasiment en l'espace d'une journée, ils avaient disparu les uns après les autres, comme s'ils pressentaient quelque chose qu'ils ne pouvaient supporter. Certains s'étaient même portés volontaires pour monter dans la voiture cellulaire. D'une manière ou d'une autre, ils s'étaient arrangés pour fuir ces lieux.

Il chercha des yeux l'emplacement du charnier et du monceau de membres coupés par les chirurgiens, mais ils n'étaient plus là, eux non plus. A part moi, il n'y avait plus personne. Mes mains prenaient un aspect étrange dans cette lumière, on les distinguait à peine de ce qui m'entourait. Je me sentais chuter dans l'abîme d'une nuit déserte. Un vertige me prit, comme si les lignes qui circonscrivaient mon corps et ma tête – les frontières bien définies entre l'extérieur et l'intérieur – étaient en train de se dissoudre dans le gris, privées de leurs contours et de leur netteté, et que je me confondais peu à peu avec l'air et les pâles nuages que formait la buée de nos haleines. En cet instant précis, Zachariah aussi avait l'apparence d'un spectre.

– Ils sont passés où, bon sang ?

– Partis. Pas tous, mais presque.

– Alors on m'a abandonné.

J'allai le rejoindre, entre la maison et le vieux cimetière. Il me dévisageait, les yeux plissés, et j'avais peur de lui.

– C'est une manière d'interpréter les choses, en effet. Cela dépend de l'endroit où vous comptiez aller, de celui où vous êtes, et de la différence entre les deux. Où vouliez-vous partir ?

Affolé, il se mit à clopiner vers l'angle de la maison, côté jardin, pour savoir si l'autre pelouse était vide, elle aussi.

– Fermez-la, je vous dis, vous parlez beaucoup trop. Même ce petit saligaud de Jerrod m'a laissé tomber.

En silence, je marchai à pas lents derrière lui. Lorsque j'arrivai à sa hauteur, il s'appuyait au mur de la maison, pantelant, fixant la pelouse et l'allée pareillement désertes. Des écailles de peinture se déposaient sur ses épaules tandis qu'il oscillait contre le mur, y frottant son dos comme pour renverser la maison. *Il faut repeindre la façade,* me suis-je dit, avant de prendre conscience de la confusion de mes idées, comme si je flottais au-dessus des événements. On n'entendait pas d'autre bruit que le crissement de mes pas et le sifflement de sa respiration entre ses dents.

– Ces salauds m'ont laissé. De Dieu. Comment je vais faire pour me sortir d'ici ?

Sa voix se fêla, et il toussa pour le camoufler. La toux se changea en quinte violente, si bien qu'il resta un moment courbé en deux avant de se redresser en portant une main à sa tête.

– J'ai mal, nom de Dieu.

– Retournez à l'intérieur.

– Non, je suis très bien ici. Dites-moi donc où s'en sont allés tous les autres, et expédiez-moi là où ils sont.

– Vous n'êtes pas en état d'aller où que ce soit.

Jamais je n'aurais cru que l'on puisse se déplacer aussi vite avec des béquilles. D'un geste brusque il empoigna mes cheveux, renversant ma tête en arrière. La pensée me vint alors que j'avais froid à la gorge, et qu'elle était dénudée d'une manière indécente, avant que la douleur ne m'empêche de respirer. Sa main serrant plus fort mes cheveux, il attira mon visage vers le sien, sans plus de peine que si c'était un objet impondérable, délié de mon corps. Son haleine sentait le foin moisi.

– Je vais vous tuer. C'est pas ce que je veux, mais je le ferai quand même. J'en ai tué beaucoup qui le méritaient moins que vous. Je vous aime pas suffisamment pour que ça m'empêche de vous tuer. Vous imaginiez le contraire ? Vous êtes une étrangère, vous savez rien de moi et ça vous est égal. Je suis pas un jouet, ni un animal dressé. Vous allez me sauver, c'est compris ? Faire en sorte qu'on me laisse pas en arrière, sinon je vous tue, vous, votre mari et vos nègres, et je vole tout ce dont j'ai besoin pour m'en aller tout seul. Vous m'avez entendu ? *Où il est passé, Jerrod ? Qu'est-ce que vous en avez fait ?*

Lorsqu'il perdit l'équilibre, la chute fut rapide et brutale. Sa jambe valide se déroba alors qu'il me tirait les cheveux. Il avait oublié ses contraintes. Je sentais les larmes qui ruisselaient sur mes joues, l'impression de brûlure derrière mon crâne, et soudain il me relâcha et se retrouva étendu au sol.

Il avait dit qu'il m'aimait.

M'emparant d'une de ses béquilles, je rassemblai toutes mes forces pour l'abattre sur sa tête. Je sentis le coup porter en plein visage, et il se mit à hurler. De sa bouche, un sang noir lui coula sur le menton. De nouveau je brandis la béquille, et cette fois je le frappai au ventre. Il avait dit qu'il m'aimait. J'ai cogné encore et encore, comme j'avais vu faire les hommes quand ils coupaient du bois, et il n'a pas cessé de crier. J'allais le tuer sans attendre, je ne supporterais pas qu'il s'en aille. Rien ne pouvait m'arrêter. Il se trouvait à ma merci. *Il m'aimait.*

A mesure que les coups s'abattaient sur sa tête, ses cris se changèrent en murmure, puis ce fut le silence. Je ne m'arrêterais jamais, il ne bougerait pas de là.

Je pris plaisir à faire cela, un plaisir intense. Il me semblait discerner dans le noir chaque brin d'herbe, chaque fil tiré de son manteau, chaque goutte de sang. Tout cela, je le voyais avec une précision extraordinaire. Ses bras ballaient sur les côtés, tels des bras d'épouvantail.

Depuis mon enfance, je n'avais plus pensé pouvoir plier le monde à ma volonté, le rendre tel qu'il me semblait devoir être. C'était l'autorité qui comptait, et non les coups que j'infligeais à Cashwell. Tuer, battre, brutaliser, étaient des choses possibles parce qu'il n'appartenait qu'à moi de les distribuer, elles émanaient de moi. C'était moi et nul autre qui les portais. Jamais, jamais il ne s'en irait. Je versai alors des larmes de joie, ou de soulagement.

Je fus saisie aux épaules et soulevée du sol par des mains puissantes, noires et calleuses. Je les pris pour celles de Dieu.

– Miss Carrie ! Miss Carrie ! Non ! Y faut pas faire ça, 'dame, y faut surtout pas.

C'était Theopolis, et lorsqu'il m'obligea à lui faire face, jamais je n'avais vu sur le visage d'un homme tant d'effroi et de détermination mêlés. Je sanglotai violemment en le regardant, comme si quelque chose m'étranglait. Je le dévisageai intensément, et lui aussi je le détestai. Il était l'enfant dont la venue au monde avait tout compliqué. Il avait le teint presque aussi clair que le mien, et cela ne faisait qu'attiser ma haine. Il avait donc l'impudence de ne pas être noir comme la nuit ? De quel droit son visage brillait-il à la lueur incertaine de la lune, et comment osait-il me faire obstacle ? Je lui ferais donner le fouet, oh oui, je me le promettais. Je le frappai à la poitrine, et il resserra son étreinte. La nuit de sa naissance il m'avait fait un sourire, et j'avais alors mesuré son innocence, qui ne faisait que rendre plus monstrueux les ravages qu'il provoquait. Je le maudis et m'appuyai à lui en pleurant.

– Qui c'est-y, Miss Carrie ? Qui c'est donc, qu'est-ce qu'il a fait ?

Je savais que je ne pouvais pas lui avouer la vérité. La situation était intenable. Le fils de Mariah, un nègre, me touchait de ses mains, et un soldat confédéré gisait à nos pieds, peut-être mort. Je pensai alors : *Il faudra que quelqu'un meure pour cela*. La chose qui avait éveillé ma violence refluait loin de moi. Mon jugement m'était revenu. De nouveau je regardai Theopolis. *Quel beau visage*, me disais-je, *comme cet homme est beau*. Il ne devait pas connaître la souffrance. Je baissai les yeux vers Zachariah. *Quel beau visage, comme cet homme est beau.*

– Y vous a fait du mal, Miss Carrie ?

– Non.

– Alors pourquoi vous l'avez tapé comme ça ?

– Je n'en sais rien.

A ce moment-là, je sus ce que je devais faire. J'avais l'esprit si éveillé que j'entendais les cafards ramper à mes pieds, parmi les feuilles sèches. Je sentais chaque palpitation dans la main de Theopolis, la moindre contraction des muscles et des tendons. Je savais exactement ce que j'allais faire, et de quelle façon je m'y prendrais. Personne ne serait lésé. Tout ce qui venait de se dérouler ici serait analysé et classé selon mes souhaits, et pour cela il me suffisait de me taire.

Theopolis me regarda en pinçant les lèvres, comme s'il croyait avoir compris. *Ils penseront que j'ai perdu la tête, c'est ce qu'ils ont toujours cru. Cela nous sauvera tous.*

– Ça va pas bien, s'pas, Miss Carrie ?

Je me contentai de sourire, tout en élaborant un plan pour l'inhumation de Zachariah. Nous l'ensevelirions à la limite nord du cimetière, à l'écart des McGavock. Aucune pierre ne marquerait sa sépulture, si bien qu'au bout d'un moment, je serais la seule à en connaître l'emplacement.

Je me mis à pleurer. Qui était le monstre, à présent ? Je dis à Theopolis qu'il n'avait qu'à partir, que je resterais près du corps jusqu'à ce que le jour se lève et nous permette d'y voir assez clair pour le déplacer. Il voulut m'en empêcher, me ramener à la maison, m'assurant qu'il saurait transporter le cadavre n'importe où au plus noir de la nuit, mais je lui ordonnai de me laisser en paix et de m'apporter simplement une couverture. Il partit la chercher en secouant la tête, tandis que je m'asseyais contre le mur auprès de Zachariah qui respirait faiblement, attendant la pointe du jour.

26

FRANKLIN

John traversa la ville au pas de son cheval. La rue était dévastée, les arbres et les maisons en bordure de la route criblés de balles ou déchiquetés par les tirs d'artillerie. Près des trottoirs, des vêtements jonchaient la chaussée – chaussures, chapeaux, chemises – comme si leurs propriétaires s'étaient évaporés, saisis et arrachés à leur misérable carcasse, abandonnant des biens désormais superflus.

Depuis que Carrie avait éloigné les enfants, elle ne prêtait plus attention à ses allées et venues. Il y avait une semaine qu'elle n'avait plus de ses nouvelles. Il avait du temps devant lui. Jusque-là il venait en ville pour se procurer des provisions qu'il trouvait rarement, et aujourd'hui, il allait quêter la clémence d'un individu intraitable. Encore un voyage inutile, peut-être, mais quelle importance ? Ce n'était pas le temps qui lui manquait.

Il lui fallut quelques minutes pour s'aviser de la disparition des cadavres. Ailleurs, il s'était habitué à voir les hommes charrier des corps, mais le centre de la ville semblait déserté, abandonné des vivants et des morts. Son regard se portait vers l'extrémité de la route, vers le centre, là où il pouvait scruter le cœur même du désastre, où on avait bafoué sans retenue la dignité humaine, et ce cœur était presque désert. Aussi nu que le champ après un feu d'herbes. Les maisons s'y dressaient toujours, exhibant leurs blessures, mais on n'apercevait aucun signe de vie alentour. Pas un mouvement. *Peut-être attendent-ils toujours, terrés au fond de leur cave. Attendre quoi ? Que quelque chose s'achève ? Quoi donc ? Combien de temps s'était-il écoulé depuis les événements ? Un jour, trois ? J'ai perdu le décompte du temps.* Il déambula au hasard, oubliant son projet.

Ses pas le menaient dans la direction du quartier pauvre, que les gens du cru surnommaient Blood Bucket, persuadés que les soûleries de ses habitants donnaient lieu chaque dimanche à des effusions de sang. Longtemps, il s'agit d'une enclave blanche peuplée de fermiers ruinés, de joueurs et de propres à rien. Depuis quelques années, cependant, des nègres affranchis s'y étaient établis, et comme leur liberté continuait à faire débat, ils restaient dans leur coin et ne s'éloignaient guère de leur logis. De l'avis des notables de la ville et des esprits emportés, s'il devait exister des nègres libres, mieux valait qu'ils se tiennent tranquilles et restent cantonnés entre eux. Il eût été imprudent de les mettre en contact avec d'autres nègres – ceux dont ils étaient propriétaires. Dieu sait quelles catastrophes risquaient de se produire s'ils pouvaient communiquer sans entraves.

John savait que la notion de nègre libre sidérait toujours la plupart de ses voisins, mais lui-même n'en était guère affecté. Les nègres affranchis existaient depuis toujours, pour diverses raisons, essentiellement la magnanimité qui venait à quelques vieux maîtres au seuil du trépas, surtout lorsqu'ils ne laissaient pas d'héritiers. A la Nouvelle-Orléans, John en avait côtoyé de près, à l'époque où ses affaires le conduisaient fréquemment en Louisiane, avant son mariage avec Carrie. Certains avaient la peau plus blanche que la sienne, et ils étaient largement plus instruits. Surpris, il veilla dès lors à ne pas se comporter comme un rustre en leur présence, de peur de se ridiculiser devant un nègre, si clair que fût son teint. Ce qui l'avait choqué plus que tout était leur fierté d'être noirs.

Les maisons de Blood Bucket étaient basses et plantées de guingois. Les porches penchaient, et les piliers qui les soutenaient semblaient s'incliner vers l'intérieur, tels deux ivrognes cherchant leur aplomb. Un peu partout, leurs occupants avaient ajouté ceci ou cela au gré des nécessités, une fenêtre, une pièce supplémentaire, une cheminée. Peut-être leur construction avait-elle obéi à un plan, mais elles s'étaient agrandies et développées selon les lois des organismes naturels, qui se courbent et se tordent pour chercher la lumière.

On trouvait un magasin de nouveautés à Blood Bucket, bien qu'il ne méritât pas tout à fait le nom de magasin. Il s'agissait en fait de la bicoque d'un vieux Noir qui dégottait des marchandises de temps en temps – un lot de chaussures une semaine, des rouleaux de toile ou de l'alcool la suivante – et acceptait de les vendre. John s'approcha sans se presser. Rien d'urgent ne l'appelait ailleurs, et il ne mesurait pas son temps.

L'homme s'appelait Joe, John ne le connaissait que par ce prénom. Derrière les balustrades érodées de leurs porches, des petits nègres le regardaient de tous leurs yeux, pendant que leurs mères faisaient bouillir le linge et étendaient leur lessive. John remarqua qu'elles ne portaient pas de souliers, repliant les orteils pour se protéger du sol glacé. Elles rappelèrent les petits qui ne les écoutèrent pas, à moins que leurs voix n'aient été couvertes par les sifflements du vent sous les porches et le long des venelles. Ils regardèrent passer John, leurs yeux brillants et mal lavés. Les femmes mirent le linge à sécher en maugréant contre le vent. C'étaient là les nègres chanceux, les nègres libres. *Ils ressemblent encore à des esclaves*, pensa John. En cet instant, il imaginait dix mille esclaves en train d'accrocher leur lessive à des cordes identiques. Nus-pieds. La seule différence, c'est que ces enfants-là regardaient John passer dans leur rue. Ils l'observaient attentivement, comme si lui-même et sa monture, qui avançait prudemment au pas derrière lui, étaient des animaux de cirque défilant pour la parade. Mais ils ne s'enfuirent pas devant lui ou, plus précisément, ils ne lui tournèrent pas le dos. C'était peut-être cela, le plus important, se dit John. *Ils montent la garde.*

Le vieux Joe aussi le regardait venir. Depuis deux ans, John lui vendait des petits fragments de Carnton, car Joe était en relation avec des personnes susceptibles de trouver preneur pour des porte-cigares en céramique ou des porte-plumes en argent. C'étaient là le genre de brimborions qu'il pouvait subtiliser à l'insu de Carrie. Il se demandait quelle part de l'apparente prospérité de Joe provenait de l'héritage des McGavock. Avec un haussement d'épaules, il traversa d'un pas traînant la cour en terre battue. Quelle importance, dans le fond ?

Sur la terre tassée et bien ratissée, Joe se balançait sur sa chaise inclinée en arrière. Lorsque John fut devant lui, il arrêta le mouvement, se tint un instant en équilibre sur les pieds plantés dans le sol, puis se laissa retomber en avant jusqu'à retrouver une parfaite stabilité. Joe était correctement vêtu : une salopette sans trace de rapiéçages, une chemise en coton empesée et une veste taillée dans une couverture presque neuve, retouchée pour convenir à ses longs bras et à ses épaules étroites. John se demanda s'il se passait de chapeau par nécessité, ou pour le plaisir de montrer ses beaux cheveux gris et brillants, pareils à des copeaux d'argent. Une chevelure virile.

Contrairement à bon nombre de ses concitoyens, John n'avait jamais évité Blood Bucket. Une fois ses esclaves partis, il se trouva contraint de venir y embaucher des journaliers quand Theopolis et lui-même ne suffisaient pas à la tâche. S'il n'emmenait jamais Theopolis avec lui, il lui arrivait en revanche de se faire accompagner par Mariah, en rapport avec des femmes qui lui procuraient divers articles à meilleur prix que les commerçants blancs. Certain de l'amour qu'elle vouait à Carrie, il savait qu'elle ne se laisserait jamais tourner la tête par de trompeuses promesses de liberté. Mariah avait trop de finesse pour cela, mais Theopolis était encore bien jeune.

John savait par ailleurs que Mariah se rendait parfois seule à Blood Bucket, chez une vieille quimboiseuse. C'était là un aspect de sa personne qu'il préférait occulter, se bornant à le tolérer à peu près.

– Comment va, colonel John ?

– Je passais par là, je fais mon tour habituel.

John ne savait pas au juste ce qui le poussait vers Joe, et n'avait qu'une idée assez floue de ce qu'il comptait lui demander. Il ne parvenait pas à le formuler clairement.

– Tu as vu quelque chose, Joe ?

– J'ai des yeux, colonel John, et j'ai vu bien beaucoup d'choses. C'est malaisé de faire une réponse précise. Et j'en ai aussi entendu, des choses.

– Quoi donc ?

– J'sais pas dire.

– Ne te moque pas de moi. Tu sais que ça ne te vaut rien.

– J'suis pas bien sûr, colonel John.

– De quoi ?

– Que ça me vaut rien.

Filtrant à travers les nuages, les rayons du soleil tombaient sur le visage de Joe. Une partie demeurait dans l'ombre, mais ses yeux miroitaient. Avec un sourire, il se mit à glousser en regardant vers le bout de la rue. John avait l'impression de se tenir au centre de la terre, et que de l'endroit où il se trouvait, avec ce vieil homme assis sur sa chaise, irradiaient des lignes de turbulence, pareilles aux crevasses autour d'un trou d'obus, larges balafres ouvertes dans le sol, s'étrécissant sur des centaines de mètres pour se réduire à un réseau de fibrilles dessiné par les éclats de pierre momentanément dispersés, qui se reposeront ensuite pour toujours. C'était une impression vertigineuse. Pendant quelques minutes, il ne désira rien d'autre que s'asseoir sur les genoux du vieil homme pour qu'il lui chuchote des secrets à l'oreille, qu'il lui dévoile tout ce qu'il avait besoin de savoir et qu'il transmettrait peut-être à ses petits-enfants. Il éclata de rire, et Joe le dévisagea en fronçant les sourcils. *Quelle absurdité ! Que pourrais-je apprendre d'un nègre ? Ce sont tous des enfants. Que connaîtrait donc un nègre qui puisse me concerner ?*

Il avait entendu dire que certains Blancs prêtaient aux nègres une sagesse particulière, en raison de leur expérience et de leur plus grande proximité avec l'état naturel et primitif de l'humanité. Mais John n'était pas dupe. Il ne les jugeait pas plus primitifs que lui-même, et ils ne possédaient pas une sagesse supérieure. N'avaient-ils pas eux aussi perdu l'accès au paradis, au même titre que le restant des hommes ? Bien sûr que si. Leur connaissance du monde générait la même complexité, qui amenait à son tour son lot de calculs, de vicissitudes et de trahisons, et la chute progressive et inexorable dans le péché et la désillusion. *D'où me viennent ces réflexions de théologien ?* John était subjugué par l'homme assis devant lui, qui se mordillait la joue en se balançant dans son fauteuil.

– Y a pas longtemps de ça, j'ai avisé vot'négresse sur cet' route-là. L'est allée quérir quèqchose à Miss Eloisa, je dirais.

John émergeait lentement du brouillard.

– Qui ça ?

– Cet'négresse. Mariah.

La neige s'était mise à tomber, John sentait la dureté des flocons contre son cou dénudé. Levant les yeux, Joe en laissa quelques-uns frapper son visage avant de quitter son siège et de le traîner sous le porche, abrité par l'avant-toit. Les pieds firent des traces noires dans la pellicule de neige qui couvrait déjà le sol. Le cheval de John secoua la tête en piaffant, tandis qu'il regardait les flocons fondre dans les cheveux de Joe ; d'abord ils se déposaient dans la chevelure grise et drue, et la seconde d'après ils avaient disparu. John allongea le cou et abandonna son visage à leur contact mouillé. La neige était assez rare à Franklin pour que l'on s'y arrête, mais pas suffisamment pour devenir un sujet de joie. Les flocons s'abattaient violemment vers le sol, lignes blanches se projetant vers le point qui leur était destiné, puis leur chute s'alentissait avant qu'ils touchent terre. Flocon après flocon, Franklin se pétrifiait dans le froid. *Tant mieux*, se dit John. *Allez-y, figez toute chose, que plus rien ne croisse en ce lieu !*

– Pourquoi vous vous mettez pas à l'abri, colonel John ? Y fait meilleur par ici, venez donc. J'ai mon poêle allumé dedans, on sent le chaud jusqu'ici.

– En effet.

Sa monture attachée à la palissade, il gravit deux marches en bois incurvées comme une selle de cheval pour aller s'asseoir sur un vieux tabouret, près de l'entrée. Joe avait raison, la chaleur passait sous la porte et par les interstices entre les planches.

– Tu as du whisky, Joe ?

– J'en ai toujours.

Joe rentra dans la maison et revint avec un de ces bocaux en verre que l'on trouve dans le cabinet des médecins. Il surprit le regard de John.

– Y a pas que vous qui me brocantez des bricoles.

Il versa une once et demie dans une tasse et la lui tendit. John flaira le whisky. De l'alcool de contrebande parfumé, qui sentait la pêche gâtée. L'odeur lui plut. *L'alcool modifie tout, même le sens des odeurs.* Il l'avala d'un trait, comme un buveur expérimenté.

– Tu m'as dit que Mariah était par ici ?

– L'est allée trouver Miss Eloisa et ses racines.

– Eloisa jette des sorts ?

– J'irais pas lui chercher bisbille, mais pour ce qui est d'jeter les sorts, j'ai rien entendu de tel.

– Je vois, mais ça ne t'empêcherait pas d'aller la voir, n'est-ce pas ? Si tu détestais suffisamment quelqu'un, ou que tu voulais quelque chose à tout prix ?

– Si fait, monsieur, j'ai été chez Miss Eloisa.

John promena sa main sur les poutres du porche, admirant le fruste savoir-faire qui avait créé une maison dont on ne pouvait définir les caractéristiques, dont le plan ne figurait dans aucun manuel d'architecture, mais qui n'en tenait pas moins debout. Tambourinant du poing contre le bois brun et usé du montant de la porte, il écouta le son qu'il produisait. *Des planches de cèdre, on ne peut pas s'y tromper.* Si seulement il avait pu choquer de la même façon la tête de ses semblables et déchiffrer leur caractère en fonction du son qu'elle rendait. Il se demandait ce qui occupait Mariah. John ne pensait plus du tout à Baylor ni à sa dette, simples vétilles en regard des nouvelles frayeurs qui grandissaient en lui. Il éprouvait une anxiété, une irritabilité qu'il n'aurait su justifier.

Joe gardait les yeux rivés à la route, en direction de la limite nord de la ville, où elle rejoignait la route à péage qui menait à Nashville. Alors que la neige se calmait une silhouette apparut, nu-pieds et émaciée, pareille au fantôme d'un soldat confédéré. Des silhouettes semblables, John en avait déjà vu mille, mais elles étaient alors immobiles et muettes, étendues au bord des fosses que l'on continuait de creuser dans le sol durci par le gel. *Elles résonnent toujours à mes oreilles, leurs pelles et leurs pioches.* Mais celui-ci n'était pas mort. Il portait un fusil. John et Joe le contemplaient, fascinés. L'homme – il s'agissait manifestement d'un homme – se rapprocha légèrement avant de s'arrêter devant une maison, de l'autre côté de la rue. Une vieille couverture posée sur ses épaules lui tenait lieu de pèlerine, retenue par un lacet de chaussure, et il s'était enveloppé la tête dans un lambeau de chemise, à la façon des mahométans. Levant la main droite pour s'agripper à la rambarde du porche, il laissa sa tête baller en avant, entre ses genoux, pris de nausée. Rien ne vint, et il paraissait fou de rage. Brandissant son fusil comme une massue, il cogna à la porte de la petite bicoque en réclamant de la nourriture.

– File-moi de quoi manger, sale nègre ! Je te vois là-dedans, toi et tes enfants de putain. Je… te..vois ! Donne-moi à manger, pour l'amour du ciel. Rien qu'un biscuit. Je te protègerai, c'est juré.

Le soldat ne frappa que trois coups avant de s'effondrer, à bout de forces, lâchant le fusil qui tomba avec fracas sur le plancher du porche. Il n'esquissa pas un geste lorsqu'il dégringola les marches et que le canon s'enfonça dans la terre. Il ne sembla même pas s'en rendre compte.

John réalisa alors qu'il venait de Nashville. Il savait qu'ils avaient pourchassé les Yankees jusque-là, mais il ne se doutait pas qu'ils en reviendraient. L'homme était si maigre que John distinguait sa poitrine creuse sous la superposition de vêtements disparates. Sa tête retomba sur sa poitrine, et depuis l'autre côté de la rue, on voyait distinctement la forme de sa mâchoire se découper dans l'ombre. Voilà tout ce qui subsistait de l'idéal sudiste, de l'homme du Sud : la faim et la crasse, l'égarement, l'épuisement. Le soldat se racla la gorge et envoya un crachat par-dessus la rambarde. Il était faible, affamé, transi de froid. C'était un être humain. Son apparence réfutait toute idée d'exception sudiste en tant que branche séparée de l'espèce humaine. N'importe qui à sa place, qu'il fût sudiste ou pas, aurait offert le même aspect de fatigue et d'anonymat s'il s'était enfui nu-pieds de Nashville pour sauver sa peau. Il incarnait la fin et le début de quelque chose. Le reste de l'armée ne tarderait pas à suivre.

De l'autre côté de la rue, l'homme s'était assoupi. Le dessous de ses pieds était noir et couvert de croûtes. Dans la maison, une main écarta les pièces de drap qui servaient de rideaux, et John aperçut une paire d'yeux noirs comme la nuit se poser sur le soldat, d'un âge indéfinissable. Il songea à Mariah. Bientôt le désespoir le submergea.

– Joe, où m'as-tu dit qu'habitait Eloisa ?

Joe s'affairait à rassembler son attirail – bocaux et bouteilles, des chaises et un vieux sac de riz, pour les pousser à l'intérieur de la maison. Il ferma les volets taillés dans du bois de récupération, indifférent à ce que ce Blanc sous son porche pouvait avoir à lui dire. Il avait saisi aussi vite que John ce qui était en train d'arriver.

– Quoi donc, colonel John ?

– Eloisa ? Comment on va chez elle ?

– Vous retournez de là qu'vous venez, et puis vous prenez à main gauche après la chapelle blanche, et puis vous cherchez une bicoque en tôle où c'est qu'y a des moulins à vent sur le devant.

– Bien.

– Vous cherchez après vot' négresse ?
– Mariah.
– Je s'rais vous j'irais tout-suite, et j'me presserais d'emporter ce cheval avant qu'on vous le mange.

Il y avait quelque chose de ridiculement ambitieux dans ces moulins à vent. John s'émerveillait de la somme de détritus et d'énergie qu'avait nécessitée leur élaboration. Les ailes découpées dans des plaques de tôle rouillée tournaient dans le vent pour entraîner de longues tiges en bois, taillées à la main, qui à leur tour mettaient en branle des figurines de toutes sortes fixées à l'extrémité. Il y avait le bonhomme en bois qui se courbait à l'envi pour puiser de l'eau dans son seau, le pasteur dont le poing martelait inlassablement la chaire, et les deux petits personnages placés vis-à-vis, l'un creusant la terre pendant que le second jetait par-dessus son épaule une pelletée imaginaire. Il y avait aussi la sorcière penchée sur son chaudron, et le chien qui mordait un fuyard au talon. Chaque moulin se dressait face au vent, et ils étaient au moins une centaine à encombrer la cour, de dimensions différentes, certains assez petits pour tenir dans la paume de John, d'autres ornés de figures de la taille d'un nain. Chez Miss Eloisa, pensa John, on n'échapperait pas au vent même si on le voulait.

En dehors de cela, la maison ne se démarquait guère de ses voisines de Blood Bucket, improvisée comme elles, invraisemblable. Elle était faite exclusivement de tôle. John supposait que des planches de bois se cachaient au-dessous, mais le revêtement en tôle lui prêtait une apparence étrange, comme si elle avait été crachée par une de ces grandes usines noircies de fumée dont parlait le *Harpers's Weekly*. Il ne se serait pas étonné de voir la maison, rattachée elle aussi à une tige, se mettre à tourbillonner si le vent soufflait assez fort. Cette construction ne ressemblait guère à une habitation ; elle aurait pu servir d'entrepôt, à la rigueur.

John s'approcha de la porte, en tôle elle aussi, mais percée de petits trous qui dessinaient la forme d'un coq gigantesque. Quand il frappa, seul un murmure lui parvint de l'intérieur. Il patienta un instant, frappa de nouveau. Il lui sembla percevoir une plainte.

Lorsqu'il poussa la porte, des ricochets de lumière fusèrent des bocaux qui couvraient tous les murs. Les poutres apparentes qui soutenaient la bicoque, noires de suie, prenaient toute la longueur de la pièce exiguë. Une table trônait au beau milieu, et une silhouette assise se tenait à chaque bout. Dans tous les coins de la pièce, John distinguait des monceaux de plantes sauvages, les longues vrilles entortillées de racines arrachées, chargées des relents de la terre humide du Tennessee moulue par le glissement des glaciers, les brutalités du vent et le frottement des pas. D'autres racines étaient accrochées au plafond. A gauche, sous l'unique fenêtre, une petite table supportait un tas de plumes de poulet rassemblées avec soin. John distingua ensuite deux paires d'yeux, du noir et du blanc dans un seul éclair, qui se posaient sur lui.

– Bonjour Mariah.

Il escomptait de sa part une vive surprise, voire une légère frayeur à se voir découverte, mais aucune émotion n'effleura son visage. Ses traits demeuraient impassibles. Mariah et Miss Eloisa le regardaient toutes les deux, et il constata qu'elles s'avisaient de sa présence non comme d'une menace mais comme d'un simple fait, au même titre que les piliers soutenant le toit, familier au point de devenir presque invisible. Miss Eloisa reprit son mortier et son pilon, contractant les muscles longs et minces de son avant-bras pour réduire en poudre une racine verte. John refit une tentative.

– Mariah, il faudrait partir sans tarder. Des soldats vont venir, et je crois qu'on serait plus à l'abri à la maison.

Mariah se mit debout sous le regard amusé d'Eloisa.

– A l'abri de quoi, Mr McGavock ? demanda-t-elle.

Il prit conscience qu'elle se tenait devant lui, le regardant droit dans les yeux comme si elle était son égale.

– Prends tes affaires et viens avec moi.

– Vous feriez aussi bien d'aller nulle part, monsieur.

La voix de Miss Eloisa, frêle et lointaine, évoquait le chuchotis des grands arbres lorsque le vent emmêle leurs cimes. Tremblante, constamment au bord de se fêler, elle n'énonçait chaque mot qu'au prix d'un immense effort. Eloisa continuait d'écraser la racine, mais elle s'était redressée à demi, penchée au-dessus d'elle comme si elle voulait l'enfoncer à travers la table et la replanter en terre. Elle n'avait pas interrompu sa tâche pour lui parler.

– Et pourquoi donc ?

– Y sont déjà là.

– Je n'en ai vu qu'un seul.

– Y sont déjà arrivés. Ça risque pas que vous sortiez de la ville, là-tantôt. C'est vrai surtout pour vot'cheval, et même pour Mariah, peut-être.

– Mais la ville est déserte.

– J'les ai vus, moi.

– Je ne fais pas confiance à tes yeux.

– Ça rime à rien. Et si vous m'croyez pas, moi, demandez donc à vot'*négresse*.

Mariah levait les yeux vers les poutres du plafond, d'où retombaient en cascade des bottes de racines, de feuillages et d'herbes. Sur son visage lisse et dénué d'expression, on ne voyait même plus les rides permanentes autour de ses yeux habitués à se plisser dans la clarté du soleil.

– Mariah ?

– Mr John, j'crois bien qu'on devrait rester ici un moment. On est en sûreté, y viendront pas mettre la pagaille ici-dedans.

John commençait à se dire qu'il était le dernier homme du Tennessee, et que les femmes étaient bien résolues à s'en tirer sans lui. Sa colère montait. Eloisa aurait tout de même pu se détourner de sa poudre pour le regarder.

– Il n'y en a qu'un, je vous dis, et il a l'air aussi dangereux qu'une motte de terre. Il n'en avait plus pour longtemps, je me demande même s'il n'est pas mort à l'heure qu'il est. Il y en a peut-être d'autres, mais je ne les ai pas vus, et je pense que nous avons le temps de rentrer.

– Vous avez vu personne.

– Non.

– Regardez dehors, Mr John.

John jeta un coup d'œil à travers la vitre, au-dessus de la table où les plumes de poulet se détachaient dans la lumière terne et avare. Lorsqu'il se déplaça, les vibrations de ses pas sur le plancher agitèrent les gerbes suspendues aux poutres. Son poids ébranlait la maison, dont la carapace métallique se mit à grincer et à cliqueter.

Appuyé au montant de la fenêtre, il scruta la rue derrière le carreau. Ce qu'il vit lui fit cligner les yeux. Un instant, il se réfugia dans l'obscurité de ses paupières closes, avant de rouvrir les yeux sur un spectacle dont il refusait la réalité.

Ce n'était pas le retour de l'armée confédérée, refluant vers Franklin, qui le bouleversait de la sorte. Il s'attendait à cela, la chose lui semblait inéluctable. Ce qui le troublait autant, c'était de voir ce qu'était devenue l'armée. Ou, plus exactment, ce que les hommes étaient devenus.

Dans sa jeunesse, un précepteur lui donnait des leçons de latin, et il avait lu des poèmes médiévaux, des récits dans lesquels les armées des morts se déployaient contre les forces chevaleresques du bien, et où des carcasses aux orbites creuses brandissaient des lances pointues, la bouche figée en un rictus éternel. Pour avoir introduit ces livres dans sa maison, le précepteur avait perdu sa place. Il ne s'agissait là ni des textes sacrés, ni des œuvres des Grecs et des Romains, ni des ouvrages écrits par de pieux catholiques du Moyen Age comme Bernard de Clairvaux. Ce n'étaient que des histoires de fantômes impies et blasphématoires, avait décrété son père. Et il avait ajouté : *Tant que nous vivons, nous sommes des approximations imparfaites mais raisonnables de la nature de notre âme. La mort nous purifie comme un cristal, une quintessence de notre être spirituel, de notre nature. Nous ne sommes pas enrôlés et envoyés au combat comme une bande de conscrits haillonneux. Des armées de squelettes. Notre âme ne se soucie nullement des choses terrestres. Rien ne compte que l'état de notre âme, qui est éternel. Sème aujourd'hui la crédulité et la confusion dans ton âme, et la confusion demeurera en toi pour toujours, faisant de toi un homme fourvoyé.*

Il lui avait permis de garder l'exemplaire de Dante offert par son précepteur, mais avait brûlé tout le reste.

Pourtant ces hommes étaient l'exacte réplique de ces squelettes aux yeux caves, et ils paraissaient obéir à un commandant invisible, se traînant péniblement par les rues aussi loin que John pouvait voir, marchant en direction du sud. Ils formaient une armée, mais rien ne semblait les relier les uns aux autres, sinon le désir commun d'aller de l'avant. Ils ne s'adressaient quasiment pas la parole, même si, de temps en temps, l'un d'eux se chargeait d'un de ses compagnons. On ne voyait ni officiers, ni chevaux ni chariots. Beaucoup avaient perdu leur fusil. Trois soldats passèrent tout près de la fenêtre sans jeter un regard à l'intérieur. Sur le bandage dont le premier s'était emmailloté la tête, John vit le contour sanglant et précis d'une oreille, comme dessiné sur le linge blanc. Le second, un petit homme qui s'aidait d'une canne, semblait avoir le pied broyé. Il mordillait son épaisse moustache blonde, dont l'arc faisait une unique tache de couleur sur toute sa personne. Quand il s'appuya par mégarde sur son pied infirme, il mordit si fort sa moustache que son visage se tordit et qu'une tristesse éternelle plissa ses yeux. Le troisième soldat, d'une pâleur d'albinos et visiblement indemne, progressait lentement mais sans effort. Ses yeux erraient d'un côté et de l'autre, et il faisait halte de temps en temps pour juger de l'état de ceux qui l'entouraient. Aucun ne lui prêtait attention. Il portait un pantalon bleu, une chemise grise et des bottes de cavalier, mais pas de manteau. Rattrapant le petit blessé au pied, il chemina un moment à sa hauteur, puis il le souleva par le col et lui ôta son manteau. Lorsqu'il l'enfila, ses bras dépassaient largement des manches. Le petit se mit à grelotter sans un mot de protestation. Ils marchèrent côte à côte, et pendant un moment, le plus grand entoura l'autre de son bras. Ils n'échangèrent pas une parole. John vit le petit se laisser distancer peu à peu et se retrouver seul, puis une montée le cacha à ses yeux.

Il se tourna alors vers Eloisa.

– Comment avez-vous su ?

– J'écoute, Mr John. C'est pas bien compliqué. Je fais attention. Y'a pas besoin de racines pour entendre venir une armée, répliqua-t-elle d'un ton moqueur.

– On peut rester ici ?

– Oh que oui, Mr John. J'espérais bien ça.

– Juste un petit moment.

– Pour sûr, un ti moment.

John alla trouver Mariah dans l'intention de la réconforter, mais elle n'en avait pas besoin. Elle se mit à bâiller, de nouveau assise à la table. Un brin de chardon séché se détacha du bouquet suspendu à la poutre pour se déposer sur son épaule. Elle le regarda sans l'ôter. John se laissa glisser le long des planches lisses et s'installa par terre, puis il s'enveloppa dans son manteau noir en pensant qu'il ne reverrait sûrement jamais son cheval.

27

CARRIE MCGAVOCK

Je demeurai auprès de Zachariah bien après le lever du jour. John s'était rendu en ville pour une réunion de la Société de Tempérance, ou bien pour se procurer du whisky. Si nous reconnaissions tacitement l'ironie de la situation, ni lui ni moi n'avions émis de commentaires. Partie en ville un peu plus tôt que lui, Mariah n'était toujours pas rentrée. A une autre époque, j'aurais craint pour sa sécurité, mais nous ne pouvions plus nous offrir le luxe de vivre dans le passé. Il ne restait donc que Theopolis pour prendre soin de moi, s'inquiéter de mon sort et me ramener à la raison.

Blottie contre le mur, je lissais les cheveux épais de Zachariah, que la sueur accumulée pendant des jours et des jours rendait encore plus drus. Je caressais ainsi la tête de Hattie et Winder lorsqu'ils s'étaient fait mal, et cette pensée me fit regretter leur départ. Ils me manquaient si cruellement, tous ceux que j'avais mis au monde, les vivants comme les disparus. Qui les consolait, désormais ? Ils étaient mes enfants, mes amours, et pourtant ils étaient loin de moi, alors que je tenais dans mes bras le soldat que j'avais roué de coups pour me venger de ma solitude. Tout était dévoyé.

Je savais qu'il vivait toujours, mais je le cachai à Theopolis. Comme il respirait doucement, je posai sur lui une deuxième couverture afin de masquer le mouvement de sa poitrine. Tant qu'il passait pour mort il n'appartenait qu'à moi, c'était avec moi qu'il règlerait ses comptes et ferait la paix. Si les autres venaient à apprendre qu'il était vivant, je ne pourrais les empêcher de me l'enlever pour le ranimer. Je redoutais l'instant de son réveil ; dans le sommeil il ne pouvait pas m'accuser.

Après avoir vainement tenté de nous traîner dans la maison, Theopolis alluma un feu à mes pieds. Vers midi, alors que les tisons refroidis pâlissaient devant moi, j'aperçus un premier soldat au faîte de la butte qui bornait notre domaine, s'avançant vers nous d'un pas incertain. Deux autres parurent à sa suite, puis un groupe de huit, et bientôt, ce qui restait de notre armée descendit la route en une colonne tortueuse et traversa nos champs, sans jamais lever les yeux ni s'accorder une halte. Frissonnante, je priai en silence pour qu'ils rentrent chez eux.

– Ils sont de retour. Je savais qu'ils reviendraient.

Zachariah avait repris conscience. Tout d'abord je ne trouvai rien d'extraordinaire à entendre sa voix, subjuguée par l'armée en déroute.

– C'est drôle, mais je tiens plus du tout à les suivre. Vos coups m'ont fait passer l'idée. J'ai faim.

Dans le ciel, le soleil avait atteint le milieu de sa course lorsqu'il se mit à neiger. Les flocons descendaient lentement, oscillant de-ci de-là comme un voile léger, disparaissant dès qu'ils touchaient le sol, aspirés par les braises ou par la glèbe noire ; au bout d'un certain temps, la neige commença à tenir et recouvrit la terre de blanc.

Zachariah retomba en voulant se mettre debout.

– La tête me tourne, et je suis glacé.

– Je vais faire venir Theopolis.

– Vous savez que les Nordistes doivent suivre de près. Ces gars sont en fuite, et ils ont de bonnes raisons. Regardez-les, ils se pressent autant qu'ils peuvent. Ils m'entendent peut-être. *Courez, les gars, courez !*

Je me levai et frappai du poing contre le mur en appelant Theopolis. La maison semblait basculer vers moi, comme à l'affût, prête à chavirer sur nous.

– Ils vont venir me chercher, vous savez.

Je n'entendais que le bruit des pas traînants sur la grand-route poudrée de neige, leur tumulte assourdissant. Les hommes passaient près de nous et nous regardaient sans un mot, poursuivant leur chemin pour s'enfoncer dans les bois. Sur leurs visages, le sang figé faisait des taches sombres. Je baissai les yeux vers Zachariah qui soufflait sur les braises, tenant sa tête d'une main.

– Qui va venir vous chercher ? Je n'ai pas l'impression que quiconque s'arrête.

– Les troupes de l'Union. Ils m'ont attrapé, et les prisonniers ils les lâchent pas comme ça. Je parie qu'ils vont plus tarder. Ils voudront m'emmener. Et je compte bien partir.

Je cognai contre le mur de toutes mes forces, jusqu'à ce qu'une écharde m'entaille la main. Enfin Theopolis passa la tête à l'angle du porche et sauta par-dessus la balustrade.

28

FRANKLIN

John n'avait pas bougé. Il demeurait assis, les paupières baissées, adossé à la paroi en planches de la maison d'Eloisa. Cinq minutes s'écoulèrent, puis dix, puis la moitié d'une heure. Il prêta l'oreille au martèlement des bottes sur la route, s'efforçant d'isoler le pas de chacun pour compter les soldats. Il rouvrit les yeux pour regarder Mariah, mais elle était tournée vers le feu, la tête penchée en avant. Elle sommeillait paisiblement pendant que l'armée confédérée se retirait, il percevait le bruit léger de son souffle. Eloisa pilait infatigablement les racines.

John se sentait à ce point délesté qu'il craignait de s'élever vers le plafond et de heurter les chevrons du toit s'il ne s'agrippait pas fermement à quelque chose. Gêné pour respirer, il remarqua pour la première fois l'étrange fumée qui montait de la marmite posée sur le feu, dont les volutes bleuâtres devenaient presque invisibles à mesure qu'elle se diffusait dans la pièce.

La Nouvelle-Orléans était une ville décadente, belle et décatie, tombée aux mains des rapaces et des crapules dont je me faisais un point d'honneur de déjouer les manigances. Mais cela mit en moi une dureté et une défiance qui rendaient l'existence inconfortable. A l'occasion de mes voyages d'affaires, je faisais toujours une halte dans le Sud, sur la plantation de mon cousin dans le comté de Terrebone. La dureté et la méfiance n'entrent pas dans ma nature, je ne suis ni avide, ni calculateur ni malhonnête. J'ap-

préciais donc l'hospitalité de mon oncle, qui lui non plus n'était rien de cela, et qui me rappelait que je serais un jour un homme fortuné, avec un rang à tenir et un honneur à défendre. Une plantation m'attendait dans le Tennessee.

Avant l'un de mes séjours chez lui, j'avais eu de sérieux démêlés avec un négociant créole qui dénigrait ouvertement mon coton. J'appris là-dessus qu'il le vendait à prime en prétendant qu'il s'agissait d'une variété très prisée des basses terres d'Alabama, récoltée par un élevage d'esclaves dont les doigts spécialement longs décortiquaient le coton sans en effilocher les fibres. C'était là une fable grotesque, et l'homme m'avait grugé. Furieux, je rentrai à mon hôtel du Faubourg St. Mary pour mettre de l'ordre dans mes pensées. Je retournai ensuite au St. Louis, où je trouvai le commerçant.

Alors que je le défiais, il se contenta de jouer avec le bouton de son col montant, que surmontait une face émaciée aux petits yeux de mulot, semée de taches de son. Il me rit au nez en faisant claquer ses bottes à talons, et déclara : « Je t'aurai tué dans ton sommeil avant que tu m'affrontes en duel, l'Américain. » Ses comparses ricanèrent en se donnant des tapes dans le dos.

Je me retirai effrayé, craignant pour ma propre vie. Jamais encore je n'avais connu la peur, ni ressenti une haine aussi farouche envers cette engeance de marchands. Alors que je recouvrais mon calme en marchant vers mon hôtel, me résignant à m'être fait escroquer, je ne cessais de me répéter : C'est un nègre, c'est un nègre. *C'est un nègre, il est vil et n'a aucun sens de l'honneur, même s'il porte des complets taillés sur mesure et que les femmes de sa famille passent l'été en France. Ce n'est qu'un nègre. A force de me dire cela, je retrouvais ma bonne humeur. C'était ma faute et non la sienne si j'avais traité avec un fils de Cham. A quoi m'attendais-je donc ?*

J'en arrivai à rire de ma propre sottise, parce que je n'avais pas été trompé par mon égal, mais trahi par un inférieur. Ils n'étaient bons qu'à cela, il n'y avait rien d'autre à espérer.

J'avoue que cela modifia provisoirement mon regard sur les nègres. Ou, plus précisément, la manière dont j'étais enclin à les traiter. Aussi, lorsque j'arrivai deux jours plus tard chez mon cousin et gravis les marches de la demeure où vivait ma future épouse, manifestai-je une réceptivité nouvelle à l'invite d'un groupe de cousins – les cousins, proches ou éloignés, ne manquaient jamais là-bas – qui aimaient les visites nocturnes au quartier des esclaves. Je savais certainement depuis toujours ce qui s'y passait, mais cette fois, je me sentais curieux de le découvrir par moi-même. Cette idée ne m'horrifiait plus comme autrefois.

Aucune question sur l'identité de la négresse n'effleura ma conscience. Je n'avais jamais songé qu'elle puisse être quelqu'un. Elle se réduisait à une sensation, à une odeur, à un événement. Il n'était pas correct de se dire qu'un tel souvenir possédait un nom et une histoire. Mon souvenir sans nom n'avait pas prononcé un seul mot, elle s'agrippait seulement aux montants du lit de fabrique grossière, les phalanges de ses mains noires virant au gris. Pas une fois elle n'ouvrit les yeux, et je fermai aussi les miens. Il n'y eut pas de résistance, mais pas non plus d'acquiescement. Son corps ne m'accueillit pas, il ne se détendit pas lorsque je me mis à bouger, comme pour me prendre en lui. Il resta toujours immobile, rigide et inaccessible, sinon en son point crucial. Je me sentis honteux. La honte ne me quitta pas tant que je fus dans sa case, et c'est elle qui rendit ma poussée plus brutale et plus rapide, elle qui donna à sa transpiration cette merveilleuse odeur âcre. La honte agit comme un aiguillon et me procura du plaisir. Je me dégradais en avilissant un autre être. Rien ne me semblait plus abject. La chose fut brève, et je sortis en titubant.

La voix de Mariah le fit sursauter.

– Y vous cassent tout, Miss Eloisa.

Il découvrit Mariah carrée sur sa chaise, les yeux rivés à la fenêtre, assistant au même spectacle que lui. Quelques soldats s'arrêtaient devant les moulins à vent, aussi stupéfaits que John un peu plus tôt. Pendant une minute, leurs traits se radoucirent et ils ressemblèrent à des enfants. John avait l'impression qu'ils roulaient lentement des yeux pour suivre le mouvement des moulins. Un par un, il s'avancèrent en souriant et commencèrent à les renverser ou à les arracher du sol, en emportant certains, jetant les autres à terre. La tôle se froissait sous leurs talons, les figurines se tordaient. A ce spectacle, John comprit ce que signifiait la violence gratuite. Rien ne justifiait le saccage, sinon le fait qu'il était possible, et que ces hommes y puisaient une joie qu'il n'était pas loin de comprendre. La seule chose que lui avait apportée cette journée, c'était d'appréhender le paradoxe qui s'illustrait sous ses yeux, dans le jardinet de Miss Eloisa. *L'ordre naît du chaos.* L'ordre sous diverses formes, une forme différente pour chacun de ces hommes, connue de lui seul et par-là même insondable. John se forgeait une nouvelle idée de l'ordre, et il la savait irréversible. La veille encore, il n'aurait pas compris de la même manière la destruction des moulins à vent. Les moulins, dont le mouvement se reproduisait à l'infini, invariable, ne pouvaient pas se soustraire au chaos. Et ils n'y échapperaient pas, si cela dépendait de la volonté de ces soldats.

Caressant sa joue du bout de son long doigt, Miss Eloisa observait sans broncher ce qui se déroulait devant sa porte. Elle ne fronçait même pas les sourcils, la mine impassible et sagace.

– Toute façon, Mariah, y finissent toujours par casser. S'y faut qu'ils cassent un jour, pourquoi pas aujourd'hui ?

Elle se pencha sur les racines écrasées dans son mortier, les renifla d'un air satisfait. Tirant un chiffon de sa poche, elle en versa dedans un tout petit peu avant de le replier et de le tendre à Mariah. Elle répandit le reste dans la paume de sa main et, le regard planté dans celui de John, souffla sur la poudre pour l'envoyer vers lui. Il essaya de voir si elle se déposait au sol, mais elle semblait s'être volatilisée. Il se leva avec colère.

– Qu'est-ce que c'était ?

– J'peux pas dire.

– Qu'est-ce que c'était, satanée bonne femme ?

– Quèq'ça vous fait, puisque vous croyez pas en moi ni à mes racines ?

John acquiesça par son silence, fixant d'un œil mécontent la petite femme coiffée d'un mouchoir de tête. Tout en sachant qu'il aurait dû s'en moquer, il se sentait effrayé.

– Si, je crois en toi. Maintenant dis-moi ce que c'est.

Discrètement, Mariah glissa son petit paquet dans la poche de sa jupe.

– J'peux pas, sinon ça fera pas effet.

– Qu'est-ce qui ne fera pas effet ?

Lorsque Mariah se leva, elle lui parut rajeunie de vingt ans. Sûrement à cause de la lumière, pensa-t-il. Elle prit au fond de sa poche une pincée de poudre et la répandit sur sa tête. Eloisa partit d'un grand rire en battant des mains.

– Vous trouv'rez pas, Mr John. C'est un mystère.

Sa voix s'éteignit, tandis que son visage se détendait jusqu'à perdre toute expression ; elle gagna l'autre bout de la cahute où elle se mit à brasser les plumes de poulet, leur tournant le dos. John éprouvait la curieuse sensation que le temps venait de reprendre son cours, et que lui n'existait plus dans cette pièce. Jusque-là les deux négresses lui faisaient peur, il leur avait même témoigné de la déférence, mais il n'éprouvait plus rien de semblable. Il recouvrait son autorité, la conscience de son rang. Le monde avait peut-être changé, mais lui non plus n'était plus le même. Dorénavant il devrait rester sur ses gardes, il ne suffisait plus d'avoir connaissance des problèmes, il faudrait se tenir prêt à les affronter. En ces lieux imprévisibles et sans pitié, cette compréhension lui donnait un sentiment de puissance. A présent, même la clémence requerrait de la force.

– On s'en va, fit-il à l'intention de Mariah.

– Oui, monsieur.

Ils sortirent dans le jardinet et se faufilèrent entre les moulins à vent pour monter sur le dos de Josiah. Par un incroyable prodige, on ne lui avait pas volé son cheval.

Mariah cramponnée à sa taille, John chevauchait à bonne allure sur le chemin du retour, à contre-courant de l'armée en déroute qui se dirigeait Dieu sait où par vagues sporadiques. Il pressentait le danger, bien qu'aucun des soldats ne prît la peine de poser les yeux sur eux. Pourtant il brûlait de rentrer à Carnton, dans sa maison. La solide étreinte de Mariah l'aidait à se sentir plus fort. Parvenu à la sortie de la ville, il aperçut Mrs Baylor derrière sa maison, toute vêtue de noir. Debout sous le porche, elle se tordait les mains en jetant autour d'elle des regards implorants.

Mariah, qui avait suivi son regard, répondit à sa question avant même qu'il l'ait formulée.

– L'est en deuil. Pour son garçon.

– Lequel ?

– Le plus jeune, Mr Will. Celui qu'est parti à la guerre. Il est mort pas loin d'ici.

– Comment le sais-tu ?

– J'l'ai entendu conter.

– Will Baylor est mort ?

– Oui.

S'il ne s'était pas retourné vers Mrs Baylor, il n'aurait peut-être pas vu ce qui se passait derrière la fenêtre. Ce ne fut qu'une brève vision, une image fugitive qu'il ne sut identifier. Quelque chose de gris et de nu, un mouvement vif et brutal. Un bras dénudé qui battit l'air avant de s'enfoncer dans l'obscurité. Une porte qui se ferma en claquant. Un cri et, peut-être, un rire à demi étouffé.

– Mr McGavock ?

John se trouvait maintenant derrière la maison des Baylor, sans même se souvenir d'y avoir mené son cheval. Il s'arrêta pour scruter le vieux fumoir, se demandant : *Qu'est-ce qui m'a poussé à revenir ici ?* L'affaire qui le liait à Baylor lui était sortie de l'esprit, et il ne souhaitait plus du tout le rencontrer. Ce n'était pas Baylor qui l'intéressait, mais le fumoir grisâtre et grêlé de balles. Il savait ce qui se passait à l'intérieur, son instinct le lui révélait. Il aurait même pu le prédire. *La journée a été affreuse.*

John mit pied à terre.

– Où vous allez, Mr McGavock ? Qu'est-ce qu'on fait ?

– Reste ici avec le cheval.

Mrs Baylor se tenait en silence sous le porche de sa maison, et John constata que c'était sous l'effet de la colère qu'elle se tordait les mains, et non de l'inquiétude. Elle aussi regardait le fumoir. Il passa devant elle pour s'en approcher.

– Oh, Dieu merci, Mr McGavock. Il y a un homme là-dedans, et je crois qu'il est en train de faire du mal à quelqu'un. Je ne savais que faire, je suis seule ici. Faites quelque chose, je vous en prie.

John leva les yeux vers elle : une femme menue et vive comme un bouvreuil, engoncée dans plusieurs couches de vêtements noirs – jupons, robe et paletot. Sous la capote dont elle était coiffée, sa minuscule figure semblait se rencogner toujours plus loin au fond d'une caverne obscure. Pour une fois, elle paraissait se soucier sincèrement de ce qui se passait dans le fumoir, et John fit de son mieux pour la réconforter.

– J'y vais. Dites quand même à Mr Baylor que j'aimerais le voir.

Promenant son regard au ras du sol, il s'empara d'une solide planche en bois de peuplier, dont l'extrémité fendue lui assurait une bonne prise. Il la balança deux ou trois fois pour la hisser sur son épaule. Mariah hocha la tête comme si elle avait compris. Elle fronça les sourcils, la grimace d'une mère grondant l'enfant qui s'amuse avec des serpents. Pourtant elle n'avait pas l'air inquiète, simplement ennuyée. Il se demanda pourquoi, mais il n'avait pas le temps d'y réfléchir.

Comme il s'élançait vers le fumoir, la planche tendue devant lui, Mrs Baylor l'interpella.

– Je ne veux pas que ce genre de chose se passe sur ma propriété. S'il lui arrive quoi que ce soit de fâcheux, tout le monde croira que l'on tient un bouge.

J'aurais dû m'en douter. Les Baylor ne connaissent pas la pitié.

Elle était déjà morte lorsqu'il enfonça la porte.

L'homme, un soldat, se tourna vers lui tout en remontant son pantalon, surpris de le trouver là. Il tenait à la main un des crochets métalliques que l'on fixait aux chevrons pour suspendre la viande mise à fumer. Ce n'était qu'un jeune garçon, un garçon squelettique et échevelé à la figure hâve, et qui regardait John comme s'il n'avait jamais rien vu de si repoussant, de si méprisable. La prostituée gisait sur un long billot d'hickory évidé, le bas du corps dénudé, les jambes pendant par-dessus le bord. En voyant la tête penchée de côté, reposant contre le bois, John comprit aussitôt ce qui n'allait pas – outre le fait que cet homme, ce *garçon*, venait de la violenter.

Le plafond bas, l'obscurité et l'odeur tenace de la viande de porc provoquaient en lui un étrange malaise. Ce fumoir n'avait rien de particulier, mais la laideur qui s'en dégageait lui était presque insupportable. *Qui donc a inventé les murs et les toits ? Qui a le premier commencé à enfermer les choses ? Cela ne pouvait engendrer que la laideur, l'ombre et l'humidité.* Il aurait voulu reculer d'un mois dans le temps, quand rien ne distinguait ce fumoir à part son odeur de nourriture. Lui-même n'avait rien contre un bon morceau de jambon fumé. Ces pensées lui traversèrent l'esprit en un instant, indépendamment de sa volonté. Elles le coupaient de la réalité présente, lui permettaient de flotter au-dessus des événements. Comme le garçon l'apostrophait, il vit le sang s'épancher le long du billot de bois.

– Y'en a d'autres qui arrivent. J'aurais pu la leur garder en meilleur état, mais y viennent quand même. Je les ai fait avertir. Vous feriez mieux de partir.

Si Martha avait vécu, elle aurait eu à peu près l'âge de cette fille. *D'où vient-elle ? De qui est-elle l'enfant ? Qui sont ceux qui l'ont mise à la rue ? Les soldats l'ont-ils amenée avec eux ? Savait-elle qu'elle allait mourir ?*

Un monde où règne la force est pervers et arbitraire. John brandit la planche avec tant de violence qu'elle faillit lui échapper. Plus tard, il se souvint du bruit curieux qu'elle avait produit en heurtant la tête du garçon. Un claquement sec, une brève résistance, puis un bruit mou et visqueux. Il lui avait fracassé le crâne. La puissance de l'impact le projeta à une dizaine de mètres, et c'est à ce moment-là qu'il mourut. Son corps inerte et flasque frappa le mur de plein fouet, et il atterrit ramassé sur lui-même, tête en bas, comme pour exécuter un saut périlleux.

Plutôt qu'une femme, John avait l'impression de contempler un tableau. Il contenait certainement un enseignement moral, mais il ne s'y arrêta pas. Il la drapa dans ses dessous, rabattit sa robe sur ses jambes. *Les choses sont ainsi, désormais,* se dit-il. Il la laissa là, le visage empreint d'un semblant de sérénité. Il avait conscience qu'il venait de tuer, et s'il sentait en lui une tristesse diffuse, il n'éprouvait cependant aucun regret. *Les choses sont ainsi, désormais*, se dit-il à nouveau. Pourquoi ce garçon l'avait-il tuée ? Lui n'avait pas donné la mort à la fille avec qui il avait été des années auparavant. Pourquoi, alors, fallait-il que celle-ci meure ? *Je suis responsable, responsable de tout cela. C'est ma pénitence.*

Dehors, Mariah n'était plus là, mais les amis du soldat assassiné avaient fait leur apparition. Mrs Baylor repoussait les trois hommes du manche de son balai tandis qu'ils s'agrippaient à sa jupe en ricanant, groupés au bas du porche. Elle protesta à grands cris.

– Pas moi, imbéciles, là-bas ! Là-bas, je vous dis !

Elle leur désigna le fumoir à l'instant où John en sortait. L'espace de quelques secondes, ils restèrent figés sur place, suivant du regard le balai de Mrs Baylor. Leurs visages aux joues creuses couvertes d'une barbe sombre exprimaient le même dégoût mêlé de lassitude que John avait lu dans les yeux du garçon. Le plus grand portait un manteau dont les galons, tombés par accident ou arrachés de son épaule, laissaient deviner un grade de sergent. Ses cheveux pendaient sur sa figure.

– Qu'est-ce qui se passe, là-dedans ?

John ne sut que répondre. Comment expliquer, et par où commencer ?

– Vous avez notre putain. Et Jimmy, il est où ?

Il ne répondait toujours pas.

– *Jimmy* !

L'appel demeura sans écho. Reportant son regard sur John, il vit le sang qui ruisselait sur son avant-bras et maculait sa poitrine. C'était le sang de la fille et non celui de Jimmy, mais le soldat était trop agité et trop confus pour y réfléchir à deux fois.

– Qu'est-ce que vous lui avez fait, à Jimmy ?

Ils avaient des fusils, des couteaux. John, lui, n'avait rien, il était seul au monde. Le soldat ordonna aux deux autres :

– Entrez là-dedans chercher Jimmy !

S'il avait pu choisir, John aurait préféré une mort différente. Ce n'était pas tant la présence d'une putain qui le dérangeait que celle de Mrs Baylor, qui le regardait et qu'il pouvait voir lui aussi. Il aurait bien voulu qu'elle rentre dans sa maison, mais elle restait appuyée à la balustrade, reprenant son souffle en tendant le cou pour savoir ce qui se passait. Il était contrarié qu'elle fasse partie de son dernier souvenir.

Par la suite, Mariah lui raconta qu'elle avait surpris l'arrivée des soldats ; devinant qu'ils n'avaient pas la force de la prendre en chasse, elle feignit de s'enfuir à toute allure et fit faire demi-tour au cheval pour aller se cacher derrière le fumoir, où elle l'entendit tuer le garçon. De là, elle lança l'animal sur les deux soldats qui sortaient en courant, et les jeta à terre avant de rejoindre John.

– Venez donc.

La pensée de sa propre mort exerçait une telle fascination sur lui qu'il resta d'abord sans bouger. Il leva les yeux vers Mariah en se demandant : *Où a-t-elle appris à monter à cheval ?*

– Faut s'en aller tout-suite, Mr McGavock.

Le plus grand des soldats, qui était aussi le meneur, pointait vers John son fusil armé, pendant que ses compagnons vociféraient.

– Il est mort, Jimmy. C'est lui qui l'a descendu. Il a buté Jimmy.

Mariah s'inclina pour attirer John vers le cheval. Comprenant ce qui se passait, il s'apprêtait à bondir en selle lorsque Mariah talonna l'animal et lui tourna la bride pour qu'il se dresse face au soldat. Alors qu'il les menaçait de son fusil, ils se ruèrent sur lui et le renversèrent au sol, envoyant son fusil voltiger en l'air. Mariah retourna vers John et s'arrêta à sa hauteur.

– Dernière chance, Mr John.

Le cheval frémit sous son lourd fardeau lorsque John sauta en croupe. Mariah l'éperonna, penchée en avant pour lui murmurer à l'oreille. Il prit le trot pour contourner la maison des Baylor et regagner la rue. Mrs Baylor s'écria lorsqu'ils passèrent près d'elle :

– Je préviendrai Mr Baylor que vous êtes venus.

Ils ne firent halte que pour échanger leurs places. A mesure qu'ils progressaient le cheval gagnait en confiance, et il se mit à galoper en traversant le bois qui les ramenait à Carnton. John se retourna une seule fois, parvenu au faîte de la dernière colline. Sans en être certain, il lui sembla discerner l'éclat des fusils et une cohue d'uniformes bleus. Son intuition lui révélait que la ville n'était pas morte, qu'elle avait simplement suspendu son souffle.

29

CARRIE MCGAVOCK

Il y avait très longtemps que je ne m'étais pas rendue dans le quartier des esclaves. *Le quartier des esclaves*, ricanait Zachariah, un bras passé autour des larges épaules de Theopolis. *On m'emmène au quartier des esclaves, ah ah ah.* On l'aurait cru pris de boisson, même si je savais la chose impossible. *Je peux me faire esclave, vous savez. J'ai les reins solides. Si ça se trouve, je vais rester.*

La bâtisse carrée avait deux niveaux et un toit en tôle. Sur l'avant, un grand escalier menait directement aux deux cases de l´étage, tandis qu'on accédait à celles du bas par des portes plus petites qui s'ouvraient sur l'arrière. C'était une construction fort curieuse.

Nous longeâmes un des côtés pour gagner l'arrière, Theopolis soutenant Zachariah pour lui faire passer la porte de droite. Comme les esclaves n'occupaient plus les lieux depuis un certain temps, ils servaient d'entrepôt pour les épis de maïs et les autres grains dont nous nourrissions les cochons. A l'intérieur du bâtiment érigé à flanc de colline, un tunnel dissimulé par les lattes du plancher conduisait jusqu'à une chambre souterraine où nous avions caché la plupart de nos possessions de valeur : un service à thé en argent massif et nos ménagères de famille, cadeaux de noces d'un temps plus heureux, le porte-cigare en argent de John et tout ce qu'il avait jugé bon de camoufler. Même si je n'étais jamais descendue dans cette cavité, je pensais que la chambre n'était pas du tout inconfortable. J'y envoyai donc Zachariah.

– J'y vais pas, au fond de ce trou. Je suis pas un rat.

– Le temps presse, vous avez dit vous-même qu'ils allaient venir.

– Mais je *veux* qu'ils m'emmènent, Carrie.

Jamais encore il ne m'avait appelée par mon prénom. Je coulai un regard vers Theopolis, qui tripotait des épis de maïs en feignant de n'avoir rien entendu.

– Ils vous feront prisonnier.

– Mes excuses, vous devez avoir raison. C'est bien mieux de vivre sous terre, au fond d'un trou.

– Personne ne vous parle d'y vivre.

– Je vivrai ni là ni ailleurs.

– Ne parlez pas ainsi.

– Quel intérêt d'être votre prisonnier ?

– Ce n'est pas le cas.

– Comment vous appelleriez ça, Carrie ?

De nouveau, il venait de prononcer mon prénom.

– Je vais rester avec vous.

– Là-dedans ?

Theopolis écoutait maintenant de toutes ses oreilles, prêt à intervenir. Je plantai mon regard dans le sien et constatai alors qu'il avait peur pour moi mais obéirait aux consignes. Les mains derrière le dos, il rajusta son manteau, attendant que je parle. Il y avait quelque chose d'imposant chez cet homme, et je le plaignais.

– Je vais tenir compagnie à Mr Caswell, le temps qu'il s'habitue et se remette de…

Quel mot employer ? *L'agression ? Mon agression ?* Theopolis s'y entendait pour sauver les apparences.

– De ses blessures, madame.

– C'est ça, de ses blessures.

Une petite lampe à huile à la main, Theopolis écarta les planches et passa le premier, traînant Zachariah après lui en agrippant le col de sa chemise. Je m'engageai à leur suite dans l'étroit tunnel, le nez à quelques centimètres des semelles usées de Zachariah, presque aussi minces que du papier. Gênée par mes jupes, je m'arrêtai pour les relever et recommençai à ramper les genoux dénudés. De tout ce que j'éprouvai alors, mon impression la plus vive fut de me sentir de nouveau petite fille, explorant les terres qui entouraient la maison de mon enfance, les recoins sombres des dépendances à l'abandon, me faufilant à travers les brèches minuscules entre les épaisses murailles de lianes qui poussaient dans les sous-bois proches des marais. En sentant la terre sur mes paumes et sous mes ongles, je me rendis compte que j'avais oublié combien son odeur pouvait être pure. C'était nous, c'était moi, qui étions souillés et corrompus.

Lorsque je pénétrai dans la chambre, Theopolis avait déjà accroché la lampe à une potence fixée à la paroi, et soufflait dans les deux conduites métalliques qui traversaient le plafond.

– Les conduites, l'air passe bien, vous aurez de l'air frais mais pas bien beaucoup d'temps. Vous pouvez pas rester de trop, Miss Carrie.

De toute évidence, cette situation perturbait Theopolis, et il devait également enrager de ne rien pouvoir y changer. Je me demandais qui avait pu installer les conduites, et dans quelle intention. Zachariah s'était assis à même la terre, adossé à la paroi inclinée. Il ne disait rien, son genou ramené contre la poitrine. Il y appuya sa tête en fermant les yeux, comme pris de nausée. Si Theopolis avait décidé de me traîner à tout prix à l'extérieur, ce qu'il envisageait manifestement de faire, je me serais assurée de le faire châtier. Jamais je n'avais ordonné que l'on punisse un nègre, mais j'aurais fait exception pour lui. Je crois qu'il le devinait. Sa mère eût-elle été présente, les choses se seraient passées différemment. Elle m'aurait rendue si honteuse de moi-même que j'aurais été forcée de partir, et je pense qu'il le comprenait aussi.

– Alors ?

Zachariah parlait doucement, le ton n'était ni abrupt ni agressif. J'avais peine à le reconnaître.

Theopolis l'ignora.

– Je m'en vais, Miss Carrie, vous criez s'y vous faut quèq' chose. Si les soldats ils viennent, je s'rai bien obligé de remettre les planches en place, et y vous faudra rester là jusqu'à temps qu'je vienne vous sortir. Si vous tardez de trop, peut-êt' qu'y vous faudra attendre une charge de temps.

– Je comprends, Theopolis, merci.

– Bien 'dame.

Courbant la tête et les épaules, Theopolis se glissa dans le tunnel et ne tarda pas à disparaître. Au bout d'un moment, je perçus le martèlement de ses pas au-dessus de nous, puis le silence revint.

Je cherchai des yeux le fauteuil à bascule capitonné que le président Jackson avait offert à John bien des années plus tôt, mais je ne le trouvai nulle part. En réalité, la chambre ne renfermait pas grand-chose, elle ne contenait rien des monceaux de trésors familiaux qu'on avait emportés sous mes yeux de la maison. Je ne vis ni argenterie, ni meubles ni tableaux.

– Vous cherchez quoi ?

– Nos biens, les biens qui sont censés se trouver ici.

– Oh.

Il se tut de nouveau, mais cette fois il ne détacha pas les yeux de moi, suivant mes mouvements dans la cavité exiguë alors que je cherchais à m'asseoir aussi loin de lui que possible sans basculer dans le tunnel. Son regard posé sur moi me remplissait de gêne. Je l'avais battu en le laissant pour mort, et il était revenu à la vie ; cette expérience m'avait rapprochée de lui, si bien que notre proximité au fond de ce minuscule trou à rats n'en était que plus inconfortable. Je ne savais pas par où commencer. Les jambes repliées, je tirai sur mes jupes autant que je le pus. Il ne me quittait pas des yeux, et je jurerais qu'il ne cilla pas une fois. Il attendait probablement quelque chose. Les reflets de la lampe mouchetaient ses prunelles de petites taches blanches.

En l'observant, je m'aperçus que j'ignorais l'origine exacte de sa blessure. J'avais entendu parler de son histoire, ou plutôt, j'avais surpris les conversations des hommes qui se rétablissaient ou déclinaient dans ma maison. J'y avais déjà pensé auparavant, mais quelque chose dans son attitude, dans son silence et dans sa douceur venait d'y ramener mon esprit. J'avais entendu le récit de la charge, quand Zachariah avait empoigné le drapeau et couru vers les Yankees. J'avais vu cette scène en imagination, et elle me semblait familière, issue d'un très lointain passé. Je l'avais connue au temps où mon père me lisait l'histoire des Grecs dans la cité de Troie. Pour lui il s'agissait d'une fiction magnifique, mais je n'avais retenu que les lances, les assauts et les gestes appuyés et grandioses qui exprimaient la violence et l'honneur offensé. Les deux images étaient semblables, et je présumais qu'elles se répétaient indéfiniment quelle que soit la guerre, tout au moins pour ceux qui ne participaient pas au combat. De par leur familiarité, ces images devenaient acceptables et supportables, on pouvait en tirer les chants d'une épopée. Quel sujet prendrait sinon la poésie ? Mais quelque chose m'échappait chez cet homme qui me faisait face, tapi près de moi au fond d'un souterrain. Il n'avait rien d'un Achille ou d'un Hector. Aucun, d'ailleurs, ne leur ressemblait, pas même ces jeunes hommes portés au grade de généraux, que j'avais trouvés gisant sous le porche, morts, la face nue. Si tout ce que j'avais entendu était exact, l'histoire de Zachariah ne pouvait pas se limiter à la charge, au drapeau et à sa pose triomphale devant la tranchée des Yankees. Quelle que fût la vérité, je commençais à me dire qu'elle expliquerait ce qui m'avait poussé à le protéger et à le garder auprès de moi.

– Pourquoi avoir relevé ce drapeau ?

Zachariah avait une expression égarée, avec sur le visage un sourire incongru, celui d'un enfant trop candide pour connaître la raison de sa joie ; le sourire de l'innocent. Il gratta une croûte sur sa joue, à l'endroit où il s'était entaillé en se rasant. Il releva la tête et se renversa contre le mur, les yeux au ciel. Tandis qu'il s'adressait au plafond, je vis son manteau s'ouvrir et ressentis l'impulsion de tendre la main pour effleurer ses côtes.

– Vous me demandez pourquoi j'ai relevé les couleurs. Parce qu'elles étaient tombées.

– Mais pourquoi vous ?

– Je sais pas trop.

– Bien. Mais comment avez-vous pu les porter, avec votre fusil ? Vous portiez une corne dans chaque main ?

– Non, je tenais le drapeau à deux mains.

– Où était donc votre fusil ?

– Pourquoi vous me posez ces questions ?

Je n'avais pas vraiment de réponse. Cependant la vie de Zachariah – le fait qu'il soit vivant – représentait une énigme qu'il était possible de résoudre, et en l'élucidant, j'appréhenderais les motivations de mes actes et les raisons de mon désir. La lumière vacilla et le plongea momentanément dans l'obscurité, le transformant en une ombre monstrueuse. Je me tus jusqu'à ce qu'il ait retrouvé son aspect habituel. Mes jambes engourdies picotaient, mais je n'osais pas esquisser un mouvement, me gardant des gestes brusques comme un animal pris au piège.

– Par simple curiosité.

– Je l'avais perdu, mon fusil.

– Vous étiez donc désarmé.

– Non, il me restait des pistolets.

– Donc, vous teniez un pistolet dans une main et le drapeau dans l'autre.

– Les couleurs. Les couleurs. Et je portais pas de pistolet.

– Mais vous étiez armé ?

– Non, j'ai jeté les pistolets en relevant les couleurs.

Après cela, un long silence s'installa entre nous, car Zachariah commençait à comprendre le sens et la finalité de mes questions. Sans savoir précisément où cela me mènerait, j'étais sûre de la direction à prendre.

A présent, l'attention de Zachariah m'était acquise. Il me regardait droit dans les yeux, ses bras crispés autour de son mollet, la jambe repliée contre sa poitrine. Il paraissait plus fort que je ne l'avais cru, et un frisson me parcourut au souvenir de notre lutte dans le noir ; s'il n'avait pas été infirme, il n'aurait pas eu de peine à me faire mal. Même sans sa jambe, il lui restait peut-être plus de force que je ne l'imaginais. Son visage était devenu indéchiffrable dans la lueur tremblotante de la lampe, mais il y avait de la douceur dans l'intonation de sa voix. A cet instant précis, je ne sentais pas de menace. Quelque chose s'était passé. Son corps demeurait immobile – non pas parce qu'il était tendu, mais parce qu'il était au contraire relâché et engourdi. Je constatai avec surprise que l'atmosphère de la petite chambre était sèche et tiède. Une seule auréole d'humidité sourdait au plafond, et toutes les deux minutes, une goutte d'eau se formait et restait brièvement suspendue avant de s'écraser au sol, immédiatement aspirée par la terre. Je me disais que la petite goutte d'eau allait poursuivre son voyage à travers la roche et la glèbe pour parvenir jusqu'au cœur de l'enfer, ou peut-être en Chine.

– J'ai lâché les pistolets parce qu'ils ne me servaient à rien. Je pouvais pas les utiliser.

– Vous auriez pu en utiliser un des deux. A moins que le… que les couleurs n'aient pesé trop lourd.

– Non, elles étaient pas si lourdes, je n'y ai pas pensé, c'est tout.

– Vous portiez une autre arme sur vous ?

– Non, juste les couleurs.

– On ne peut pas dire qu'il s'agisse d'une arme. Vous avez foncé sur l'ennemi sans aucun moyen de riposter. Vous avez *chargé* l'adversaire. Ce qui fait de vous un héros.

– J'ai jamais rien prétendu de tel.

Il passa le doigt dans un accroc de son pantalon, à hauteur du genou.

– Vous avez laissé tomber vos pistolets, ramassé une hampe avec un chiffon attaché au bout, avant de vous ruer sur des hommes qui vous tiraient dessus. C'est de l'héroïsme.

– Vous avez peut-être raison.

Mais non, je me trompais. J'en avais la certitude. Quelque chose m'échappait encore.

– Qu'avez-vous fait en vous retrouvant face aux Yankees ?

– Je me suis dressé en haut de leurs fortifications et j'ai agité l'étendard avant qu'ils me fassent tomber.

– Ils vous ont fait tomber, mais ils ne vous ont pas tué. Pour quelle raison ?

– J'aimerais bien le savoir. Je leur ai pourtant demandé de le faire.

Il avait demandé qu'on le tue. Moi aussi, il m'avait priée de le laisser mourir, et j'avais ignoré sa requête.

– Bon nombre de soldats de votre compagnie se sont fait tuer, n'est-ce pas ?

– Pour ce que j'en sais, presque tous.

– Mais pas vous.

– Non, pas moi.

– Qu'aviez-vous donc de spécial ?

– J'ai jamais rien eu de spécial.

Oh si, il y a chez vous quelque chose d'exceptionnel.

– Il y avait une chose, toutefois. De tous les hommes qui chargeaient sur la colline, vous étiez le seul à avancer sans arme et à porter les couleurs. Il était évident que vous étiez désarmé.

– Les deux autres porte-étendards n'y ont rien gagné. Ils les ont abattus. Je vois pas ce que ça changeait.

Pourtant, il savait parfaitement ce que ça signifiait. Il roulait des yeux avec de brefs sourires tout en me répondant, comme s'il s'amusait. Cela lui procurait de la joie.

– Vous dites qu'ils les ont abattus. Croyez-vous qu'ils les auraient épargnés s'ils avaient eu un fusil ?

– Difficile de savoir.

– Supposons qu'ils aient reçu le même traitement que n'importe quel Confédéré en train de charger les Yankees. Il est fort probable qu'ils se seraient fait tuer.

– Sans doute.

– Mais ceux qui portaient les couleurs se démarquaient de tous les autres. Ils n'étaient pas armés.

– Non.

– Pourtant ça ne les a aidés en rien.

– Non.

– Et à vous, ça vous a été utile ?

Un long moment, nous gardâmes le silence, les yeux rivés au sol. Je regrettais d'avoir amené la conversation bien au-delà du point de non-retour, d'avoir changé la nature de notre… (*de notre quoi ?*) amitié de manière si radicale et irrévocable. Quoi que dise Zachariah, cela ferait de lui un autre homme, et c'était l'incertitude qui me donnait ces remords et ces frayeurs. Que serait cet homme ?

– Je suis pas mort.

– Avez-vous tué quelqu'un ce jour-là ?

– Je ne suis sûr de rien.

– Au moment où vous agitiez le drapeau devant la tranchée yankee, que faisiez-vous ?

– Je ralliais les troupes, je les stimulais, peut-être que j'essayais de leur redonner du cœur au ventre.

– Qui se tenait en contrebas de vous ?

– Les Yankees.

– Et que leur avez-vous fait ?

– Rien.

Il frotta le moignon de sa jambe droite, comme pour se porter chance.

– Vous aviez oublié ce qui vous amenait là ?

– Non.

– Pourquoi, alors, ne pas avoir sauté dans la tranchée ?

– Je sais pas. Toujours est-il qu'ils m'ont fait dinguer en un tournemain.

– Et là vous leur avez demandé de vous tuer.

– C'est ça.

– Vous avez foncé sur eux sans arme, et ensuite vous leur avez demandé de vous tuer.

– Oui.

– Vous vouliez attenter à votre propre vie.

– Je sais pas.

– Quelqu'un vous a déjà demandé de le tuer ?

– Deux ou trois fois. Des gens qui agonisaient dans les pires douleurs. J'ai obéi.

– Mais vous, vous n'étiez pas mourant.

– Non.

– Si moi je vous demandais de me tuer, est-ce que vous accepteriez ?

– Non.

– J'y ai songé très souvent, vous savez. J'ai désiré mourir bien des fois. Lorsque j'ai perdu mes enfants, j'aurais échangé ma place contre celle de n'importe lequel des garçons que vous avez tués par pitié. Qui a eu pitié de moi ?

– Votre vie n'était pas terminée. Les choses pouvaient changer.

– Rien ne pouvait changer le fait que mes enfants étaient morts. C'est une réalité irréfutable.

– Mais vous, vous pouvez changer. Ça passera. Je ne voudrais pas vous tuer parce que vous n'êtes pas forcée de mourir.

– Sans doute que non. Et vous, vous y étiez forcé ?

– J'en sais rien.

– Pourtant vous en avez exprimé le souhait. Désarmé, indemne, vous avez réclamé de mourir.

– Oui.

– Saviez-vous qu'ils vous le refuseraient ?

Zachariah détourna le regard. Je l'imaginais tout jeune, dans l'Arkansas, des idées plein la tête.

– Je les ai interpellés à grands cris, et plus je hurlais, plus j'étais sûr qu'ils allaient pas me tuer. Je peux pas expliquer comment je le savais. Même si j'avais vu tomber les autres gars qui portaient les couleurs, je savais qu'elles étaient ma dernière chance. Sinon, j'étais juste un soldat armé parmi les autres. Je comptais pas m'en tirer, je croyais mourir. C'était la mort que je m'étais habitué à attendre, pas la survie.

– Mais ce que nous escomptons diffère parfois de ce que nous désirons.

– Toujours, oui.

– Vous vouliez vivre.

– Oui.

– C'est ce que vous avez toujours souhaité.

– Oui.

– Vous saviez comment vous y prendre pour sauver votre vie.

– J'avais mon idée là-dessus.

– Les couleurs.

– Oui.

Il cessa alors de s'adresser à moi. Non pas qu'il m'ignorât – comment aurait-il pu le faire dans cette petite cavité encombrée des vestiges de ma demeure et peuplée d'ombres dansantes – mais il se taisait, et je supposai qu'il ne voyait peut-être pas la nécessité de parler. Nous étions parvenus à une compréhension, et les vibrations de l'air semblaient s'être apaisées. C'était de l'air, rien de plus. Zachariah se détendit et caressa distraitement le moignon de sa jambe, un geste qui semblait le réconforter.

Je venais de découvrir ce qui m'avait attirée vers lui, l'élément singulier qui le distinguait des autres. Il appartenait à la vie, et non à la mort. Il s'était tenu au plus près des frontières de la mort, et avait appris à préserver sa vie en recherchant la mort pour mieux la tromper. Dans la chambre où je l'avais vu pour la première fois, il n'était qu'un homme parmi d'autres. Beaucoup étaient à l'agonie, et bon nombre d'entre eux auraient eu un besoin plus urgent des médecins. C'était lui, toutefois, qui avait réussi à capter mon attention en la rejetant. Il possédait une connaissance innée de la nature humaine, que je commençais tout juste à cerner. La peur d'être abandonné, si patente la veille, il l'avait transformée en stratégie de survie. Il savait que je prendrais soin de lui, et que plus il protesterait, plus je redoublerais d'efforts. Je sentis monter une vague de colère qui reflua presque aussitôt. J'avais certes été la dupe de cet homme, mais un être, un homme, qui désirait vivre avait eu besoin de moi. Je ne pouvais pas lui en vouloir. En outre, il me semblait plus héroïque encore d'avoir appris à survivre quand tous tombaient autour de lui. Un drôle de héros de guerre, mais un héros tout de même.

Les yeux fermés, Zachariah ne me vit pas m'avancer vers lui à quatre pattes, mes bras tremblant si fort qu'ils menaçaient de se dérober à chaque instant. Brusquement son souffle me semblait plus bruyant, tout comme le bruissement de mes jupes qui traînaient derrière moi, laissant leur empreinte sur le sol. Arrivée devant lui je rampai sur ses jambes, ou ce qu'il en restait, jusqu'à ce que mon front soit près de heurter sa poitrine. Je voûtai le dos pour ajuster mon corps au sien sans le toucher et approchai mon visage du sien. Sa lèvre inférieure était pleine et charnue. *Je ne l'avais jamais remarqué. Comment était-ce possible ?* Les lèvres gercées remuaient légèrement au rythme de sa respiration, et sa mâchoire se contractait tandis que sa poitrine se soulevait, insupportablement proche de la mienne ; je fis alors la seule chose possible : comblant l'espace qui nous séparait je pressai violemment ma bouche sur la sienne. Mes joues s'empourprèrent. Les lèvres de Zachariah m'acceptèrent, et je sentis qu'il me rendait mon baiser, une main plaquée au bas de mes reins. *Comme sa main est grande.* Je gardai les yeux ouverts pour voir son visage, pour le voir m'embrasser. A aucun moment il ne souleva les paupières, et ce ne fut qu'à l'instant où je me crus perdue qu'il s'écarta de moi. Il me soutenait, les deux mains posées sur mes épaules.

Zachariah rouvrit les yeux et me considéra longuement, regardant les cheveux qui tombaient sur mes yeux, mes lèvres gonflées et engourdies, la courbe de mon menton. Je me rendis compte qu'il tremblait. Ma joue était mouillée, mais ce n'était pas moi qui pleurais : sur son visage couvert de poussière se détachait une traînée humide, qui partait du coin de son œil pour serpenter vers sa bouche. Je recommençai à me presser contre lui, prête à tout abandonner, mais il me retint. Il souriait. Je m'agenouillai près de lui, le sang me cognant aux oreilles. Le martèlement s'apaisa bientôt, et je m'aperçus qu'il avait refermé les yeux. Reculant discrètement, je retournai m'asseoir contre le mur, à la fois triste, soulagée et emplie de gratitude.

Je ne supportais pas l'idée que les soldats de l'Union viennent chercher Zachariah. J'avais beau savoir qu'il ne pouvait pas rester pour toujours, je n'en avais pas terminé avec lui. Il me restait des choses à apprendre. Je ne savais pas ce qu'en penserait John, mais je refusais qu'on me retire la charge de Zachariah. Lorsque je m'éveillai d'un léger somme, je le trouvai en train de frapper les punaises du plat de la main, aussi attentif qu'un enfant. *Pelotonné comme un bébé*, chuchotait-il en les lançant comme des billes miniature. A présent l'opinion de John m'importait. A un moment elle m'avait indifféré, mais plus maintenant. Je souhaitais lui faire part de ce que j'avais découvert et lui montrer que mes années de convalescence n'avaient pas été vaines, qu'en moi la maladie ne découlait pas d'une fascination morbide pour l'au-delà, mais d'un désir. Celui de vivre ? Cela paraissait trop simple, trop naïf. Ma seule certitude, c'est que je n'avais jamais connu personne d'aussi semblable à moi que Zachariah, pas même Mariah. John comprendrait sans doute tout ce que j'avais besoin d'apprendre de cet homme singulier avant qu'il ne reparte Dieu sait où.

C'était en tant qu'idée que Zachariah Cashwell avait exercé son attrait sur moi. Je voulais lui expliquer cela, lui avouer que sa présence étrange et étrangère m'avait libérée. Je voulais lui révéler ce que j'avais appris. J'avais envie qu'il soit fier de moi, qu'il se sente impressionné. Peu importe ce que je dirais, pourvu qu'il me voie sous un jour nouveau et que je marque à jamais sa mémoire. Il n'était qu'une idée au moment où il m'avait attirée, mais à présent je l'aimais en tant qu'homme. J'en étais venue à éprouver l'amour qu'inspire à une femme l'homme qui lui reste inaccessible. L'homme impossible, inatteignable et porteur d'infinies possibilités. J'ignorais ces sentiments jusqu'alors.

C'est après l'avoir découvert que j'entendis les voix résonner au-dessus de nous.

30

ZACHARIAH CASHWELL

C'était la vérité, que je n'avais jamais voulu mourir. Je croyais que mon envie de vivre m'était venue depuis peu, ici dans cet hôpital abandonné de Dieu. Je m'étais défilé, je n'avais plus le cran nécessaire, et voilà que je redevenais un survivant comme les autres, mendiant la survie comme eux tous, mais au moins j'avais été un héros, à un moment j'avais ignoré la peur. Au fond de ce trou, je commençais à douter de toute cette fichue histoire. Ma propre histoire.

Ce jour-là, quand j'ai vu ma mère pour la dernière fois, j'ai cru mourir et j'ai prié pour échapper à la mort. Je m'en souvenais, à présent. Je crois qu'on peut se rappeler des choses auxquelles on ne pense presque plus, ou même plus du tout. Des pensées sournoises tapies au fond de son crâne, qui tirent les ficelles et provoquent des choses sans qu'on puisse rien expliquer, vu qu'on se rend même pas compte qu'elles existent.

Je m'étais souvent senti prêt à mourir. C'était ça, je pensais, qui me donnait de la force. Je me sentais rudement fier de moi parce que je demandais qu'à prendre une balle dans la peau. Quand je regardais les hommes qui m'entouraient, je ne voyais que de la faiblesse. Même les gars plus costauds, même le fort en gueule au cou de goret qui avait relevé les couleurs avant moi – lui aussi je le croyais faible, en tout cas plus faible que moi. Qui irait se préoccuper du morceau que jouait la fanfare, qui jacasserait comme ça en régentant les gars autour de lui s'il avait pas la passion de la vie ? Moi je me jugeais au-dessus de tout ça. D'autres vétérans pensaient la même chose, je le savais. Je m'étais fait la réflexion que pour les anciens comme nous, la mort n'avait rien d'effrayant, ça nous était égal. J'avais pas mesuré combien c'était curieux, que nous, les mangeurs de mort – c'est ainsi que je me concevais – on soit en même temps les salauds qui s'étaient tirés de la guerre au fil des années, alors que les bleus, ces gosses pleins de vie, se prenaient toujours une balle dans le crâne. Je dis pas la vérité, là. L'idée m'était venue, mais pour moi ça voulait juste dire que toute cette histoire était une saloperie. C'est du moins ce que je racontais quand on s'asseyait ensemble pour discuter et fumer. Peut-être bien que ça signifiait autre chose.

Il y a une forme de beauté dans la guerre, on peut pas le nier. Quand on sait regarder comme il faut, même la mort peut être belle, par certains aspects. Une fois qu'on s'est habitués à voir des rangées entières de soldats se faire faucher sur le champ de bataille, on peut même commencer à apprécier la scène comme un tableau rare, quelque chose d'absolu et de parfait qu'on reverra jamais de sa vie. Il y a aussi un tas de choses compliquées dans la guerre, ça a l'air d'une évidence, présenté comme ça, mais en réalité ça l'est pas tant que ça. Une escouade de soldats qui fonce sur une tranchée, ça paraît assez simple, a priori, pourtant on se rend compte d'une foule de choses quand on est dans le feu de l'action, des choses qu'on aurait jamais remarquées si on avait pas été attentif. A cause du terrain, ou à cause des balles qui volent comme une épaisse nuée de frelons, ou d'un obus qui vient d'exploser sur un côté, l'escouade se resserre et se défait tour à tour, elle se comprime et se détend comme un ressort. Par moments c'est le désordre, et il arrive qu'on soit tellement épuisé, ou tellement saoul, qu'on confond le gars qui marche devant soi avec soi-même, sauf qu'il a une ou deux secondes d'avance. Quand la balle le frappe, on a presque l'impression de ressentir la douleur, et là on en peut plus de joie parce qu'on comprend que c'est un autre, comme quand on s'éveille d'un cauchemar. *Je suis toujours là par la grâce de Dieu.*

Ça tenait peut-être pas qu'à la grâce de Dieu.

J'en avais fini avec ma vie de soldat, je l'ai compris au fond de ce trou pendant que Carrie s'interrogeait sur moi comme si j'étais pas présent pour de bon, que j'étais simplement un personnage dans un de ses livres. Je dirais pas que cette discussion m'a fait plaisir, mais je suppose qu'il fallait bien qu'elle se présente un jour ou l'autre, alors pourquoi pas dans ce souterrain où on grattait le sol comme des rats ?

Je me suis dit quand elle m'a embrassé : *Voilà la chose que j'attendais.* Sa douceur et sa chaleur, jamais je les oublierais, ni sa façon de ramper vers moi comme un chat. En sentant son cœur contre ma poitrine, j'ai su que je pourrais pas m'empêcher de le briser un jour, ce qui selon moi est le revers de l'amour. Mais je l'avais vue approcher alors que je faisais semblant de dormir, je l'avais sentie contre moi, et je savais qu'elle accepterait de tout abandonner. Tout ça, ça représentait beaucoup plus que ce que j'étais en droit d'attendre. Ce baiser m'a duré des années. Après ça, j'ai plus jamais connu la solitude.

31

CARNTON

De retour chez lui avec Mariah, John avait très peu parlé à Carrie, ne sachant trop que lui dire. Il avait mené le cheval au bas des marches du porche, sur l'arrière de la maison, où Carrie les attendait. Ses jupes maculées de boue rougeâtre, elle frappait posément dans ses mains pour faire tomber la terre qui lui couvrait les paumes.

– Will Baylor est mort, annonça John. Je viens de voir Mrs Baylor. Si j'ai bien compris, il est tombé sur le champ de bataille.

Mon Dieu, voilà que je parle comme une vieille commère. Si elle savait.

Lorsqu'il avait repéré le cheval et ses deux cavaliers à une bonne distance de la maison, au sommet de la colline la plus proche de la ville, Theopolis était allé prévenir Carrie, pensant qu'il s'agissait des premiers soldats de l'Union venus investir la maison et emmener Cashwell et les autres.

Les autres. Plus tard, Carrie avoua à John qu'elle les avait tous oubliés, eux les infirmes parmi les infirmes, les six hommes broyés qu'abritait encore son hôpital. A un moment, elle entendit deux d'entre eux se presser à la fenêtre, derrière son dos. Ils voulaient voir qui approchait. Ceux qui pouvaient se traîner devant la vitre étaient les moins abîmés des plus misérables, le corps déformé, rogné, ratatiné jusqu'à en devenir méconnaissable.

Ces hommes-là ne pourraient plus jamais passer inaperçus, et ils venaient à peine d'en prendre conscience : celui à qui manquait la mâchoire et la langue, son compagnon amputé d'un bras, un troisième qui avait perdu un œil, le nez et presque toute la moitié gauche du visage. Ces trois-là avaient réussi à gagner la fenêtre, et c'est eux que vit Carrie en se retournant, pendant qu'elle attendait John. Non sans appréhension, ils avaient voulu savoir qui les emmènerait, qui serait le premier dans l'interminable défilé de gens qui, jusqu'à la fin de leur vie, les regarderait de tous leurs yeux, le souffle coupé.

Mais cette première personne fut Carrie. Elle avait passé auprès d'eux une semaine ou presque, et jamais elle ne leur avait adressé ce genre de regard. Ils se réduisaient au total de leurs blessures, à un ensemble de tâches et de devoirs à accomplir. Peut-être fallait-il attribuer la chose au changement de perspective, puisqu'elle les contemplait derrière une vitre au lieu de les voir étendus à ses pieds. La fenêtre les encadrait comme la toile de quelque artiste pervers, et elle perçut alors leur profonde humanité. Tandis qu'ils tambourinaient sur le rebord de la fenêtre et en griffaient le bois, ils virent passer sur son visage une expression horrifiée : ils étaient des créatures innommables, des goules aux yeux exorbités et au cou branlant, façonnées par Dieu et défigurées par les hommes. L'homme à la mâchoire arrachée, qui ne pouvait plus parler, laissa les larmes emplir ses yeux et couler sur ses joues : il n'avait pas d'autre moyen de lui demander de détourner le regard.

Que Carrie McGavock fût la première à les dévisager ainsi, avec un mouvement de recul – elle qui avait nettoyé leurs plaies, qui fredonnait pour eux pendant la nuit et qui leur souriait, elle à qui ils avaient dicté les lettres destinées à leurs familles – rien ne pouvait les blesser davantage. Beaucoup plus tard, ils s'habituèrent aux regards insistants, aux gestes de charité impromptus, au discours puéril que leur réservaient les gens, tous convaincus que les atteintes physiques avaient forcément entamé leurs facultés mentales. Mais à cet instant, tandis qu'ils rendaient son regard à la femme qui les fixait, l'avenir leur apparut comme un fardeau accablant et intolérable, et ils auraient sacrifié ce qui restait de leur corps pour le privilège de l'anonymat. En l'espace d'une seconde, Carrie leur avait donné la conscience d'eux-mêmes, et cette lucidité ne les quitterait plus. Au fil des années, ils rencontreraient d'autres vétérans à l'occasion de rassemblements ou de défilés commémoratifs, et ils évoqueraient alors Carrie comme une figure angélique, ne tarissant pas d'éloges sur sa bonté et sa sollicitude. Cependant, ils n'oublieraient jamais tout à fait que c'était elle qui leur avait communiqué pour la première fois l'idée de ce qu'ils étaient devenus.

Il s'agissait là d'un malentendu, mais aucune parole ne fut échangée pour le dissiper. Ce n'étaient pas eux qui épouvantaient Carrie, mais le fait que son désir de connaître un homme qui, en vérité, pouvait se passer d'elle, l'ait poussée à oublier leur présence. Ce qu'ils virent sur son visage était en réalité de la honte.

Quant à John, personne ne lui chercha d'ennuis. *Que signifiait un meurtre de plus dans une ville peuplée de morts ?* Jamais il ne confessa à Carrie l'incident du fumoir. *L'incident.* C'était le terme qu'il employait lorsqu'il y repensait.

Le lendemain dans la matinée, un cavalier se présenta à la porte de la maison. Petit, vêtu d'un vieil uniforme bleu, il descendit de cheval pour aller frapper à la porte de derrière. Depuis la pelouse, John voyait les hommes tendre le cou à la fenêtre pour découvrir le nouveau venu. Comme personne ne lui répondait, le cavalier fit demi-tour et ôta son chapeau de soldat pour se gratter la tête. Quelques mèches de cheveux voletèrent sur le dôme lisse de son crâne. Tirant sur sa moustache mal taillée, il finit par apercevoir le groupe de fossoyeurs. Personne n'avait pensé à appeler, ni seulement à se cacher.

– Où est le sergent Cashwell ? demanda John à Carrie.

– Dans la maison, John. Tout va bien se passer.

Elle poussa du pied quelques mottes de terre froide et friable, sans lever les yeux. Cependant son visage ne trahissait aucune frayeur.

– Comment ça, tout va bien se passer ? Pourquoi donc a-t-il passé la nuit au fond de ce trou, dans ce cas ?

– Les plus redoutables ont défilé au cours de la nuit, les hommes qui auraient fait justice eux-mêmes pour le plaisir de se venger. Ils sont déjà passés, et celui-ci m'a l'air d'un envoyé officiel. Ceux-là ne me font pas peur.

John restait plus sceptique, mais il lut sur les traits de Mariah la même sérénité. L'homme s'avança vers eux à pied, son cheval attaché à la rambarde du porche. Il attendit pour les héler d'être à trente pieds d'eux.

– Je suis bien chez les McGavock ?

– Je suis John McGavock.

L'homme s'arrêta, se gratta de nouveau la tête.

– Où sont les rebelles ?

– Ceux qui ne sont pas morts sont déjà partis. Il n'en reste que quelques-uns, les plus grièvement blessés. Cet endroit a servi d'hôpital.

John conclut de sa mine soulagée que ses fonctions le mettaient mal à l'aise. Pour lui la guerre avait dû se dérouler derrière un bureau, où il tapait les messages destinés à des personnages haut placés qu'il craignait et méprisait en même temps. Pâle et boursouflé, le teint légèrement couperosé par le gin, il se tenait très raide dans son uniforme, comme s'il ne pouvait l'oublier un seul instant. Lui et ses pareils avaient la charge de transcrire les directives, de vérifier que les messages étaient effectivement transmis, de tenir à jour la liste des victimes et de télégraphier au quartier général d'énormes mensonges victorieux tout en s'assurant que les instigateurs de ces fables ne manquaient jamais de rien. Cet homme en face de lui, qui se grattait le crâne et rajustait son col, John s'en faisait une idée très précise. La bonne marche de la guerre dépendait de gens comme lui qui, s'ils n'allaient pas au combat, s'occupaient de huiler les rouages. Les deux camps disposaient de ce type de personnel. S'il s'était enrôlé dans l'armée, John en aurait-il fait partie ? Il éprouva pour l'homme une certaine tristesse, devinant dans quelles conditions il avait passé la guerre : dédaigné et plein de rancœur, peut-être même de remords. Il semblait malheureux de son sort.

– Ainsi il y a très peu de prisonniers.

– Ce ne sont pas des prisonniers à nos yeux, et surtout pas les nôtres. Nous les considérons plutôt comme nos patients, encore que les médecins se soient enfuis voici un bon moment.

L'homme esquissa un sourire qui révéla des dents minuscules et extrêmement blanches. John supposa qu'il manquait d'occasions de s'affirmer, et qu'il se réjouissait de celle-ci.

– Ce sont indéniablement des prisonniers, par ordre du général John Schofield, de l'Armée des Etats-Unis d'Amérique. Tout soldat confédéré dont l'état de santé ne permet pas le transport – et c'est moi, monsieur qui ai été nommé juge pour en décider – sera déclaré prisonnier de fait, faute d'être incarcéré. Les soldats suffisamment rétablis et en état de se déplacer devront nous être livrés afin d'être placés en détention.

Il a sûrement appris tout cela par cœur, se dit John, *à moins que sa profession n'ait contaminé son anglais.*

– Je suis le major Jonathan Van der Broeck, présentement officier de garnison pour les blessés, sous les ordres directs du général Schofield en personne. J'aurai besoin de la liste complète des hommes qui vous ont été confiés, indiquant le nom, le grade, l'unité et l'Etat d'origine de chacun. Mon assistant, le sergent Allston, se présentera pour prendre la liste et procéder à une inspection préliminaire des lieux. Une fois par semaine, je viendrai moi-même me rendre compte de l'état de santé de vos patients et juger de leur transportabilité.

– Il me semble que c'est un grand dérangement pour si peu d'hommes, major Van der Broeck.

La pose officielle laissa percer une expression peinée :

– Il y a des blessés partout dans cette ville, dans toutes les églises, tous les salons assez grands pour les abriter. Ils sont des centaines, peut-être même des milliers. Vous ne vous en êtes pas aperçus ? Je crois que peu de majors ont autant d'hommes sous leur responsabilité, bien qu'il s'agisse principalement de rebelles. Cela dit, je ne compte pas précisément.

Il adressa un bref salut à Carrie, venue rejoindre John, et tourna les talons. John sentit que, pour chacun d'eux, le poids du devoir tombait de leurs épaules. Il les imaginait en train de flotter, mais Carrie coupa court à ses rêveries, comme à son habitude. Il aimait le fait qu'elle soit là près de lui, fermement attachée à la terre au lieu de s'en aller à la dérive.

– Donc ils ne vont pas l'emmener.

– Les emmener.

– Oui. Ils restent tous ici ?

– On dirait bien que oui. Dans l'immédiat.

S'il considérait les choses selon la bonne perspective, John arrivait à se convaincre qu'il ne s'était rien passé, que rien n'avait changé. L'Union avait repris le contrôle de la ville, et sa maison était redevenue hôpital. Autour de lui les combats avaient cessé, et pourvu qu'il se tienne à l'écart de la ville, il pourrait ignorer les bouleversements causés par la guerre. Même les monceaux de corps, d'uniformes et de matériel qui encerclaient sa demeure avaient disparu, emportés par chariots entiers sans même qu'il s'en aperçoive.

– Rien ne sera plus pareil, fit Carrie.

Si elle avait bien lu dans ses pensées, elle tirait cependant des conclusions erronées.

– Les choses vont aller vers le mieux, fit-il.

– Pour qui ?

Il se tourna vers elle, et vit Mariah et Theopolis rassembler leurs affaires.

– Vous pensez que tout ira mieux pour Mariah et Theopolis, John ?

John ne perçut dans ses yeux ni chagrin ni jugement, simplement de la curiosité. La tristesse et la désapprobation lui étaient si familières qu'il lui fallut quelques instants pour s'aviser du changement.

– Pour ces deux-là ?

– Eux et tous les autres.

– Je n'en sais rien. Tant mieux que les combats soient finis, peu importe ce qui se passera ensuite.

– Je n'en suis pas si sûre. Je n'ai pas la faculté de deviner l'avenir.

– Vous pourriez peut-être poser la question à Mariah.

– Qu'en sait-elle, John ? Que sous-entendez-vous par là ?

– Qu'elle sait les choses, vous me l'avez dit vous-même. Je n'insinuais rien de plus.

– Elle sait les choses ? Vous y croyez, à présent ? Je ne pensais pas que vous prêtiez foi à de telles superstitions.

Mariah avait terminé de nettoyer le cimetière et elle les attendait, le regard braqué sur John. Rien en elle n'avait changé sinon le front ridé, à présent lisse et détendu comme s'il ne lui restait plus aucun motif de crainte ou d'inquiétude. Il pourrait continuer à lui donner le nom d'esclave, il comprenait cependant qu'elle ne le serait plus jamais. Theopolis, qui se tenait auprès d'elle et fuyait le regard de John, conservait pour l'instant une attitude d'esclave, mais John avait conscience que cela ne durerait pas. Il avait perdu son pouvoir non seulement sur eux, mais aussi sur son épouse. Et ses enfants ? Sur eux non plus il n'avait aucun ascendant, et il s'en trouvait soulagé.

– Posez-lui donc la question, Carrie.

Il l'attira à lui pour une étreinte brève et chaste, comme s'ils étaient frère et sœur. Il la pinça au côté, et elle lui donna une tape sur la main. Cela aussi allait changer. Ses sentiments envers elle, sa passion. Ils allaient changer. Dieu a donné, Dieu a repris.

32

ZACHARIAH CASHWELL

Je me suis réveillé un matin, pas très longtemps après ma nuit au fond du trou, et j'ai trouvé John McGavock assis au pied de mon lit dans un fauteuil en osier, la tête penchée comme si ses épaules soutenaient un lourd fardeau dont il n'espérait même plus se débarrasser. J'avais remarqué qu'il parlait pas souvent avec Carrie. On aurait dit qu'il se débattait dans les tracas, aussi démuni qu´un enfant qui vient de naître. Moi j'avais l'impression d'être non seulement un prisonnier, mais aussi un phénomène de fête foraine, avec tous les badauds esbaudis devant moi. Qu'est-ce qu'il pouvait bien me vouloir ? Je voyais pas trop ce que je pourrais lui dire. Je lui ai quand même causé poliment.

– Je suis Zachariah Cashwell.

– Je sais. Je vous ai déjà vu, autour de la maison. Je remarque certaines choses.

Ensuite il a tiré un canif de sa poche, le genre de couteau dont on se sert pour désosser un poulet. *Oh là,* je me suis dit, *l'homme de la maison est devant moi avec un couteau.* J'aimais pas beaucoup sa façon de dire qu'il m'avait remarqué, comme si j'avais fait je ne sais quoi avec sa femme, mais le moment me semblait mal choisi pour mettre les choses au clair. On aurait dit un riche qui en a assez de ses richesses.

– A présent que vous êtes éveillé, Mr Cashwell, puis-je vous signaler que vous saignez de la tête ?

J'ai senti une goutte de sang me couler derrière l'oreille.

– Merci bien.

– De quoi, je vous prie ?

– De m'avoir averti, pour ma tête.

– J'aurais pensé que vous faisiez allusion à autre chose.

– Je vois pas à quoi. Je dois vous remercier de me laisser rester dans cette chambre sous la menace du couteau ?

– Ce couteau n'est pas dirigé contre vous.

– Vous comptez vaincre tous les gars de l'Union, tout seul avec cette lame ?

– Non, pas ceux de l'Union.

– Les nègres, alors ?

– Les Confédérés. Votre peuple et le mien.

Voilà une chose que j'avais pas soupçonnée. Pas un instant je n'avais eu l'idée qu'il pouvait être de leur côté, partisan de l'Union. A le voir, il était pas bien différent de ceux qui nous attendaient dans les gares pour faire des discours sur notre courage, nos sacrifices, notre honneur et toutes ces foutaises. Je lui trouvais une tête de politicien, il manquait même pas les pattes sur ses joues. C'était impossible qu'il soit dans leur camp, lui qui avait permis qu'on occupe sa maison, que sa femme soigne nos blessures.

– Pourquoi ils vous font peur ?

– Ça me regarde.

– Sans doute, oui.

Je me suis demandé si les McGavock comptaient tous venir s'asseoir et me contempler à tour de rôle. Il n'y avait pas de haine dans le regard de McGavock, on aurait plutôt dit qu'il se contrefichait de moi, ce qui me rassurait pas beaucoup plus. Je serais peut-être amené à me défendre. Pourtant il s'est contenté de me dévisager pendant un long moment. Il y avait pas grand-chose d'autre à regarder, peut-être, mais quand même, je pense que ça se fait pas.

– Vous vous entendez bien, mon épouse et vous.

– Moi je suis pas d'accord, Mr McGavock. Je crois qu'en vérité, elle préfère me taper sur la tête que m'écouter parler.

– Elle veut que vous restiez ici. Elle y tient beaucoup.

– Elle est gentille, Mrs McGavock, je suppose qu'elle me juge pas assez bien remis.

– Je doute qu'il s'agisse de ça. J'aurais matière à être jaloux, non ?

– Il y a pas de raison, je vous le garantis.

– Je ne vous connais pas, et je n'ai donc aucune raison de me fier à votre parole sur le sujet. Je devrais vous jeter dehors et vous donner une correction pour avoir manqué de respect à mon épouse. La plupart des hommes se conduisent ainsi, n'est-ce pas ?

– J'ai jamais manqué de respect à votre épouse.

– Non, je ne pense pas, en effet. Je le croirais de n'importe quelle autre femme, mais pas d'elle. Je sais pertinemment que Carrie ne le tolérerait pas. Et, bien que j'ignore à quel genre d'individu j'ai affaire, je sais qu'elle vous apprécie infiniment ; aussi me garderais-je bien de m'opposer à cette nouvelle amitié, si malséante fût-elle. J'ai conscience de ne pas être en position d'intervenir, car j'ai beaucoup de torts à réparer. Et puis elle a si peu d'amis. Cela ne signifie pas que je sois moi-même votre ami, mais je serai assez généreux pour présumer que vous êtes un homme honorable et digne de mon respect. A cet égard, je me fie au jugement de mon épouse.

Je trouvais rien à répliquer. Jamais j'avais entendu un homme parler de sa femme de cette manière, mais ça me paraissait juste, ce qu'il venait de dire. Moi j'étais pas encore bien fixé sur ce que me voulait Carrie, et je voyais qu'il savait pas, lui non plus. McGavock a détourné la tête pour cracher, et sa salive était mêlée de sang. En le regardant, j'ai compris que cet air renfrogné qu'il avait sur la figure, c'était parce qu'il se mordait méchamment l'intérieur de la joue. Ses nerfs étaient tendus. Il a sorti sa flasque et avalé une bonne lampée d'alcool, à la façon de quelqu'un qui a bien l'intention de boire jusqu'à plus soif. Il m'a proposé de partager, et on a bu ensemble.

– Vous avez tué des hommes. C'est exact, Mr Cashwell ?

– Oui, monsieur. Je me suis jamais attardé pour vérifier qu'ils étaient bien morts, mais c'était à peu près sûr.

– Mais il y a eu un contact physique ?

– Des fois. En général, c'était pas vraiment du corps à corps avec des baïonnettes ou des couteaux. La plupart du temps on tirait sur des rangées de gars qui ouvraient le feu sur nous.

– Vous est-il arrivé d'examiner le travail ?

– Je comprends pas.

– Avez-vous eu l'occasion de réfléchir tranquillement à la façon de tuer un homme, et de veiller à ce que la chose se déroule conformément à vos plans ?

– Tranquillement, non, jamais, et ça ressemblait pas non plus à mes plans.

– Je vois ? C'est regrettable.

– Pas pour moi.

– Pardon, mais ce que vous racontez, Mr Cashwell, donne une telle impression d'incivilité. De désordre.

– Ça m'a jamais beaucoup tracassé dans la vie. L'incivilité. Les gens attendaient rien de moi, ni dans un sens ni dans l'autre.

McGavock a craché derechef. Les murs devenaient flous, je me suis aperçu que je ne cillais pas. J'ai compris qu'il était arrivé quelque chose à ce pauvre bougre. Ou alors c'est lui qui avait fait quelque chose dont je voulais surtout pas entendre parler. Pour me changer les idées, j'ai étiré ma jambe en bâillant.

– Mr Cashwell, vous avez fréquenté des putains, cependant.

– J'en ai connu, c'est vrai.

– Comment ça, connu ?

– Elles étaient amies avec ma tante. Là-bas, chez moi, mon oncle et ma tante tenaient un saloon. Comme elle était croyante, elle pensait que c'était son devoir de s'occuper des femmes qui travaillaient dans les chambres de l'étage. C'était une amie pour elles. Mon oncle prenait une part de leurs sous, mais elles les donnaient de bon cœur, tellement ma tante était gentille. Moi elle me défendait de monter là-haut.

Mr McGavock a levé les sourcils, puis il a éclaté de rire.

– Vous avez grandi dans un bordel.

– Un saloon.

– Bien sûr.

Il s'est mis à réfléchir en se passant la main dans les cheveux. Il avait arrêté de se mordre la joue.

– Quelle opinion avez-vous de la putain ?

– Laquelle ?

– En tant que groupe. Les putains en général.

– Je les connais pas toutes.

McGavock a commencé à ricaner, mais le rire a tourné court. Il avait bien l'intention de se moquer du pauvre crétin que j'étais ; je le savais, vu que je faisais exprès de me conduire comme ça parce que les gens vous fichent la paix dès qu'ils sont convaincus que vous êtes un idiot. Pourtant son rire s'est arrêté avant qu'il puisse ébaucher un sourire, et sa figure s'est affaissée en reprenant son air sérieux. Il avait juste les yeux aussi grands que des soucoupes.

– Vous ne les connaissez pas toutes. En effet, c'est exact. Nul ne les connaît toutes, ni vous ni personne d'autre. C'est la pure vérité.

Cette fois il a souri pour de bon, mais c'était gentiment. Il souriait en tapotant tout doucement ses genoux, comme s'il avait pensé à quelque chose qu'il venait tout juste d'oublier.

– Vous allez devoir rester chez nous. Vous n'êtes pas en état d'être fait prisonnier et emmené d'ici.

– Sans doute pas, Mr McGavock. Merci.

C'est là qu'il m'a raconté toute son histoire. Ça a pris des heures, au total, il est remonté au temps où il était jeune homme. Moi j'en perdais pas une miette. De temps en temps on entendait du bruit dehors, des soldats qui râlaient, mais personne est venu nous déranger. Ça paraît pas correct, ce que je vais dire, mais cette histoire m'a rendu content : je venais de rencontrer un homme sans rien d'exceptionnel, juste un homme ordinaire, et ça me laissait l'espoir de lui ressembler un jour, d'avoir comme lui une maison et une famille. Et aussi une femme comme la sienne.

33

Carrie McGavock

L'absence de Becky ne dura pas longtemps, même après que je les eus renvoyés, son frère et elle, par égard pour leur sécurité. Moi qui l'avais vue soigner les hommes avec l'air d'attendre quelqu'un qui ne venait jamais, je me doutais un peu qu'elle reviendrait. Elle n'était pas partie depuis deux jours que je la trouvais à mon réveil auprès des malades, en train de distribuer de l'eau et de changer les pansements. Elle pensait probablement qu'on risquait d'amener de nouveaux blessés, et parmi eux l'homme qu'elle cherchait ou quelqu'un qui la renseignerait sur son compte. Si elle fut dépitée de constater que personne n'était arrivé dans l'intervalle, elle n'en montra rien. Beaucoup avaient quitté la maison et le monde des vivants, mais il n'y avait pas eu de nouveaux venus depuis le deuxième jour. Becky travaillait sans relâche, une façon, je le compris, de préserver sa dignité et de protéger son cœur. J'avais déjà rencontré des femmes comme elle, mais plus âgées, des femmes misérables aux visages aigus, qui ne se voyaient pas d'autre usage qu'un labeur sans répit jusqu'au jour de leur mort, et que cette besogne incessante gardait du péril des espoirs déraisonnables et des chimères insensées. Les rêves d'amour, par exemple. Je souhaitais de tout mon cœur que Becky retrouve cet homme, qu'il lui offre la liberté et partage avec elle un amour déraisonnable et insensé. *Que sais-tu donc de l'amour, Carrie McGavock ?* Pas grand-chose, peut-être, mais j'étais en train d'apprendre.

Je ne lui dis rien en la revoyant, et elle non plus ne me parla pas. J'allai simplement l'aider à défaire le pansement sur le moignon d'un homme aux grands bras couverts de poils, avec un visage rubicond à l'expression douce et animée. Je lui trouvais l'air aimable. *Et si tu tombais plutôt amoureuse de lui ?* Je me posai la question mais préférai ne rien dire.

Becky se tenait auprès de ces hommes broyés et mutilés lorsque John arriva à cheval, m'annonçant que Will Baylor s'était fait tuer et qu'il avait rencontré sa mère. Tout d'abord, je me dis qu'il n'était qu'un parmi des milliers et que ce n'était pas une grande nouvelle. Je me rappelai alors que Will était mon favori parmi les Baylor, le plus intelligent, le plus spirituel et le plus prévenant de tous. Le plus séduisant, aussi. Je priai pour lui en silence et, sur le moment, je ne pensai plus guère à lui.

En rentrant dans la maison, je découvris Becky figée et sans voix, les bras crispés contre son corps, les doigts écartés et les paumes tendues en avant. Elle ne me regardait pas, les yeux rivés au plafond. Je devinai qu'elle cherchait à voir quelque chose au-delà, le ciel et ce qui nous gouvernait de là-haut, car j'avais fait trop souvent ce geste pour pouvoir l'oublier. C'était l'attitude d'une femme pétrifiée par la douleur et la haine.

Je sus alors que son amant était Will Baylor. *Qu'il aille au diable ! Pourquoi donc s'était-il amusé avec une fille comme elle ? C'était injuste et ignoble de sa part.* Aussitôt cette pensée me fit honte. J'ignorais tout de ces deux-là, et dans ce domaine, je parvenais à peine à me comprendre moi-même. Je songeai à Cashwell retiré dans sa chambre.

Bien sûr, je m'approchai de Becky pour la prendre dans mes bras, et elle sanglota longuement ; elle essuyait ses larmes pour qu'elles ne mouillent pas ma robe, mais je ne faisais que l'étreindre plus fort. Je la conduisis au salon pour la faire asseoir.

Elle garda un moment le silence, luttant de toutes ses forces pour ravaler ses pleurs, puis elle se leva en m'assurant que ce n'était rien du tout, que les épreuves de la guerre lui avaient tourné la tête, mais qu'elle se sentait tout à fait remise.

– Rassieds-toi.

Elle obéit, et la tension qui l'habitait reflua hors de son corps. Je craignis qu'elle ne s'évanouisse. Elle resta assise les pieds joints, le menton baissé.

– Will Baylor. C'est lui.

Malgré le manque de lumière qui m'empêchait de bien voir son visage, je sus qu'elle était choquée d'entendre son nom dans ma bouche.

– Qu'est-ce que vous voulez dire ?

– Ton amoureux. C'était bien Will Baylor, n'est-ce pas ?

A la faible lumière des lampes, je vis briller ses larmes. Elle se borna à hocher la tête. Je fus tentée de dire quelque chose, une formule de condoléances ou d'autres paroles également vaines, mais elle parla la première.

– Je l'aimais. Et lui aussi m'aimait. C'est le seul garçon qui m'ait jamais aimée. On se cachait à cause de son père.

Baylor. Elle n'avait pas besoin d'en dire davantage.

– Il venait me voir dès qu'il avait une occasion, avant la guerre on se donnait rendez-vous à la rivière et on passait nos journées à patauger dans l'eau, on se mouillait les pieds et on faisait peur aux grenouilles et aux rémoras. Je croyais que ça durerait toujours.

Il ne me restait qu'à me taire. De cruelles expériences m'avaient appris combien sont dérisoires les mots de consolation. Tout ce que l'on peut dire, même les paroles de compassion, ne servent à rien, du moins dans un premier temps. La seule vérité que l'on pouvait formuler, c'était que les choses sont toujours trop brèves : l'amour s'esquive toujours avant que l'on y soit préparé. Et à quoi bon dire cela à cette fille solitaire et brisée ?

– Je pensais qu'on se marierait. C'est bête, hein ?

– Non, absolument pas.

– C'était de la bêtise de croire que je gagnerais quelque chose en cherchant quelqu'un au-dessus de moi, comme ce garçon.

– Tu as été heureuse au bord de la rivière, non ? Quand vous étiez ensemble, c'était bien du bonheur ?

– Ça suffit pas, ça suffira jamais. J'ai fait une erreur.

Lorsqu'elle se leva, je sus qu'elle allait partir pour toujours. Elle se mit à genoux, et sans y réfléchir je m'agenouillai auprès d'elle sur les lattes dures du parquet, sentant sous ma paume posée sur son épaule la toile rêche et râpeuse dont elle était vêtue. Elle priait.

– Bien-aimé Seigneur, je prie pour que Tu aies épargné à Will la souffrance et la solitude que je ressens à présent. J'espère que Tu l'as emporté très vite et qu'il sait qu'il me manque plus que n'importe quoi d'autre sous Ton soleil. Demande à ma chère maman d'aller le trouver et de rester près de lui, parce qu'un jour je viendrai à mon tour et j'espère qu'il sera là à m'attendre. Voilà Seigneur, je demande rien de plus. C'est la seule chose dont j'ai besoin. Amen.

Elle se leva et repoussa ma main, le regard durci non par la haine mais par la détermination. Elle était résolue à continuer à vivre comme toutes ces femmes aux traits anguleux, épuisées par le labeur, qui enferment leurs rêves et leurs espoirs au fond d'elles-mêmes comme des conserves dans un bocal. Elle ne voulait pas que je la retienne, ni que je la reprenne dans mes bras. Je l'étreignis tout de même, et de nouveau son corps se relâcha, les sanglots montant des tréfonds de sa poitrine. Je me disais qu'en la tenant simplement contre moi, je saurais la convaincre de rester, la persuader, peut-être, que la vie qu'elle imaginait était encore à sa portée. Mais elle se redressa en m'écartant sans brusquerie, posant sur moi un regard radouci.

– Il m'aimait, vous savez. Même une fille comme moi, elle peut inspirer de l'amour. C'est pas impossible.

Elle sortit de la maison et descendit les marches pour s'engager dans l'allée. A cause de la poussière on aurait dit qu'elle flottait, puis elle disparut au tournant de la route, s'enfonçant à travers bois.

34

Carrie McGavock

Après le départ des émissaires de l'Union, Mariah et moi fîmes notre possible pour apaiser les hommes qui restaient dans la maison. Nous les écoutâmes se lamenter de choses et d'autres, exprimer leur certitude d'être capturés et enfermés dans quelque prison yankee, leur colère de ne pouvoir se défendre et riposter.

Le soldat à la mâchoire arrachée, Hunt, agita son bout de papier à mon intention et se mit à griffonner avec des gestes fébriles : *Je veux un fusil.*

– Je n'ai pas de fusil à vous donner, Hunt. Que comptez-vous en faire ?

Tuer les salauds de Yankees qui m'ont fait ça.

– Il est probable que ces Yankees soient morts, Hunt. Vous, vous êtes vivant, donc c'est vous le vainqueur.

Ça marche pas comme ça.

Essuyant la salive qui mouillait son cou, j'essayai de le faire s'appuyer à l'empilement d'oreillers et de draps qui lui servaient de dossier, contre le mur du salon du bas. D'une humeur exécrable, il n'entendait pas se laisser amadouer. Il resta assis au milieu du parquet, courbé sur son papier.

Vous allez me laisser tomber, moi et aussi les autres. Il faut nous protéger. Je suis le seul à pouvoir encore tenir un fusil.

– Je ne vous donnerai pas de fusil, et je refuse que vous vous battiez. Il y a déjà eu assez de combats.

Je suis pas un gamin.

– Je n'ai rien dit de tel, Hunt.

Arrêtez de me traiter comme un enfant. Et m'appelez plus Hunt. Il leva les yeux, pensif, et lécha le bout de son crayon. *Capitaine Hunter.*

– C'est vous ?

Oui. J'ai vu la façon dont vous nous regardiez, et je veux plus entendre ce nom de Hunt. Capitaine Hunter.

– Très bien, capitaine Hunter.

Dites pas ça avec l'air de vous moquer.

– Entendu, capitaine Hunter, mais le fusil, je ne peux pas vous le donner.

D'accord.

Mariah était beaucoup plus forte que moi pour affronter les soldats, et elle débattait avec eux de leur futur à tous. Je m'arrêtais parfois dans le couloir pour l'écouter, et bien qu'elle parlât avec eux, j'éprouvais le curieux sentiment que c'était son propre avenir qu'elle préparait, et que les hommes le savaient et oubliaient momentanément leurs doléances, fascinés par le sort qui l'attendait, elle une négresse, à présent que le conflit touchait à sa fin. Personne n'ignorait que la guerre serait bientôt finie. Là-dessus, il n'y avait pas matière à discuter.

Comme Mariah ne pouvait – ou ne voulait – aborder de manière directe ses projets et ses opinions, ils adoptèrent une espèce de code. Si l'un d'eux venait à demander « Où est-ce que je vais aller ? », Mariah répondait « Là où vous s'rez le plus heureux. Qui qu'on soit, y faut chercher son bonheur et avoir le dessus. » Et quand quelqu'un disait « Les choses vont changer », Mariah renchérissait « C'est la vérité vraie, vous êtes pas sot. »

C'était incongru qu'un nègre s'adresse ainsi à un Blanc, mais aucun n'émit la moindre protestation. Ils s'enthousiasmaient de tous ses propos, leur prêtant une oreille avide, et l'écoutaient comme si elle détenait une infinie sagesse ; Mariah n'était pas plus sage que moi, mais c'était le domaine où s'exerçait sa connaissance qui captivait les hommes réunis dans la pièce. Ils prévoyaient que leurs blessures imposeraient à leur vie des restrictions nouvelles, qu'elle serait contrôlée et circonscrite par la charité arbitraire d'autrui. A l'avenir, leurs infirmités les priveraient de certaines prérogatives des hommes libres, et cette condition leur donnait une idée, un aperçu, de ce qu'avait été l'existence de Mariah. Cette pensée me bouleversa. C'était elle le vétéran qui avait suivi avant eux le chemin qu'ils prendraient bientôt, et eux les nouveaux venus impatients d'apprendre des choses sur ce monde-là.

Mariah, que Dieu la bénisse, leur apportait du réconfort. Du moins leur parlait-elle comme si le bonheur n'était pas exclu. Le soulagement que je ressentis alors ne concernait pas les soldats. Je pris conscience que je ne m'étais jamais demandé si Mariah était heureuse, et que bientôt rien ne me préoccuperait plus que cette question. Je me rendais compte que je pouvais la perdre, elle aussi, comme j'avais perdu John Randal, Mary Elizabeth et Martha.

Plus tard, je montai dans la petite pièce au-dessus de l'entrée, celle où j'avais passé tant d'heures à me balancer dans mon fauteuil et où je croyais entendre autrefois les voix de mes enfants. Et eux, avaient-ils été heureux ? Au cours des six années qu'elle avait vécues, Mary Elizabeth avait-elle connu le bonheur ? Etait-ce le bonheur que j'avais devant les yeux, quand je la regardais gambader à travers notre champ de blé, par-delà l'allée, pêle-mêle de boucles brunes bondissant parmi les épis pour débusquer les mulots aux grandes oreilles grotesques, avant qu'elle ne devienne trop faible pour marcher et même pour parler ? Etait-ce du bonheur, et en avait-elle conscience ? Hattie et Winder savaient-ils ce que signifiait être heureux ? Peut-être que ça n'avait pas d'importance. Peut-être est-ce un des privilèges de l'enfance, de ne pas sentir le besoin de nommer le bonheur ou même de l'identifier ? A quel moment nous vient la manie de mettre des mots sur les choses ? Sans doute quand l'objet que l'on cherche à désigner est déjà perdu pour nous. Hattie et Winder s'en iraient-ils loin de moi lorsqu'ils sauraient attribuer un nom au bonheur révolu ? Je n'aurais pas la force de le supporter.

Je restai assise devant la fenêtre à contempler mon domaine, écoutant les voix des hommes bien réels qui le traversaient.

Quel mécanisme avait fait de Zachariah un fugitif blessé mais toujours en vie, et transformé en idoles les généraux défunts qui gisaient sous mon porche ? Qu'est-ce qui les séparait sinon la chance ? Je quittai mon fauteuil à bascule. Alors que je n'avais jamais craint Zachariah, j'avais senti en moi le frémissement de la peur en couvrant la face des généraux. J'avais entendu parler de *la main invisible* : la possibilité qu'ils aient su qui commandait nos vies, que cette puissance inconnue leur ait accordé une audience tandis que le reste de l'humanité se débattait dans l'ignorance. C'était cela qui m'effrayait. Ces généraux étaient entrés en contact avec la chose indéfinie qui dressait les hommes les uns contre les autres, armés de couteaux et de fusils, et j'aurais voulu que l'un d'eux survive pour me confirmer que j'avais vu juste.

Theopolis entreprit la réfection de la toiture, dépouillée d'une partie de ses planches pour nourrir les feux du campement. Sans lui, la pelouse paraissait immense et vide, et malgré les cercles noircis sur l'emplacement des anciens foyers, malgré les herbes couchées à l'endroit où les hommes avaient dormi, c'était leur absence qui frappait le plus. Notre pelouse avait subi un changement irréversible, et j'eus brièvement l'idée de demander à John de préserver en souvenir ces traces circulaires. *Un témoignage de ce qui s'était passé.*

Je renonçai aussitôt à ce projet. Personne n'oublierait ce qui s'était produit ici, notre mémoire n'avait pas besoin de signes. Je rentrai dans la maison.

Un mois s'écoula, puis un autre. A partir du printemps, les soldats vinrent chercher les derniers blessés, Zachariah ne leur échapperait pas non plus. Ils iraient en prison, tout le monde le savait, mais nous ne prononcions jamais le mot.

Durant cette période, je passai de longues heures à jouer au backgammon avec Zachariah. Nous parlions peu, mais je n'en éprouvais plus le besoin. J'étais satisfaite de le voir reprendre des forces et regarder par la fenêtre entre deux parties. Je trouvais les gens terriblement bavards, à l'excès peut-être, et le plus grand luxe consistait à rester assis en silence.

Petit à petit, les couleurs revenaient sur les joues de Zachariah, si bien que son visage s'empourprait et pâlissait tour à tour comme les nôtres. Il maîtrisait très bien le maniement des béquilles, ses épaules retrouvaient de l'ampleur. Son allure émaciée avait disparu, spécialement sur son visage où la chair remplissait à présent les creux et les sillons de la peau relâchée. Ses traits adoucis lui rendaient un air de jeunesse. J'y décelais le gamin qu'il avait été, et qui n'avait jamais été loin d'affleurer à la surface.

Au mois de mars Hattie et Winder rentrèrent de Louisiane, où ils séjournaient chez nos parents. Tout danger était désormais écarté. Leur présence donnait une impression de sécurité, comme si les jeux de deux enfants dans la terre de la pelouse, leurs cavalcades parmi les herbes fraîches et la rosée du matin, constituaient la garantie de l'ordre de la part du Seigneur. Plus rien ne les menaçait, et dans le cas contraire, je me sentais capable de les prémunir contre un éventuel incident. Leurs cris, leurs amusements tapageurs autour de la maison apportaient un semblant d'insouciance et de légèreté. Comment s'inquiéter de l'avenir alors que Winder imitait les grognements du cochon, la bouche pleine de terre, pour divertir les blessés encore présents, un numéro qu'il continua d'exécuter jusqu'au départ du dernier d'entre eux. Je m'étonnai qu'il ne s'effraie pas davantage des hommes défigurés qui vivaient chez nous, mais je suppose que les visages détruits cessaient d'être un spectacle extraordinaire, et l'on dit aussi que les enfants sont les plus prompts à s'accoutumer aux choses nouvelles.

Zachariah ayant deviné tout seul ce qu'il ignorait encore de moi, je parlais rarement, sinon pour protester chaque fois qu'il trichait en bouleversant l'échiquier, prétextant que l'absence de sa jambe l'avait déséquilibré. S'il adorait tricher au jeu, Zachariah n'était pas très doué et je savais qu'il perdrait jusqu'à son dernier sou s'il tombait sur un aigrefin patenté. J'espérais qu'il côtoierait des gens honnêtes une fois qu'il m'aurait quittée.

Il me confia toutefois une drôle d'histoire à propos de ses parents. Le récit était décousu et plein de trous, comme s'il s'ingéniait à me le conter en passant sous silence ses épisodes les plus noirs. Son père était décédé, sa mère avait fui avec un pasteur. Je savais déjà cela, et bien que la chose me parût sordide, je ne la jugeais pas du tout exceptionnelle chez les gens de son milieu. Cette opinion témoignait d'une incroyable arrogance, mais je ne peux la désavouer.

Enfant, j'avais suffisamment appris à connaître ces gens qui se déplaçaient sans cesse sur la Grande Piste, tous rebelles aux lois, violents et déchus, pour imaginer la vie de Zachariah dans l'Arkansas, parmi ces populations instables, toujours pressées de s'en aller ailleurs, étouffant au milieu de leurs voisins. Cependant, Zachariah mentionna un détail qui me troubla : le jour du départ de sa mère, rien ne le marqua autant que l'odeur de la terre sur la tombe de son père. *Une odeur très fraîche, comme si cette terre venait pour la première fois à la lumière. Je crois que c'était vrai.* Lorsque sa mère était partie, la terre était encore fraîche sur la tombe de son père. *Elle s'en est allée en voiture, et moi je ne pouvais pas bouger, vous voyez, je pouvais juste la regarder.* Il ne courut pas derrière elle, il resta où il était et huma le parfum de la terre. Comment était-ce possible ? Plus je méditais la question, plus la scène devenait abjecte. Je dus me forcer à l'écarter de mon esprit pour ne pas perdre le peu de santé mentale que j'avais reconquis.

J'avais acquis une vague idée de ce qui était arrivé, en ce jour où Zachariah était encore l'enfant dont les traits se précisaient dans mon imagination depuis qu'il s'était rétabli. Je crois qu'il provoqua délibérément ces soupçons, tout en se refusant à les confirmer explicitement. Jusqu'au bout, Zachariah demeura pour moi une source d'inépuisable mystère. Il surgissait toujours une nouvelle énigme à résoudre. Il incarnait l'exact opposé de John et de moi-même, et ses mystères contenaient une forme de connaissance du monde à la fois terrifiante et libératrice. Zachariah en avait probablement conscience et préférait taire ces choses-là de peur que l'effroi ne me submerge. Je lui en savais gré, bien que ma compréhension de plus en plus aiguë de sa personne suscitât en moi une angoisse indescriptible.

Le jour où ils vinrent le chercher, le soleil cognait sur la maison et sur nos terres, dissipant les brumes matinales et réchauffant le sol sous nos pieds. Il faisait trop chaud pour un mois d'avril.

Presque chaque semaine, l'officier de l'Union emmenait un de mes protégés. Je ne voyais pas bien la nécessité d'enfermer des hommes qui non seulement ne pourraient plus se battre, mais qui, en dépit de leur forfanterie, m'avaient confié à leur manière, chacun à leur tour, qu'ils ne désiraient plus menacer personne. Et l'armée de l'Union, qui avait mis tant de diligence à écraser les Confédérés au cours des cinq mois écoulés, devait les craindre moins que quiconque. Nous avions beau savoir que la guerre finirait bientôt, il fallait quand même que ce petit homme porcin dans son uniforme bleu se justifie de conduire tel ou tel en prison. Certes, il se contentait d'exécuter les ordres – il n'était pas du genre à prendre des initiatives – et sa tâche ne lui procurait aucune satisfaction. Il arrivait de bon matin accompagné de deux soldats, des hommes endurcis au visage tanné par le soleil, qui se seraient visiblement passés d'être là à traîner des prisonniers en captivité. Je les revois encore en rêve, leurs traits maintenant imprécis – l'un d'eux, me semble-t-il, portait une moustache rousse – révélant bien des choses à travers leur fatigue. Tous étaient aussi fourbus que moi, que les hommes couchés sur le parquet du salon, que mon époux et Zachariah. Je constatais que même la victoire échouait à transfigurer l'épuisement. Cela me réconforta.

Lorsqu'on les emmena, tous les hommes s'efforcèrent de garder leur dignité malgré la terreur. Ceux qui marchaient encore sortirent sans opposer de résistance, flanqués de deux gardes, et ne se retournèrent pas une seule fois vers nous. Les autres se laissèrent soutenir par les soldats, s'excusant d'être si malcommodes à porter, remerciant les gardes qui leur venaient en aide. Eux non plus ne regardèrent jamais en arrière.

Je savais, naturellement, que le petit officier de l'Union avait remarqué mon attachement pour Zachariah, et qu'il repoussait son départ alors même qu'il était au meilleur de sa condition, capable de se déplacer sans assistance. Selon moi, le petit officier l'épargnait pour m'amadouer, me rendre plus coopérative pendant qu'il s'acquittait de sa besogne. A cet égard il avait misé juste, et si sa perspicacité à évaluer la situation et mon caractère ne m'invitait guère à la gratitude, je me réjouissais toutefois de garder Zachariah aussi longtemps que possible. Je voulais qu'il connaisse mes enfants, qu'il se représente ce que j'avais perdu en plongeant son regard dans le leur. Rien ne m'indiquait qu'il avait compris, il se bornait à sculpter pour eux de petits jouets en bois – un cochon maigre à l'échine saillante pour Winder, et pour Hattie un petit cheval au dos ensellé. Il leur recommanda d'y faire bien attention, car ils possédaient quelque chose de spécial et les égarer portait malheur. Bien entendu, les enfants apeurés se hâtèrent de les mettre à l'abri dans un tiroir d'où ils ne sortirent plus jamais. Zachariah, j'en étais certaine, n'aurait jamais d'enfants s'il pouvait l'éviter.

L'officier de l'Union n'était pas en mesure de surseoir indéfiniment à l'arrestation de Zachariah. Lorsque mon beau et étrange compagnon fut le dernier des blessés à demeurer chez nous, quasiment adopté par la famille et pris pour confident par John, avec qui il jouait aux cartes une partie de la nuit, je sus que je devais me préparer à son départ.

Tout en ce monde est transitoire. Je ressassais cette idée à l'envi, m'apitoyant sur moi-même. *Tout est transitoire, rien n'a jamais duré.* Ces fragiles merveilles que sont l'amour et les enfants sont vouées à la fugacité. Est-ce que j'aimais Zachariah Cashwell ? Oh oui je l'aimais. C'était la vérité, si invraisemblable fût-elle. J'imaginais qu'un jour il me soulèverait de terre pour m'emmener avec lui, que je m'agripperais à ses bras dont je sentirais les muscles noueux, priant pour que leur chaleur soit la même que celle qui enflammait mon visage et mon ventre. Comment pouvais-je aimer un tel homme, un étranger venu d'un monde inconnu, aussi éloigné de moi qu'il était possible ? Tenir une maison, diriger une plantation ou un négoce étaient des choses dont il ignorait tout. Ma demeure ne l'impressionnait guère, pas plus que le domaine ou les quelques objets de valeur que nous conservions. Il se moquait bien des porcelaines, de l'argenterie et des tapisseries venues de France. Peut-être était-ce justement ce qui me séduisait en lui : son indifférence, et l'idée à la fois stimulante et choquante que tout cela ne méritait pas notre intérêt, que les objets les plus somptueux restaient dans le fond des objets, des choses sans vie. Zachariah était vivant, et son désir de vivre n'avait rien à voir avec les possessions matérielles ou le rang social. La vie était une fin en soi, le plaisir de respirer, de monter à cheval, de profiter du spectacle qui s'offrait à ses yeux. Cela me grisait. Cet homme m'exaltait.

Seigneur, je l'aurais suivi si Tu me l'avais permis, mais Tu ne m'as pas donné la force de devenir une réprouvée. J'étais, j'ai toujours été, Carrie McGavock, mère et épouse d'un homme respectable. Je me souciais de l'opinion d'autrui, et c'était peut-être cela qui distinguait à ce point Zachariah Cashwell : il s'en moquait éperdument. Tout ce que je pouvais faire, c'était prier et espérer qu'il tenait à moi, que mes sentiments n'étaient pas de sottes chimères de gamine, mais la réaction d'une femme au désir d'un homme. C'était la seule chose que j'avais besoin de savoir, celle qui suffisait à me porter. Etre *désirée*.

En cette chaude matinée d'avril, le petit officier se présenta chez nous, venu cette fois sans ses gardes. Le tour de Zachariah était arrivé, je le savais, et après avoir échangé avec lui quelques paroles à la porte, je m'empressai d'aller le chercher. Faisant irruption dans la chambre d'invités, je le trouvai devant la fenêtre, appuyé sur sa canne. Lui aussi avait vu l'homme approcher. Je restai là sans bouger, silencieuse, désemparée. Quand il se tourna vers moi, je ne lus pas sur son visage l'effroi que j'éprouvais pour lui. Les coins de sa bouche se relevèrent à peine, comme s'il jugeait malséant le sourire qu'il était tenté d'esquisser. Il inclina la tête et je lui trouvai alors, je l'avoue, le charme des mauvais garçons. Il avait l'air d'un voyou. L'idée me fit sourire, et je tapai du pied pour retenir son attention et lui prouver mon sérieux. Ce ne fut qu'à l'instant où il s'approcha pour effleurer ma joue que je sentis le froid de mes larmes.

– Je pourrais vous emprunter un peigne, Mrs McGavock ?

Un peigne ? Voilà tout ce qu'il trouvait à me dire ? Je repris contenance et séchai mes joues, le doigt tendu vers la commode.

– Vous en trouverez un dans le tiroir du haut.

Il alla ouvrir le tiroir, où était rangé un vieux peigne en os que j'utilisais pour démêler les boucles de Winder. Zachariah regarda d'abord sa main, puis il leva les yeux vers moi avec un sourire et appliqua de la salive sur ses longs cheveux bruns. Tandis qu'il y passait longuement le peigne, la tignasse enchevêtrée se changea en un flot de cheveux noirs et lisses. Il le reposa et revint en claudiquant vers le coffre pour y prendre son uniforme, lavé et plié par les soins de Mariah. Un mélange de pudeur, d'embarras et de tristesse me poussa à sortir.

– S'il vous plaît, j'ai besoin d'aide.

Lorsque je me retournai, il avait déjà ôté la salopette que je lui avais donnée, retaillée pour s'adapter à sa jambe mutilée, et se tenait en équilibre dans ses sous-vêtements. A ce moment-là je ne vis que ses yeux. Je découvrais que l'on peut regarder quelqu'un dans les yeux pendant des mois sans en connaître toutes les nuances, toutes les expressions. Je m'étonnai de les voir si sombres en cet instant, de voir les paupières si tombantes qu'elles semblaient ne jamais devoir se relever. Ils exprimaient une détresse sans remède. J'attendais qu'il vienne à moi et me prenne dans ses bras, en me disant qu'il ne me quitterait jamais et m'emmènerait avec lui. J'avais envie de sentir son odeur, le contact de sa poitrine contre la mienne. Mais il ne fit pas un mouvement, me fixant de ses yeux verts emplis de lassitude, et s'abandonna momentanément aux pensées qui lui traversaient l'esprit. Enfin il cligna les yeux et s'efforça à nouveau de sourire.

Il parvint à ouvrir le coffre placé au pied du lit, mais pas à se pencher suffisamment pour en retirer l'uniforme. Je m'avançai pour le prendre à sa place et le poser à plat sur le lit. Je l'entendais respirer, et je m'aperçus en venant plus près de lui qu'il avait le souffle court. Ce fut là le dernier signe d'anxiété qu'il manifesta en ma présence.

Il commença par passer la chemise, presque bonne pour le rebut à force d'accrocs et de ravaudages. Je m'étonnai du mouvement gracieux de ses doigts qui attachaient les boutons. Habituée à le voir s'élancer gauchement sur ses béquilles, j'avais oublié qu'il pouvait encore posséder de la grâce. Il s'assit ensuite au bord du lit, son pantalon à la main, et je compris que je devais l'aider à l'enfiler.

Debout devant lui, je tirai sur les jambes du pantalon, puis je continuai agenouillée derrière lui, l'entourant de mes bras. C'était la première fois qu'il me laissait faire.

Lorsque le pantalon fut presque enfilé, je repassai devant lui et l'aidai à ajuster les jambes pour qu'elles tombent bien droit. Ce qui restait du membre amputé s'était atrophié. Toucher ses deux jambes revenait à toucher deux hommes totalement différents, où à entrevoir deux avenirs distincts pour cet homme : s'étioler et s'affaiblir, ou bien retrouver ses forces. J'étais incapable de pressentir ce qui l'emporterait.

Lorsqu'il se redressa, j'avoue qu'il m'impressionna. Curieusement, je ne pensais plus du tout à son grade, et voilà que le *sergent* Cashwell se tenait devant moi avec ses galons. Zachariah surprit mon regard.

– Je les arracherais bien pour vous les donner, mais j'en tirerai peut-être quelques sous un de ces jours, il y a des collectionneurs. Pardonnez-moi, mais l'argent va se faire rare à l'avenir.

– Je ne voudrais même pas de ces vieilleries.

– Pour être franc, moi non plus.

Son regard se porta derrière moi, et je rougis en voyant John sur le seuil. Il ne remarqua rien, tripotant les passants de sa ceinture.

– Vous avez besoin de quelque chose, sergent Cashwell ? Il vous faut de l'argent ? demanda-t-il en levant les yeux.

– Je crois pas qu'ils m'autorisent à en avoir, Mr McGavock.

– Vous avez sûrement raison.

Ils échangèrent un regard, hochant la tête comme de lourdes branches sous un vent indolent. J'ai noté, depuis, que les hommes communiquaient ainsi, d'une manière qui m'échappe. Je savais seulement qu'ils étaient ridicules, même si j'étais heureuse que John soit venu faire ses adieux à Zachariah.

Nous regagnâmes le corps de logis principal en traversant la salle à manger, avec sa tapisserie ornée de scènes exotiques aux lisières de mon imagination. Nous prîmes le couloir central sur la gauche, et trouvâmes à l'entrée le petit officier en compagnie de Mariah, qui l'avait fait patienter dans le vestibule.

Je saisis la main tiède et rêche de Zachariah, et il serra la mienne très fort. Mariah et John me regardaient, mais ça m'était égal. *Ça m'était égal.* Quand il s'avança vers le petit officier, je l'accompagnai. Je ne le quittai pas non plus lorsqu'il se campa devant l'homme et se constitua prisonnier. Au moment où il descendit les marches du perron, sa main relâcha son étreinte et ses doigts se dégagèrent des miens.

La minute d'après ils étaient partis, et il ne laissa derrière lui que l'impression fugitive de ses mains calleuses au bout de mes doigts.

JOURNAL DU MAJOR JONATHAN VAN DER BROECK, USA

Il était prisonnier sur parole, sans surveillance. Au moment où notre régiment arriva à Franklin, il s'était bien remis de ses blessures. Dès notre arrivée, le colonel m'avait donné pour consigne de garder un œil sur les Confédérés hébergés chez les McGavock et d'emmener ceux qui pouvaient se déplacer. De temps en temps, je me rendais là-bas en compagnie de deux hommes, avec deux ambulances, et acheminais quelques soldats jusqu'à Franklin, d'où ils seraient conduits à Nashville puis transférés dans une prison militaire du Nord. Suite à ce que je qualifierais de négligence administrative – j'en ai pris pour mon grade à cette occasion –, un sergent bénéficia plus longtemps que les autres de l'hospitalité des McGavock. Dès qu'il s'en avisa, le colonel m'ordonna d'aller immédiatement sur place et de placer l'individu en détention, si bien que je pris moi-même une ambulance pour me rendre là-bas. J'aurais pu m'adjoindre deux hommes, mais je ne le jugeais pas nécessaire.

Je fus reçu par la maîtresse des lieux à qui je demandai après le sergent, et elle m'informa qu'il se trouvait dans une des chambres. Je la priai alors d'aller le chercher et de l'avertir que je désirais le voir. Elle s'absenta un moment et revint accompagnée du sergent qui marchait avec une béquille.

C'était un homme d'une trentaine d'années, de stature moyenne, à la silhouette maigre et élancée, avec des cheveux noirs et des yeux d'un vert brillant au regard perçant. Malgré son uniforme loqueteux, il restait un superbe soldat. M'avançant vers lui, je lui exposai mon propos en termes concis mais courtois. « D'accord, répondit-il. Je suis prêt. »

Nous quittâmes la maison. Il était très habile avec sa canne, et il demanda à voyager près de moi plutôt qu'à l'arrière. Je l'y autorisai en lui précisant qu'il devrait s'allonger avant notre arrivée en ville pour sauver les apparences. Alors que je prenais les rênes, il me pria de patienter une minute. Il se retourna vers la porte de la maison restée ouverte, à une certaine distance de nous, où l'obscurité ne permettait pas de voir l'intérieur. Il n'en continua pas moins à regarder avec insistance. Enfin je secouai les rênes, et la voiture partit en brinquebalant dans l'allée.

Avant que la maison ait disparu à nos yeux, il souhaita que je fasse une halte, et j'accédai à sa requête. Je suivis la direction de son regard. Tout le monde était rentré, à l'exception de la dame qui nous regardait toujours du haut de son porche.

Lorsque je fis avancer les chevaux, il garda les yeux rivés sur la maison jusqu'à ce qu'on prenne le tournant de l'allée, et qu'on ne voie plus qu'une partie de la galerie de l'étage.

En dépit de sa jambe amputée, il n'avait pas l'air d'un invalide. S'il survivait à la prison, je gageais qu'il s'en sortirait mieux que beaucoup d'autres. Deux jours plus tard, il échappa à la surveillance des gardiens de la prison. Le soir il était là et le lendemain matin il avait disparu.

Cette fois encore, ça a bardé pour moi.

LIVRE TROISIÈME

35

La ferme des Griffin

Becky s'arrondissait si lentement que son père et son frère ne remarquèrent son état qu'au huitième mois de sa grossesse. Elle, bien entendu, savait très bien ce qui se passait et ne se souciait pas de le dissimuler. Elle attendait même avec impatience de voir grossir son ventre, pour avoir l'occasion de répondre aux questions tout au long du printemps et de l'été. Elle comptait simplement dire *J'aimais un garçon et lui aussi m'aimait*, sans rien ajouter d'autre. C'était la déclaration qu'elle rêvait de faire au monde entier, mais le monde ne s'apercevait de rien. Seuls son père et son frère s'en avisèrent et, à ce moment-là, les douleurs qui lancinaient ses reins et la confusion provoquée par ses étourdissements lui permettaient à peine de parler.

Le nom du garçon, jamais elle ne le révéla à son père. Eli aurait pu l'identifier, mais elle savait qu'il le connaissait uniquement sous le surnom de Cotton Gin, et cela suffirait à maintenir le secret sur l'identité de Will. Puisqu'il était mort, elle n'avait aucune intention de partager son enfant avec les Baylor, ni même de leur laisser apprendre son existence. Elle se réjouissait à l'idée de posséder une part de Will qui n'appartiendrait qu'à elle. Quand ses malaises ne l'empêchaient pas de réfléchir, elle se disait que les Baylor se satisferaient de cette solution, qu'ils ne reconnaîtraient jamais comme le descendant de Will le bébé d'une moins que rien de son espèce. Elle prévoyait ce qui adviendrait si elle parlait de Will Baylor à son père et à son frère. Le père ne tarderait pas à aller trouver Mr Baylor pour qu'il les aide à élever un enfant qu'ils peinaient à nourrir, et Mr Baylor le traiterait comme le dernier des mendigots. Jamais elle n'accepterait qu'il essuie pareille humiliation. Lui s'y résignerait, elle le savait, ravalant pour lui venir en aide le peu de fierté qui lui restait. Becky ne le supporterait pas. Et de toute façon, conclut-elle, les Baylor leur refuseraient leur secours même s'il les implorait.

Lorsqu'il fut clair que Becky persisterait à taire le nom du garçon, Mr Griffin n'aborda plus les circonstances de sa grossesse. Il s'abstint également de tout commentaire sur ses mœurs, sa nature ou son inconscience. N'était-ce pas elle qui avait sauvé la famille au décès de son épouse ? Qui les aurait fait manger ? Qui aurait su éviter la désunion de la famille ? Il lui devait bien ces quelques mois de bonheur et les sourires fugaces qui passaient sur son visage quand elle caressait son ventre.

Eli, de son côté, pensait sans cesse à l'homme qu'il avait rencontré à la ferme, celui qui portait le sobriquet de Cotton. Au lieu de peser ce qu'il devait à Becky, il mesurait ce que le dénommé Cotton leur devait à eux tous. Par égard pour son père, il se gardait de harceler Becky à ce propos, mais pendant les chaleurs étouffantes de juillet et d'août, il se glissait hors de chez lui comme s'il partait nager dans le ruisseau, vêtu seulement d'une salopette et d'un chapeau, et parcourait la ville et la campagne environnante dans l'espoir d'apercevoir celui qui avait traité sa sœur de la sorte. Ce qu'il ferait quand il l'aurait trouvé, il n'en avait pas la plus petite idée. Tout ce qu'il savait, c'était combien il enrageait que ce grand soldat déconcertant, affublé d'un nom ridicule, ait laissé Becky et son bébé se débrouiller tout seuls. Eli connaissait l'amour qu'elle portait à cet homme, et peut-être avait-il tort de s'en mêler. Mais que diable valait l'amour s'il se réduisait à utiliser quelqu'un puis à l'abandonner ? Quel genre d'amoureux pouvait se conduire ainsi ? Cet été-là, l'amour inspira à Eli d'amères réflexions. Lui n'aimait que sa mère disparue, son père et sa sœur. Et les autres avaient intérêt à ne pas lui chercher de noises. Un jour il finirait par remettre la main sur ce Cotton. Pour l'heure il surveillait Becky avec attention.

Dès le mois d'août, Becky comprit que quelque chose n'allait pas. Ses reins se contractaient en permanence, elle ne tenait pas debout une minute sans se trouver mal et ressentait de curieux fourmillements dans les doigts et les orteils. Priant Dieu de l'emporter en épargnant l'enfant, elle n'en parla ni à son père ni à son frère. Ils ne pouvaient rien pour elle, et elle ne voulait pas demander la charité à quiconque. Elle était résolue à mettre son bébé au monde toute seule, comme sa mère et sa grand-mère avant elle. Si elle n'était pas capable de cela, comment pouvait-elle mériter un enfant ? Dans son état normal, Becky aurait réclamé de l'aide, mais la souffrance la rendait opiniâtre et bornée. Ses proches étaient peut-être des miséreux, pourtant elle n'accepterait d'autre secours que le leur.

Que les Griffin y fussent préparés ou non, le bébé décida de naître le 29 août 1865. Becky était prête, mais elle n'éprouvait que des douleurs de plus en plus violentes. Eli et son père avaient beau se croire prêts eux aussi, ils n'y entendaient pas grand-chose, comme Eli le raconta plus tard dans une lettre à Carrie.

Papa avait déjà aidé les bêtes à mettre bas, alors il se figurait que c'était pareil, mais je vous garantis que ça avait rien à voir. Pendant des heures le bébé a refusé de sortir, et Becky arrêtait pas de perdre son sang. Elle criait tout le temps, et quand j'ai demandé à papa qui pourrait nous aider, il a répondu qu'il n'y avait personne. Becky se trouvait mal à cause de la douleur et je l'aspergeais d'eau pour la réveiller, alors elle poussait en gémissant et en hurlant de plus belle, mais ce petit ne voulait toujours pas venir. J'ai essayé de réfléchir de mon côté. A qui je pouvais demander de l'aide ? C'est là que j'ai pensé à vous, Miss Carrie, sauf que Becky a pas été d'accord. « Ne va pas la déranger », qu'elle me répétait. Mais à part vous je connaissais personne, en tout cas personne qui veuille aider des gens comme nous.

A cette époque-là, après la fin de la guerre, les gens ont commencé à quitter le pays pour aller s'installer ailleurs, là où la guerre avait pas mis le foutoir. Pardonnez-moi d'employer ce mot, mais j'en trouve pas de meilleur pour décrire cet endroit. Mon meilleur ami, le seul que j'avais, il était parti lui aussi. Il restait plus aucun de nos voisins. A des miles à la ronde, il n'y avait plus personne. Cette foutue guerre, je m'en fichais éperdument main-

tenant, je voulais même pas savoir qui avait gagné ou perdu ni rien d'autre. Elle avait fait le vide partout. Vous vous souvenez comme tout paraissait désert ? Je me revois devant ces champs en friche qui nous entouraient, comme si on était sur une île en plein océan sans rien que des broussailles et des chardons, et j'avais l'impression que quelqu'un était mort. C'était comme si la mort en personne se trouvait là. Elle nous cernait de toutes parts, on avait pas moyen d'y échapper, et il nous restait que cette bicoque, quelques bougies et ma sœur qui hurlait en suppliant Dieu sans que je puisse rien faire pour elle.

Au bout d'une journée, j'y ai plus tenu et je suis sorti en courant pour vous demander de l'aide, pendant que ma sœur criait et jurait et me traitait de tous les noms parce que je la laissais seule. Elle arrêtait pas de dire « C'est mon bébé ! » C'est comme ça que je me suis retrouvé à votre porte, en larmes, à essayer de vous expliquer ce qui se passait là-bas. J'ai pas eu besoin de dire grand-chose, tout de suite j'ai vu que vous compreniez quand j'ai prononcé le mot « bébé ». La minute d'après on était en voiture, vous, moi et Mariah, et vous poussiez votre cheval ferme pour arriver chez nous. Je vous entends encore dire « Je ne sais pas quoi faire », et moi je vous ai répondu tout de go « Elle souffre autant que les fichus soldats dont vous vous êtes occupée cet hiver. Puisque vous les avez soignés, vous pouvez bien aider Becky aussi, à moins que ça vous gêne de venir en aide à des pauvres qui sont pas des Confédérés. » Vous m'avez mis une bonne claque en entendant ça.

C'est Mariah, vous vous rappelez, qui s'est agenouillée près de ma sœur, comme si elle priait, pour tourner le bébé. Je me souviens du regard dur et farouche qu'elle plantait dans le sien, comme pour sonder ce qu'il y avait de dur et de farouche chez Becky. Je crois qu'elle l'a pas trouvé, ou ce côté-là de ma sœur était trop épuisé.

Pour le reste, vous savez presque tout. Mariah a sorti le bébé avec ce cordon humide et violacé autour du cou. Le petit garçon était déjà mort quand il est venu au monde, bleu comme une prune. Papa a coupé le cordon, et il a posé le petit sur la table de la cuisine, enveloppé dans des couvertures, pour que Becky puisse le voir une dernière fois, mais elle s'était remise à crier et serrait si fort les paupières qu'elle pouvait rien voir du tout. A ce moment-là le sang a recommencé à couler, et en vous regardant tout essayer pour l'arrêter, vous et Mariah, j'ai compris que c'était perdu. Elle a saigné des heures et des heures, et à la fin elle racontait n'importe quoi, toute blanche et moite. Et brûlante comme l'enfer, pourtant. Papa et moi on vous regardait lui poser des linges mouillés sur le front, mais il y avait rien à faire pour la rafraîchir. Vous lui avez tenu la main alors qu'elle se débattait dans son lit, la fièvre de plus en plus forte, et vous la teniez encore quand elle s'est arrêtée de remuer et qu'elle a eu quitté ce monde.

Ça me console un peu qu'elle vous ait eues auprès d'elle à la fin. Elle parlait souvent de vous deux.

Ce que vous ne savez pas encore, c'est que tout ce qui s'est passé des années plus tard, du moins dans ma vie à moi, a commencé cette nuit-là. On roulait dans le chariot, vous, moi, Mariah et papa, pour ramener Becky et son bébé à Carnton et les enterrer décemment, et papa était à l'arrière, il serrait Becky contre lui sans faire attention à rien autour de lui. On prenait le tournant de votre allée quand vous avez dit ceci : « Qu'il soit maudit. Sois maudit et va en enfer, Will Baylor. » Vous avez parlé à mi-voix, vous pensiez sans doute que personne entendait, mais moi j'ai tendu l'oreille dès les premiers mots.

Vous ne saviez sûrement pas que Becky nous avait jamais dit comment s'appelait son amoureux, à papa et à moi. C'était une espèce de fierté, je crois. Je me disais qu'on obtiendrait jamais justice maintenant que Becky était morte, qu'on pourrait pas obliger celui qui l'avait tuée à rendre des comptes. Et alors vous avez prononcé ces mots et tout s'est éclairci dans ma tête.

J'ai vite découvert que Will Baylor avait péri dans la bataille. Je peux pas jurer qu'il aurait abandonné ma sœur s'il avait vécu, mais c'est difficile d'être sûr. De toute manière il était mort, et j'avais plus rien à faire avec lui. Les Baylor, par contre, je les surveillais de près, je les regardais passer dans leurs habits de riches, avec leurs attelages clinquants tirés par de beaux chevaux bien robustes. Je les voyais s'enrichir pendant que d'autres devenaient plus misérables, plus violents et plus solitaires, et je tenais spécialement le vieux à l'œil, celui, je pense, qui faisait tellement peur à ma sœur et à Will qu'ils avaient dû se cacher. Je le guettais de près, mais je faisais rien. Qu'est-ce que j'aurais pu faire ?

Ensuite il y a eu votre bisbille avec lui, et vous connaissez le reste.

36

ZACHARIAH CASHWELL

J'aurais dû me douter que mon jour viendrait tôt ou tard. J'avais l'impression de galoper depuis des années. A force je savais y faire, un vrai roi de l'escapade, même que j'aurais dû suivre une troupe de saltimbanques et gagner ma croûte en montant des numéros. Mais les tours que je connaissais étaient pas du genre qu'on fait en plein jour, et ils étaient pas bien captivants non plus. Tout ce qui comptait c'était l'obscurité, et savoir choisir la bonne occasion. Elle finissait toujours par se présenter, l'occasion favorable, et ces dernières années j'avais appris à miser dessus. Je m'y fiais tellement que j'en perdais la prudence, je me protégeais pas assez. Après tout, j'avais mis que six heures pour fausser compagnie à l'officier de l'Union, le petit grassouillet, sans seulement récolter une égratignure. Il m'avait suffi de me lever et de passer la porte du vieux bazar qui servait de cellule, même pas verrouillée, pendant que lui et ses autres prisonniers rêvaient à des choses ennuyeuses au milieu des pets et des ronflements. J'en suis venu à me dire que quelqu'un veillait sur moi, que je pouvais faire et dire ce qui me plaisait sans m'attirer d'ennuis.

Quand on est obligé de clocher toute sa vie et de supporter la douleur sourde de sa jambe de bois, il y a rien de tel pour oublier sa condition que le chemin de fer. On monte dans la locomotive avec les chasse-pierres, on se perche là-haut devant le chauffeur, pas loin du mécano, la tête à la fenêtre pour respirer le parfum riche et doux des champs en été, et là on arrive à écarter pas mal de choses de son esprit. Cela dit je voyageais pas tant que ça, en tout cas pas suffisamment à mon goût.

Il fallait voir à quoi ressemblait le pays quand on installait les voies ferrées. Quand je dis « pays », j'entends pas la chose à quoi on jure allégeance et pour laquelle on vote et tout ça. Non, le pays pour moi, ça signifie l'endroit d'où on vient tous, du moins ceux qui avaient pas grand-chose pendant la guerre et qui se sont pas trouvés bien mieux lotis après. J'admets volontiers que c'était un vrai soulagement pour nous tous, plus ou moins fort je suppose, de traverser le pays pour construire quelque chose au lieu de tout brûler, creuser des tranchées, abattre les arbres et tirer des coups de feu. De ne plus rester assis sous la pluie froide à ravaler sa frousse et à contempler tous ces champs où le coton n'avait pas été cueilli, en se demandant à quoi on aurait passé l'argent de la récolte si seulement l'occasion s'était présentée. Maintenant, on s'installait dans un saloon fait de larges traverses de chemins de fer en pin et de toile cirée, avec un jeu de poker et de la monnaie sur la table. On nous *apportait* du whisky, des femmes et de l'argent. Fini le temps où les gens nous fuyaient, où les lampes s'éteignaient sur notre passage pendant qu'on fermait les volets des bicoques échouées au milieu des champs à l'abandon.

J'étais employé au Chemin de Fer Memphis et Selma, qu'on venait de commencer et qui a jamais été terminé. Juste des rails qui menaient nulle part et s'arrêtaient pile à l'endroit où le dernier gars avait fixé le dernier crampon. La compagnie appartenait aux vieux général Nathan Bedford Forrest, que les Nordistes ont pas été fichus d'arrêter à la fin de la guerre. Il y a un tas de gens que ça excitait, de faire partie de la « compagnie de Forrest », comme si on servait encore dans l'armée, mais moi je me contrefichais de savoir qui me donnait ma paye en fin de semaine. J'aurais empoché l'argent de Lincoln lui-même s'il s'était trouvé dans le coin. Quel que soit le payeur, je savais que la monnaie filait vite fait, dans notre campement on était toujours à sec et j'avais entendu dire que c'était pareil sur les autres chantiers, plus loin sur la ligne vers Columbus et Selma. A mon avis, construire un chemin de fer donnait plus de fil à retordre à Forrest que parader sur son cheval en dégommant tout ce qui bougeait. Ce qui est sûr, c'est qu'il avait plus rien du Cavalier Prodigieux d'autrefois. Il restait plus de lui qu'un vieillard maigre et grisonnant, qui pataugeait dans cette histoire de chemin de fer.

A cette époque, c'étaient pas les chantiers qui manquaient dans le Sud, et je me suis fait embaucher un peu partout. Il fallait réparer les voies ou poser de nouveaux rails sur des milliers de miles.

Des hommes venaient nous trouver, des riches qui se juchaient sur des souches d'arbre pour nous déclarer que nous étions les hommes nouveaux d'un Sud nouveau, qu'à la sueur de notre front nous aidions le Sud à se relever et à prendre la part qui lui revenait justement dans les affaires et les richesses du pays, et que nous ne resterions pas des arriérés. Moi je me considérais pas vraiment comme tel, je pensais que c'étaient de sacrées foutaises, ce qu'ils racontaient là, mais si je devais me balader avec une belle montre à gousset et des gilets à rayures sombres comme en portaient ces zigs, alors je demandais pas mieux qu'à être tiré de ma vie d'arriéré.

On a posé des rails entre Charleston et Little Rock, entre Mobile et Nashville. On montait nos villes provisoires en dehors des vraies villes, où les seules lois qu'on respectait étaient celles que nous imposait la compagnie et celles qui ressortaient d'un affrontement au couteau. Au bout d'un moment, ça a fait énormément de lois.

Après avoir échappé aux gars de l'Union à Franklin, j'avais trimardé un moment à droite et à gauche. Je m'étais si bien exercé à marcher avec ma jambe de bois qu'on aurait cru que je boitillais à peine, et même si mon équilibre laissait à désirer, j'avais appris à me tenir en selle. Franchement, j'avais de l'allure sur le dos d'un cheval et je regrettais que ça se produise pas très souvent, en dehors des fois où je fauchais la bête d'un métayer à la nuit close, histoire de me faciliter le voyage. Cela dit j'étais pas un voleur de chevaux, j'en gardais jamais aucun. Je faisais un bout de chemin et puis je les renvoyais chez eux, sans doute que la plupart se sont débrouillés pour rentrer au bercail. Puisque j'avais perdu ma guibolle pour des gens comme eux, ces fermiers pouvaient quand même me prêter un canasson de temps en temps.

C'était Jerrod, mon vieux copain de Carnton, qui m'avait parlé de l'embauche au chemin de fer de Forrest, un jour où on s'était croisés dans un saloon de Birmingham, une ville nouvelle. Il avait toujours ses longs cheveux noirs et luisants qui lui tombaient sur la figure, comme s'il voulait pas la montrer. En plus il s'était mis à porter des frusques noires, ce qui lui donnait l'air d'un croque-mort ou du diable en personne, comme on voudra. Pourtant je savais que c'était un brave gars, moi, et il avait pas changé quand on s'est retrouvés à Birmingham, même si entre-temps il avait appris à viser comme un chef avec l'œil qui lui restait et s'était lancé dans une carrière de détective, ce qui revient à dire qu'il faisait tueur à gages.

Dans notre campement, à quelques miles au sud de Memphis, les gars étaient pas commodes. Plus on se disait qu'on était des durs, plus on se conduisait comme tels. On soupçonne pas à quel point un homme peut devenir mauvais tant qu'on lui a pas lâché la bride, et la plupart d'entre nous – dont une flopée d'anciens soldats confédérés – avaient bien l'intention de faire ce qui leur chantait.

Certains passaient la journée à débroussailler et à couper les gommiers et les peupliers pour que les ouvriers puissent poser les cailloux et fixer les traverses, dans un bourdonnement de mouches et de moustiques. Le soir, on aurait dit que le soleil voulait pas se coucher ; quand il terminait sa course dans le ciel blanc et voilé et que les rayons descendaient entre les cimes, traversant les feuillages et les nervures des feuilles en illuminant leurs contours, on savait que c'était la bonne heure pour expédier quelqu'un au ruisseau chercher la réserve de whisky et d'alcool.

Le whisky est pas meilleur tenu au frais, mais quand on transpire assez dans la chaleur du Tennessee pour remplir dix baquets de sueur, ce genre de détail nous passe au-dessus de la tête. Une fois qu'on commençait à s'ivrogner, c'était impossible de prévoir quel homme surgirait de la cruche quand il l'aurait vidée et léchée jusqu'à la dernière goutte. Certains gars on préférait les éviter, et eux ils s'en fichaient pas mal.

Moi je me sentais à mon aise.

Sur les chantiers des chemins de fer, il y avait toujours des fuyards.

Les choses qui nous attiraient là-dedans, l'argent, l'alcool et les femmes, c'était justement ce qui nous faisait dégringoler si on faisait pas gaffe. Quand on se carapatait, c'est qu'on avait quelque chose à se reprocher, et on pouvait s'en prendre qu'à soi-même. C'était pas comme en temps de guerre, quand tout ce qu'on possède, même sa propre vie, peut nous être volé sans raison ni explication. A présent, on se faisait plus sabouler pour rien, encore que les raisons aient pas toujours été claires. Les hommes se promenaient avec des pistolets, une bible et de l'alcool, et c'est pas la peine de chercher ce qui clochait là-dedans, tout ça allait ensemble. Dans ce camp j'étais un parmi les autres, et si j'avais eu envie les dames auraient bien voulu de moi moyennant une pièce d'argent. Seulement ça me venait pas, mais par contre j'aimais bien le whisky et le jeu, et aussi ces perles de lumière mouvante que projetaient les lampes, elles ricochaient sur les pans de la tente, elles glissaient et ruisselaient sur l'armature, les piquets et la toile quand le vent soufflait bien fort et que j'avais trop bu.

Je portais le titre de *Comptable du chantier, Chemin de Fer Memphis et Selma*, mais pour tout le monde j'étais le gratte-papier qui alignait les chiffres, toujours au courant de tout, et qui connaissait assez de gens bien placés pour procurer n'importe quoi à n'importe qui. C'était important, faute d'être indispensable, même si le contremaître prétendait que si. Comme on va le voir, on pouvait très facilement se dispenser de moi. Et encore, c'est une façon rudement polie de dire les choses.

J'ai pris la fuite la semaine où le vieux Forrest a décidé de se ramener pour éplucher les comptes que je tenais, voir s'il pourrait pas gratter quelques sous et s'il n'y avait pas un peu d'argent planqué quelque part. Cette même semaine, Twist Fitzhugh, le tenancier de la taverne où on allait boire, s'est mis dans l'idée d'attraper un nègre et de l'enchaîner à un poteau dans la cour, derrière le saloon. Un drôle de salaud, ce Twist, un petit gros avec un crâne rougeaud et luisant et une figure qui ressemblait à un bloc de pierre. Il possédait quelques arpents de part et d'autre de la voie ferrée, mais vu qu'il était du genre feignant, la terre restait en friche et il s'escrimait à convaincre une poignée d'entre nous de lâcher notre place et de travailler pour lui deux ou trois mois en échange de notre ration d'alcool. Etant donné qu'on lui payait son affreux tord-boyaux seulement parce qu'on le voulait bien, la proposition paraissait pas très avantageuse. Ça lui montait à la tête, à cette petite crapule, de voir ces champs incultes, alors il déblatérait sur « l'éthique du travail », la façon dont les gens d'autrefois s'attelaient à la tâche et s'entraidaient volontiers, enfin toute une tripotée de sornettes qu'il débitait derrière son comptoir en pin où il arrachait des échardes, en même temps qu'il grattait son ventre velu entre ses boutons de chemise. Nous on l'écoutait qu'à moitié.

Ensuite il a eu son nègre. Je me demande bien comment il a trouvé assez d'allant pour le capturer, en tout cas on l'a trouvé assis dos au poulailler, ce nègre, un soir en arrivant à la taverne. Il portait un collier attaché à une chaîne. C'était un grand nègre jaune, avec un nez fin et des yeux très sombres. Quand on allait pisser derrière le saloon, il levait le regard vers nous, on voyait dans ces yeux qu'il était capable d'endurer n'importe quoi tout en continuant à avancer. Ç'aurait été un gars solide si on l'avait pas laissé crever de faim. Twist, il racontait qu'il avait pris le nègre en train de lui faucher un poulet, et vu que des poulets il en avait pas, c'était forcément des craqueries. A moins qu'il ait voulu parler des garces de poules qui nichaient sous son toit. A ce moment-là, n'importe quelle histoire faisait l'affaire quand on cherchait à se justifier de malmener un nègre.

La nuit, Twist enchaînait son nègre, et pendant la journée, quand la taverne était fermée, il le détachait pour le mettre à débroussailler ses terres. Son fils Gypsum, un bigleux de treize ans qu'on surnommait le Gyp, était bête comme ses pieds mais il savait manier un fusil. Tous les deux, ils emmenaient le nègre dans les bois, où Twist le cravachait pour l'obliger à mettre les bouchées doubles, alors que le Gyp montait la garde de peur que leur nouvel ami se fasse la belle. C'est comme ça qu'ils l'appelaient : *notre nouvel ami*. Parce que les gens possédaient plus d'*esclaves* à cette époque-là.

Les deux jours qui ont suivi sa capture, j'ai laissé faire comme tout le monde. J'allais pas prendre parti et me mettre dans le pétrin. J'en connaissais d'autres que ça rendait malades, les plaies que le nègre avait au cou à cause des frottements du collier. Deux ou trois fois j'ai entendu des gars chuchoter, comme quoi ils allaient le libérer, mais si le whisky de chez Twist valait pas grand-chose, personne avait envie pour autant qu'il le lui supprime, ce qu'il manquerait pas de faire en s'apercevant qu'on avait relâché sa prise. Quant à ce diable de gosse, le Gyp, allez savoir ce dont il était capable.

Du coup j'ai rien dit du tout, même si ça me plaisait pas beaucoup. J'imaginais que ce nègre, il avait cherché les ennuis, mais la justice qui s'administrait par ici était plutôt sommaire. Nègre ou pas, ça se fait pas d'enchaîner un homme de cette façon. Je connaissais pas beaucoup de nègres, à part ceux de Carnton, Mariah et Theopolis, et ceux-là j'avais rien contre. Pour les autres, j'avais pas d'avis bien particulier, ni en bien ni en mal. Mais sur la figure de celui-ci, prisonnier dans la cour, je lisais de la souffrance, et de l'intelligence, aussi, alors je supportais pas de le traiter comme un vulgaire animal. Cette négresse, Mariah, elle avait gâté mon jugement. Pas assez pour que j'intervienne, mais suffisamment pour que j'aie mauvaise conscience.

Il me faut avouer qu'à ce moment-là, j'avais pas un grand respect pour ma propre personne, celui que j'étais à l'époque, je l'aimais pas plus que ça.

Tout a changé pendant la nuit avant l'arrivée de Forrest. Vu qu'on pouvait pas se permettre d'être soûls comme des cochons en sa présence, Jerrod, quelques autres et moi, on a décidé de se cocarder avant qu'il soit là. La nuit touchait à sa fin quand je me suis faufilé en titubant entre les tables à tréteaux, quelques verres ont culbuté sur mon passage et je suis sorti par la porte du fond, descendant les trois marches pour aller me soulager dans la cour. Au lieu de ça, je me suis étalé de tout mon long en trébuchant sur la chaîne du nègre. A ce que je me rappelle, j'ai regardé la terre avec l'impression de m'enfoncer à l'intérieur et bientôt j'ai plus rien vu au-dessus des herbes qui m'écrasaient de toute leur hauteur. Cette nuit-là, j'ai fait le seul rêve qui m'ait jamais fait peur, mon premier rêve depuis Carnton.

Le prédicateur a emmené ma mère. Je l'ai vue s'en aller et elle a dit « Au revoir, mon chéri. »

Alors un ange est venu qui portait un message, et il m'a dit : « Plus loin, dit le Seigneur. » J'ai réfléchi très longtemps et puis je me suis souvenu. L'ange m'a pris brusquement par la main, je me suis étonné de sentir sa paume calleuse. Il m'a demandé de rester près de la porte. Cette porte je l'avais oubliée. Il m'a dit « Attends, attends », et ensuite « Va ! » et alors je l'ai ouverte. Il s'est empressé d'entrer dans la chambre où mon père se tenait assis la tête dans les mains, nous tournant le dos. Par-dessus sa tête je voyais les collines brunes à travers la vitre, j'ai remarqué qu'il n'y avait pas d'arbres, seulement une succession de collines couvertes d'herbes sèches. L'ange s'est approché doucement de mon père et a tiré quelque chose de sous son aile. Une arme, un petit pistolet. Mon père s'est retourné et il a dit : « Je t'ai vu dans la vitre », alors l'ange l'a abattu avec ce petit pistolet. La tête de mon père est retombée sur le bord de la fenêtre. Il gardait les yeux ouverts, on aurait dit qu'il regardait vers le ciel. Cette semaine-là il ne s'était pas rasé, pour la première fois je voyais sa barbe grise. Sur ses joues les longues rides profondes comme des sillons avaient disparu, et la tache s'étalait de plus en plus sur sa salopette fanée. Je me suis demandé Est-ce qu'il m'a bien vu dans la vitre ? *J'avais envie de lui dire que ça ne servait à rien de lever les yeux ainsi, qu'il n'y avait rien là-haut, et l'ange se dressait devant lui. Alors ma mère est apparue et m'a plaqué une main sur la bouche. Sa paume était moite et elle dégageait une odeur aigre. Cela faisait des jours qu'elle était partie, et elle portait la même robe qu'au moment de son départ. Elle tremblait, et je ne savais pas qui elle craignait le plus, de l'ange ou de moi.*

Elle est entrée dans la chambre, et à ce moment-là j'ai su que c'était moi. Pendant des jours, ma mère et le prédicateur sont restés enlacés en chuchotant, puis ils se sont tournés vers moi tous les deux. Le prédicateur souriait. Il était petit et portait des lunettes. Son visage était pâle comme s'il n'était jamais sorti en plein air, et quand il s'est avancé vers moi, la lumière ne s'est plus reflétée dans ses lunettes et ses yeux paraissaient sombres, presque noirs. Il se tenait devant moi en souriant et il s'épongeait le front. Je faisais presque sa taille, pas tout à fait. Il m'a demandé de me retourner et j'ai obéi, mais pas avant d'avoir jeté un dernier regard à mon père. Penchée sur lui, ma mère lui a fermé tendrement les yeux d'une main tout en tirant quelque chose de sa poche. Je n'ai rien vu quand je me suis retourné.

Cependant j'ai entendu la voix de l'ange, qui apportait un nouveau message. Il a dit « Le fornicateur et l'homme envieux, l'idolâtre et le coléreux, le buveur et le prévaricateur, tu ne partageras pas leur table. » Et l'ange a dit encore : « S'il n'y a pas de résurrection de la chair, Jésus n'est-il pas revenu d'entre les morts ? » Alors j'ai entendu le raclement d'une pelle, j'ai vu ma mère jeter de la terre sur le visage de mon père couché au fond d'une fosse. La terre jaune a empli ses yeux et les rides sur sa figure jusqu'à ce qu'il ne reste de lui qu'une vague forme humaine, et puis plus rien. Debout près de ma mère, le prédicateur a lu dans son livre. Je sentais des cordes qui me liaient les poignets et les chevilles, et quand le vent ne soulevait pas une poussière qui m'aveuglait, je voyais le prédicateur et ma mère. J'ai entendu une voix, mais je me moquais de savoir qui c'était. « Car celui qui mange et boit, mange et boit sa propre condamnation, s'il ne discerne le Corps. Voilà pourquoi il y a parmi vous beaucoup de malades et d'infirmes, et que bon nombre sont morts. Si nous nous examinions nous-mêmes, nous ne serions pas jugés. Mais par ses jugements le Seigneur nous corrige, pour que nous ne soyons point condamnés avec le monde. »

Je les ai regardés partir. Ma mère a dit « Au revoir, mon chéri », il m'a semblé l'entendre rire. J'ai sombré dans un long sommeil, peut-être a-t-il duré des jours. Alors un autre ange est venu et il a défait mes liens. Il a dit qu'il n'était qu'un messager et ne pouvait rien m'expliquer. A moins qu'il n'ait dit : « Je n'y comprends rien, que s'est-il passé ici, sacré nom ? » Ce passage reste toujours confus dans mon rêve. La dernière chose qu'il me dit après avoir dénoué les liens qui m'entravaient et m'empêchaient de me lever, ce fut d'aller trouver ma tante et de vivre auprès d'elle.

Je me suis réveillé là-dessus. Ma tante, je m'en souviens, ne m'a jamais demandé pourquoi j'étais venu chez elle.

Au matin je me suis éveillé dans la cour de la taverne, la joue contre le sol, avec devant les yeux la figure du nègre, à quelques pas de moi. Dans son sommeil il avait l'air plus jeune, un gosse. La vue du collier et de la chaîne m'ont soulevé l'estomac, je me suis traîné à l'orée du bois pour vomir. Ensuite je suis retourné près de lui, je l'ai regardé. Brusquement une idée m'est venue, une idée toute simple dont j'étais bien obligé de faire cas. Jamais plus je ne permettrais qu'un homme, pas même un nègre, soit enchaîné en ma présence. Où était la maman de celui-ci ? Et son père ? Qui lui restait-il ? Tout le monde l'avait abandonné. J'étais pas idiot au point de croire que c'était *moi*, mais je savais qu'il ressemblait pas mal au gamin que j'avais été, et qu'il me fallait tenter quelque chose.

Mon erreur, ç'a été de penser que je pouvais résoudre cette histoire en faisant marcher mon raisonnement. J'aurais dû briser la chaîne sans attendre, j'ai été trop bête.

Ce matin-là, l'apparition de Forrest a créé de l'agitation parmi les hommes. Certains l'acclamaient en tapant des pieds, ils lui réclamaient un discours. Moi qui l'avais déjà croisé deux ou trois fois, je savais qu'il était pas porté sur les laïus. Au bout de quelques minutes, Forrest a mis pied à terre et attaché sa monture à la rambarde, devant le bureau du camp, et les cris et les bavardages se sont tus. C'était la première fois que les hommes le voyaient pour de bon, ils s'attendaient pas du tout à ça. Alors qu'il descendait lentement de cheval, il n'est sorti de sa bouche qu'une forte quinte de toux, grasse et douloureuse. Il ne lui restait que la peau sur les os et ses cheveux étaient tout gris. Il paraissait beaucoup moins grand qu'il l'était en vérité, tellement son corps était déformé et voûté. Ses yeux rougis et larmoyants conservaient tout de même une petite lueur de férocité, qui m'a dissuadé de l'aider à attacher son cheval. Je l'ai attendu sur le seuil, et je suis rentré après lui.

On a passé la journée plongés dans les livres de comptes, au milieu des papiers. J'écrivais bien lisiblement, la seule chose utile que j'avais tirée de mon éducation, et le comptable précédent m'avait enseigné comment relever et aligner les chiffres dans les registres. J'étais pas bien calé, mais l'argent, ça allait, je m'en sortais bien. Il restait pas grand-chose, j'aurais pu le prévenir d'entrée pour pas qu'il s'embête autant, mais lui préférait vérifier par lui-même. Il tenait à voir ce que chacun touchait, à s'assurer que chaque sou servait bien à acheter le bois, les traverses, les crampons et l'outillage. Je lui ai fait visiter le chantier pour qu'il se rende compte de ses propres yeux, qu'il soit sûr que personne fauchait. Toute la journée, j'ai guetté l'occasion de lui poser ma question, celle qui m'était venue chez Twist le matin même. De retour au bureau, il s'est assis et a sorti sa flasque, furetant autour de lui pour trouver une tasse en fer-blanc. Il m'a pas proposé de l'accompagner, il a pas non plus engagé la conversation.

Dehors il y avait du grabuge. Par la fenêtre, j'ai vu qu'un groupe d'hommes encerclaient le nègre pendant que le Gyp lui courait autour en le piquant du bout d'un bâton, tout en se maintenant hors de portée du prisonnier. Forrest m'observait.

– C'est quoi, ce raffut ? Ils sont pas au travail ?

– Y a un nègre enchaîné derrière la taverne, général.

– Vraiment ? Hmm.

Il a continué à boire en retournant à ses registres.

– Général Forrest ?

Il m'a pas répondu. Il devinait sans doute ce que j'allais dire et préférait ne pas l'entendre, mais ça m'a pas découragé.

– Ça va pas du tout, général.

– Là tu as fichtrement raison. Ce chemin de fer devrait me rapporter.

– Le nègre, j'entends.

Silence.

– Général, c'est pas bien de le tenir enchaîné comme ça. C'est illégal. Il a rien fait de mal, ce gars.

– Il a rien fait, c'est sûr ?

– Il paraît qu'il a essayé de voler un poulet.

– Ah, tu vois bien.

– Mais y'en a pas, des poulets.

Il a reposé le livre, ingurgité une bonne rasade. Un moment il a fixé le plafond, renversé en arrière dans son fauteuil, les jambes étendues. Puis ses yeux rougis se sont braqués sur moi.

– Je vais pas gaspiller mon temps à surveiller ce que tous les crétins de la terre fichent avec les nègres. Si ça les amuse et qu'ils font leur travail comme il faut, alors ça me convient aussi. Je veux pas me mêler de ça.

Ma chance était passée. Il voulait pas d'ennuis avec les nègres sur son chantier, pour ça j'étais au courant. Tout le monde savait qu'il s'était acoquiné avec le Ku Klux Klan. Dans les journaux, j'avais appris qu'il faisait son possible pour que les gens oublient sa légende, et des couillonnades comme ça. D'accord, il se fichait bien que ce nègre survive ou pas, mais sa réputation causait du tort à ses affaires, c'est sûr. Les gens, ça les gênait pas autrement qu'un nègre récolte ce qu'il méritait pour s'être haussé du col, comme ils disaient, n'empêche, les riches et les politiciens qui mettaient de l'argent dans le chemin de fer voulaient pas se salir les mains là-dedans, ni traiter avec ceux qui trempaient dans ces histoires. Les membres du Klan semaient presque autant la terreur que les nègres qui vagabondaient dans le pays. C'est ce qu'il racontait, le journal. Voilà pourquoi j'ai saisi l'occasion.

– Qu'est-ce qu'ils vont faire, les gens, si ça leur revient aux oreilles qu'y a un nègre attaché comme un chien dans un camp de la Memphis et Selma ?

Il s'est levé, bien droit cette fois et pas courbé comme un vieillard, et là j'ai compris pourquoi tant d'hommes l'avaient suivi. Moi-même j'aurais pas eu le culot de refuser.

– Bon, d'accord.

Sans comprendre ce qu'il voulait dire, je lui ai emboîté le pas en direction de la taverne où cet imbécile de Gyp continuait de tourner en rond avec son bâton à la main. Forrest a fendu la foule, qui s'est écartée comme l'eau d'un ruisseau autour d'un rocher. Quand il a surgi au beau milieu du cercle, le Gyp s'est arrêté net, il a plus bronché. Même le nègre se tenait immobile, attendant qu'il prenne la parole.

– Mr Cashwell m'a informé qu'il souhaitait qu'on remette ce nègre en liberté. Personnellement, je ne me soucie pas de son sort, mais ce que je peux affirmer, c'est que si le salopiaud qui a fait ça m'attire des ennuis, je reviens lui faire sauter le caisson. Vu que ça mettrait la pagaille sur mon chantier, et que Mr Cashwell s'est proposé de régler mon problème en laissant le nègre s'enfuir et rejoindre les siens, je m'en vais lui déléguer la responsabilité de le libérer s'il le juge bon. Le reste, je m'en lave les mains.

La compagnie a pas apprécié, je l'ai bien vu, mais un seul a osé intervenir. Twist s'est détaché du groupe en disant :

– C't espèce de nègre il m'a volé un poulet. Je veux qu'on me dédommage.

Forrest a été repris d'une quinte de toux qui l'a plié en deux, et il a envoyé un crachat à ses pieds. Il lui a fallu quelques instants pour se remettre.

– Tu la fermes, foutriquet. T'avise pas de me répondre à nouveau.

Sur ces mots il a bousculé les gars attroupés pour remonter en selle, et il a pris la direction de Memphis.

Mais pour moi les ennuis faisaient que commencer. J'avais qu'une poignée de secondes pour faire ce que je devais faire avant que la bande me tombe dessus, et je me suis dépêché autant que j'ai pu malgré ma mauvaise jambe pour aller délivrer le nègre de son collier.

– Grouille-toi, je lui ai chuchoté.

Sur le moment les autres ont pas su comment réagir, tout se passait trop vite. Certains regardaient Forrest s'éloigner, d'autres suivaient des yeux la course du nègre vers les bois, et j'espérais arriver au bureau sans qu'ils me barrent la route. Je m'étais à peine dégagé de la foule que Twist bondissait en travers de mon chemin.

– Alors l'ami des nègres, on croit qu'on va filer comme ça ? Tu t'es fourré dans une sacrée merde.

Pendant ce temps le cercle se refermait autour de moi, je sentais la sueur des hommes, la chaleur d'une journée de travail sur les rails qui se dégageait d'eux. Le Gyp a saisi son fusil appuyé contre le poulailler.

– Pose ce flingot, petit, et vous autres écartez-vous. Vous avez entendu le général, il a donné la permission à ce gars.

Jerrod venait de dégainer, un pistolet braqué sur le Gyp, l'autre pointé en direction de l'attroupement. Il se tenait entre le bureau et moi. Dieu merci, j'avais au moins un ami.

– Vous allez tous retourner au saloon boire un coup et oublier toutes ces conneries. Ces pistolets je sais m'en servir, j'ai une réputation. Et vos tronches me reviennent pas, tous autant que vous êtes.

Twist s'est obstiné, pourtant.

– Va te faire foutre, Jerrod. Cashwell aime les nègres, et il a une dette envers moi. Il m'a couvert de honte.

Jerrod, alors, il a foncé vers le petit tenancier et lui a collé un pistolet sur la tempe.

– Et moi je vais couvrir le parterre avec ta cervelle si tu rentres pas tout de suite dans ta cambuse.

La suite, je me suis pas attardé pour la connaître. J'ai filé à toute allure vers le bureau et je me suis rué à l'intérieur en barricadant la porte. *Nom de Dieu, qu'est-ce que je fais maintenant ?* Au moment de rassembler mes affaires, je me suis rendu compte que j'avais trois fois rien, juste ma couverture et ma bible. J'étais en train de nouer mon baluchon quand on a cogné à la porte. J'ai attrapé la seule arme à ma portée, une vieille hache posée dans un coin.

– C'est moi, Jerrod.

Je suis allé lui ouvrir. Il a enlevé son grand chapeau, repoussé les mèches de cheveux gras qui lui pendaient sur le figure, remis le chapeau sur sa tête. Il me dévisageait d'un drôle d'air.

– Cette hache elle va pas te suffire. T'es fêlé ou quoi ? Qu'est-ce qui t'a pris de faire ça, nom de Dieu ? Ça te regarde pas. Qu'est-ce t'en as à fiche, de ce nègre ? C'est le boxon, vieux. Là ils sont occupés à se rincer le gosier, mais ça va pas les tenir bien longtemps. Ils vont venir te choper. Il te faut partir d'ici en vitesse.

– Je sais.

– Ben vas-y, alors. Je reste en arrière une heure ou deux, je surveille la route pour qu'ils te courent pas après. Ensuite je te rejoins. Toute façon j'en peux plus de ce putain de chantier. Par où tu vas ?

– Je sais pas. Sans doute vers l'est. Vers Franklin.

– Franklin ?

Ça me venait à l'instant, j'y avais pas réfléchi. Pourtant, une fois que j'ai eu dit ça, j'ai su que j'irais pas ailleurs que là.

– T'es sourd ?

– Au moins je suis pas bancal comme toi. D'accord pour Franklin.

– Où c'est qu'on se donne rendez-vous ?

– Je me débrouille pour te trouver.

Jerrod m'a accompagné sur un mile environ, en jetant des regards noirs à quiconque osait poser les yeux sur nous. Ensuite il s'est arrêté dans les bois pour se mettre en embuscade, et m'a fait signe d'avancer.

Le lendemain matin, j'éteignais mon feu pour lever le camp lorsque Jerrod m'a rattrapé. Il avait l'air à la fois fatigué et content.

– J'ai tiré sur un de ces salauds, mais j'ai fait que l'égratigner. Ils sont revenus avec une corde qu'avait l'air taillée pour toi.

Je lui ai dit merci en rallumant le feu. J'avais pêché deux brèmes dans un ruisseau, pas très loin, et celle que je comptais garder pour le voyage, je l'ai fait cuire sous les braises, enveloppée dans des herbes humides. Jerrod s'est remis à faire la tête une fois qu'il a eu mangé.

– T'as mis un foutu boxon, Zachariah. Ça me plaisait pas non plus, ce qu'ils faisaient à ce nègre, même si je les aime pas plus que ça, mais c'est pas pour autant que je m'en serais mêlé. Tu t'imaginais quoi ?

– Rien de spécial.

Il a craché sur les braises.

– Tu sais, ils l'ont tué, le nègre. J'en ai entendu un le dire pendant que je les suivais sur la route. Ils lui ont attaché un crampon autour du cou et ils l'ont balancé à l'eau. Ils sont tombés sur lui en cherchant après toi dans les bois, il se planquait à moins d'un demi-mile du camp. Il devait pas savoir où aller, ni quel chemin prendre.

J'ai su à ce moment-là que je vivrais plus jamais de cette façon. Moi j'avais voulu remettre de l'ordre dans les choses, et de cet ordre était sorti le meurtre de l'homme que j'entendais sauver. Je connais rien qui fasse souffrir autant que de voir dans sa tête un homme au fond de l'eau, en train de payer pour la faute qu'on a commise. Il avait raison, Jerrod. J'avais été idiot de croire que je pourrais faire obstacle à des gars pareils.

Moi je n'avais rien de commun avec eux, je savais pas comment j'en étais arrivé là. C'était pourtant la vérité. J'ignorais quel genre d'homme j'étais si je ne leur ressemblais pas, mais une chose était sûre : une fois, une seule fois, j'avais réussi à me voir sous un autre jour, quand j'étais avec Carrie McGavock. Elle, elle saurait me conseiller. Ce que je *voulais*, c'était l'emmener avec moi et l'aimer comme je m'en savais capable. Ça, je le désirais depuis toujours. J'y pensais tout le temps pendant que je buvais dans les saloons, quand je travaillais sur les chantiers dans tous ces coins perdus. Son souvenir ne me quittait pas. Si je retournais pas vers elle, c'est parce que j'en étais pas digne. Mais à présent j'avais besoin d'elle, c'était un sentiment très fort.

Il devait pas savoir où aller, ni quel chemin prendre. Moi je savais au moins ça.

Beaucoup plus tard, j'ai lu que Forrest s'était vanté d'avoir libéré un nègre retenu illégalement prisonnier dans un camp de sa compagnie ferroviaire. Vu qu'à ce moment-là il avait fait faillite et qu'il approchait de la mort, je lui en ai pas trop voulu d'essayer de redorer son blason grâce à cette histoire. Il était rien pour moi, qu'il croie donc ce qui l'arrangeait. Ce qu'il valait je le savais, et on change pas un homme comme lui.

37

CARRIE MCGAVOCK

J'avais tort de croire que le vent du Tennessee n'apportait pas la fraîcheur des brises venues de la mer, sur la plantation de mon père. Derrière la maison, je trouvai un coin de la galerie qui captait à merveille le moindre petit vent qui daignait souffler pendant ces lourdes journées d'été inondées de lumière. Assise dans mon fauteuil à bascule, je jouissais d'un semblant d'aise et de fraîcheur. A l'intérieur, il fallait attendre la tombée du soir pour espérer un peu d'air frais, alors que de la galerie je pouvais regarder la pelouse et surveiller mes enfants en me disant que nul endroit au monde ne m'aurait mieux convenu. Cela m'était nécessaire au cours de ces journées que je passai à écrire aux familles des morts. J'avais plaisir à me savoir ancrée dans un lieu agréable.

12 juin 1866

Cher Mr Robertson

Pardonnez-moi d'avoir tant tardé à vous écrire. J'ai fait preuve d'une négligence impardonnable dans ma correspondance, chose doublement répréhensible au vu de la perte que vous avez subie et de la gentillesse de votre courrier du 22 mai. Je vous raconterai de mon mieux tout ce que je sais de votre fils Randolph, avec l'espoir d'alléger momentanément votre peine. Je ne peux imaginer le désespoir d'un père comme vous.

Oh si je l'imaginais.

Votre fils était un jeune homme courageux, qui pendant des jours a prié Notre-Seigneur Jésus Christ de le rappeler à lui et de veiller sur ceux qu'il aimait, vous-mêmes et votre famille.

Je ne savais absolument pas si Ran Roberstson, décédé dans le grand salon des suites d'une infection et d'une hémorragie au ventre, nourrissait d'affectueux sentiments envers les siens, ni s'il se souciait de leur protection. J'ignorais également si lui-même et son père croyaient en Dieu, si le père tirerait seulement réconfort de savoir qu'il avait prié. La seule chose certaine, c'est que je ne connaissais pas d'autre moyen, que cet homme fût croyant ou pas, de lui communiquer le chagrin que j'éprouvais pour son fils et pour lui. L'expérience m'avait enseigné que les moins enclins à la prière puisaient du réconfort dans celles des autres. Peu importait alors que Ran Robertson ne les ait pas adressées lui-même au Seigneur. J'écrivais aux vivants et non aux défunts. Les morts ne s'occupaient pas de tout cela. Ce mensonge facile soulageait la détresse d'un homme qui m'avait écrit : *Je sai pas ce qu'ai devenu mon fils, je voudrai bien le savoir. Je voudrai telment.* J'avais le droit de travestir la vérité.

Il a passé quelques jours chez nous, mais je crois qu'il savait qu'il ne s'en sortirait pas. Sa force d'âme l'empêchait d'avoir peur. Il fut un soutien pour ses compagnons, confrontés eux aussi à la perspective de quitter prématurément ce monde, et je rends grâce au Ciel que votre fils, que nous appelions Ran, se soit trouvé quelques jours avec nous.

En effet, Ran et tous ceux qui déclinaient apportaient du réconfort aux autres. Ils se sentaient moins seuls. Que Ran ait enduré stoïquement sa douleur et son destin, ou qu'il soit allé vers le repos éternel dans les cris et les pleurs, cela n'avait guère d'importance : sa seule présence suffisait à offrir du réconfort, et je n'avais donc aucun scrupule à le dépeindre comme un être brave et résigné, que ce fût vrai ou pas. Cela ne faisait aucune différence. C'était aux vivants que je m'adressais.

Il a connu une fin sereine, paisible et rapide.

Je mentais : bien peu – peut-être aucun – connurent la sérénité au moment de la mort. A ce que je sais, la guerre permet rarement une fin paisible, mais j'estimais que Ran était en droit d'emporter cela dans la tombe. Tout était consommé, désormais.

Je reçus une multitude de lettres, et au cours des années qui suivirent la bataille, je passai beaucoup de temps sur la galerie, m'efforçant de tenir sur mes genoux mon papier et ma plume tout en me balançant dans mon fauteuil. Même par temps froid, je n'aimais pas rester à l'intérieur pour rédiger mes lettres, car trop de choses dans la maison me ramenaient à la présence concrète de ces garçons sous mon toit. Je devais empêcher la vérité de s'immiscer malencontreusement dans mes phrases.

Les gens m'écrivaient parce que des survivants leur avaient raconté en rentrant chez eux que de nombreux disparus avaient été vus pour la dernière fois dans notre maison. Certains contaient des histoires à notre sujet, des légendes qui nous présentaient comme des anges qui avaient offert toutes leurs forces pour sauver non pas quelques hommes, mais tout ce qui restait de l'armée confédérée, et nous appelaient – moi, tout au moins, car on ne mentionnait jamais Mariah et les autres – « les lumineuses étoiles polaires de la gent féminine sudiste ». Ces familles – pères et mères, frères, tantes – m'écrivaient pour savoir ce qu'il était advenu de leurs hommes. Et moi je leur répondais.

Lorsque j'eus terminé mon courrier à Mr Robertson et que je l'eus mis de côté pour que Mariah le dépose au bureau de poste, je tournai mon regard vers la pelouse et vis Winder et Eli s'en retournant de la rivière. Comme toujours, je m'étonnai que mon fils ait tant grandi. Il ne lui en manquait pas beaucoup pour devenir le petit homme qu'il rêvait d'être depuis si longtemps. Eli, devenu un homme pour de bon, était à peine plus grand que mon petit garçon si dégingandé que l'ossature semblait flotter sous la peau. Ils se dirigeaient vers le porche avec l'allure désinvolte de tireurs chevronnés.

– Pas de poisson, Winder ?

– Non, maman, rien du tout. Je crois qu'on les a tous pris y'a quelques semaines. Y'en a plus un seul.

– Il *n'y* en a plus un seul.

Près de lui, Eli souriait de toutes ses dents, conscient que c'était sa faute si Winder s'exprimait comme un gamin sans éducation. Il était un fils pour moi, et pour Winder le héros, le chef, le mentor et le frère d'armes dans les batailles qui les opposaient aux poissons. C'était un orphelin, et même quand il souriait, je devinais qu'il ne se jugeait pas en droit de profiter d'une seconde de bonheur. Comprenant le motif de ses sentiments, je souffrais de voir un garçon, même s'il allait sur ses dix-sept ans, aussi déchiré. Dans les livres d'histoire et les articles que l'on écrirait sur la guerre, qui perpétuerait le souvenir des gens comme Eli ?

Becky avait trouvé la mort plus d'un an auparavant, l'été suivant la bataille, en donnant naissance à un petit garçon. Cet événement avait transformé Eli, et Dieu sait si c'était légitime.

Il parlait avec une dureté, une tension, qui trahissaient de la colère. Quelle en était la source, je ne l'appris que bien plus tard. Il se proposait toujours pour aller chercher des provisions au magasin de Baylor, et plusieurs dames de la ville me rapportèrent l'avoir vu fréquemment vagabonder par les rues de Franklin, épiant aux fenêtres ou au coin des maisons, observant les hommes au travail. Un jour, le forgeron Josh Harper le surprit à espionner les Baylor derrière la vitre, et le déposa sur notre porche ficelé comme une dinde de Noël, avec un message qui dénonçait le vice d'Eli. Je me doutais que les problèmes de ce garçon allaient au-delà de la perte de sa famille, mais en le regardant masser ses poignets meurtris par les liens, assis dans le bureau au bord du vieux fauteuil capitonné et attendant la sanction, nous comprîmes John et moi que le vice n'était pas en cause. Il s'obstinait dans une direction connue de lui seul, une idée, insoucieux des conséquences. En guise de punition, John lui fit ramasser des pommes de terre deux jours d'affilée, mais ni lui ni moi n'espérions le détourner de la quête mystérieuse dans laquelle il s'était engagé.

Après la disparition de Becky, Eli était resté vivre avec son père dans la cabane au bord de la grand-route. Winder, qui lui rendait visite de temps à autre, me racontait au retour que la maison était affreusement sale, empestant la viande pourrie, et que tous les voisins étaient partis, laissant Eli sans autre ami que lui. Même le gamin grassouillet avait quitté le pays, ce petit si courageux qui avait conduit Eli chez moi le soir de la bataille. Je commençai alors à leur envoyer de la nourriture par Winder – du jambon fumé, des œufs, une miche de pain –, qui me rapportait les provisions intactes au prétexte que le père d'Eli refusait la charité. *Il ne veut pas reconnaître son humanité.* C'était mon opinion, mais je me gardais d'en faire part à Winder.

Puis, au cours de l'hiver, presque à la date anniversaire de la bataille, Eli se présenta à notre porte avec un message.

Chère Mrs M.

Je suis pas capable d'élever ce garçon. La mort de Becky me déchire le cœur, elle me manque autant que ma pauvre femme à qui je pense tous les jours. Il faut que je m'en aille tout recommencer ailleurs. Je veux changer, ne plus être l'homme que je suis aujourd'hui. Je veux être un autre homme. Quand ça ira mieux j'enverrai chercher mon garçon.

Il n'avait même pas pris la peine de signer, et je n'eus jamais plus de ses nouvelles. Je ne demandai pas à John si nous pouvions accueillir Eli comme notre propre fils. Lui non plus ne me demanda rien, il se borna à le mener à l'étage, dans la chambre de Winder – devenue dès lors *la chambre des garçons* – et ce fut tout. Eli était crasseux et rompu de fatigue, sa salopette s'effilochait aux revers. Pour ce soir-là je le dispensai de toilette. Je ne sais trop comment, il s'arrangea pour éviter le bain, mais ce n'était pas grave ; il n'était couvert que de la terre d'un ruisseau limpide, et non des scories du désespoir et de la résignation : cela, j'espérais l'en avoir débarrassé.

Pas de poisson. Nous serions encore obligés de manger du porc.

– Dites, Mrs McGavock, y'a besoin que je descende à la cave ?

– Merci Eli, mais pour ce soir on se débrouillera. Va demander à Mariah ce qu'il lui faut pour la cuisine.

– Bien, madame.

Winder allait s'élancer sur ses pas lorsque je le saisis par son fond de culotte pour l'empêcher de bouger. Il m'avait quasiment arrachée à mon fauteuil et entraînée au bas des marches quand il s'aperçut que je le tenais.

– Maman ?

– Assieds-toi près de moi une minute, Winder.

Je retournai à mon fauteuil, rangeai le papier et les plumes et regardai Winder assis sur les marches du porche, ses genoux égratignés et rougis de sang – il poussait de l'aubépine près de la rivière – ramenés contre sa poitrine. Comment pouvait-il être à la fois si jeune et si adulte ?

– Vous avez attrapé du poisson, oui ou non ?

– Non, maman.

J'aimais Winder de tout mon cœur. Lui si loyal et si gentil, j'espérais qu'il mesurerait un jour la valeur de ses qualités.

– Dis-moi la vérité, Winder.

Il se mit à regarder entre ses jambes, sa tête reposant sur ses genoux. Un petit filet de salive sortit de sa bouche et coula par terre.

– Arrête, Winder. Je te demande si vous avez pêché des poissons.

– Oui, maman.

– Alors pourquoi n'en avez-vous pas rapporté ?

– On les a remis à l'eau. On les a enlevés de l'hameçon et relâchés dans la rivière. C'était des brèmes, surtout, et deux ou trois rémoras. Une perche, peut-être, mais c'est même pas sûr.

– Pour quelle raison avez-vous fait ça ?

– L'idée vient d'Eli.

Je m'en doutais déjà. Ils passaient beaucoup de temps au bord de l'eau, et un garçon de la campagne comme Eli était forcément bon pêcheur. Pourtant ils rentraient souvent bredouilles, et ne rapportaient sinon que des prises minuscules et pitoyables.

– Quelle idée, au juste ?

– De pas tuer les poissons. Il dit qu'il veut jamais rien tuer, et c'est à moi de le faire les fois où il décide qu'on doit rapporter quelque chose. Il veut pas que vous vous méfiiez. Même les araignées, il est fou de rage si je les tue. Je crois qu'il est content de les voir, les poissons, de les tenir dans sa main et de les regarder au soleil, mais presque chaque fois il retire l'hameçon et il les remet à l'eau.

– Et les poissons que tu pêches, il te demande aussi de les rejeter dans le ruisseau ?

– Non, moi je ne prends jamais rien. Je suis pas fort, comme pêcheur.

– Je vois.

Qu'aurais-je écrit à son père si Eli avait péri sur le champ de bataille ?

> *Cher monsieur,*
>
> *Votre fils Eli était un gentil garçon prisonnier d'un corps d'homme.*

Lorsqu'on aimait quelqu'un ou qu'on l'appréciait, ou simplement quand on l'avait brièvement côtoyé, il devenait délicat d'écrire à son propos.

> *Tuer lui faisait horreur, il s'y refusait. C'est sûrement ce qui a causé sa mort.*

Tant de morts, tant d'agonies. Est-il possible de faire le récit de sa vie avec la mort pour unique référence ? On ne peut certainement pas décrire la vie en la mort et il me semblait pourtant, à ce moment-là, que je ne saurais raconter la mienne en passant sous silence ces années macabres. Il est impensable de narrer l'histoire de mon domaine, de ma ville, de mon Etat et de cette maudite Confédération en laquelle nous avions tellement confiance sans mentionner les morts. Sur la place de la ville, j'entendis des hommes évoquer la honte tenace de la défaite, et libre à eux de passer leurs jours à dresser la liste des atteintes à leur honneur et à leur dignité scellées au Tribunal d'Appomattox. Cela est leur histoire. Moi je voyais surtout l'absence, non de l'honneur et de la dignité, mais des êtres humains. En ce temps-là, le pays ressemblait à un terrible désert.

Si l'opprobre de la défaite ne me touchait guère, j'étais sensible à l'horreur qui émanait des fermes abandonnées, des routes solitaires, des champs laissés en friche. Les quelques fois où nous allions en visite à Franklin, John et moi passions au milieu des champs envahis d'herbes folles, d'immenses étendues que gagnait promptement la forêt environnante, devant des fermes aux murs grisâtres que nul n'entretenait plus, leurs fenêtres sans rideaux pareilles à des yeux vides. On n'y voyait jamais briller de lumière, dans ces dizaines de maisons qui étaient jadis le foyer d'une famille. Comme je regrettais de n'avoir jamais pris la peine de parler à ces gens, de lier connaissance avec eux ! Ils ne comptaient pas plus pour moi que le paysage qui m'entourait. Et puis les hommes étaient morts ou avaient disparu par milliers, et la mort avait franchi les frontières du champ de bataille pour venir embrasser la campagne et les villes. Tous ces jeunes gens. Nous étions un pays neuf, c'était indéniable. Un pays neuf peuplé de vieillards et d'hommes butés dans leur colère. Parfois, en le regardant depuis ma voiture, je me disais qu'il pouvait advenir n'importe quoi de ce pays. Cette idée n'était guère rassurante.

J'estimais qu'Eli faisait partie des plus chanceux, même si lui ne partageait sûrement pas mon avis.

La souffrance ne quittait jamais Eli, monsieur, et il ne comprit jamais vraiment ce qui lui était arrivé. Personne ne le comprit, je dois l'admettre. Il était courageux comme on peut dire d'une mule qu'elle a du courage, continuant d'avancer obstinément, aveuglément, malgré toutes les raisons de s'arrêter. Il a moins choisi son destin qu'il ne l'a heurté. Je ne me souviens pas qu'il ait prié à la fin, mais comment être sûre ? Je ne prétends pas à une foi assez grande pour savoir quand quelqu'un s'adresse à Dieu, et je ne serai pas assez hypocrite dans ma piété pour hasarder une hypothèse, surtout s'agissant d'Eli. Si Eli a prié, cela ne regardait que lui.

Ecrire cette lettre eût été tout à fait impossible, et je remerciais Dieu – sans une once de pharisaïsme – de ne pas me l'avoir imposé. Il me coûtait tellement moins d'offrir un peu d'apaisement à des étrangers dont j'avais à peine connu les fils, de leur conter des mensonges. C'était à mes yeux un acte de bonté. Je repensais à une lettre que j'avais envoyée à mon père des années auparavant, après la mort de Martha. Je me sentais droite et vertueuse de lui décrire son épouvantable agonie dans les moindres détails, sans rien édulcorer. J'avais perçu cela comme une offrande, un hommage que je lui rendais, une revanche sur la mort. Ces choses-là je les avais effectivement accomplies, mais qu'avais-je infligé à mon malheureux père ? Je ne le saurais jamais. Le malheur trace son propre chemin, surgissant ici ou là sans prévenir. Lorsqu'il s'agit de la mort, peut-être est-il plus sage de taire certaines choses, de les destiner à la tombe comme le bien propre des morts. Nous tous, nous aurions bien assez d'occasions de souffrir sans endurer encore et encore la mort de nos semblables. Je m'étais habituée à user du mensonge, à passer certains faits sous silence. Quelle dame convenable j'étais devenue !

Jamais je n'écrirais sur Eli une lettre pareille, si cruelle que fût la tentation. Je ne l'écrirais pas non plus pour Winder et Hattie, John, Mariah et Theopolis. Si j'étais amenée à écrire à leur propos, je dirais qu'ils étaient partis dans la paix en murmurant le nom du Seigneur, et je prierais pour le croire moi-même un jour.

Concernant les poissons, toutefois, je n'admettais pas le mensonge. Il faudrait que j'aie une conversation avec Eli, à moins que John ne s'en charge. Les paupières closes, je me reposai dans mon fauteuil, profitant de la brise en bénissant les couturiers parisiens d'avoir banni le port du corset. Je jouissais pleinement de la fraîcheur dans ma nouvelle robe à crinoline, la première que j'avais achetée depuis des années. Elle était noire, bien entendu, facile à retoucher et à raccommoder si nécessaire. Je pourrais ainsi la porter ma vie durant, et c'était bien mon intention. Cela faisait des dizaines d'années, peut-être, que je n'avais pas ressenti cette paisible fraîcheur. J'en remerciais le porche, la galerie, le vent qui soufflait. Je me promis que si éclatait une nouvelle guerre, je resterais là pour défendre le porche, d'où l'on voyait le bosquet qui menait au ruisseau et mon cher jardin revenu depuis peu à la vie. De nouveau les rudbeckies ondoyaient et se prosternaient sur les plates-bandes que j'apercevais depuis l'extrémité du porche, entre les barreaux de la balustrade. Hattie était devenue une jardinière émérite. Les cheveux ramassés en un chignon lâche, elle portait pour travailler une robe indigo – comme les esclaves d'autrefois ! – qu'elle relevait à hauteur du genou. Les pois donneraient bientôt leurs fruits, il fallait émonder les rosiers, et il était grand temps de cueillir l'oreille d'ours ; Hattie veillait au bon ordre de chaque chose. Avec sa peau hâlée, elle me faisait penser à une Indienne quand je la voyais lever les yeux vers le soleil pour juger de sa position et de son inclinaison. Je devrais lui dire de ne pas dénuder ses jambes de cette façon. Elle n'allait pas tarder à être une femme, et je devinais l'opinion que les hommes se formeraient à son sujet. Moi je savais qu'elle n'était dans le fond qu'une fillette, et je tenais à ce qu'elle le demeure.

Ainsi s'écoulaient mes journées, à écrire des lettres et à regarder mes enfants tout en attendant que John rentre d'une de ses expéditions en ville. Nous avions perdu une si grande partie de nos terres que je lui aurais volontiers demandé pourquoi il en appelait encore à la générosité de nos créanciers, à commencer par Mr Baylor, si je n'avais deviné que son bonheur dépendait de sa persévérance. Nous savions tous deux que désormais Carnton se réduisait à son squelette, que la plantation avait périclité, et que seule subsistait de l'ambition des McGavock cette demeure travaillée par le délabrement. Les bois allaient nous envahir, et cela m'était bien égal.

John s'était engagé à subvenir à nos besoins sans cultiver les terres, et j'avais foi en lui. Cependant ses idées – développer Franklin autour du chemin de fer, y implanter une importante scierie et une fabrique de textiles – récoltaient peu de suffrages, et par là-même peu de fonds. En ville, certains pensaient que les choses reprendraient naturellement leur cours d'avant-guerre, et c'étaient justement ceux qui possédaient l'argent nécessaire à la réalisation des projets de John. Malgré moi, je m'étonnais de la force de ses convictions, j'étais surprise que ce soit lui, entre tous, qui cherche à entraîner Franklin vers la modernité sous peine de la voir s'éteindre. Ce n'était plus l'homme que j'avais épousé, l'héritier rêveur et timide du domaine familial. Quels que fussent ses échecs, j'appréciais celui qu'il était devenu. Je constatais avec surprise que l'insuccès ne le plongeait plus dans la colère, comme c'était le cas avant la guerre. J'aimais beaucoup les moments que nous passions ensemble dans son bureau, dégustant un verre de sherry tandis qu'il saluait d'un rire dédaigneux le manque d'imagination des hommes de la ville. *S'ils préfèrent vivre comme des primitifs pendant que le monde change autour d'eux, c'est leur affaire*, déclarait-il en me portant un toast. *J'ai tenté mon possible, et je persisterai jusqu'à ce qu'ils soient morts et enterrés, et que l'on puisse débarrasser le vieux bois pour entreprendre ici quelque chose de neuf.*

Ce jour-là, je guettais son retour sur le porche, attendant impatiemment notre *tête-à-tête* dans son bureau. Je ne pensais à rien d'autre qu'au confort des fauteuils et au goût délicieux du sherry lorsque je le vis arriver dans l'allée. Rien ne nous empêchait de continuer ainsi indéfiniment. Cela ne manquait pas d'agrément.

Si seulement j'avais mieux observé l'homme qui s'avançait vers moi, je n'aurais pas été prise au dépourvu. Plus tard, je résumai ce jour-là en disant *Il fallait bien que le sherry s'épuise un jour ou l'autre.* Pourtant il y avait des choses plus graves.

38

CARNTON

Chaque fois qu'elle entendait le tintamarre des marmites qui s'entrechoquaient, Mariah sentait croître sa colère et s'accentuer ses incertitudes. Elle n'était pas la cuisinière de cette maison, il n'était pas normal qu'elle se charge de la cuisine. Des cuisinières, ils en avaient engagé une bonne demi-douzaine depuis la fin de la guerre, toutes des Noires, et elles étaient toutes parties. En donnant son congé, la dernière avait déclaré à Mariah qu'elle était toujours une esclave. *Moi je veux pas de cet' vie-là, à préparer le manger des Blancs et à propreter après eux. A dire que c'est pareil comme avant, et je crois qu'y a aut' chose à faire dans la vie. Je m'en vais, Mariah.* Très bien, mais où comptait-elle aller ? Et pour quoi faire ? Savait-elle seulement lire ? Non, bien sûr. Mariah savait lire, ainsi que son fils, et pourtant on lui attribuait des besognes de cuisinière. Elle restait une esclave. Ses chaînes, elle ne les avait toujours pas rompues, comme l'une de ces femmes le lui avait dit en ricanant.

Devinant qu'il n'y aurait pas de poisson – elle avait percé à jour Eli et son petit manège – Mariah avait déjà mis du porc à dessaler, et elle faisait cuire du gruau d'avoine et des feuilles de moutarde. Elle les avait en horreur, ces feuilles. Un plat de pauvre. Comment les McGavock pouvaient-il aimer cette bouillie verdâtre ? Eux ils ne s'en nourrissaient pas par nécessité, ils pouvaient s'offrir le luxe de les manger par goût. C'était toute la différence.

– Encore des feuilles de moutarde ? Bon sang, je peux pas les souffrir.

– Venez pas jurer dans ma cuisine, Mr Eli.

Eli fit son entrée avec un sourire joyeux, l'allure faraude d'un grand gaillard, roulant des épaules comme si la pièce était trop étroite pour lui. Il s'assit devant la cheminée, sur le banc en bois, et entreprit de se curer les ongles avec un éclat de schiste effilé qu'il gardait dans sa poche.

– Dis, Mariah, je sais que toi aussi ça te dégoûte, ces feuilles de moutarde, et que tu te prépares autre chose pour toi. C'est quoi ? J'en veux aussi.

– Un poisson ça m'aurait fait plaisir, Mr Eli. Je parie qu'y en a pas, là-tantôt.

– Eh non, j'en ai pas. On a rien attrapé, en vérité.

– Juste une fois, Eli, vous pourriez m'amener de quoi faire d'la friture.

– Il faut dire ça aux poissons, Mariah.

– Vous croyez pas qu'je saurais ?

– Si, bien sûr.

A présent que Theopolis était parti s'établir en ville, Eli était la personne la plus proche de Mariah dans la maisonnée. Elle sentait une parenté entre eux, ou tout au moins le jugeait-elle mieux placé que quiconque pour la comprendre, lui dont la vie avait été si rude. Même s'il était blanc. Mariah savait qu'un jour il risquait de brutaliser les gens de son peuple, de les traiter de nègres, et elle n'ignorait pas qu'il apprenait déjà ce langage quand il se rendait au magasin tenu par ce petit Blanc. Elle n'y croyait pas trop, gageant que l'intelligence du garçon l'emporterait toujours sur le reste, mais on ne pouvait jamais être sûr. Elle savait aussi qu'il rendait chaque fois visite à Theopolis dans son échoppe de cordonnier, et cela la réjouissait. Il y avait deux bonnes semaines qu'elle n'avait pas parlé à son fils, et elle était heureuse d'avoir Eli dans les parages.

Pendant qu'il se nettoyait les ongles, Mariah choquait bruyamment la cuisinière et marmonnait à voix basse. Eli leva les yeux, écartant ses mèches rebelles.

– Qu'est-ce que tu racontes, Mariah ?

– Occupe-toi de ta gamelle.

Elle songeait à ce qu'avait dit Theopolis en lui annonçant qu'il s'installait en ville pour de bon. Ses paroles ne contenaient aucune méchanceté, il n'était pas comme ces filles de cuisine. Mariah était sa mère, et ils savaient lire tous les deux. Il ne lui reprochait rien. *C'était rien que d'la jalousie, voilà. Elles ont nulle part où aller, ça les fait enrager que j'fasse à ma guise.* Elle réfléchit un moment à ce mensonge. Non, elle ne pouvait pas agir à sa guise, mais contrairement à ce que prétendait le défilé de cuisinières, ce n'était pas parce qu'elle n'était qu'une vieille esclave. Theopolis non plus ne connaissait pas les véritables motifs. *C'est simplement que tu vois rien, tu vois pas ce que pourrait être ta vie. Ce n'est pas ta faute. Tu finiras par changer.* Il s'était montré ferme malgré sa gentillesse, même quand elle l'avait supplié de ne pas partir. Quand il lui avait caressé les cheveux en souriant, il était tout le portrait du commerçant et du pilier de sa communauté qu'il entendait devenir. Cependant Mariah n'était pas fâchée qu'il la laisse seule, et ses raisons de rester n'avaient rien à voir avec un manque de lucidité. Mariah voyait fort bien les choses, trop bien, même. Eli le savait, alors que Theopolis n'y avait jamais cru, craignant que sa foi en elle, ou dans les présages de Miss Eloisa ne le stigmatise comme un nègre ignorant pour le restant de ses jours. Il ne redoutait rien tant que cela, et c'était précisément ce qui chagrinait Mariah. Elle qui pouvait voir l'avenir, elle en distinguait une image nettement moins rassurante que celle que se forgeait Theopolis. *Tous ces gens,* se demanda-t-elle à nouveau, *où c'est qu'ils se figurent aller ? Y connaissent quoi à part faire le manger, propreter et cueillir le coton, et manger d'la verdure et coucher sur une paillasse ?*

– Je t'apporte des nouvelles, Mariah. De Theopolis.

– Racontez-moi.

– Il fabrique des souliers pour le magasin de Mr Baylor, il a reçu dix commandes en plus, et c'est pas fini. Des bottes de fermier, des chaussures de ville et un tas d'autres choses que je connais pas. D'après Mr Baylor, Theopolis est plein de… je sais plus quoi. Je me rappelle plus, mais je crois que c'était gentil.

– Dites-moi, mon garçon.

– De promesses, c'est ça qu'il a dit. Tu te rends compte ? Il a dit qu'un nègre était plein de promesses. Tu crois qu'il lui a promis quoi, à un Blanc comme Mr Baylor ? Qu'est-ce qu'il peut avoir, Theopolis, que Mr Baylor il aurait pas, et qu'il puisse lui promettre ? Qu'est-ce qu'y a Mariah ? T'es en colère ?

– Non, Mr Eli, et allez surtout pas croire ça. C' que j'regrette, c'est que mon garçon y me raconte pas tout ça lui-même.

Elle huma l'odeur du jambon qui mijotait avec les feuilles de moutarde. Quelquefois, elle cherchait à mettre un mot sur le fumet du ragoût de porc, au moment précis où la viande perd sa saveur pour que les feuilles s'en imprègnent, une odeur forte et piquante. Elle se dit que *corrompu* était le mot juste, l'odeur de quelque chose qui se décompose et retourne à la terre.

En quoi Theopolis était-il prometteur ? Le garçon avait beaucoup à donner. La question, c'était de savoir ce que ce vieillard ratatiné de Baylor voulait à son fils. Voilà ce qui la préoccupait.

– Tu sais Mariah, Theopolis il demande qu'à t'en parler, c'est toi qui vas jamais le voir et il est occupé comme tout.

Il est pas mauvais pour un Blanc, songea Mariah.

Pendant que Mariah s'asseyait pour ruminer ses pensées, Eli s'affairait maladroitement devant la cuisinière, touillant la verdure et retournant les tranches de jambon mises à frire dans une poêle profonde ; il poussait des cris chaque fois que des gouttes de graisse lui sautaient sur les bras, mais il n'abandonnait pas et regardait sans cesse par-dessus son épaule pour savoir si Mariah allait bien. A moins qu'il n'ait voulu vérifier que lui s'y prenait comme il faut, que sa manière de cuisiner lui convenait.

Tandis qu'Eli sautillait d'une marmite à l'autre, jetant de temps en temps un coup d'œil furtif à Mariah, celle-ci se disait que s'il venait à mal tourner, ce serait pour s'être trop soucié de ce que faisaient les autres. Il fallait qu'il se dépêche de grandir et de ne plus rendre de comptes qu'à lui-même. Mariah se promit d'y veiller, c'était un brave garçon. Son fils aussi était un bon garçon, un aimable jeune homme qui ne verrait aucun inconvénient à ce que Mr Baylor l'attire dans son entourage. Bien qu'elle n'eût pas abordé le sujet avec Theopolis, elle connaissait ses réactions : il se sentait à la fois surpris et flatté, et surtout conforté dans son idée de s'installer en ville. Il lui semblait l'entendre préparer le discours qu'il lui tiendrait. *Hé, c'est-y pas quelque chose ? Un nègre de la campagne sans un sou vaillant, et devine un peu : si jamais les choses tournent comme il faut, je risque de monter une fabrique de chaussures. Ce nègre est plein de promesses, maman, voilà ce qu'on m'a dit. Je comprends pourquoi tu restes là avec ces gens. Tu as jamais rien connu d'autre. Mais moi je vais faire mon chemin, à ma manière, parce que je suis jeune, et qu'il y a plus personne pour s'occuper des gens comme moi. C'est moi qui dois me prendre en charge.*

Mariah se demandait si on le faisait entrer par la porte de derrière quand il venait livrer les chaussures. Si c'était le cas, il s'arrangerait bien pour inventer une justification, elle n'en doutait pas un instant. Mais comment expliquer qu'on ait retrouvé un nègre quelque part en aval, brûlé et noyé dans la rivière, entraîné vers le fond par le joug qu'on lui avait attaché autour du cou ? Il vivait à Pulaski, et les gens de là-bas le jugeaient lui aussi plein de promesses.

Les Blancs employaient un autre terme pour désigner un nègre « prometteur » ; plus d'un, même : arrogant, animal, contre-nature, traître. Il existait une foule de mots pour décrire ce que possédait Theopolis.

Mariah priait pour qu'il sache éviter les ennuis. Une chose était vraie dans ce qu'il avait dit : il n'y avait plus personne pour s'occuper de lui. Mr John aurait pu lui venir en aide – *Mr McGavock* – mais vu qu'il peinait déjà à entretenir sa famille, il ne risquait pas de l'aider. Tout irait bien tant que Theopolis ne côtoierait pas ce Baylor de trop près, et qu'il ne se mettrait pas en tête de s'élever plus que de raison et de convoiter trop vivement le monde des Blancs. Tout en sachant qu'un garçon honnête et croyant comme lui n'avait rien à envier qu'il ne possédât déjà, elle comprenait que ses prières pour lui ne serviraient à rien. Lui aussi aurait besoin de son secours.

Un moment, elle resta assise à écouter Eli tambouriner sur les marmites avec ses plus belles cuillères en bois. L'air ne lui rappelait rien, mais elle prit plaisir à entendre son rythme fluide et guilleret. Eli y consacrait toute son attention.

– Sortez-moi ce jambon de la marmite.

– Non, moi je préfère laisser le cochon dans la verdure. Si ça tenait qu'à moi, j'en mettrais dix, des jambons, pour que ça soit mangeable.

– Enlevez-le, j'ai dit. L'est assez cuit comme ça.

39

ZACHARIAH CASHWELL

On est pas allés directement à Franklin. On préférait traîner à travers le pays pour brouiller les pistes, au cas où les gars du chantier se seraient lancés à nos trousses. Sans doute que notre histoire s'était répandue parmi les gens du chemin de fer, mais il y avait peu de chances qu'ils nous aient pris en chasse pour de bon. Il faudrait quand même rester prudent sur ce qu'on dirait, parce que les gens aiment pas les chemineaux, on a vite fait de se fourrer dans un mauvais pas quand on est un étranger. Nous on faisait gaffe. Ce qui comptait pour Jerrod, c'était de se payer un moment de liberté et, pour moi, de rassembler suffisamment de courage pour retourner à Carnton.

Donc on trimardait dans tout le Tennessee, vers l'est, ce qui nous empêchait pas de faire des crochets dans le sud et dans le nord si l'envie nous prenait, ou si on nous disait qu'il y avait par là-bas quelque chose qui valait le détour, en général un caboulot.

Le principal quand on est en cavale, l'expérience avait fini par me l'apprendre, c'est qu'on doit être capable de justifier la moindre babiole qu'on trimbale avec soi, et tous les déplacements qu'on a faits quasiment depuis sa naissance. Sans ça, on risque fort de se faire colleter et traîner devant les autorités, ou même de prendre une balle dans la peau après s'être fait détrousser. Si un sale fouineur décidait de poser des questions, il fallait avoir une réponse toute prête. On pouvait toujours lui dire de pas fourrer son nez dans nos affaires, mais on s'en débarrassait pas si facilement. On devait savoir quoi répondre, et raconter uniquement des choses exactes, même si on les avait pas vécues soi-même.

Ma selle ? Je l'ai fait faire sur commande à Memphis. Vous voulez savoir par qui ? Jimmy Blackstone, pardi, dans Market Street. Je bichonne mon derrière, faut dire, je veux que des selles lisses comme un gant de cuir. Non pas que j'en aie porté, des gants aussi beaux, mais vous pigez quand même. Allez-y, touchez là. Blackstone, il se sert d'outils spéciaux, il aime bien dessiner des fioritures et tout un tas de jolies choses quand il a pas un verre dans le nez. Je peux pas dire que c'est mon genre, mais quoi, j'allais pas lui briser le cœur à ce vieux Jimmy, hein ? Non, monsieur, je l'échange pas contre une autre. Et elle est pas non plus à vendre. Je vous répète, je suis très regardant rapport à mon derrière. J'ai la peau fragile, vous comprenez ? Ça va, l'ami, y'a pas de mal. Allez, bonne route.

En vérité, la selle en question faisait pas partie des plus confortables. J'avais les fesses entamées de partout, couvertes de furoncles, au bout de la journée je pouvais plus tenir assis. Et si les colts de Jerrod avaient bien un plaquage spécial, c'est parce qu'ils étaient encroûtés de terre et de sueur, tout ternis et dans un état pitoyable. N'empêche, il fallait leur servir un bobard vite fait, d'autant plus que Jerrod portait la mort sur sa personne. Je dis pas qu'il avait la tournure de quelqu'un qui va mourir, non, il ressemblait plutôt à la Mort elle-même. Ses cheveux étaient tellement noirs qu'ils paraissaient plus lourds, et son œil prenait de plus en plus d'éclat à mesure qu'il s'habituait à l'absence de l'autre. Ça le gênait, d'avoir un trou à la place de l'œil, du coup il aimait pas circuler pendant le jour. On voyageait la nuit venue.

Jerrod était toujours décidé à jouer les durs et à gagner sa vie comme chasseur de primes, et pour ça il devait s'entraîner. Un matin, je l'ai surpris en plein bois, en train de viser ma bible de poche à soixante-quinze pieds de distance. Je l'ai cogné en le traitant de tous les noms, mais j'avais déjà remarqué qu'il venait de faire mouche pile au milieu du livre, ce qui avait bloqué la balle.

Ce livre-là, je le tenais de papa, depuis je l'avais emporté partout avec moi, même à la guerre, et jamais il avait reçu une balle, il était même pas taché ni rien, jusqu'à ce que Jerrod se mette à jouer au hors-la-loi avec ce fichu bouquin. Il a tourné les talons, soi-disant qu'il partait chercher du whisky. *Y doit bien y avoir une distillerie clandestine dans les parages. Sûr que ces gens sont de meilleure compagnie que toi, même si t'as une bible et que tu sais causer de ce qu'elle raconte.* Je suis revenu près du feu, retourner les deux petites perches que je faisais griller.

Le trou dans ma bible s'arrêtait au Deuxième Livre de Samuel. Je connaissais déjà les versets.

> Et Absalom se rencontra devant les serviteurs de David. Or Absalom était monté sur un mulet ; et le mulet étant entré sous les branches entrelacées d'un grand chêne, la tête d'Absalom fut prise dans les branches du chêne, et il demeura entre le ciel et la terre, le mulet qui était sous lui étant passé outre.

J'ai continué à lire, la balle avait à peine abîmé les pages.

> Et un homme, ayant vu cela, le rapporta à Joab, et dit : Voici, j'ai vu Absalom suspendu à un chêne. Et Joab répondit à l'homme qui lui rapportait cela :
> – Quoi, tu l'as vu ! Et pourquoi ne l'as-tu pas abattu là, par terre ? C'eut été à moi de te donner dix pièces d'argent et un baudrier. Mais cet homme dit à Joab :
> – Quand je pèserais dans ma main mille pièces d'argent, je ne mettrais point la main sur le fils du roi ; car nous avons entendu ce que le roi vous a commandé, à toi, à Abishaï et à Itthaï, disant : Prenez garde chacun à ce jeune homme, à Absalom. Autrement je mentirais au péril de ma vie, car rien ne serait caché au roi, et toi-même tu te lèverais contre moi.
> Et Joab répondit :
> – Je n'attendrai pas tant devant toi !
> Et, ayant pris trois dards dans sa main, il les enfonça dans le cœur d'Absalom, qui était encore vivant au milieu du chêne.

C'est pas comme ça que doit finir le traître, ce vaurien d'Absalom ? Séducteur d'Israël, piégé dans un chêne, abandonné par un méchant mulet, mis à mort là où il était suspendu. Ma mère, elle disait toujours que si on avait eu un chêne près de la maison, elle l'aurait fait abattre sur-le-champ pour éviter la tentation. Même aujourd'hui, je me demande encore qui aurait été le plus tenté. Je me rappelle que mon père aimait pas beaucoup Absalom.

J'ai lu encore un peu, en réfléchissant à ce qui était écrit. A une époque, l'idée m'était venue de me faire pasteur, il me semblait même avoir entendu l'appel. Ça remonte à quand j'étais petit, tout ça, avant que je voie des anges dans mes rêves et que je parte habiter chez ma tante. Après, j'allais même plus assister à des prêches, jamais de la vie. Malgré tout ça me chagrinait, ce trou au milieu de mon livre, je me suis demandé ce qui serait arrivé si j'étais devenu pasteur. J'ai clamé à pleine voix :

Ce livre que vous voyez là porte la marque du Malin. Une balle l'a percé, mes amis, et elle s'arrête au Deuxième Livre de Samuel. Pour quelle raison, me demanderez-vous ? Je vais vous le dire, mes amis. J'ai été attaqué par le plus vil d'entre les hommes, le plus ignoble et le plus corrompu, et il était le suppôt du Malin.

Un prédicateur a le droit de prendre des libertés avec la vérité, je le savais. Il fallait bien trouver un moyen de retenir les gens.

Alors cet homme a voulu me dépouiller, et j'ai levé le Livre Saint que j'étais en train de lire tout en chevauchant. Vous me demandez si j'ai l'habitude de lire à cheval ? Oh oui, Seigneur Dieu ! La parole du Seigneur est toujours bonne à entendre, même dans les conditions les moins confortables. La balle s'est fichée dans ce livre que je tenais avec amour, et le livre l'a détournée de mon cœur. Alors j'ai cru entendre la voix du Seigneur : « Je ne permettrai pas qu'il soit frappé, lui le plus humble de mes coupables enfants. C'est lui qui a arrêté cette balle, juste à l'endroit où Absalon s'est retrouvé pendu dans l'arbre. Je crois qu'Absalon lui-même a arrêté la balle pour me venir en aide, et même s'il m'appartient pas d'accorder le pardon dans cette vie, je glisserai un mot en faveur de ce vieil Absalon si j'en ai l'occasion là-haut dans le ciel. Vous savez maintenant pourquoi ma bible porte un trou au beau milieu, et je viens porter témoignage de sa loyauté face à l'épreuve du feu. »

Ça sonnait comme un vrai sermon, tellement que j'en ai ri de bon cœur. Puis j'ai réfléchi un peu plus loin en sortant le poisson du feu. Après tout je pouvais devenir prédicateur, je m'y connaissais pas mal dans la partie. Des prêches, j'en avais entendu mon content. J'aurais fait n'importe quoi pour que mon père revienne, mais je voyais aucun mal à voler quelques idées à ce maudit serpent, ce *révérend* qui était venu piller notre maison. C'était peut-être ça, la nouvelle personne que j'étais destiné à devenir.

– Voilà que tu fais le pasteur, maintenant ?

Jerrod se tenait au milieu de la clairière, un bocal de whisky entre les mains. Quand on a autant de flair que nous pour dégoter les endroits où on le fabrique, parcourir le pays revient à faire la tournée des distilleries. On pistait le bord des petites rivières où les bouilleurs de crû clandestins cachent leurs alambics, grouillants de mille-pattes qui se glissent dans votre cou dès que vous avez le dos tourné. J'avais l'habitude de m'annoncer à grand bruit quand je m'approchais, et de leur dire de grands mercis pour le tord-boyaux qu'ils nous vendaient à prix d'or. Jerrod, lui, il préférait les prendre par surprise, ça l'amusait beaucoup.

– Pasteur, c'est bien trouvé. Une bonne couverture. Je t'ai entendu en arrivant par les bois. Tu t'entraînais, sans doute. Vous autres, les pasteurs, il vous faut vous préparer, encore que ça soit drôle, de préparer la parole du Seigneur. On pourrait croire que c'est quelque chose qui vous sort de la bouche sur le moment, que vous avez comme un feu qui vous brûle dans le ventre, et c'est le Seigneur qui l'aurait mis là. Mais j'en sais foutre rien, dans le fond, y'a pas pire pécheur que moi.

J'ai jeté un coup d'œil au petit tas de chair noircie sur la broche, puis je l'ai regardé. Maigre comme il était, j'en revenais pas qu'il puisse se goinfrer autant. Il a enfourné le poisson sans enlever la peau, et il s'est débrouillé pour trouver plein de chair bien blanche dans ce vilain morceau de charbon. Il devait savoir des choses que j'ignorais, voir ce que je voyais pas.

– On lui donne quel nom, à notre gang ?

– On est pas un gang, Jerrod.

Jerrod a pris une mine pensive, ça lui donnait l'air un brin patraque.

– D'accord, il a fait en souriant. On a bien le droit d'essayer. J'ai entendu causer d'une embauche. C'est un gars qui m'en a parlé, il distille du whisky dans les bois par là-bas, après les collines. Il paraît qu'ils déterrent des ossements d'Indiens. C'est un gros projet des Yankees, mais y'a du travail. Moi ça me plaît, les Indiens, j'en ai vu deux ou trois quand j'étais gosse.

– Des ossements d'Indiens ?

– C'est ce qu'il a dit, le bonhomme. Et puis c'est pas tout, ça se passe à Franklin. Puisque c'est là qu'on doit aller et qu'on va pas monter de gang, je dirais que c'est temps qu'on parte.

J'avais pas envisagé sérieusement de trouver une place, et à part *elle*, je voyais rien qui me pousse vers Franklin. Qu'est-ce que j'allais faire, d'abord, une fois que je l'aurais retrouvée ? Pour le moment je n'en savais rien.

– C'est à Franklin même, qu'ils sont en train de faire les fouilles ?

– Un peu plus au sud, tu sais, l'endroit où on voit ces drôles de collines au bord de la route. On y est passés avec l'armée, je m'en souviens. Il se trouve qu'en fait, c'est pas des collines du tout, on appelle ça des *tumulus funéraires*. Ça doit faire un paquet de gens entassés là-dessous. Des sauvages.

Les ossements, c'est pas ce qui manquait à Franklin, je trouvais pas très malin d'en déterrer de nouveaux. A ce moment-là, quelque chose m'a paru bizarre chez Jerrod. Il avait dégainé un de ses pistolets qu'il regardait fixement, comme pour lui dire je sais pas quoi.

– Jerrod ?

Il s'est frotté la bouche en avalant son dernier bout de poisson brûlé. Il avait la gorge nouée.

– Ouais.

– Tu l'as eu comment, le whisky ?

Il m'a pas répondu tout de suite.

– T'es tombé sur un bouilleur dans les bois ?

– C'est ça.

– Et tu t'es approché en douce.

– Comme d'habitude.

– Et après ?

– D'abord il a eu la frousse, et puis on s'est mis à causer. Il m'a parlé de ce travail, je lui ai acheté le whisky.

– Et alors ?

– Je lui ai fauché sa thune, elle sera pas de trop. On a que dalle, Zachariah.

– Continue.

– Je l'ai descendu.

J'aurais dû m'en douter, j'ai eu tort de poser la question. On a beau se dire qu'on connaît quelqu'un, c'est dur de dormir et de manger avec lui quand on sait que c'est un tueur. Jerrod était mon ami, celui qui m'avait sauvé la vie, mais avec des gens pareils, on a tendance à se méfier. Honnêtement Jerrod me faisait peur, même si j'étais content d'avoir de la compagnie. Je suis resté un moment silencieux.

– Zachariah ?

– Quoi ?

– Je regrette de l'avoir tué. Rien me forçait à le buter. J'aurais pas dû. Toi je sais que tu l'aurais pas fait, ça me fait un peu honte de le reconnaître. Jamais t'aurais fait ça, hein ?

J'ai rien répondu.

– Zachariah ?

– Oui ?

– T'es quelqu'un de bien.

Entendre ça, ça m'a au moins aidé à passer quelques nuits tranquilles. Ensuite j'ai prié pour l'âme de Jerrod, ce qui m'était pas arrivé depuis mon enfance.

40

CARRIE MCGAVOCK

Contrairement à ce que prétendait John, tous les habitants de notre ville n'étaient pas des primitifs arriérés. D'ailleurs je le déplorais. Si l'homme dont je parle avait été ainsi, on aurait pu déchiffrer clairement ses motivations, prévoir ses intentions avec certitude. Si seulement il avait été aussi benêt que les autres !

Baylor, néanmoins, était loin d'être un sot. C'était un personnage dur et aigri, qui pendant la guerre n'avait jamais fait mystère de son dédain pour les chefs confédérés. Quant à son opinion sur la Confédération elle-même, nul ne la connaissait vraiment. Baylor n'était pas porté sur les notions abstraites, et il ne faisait certainement pas de sentiment. Son mépris s'adressait aux chefs, qu'il ne se privait pas de traiter d'imbéciles. *Si la Confédération se résume à ses chefs, l'expérience paraît mal engagée*, disait-il. Ce mépris n'avait fait que s'accentuer depuis la fin de la guerre. Il avait perdu un fils, Will, lors de la bataille de Franklin, et je gage que ce seul fait lui conférait certaines prérogatives non seulement dans sa maison et sur son propre domaine, mais dans la ville tout entière. Parce que son fils avait sacrifié son sang à la cause, Baylor estimait manifestement qu'il avait payé un plus lourd tribut que quiconque dans cette ville, et que les autres lui étaient redevables. Qu'il se fût ou non entendu avec son fils, ce qui prête à discussion, était une question dénuée de pertinence. Le garçon était parti pour toujours, entraîné vers la mort par ces hommes que vilipendait le vieux Baylor.

Zachariah Cashwell ne faisait pas partie des meneurs, mais Baylor l'aurait-il détesté quand même ? Je pensais que oui, bien que ses sentiments me soient demeurés insondables. Cela me donnait une idée de la haine qui habitait Baylor. Qu'un homme tel que Zachariah puisse m'aimer, que j'éveille l'amour d'un être aussi improbable, cette expérience m'avait rendue plus forte et plus sage. Une des rares fois où j'allai en ville et où je vis Franklin poursuivre son chemin si ordinaire, je ne pus me défendre d'un certain soupçon : Dieu avait-il voulu que Zachariah perde sa jambe pour que nous puissions continuer comme avant ? Cette idée me déplut, je pensais que Dieu lui réservait un destin plus noble que cela, mais qui se dérobait encore à mon entendement. Ces pensées me poursuivirent alors que je flânais dans mon jardin, me demandant si Zachariah se réjouirait de la houle de fleurs que Hattie cultivait de nouveau. J'y songeais encore pendant que j'entretenais les tombes de mes enfants, et encore le soir en prenant mon bain, puis couchée dans mon lit aux lisières du sommeil. Que Dieu me pardonne, mais je me demandai s'Il m'avait destiné cet homme. Je sombrai ensuite dans un sommeil sans rêves.

Encore une fois, John s'était rendu chez Baylor. Il s'était depuis longtemps résigné à la perte de nombreux arpents de nos terres, revenus à la banque et à Baylor lorsque nous n'avions plus été à même de rembourser les traites. Nous n'espérions plus rentrer en leur possession, car on procédait déjà à leur division en parcelles pour les céder aux innombrables soldats indigents, chargés de femmes encore plus jeunes qu'eux et de gamins chétifs à la figure hâve. Ils travaillaient eux-mêmes leur lopin et reversaient une part de leurs gains à Baylor. Un samedi par mois, un défilé de carrioles de fortune brimbalait sur la route, en direction du magasin de Baylor, où les fermiers règleraient les comptes et achèteraient une nouvelle provision de graines et d'outils. Un cycle sans fin. Une de ces petites fermes touchait à notre propriété, à hauteur de la voie ferrée, et il m'arrivait d'observer en passant notre voisine arroser ses haricots ou ramasser ses courges – une petite femme brune et nerveuse qui ne me disait jamais bonjour. Moi non plus je ne la saluais pas, peut-être que je l'intimidais.

John s'employait à convaincre Baylor qu'il était un homme d'idées, et que son initiative malavisée d'autrefois – fournir des uniformes et du matériel à la compagnie confédérée de Franklin grâce à l'emprunt contracté en hypothéquant son domaine – ne l'empêcherait pas de développer à Franklin des projets rentables pour tous les deux, pourvu que Baylor desserre les cordons de sa bourse et accepte d'investir. Cela n'arriva jamais. Je ne pense pas que Baylor n'ait pas vu venir le changement, je parierais plus volontiers qu'il répugnait à partager l'avenir avec un quelconque associé. Le futur lui appartenait ; la Confédération ne lui devait pas moins.

Ce jour-là, tandis que John menait son cheval vers le porche, je devinai que pesait sur ses épaules un fardeau dont il ne savait comment se décharger. Les rides qui se creusaient autour de sa bouche, où des bajoues commençaient à apparaître, étaient sombres et profondes. Il fuyait mon regard, s'affairant à attacher son cheval à la balustrade. Lorsque enfin il leva les yeux, on eût dit que, sous ses pieds, une force innommable tirait sur tout son visage. J'eus de la peine pour lui.

Encore aujourd'hui, je m'interroge sur ce qui lui a permis d'anticiper la colère avec laquelle j'accueillerais les nouvelles qu'il rapportait. Pourtant il se tenait là dans son costume noir et ses bottes bien cirées, et caressait ses bajoues naissantes en me regardant de ses yeux humides, pareil à un enfant que l'on va corriger. Des années plus tard, j'apprécierais à sa juste valeur cette prévoyance, l'amour dont elle témoignait à mon égard.

– J'ai vu Baylor.

– Il a décidé de nous prendre aussi la maison ?

– Non, la maison ne l'intéresse pas.

– Que veut-il, alors ?

– Rien. Du moins rien qui soit à nous.

Ces derniers temps, je me voyais comme quelque princesse tenant sa cour sur le porche au plancher grinçant et à la peinture écaillée, altière souveraine vêtue de noir et trônant dans un fauteuil à bascule. Mais je ne voulais plus jouer ce rôle devant John.

Je me levai en rassemblant mes jupes, espérant encore que cette discussion pourrait être remise à plus tard, et que nous échangerions bientôt des anecdotes amusantes dans la bibliothèque.

– John, allons plutôt dans votre bureau. Il y fait plus frais.

Il parut momentanément soulagé, les rides s'atténuèrent autour de sa bouche. Ôtant son chapeau, il frotta la poussière qui lui noircissait le front.

– Je vais d'abord mettre le cheval à l'écurie. Ça risque de me prendre un moment.

– Mais rien ne me presse.

Je patientai en arpentant le bureau de John, devinant qu'il allait m'annoncer d'effroyables nouvelles. Je feuilletai sa collection de *Harper's Weekly* proprement empilée sur un rayonnage, je me laissai tomber dans le vieux fauteuil en noyer pour me relever aussitôt, et finis par m'étendre sur le petit sofa, sous une antique carte du Tennessee. La poussière que je soulevai en m'allongeant alla flotter dans les rayons de lumière qui se déversaient par l'imposte des fenêtres et entre les lames des stores.

John me rejoignit enfin après avoir décrotté ses bottes, et s'installa dans le fauteuil vis-à-vis de moi. Je m'attendais à le voir s'emparer de la carafe posée sur le guéridon, mais il n'en fit rien. Je poussai un soupir.

John se laissa alors glisser sur son siège comme un petit garçon, jusqu'à ce que sa tête repose contre le haut du dossier. Il m'observait en fronçant les sourcils, ses bras ballant par-dessus les accoudoirs.

– Baylor m'a pris à part pour m'informer qu'il comptait labourer son champ côté sud et le remettre en culture. Encore du coton, probablement.

Cette révélation me laissait indifférente.

– Ainsi Mr Baylor va travailler la terre à son compte ? Félicitations. Aurait-il éreinté tous ses métayers ?

– Je parle du champ entre la grand-route et l'ancienne égreneuse.

– Oui.

– Tu vois duquel il s'agit ?

– Absolument pas.

John épousseta les genoux de son pantalon, puis, comme à contrecœur, finit par tendre la main vers le sherry et se servir un plein verre.

Je déclinai lorsqu'il m'en proposa, redoutant les effets du sherry lorsqu'on n'est pas d'humeur à boire. C'était mon cas ce soir-là.

John buvait le sien à petites gorgées.

– C'est la ligne de tranchées de l'Union, Carrie.

Que m'importaient les lignes de tranchées du Nord ou du Sud, et toutes les cicatrices de ce temps-là ? En quoi était-je concernée par l'usage que réservait Baylor à cette partie du champ de bataille ? *Qu'il se couvre dès que possible des graines blanches de cotonnier, nous oublierons ainsi qu'il fut un jour marqué d'une autre couleur, la couleur éclatante d'une horreur sans issue.*

– Grand bien lui fasse.

John se leva alors et se tint devant la fenêtre, passant le doigt sur le pourtour de son verre qui rendit une mélodie plaintive. Son regard se porta sur la vieille carte du Tennessee.

– Te demandes-tu quelquefois ce qu'il est advenu de tous ces morts ?

On les avait emportés loin de chez nous. Emmenés dans des chariots et des carrioles, entassés sur des traîneaux improvisés qui glissaient doucement sur le sol durci par le froid. La plupart, me disais-je, avaient été renvoyés chez eux, vers une sépulture qui leur était réservée. Bien sûr, nombre de nos morts gisaient sous le petit bois près de notre pelouse, et certains étaient ensevelis dans la tranchée qui traversait le champ de Baylor. Je croyais sans doute que tous seraient conduits vers de petits cimetières semblables, dans des bosquets pareils au nôtre, chacun reposant près d'un père ou d'une mère. Dans les jours qui avaient suivi la bataille, les morts avaient tourné nos efforts en dérision, preuves irréfutables de notre échec. En vérité, j'avais parfois assisté à l'enlèvement des cadavres, leur souhaitant un paisible voyage jusqu'aux confins de la terre. A ce moment-là, je n'avais pas approfondi la question.

– On les a presque tous ramenés chez eux, je suppose.

Posant un doigt sur le verre qui protégeait la carte, John suivit les méandres du Mississippi.

– C'est vrai pour beaucoup, en effet.

– Beaucoup.

– Certains.

Mon souffle s'accéléra tandis que le rouge me montait aux joues.

C'est ce qui m'arrive toujours quand je me sens désorientée, ou que je découvre une fois de plus qu'il existait en ce monde quelque chose que je n'avais pas soupçonné. John poursuivit.

– Seulement unc proportion négligeable, à ce que j'ai compris. L'Union a sorti ses morts de la ville, mais ils ne sont pas allés bien loin. Ils se sont arrêtés aux nouveaux cimetières de Nashville et Murfreesboro.

– C'est une honte.

– Quoi donc ?

– Qu'ils n'aient pas jugé bon de renvoyer ces garçons chez eux.

– Comment auraient-ils fait ?

– En train, à cheval, par bateau. Les moyens ne manquaient pas. Et d'abord, pourquoi parlons-nous de cela ?

John renifla, le doigt toujours posé sur sa précieuse carte. Il commençait à m'exaspérer.

– Tu connais l'odeur d'un cadavre au bout de quelques jours ? Il est impossible de le ramener chez lui à moins de le recouvrir de sel et de charbon, et même dans ces conditions c'est extrêmement compliqué. Mais je te garantis que personne n'a pris cette peine pour les morts de chez nous, ni pour les autres. Jamais personne, aussi longtemps qu'a duré la guerre. En général, les hommes restaient à l'endroit où ils tombaient.

– Où sont-ils, alors ? Où sont tous ces hommes que l'on a emportés d'ici ?

Mon imagination s'était mise à vaguer. J'eus la vision des morts sous mes pieds, sous les lattes du parquet, sous le jardin de Hattie. Où se cachaient-ils ? Je regardai par la vitre, derrière John, me figurant que chaque arbre protégeait un homme enfoui à son pied, chaque colline une pyramide d'ossements. Ils pouvaient être n'importe où.

– Carrie, les morts sont beaucoup plus nombreux que ceux qu'on a fait sortir de la maison. Il y en a encore des milliers. Tu n'en as vu qu'une petite partie, ceux qui avaient encore assez de force pour quitter le champ de bataille. Ceux qui y sont restés, tu ne les as jamais aperçus.

Il arrive parfois que l'on sache une chose sans être capable de la comprendre. J'avais entendu citer des chiffres, je savais que le nombre des victimes dépassait celui des hommes décédés sous notre toit. *Cinq mille morts, six mille, on ne les compte plus.* Si je m'étais penchée plus attentivement sur ces chiffres, si j'avais étudié leur signification, j'aurais pu évaluer au plus juste le tribut versé en ce jour de novembre. Pourtant je ne le faisais qu'aujourd'hui, avec John qui me tournait le dos et cette forêt d'arbres qui s'agitaient derrière la vitre pour m'adresser un signe, étirant leurs ramures pour se saisir de moi.

Il y en a encore des milliers. Cela dépassait l'entendement. John se tourna vers moi. Mon visage devait s'être empourpré car il alla chercher du whisky dans le buffet et m'en versa un petit verre. Le meilleur des remèdes.

– Vous allez bien ? demanda-t-il en me le tendant.

– Je reste abasourdie devant ma propre ignorance.

– Bien. Vous avez donc cerné le problème.

– Je découvre que j'ai joué dans cette affaire un rôle si minime, si insignifiant, qu'il est presque dénué de valeur.

– Ce n'était pas le sens de mon propos, et en plus vous vous trompez. Je ne veux pas vous voir boudeuse.

– Ce n'est pas le cas.

– Ce que vous devez comprendre, c'est que ces hommes, les milliers d'hommes morts à Franklin, sont toujours ici. La plupart d'entre eux, y compris ceux qui se sont éteints dans notre maison, reposent sous quelques pieds de terre dans le champ de Baylor, et il projette de le labourer.

J'imaginais le soc traverser les ossements, les broyer jusqu'à ce qu'ils ne soient plus bons qu'à servir d'engrais. Je me levai pour me resservir un whisky, et je restai debout pour me remettre, appuyée à la table. *Tous ces garçons.*

– Ce plan, Baylor aura du mal à le mener à bien. J'en suis certain. Il y a des gens dans cette ville qui s'y opposeront, et ils ne sont pas du genre à envoyer une délégation négocier avec lui. Ça risque de finir en échauffourée. Je connais ces hommes, je sais ce qu'ils racontent dans ce fichu magasin dont Baylor est propriétaire. Il va forcément mettre le feu aux poudres.

– Qui les a enterrés ?

– Je vous en prie, Carrie, vous voulez bien m'écouter un moment ?

– C'est important pour moi.

Je vidai mon verre de whisky.

– L'important à mes yeux, c'est que pour une raison inconnue de moi, Baylor sème délibérément la discorde. Ce champ, il n'en a pas besoin. Il a autre chose derrière la tête, et je ne comprends pas ce que c'est.

John vint se rasseoir et nous échangeâmes un long regard. Je sentais l'ébriété me gagner, ce qui m'arrivait fort rarement. L'atmosphère me semblait lourde et confinée, je regrettais que John n'ait pas ouvert la fenêtre tant qu'il se tenait à côté. A ce moment-là, la maison me paraissait incroyablement vieille, comme moi. Tandis que John sirotait son sherry, je suivais le mouvement de sa pomme d'Adam. Il finit par aller se servir du whisky, lui aussi, avant de se rasseoir face à moi. Maintenant que la guerre était passée, à quoi bon s'inquiéter des hommes qu'elle avait emportés ? Eux ne connaissaient plus le tourment.

Et cependant, j'éprouvais l'impression tenace que tout ce que nous avions accompli dans cette maison – prodiguer les soins et le réconfort, laver les plaies et veiller les morts – n'existait pas pour de bon, simples chimères créées par l'imagination, et que la seule preuve tangible de nos actes gisait dans la glèbe de ce champ, me reprochant ma trahison. Moi qui les avais déjà trahis, ils n'escomptaient pas que je les sauve de la charrue de Baylor.

Les sauver de la charrue. L'idée était grotesque, et tout cela ne me concernait pas.

– Comment les a-t-on enterrés ?

– Que veux-tu que j'en sache ? Ça n'a aucune importance.

Retirant mes pieds du petit tabouret décoré par Martha, je les plantai fermement au sol, penchée en avant. Une attitude qui seyait bien peu à une dame. John se grattait l'oreille, son attention provisoirement détachée de moi. Sous l'effet de l'alcool, son nez semblait rougir à vue d'œil.

– Il n'y a rien de plus important, John.

Je revois encore avec amusement l'expression de panique qui se peignit sur ses traits. Cela dit, il ne pouvait s'en prendre qu'à lui-même.

Ce même soir, une heure environ avant le coucher du soleil, je gagnai la grand-route en compagnie de Mariah. Pour ne pas tirer John de sa sieste je fis faire un détour à la carriole, sans informer Mariah des raisons de notre sortie. Je soupçonne toutefois qu'elle les avait devinées, car elle savait toujours tout avant les autres depuis que nous étions enfants.

Il nous fallut peu de temps pour remonter la route et couper à travers champs, avant d'atteindre une dépression du terrain à une centaine de mètres de la vieille égreneuse de Baylor. Des hannetons s'envolaient à notre approche, leurs ailes miroitant dans la lumière déclinante. A mesure qu'ils s'éloignaient de nous, ils prenaient l'aspect de minuscules points lumineux pour se fondre enfin dans les hautes herbes du lointain.

Nous restions assises en silence, et quand les hannetons eurent atteint le bout de leur course, on eût dit qu'ils n'avaient jamais existé.

Mariah n'y prêtait pas attention, le regard fixé droit devant elle. Son visage plongé dans mon ombre semblait anormalement sombre. Elle savait ce qui nous amenait en ces lieux, et cela ne l'intéressait pas. Si je me sentais triste pour elle, ce n'était pas parce que je la contraignais à quelque chose qui la rebutait. Là-dessus je n'éprouvais aucun remords. J'étais désolée pour elle car je savais qu'elle pensait à son fils.

– Tout va bien se passer, Mariah.

– Pardon ?

– Pour Theopolis. Tout ira bien.

– Vous en savez rien.

– Mais je le crois.

– Moi pas.

– Il est très probable qu'il reste où il est, à fabriquer des chaussures, et ça s'arrêtera là.

– Moi c'est pas c'que je vois, loin de là. C'est bien pis, c'que je vois moi.

– Tu es pessimiste.

Lorsqu'elle se tourna vers moi, la haine qui animait son visage me remplit de frayeur.

– C'que je sais, moi, c'est que la guerre elle est jamais finie pour vous autres. Y'a un Blanc qu'a une idée dans la tête, et voilà qu'un aut' Blanc y pense pas pareil et y font tourner tout l'monde en bourrique. Ça rime à quoi, tout ça ?

– A rien, tu as raison.

– On est ici pasque ce vieux bougue y veut labourer son champ, et ça vous met hors de vous, ça. Hors de vous. Alors vous traînez vot' négresse après vous pour qu'elle vous aide et qu'elle vous protège et qu'elle vous conte c'que vous voulez savoir.

– Cesse de me parler sur ce ton.

– Mince, vous avez qu'à me donner le fouet, si c'est ça. Y'a trop de temps qu'on s'connaît, Miss Carrie, pour que vous m'disiez où elle est ma place. Ça fait depuis qu'je suis petite que j'la connais. Mieux que vous croyez.

– Tais-toi.

– On est venus pasque vous allez vous gourmer avec ce bougue à cause d'une parcelle qu'est son bien à lui, où qu'ont été enterrés tous ces Blancs qu'ont jamais donné une miette de bon ni à moi ni aux miens. On les aurait laissé tourner les choses à leur guise, mon garçon y tiendrait pas une échoppe de cordonnier à l'heure qu'il est. Mais y vous faut en faire à votre tête, vous supportez pas de pas les avoir sauvés tous, même que c'en était loin. La vérité, c'est que vous êtes pareille comme le reste des gens blancs, tout ce qui arrive, vous vous imaginez que ça tient à des choses que vous avez faites ou pas faites, et ce Mr Baylor il le croit aussi. Y se dit qu'y doit se mêler de mettre la brouille entre les gens, sinon l'en-ville sera pas à son idée. C'est le pouvoir qu'y cherche, pareil que vous tous, et allez pas me faire accroire que venir ici voir ces morts, c'est pas question de pouvoir. Ces ossements, qui c'est qu'a pouvoir d'en user à sa fantaisie ? Y'a deux ans que vous êtes assise sous ce porche à vous répéter qu'vous avez fait comme y faut, et voilà-t-y pas que ce bougue il arrive avec sa charrue et tout est à refaire, et vous me traînez après vous. Mais si, vous avez fait comme y faut, c'est pas la peine de remet' ça. Qui sait si c'est pas la volonté du Seigneur que ces morts y restent dans ce champ et que la charrue elle leur passe dessus jusqu'à temps qu'y soient réduits en poussière ? Vous avez assez de pouvoir, Miss Carrie ? Vous êtes assez riche ? Vous savez ce qu'y veut, le Bon Dieu ?

Je ne trouvai rien à répondre à cet éclat, sinon des répliques stupides et hors de propos.

– Nous sommes loin d'être fortunés.

– C'est les sous qu'vous avez pas, ça veut pas dire qu'vous êtes pas riches.

Elle se méprenait sur le sens de mes paroles, mais je n'y pouvais rien. Je fis avancer un peu la carriole pour contempler le vol des hannetons, évanescents comme de fragiles souvenirs.

Je tenais réellement à régler cette affaire, mais j'estimais savoir sur les hommes une chose que Mariah ignorait : si un individu tel que Baylor labourait bel et bien cette parcelle, les autres ne le lui pardonneraient jamais. La violence que contenait ce geste engendrerait un surcroît de violence. Ce serait là une provocation, et ceux qui relèveraient le défi de Baylor étaient les hommes les plus terrifiants : l'engeance si nombreuse des vaincus et des aigris. Mariah ne se trompait pas en nous accusant de rejouer indéfiniment cette guerre. Pourtant, je n'avais aucune raison de laisser éclater une nouvelle escarmouche quand j'étais en mesure d'y faire obstacle. Il ne me restait plus qu'à trouver un moyen. Tel était le dilemme qui m'occupait.

– Je ne sais pas comment m'y prendre, Mariah.

– On s'en retourne à la maison, Miss Carrie.

– C'est impossible.

– Et pourquoi ?

– Je connais ces hommes, j'ai lu des lettres qui parlaient d'eux. Ce ne sont pas des étrangers pour moi. Il faut que je sache ce qu'ils veulent.

Mariah posa la main sur mon front pour voir si j'avais de la fièvre, puis elle se rassit en riant. Elle croyait que j'avais perdu la tête.

– Y'z'ont pas bien beaucoup d'choses à dire, Miss Carrie.

– Alors on va faire le tour de ce champ pour écouter ce qu'ils ne diront pas.

Elle comprenait le sens de ma requête. Depuis le début elle savait, et elle avait tenté de repousser ce moment. Elle s'y prenait toujours ainsi, depuis que j'avais découvert enfant son don de double vue. Voyait-elle les défunts ? Je l'ignorais. Tout ce que je pouvais affirmer, c'est que parmi les gens de ma connaissance, personne autant qu'elle ne prenait les morts au sérieux, et qu'elle considérait comme une réalité ce qui lui apparaissait en leur présence. Cela se réduisait peut-être aux dernières volutes de la brume dont les morts me semblaient tissés, une brume que dispersait le temps. De la même étoffe que les souvenirs, juste un peu moins immatérielle.

– J'pourrais vous dire non.

– Mais tu ne le feras pas. Tu es aussi curieuse que moi. Cabocharde mais curieuse.

Je descendis de la carriole et allai attendre de son côté. Elle resta un moment les bras croisés, comme pour s'empêcher de bouger, puis finit par mettre pied à terre en jurant.

Tout d'abord nous gardâmes le silence. La prenant par le bras, je marchai lentement à travers champs, à quelques centaines de mètres d'une rangée d'arbustes morts, des mûriers empilés les uns sur les autres, parallèles au pied d'une colline en contrebas de la propriété de Baylor. Nous trébuchions sans cesse sur le sol inégal et accidenté, nos jupes bruissaient en se touchant et en effleurant les herbes. Lorsque je faillis chuter, le talon de ma botte pris dans un trou caché par la végétation, Mariah me rattrapa et me retint sur place. Elle s'était arrêtée de marcher.

– Que se passe-t-il ?

– Rien qu'une impression. J'vois passer des visages qui deviennent petits-petits à force qu'y s'éloignent, et puis y font demi-tour et y passent à nouveau devant moi. Y passent et repassent sans arrêt. Des fois on dirait qu'y pourront pas r'venir, tellement y sont loin, mais final de compte y reviennent quand même.

Nous progressions à présent sur un terrain plus commode, et je caressais les cheveux de Mariah qui regardait à ses pieds en me maudissant à voix basse.

Lorsque les imprécations eurent cessé, je lui demandai :

– Et maintenant ?

– Y'a un grand oiseau tout blanc, à-dire ceux qu'on avait à Terrebone. Y fait des cercles dans les eaux basses d'une rivière. Dans une barque y'a un homme qui rame, rame, rame. Y chante une chanson, je le sais pasqu'y bouge pareil comme s'y avait de la musique et ses lèvres elles remuent en même temps. Par moments y s'arrête et y lance dans l'eau une longue perche avec un grand filet, et puis y jette tout plein de fretin dans un seau qu'il a à l'avant. Et puis y recommence. Sur son bateau c'est marqué « L'appât ». Un drôle de nom. L'a l'air bien content, il refait la mêm'chose encore et encore, joyeux comme tout. A croire qu'y veut jamais s'arrêter. Le soleil tape sur l'eau, pourtant y lui coule pas une goutte de sueur.

Je voulus l'inciter à poursuivre, mais elle se déroba.

– Y sont tout seuls. J'en vois bien beaucoup. Çui qui joue au piano, çui qui se mange du poulet frit, et c't'autre en haut de la chaire, qui dit son sermon en souriant au Seigneur sur Sa croix. J'en vois un qui boit du whisky, et un qui galope sur son cheval à bride abattue. Mais jamais y'a personne pour leur tenir compagnie. Çui qui mange du poulet, y mange tout seul.

Je commençais à me dire que j'en avais entendu assez, mais Mariah semblait plongée dans une transe.

– Y'z'ont tout ce qu'y veulent. Ce qui leur fait plaisir, tous y l'ont. C'est juste qu'y-z-ont personne avec qui partager. Je le sens. Je me sens toute seule. Et j'ai froid, j'suis transie de froid.

Jamais je n'avais essayé d'interpréter les visions de Mariah, et je m'en gardai cette fois encore. Pourtant je me représentais cet homme qui décrivait des cercles avec son bateau pour l'éternité, en pêchant du poisson. C'était là ce que son cœur désirait, sans nul doute, mais il ne connaissait ni repos ni répit. Une horreur pareille, je ne l'avais jamais soupçonnée. Qui aurait pu l'imaginer ? Il y avait de quoi douter du paradis.

Il faisait nuit noire lorsque nous prîmes le chemin du retour, et ce fut Mariah qui mena les chevaux. John serait forcément contrarié, mais ça m'était égal. Je connaissais ces hommes dans le champ, Mariah aussi les connaissait désormais, et il était impossible de les ignorer plus longtemps. Les ossements ne sont que des ossements, hormis quand ils embrassent la mémoire et la vie, que ce soit dans les lettres des vivants ou dans les visions d'une femme qui frissonne dans le crépuscule, au milieu d'un champ hostile. Après cela ils cessent d'être de simples ossements.

41

FRANKLIN

Comme la saison était trop avancée pour le sureau bleu, Mariah dut aller cueillir les plantes du petit bois – de la gesse veinée qui arrivait tout juste à floraison. Si elle parvenait à la faire sécher, peut-être Eli pourrait-il en glisser quelques brins dans les vêtements de son garçon. Selon une croyance indienne, la racine de la gesse des bois aide l'âme à se tirer indemne des épreuves. Ce serait déjà un début.

Les jupes relevées, Mariah sentait le soleil chauffer ses mollets et sa nuque. Cela lui plaisait toujours, l'impression d'absorber le soleil. Elle se sentait plus grande. Elle aimait beaucoup moins les lianes griffues qui striaient ses jambes d'égratignures blanches, mais il fallait bien en passer par là : la gesse veinée, spectre presque invisible au milieu des fleurs sauvages, ne se trouvait pas si aisément. Longeant le ruisseau, elle franchit les limites du domaine des McGavock et s'éloigna vers le sud. Le sol était sec et sentait comme un grenier à l'abandon, mais lorsque le vent se levait et que les arbres échangeaient des murmures, elle percevait soudain l'odeur de l'eau et des petits caroubiers qui se penchaient vers le cours d'eau.

Mariah n'arrivait pas à concentrer son attention, une foule d'idées lui roulant dans la tête, aussi cessa-t-elle de regarder à ses pieds. La gesse des bois, on ne tombait pas dessus par hasard, il fallait se lancer à sa recherche l'esprit dispos. Cependant Mariah ne parvenait pas à faire le vide, trop de choses la préoccupaient. Elle se mit alors à patauger dans le ruisseau, parmi les vairons qui titillaient ses orteils. Pour l'instant, il lui suffisait de sentir l'eau lui lécher les jambes et de contempler la cime des arbres. Ce genre de bonheur, modeste et discret, caché et inaliénable, elle l'avait espéré pour son fils. Elle devait bien reconnaître que parfois, une fois par-ci par-là, elle allait marcher pour le plaisir, sans autre raison. Pour son propre plaisir.

Elle regagna ensuite la grand-route par les bois et reprit le chemin de la maison. Se frayant un passage à travers la couronne de peupliers sauvages qui entourait les arbres plus anciens, elle émergea en pleine lumière et s'arrêta net. Là elle remit de l'ordre dans ses vêtements, frotta la terre sur ses joues et repoussa ses cheveux derrière ses oreilles.

D'où pouvaient donc venir tous ces Blancs ?

En cheminant à travers bois, Mariah s'était trompée de chemin, et voilà qu'elle débouchait au milieu d'une cité des morts. Dans les environs de Franklin, on trouvait plusieurs tumulus funéraires semblables à celui-ci. La plupart étaient situés le long de la rivière Harpeth et faisaient partie de la chaîne de tertres et de cités antiques échelonnés sur la piste de Natchez. Mariah n'y avait jamais prêté une attention spéciale, sinon pour s'extasier à l'occasion sur la forme insolite des collines, petites pyramides herbeuses aux pointes érodées et arrondies par les éléments. Elle n'était guère curieuse de savoir ce qu'elles abritaient, et ignorait tout à fait qui les avait bâties. Il s'agissait en fait des vestiges d'une civilisation disparue, dont ne se souvenaient même plus les rares Indiens encore présents à l'époque où les Blancs avaient importé leurs esclaves.

La colline grouillait de Blancs aux épaisses moustaches, leurs manches de chemise retroussées, pareils à une colonie de termites. Leurs pelles avaient creusé le flanc du monticule, comme si quelqu'un en avait arraché un morceau à coup de dents.

Mariah rebroussa chemin et retourna dans les bois. Les hommes retiraient du sol des objets qu'ils allaient déposer sur de grandes tables, où d'autres maniaient des brosses. En un interminable défilé, ils charriaient sur leurs épaules de longs ossements, comme s'ils transportaient des fagots de bois. Ils manipulaient les crânes avec des gestes délicats, empreints d'un certain respect.

Depuis le sommet de la colline, un homme coiffé d'un large chapeau noir surveillait la scène. Interceptant un des ouvriers, il lui prit un des os et le soupesa entre ses mains avant de le plaquer contre sa cuisse, comme pour la comparer à celle de l'homme que Mariah croyait mort depuis un million d'années. Apparemment, ce dernier était nettement le plus grand des deux. Avec un éclat de rire, l'homme rendit l'ossement au manœuvre pour qu'il l'apporte sur une des tables, où d'autres entreprirent d'ôter la terre à coups de brosse. Mariah observa l'homme au chapeau noir, et il lui parut aimable. Malgré sa figure grasse et rouge il paraissait en pleine santé, et il ne faisait pas grand-chose d'autre que se gratter l'oreille et adresser des signes de tête à ceux qui emportaient les os. Que pouvait-il vouloir à ces vieux ossements, se demandait-elle, savait-il seulement quelles âmes ils enveloppaient jadis ? En tout cas, il ne ressemblait pas à un Indien.

A l'instant de s'enfoncer dans la forêt pour rentrer par un autre chemin, Mariah sentit comme un battement dans ses tempes. Elle s'écroula contre le tronc d'un chêne, attendant que le malaise se dissipe, espérant que cette fois les voix et les visions lui seraient épargnées : comment savoir quelle chose effroyable risquait de surgir d'un tombeau ouvert pour se glisser dans son esprit ? Elle ferma les yeux pour chasser la douleur.

Et alors ce ne furent pas les morts qui se montrèrent à elle, mais les vivants. Des petits garçons qui poursuivaient leur mère, et de vieux roquets qui eux auraient déjà dû être morts depuis longtemps. Ici ou là, des groupes d'hommes se tenaient accroupis autour des foyers, grands, la peau tannée comme du cuir, tirant sur leur pipe en attendant le repas. Les gens travaillaient, préparaient à manger ou fumaient dans l'ombre de la colline qui se dressait derrière eux. C'était l'avant-jour, le soleil pointait à peine à l'horizon. Personne ne regardait Mariah, excepté un vieil homme assis légèrement en retrait, occupé à forger des outils sur un grand bloc de granit plat. Il la surveillait du coin de l'œil. Près de lui des pointes de flèches s'entassaient, de plus en plus nombreuses. Mariah sentit de nouveau cette pulsation dans son crâne, et il ne resta plus de tous ces gens que des traînées de lumière éblouissantes qui s'estompèrent peu à peu. *Chhhh.* Elle n'entendit que cela, comme un souffle qui s'exhale, puis ce fut le silence. La paix. Ils avaient disparu.

42

ZACHARIAH CASHWELL

Au moment où on est arrivés à Franklin et où je suis entré chez le cordonnier noir, j'avais presque commencé à croire que je me dirigeais vers mon véritable foyer.

Ce nègre c'était celui de Mrs McGavock, je l'ai reconnu tout de suite. Celui qui m'avait poussé au fond de ce trou. Pour ça je lui gardais pas rancune, mais je me rappelais combien il se méfiait de moi, et ça, par contre, ça me restait sur le cœur. A regarder les bottes alignées sur les étagères de l'atelier, je voyais qu'il connaissait bien son métier, du coup j'étais d'humeur à oublier le passé.

En venant à Franklin on s'était perdus, Jerrod et moi, si bien qu'on était entrés en ville par le nord. Chemin faisant, on était passés devant des champs tout juste remis en culture, on avait croisé des vieux en train d'arracher les petits sapins et les peupliers tout jeunes qui encombraient les anciens champs de coton. Il y avait aussi des jeunes femmes avec des nourrissons qu'elles berçaient sur leur hanche, dont les pères étaient peut-être les hommes qui travaillaient les terres. D'autres hommes on en a pas vu, à part les nègres. A force j'avais l'habitude de voir les nègres cultiver leur propre lopin. Moi je m'en fichais, mais eux ils avaient pas encore l'air bien habitués, certains se demandaient s'ils devaient plutôt retirer leur chapeau sur mon passage ou me tirer une balle dans la tête.

A mesure qu'on approchait de Franklin, les collines me paraissaient plus familières, ondulant dans le lointain ou couvertes de bouquets d'arbres. Il m'apparaissait d'autres collines que je croyais aussi connaître, la courbe, la hauteur et tout ça, alors que je les avais jamais vues. Mon imagination me jouait des tours, il faut croire, elle savait que j'allais vers Franklin et que j'atteindrais bientôt le sommet d'une colline que je connaissais trop bien. C'était peut-être Dieu qui se moquait de moi, peu importe.

Je savais pas si les gens avaient déserté le Tennessee au cours de ces années, si tout était plus calme qu'avant, mais j'en avais bien l'impression. J'avais dû changer, moi aussi, le temps avait déformé et faussé mes souvenirs. A l'époque le Tennessee était plein de vacarme et de fumée, et aujourd'hui qu'il reprenait possession de ses terres, on n'entendait que les moineaux et les moqueurs qui pourchassaient les corneilles dans le ciel. De temps en temps, une des jeunes femmes interpellait son mari. La guerre avait laissé ses marques un peu partout, les souches des arbres abattus et brûlés, les portes des granges criblées de balles, mais malgré tout on pouvait imaginer qu'il s'était rien passé, qu'on était revenus en 1860 et que les gens vaquaient à leurs occupations ordinaires, sauf que les nègres prenaient plus de libertés qu'autrefois. Plus je me rapprochais de Franklin, plus j'étais stupéfait que la guerre soit pas sur les lèvres de tous les gens qu'on rencontrait, les hommes, les femmes, les gamins. Moi j'arrivais pas à penser à autre chose. La guerre, Carnton et elle.

Sitôt entrés en ville, Jerrod et moi, on s'est retrouvés devant une bicoque en tôle avec un petit porche, une enseigne y était accrochée, un soulier dessiné dessus. Et à l'intérieur il y avait ce nègre. Je l'ai vu depuis la rue, parce que sa peau était si claire qu'elle semblait briller dans cette petite cahute sombre.

– Il me faut une botte, j'ai dit à Jerrod.

Jerrod s'est appuyé contre un pilier du porche, il a craché par terre.

– Pourquoi t'as besoin de chausser un pied qui existe pas, ça j'ai jamais compris.

– J'ai mes raisons à moi.

– Tu pourrais mettre n'importe quoi au bout de ce machin. Un sabot, tiens, on aurait qu'à aller chez le maréchal-ferrant. Ou bien une patte ou un boulet. T'as pas un brin d'invention.

– J'en ai un, de pied, et c'est une botte qu'il lui faut. Je vais aller la commander à ce nègre. Pendant ce temps tu pourrais faire boire les chevaux.

– Si tu comptes rester, autant vendre le tien.

– Je reste pas.

– Je te parie que si.

Il m'a regardé, l'air de vouloir en dire davantage, mais non. Il me connaissait assez bien pour pas prononcer son nom en ma présence.

– Je te dis que je reste pas.

Je me suis planté sur le seuil de l'échoppe du cordonnier, à le regarder découper du cuir avec un patron. Même s'il était costaud il avait les doigts fins, et ils remuaient si vite que je pouvais pas suivre leur mouvement. Je m'en souvenais pas, de ces doigts délicats.

– Salut.

Aussitôt il a levé les yeux, il avait pas remarqué que j'étais là. Au moment de parler il a ravalé les mots qu'il allait dire, et pendant qu'il me lorgnait derechef, j'ai vu qu'il me reconnaissait. Ça trompe pas, le regard de quelqu'un à l'instant où il vous remet. Il a pas su comment se conduire, je parie, alors il a préféré faire celui qui m'avait jamais vu.

– Je peux vous aider, monsieur ?

– En effet. J'ai besoin d'une botte.

– D'une paire de bottes.

– Non, une seule, j'ai répété en choquant le plancher avec ma jambe de bois.

Il a saisi en entendant le bruit.

– Je vois.

– C'est pour la jambe en bois, pas pour la bonne.

– Bien, monsieur.

– J'ai quand même envie qu'elles soient assorties. Le cuir, tout ça, j'aimerais que ce soit le même. Faut bien sauver les apparences.

Comme je faisais peur à voir, il a eu l'air de se demander quelles apparences je comptais sauver, au juste. Et pour quelle raison.

– Je peux l'avoir pour quand ?

– J'ai déjà de l'ouvrage pour la semaine.

– Et ça me coûterait combien, pour passer avant les autres ?

– Eh bien, je…

– Imaginons que c'est Mrs McGavock qui t'apporte un soulier de son mari John ?

J'avoue que c'était mal choisi, de lui répondre ça. On savait tous les deux qu'il lui réparerait sa chaussure à la seconde, à Mr John, mais s'il devait l'admettre devant moi, ça lui ferait l'impression de passer encore un peu pour un nègre de maison. Lui il appartenait plutôt à l'autre catégorie, celle qui vous met une balle dans le crâne avant de penser à soulever son chapeau.

– Il me semble que je vous connais, monsieur.

– Tu peux me dire Mr Cashwell.

– Zachariah Cashwell.

– Mr Cashwell.

– Bien monsieur. Mr Cashwell.

– Mais tu as pas répondu à ma question. Combien ?

Quand il s'est levé, j'ai remarqué de nouveau comme il était grand, et distingué pour un nègre. Ce gars-là devait jamais coudre un point de travers. Par le passé il me tenait pour un moins que rien, et je pensais pas que ça ait changé. Un Blanc, peut-être, mais quand même de la racaille. Il a étiré les doigts et fait craquer ses phalanges, puis il a tiré sur son veston pour qu'il lui tombe juste au niveau de la ceinture, impeccable.

– Vu que vous êtes infirme, je commencerai par vous. Il faut être juste envers les plus faibles des créatures de Dieu, quelles qu'elles soient. Et pour répondre à votre deuxième question, c'est pas à moi de réparer les chaussures de John McGavock.

– Pourquoi donc ?

– Il y a quelqu'un qui s'en charge parmi ses domestiques.

J'en avais déjà rencontré, des nègres qui imitaient le parler des gens instruits, mais c'était le premier chez qui ça sonnait vrai.

– Il s'agirait pas de ta maman, par hasard ?

– Je crois que c'est pas vos affaires, monsieur.

Il avait raison, et j'ai pas relevé sa grossièreté. Soudain j'avais envie qu'on se remette d'accord, parce qu'il faisait partie de mes souvenirs des McGavock, il était un des éléments de cette histoire qui m'occupait l'esprit, à propos de Carrie. Pendant que je faisais route vers Franklin, cette histoire ne me lâchait pas, j'avais qu'une seule pensée en tête. *Carrie McGavock, Carrie, Mrs McGavock, Carrie.* Je m'étais assez amusé de lui.

– Je te serais bien obligé de me fabriquer une botte pour cette jambe. Merci bien.

– Avec plaisir.

Il m'a montré du doigt une chaise contre le mur, à côté de la porte. Je me suis assis pour retirer ma jambe, je la lui ai tendue.

– J'en aurai pour à peu près une heure. Vous attendrez ici ?

– Faut croire que oui, sans ma jambe je risque pas de bouger.

– D'accord.

Il a écarté sa besogne en cours pour poser ma jambe sur l'établi. On me l'avait taillée dans du bois de cèdre, pour éviter qu'elle devienne vermoulue ou que les insectes la rongent. Elle avait l'air brûlée par le soleil, rouge avec des traits de blanc ici ou là. Là où j'étais assis, je sentais son odeur. Le bois gardait son parfum agréable.

Celui qui me l'avait fabriquée, un ouvrier des chemins de fer qui se prenait pour un artiste, il était allé jusqu'à sculpter chaque petit orteil inutile, et même les lignes et le renflement des muscles du mollet. *Autant faire du travail précis*, voilà ce qu'il m'avait dit. Sur le moment j'avais pas trouvé à redire, mais de la voir là, debout sur l'établi avec ce nègre qui la regardait, ça me mettait dans l'embarras. Cette jambe elle avait l'air toute nue, brusquement, je la trouvais ridicule. Pourtant, ce nègre qui m'avait traîné au fond d'un trou, me protégeant bien malgré lui, et qui aurait bien eu le droit de ricaner de la sculpture, il a pas ri une seule fois. Il a passé ses grandes mains sur la jambe, palpant les rainures entre les orteils, la saillie du ligament au talon, les deux muscles du mollet et l'arête du tibia. Il m'a regardé derechef, l'air triste et curieux à la fois. Ses yeux se promenaient entre ma figure et le moignon, puis ils sont revenus sur le morceau de bois qu'il serrait entre ses mains.

– Désolé, pour votre jambe.

– Salaud, c'est toi qui me l'as tranchée, chez les McGavock, j'ai répliqué en souriant.

– Moi j'emportais juste les jambes abîmées, je les coupais pas moi-même. C'était réservé aux Blancs avec les scies. Vous pouvez pas me mettre la faute dessus.

– Peut-être, mais je te conseille pas de toucher à celle qui me reste.

– Bien, a fait Theopolis en souriant à son tour.

Après ça, un silence paisible s'est installé entre nous, un long moment. J'entendais juste le claquement des pinces et le bruit des grosses aiguilles qu'il poussait à travers le cuir. Il a tracé le contour de mon pied en bois, pris des mesures et ajusté le cuir avec beaucoup de soin, comme s'il devait chausser un pied ordinaire qui craignait les ampoules et les écorchures.

– C'est quoi ton nom, déjà ?

– Theopolis.

Finalement, je suis sorti à cloche-pied sous le porche, profiter du soleil. Avec le temps, j'avais pris en grippe les petites pièces sans lumière, basses de plafond, et je préférais être dehors, au jour. Je voyais pas comment les gens y tenaient, même si j'avais vécu comme ça. On se retrouve à deux dans un endroit pareil, et forcément on se cogne l'un à l'autre, il faut faire la conversation comme si de rien n'était. J'étais content d'échapper à ça pour un moment.

Bien installé dans un des fauteuils en bois de Theopolis, j'ai appuyé ma tête contre un des bardeaux en bois nu. Le soleil les avait chauffés, j'ai pas tardé à m'assoupir.

Quand je me suis réveillé, un vieux bonhomme aux cheveux blancs, le regard dur, marchait d'un pas décidé vers l'échoppe, son cheval attaché dans la rue. Il a fait quelques pas les jambes arquées, pour se gratter l'entrejambe, et s'est redressé dès qu'il m'a vu. Le regard qu'il m'a lancé, il aurait voulu que je m'envole au loin comme une feuille desséchée.

– Qui êtes-vous ? il a demandé.

– Monsieur, je suis le révérend Thomas Jefferson Purefoy.

Ce nom-là, je sais pas d'où il est sorti, c'est la seule occasion où je m'en suis servi.

– Qu'est-ce que vous fichez ici ?

C'était une façon sacrément cavalière de s'adresser à un révérend. Pensant qu'il m'avait percé à jour, je me préparais à lui dégoiser un passage de l'Ecclésiaste, manière de lui montrer, quand j'ai remarqué qu'il fixait mon moignon.

– Elle est où, votre jambe ?

– Je sais pas précisément, monsieur. Dans les parages, en tout cas.

J'ai tâté mes poches pour y prendre un des colts, mais ils n'y étaient plus, je me suis rappelé les avoir fourrés dans la sacoche de Jerrod. Malgré tout j'ai bombé le torse dans l'espoir d'éloigner le vieux. S'il s'entêtait à me causer sur ce ton, comme à un tas de bouse, j'allais le mordre jusqu'à ce qu'il demande grâce.

– Vous l'avez coupée pour le plaisir, ou elle a été arrachée par une explosion ?

– Les médecins m'ont amputé à cause d'une blessure que j'ai reçue à la guerre. Pas loin d'ici, d'ailleurs.

Sur ces entrefaites, Theopolis est venu voir ce qui se passait, il m'avait entendu parler.

– Theopolis, qui est cet homme ?

– Un client, Mr Baylor.

– Tu as des clients, maintenant ? C'est moi ton client. Celui-ci est juste un foutu petit Blanc. Rentre tout de suite.

Ce vieux commençait à m'échauffer pour de bon, il me faut le dire.

43

Carrie McGavock

Autrefois, nous n'assistions jamais aux réceptions que l'on donnait en ville, nous les femmes qui vivions sur les plantations et dirigions nos maisons. Je parle là des dames, des maîtresses des domaines. A ces fêtes n'étaient conviés que les hommes de la ville et, quelquefois, nos propres époux. L'isolement dans lequel nous vivions garantissait que nous incarnerions pour toujours l'exception du peuple sudiste, ce qui faisait de lui l'engeance la plus pure et la plus droite que la terre ait jamais portée. Nous étions protégées comme les créatures d'un jardin zoologique, spécimens de notre race prisonniers derrière les barreaux chantournés des balustrades de nos porches. En même temps, le reste de la nation sudiste semblait s'être débridé, libéré des entraves morales que nous avions tâche de sauvegarder, et qui nous tenaient pieds et poings liés. Les hommes s'enivraient en public et faisaient ribote avec certaine classe de femmes fraîchement débarquées de Paris. Ils allaient bambocher ensemble, même nos maris s'y mêlaient.

La guerre avait bouleversé bien des choses, à commencer par les listes d'invités aux soirées de la ville. Ce changement n'était guère à ma convenance, bien qu'il me délivrât de la vie de recluse que je menais à Carnton, enfermée comme un précieux keepsake. Les femmes qui m'invitaient autrefois à prendre le thé et que je fuyais depuis des années comptaient désormais sur moi pour leurs bacchanales nocturnes, en tant que partie de l'entité *Colonel McGavock*. Je m'y rendais par égard pour mon époux, que ses stratégies d'homme d'affaires obligeaient à se montrer : il tramait ses plans au milieu des convives soûls qui finissaient par ne plus rien comprendre à ses propositions, sinon qu'elles leur coûteraient de l'argent et que la réponse la plus simple et la plus évidente était un non. J'adorais l'observer depuis un recoin du salon de notre hôtesse, suivre sur les imposants plafonds les gesticulations fébriles de son ombre, tandis qu'autour de lui les hommes chancelaient, bedonnants et congestionnés, luttant pour garder leur aplomb. Il y a quelque chose de beau chez un homme qui s'acharne à défendre une cause perdue, non par ignorance, ce qui serait méprisable, mais avec la pleine conscience de son inévitable échec.

Le lendemain du jour où j'appris les projets de Baylor, nous devions assister au bal que le juge McEwen et son épouse donnaient en l'honneur des fiançailles de leur fille. Le juge était revenu du front débordant de santé et l'humeur débonnaire, comme s'il rentrait de villégiature. Pendant la guerre il n'avait donné que de rares nouvelles à sa femme, et s'était toujours montré évasif quant aux batailles qu'il avait livrées. Un beau jour il était simplement réapparu, avait raccroché son fusil au-dessus de la cheminée et repris son fauteuil dans la bibliothèque pour lire les journaux parus en son absence. Si j'avais jamais souffert de mon existence campagnarde, il me suffisait de regarder Mrs McEwen pour me convaincre que la vie citadine m'aurait encore moins bien convenu. A cause de l'opium, sa peau blême et fripée ressemblait à du papier de riz, menaçant de se désagréger à tout instant. Je n'en revenais pas qu'elle ait réussi à mener une enfant à l'âge nubile. Ce soir-là dans sa maison, elle avait l'apparence d'une femme trahie, qui ne pourra plus jamais respecter son époux. John l'avait aperçue en ville au lendemain de la bataille, debout sous son porche avec deux de ses amies, les yeux perdus dans le vague. *Elles portaient toutes des robes légères, bien peu adaptées à la saison et aux bienséances. Leur regard était impassible mais les larmes faisaient briller leurs yeux. Cecilia McEwen souriait comme si elle venait d'assister à une scène inconvenante. J'échangeai avec elles quelques politesses sans conséquence, mais ces femmes exerçaient sur moi la même fascination que la femme à barbe et la tête réduite congo-*

laise que j'avais vues enfant, à la fête foraine. C'étaient des créatures humaines, plus humaines encore d'être des curiosités, réelles et impossibles à la fois, incarnations de la différence. Fantomatiques en vérité, et manifestement insensées.

John prit soin de l'éviter tout au long de la soirée. Elle portait une robe élégante et de bonne coupe, dans laquelle elle semblait étouffer.

Tout en repoussant le domestique qui m'assaillait avec un plateau de canapés, je réfléchissais à la manière d'aborder Mr Baylor lorsqu'il ferait son entrée. Même si je ne savais que lui dire, j'étais obnubilée par l'image de ces morts exhumés par l'acier tranchant, ramenés de force à la lumière du jour. Quelle requête allais-je formuler ?

Comme à son habitude il se présenta agité et courroucé, traînant dans son sillage sa bécasse d'épouse. Celle-ci ne risquait pas de contrecarrer ses plans, pour la bonne raison qu'elle n'en était pas informée et ignorait peut-être jusqu'à l'existence des charrues. Et à supposer qu'elle soit au courant, que lui importaient les dépouilles de ces garçons qu'elle n'avait pas connus ? Je ne la voyais pas s'offusquer d'autre chose que d'une table incorrectement dressée ou d'une maison en désordre. Le désordre, voilà ce que signifieraient à ses yeux tous ces ossements, si tant est qu'elle en pense quelque chose. Elle ne me serait d'aucun secours.

Un verre de whisky à la main, Baylor s'empressa de rejoindre le groupe réuni autour de John pour écouter ses projets de remise en service des voies ferrées. Baylor n'était pas idiot. S'il comprenait que les hommes présents avaient des raisons de se défier de lui, ou même de lui en vouloir à cause de ce champ, il était par ailleurs conscient de leur faiblesse, et savait qu'un individu doté de son pouvoir et de son charisme saurait les amadouer et vaincre momentanément leur résistance. L'attitude qu'il adoptait d'ordinaire en présence des femmes et des inférieurs – enfants, nègres ou fermiers – aurait été fort malvenue devant cette assemblée ; alors qu'il traversait la pièce, l'architecture de son visage se modifia tandis qu'il se fabriquait la physionomie de l'homme d'affaires bienveillant et placide. De tous ses masques, aucun ne me semblait plus odieux.

Après l'avoir regardé palabrer quelques minutes, les pouces dans ses passants de ceinture, se trémoussant dans son costume comme s'il le mettait au supplice, lui un homme si simple, je devinai qu'il avait déjoué sans peine les manœuvres de John et assuré son emprise sur le groupe. Je restai dans mon coin, devant la bibliothèque, la tête appuyée contre les tomes du *Waverley* de Walter Scott.

Je me demandais ce que Zachariah Cashwell penserait de la scène – une question qui me venait fréquemment à l'esprit –, lorsque Mrs McEwan m'attrapa par la manche et m'entraîna doucement vers les femmes rassemblées près de leurs maris, échangeant des platitudes sur l'état déplorable de leur maison ou les subtilités capitales d'une tournure de robe. Certaines d'entre elles étaient douées de bon sens, mais leurs conversations étaient vaines. J'observai l'expression absorbée de Mrs McEwan, subjuguée par leurs babillages comme s'il s'agissait de la langue d'envahisseurs d'un autre monde. Elle ne dit pas un mot, se bornant à les contempler d'un œil narquois jusqu'à ce qu'elles se retirent avec des excuses polies, gênées par l'insistance de son regard. Pourquoi était-elle venue me chercher ? Elle supposait peut-être que je partagerais son amusement. Le laudanum, je le savais, avait étiolé et détruit le peu d'intérêt que pouvait susciter en elle ces femmes et leur opinion, et sans la folie qui l'habitait, j'aurais pu m'en faire une amie. Malgré la frayeur qu'elle m'inspirait, j'étais heureuse qu'elle me serve de guide. Dès que les autres femmes se furent éloignées, nous nous postâmes de l'autre côté de la cheminée, nous dévisageant en silence. Je passai la main sur la cloche de verre qui protégeait une sculpture ancienne, représentant l'oiseau qu'on appelle gobe-moucheron.

– Avez-vous des médicaments ?

L'accent de sa voix me surprit, à la fois doux et rauque.

– Non, je n'en ai pas.

– Avez-vous consulté un médecin, un docteur quelconque ?

– Non.

– Je vois.

Notre regard se reporta sur le groupe des hommes. John s'en était détaché pour admirer les ouvrages de la bibliothèque, tandis que Baylor semblait conclure l'affaire qu'il venait de mener avec le juge et ses comparses.

– Tout ceci m'appartient, vous savez, me dit alors Mrs McEwan.

– Oui, naturellement.

– Je suis l'héritière de tout ce que vous voyez, et de tout ce qu'enferment ces murs. J'ai vu quantité de choses que vous n'avez pas vues, que vous ne *pouvez pas* voir, mais qui expliquent tout, et m'incitent à me réjouir du peu qui m'a été légué.

Si j'avais pris les doses de laudanum prescrites par le docteur, aurais-je pu tenir des propos semblables, subir la même dissolution mentale ? Je brûlais de la laisser là, mais un vague souci des convenances me retenait auprès d'elle. Je l'écoutais sans détacher les yeux du gobe-moucheron, priant pour que John s'approche et me donne un prétexte pour m'esquiver. Je ressentais toutefois quelque chose pour Mrs McEwan, ce qu'elle venait de dire éveillait en moi un écho indéfinissable.

– Quelles sont ces choses que vous avez vues ?

Les yeux agrandis elle pencha légèrement la tête, comme l'oiseau sous la cloche de verre.

– J'ai vu la guerre, bien sûr, mais j'ai vu aussi d'autres guerres et des chevaux pris de démence galoper d'une guerre à l'autre, portant vers la bataille les mêmes âmes malheureuses, encore et encore, jusqu'à ce qu'elles aient épuisé le cycle sans fin de l'esprit et du corps, et qu'on leur accorde le répit qu'elles imploraient. *S'il vous plaît, avez-vous des médicaments ?* Je m'amuse de constater l'ingéniosité de Dieu à circonvenir la volonté des hommes. C'est ce dont le monde a besoin.

N'y tenant plus, je me détournai en la saluant de la tête et me mis en quête de John avant que Baylor ne s'en aille. Une idée m'était venue à l'esprit, raffermie par les divagations de Mrs McEwen. Celle-ci, cependant, n'en avait pas encore terminé avec moi et chuchotait bien distinctement dans mon dos. Je restai quelques instants immobile.

– Vous, en revanche, vous vous inclinez devant cette volonté, vous la fortifiez par les soins prodigués à leurs corps, dans la vie comme dans la mort. Oh, je sais à quoi vous pensez, je vous vois surveiller Mr Baylor. Votre sacrifice vous fera aimer de tous, mais vous ne réussirez qu'à retarder l'inéluctable.

Je l'entendis pousser un soupir et se laisser tomber dans un fauteuil. Pas une fois je ne me retournai.

– Si j'en avais la force je vous arrêterais, mais il est probable que je vous applaudisse comme les autres. Bravo, sainte Carrie !

Je me retirai en toute hâte, avec le désir de ne plus jamais entendre sa voix. Des femmes m'effleuraient de leurs robes de soie et de mousseline, évoluant entre les fauteuils, les sofas du salon et les chaises de la bibliothèque, et par moments, je n'aurais su dire si j'entendais la rumeur de leurs bavardages ou le bruissement des étoffes. Il était grand temps que nous partions.

Mrs Baylor, occupée à se gaver de bonbons aux noix près de la porte de la salle à manger, leva les yeux vers son mari qui venait la rejoindre. Elle frotta les miettes sur ses mains comme si elle venait de poncer du bois, puis ils traversèrent à grands pas le vestibule, bras dessus, bras dessous, pour quitter la maison. Je pense que John surprit mon regard de panique, car il vint aussitôt me prendre par le bras.

– Que se passe-t-il, Carrie ? Souhaiteriez-vous que nous partions ?

– Oui, mais il y a quelqu'un dehors à qui je dois parler.

Traînant John à l'extérieur, je trouvai l'attelage des Baylor prêt au départ.

– Mr Baylor ?

Il comptait sûrement s'éclipser sans être dérangé, mais je refusais qu'il mette le feu aux poudres pour que les autres récoltent les brûlures.

– Oui, Mrs McGavock ?

– J'aimerais que nous discutions de votre champ.

– Je suis extrêmement pressé, Mrs McGavock, et je vous suggère de renvoyer à plus tard cet entretien sur vos intérêts agricoles.

– Concernant l'agriculture, je ne suis pas intéressée.

Il saisit mon allusion.

– Dans ce cas, quelle importance peut avoir ce champ ?

– Les hommes enterrés là-bas. Ce sont eux qui m'intéressent.

Il s'inclina alors vers moi, bras croisés, et sa poitrine sembla combler tout mon champ de vision. John me tenait toujours le coude sans rien dire, jugeant probablement inutile de tenter de m'interrompre. Peut-être se réjouissait-il de savoir que rien ne me ferait taire.

– Mrs McGavock, sachez qu'ils m'indiffèrent totalement. Les gens ont beau me croire fortuné, je ne peux pas me permettre le luxe de laisser un champ en friche sous prétexte qu'y sont enterrés des hommes qui ont livré une stupide bataille lors d'une guerre absurde et déraisonnable, des hommes dont les âmes se sont envolées depuis longtemps, et que leurs proches n'ont pas pris la peine de venir chercher. Autant pour l'honneur de la Confédération.

Je ne trouvai rien à lui répliquer. Si j'avais été semblable à Baylor, propriétaire terrienne pourvue d'opinions inflexibles sur la valeur d'autrui, ses arguments m'auraient peut-être convaincue. Mais je n'étais pas de cette espèce.

– Vous ne pourrez rien y changer, Mr Baylor. Cet endroit est déjà un cimetière. Il n'y manque plus que les pierres tombales.

– Si l'on va par là, Mrs McGavock, le monde entier est un cimetière, d'une certaine manière. Nous devrions peut-être cesser de labourer les champs, nous laisser mourir de faim pour expier les péchés des défunts, par respect pour chaque tombe invisible et ignorée.

– Ce n'est pas ce que je demande. Je voudrais simplement que vous épargniez *ce* champ, *ici*. Et je ne m'attends pas à ce que vous acceptiez par pure bonté d'âme. Je compte collecter des fonds pour vous dédommager.

La nouvelle lune surgit des nuages bas, baignant d'une lumière argentée le visage de Baylor. Toute sa personne spectrale semblait miroiter et la clarté faisait scintiller son attelage, du licol des chevaux aux essieux de ses roues. Ses dents brillaient lorsqu'il me sourit. Il se composa tout d'abord une expression presque affable, qui se changea bientôt en vertueuse commisération.

– Mrs McGavock, je gage qu'il n'y a pas assez d'argent dans cette ville pour me dédommager de ce champ, de ce qui s'y est passé et de ce qu'il contient, sur terre comme sous terre. Comment quelqu'un comme vous trouverait-il la somme nécessaire ?

En prononçant ces derniers mots il se tourna vers John, et sa condescendance me piqua au vif. J'avais l'impression de perdre le contrôle de ma voix, plus haute, plus stridente.

– D'autres que moi dans cette ville s'opposeront à ce que vous labouriez ce champ, *Mister* Baylor. Et s'ils échouent à se procurer l'argent, ils recourront à d'autres moyens.

– Seriez-vous en train de me menacer ?

– Bien au contraire. J'essaie justement de prévenir les menaces, de vous ramener à la raison afin que tous ceux qui risqueraient de vous menacer n'aient point de motif de le faire. J'en appelle au respect élémentaire de la personne humaine.

– Ce respect-là ne me fait pas défaut, Mrs McGavock, mais il ne s'agit pas de la sorte élémentaire que vous mentionnez. De plus je vous défends d'intervenir dans mes affaires, dont la destination de ce champ fait assurément partie.

John, que mon audace et ma véhémence avaient laissé sans voix, finit par prendre la parole.

– Cela suffit, Mr Baylor.

Baylor parut soudain plus à son aise, comme s'il espérait l'intervention de John.

– Maîtrisez donc votre femme, McGavock. Expliquez-lui comment marchent les *affaires*, et qu'elle n'est pas censée se mêler des *affaires* des autres.

– Oh, mais je ne la désapprouve pas. Vous vous comportez comme un imbécile, Baylor. Ce champ ne vaut pas tout ce grabuge, et vous le savez pertinemment.

– Que les belles âmes viennent donc me présenter leurs doléances, qu'elles essaient un peu de me menacer. Je suis prêt à les recevoir, la conscience tranquille et l'esprit dispos. Je n'ai rien à craindre.

Sur ce il secoua les rênes en claquant la langue.

– Et à présent, je m'en vais.

Nous regardâmes les Baylor s'éloigner, silhouettes noires dans les premières lueurs du jour. Prenant John par le bras, je me dirigeai vers notre voiture, et nous roulâmes un moment en silence, chacun remâchant de sombres pensées. Les paroles que John m'adressa enfin me surprirent, car j'escomptais des reproches après mon algarade avec Baylor.

– Vous savez, ces rues ont bien changé depuis ce fameux jour.

– Ce fameux jour ?

– Oui, les jours qui ont suivi la bataille. Ce sont là des rues ordinaires et bien tenues. On les a nettoyées et nivelées, les arbres criblés de balles ont été arrachés. Les hommes ressemblaient à des jouets abandonnés par les enfants. On avait laissé des soldats en arrière pour les enterrer, et je ne connais pas de besogne plus désolante. Il n'y avait plus rien d'humain dans cette ville, sur ce champ de bataille. Pendant des jours j'ai perdu l'esprit, à explorer ce paysage infernal. Vous vous êtes sûrement rendu compte que je n'étais pas dans mon état normal.

– J'étais occupée, John.

– Oui, en effet.

– Je vous demande pardon.

– Vous n'avez rien à vous faire pardonner. Vous avez agi comme il fallait.

Nous ne dîmes plus rien, roulant face à la lune dans le silence.

– Mais ces rues, fit alors John, c'étaient des chemins qui menaient vers un autre monde. Un monde créé par tous ces morts.

Dans sa voix perçait un accent de culpabilité, assez puissante pour imprimer un tremblement à tout son corps. Je posai ma main sur la sienne, et il ne la repoussa qu'au bout de quelques minutes. Je me rappelais la nuit où il était apparu sous la fenêtre de ma chambre de jeune fille, cette espèce de détresse qui le torturait et que j'avais trouvée irrésistible. Aujourd'hui il était de nouveau cet homme. Je comprenais son désarroi : il avait cheminé parmi les morts sans pouvoir les secourir ni atténuer la douleur du passage. A Carnton, au moins, un certain ordre régnait sur la souffrance et l'agonie, et ceux qui succombèrent y étaient préparés. J'y avais veillé de mon mieux.

– Et leurs visages, Carrie. En les regardant je ne pouvais m'empêcher de me demander ce qu'ils pensaient. Il y en avait tant qui semblaient vouloir proférer une ultime parole. A présent je les imagine couchés sous les herbes folles du champ de Baylor, cette horrible expression toujours sur leur visage, s'efforçant encore de prononcer ces mots. J'en viens à penser malgré moi que la finalité de ce massacre était de permettre à Theopolis d'ouvrir une échoppe de cordonnier. Quelque chose d'aussi simple que cela.

– Ils n'auraient pas considéré la chose de cette manière.

– Comment le savez-vous ? C'est peut-être notre avis, mais que pouvons-nous en savoir, dans le fond ? Pardonnez-moi, mais il m'est presque insupportable d'évoquer ces souvenirs. Quand je regardais ce champ de bataille, ces uniformes gris ou bleus sur le dos de ces hommes, je ne pouvais me défendre de douter de Dieu.

A cet instant, j'eus la vision de ces rues, de ce champ de bataille, de l'aspect qui devait être le leur. A mes yeux, Carnton formait depuis si longtemps le centre de l'univers que je n'avais pas su évaluer l'insignifiance de mon héroïsme. J'aurais fini en effet par me voir sous les traits d'une héroïne, et les lettres remplies d'éloges qui continuaient à arriver chez moi n'y avaient pas été pour rien. Une bataille s'était déroulée, certes, mais surtout il y avait eu l'hôpital, où chacun recevait sa part de réconfort. En vérité j'étais restée sourde à ce qui se racontait sur les autres hôpitaux, sur l'abnégation des autres femmes. Seul Carnton existait pour moi. J'avais maintenant l'impression de flotter au-dessus du champ de bataille, je les voyais, lui et la ville, consciente de l'ampleur de ce que nous avions perdu. De là-haut, le champ de Baylor ressemblait à une courtepointe, à un patchwork de soldats en uniforme de flanelle, morts avant que quiconque ait pu leur porter secours. Rapportés à ces milliers de victimes, nos exploits de Carnton se réduisaient à rien. Mon Dieu, j'avoue que, pendant une seconde, je détestai vraiment John.

Quelle était sa faute ? Et la mienne ? Nous étions en vie, nous avions survécu. N'était-ce pas la volonté du Seigneur ? Si, certainement, mais comment croire que Dieu ait voulu condamner des êtres humains à une fin si brutale et si ignoble ? Etaient-ils tombés avant qu'Il ait pu leur prêter assistance ? Mes pensées étaient-elles sacrilèges ? La force qui m'avait maintenue en surplomb du champ de bataille m'entraînait à présent vers le sol, tout doucement, jusqu'à ce que je plane sur un tapis volant, petite comme une fourmi, parmi des montagnes de genoux, de coudes et de colonnes vertébrales, des forêts de moustaches, de barbes et de chevelures emmêlées, pardessus le gouffre des bouches béantes figées par l'incompréhension, jungle engloutie sous la terre rouge du champ de Baylor. Que diraient ces hommes s'il leur était donné d'achever la phrase que John avait devinée sur leurs lèvres ? Je fis le vœu qu'ils ne s'adressent pas à moi, que leur voix ne résonne pas à mes oreilles.

Alors que nous franchissions le tournant de l'allée, la lune posée sur le faîte du toit semblait prête à écraser la maison.

En montant dans notre chambre, je trouvai une nouvelle liasse de courrier au pied de mon lit. J'étais si tendue et si préoccupée que je ne la remarquai pas immédiatement, et lorsque je l'aperçus, je la ramassai pour la ranger avec les autres – les piles accumulées au fond de mon armoire, que je n'avais jamais ouvertes.

De toutes les lettres envoyées par les proches des morts et des disparus, je n'avais lu qu'une partie, de préférence les courriers bien lisibles et soigneusement rédigés, écrits avec de la bonne encre sur un papier de qualité. En privilégiant les lettres des femmes qui me ressemblaient, je cherchais sans doute à éviter quelque révélation incontrôlée de douleur ou de rage, car des sentiments de cette nature ne s'immisçaient jamais dans la prose des dames de mon milieu, habituées par leur éducation à garder leur réserve avec les étrangers. Les messages griffonnés au crayon sur du papier d'emballage, bourrés de fautes d'orthographe, étaient porteurs d'une énigme plus profonde, et je redoutais d'en découvrir le contenu. Les lettres étaient si nombreuses, me disais-je, qu'il fallait bien opérer un tri parmi elles. C'était la méthode que j'avais choisie. Plus d'un an après la fin de la guerre, la plantation de Carnton, à Franklin dans le Tennessee, avait acquis une certaine notoriété. Ce n'était pas l'adresse des faucons, des intrigants et des stratèges, mais celle de la guerre elle-même. Le lieu où l'on envoyait des lettres pleines de questions sans réponse.

Couchée près de John, je contemplais la chambre qui, dans la clarté lunaire, semblait receler quelque mystère effroyable. La porte entrebâillée de l'armoire évoquait un œil béant ou une blessure ouverte.

Une fois John endormi, je restai allongée sans trouver le sommeil, comme à l'affût de quelque chose. Je finis par me lever pour aller chercher la pile de lettres, puis je montai dans ma petite pièce au-dessus de l'entrée où je les déposai au pied de mon fauteuil. Il me fallut cinq voyages pour en venir à bout.

A la lumière d'une bougie, je commençai à les lire.

Aucune ne fut laissée de côté.

C'était bien pire que je ne l'avais imaginé. Les lettres gourmées que j'avais déjà parcourues ne faisaient qu'effleurer ce que me révélaient les gribouillages raturés écrits par des pères et des mères – ou en leur nom – qui n'avaient jamais eu grand-chose d'autre que leurs enfants, et ne comprenaient qu'après leur mort à quel point ils tenaient à eux. La colère, l'espoir, le chagrin, la haine et la solitude n'étaient pas des émotions distinctes, ressenties successivement, mais des mots dénués de pertinence pour désigner les éléments d'une expérience impitoyable d'un monde sans merci ni mémoire : aucune mémoire des prières, des bontés et des promesses adressées au Seigneur ou à leurs enfants, qui n'avaient pas été de vains mots mais d'authentiques élans d'espérance que la disparition de leurs fils réduisait à une forme d'ignorance. S'ils osaient tout de même formuler un espoir – ce qui ressortait d'un certain nombre de lettres – il restait hésitant et mitigé. C'était, tout simplement, l'espoir que le souvenir de leurs garçons ne s'efface pas avec leur mort.

La force de ces lettres était presque insoutenable. Pour ces gens, leurs enfants avaient moins trouvé la mort qu'ils ne s'étaient dissous dans le brouillard, aux confins du monde visible. Ils ignoraient tout de Franklin, même son emplacement. Dans ces lettres, unique réceptacle de leurs souvenirs, ils consignaient les menus détails d'une vie quotidienne aussi irréelle à mes yeux qu'un récit mythologique.

Il a pêché un poisson.

Il aimait faire des biscuits.

Il avait un cochon qui s'appelait George.

Il adorait sa petite fille qui est tout son portrait, mais ça veut rien dire pour elle parce qu'elle l'a pas connu, elle sait même pas à quoi il ressemblait, et moi j'ai plus de quoi la nourrir alors il faut qu'elle se débrouille toute seule, pourvu qu'elle tourne pas mal.

Je m'imprégnai de tout cela. J'aurais voulu leur envoyer le portrait accroché en face de mon lit, avec les visages de mes trois anges disparus, afin qu'ils sachent que j'avais porté le même fardeau et qu'ils devaient me laisser en paix. Et cependant j'absorbai tout cela jusqu'à en avoir des visions, à imaginer le portrait d'une cohorte d'anges abaissant vers moi des regards horrifiés pendant que je pleurais doucement dans mon lit.

L'aube approchait lorsque Hattie vint me rejoindre sans dire un mot. Elle était devenue une étrange jeune fille. Une fille silencieuse, qui ne rechignait pas à se noircir les ongles pour soigner les plantations qu'elle cultivait passionnément. On pouvait sans doute la qualifier d'« originale », mais elle faisait partie de ces douces excentriques qui tirent tout leur charme de leurs extravagances. Elle posa la tête sur mes genoux, et je lissai sa chevelure où des graines restaient accrochées. Elle parcourut avec moi les dernières lettres, sans jamais prononcer une parole. Je crois qu'elle savait déjà ce qu'elles contenaient, que leur mystère n'en était pas un pour elle. Je caressai son visage au teint hâlé, défroissai les plis de sa chemise de nuit. Elle leva les yeux vers moi lorsque nous achevâmes la dernière lettre, envoyée par un juriste de Greenville en Alabama qui avait espéré voir son fils lui succéder. Le regard de Hattie semblait me demander : *Que vas-tu faire, maintenant ?*

Qu'allais-je faire ?

Y avait-il quelqu'un, une seule femme, capable de faire quoi que ce soit ?

44

ZACHARIAH CASHWELL

J'avais jamais vu un aussi beau travail que la botte fabriquée par Theopolis. Un cuir couleur café, bien souple là où il fallait, et rigide aux bons endroits. Derrière, juste au-dessus du petit talon, il avait tracé un T qui était sa marque de fabrique.

Comme il restait deux bonnes heures avant le coucher du soleil, quand on est sortis de chez lui, j'ai voulu qu'on aille tout de suite voir les fouilles indiennes, avant qu'ils aient fini d'embaucher. Je savais pas trop à quoi je pourrais me rendre utile, mais ils auraient peut-être besoin d'un comptable. S'il le fallait, je leur compterais leurs os de sauvages, ça me gênait pas. Tout ce que je voulais, c'était me cacher quelque part où les gars du chemin de fer avaient peu de chances de venir me chercher. Un cimetière indien, ça me paraissait bien trouvé.

On a traversé la ville, elle avait beaucoup changé depuis la nuit que j'y avais passée, des années plus tôt, avec des gens qui couraient, du sang partout et des soldats qui essayaient de me chiper mon tabac. Une petite ville comme les autres, voilà ce qu'elle était redevenue. Je trouvais pas ça juste, qu'elle ait repris son aspect normal, mais je me disais la même chose pour toutes les villes. Ils avaient replanté des chênes, réparé les palissades, nivelé les rues, les volets des maisons étaient repeints en noir, en vert ou en bleu. On a mis cap à l'est, le soleil dans le dos, et j'ai compris pourquoi une ville s'était construite en haut de cette colline. A l'est, les terres prenaient des nuances variées de jaune et de doré à mesure qu'on progressait, ici ou là des ruisseaux coupaient les champs, bordés de sycomores et de hêtres, et de loin on aurait cru la terre sillonnée de veines, comme si elle était vivante. Même du haut de mon cheval, je voyais les pluviers voleter entre les meules de paille, les moineaux qui picoraient au pied des troncs, et la buse à queue rousse filer comme une flèche d'un champ à un autre et se percher dans un arbre, bien cachée sous les feuillages ; brusquement on entendait un grand raffut de battements d'ailes, et l'oiseau planait de nouveau dans le ciel, vers un autre arbre, un autre champ.

On avait presque dépassé le champ de bataille quand je l'ai reconnu. Il était envahi d'herbes et d'aubépine, il y poussait des fleurs sauvages aux couleurs vives qui frémissaient au moindre souffle de vent. *Une terre bien riche*, je me suis dit. Maman répétait toujours que le sang donne de la vigueur aux plantes, et si elle tuait une poule pour le dîner, elle laissait jamais perdre une goutte de sang. Sans descendre de cheval, j'ai contemplé ce beau champ sauvage, qu'il semblait impossible de discipliner à nouveau. J'ai voulu retrouver l'arbre à côté duquel mon escouade s'était mise en formation d'attaque, mais tant de choses avaient poussé – en même temps que mes souvenirs – que j'étais pas certain de savoir le reconnaître.

– Pourquoi on s'arrête ? a fait Jerrod.

– Tu veux pas revoir cet endroit ?

– Jamais de la vie, si tu permets, révérend.

J'ai talonné doucement mon cheval, on est repartis au pas. J'avais peur d'arriver sur le chantier après la fin de la journée, mais c'était plus près que prévu, j'ai pas tardé à apercevoir leurs feux de camp sur la prochaine colline.

J'avais beau essayer, je pouvais pas m'empêcher de guetter l'apparition de la grande maison sur ma droite, entre les arbres. J'ai pas tardé à l'apercevoir. Je reconnaissais le porche sur l'arrière, les grandes fenêtres, et ce vieux jardin où étaient entassés autrefois ceux que la mort avait emportés. On aurait cru qu'il n'y avait personne, au premier abord, mais en plissant les yeux j'ai distingué une petite silhouette en train de sarcler le jardin, jetant les herbes par-dessus son épaule dans une pluie de mottes de terre. *Maintenant ils prennent des*

Blancs pour faire les corvées. J'ai poursuivi ma route, détournant les yeux de la maison. Il n'y avait plus de place pour moi, maintenant. Je me demandais ce qui arriverait si j'allais frapper à leur porte, comme ça. Qu'est-ce que je lui dirais ? Est-ce qu'elle accepterait encore de m'accueillir ? Pensait-elle toujours à moi ? Une partie de moi brûlait de le savoir, pendant que l'autre fuyait le risque de recevoir une réponse désagréable. C'était trop tôt. On a passé notre chemin.

Quand on est arrivés au camp, je pensais que j'avais de bonnes chances, ne me demandez pas pourquoi. Qui donc refuserait d'embaucher un gars amputé d'une jambe, escorté d'un bandit bien robuste ? Je pourrais pas l'expliquer, mais ça me paraissait raisonnable. Les hommes avaient l'air rompus de fatigue, couverts de boue et de terre rouge qu'ils ont pas pris la peine d'enlever de leurs mains pour manger, à la grande table installée devant la longue tente où ils couchaient. Le moment du souper, ça me semblait une bonne heure pour se faire connaître.

J'ai attaché mon cheval à un piquet de tente avant de m'avancer vers eux avec Jerrod, ma bible à la main. J'ai levé la main pour les saluer.

– Qui est le chef, par ici ?

Presque tous portaient la barbe, et on aurait dit qu'ils avaient passé leur vie entière à faire des fouilles. C'étaient des grands gaillards, pas trop portés sur la conversation. L'un d'eux m'a fait un signe en direction de la tente, et en regardant par là j'ai vu bouger le rabat de la toile, comme si quelqu'un nous surveillait derrière. La nourriture avait l'air bonne, j'en attendais pas autant. Des biscuits, du jambon cru, de grands pichets de lait. J'allais me mettre en quatre pour qu'on me prenne dans cette équipe.

C'est moi qui suis entré le premier sous la tente. Jerrod qui me suivait à reculons, les yeux toujours fixés sur les tranches de jambon, a pas remarqué que je restais cloué sur place en avisant celui qui se tenait derrière la table à tréteaux, au fond de la tente. Il a continué à reculer en salivant devant ce fameux jambon, tant et si bien qu'il nous a tous les deux fichus par terre. Il a fallu que je monte sur lui pour trouver un appui au sol avec ma bonne jambe et me remettre debout.

Derrière la table, au fond de cette tente, se tenait le lieutenant de l'Union qui m'avait sauvé la vie, ici même à Franklin. Petit et dégarni, il avait pas une allure de soldat, mais par contre ça lui ressemblait bien, de gagner sa vie en tripotant des vieux ossements. Les lunettes perchées sur le bout de son nez m'empêchaient pas de voir ses yeux, ils exprimaient toujours le mépris, la colère et la pitié que j'avais vues quand il se penchait sur moi au fond de la tranchée, ce jour qui me semblait si lointain. Jerrod et moi on avait l'air de deux vagabonds en entrant sous la tente, pourtant j'ai dans l'idée qu'il m'avait reconnu et que sa façon de regarder s'adressait uniquement à moi. Ça chamboulait complètement mes plans.

Est-ce que j'avais une dette envers lui ? A une époque j'estimais pas lui devoir autre chose qu'une balle en pleine tête. Comment pardonner à quelqu'un qui m'avait gardé en vie pour que je sois livré à la torture des docteurs ? Il était mon ennemi. Lui et ses soldats, ils avaient fauché les gars de ma compagnie sans un scrupule ni une hésitation, et ce foutu champ que je venais de longer à cheval était là pour témoigner du massacre. A quoi ça m'avait servi, qu'on me laisse la vie sauve ? Elle consistait en quoi, ma vie, sinon à me rappeler tous ces morts et à voir pousser des fleurs dont les racines plongeaient sûrement dans les cadavres de mes copains ; à clocher sur une jambe de bois sculptée par un crétin d'artiste qui se souciait plus de faire ressemblant que de penser à mon confort ; à trimarder à travers le pays sans l'ombre d'une idée sur ce que je devais faire, sans pouvoir me permettre le luxe, par exemple, de gaspiller mon temps à nettoyer des os de sauvages et à les étudier avec une de ces grandes loupes alignées sur la table. Si j'étais resté sur le carreau ce jour-là, j'aurais pas eu à vivre cette putain de vie qui me pesait comme un fardeau. Je remarquais trop de choses, maintenant, j'avais le regard trop affûté. Ce bonhomme assis en face de moi, j'aurais pu décider de le prendre en haine, et même de l'abattre sur place avec mon calibre 45, si j'avais été d'humeur.

Mais bon Dieu, ça faisait belle lurette que j'étais persuadé de vouloir vivre. J'avais changé d'avis là-dessus, ou plutôt, Carrie McGavock m'avait fait changer d'opinion.

Cet homme m'avait épargné quand je savais même pas que je voulais être sauvé. S'il avait planté son sabre dans ma poitrine en me laissant me vider de mon sang au fond de la tranchée, avec les autres morts, il n'aurait récolté que des éloges. Pourtant il l'avait pas fait, et aujourd'hui j'en étais heureux.

Que dire à quelqu'un comme lui ? J'ai commencé à le détester simplement parce que je savais pas quoi dire. La situation était trop tordue, trop compliquée pour que je puisse me présenter en disant merci et rien d'autre. Ce mot-là rendrait pas du tout compte de ce que j'avais à l'esprit. Le seul moyen de le remercier proprement, c'était de raconter mon histoire, tout ce qui m'était arrivé depuis, pour qu'il comprenne ce qu'il avait fait pour moi, et pas seulement ce court épisode au sommet de la colline.

Alors je me suis mis à parler sans qu'il m'en ait prié, j'ai évoqué le jour de la bataille, la façon dont on s'était préparés, et moi qui croyais tellement trouver la mort que j'avais plus peur du tout, et les fourmis et les brins d'herbes que j'observais chaque fois que je me couchais à plat ventre, et puis j'ai rappelé comment j'avais relevé le drapeau pour foncer vers leurs positions, et la manière dont il m'avait regardé au fond de la tranchée, en refusant de me tuer. Je lui ai raconté ma vie de prisonnier et d'infirme, ma vie de joueur dépravé. Je lui ai confessé mes péchés, voilà ce que j'ai fait, même Jerrod a eu l'air un peu choqué. Il a dû se passer près d'une heure pendant que je déblatérais comme ça, et pas une fois il ne m'a interrompu. Il est resté assis, immobile comme une statue, à tambouriner avec ses doigts sans relâche. A la fin j'ai imploré son pardon. Pas pour l'avoir attaqué, ça c'était mon devoir, mais pour avoir tiré si peu de ce qu'il m'avait offert.

Après j'ai plus su quoi ajouter. Debout devant lui, je savais que ma carrière de pasteur était fichue, mais j'espérais quand même qu'il voudrait m'embaucher. Il s'est renversé sur son siège en me disant :

– Monsieur, je ne vois absolument pas à quoi vous faites allusion.

– La tranchée, j'étais au fond. C'est moi qui portais les couleurs. Ici même, à Franklin.

– Je me souviens en effet de la tranchée et de la bataille. Je me rappelle également avoir vu plusieurs porte-drapeaux tomber sous nos coups de fusils. Mais je n'ai pas souvenir d'avoir pris l'un d'eux en pitié, ni de l'avoir épargné. Il est évident qu'il y a méprise sur la personne. Ce jour-là je n'ai pas fait de quartier, et j'ai eu beau prier

Dieu de me désigner une action noble que j'aurais pu accomplir à cette occasion, Il ne l'a pas fait. Vous faites erreur.

– Non, je vous confonds pas avec un autre. Je sais qui vous êtes.

– Monsieur, j'en conclus que vos souvenirs de la bataille se sont brouillés.

– Appelez-moi Zachariah. Zachariah Cashwell.

– Zachariah. Soit. Cela dit, je ne veux plus rien savoir de ce que vous croyez m'avoir vu faire pendant la guerre. En vérité, j'aimerais qu'on ne me parle plus jamais de cette guerre, ni de la bataille en question. C'est une épreuve pour moi de revenir ici, mais mon travail d'universitaire m'amène à y séjourner, et je resterai jusqu'à l'achèvement des fouilles. Peut-être est-ce ma pénitence, l'ironie de Dieu.

Ça me rendait fou, d'entendre ça. Et quand je dis fou, j'entends aussi forcené, l'écume aux lèvres. Qu'on vienne prétendre que je gardais pas de ce jour-là des souvenirs parfaitement exacts, je le supporterais pas, parce que ces souvenirs justifiaient tout ce qui s'était passé depuis la fin de la guerre. Sans ce moment au fond de la tranchée, quand cet officier m'avait annoncé que j'étais prisonnier mais que j'aurais la vie sauve, je me serais pas retrouvé là sous cette tente. Je revoyais très bien la figure de cet homme, et c'était lui que j'avais maintenant en face de moi. Je pouvais pas admettre qu'il y ait la moindre imprécision dans ma mémoire. Si c'était le cas, sur quoi d'autre j'avais pu encore m'embrouiller ? Les camarades morts dont je me souvenais, avaient-ils existé pour de bon ? Est-ce que je me trompais en revoyant leur visage ? Je refusais de passer le restant de mes jours à me poser ces questions-là. J'allais prouver à ce bonhomme qu'il m'avait bel et bien sauvé la vie, mais j'avais besoin d'un peu de temps. Il fallait que j'y aille doucement, que je le travaille petit à petit. Ce qu'il me fallait aussi, c'était une bonne tranche de ce jambon.

– Vous avez peut-être raison. La pénitence divine est toujours la bienvenue, même si elle peut être terrible.

– Mr Cashwell, ce sont les paroles les plus justes que vous ayez prononcées ici, depuis que vous êtes entré avec votre compagnon.

Je pensais plus à Jerrod. Il me regardait d'un air dérouté, comme s'il avait affaire à un inconnu.

– On voudrait se faire embaucher, monsieur.

– Professeur Stiles. Vous pouvez m'appeler professeur. Nous avons des places, mais il n'y a que lui qui…

– Vous pouvez m'appeler Jerrod.

– Seul Jerrod a les qualifications requises, à savoir marcher sur deux bonnes jambes et pouvoir soulever du poids. Je ne sais pas trop à quoi employer un unijambiste.

– Ben…

– Mais je vais vous trouver quelque chose. Je dois bien cela à quelqu'un dont j'ai tenu la vie entre mes mains, et que j'ai choisi de ne pas détruire. Vous pourriez peut-être dresser un catalogue des ossements. Savez-vous écrire ?

J'avais du mal à le suivre.

– Alors vous me croyez, à force ?

– Non, mais il s'agit d'une fiction que je souhaite croire de tout mon cœur. Si j'y crois assez fort, peut-être deviendra-t-elle un jour réalité.

Quand il a ôté son chapeau, des grains de poussière se sont élevés dans les derniers rayons de lumière qui entraient par un accroc dans la toile. Son crâne chauve était tout luisant. Dans mon souvenir je me le figurais plus jeune que ça, et aussi beaucoup plus innocent. Lui aussi il avait traversé des années difficiles.

– Oui, je sais écrire.

Quelques heures plus tard, il restait plus grand monde autour du feu, et on causait pas de trop. J'aurais bien aimé savoir ce qu'ils fichaient ici, le dit professeur que j'avais vu sous la tente et toute son équipe, mais je trouvais pas comment aborder la question sans le fâcher.

– C'est un beau chantier, je lui ai fait remarquer.

Le professeur Stiles tirait sur sa pipe et m'observait à travers le voile de fumée. Jerrod lui tournait autour dans l'espoir de récupérer une prise de tabac.

– Honnêtement, je ne sais pas très bien ce que je fais ici. Ce n'est pas très clair.

Je m'attendais pas à cette réponse, habitué que j'étais à entendre les gens fanfaronner sur des choses inventées de toutes pièces. Les hommes de maintenant étaient portés à exagérer sur leurs exploits, plus qu'autrefois où ils en avaient pas besoin, puisqu'ils faisaient pour de bon des choses extraordinaires. Aujourd'hui c'étaient que des mots. Mais le professeur était un Yankee, on peut pas comparer.

– Vous avez l'air de quelqu'un qui sait ce qu'il fait.

– L'université m'a envoyé ici pour superviser ces fouilles sous prétexte que j'étais professeur d'archéologie, et qu'elle a décrété que ces tumulus relevaient de mon domaine. Mais il se trouve que j'ai étudié les civilisations grecque et romaine et que j'ignore tout des Indiens, si bien que les objets extraits de ce cimetière me parlent fort peu. Cependant je suis obligé de m'en occuper sous peine de perdre mon poste. Voilà.

Vu le peu que j'ai compris de son discours, il aurait pu aussi bien débarquer de l'autre côté de l'océan en baragouinant la langue de chez lui. L'université, l'archéologie, je voyais pas du tout. Il arrivait d'un endroit où j'irais jamais, et où il passait son temps à des choses dont je comprenais pas la raison d'être. Malgré tout, ça m'en bouchait un coin, l'idée que des gens pouvaient perdre leurs journées d'une infinité de manières, rassembler et trier tous ces machins oubliés et mis au rebut depuis des lustres, tout en trouvant encore le temps de descendre ici nous flanquer une raclée. C'était quand même époustouflant.

– Pourquoi vous les laissez pas tranquilles ? Ça sert à quoi de déterrer ces os, ces pots et ces coffrets ?

– A les préserver. Il est nécessaire de les conserver, pour la postérité.

– D'après vous, ça fait combien de temps qu'ils sont là ?

– Oh, un bon millier d'années, voire davantage. C'est difficile à déterminer. Nous ne disposons que d'une documentation limitée sur ces cultures.

– Mille ans sous cette colline ?

– C'est ça.

– Ça me paraît un bon moyen de les préserver.

A tâtons, il a cherché une allumette pour rallumer sa pipe. Je voyais bien Jerrod lui sauter dessus pour l'allumer avec une braise, histoire de grappiller un peu de tabac en échange, mais il s'était déjà esquivé pour trouver un endroit sec où dormir.

– Effectivement. Ils se sont bien conservés à l'endroit où on les a placés, et je présume que c'était la finalité.

– Sans doute.

– Pourtant personne ne pouvait profiter de ces trésors, de ces antiquités.

– Je me serais bien passé de voir ce fatras de crânes indiens sur vos étagères.

– Mais ils contiennent un enseignement ; ces crânes, les urnes et les bijoux enfouis avec eux ont des choses à nous apprendre. Et puis, supposez que quelqu'un décide que cette colline le gêne, et qu'il en vienne à la raser. Tout serait perdu.

– Si j'ai bien compris, vous les sortez de terre pour mieux les conserver.

– En effet.

– Vous allez les enterrer ailleurs, dans le coin ?

– Non, je compte les rapporter à l'université, et certaines pièces entreront peut-être au musée.

Les Indiens morts, ça représentait pas grand-chose pour moi. Pour dire la vérité, je m'en fichais un peu. Je trouvais juste drôle qu'on doive fouiller leurs tombes pour les sauvegarder, et que ces morts finissent éparpillés dans tout le pays, aussi loin que possible de leur lieu d'origine. Même s'il faisait noir, je voyais encore dans le flanc de la colline le tunnel creusé par les manœuvres. Là-dedans se cachait un labyrinthe tortueux, qui devait abriter des milliers d'Indiens ensevelis dans l'argile. Un instant, j'ai pris peur à imaginer ces petits chemins qui serpentaient sous terre, menant à des choses sur quoi j'étais pas censé poser les yeux. Ça m'a fait penser à tout ce que j'avais jamais vu sur terre, et que j'étais pas supposé voir. Une cité des morts s'étendait sous mes pieds, et à un mile de là la guerre était enfouie dans le sol, préservée elle aussi.

45

CARRIE MCGAVOCK

Cet individu était si abject qu'il en venait à me fasciner, à me donner l'envie de l'approcher pour ne rien perdre des mouvements de ses mains et des expressions de son visage, des idées venimeuses crachées par sa bouche. Son indéniable succès se comprenait aisément : ce sont toujours les forts qui l'emportent, tout au moins dans un premier temps. J'étais autrement intriguée par l'attitude des gens de la ville, qui en avaient fait un notable au lieu de le conspuer. Peut-être était-ce par peur que la société le gardait dans ses bonnes grâces. Je trouvais là une raison supplémentaire de la fuir, sans aucun doute.

John et moi étions assis dans le salon des Baylor, à droite de l'escalier. Il y avait là un clavecin ancien que nul ne semblait avoir touché depuis des années, les ornements filigranés de son coffre couverts d'une poussière qui œuvrait à ternir jusqu'à l'effacement l'éclat des scènes représentées.

Baylor était âgé, comme beaucoup d'hommes parmi nous. Ses cheveux blancs qu'il coiffait en arrière semblaient simplement posés sur sa tête, une mèche ici, une autre là. Bientôt ils seraient tous tombés, ne laissant que le globe bruni de son crâne et, peut-être, les touffes de poils qui jaillissaient de ses oreilles arrondies. Sa bouche était petite, et il passait constamment la main sur son menton pointu. Il portait un complet en coton repassé avec soin, les pieds chaussés d'étroites bottes noires. Ce n'était pas dans son corps que résidait sa force, mais dans le regard de ses yeux vifs et impassibles, et dans le son prenant de sa voix. Cette voix au timbre sourd et râpeux emplissait tout l'espace entre nous, absorbant chacune de nos paroles jusqu'à ce nous soyons forcés de l'écouter sans rien dire.

John et moi le suppliions sans désemparer : ne touchez pas à ces tombes. Proposez à la ville de racheter la terre, suggérait John. Elle pourrait fournir un engagement écrit à étaler sur cinq ans le paiement de la somme, et d'ici là les effets les plus néfastes de cette atroce guerre se seraient atténués.

Mais pour toute réponse Baylor se mit à disserter sur la hausse fulgurante des prix du maïs et des haricots, sur l'absolue nécessité de mettre les terres en culture et son besoin de renflouer ses propres caisses.

Tandis que j'écoutais Baylor exposer la nouvelle situation de Franklin, expliquer que les conditions économiques ne lui permettaient pas de laisser ce champ inculte, une seule pensée m'occupait l'esprit après la lecture de toutes ces lettres, la nuit précédente : *Je soulèverai le fardeau de mémoire pour le déposer ailleurs, ou bien j'en mourrai. Je sauverai les hommes de ce champ.*

John s'était accoutumé à la force et à l'optimisme dont je faisais montre ces dernières années, mais pas au point d'en oublier le temps de la mélancolie. Livide et silencieuse, je devais lui offrir un spectacle inquiétant. Il s'était tracassé toute la matinée à mon sujet, et même à présent il ne me quittait pas des yeux. Malgré mon état de faiblesse, ma colère ne cessait d'enfler.

Je finis par intervenir, à bout de patience.

– Mr Baylor, je suis peinée d'entendre ces mots dans votre bouche. Je pense à votre fils.

– Mon fils ?

– Will.

– Ne le mêlez donc pas à ça.

– Il s'est éteint ici même, n'est-ce pas ? Oh non, pardonnez-moi, je crois qu'il est mort à l'extérieur de la maison. Vous n'avez même pas reçu votre cher fils sous votre toit. Le jeune Will.

– Sortez d'ici.

– Nous partons, acquiesça John en me prenant par le bras, m'entraînant vers la porte avant que j'aie pu protester.

Baylor nous suivait en balançant sa canne à la manière d'un contremaître, comme pour nous en frapper.

– Ne remettez jamais les pieds dans cette maison.

John ouvrait déjà la porte, mais je m'entêtai :

– Il a persisté à vous ignorer jusqu'à ce qu'on le mette dans la tombe, n'est-ce pas ? Et où est-elle donc, cette tombe ? Pas dans le cimetière familial, je présume ? L'avez-vous fait jeter à la fosse commune, ou lui avez-vous donné une sépulture décente, avec une plaque à son nom ?

La face grisâtre de Mr Baylor prenait des couleurs à mesure que je parlais, passant du rosé à l'écarlate. Il se mit à marteler le sol avec cette canne qui ne lui servait à rien, mais qu'il emportait quelquefois avec lui.

– Comment osez-vous évoquer le nom de Will ?

C'en était trop pour John.

– Préférez-vous que nous l'appelions Cotton ? C'était bien le surnom qu'il employait, quand il publiait ces articles dans le journal ? Cotton Gin.

– Que savez-vous du sacrifice, McGavock ? Et vous, qu'en savez-vous ? C'est de mon fils que vous me parlez là, alors que vous n'imaginez même pas ce que j'ai pu ressentir à le voir mort sur ce lit.

– Mon épouse et moi avons perdu trois enfants, Baylor. Nous avons l'expérience de cette douleur.

– Non, je vous assure que non. Si Dieu a pris vos enfants – paix à leur âme – vous n'avez qu'à prier. Mon fils m'a été enlevé au nom d'une cause défendue par des charlatans, des bons à rien et des esprits détraqués, dont les beaux discours et les conceptions fantaisistes de la vérité ont mené mon garçon sur la voie de la perdition, en m'entraînant avec lui. J'ai perdu mon fils par la faute d'une imbécillité qui n'était pas son fait. Oh, sans doute s'est-il conduit comme un sot, la sottise d'un jeune homme crédule et plein d'enthousiasme. Cela n'a rien à voir avec la stupidité des meneurs de cette maudite guerre, qui se leurraient eux-mêmes avec leurs grands sentiments, ni avec la bêtise des canailles qui l'ont déclenchée. Que vos enfants soient détruits à dessein, avec la bénédiction et l'assentiment de quelqu'un, et vous pourrez venir me parler de sacrifice. Les instigateurs de cette guerre, et tous ceux qui ont laissé faire jusqu'à ce qu'il soit trop tard pour les arrêter, je refuse qu'ils entrent dans cette ère nouvelle sans payer le prix. Je désire plus que tout voir l'humiliation sur vos visages, la colère, la souffrance. Vous me devez cela, vous tous. Mon *fils*, si beau et si aimant, a été immolé sur l'autel de votre folie et de votre méchanceté. Je l'aimais, mais ce n'est pas pour cela que je veux commémorer ses actes, ni ceux d'aucun de ces garçons, pas plus que je ne fêterais un suicide. Je vous ai déjà offert un sacrifice, n'exigez pas davantage.

Sacrifice. Martha avait-elle été un sacrifice, ainsi que John Randal et Mary Elizabeth ? Je ne les considérais pas ainsi, pour moi ils étaient des enfants. Je me rappelais, à la fois unies et distinctes, les circonstances de chaque naissance : les boucles brunes et humides sur leur tête, et mes bras tendus alors que je demandais *Est-ce qu'elle va bien ?*, et lorsque John Randal était venu au monde : *Est-il vivant ?*

– Nous avons tous subi de si lourdes pertes ! Vous ne voyez donc pas que le saccage de ces tombes ne fera qu'aggraver le mal ?

– J'ai déjà arrêté ma décision, Mrs Mc Gavock. Je vous prierais de ne plus m'importuner.

Il se tourna alors vers John.

– Vous pouvez vous estimer heureux que je n'ai pas saisi l'ensemble de votre fichu domaine. Vous ne valez pas mieux que les autres, John McGavock, et vous finirez sans un sou en poche, sans personne pour perpétuer votre souvenir après votre mort.

Nous étions déjà sur la pelouse, au bas des marches du porche, lorsqu'il nous assena ces mots, et je me sentis obligée de réagir. Libérant mon bras de l'étreinte de John, je fis volte-face vers Baylor. A cet instant, je souhaitais de tout mon cœur que la foudre s'abatte sur sa maison et que les flammes la réduisent en cendres, et que jamais plus rien ne pousse en ce lieu, comme sur un sol imprégné de sel. Baylor abaissa son regard vers moi.

– La mémoire a donc tant d'importance ?

– Pardon ?

– La mémoire, le souvenir que l'on laisse après sa mort.

Il leva les yeux au ciel.

– Faut-il discuter l'évidence ?

– J'en déduis que la réponse est oui. Elle a bel et bien de l'importance.

– Je le crois.

– Que faire alors pour les morts qui reposent dans ce champ ? N'ont-ils pas besoin de quelque chose pour alimenter le souvenir ? Il est impossible de retourner la terre.

John m'appela, déjà installé dans la voiture. Appuyé contre un pilier du porche, Baylor m'observait comme si je risquais de me jeter sur lui. Mais je flottais au-dessus de tout, et seul m'ancrait à la terre le poids de toutes ces lettres. J'imagine combien je devais lui paraître étrange à ce moment-là. Je doute qu'il ait seulement saisi le sens de mes propos et de mes suggestions.

– Je vais replanter du maïs et des haricots. Vous avez déjà ma réponse.

– Non.

– Comment, non ?

Sans savoir exactement ce que je voulais dire, je sentais la nécessité de m'obstiner. Peu m'importait de me rendre ridicule.

– Non, vous ne labourerez pas le champ où sont enterrés ces hommes. Ces *garçons*. Ça ne se passera pas ainsi.

Baylor se mit à rire. Peut-être pensait-il que j'avais perdu la raison. Il épiait John du coin de l'œil, espérant, je suppose, qu'il avancerait la voiture et nous emporterait loin de lui, moi et ma folie. A sa place, si une femme telle que moi m'avait apostrophé depuis la pelouse, j'aurais quitté le porche pour me ruer à l'intérieur en verrouillant la porte derrière moi. Je me représentais telle que j'étais alors, aussi pâle qu'autrefois, lorsque j'exerçais ma volonté à passer la frontière qui séparait le monde des vivants du séjour inconnu vers lequel étaient allés mes enfants. J'étais probablement une vision terrifiante pour un homme de son âge, qui devait déjà méditer sur sa propre finitude. Se pouvait-il que la Faucheuse apparaisse sous les traits d'une femme ? Il était permis de le croire.

– C'est impossible.

– Je ne suis pas de cet avis.

– Pas pour ces hommes-là. Je ne me dérangerai pas pour eux. Ils ont fait leur choix, et ce choix les a fait tomber ici même, ils ne méritaient pas mieux. Je ne veux pas les aider.

– Je vous garantis que si.

– Je vous souhaite le bonjour, Mrs McGavock.

Il me tourna le dos et rentra dans la maison à pas lents. Avant de fermer la porte il me jeta un regard, et dans ces yeux ternis aux paupières fripées, je lus alors une expression de pitié. *Je pourrais tirer grand parti de cette pitié.*

Je lançai un dernier appel face à la porte close, puis je montai en voiture auprès de John.

– Je vous assure que vous le ferez, Mr Baylor.

– Qu'avez-vous fait, Carrie ? me demanda John dès que nous fûmes en route.

– L'avenir nous le dira.

Quelques jours plus tard, j'appris par Mariah, qui le tenait de Theopolis, que Zachariah Cashwell était de retour à Franklin. Elle m'en informa en passant, d'un ton détaché, comme si elle venait juste d'y penser, au moment où je me retirais dans ma chambre pour rédiger mes innombrables lettres.

– De retour à Franklin, répétais-je d'un ton aussi posé que possible.

Mariah ne se laissa pas abuser. Les battements de mon cœur cognaient dans ma gorge.

Elle me raconta alors qu'il avait trouvé un emploi sur un site de fouilles archéologiques de l'Union, au sud de la ville. Tout en montant m'installer pour écrire la prochaine lettre, je me demandais s'il me rendrait visite. Ou plutôt, quand moi j'irais le voir.

Chère Mrs Lloyd Pritchard,

Je n'ai pas gardé souvenir de votre fils. Il est fort possible que je ne l'aie jamais rencontré, et qu'il n'ait pas séjourné à Carnton. En vérité, il est très probable qu'il soit mort au champ d'honneur et qu'il repose en ce lieu aujourd'hui. J'ignore actuellement où il se trouve, mais j'ai bien l'intention de le découvrir. Pour lui et pour tous les autres. Vous recevrez prochainement de mes nouvelles.

Zachariah. C'était lui le premier, et peut-être le seul à m'avoir montré pour de bon que certains en ce monde étaient capables de soutenir le chaos et la violence et, parfois, de restaurer l'ordre.

Seigneur, il y avait tant de choses dont il pouvait être l'augure, vision envoyée par Dieu pour me révéler ce que je ne savais deviner. A moins que l'homme de chair et de sang dont le souvenir me hantait n'eût simplement décidé de revenir vers moi.

46

CARNTON

Sitôt qu'elle les vit exhumer les morts, Mariah décida qu'elle reviendrait. Les jours où elle partait ramasser des racines et des herbes, elle venait se poster à l'ombre des arbres, à proximité des tumulus, assez proche pour entendre résonner les pioches contre la terre et le roc, mais trop éloignée pour saisir ce que disaient les hommes.

Au bout d'une semaine, elle eut envie de connaître celui qui tirait ces gens de leurs tombes, l'homme coiffé d'un chapeau trop grand. Elle voulait en apprendre davantage à propos des ossements. *J'pourrais leur apporter à manger. Ça doit pouvoir se faire.* Les affaires des Blancs ne l'intéressaient pas beaucoup, en principe, mais la fin de la guerre et le début d'une nouvelle vie avaient apporté un changement. *J'ai pris cet' même manie qu'il a Theopolis. La liberté. J'aurais dû me rester à la cuisine. Qu'est-ce que je lui veux, à ce monde-là ?*

Le lendemain, elle apporta des biscuits aux hommes qui déterraient les ossements indiens, et offrit du café en grains à leur chef chapeauté de noir – un professeur d'université yankee, à ce qu'on lui raconta. Assise à l'ombre d'un caroubier, elle les regarda travailler.

Y sont pareils comme des termites, des fourmis blanches. Enfant, elle avait passé des heures à débusquer les termitières pour pouvoir les mettre au jour et observer la vaine débandade de ces minuscules créatures blanches. Elles s'enfonçaient dans les profondeurs de leurs galeries et remontaient chargées de broutilles, afin d'entreprendre la tâche impossible de tout rebâtir. Finalement, Mariah brisait le nid pour en atteindre le centre, et la reine énorme et grasse que son sac rempli d'œufs rendait semblable à un gros ver de terre à tête de termite. Ses enfants se liguaient pour la défendre, attaquant Mariah qui plongeait la main dans la chambre royale. Lorsqu'elle la retirait, quelques bestioles s'accrochaient encore à ses doigts avec leurs mandibules. Elle les balayait du revers de la main, sachant qu'elles allaient bientôt mourir, que toutes allaient mourir dès qu'elle aurait pris leur mère.

La mère de Mariah connaissait un usage pour les reines des termites : elle les faisait sécher, les réduisait en poudre et fabriquait des potions. Mariah ne savait pas à quoi elles servaient, sa mère disait qu'elle était trop jeune pour apprendre ces choses. Elle avait pourtant remarqué que c'étaient les hommes des autres cases qui convoitaient ces breuvages, même si elle était trop petite pour en comprendre la raison. *C'est un charme très ancien, plus ancien que le peuple noir*, lui avait expliqué sa mère.

Le professeur vint à sa rencontre, la dévisageant sous son chapeau à larges bords. Quand il se décoiffa, elle put constater à quel point son crâne était blanc. Il ne sortait que rarement et ne se serait pas hasardé à provoquer le soleil.

– Merci pour le café, Mariah. Tu es bien bonne pour mes hommes et pour moi-même.

– C'est Mrs McGavock qui voulait vous bailler tout ça, Mr Stiles.

C'était un mensonge, mais il lui était dicté par le souci des convenances.

– Dans ce cas remercie ta maîtresse. Mais tu n'es pas obligée d'apporter quelque chose lorsque tu viens nous voir. Je me suis aperçu que tu t'intéressais à notre travail. C'est avec plaisir que je t'invite à venir y assister. Nous aurons bientôt terminé, si tu souhaites une visite, dépêche-toi de la réclamer. Nous irons bientôt nous installer plus au nord, sur les tertres des berges de la rivière.

Son regard plein d'attente embarrassait Mariah. Elle hocha la tête et se leva.

Lorsque Zachariah Caswell apparut, quelques jours plus tard, elle le reconnut aussitôt. Lui aussi la reconnut, mais ils n'échangèrent pas une parole. Cashwell ne lui dit rien et, de son côté, Mariah ne se serait pas avisée de saluer un Blanc la première. Elle regretta qu'il ne lui parle pas. Ils semblaient tous les deux avoir échoué à Franklin, tels des épaves de bois ou des bouquets d'algues déposés là par quelque formidable raz-de-marée. Une nouvelle vague avait déferlé, puis une autre, dispersant le bois et les algues, chacun emporté par la mer dans des directions opposées, mais toujours visibles l'un pour l'autre. Tandis qu'elle le regardait se déplacer autour du camp, charriant des ossements, des outils et divers objets, son importance finit par décroître à ses yeux, évincée par l'énigme éclatante des pièces qu'il transportait.

C'est pourquoi elle fut surprise d'entendre Carrie lui demander au moment du petit déjeuner si elle apporterait leur repas aux ouvriers des fouilles, le lendemain midi. Elle s'étonna que Carrie s'en préoccupe, jusqu'à ce qu'elle se souvienne que Zachariah Cashwell était là.

47

CARRIE MCGAVOCK

Mariah me conduisit à travers bois sur le site des fouilles. J'avais refusé que nous empruntions la grand-route comme elle le proposait, car j'avais maintes raisons de dissimuler ma visite. Lui ayant suggéré de prendre son chemin habituel, je me frayai à sa suite un passage parmi les broussailles, enjambant des cours d'eau qui regorgeaient de poissons, contrairement à ce que prétendaient Eli et Winder.

Je pus bientôt observer depuis l'orée du bois le chantier grouillant d'hommes à la peau brunie et couverte de sueur, torse nu, leur charge hissée sur les épaules ou poussée dans une brouette. Leur manière de travailler sans recevoir d'ordres évoquait l'activité d'une fourmilière. Ils se hélaient de temps à autre, mais il régnait sinon un silence exceptionnel. Je l'attribuai à une espèce de recueillement de leur part, même s'ils avaient affaire aux dépouilles d'un peuple étranger et disparu depuis des siècles. Le respect ne venait pas spontanément à ces hommes-là, mais je crois qu'il s'agit d'une réaction naturelle en présence d'une tombe, aussi dur et insensible que l'on puisse être. La mort a raison de nous tous, c'est là une vérité qui nous rassemble et éveille en nous un effroi presque sacré.

Au moment de pénétrer dans le camp avec la vague idée d'aller trouver Zachariah et de résoudre par la même occasion mon problème, je retournai dans les bois et me cachai derrière un roncier.

– Vous faites quoi, Miss Carrie ?

– Je ne sais pas exactement ce qui m'amène ici.

– J'me posais la question moi aussi.

L'odeur des biscuits dans notre panier me chatouilla les narines, et la crainte qu'ils ne refroidissent me décida à me jeter à l'eau, sans intention bien définie pour la suite. Il suffit parfois d'un tout petit détail pour que les choses se mettent en mouvement.

Naturellement, deux femmes déambulant sur un chantier ne pouvaient que provoquer une certaine agitation, si bien que le responsable des fouilles, un petit homme chauve à l'allure majestueuse, ne tarda pas à sortir de sa tente. L'individu qui le suivait, un bandeau sur l'œil et deux pistolets dans les poches de son manteau, je le reconnus comme un des blessés de Carnton. Et derrière venait Zachariah.

Tout d'abord il eut l'air déconcerté, comme si j'étais la dernière personne qu'il s'attendait à rencontrer. Il se déplaçait sans peine avec sa jambe de bois, chaussé d'une botte neuve qui portait les fioritures caractéristiques du travail de Theopolis. Sa silhouette s'était étoffée, on voyait se dessiner nettement les muscles de ses larges épaules. Ces dernières années, il n'était pas resté sans rien faire. Il portait une salopette et une chemise blanche, boutonnée sur le devant, dont il semblait extrêmement fier. Elle était immaculée, comme toute sa personne. Et tout, dans ce premier regard que je portai sur lui depuis son départ de Carnton, fut d'une pureté absolue, parfaite et inaltérable, une image qui s'imprima dans ma mémoire comme la marque d'un brandon.

Il me sourit, enfonçant les mains dans ses poches, et s'avança à ma rencontre. Mariah me débarrassa du panier pour le remettre au chef, qui appela quelques-uns de ses hommes. Celui qui portait un bandeau sur l'œil faucha deux biscuits avec des gestes d'enfant et s'esquiva prestement sous la tente sans se faire repérer.

A présent que Zachariah se tenait tout près de moi, je devais lutter de toutes mes forces pour ne pas agripper le col de sa chemise et l'attirer contre moi. Il avait toujours ces yeux clairs et vifs, à l'expression si animée qu'elle semblait un brin moqueuse.

– Je comptais passer par chez vous un de ces jours, mais j'avais de quoi faire, ici, et puis j'avais rien de correct à me mettre.

– Vous êtes très bien ainsi, Zachariah.

– Et moi je vous trouve encore plus belle qu'avant.

Je détournai les regard en rougissant. Il ne s'agissait là ni d'un accident ni d'une coïncidence : Zachariah était revenu à dessein dans la région, je le comprenais à sa manière de me contempler. Même si j'ignorais ce qu'il voulait de moi, je sus d'un seul coup tout ce que je désirais savoir depuis le jour où il m'avait quittée, encadré par ces officiers de l'Union : Zachariah était vivant, il ne m'oublierait jamais, et ni le temps ni la distance ne pourraient nous séparer. Aucune cérémonie officielle ne sanctifierait notre lien, mais il n'en était pas moins solide. Je me rappelais nos façons de nous parler, directes et sans ambages.

– Pourquoi êtes-vous revenu, Zachariah ?

– Je cherchais du travail.

– Mais pourquoi *ici* ? Près de nous, près de moi ?

Il se balançait d'un pied sur l'autre, ne sachant que répondre. En regardant ses yeux, je devinai que son cerveau passait en revue diverses possibilités, des explications préparées à l'avance, peut-être, des mots qu'il voulait me dire depuis longtemps, et qu'aucune ne le satisfaisait.

– Ça s'est trouvé comme ça, fit-il simplement en secouant la tête.

– Les choses n'arrivent jamais comme ça.

Il se mit à rire, plus détendu. Il savait maintenant répondre à ma question.

– Mais si, Carrie, les choses arrivent comme ça. Vous avez pas retenu beaucoup de leçons, à ce qu'on dirait.

Je joignis les mains derrière mon dos pour dissimuler leur tremblement. Lorsque je parlais à Zachariah, j'avais le sentiment de m'adresser à une autre partie de moi-même, une partie de moi restée longtemps absente avant un fugace retour, et disparue à nouveau pendant des années. Je la perdrais encore quand il repartirait, et j'espérais que cela ne se produirait pas avant très longtemps. J'imaginais qu'il s'installerait à Franklin et y trouverait un métier, et qu'il vivrait en ville, toujours près de moi. Je compris aussitôt que ce n'était pas bien de penser à cela. Les larmes me montèrent aux yeux, de petites larmes que le soleil eut tôt fait de sécher. Zachariah me posa une main sur l'épaule.

– Il existe personne d'autre comme vous, Carrie. Les gens comme vous, de votre rang, j'en ai pas connu un qui m'ait traité de cette manière. Avec respect, comme si ce que je disais valait quelque chose, et que j'étais digne d'être reçu sous votre toit. Même ma propre famille, elle m'aurait pas soutenu autant que vous l'avez fait. J'ai jamais rencontré personne qui vous ressemble. Et ce sentiment, il s'oublie pas comme ça. On a peu de chances de le connaître à nouveau, et pourtant on peut pas s'empêcher de croire que c'est possible.

– Quoi donc, Zachariah ? Quel est ce sentiment ?

– J'en sais rien. Ça m'était jamais arrivé.

A moi non plus, ça ne m'était jamais arrivé.

Nous sommes restés là, debout dans la chaleur, à écouter le bourdonnement des insectes sous les feuilles et les hommes qui devisaient à voix basse en mangeant les biscuits de Mariah. Attachés l'un à l'autre par quelque chose d'invraisemblable, à la fois merveilleux et fugitif, nous avions plaisir à rester ensemble aussi longtemps que possible. Embrassant le camp du regard, j'observai les hommes en me demandant s'ils pourraient vraiment m'être utiles. Je savais que l'un d'eux accéderait à ma requête, mais cela ne suffirait pas.

– Je suis venue demander de l'aide. La vôtre, et celle de ces hommes.

Devant le mouvement de recul de Zachariah, je me sentis horrifiée à l'idée qu'il puisse croire que c'était la raison qui m'amenait vers lui – l'intention d'obtenir quelque chose de lui. Mais son visage n'exprimait qu'une perplexité légèrement amusée.

– Honnêtement, qu'est-ce qu'on pourrait faire pour vous ? On est pas des ouvriers de ferme, surtout pas moi.

– Je cherche des hommes capables de faire des fouilles, et de travailler avec précaution.

– Ça, pour les fouilles on s'y connaît. Qu'est-ce que vous voulez déterrer ?

– Il faut que je vous montre.

Notre confrontation avec Baylor n'apporta aucun changement immédiat. Les morts restèrent ensevelis, les habitants de la ville récriminèrent contre Baylor et son projet, et quelques hommes parmi eux, anciens compagnons d'armes des soldats qui gisaient sous terre à moins d'un mile de là, jurèrent de se venger à l'instant où la charrue de Baylor pénétrerait dans le sol. Néanmoins, il ne suffit pas de crier au scandale pour trouver une solution. Il était vain d'envisager le rachat de la parcelle, car nul ne possédait la somme suffisante pour tourner la tête de Baylor et amollir son cœur. Un de nos fermiers, que Dieu le bénisse, proposa d'échanger son propre champ contre celui qui abritait le cimetière, mais Baylor déclina l'offre avec mépris.

Deux idées me vinrent alors sans prévenir – épiphanies ou interventions divines –, me révélant ce qu'il convenait de faire. La première s'imposa à moi alors que nous rentrions de chez les Baylor, et que John me racontait ce qu'il avait vu du champ de bataille lorsqu'il errait dans les rues de Franklin. La scène m'apparut alors dans toute son horreur. Une ténèbre envahit mon esprit tandis que les mots de John s'insinuaient en moi sans que j'y prenne garde. A cet instant précis, le champ de bataille et les rues se montrèrent à moi avec la puissance d'une hallucination.

La deuxième épiphanie fut beaucoup plus simple ; je ne fis que me remémorer l'expression de Mariah à propos des morts enterrés dans le champ : *Y sont tous seuls. J'en vois bien beaucoup.* J'avais si souvent pensé la même chose quand je me balançais dans mon fauteuil, enfermée dans la petite pièce au-dessus du vestibule, en me disant que mes enfants m'avaient abandonnée. Agenouillée dans une prière rageuse, j'avais prononcé ces mots qui valaient pour un constat et une accusation. Pourtant je savais aujourd'hui que je n'étais pas seule. Cette vérité ne m'avait pas frappée en un éclair, aucun ange n'était descendu du ciel pour me l'annoncer. J'avais seulement continué à vivre, et la vie m'avait enseigné qu'il existait en ce monde des choses inconnues de moi : un sergent amputé qui m'écoutait discourir comme si j'étais la créature la plus exotique de l'univers, un garçon à l'agonie sur le parquet de ma maison, dont le seul souci était de faire parvenir une lettre à sa mère, un époux prêt à tout pour me contenter, quitte à fâcher son créancier, et une multitude de choses que j'avais apprises simplement en vivant et en ouvrant les yeux, assise dans mon fauteuil.

Non, je n'étais pas seule. Les vivants et les morts me tenaient compagnie. Il en avait toujours été ainsi, mais je me sentis soulagée d'en acquérir la certitude. Je faisais partie de ces rares personnes qui habitent l'espace gris et brumeux entre vie et mort. Si je ne voyais pas les défunts, comme Mariah affirmait les voir, j'étais cependant capable de sentir leur présence. Et je sus alors qu'il serait impossible de les sauver dans ce champ de Baylor, qu'ils ne trouveraient jamais le repos tant que je ne les placerais pas sous ma protection, et que cette paix serait également refusée aux vivants. Ces hommes étaient les chaînes qui les entravaient, les absents dont la disparition les empêchait de partir, de peur qu'ils ne reviennent à l'improviste et ne les trouvent plus. Ils les ramenaient inlassablement vers la guerre, vers le champ de bataille, les poussant à répéter ses rituels et ses escarmouches jusqu'à ce que la mort ait emporté le dernier d'entre eux. Baylor ne pouvait pas assouvir sa vengeance en profanant aveuglément leurs tombes, je ne le permettrais pas. La perte d'un fils adoré avait brisé son cœur, mais il avait laissé sa peine faire de lui un monstre. Lui aussi je l'arracherais à ce destin.

Lorsque j'eus pris conscience de tout cela, je gagnai l'emplacement de notre ancien bosquet – le bois de cèdres, de chênes, de noyers et de tulipiers centenaires que l'Union avait rasés des années plus tôt. Au centre se dressaient les tombes de mes enfants, et une lumière semblait émaner d'elles. Mon regard se porta d'abord sur les noms gravés dans la pierre, puis je me tournai vers la gauche, où le terrain descendait en pente douce. Il nous suffirait d'ériger une clôture au-delà de la grille en fer forgé qui entourait mes enfants et nos ancêtres, et ce petit carré de terre consacrée pourrait s'intégrer à un espace beaucoup plus vaste.

Il faut qu'ils viennent à Carnton. Ici ils seront à l'abri. Je porterai leur deuil s'il n'y a personne pour le faire.

C'était là une idée toute simple, mais elle me coupait le souffle. Saurais-je faire venir à moi tous ces morts sans perdre encore l'esprit, sans sombrer vers les tréfonds du marécage ? Oui, j'en serais capable. Aussi longtemps que je vivrais, ils ne seraient pas abandonnés à la solitude.

Je convins avec Zachariah qu'il se rendrait chez nous après sa journée de travail, pour que nous parcourions ensemble le champ de bataille et que je l'instruise de mon différend avec Baylor. Peut-être trouverait-il la solution. J'avais appris à ne pas douter de ses ressources. John avait tenté son possible, mais il me semblait que Zachariah découvrirait je ne sais trop quel moyen d'atteindre Baylor, auquel nous n'avions pas songé. Après tout, son compagnon m'avait tout l'air d'un tueur à gages.

Voilà du moins en quoi consistait mon projet.

Si j'avais prêté plus d'attention à un certain garçon au bord de l'âge d'homme, les choses se seraient peut-être déroulées ainsi.

48

FRANKLIN

Eli se tenait au courant de tout ce qui se passait à Carnton, si bien que lorsque John et Carrie décidèrent d'aller voir Mr Baylor à propos du champ de bataille, il était déjà à mi-course avant que le cabriolet ne soit attelé. Sachant qu'ils n'accepteraient jamais de l'emmener avec eux, il ne prit même pas la peine de poser la question. Il n'en parla pas non plus à Winder, qui le suivait pourtant comme un fidèle petit chien.

Cela faisait des mois qu'Eli surveillait Baylor et ses proches, s'ingéniant à reconstruire l'histoire de cet homme et de ses rejetons grâce aux bribes de conversations surprises derrière une fenêtre ouverte, ou en observant qui se rendait chez lui et qui, à l'inverse, traversait la rue pour éviter de le croiser. Il l'avait même suivi sur la tombe de son fils Will, dans un coin agréable d'un cimetière public, et l'avait regardé répandre des pleurs dans l'herbe, devant la stèle qui indiquait simplement : « Will Baylor, 1840-1864 ». Eli avait beau savoir qu'il aurait dû s'émouvoir, ce chagrin que Baylor semblait dissimuler aux yeux de tous ne fit qu'accentuer son mépris. *Qui verse des larmes sur la tombe de ma sœur ? Ils sont tous morts, et pourtant vous continuez à mener votre vie en cachant à tout le monde que vous aimiez votre fils, juste parce que c'était un rebelle et que vous en avez après eux. Et ma sœur, alors, vous en penseriez quoi ? Sa mort vous aurait même pas tiré une larme.*

La haine qu'il vouait au vieil homme n'était jamais aussi féroce que lorsqu'il se montrait sous son jour le plus vulnérable et le plus pathétique.

Eli avait sa cachette attitrée derrière le vieux fumoir, qui gardait les traces de centaines de balles. Epiant les conversations des Baylor, il patientait en comptant les trous et perdait toujours le fil juste avant la fin parce que quelqu'un se mettait à crier ou sortait de la maison.

C'est comme ça qu'il surprit la fin de la discussion entre les McGavock et Baylor, et entendit ce que ce vieux démon rabougri disait aux deux seules personnes qui l'avaient secouru quand il s'était trouvé seul au monde. Comment osait-on s'adresser sur ce ton à Mrs McGavock ? Il ne le tolérerait pas. C'était cette femme qui s'était rendue dans leur bicoque pour sauver sa sœur, morte en mettant au monde un nouveau descendant des Baylor. Elle et Mariah leur étaient venues en aide et leur avaient témoigné de la bonté, elles qui n'étaient même pas leurs parentes. Et voilà que ce Baylor, l'homme qui cachait son chagrin, traitait les McGavock comme des moins que rien, ou pire, comme si Miss Carrie était folle à lier, sous prétexte qu'ils se souciaient de tous ces soldats morts. Peu importait en réalité à Eli la teneur de leur conversation : ce fut le dédain affiché par cet homme à l'encontre de ceux qu'il aimait, un dédain qu'il constatait pour la première fois de ses propres yeux, qui affermit sa détermination. Il ne supporterait pas que quiconque parle de cette façon à Mrs McGavock, et surtout pas Baylor.

Sa haine et son obsession étaient comme la poudre qui menace de s'enflammer, mais il fallut une offense faite aux vivants, à des êtres qu'il pouvait défendre avant qu'il ne soit trop tard, pour allumer l'étincelle. Il devait toutefois attendre le moment opportun, son plan ne pouvait pas être exécuté sur-le-champ. Il tenait à ce qu'il réussisse. Résolu à le réaliser de nuit, Eli dressa dans sa tête la liste des choses indispensables. Peut-être n'y en avait-il qu'une de vraiment nécessaire, et il savait déjà où se la procurer, pourvu que les McGavock et Mariah s'absentent de la maison. Le jour où Carrie et Mariah allèrent voir les tombes indiennes pendant que Mr McGavock se rendait sur un de ses champs en friche, Eli profita de l'occasion.

Même s'il n'aurait pas dû, il savait où John McGavock rangeait ses deux petits pistolets de duel, sur une étagère en haut de son armoire, derrière les bretelles et les manchettes. Ces armes rouillées avaient piètre allure, inutilisées depuis des années. Elles n'avaient servi que trois fois ces temps derniers, et c'était Eli qui avait tiré. Il s'agissait là d'un de ses plus précieux secrets, au même titre que l'histoire de sa sœur et de son amant. Ces secrets-là, il ne les confiait à personne.

A trois reprises, Eli avait nettoyé le canon, la chambre et le chien d'un des deux pistolets, juste assez pour qu'ils fonctionnent correctement sans que personne ne puisse s'en douter. Ensuite il emportait l'arme au plus profond des bois, chargée d'une unique balle, et faisait mouche dans la souche d'un cèdre à dix pieds de distance. Il n'aimait pas ce pistolet, le manier ne lui procurait aucun plaisir. Il jugeait simplement qu'il devait apprendre à s'en servir.

Ce jour-là, il alla chercher l'arme dans l'armoire et la fourra au fond d'une de ses poches, glissant dans l'autre les cinq balles restantes. Il attendrait d'être en chemin pour le charger.

Eli avait décidé qu'il agirait ce soir-là. Il ne disposait que d'une soirée, ignorant à quelle fréquence Mr McGavock vérifiait la présence de ses pistolets, et sachant qu'il ne pourrait se résoudre à mentir si on l'interrogeait sur leur disparition. Aussi devait-il agir avant qu'ils aient l'occasion de le questionner. Il attendit que la nuit soit tombée. Mrs McGavock, qui devait recevoir un invité, était trop absorbée pour remarquer qu'il se glissait hors de la maison.

Winder, en revanche, ne manqua pas de s'en aviser. Il connaissait d'ailleurs toute l'histoire, car Eli sous-estimait sa débrouillardise. Depuis des années, il surveillait celui-ci d'aussi près que le garçon espionnait Baylor. Winder savait qu'il suivait cet homme partout, et il l'avait entendu marmonner dans son sommeil au sujet de sa sœur, d'un homme et des anges. Il savait aussi qu'il s'entraînait à tirer dans les bois avec un des pistolets de son père. Winder était loin d'être un niais, bien qu'il fût plus avantageux de laisser Eli se figurer le contraire : il avait moins de mal à le suivre sans se faire attraper.

Ce soir-là, quand il vit Eli s'emparer du pistolet et s'éloigner précipitamment de la maison, Winder crut deviner où il se rendait. Si

Eli agissait bien ou mal, il n'aurait su le dire, mais il estimait que cette décision n'appartenait qu'à lui. Eli avait toute sa confiance et il se refusait à rompre le serment de loyauté qui l'attachait à lui, même si son ami n'en soupçonnait pas l'existence. Winder retourna dans sa chambre et sortit sa collection de sauterelles, qu'il recompta encore et encore. Après une demi-heure de débat intérieur, il finit toutefois par aller trouver Carrie pour l'informer de ce qui se passait. Zachariah Cashwell, cet homme à la jambe coupée qui avait habité quelque temps chez eux, venait tout juste d'arriver. *Ça c'est curieux*, songea Winder.

Sa mère poussa les hauts cris lorsqu'il lui conta son histoire, et son père accourut aussitôt. Les trois adultes se concertèrent rapidement dans le vestibule, puis l'homme à la jambe de bois se hissa péniblement en selle et se dirigea vers la ville à bride abattue. Le père de Winder partit juste après lui, suivi de sa mère, qu'il n'avait jamais vue monter à cheval. *Eli est déjà là-bas, vous ne le rattraperez jamais.*

Le trajet était long entre les bois et le porche de la maison de Baylor. Eli n'avait pas eu à crier bien longtemps pour faire sortir le vieil homme et l'attirer près de lui, au bas des marches. Sans l'ombre d'une hésitation, il avait levé son précieux pistolet avant d'ouvrir le feu.

Eli avait visé sans intention de tuer Baylor, et la balle se logea dans la jambe gauche. Lorsqu'il s'écroula lourdement, Eli crut entendre le craquement de l'os fracturé. Baylor se contorsionnait en hurlant, essayant de parer la chute.

Il ne connaissait pas Eli, son visage ne lui rappela rien, et le garçon s'en réjouit. Baylor n'avait pas su non plus le nom de sa sœur.

Parce qu'il voulait regarder le vieillard dans les yeux avant de l'abattre, Eli contourna prudemment la forme affalée par terre, se maintenant hors de sa portée. Il contempla la flaque rouge qui se formait au sol, puis le sang ruissela abondamment le long de la pente qui descendait vers la grand-route. Eli était pressé d'en finir, d'ici une minute la détonation de son arme aurait alerté quelqu'un. Il ne se serait pas cru capable de tuer un homme. *Ça doit dépendre de qui il s'agit.* Dans le cas de Baylor il était convaincu d'y parvenir, et il avait bien l'intention de le faire. Campé devant le visage du vieil homme, il s'aperçut que ses yeux le regardaient sans le voir, implorant quelque chose au-delà de lui, quelque chose de plus important. Eli le prit comme un affront. Lui il apportait la mort, et cet homme l'ignorait comme s'il n'avait pas été là. Il leva de nouveau son arme.

Lorsque les autres arrivèrent sur les lieux, Eli avait déjà tiré sur Baylor, et il pointait son pistolet vers sa tête. Que pouvaient-ils faire ? John et Zachariah lui crièrent de baisser son arme, et il se contenta de les repousser d'un geste. Zachariah tenait un de ses colts et John son fusil de chasse, mais ils n'allaient certainement pas tirer sur ce garçon. Malgré les armes dirigées vers lui, le regard d'Eli montrait clairement qu'il ne se laisserait pas dissuader, même s'il devait y perdre la vie. Et d'ailleurs, pour quelle raison l'auraient-ils abattu ? Pour sauver Baylor ? Ils finirent par détourner leurs armes, se demandant ce qui allait se produire.

Carrie regarda le garçon viser le vieil homme, puis elle regarda le vieillard ensanglanté qui gisait à terre, refusant de demander grâce, s'obstinant à traiter Eli comme le dernier des gueux. Elle eut l'impulsion de crier, mais aucun mot ne lui vint à l'esprit, et brusquement la peur s'empara d'elle, chassée bientôt par la colère. A qui en voulait-elle ? A Eli, à Baylor, à elle-même ? Elle n'aurait su le dire, pourtant elle accueillait ce sentiment avec joie. *Bien*, se dit-elle, épouvantée aussitôt par cette pensée. *Bien, bien, bien.* Cela ne correspondait pas à son plan, mais tant pis. Carrie aurait donné n'importe quoi pour retrouver le refuge bien clos des petites chambres de Carnton, pour fuir les complexités des villes et des hommes. Que faisait donc la famille de Baylor ? Elle se souvint alors qu'il ne vivait qu'avec son épouse et une de leurs filles, qui devaient se cacher en espérant qu'ils interviendraient. A leur place elle aurait fait la même chose.

Le jeune garçon se rapprocha du visage de l'homme et l'examina un moment. Carrie sentait qu'elle devait dire quelque chose, tenter d'arrêter tout cela, mais les mots refusaient de franchir ses lèvres. Ce n'étaient même pas des mots, d'ailleurs, à peine des sons inarticulés et des pensées confuses qui se bousculaient dans sa tête.

Elle entendit alors ce que disait le garçon, aussi distinctement que si elle s'était tenue près de lui dans la clarté du croissant de lune.

Eli s'était mis à hurler, et c'était de Cotton qu'il parlait. Il connaissait son vrai nom, disait-il, mais il continuerait à l'appeler Cotton. Il raconta à Baylor comment son fils avait fait sa cour à Becky en secret, parce que le vieil homme ne l'aurait jamais toléré, et comment Cotton avait péri dans la bataille sur ses propres terres, laissant Becky enceinte de son enfant. Rien ne le faisait tant enrager que tout ce mystère autour d'eux. Jamais Becky n'avait révélé l'identité de Cotton, pas même à l'heure de sa mort.

Carrie s'aperçut que si le vieillard avait perdu du sang, il n'en retrouvait pas moins une certaine pugnacité. Appuyé sur les coudes, il se renversa en arrière, le visage levé, et la douleur qui lui faisait serrer les dents ne l'empêcha pas d'écouter attentivement le garçon.

– Je vais mourir, mon petit. Je suis bien navré pour ta sœur, mais tu n'es pas censé venir chez moi avec un pistolet, et tu finiras pendu.

– Je suis pas votre petit, et je pendrai jamais au bout d'une corde.

– J'ai besoin d'un médecin.

Eli ignora sa requête, et Carrie se demanda alors si Dieu la destinait à lancer son cheval en avant pour aller sauver la vie du vieil homme. Elle attendait une espèce de signe.

– Ma sœur a pas prononcé une seule fois le vrai nom de votre fils, pas une fois, Mr Baylor.

– En quoi suis-je concerné ?

– J'ai réfléchi, depuis, que j'aurais pu la sauver, si seulement j'avais su qui était ce Cotton. Ce surnom, je savais que ça venait de son argent, et je pensais aussi qu'il habitait la ville. Mais je savais pas quel enfant de salaud avait des devoirs envers notre famille. Il fallait trouver un docteur, un endroit où se reposer, des remèdes. Je savais pas lequel d'entre vous devait quelque chose à ma sœur, et c'est pour ça qu'elle est morte. J'ai eu tort de pas aller plus tôt chez Mrs McGavock, mais à l'époque je savais pas comment elle nous jugeait, ni elle ni les autres.

Carrie eut un sursaut de honte. Baylor ouvrit la bouche pour parler, mais Eli ne lui en laissa pas le temps.

– Tout ce que je sais c'est que ma sœur est morte, et son bébé aussi, juste parce que vous faisiez peur à tout le monde, ils avaient peur de ce que vous pouviez penser d'eux, de ce qu'ils faisaient. Maintenant je suis tout seul, j'ai plus personne ; et c'est votre faute à vous. Je suis seul au monde, et c'est à cause de vous. Si je suis venu, c'est que j'ai pensé pendant des années que si un jour je vous mettais la main dessus, je vous montrerais que je crains pas de vous fâcher ni de vous tuer.

– Petit...

– Et maintenant je vais vous tuer.

Je suis seul au monde. Une fois de plus, Dieu adressait un signe à Carrie.

– Eli, ne fais pas ça.

Eli sursauta en s'écartant légèrement de Baylor, comme si celui-ci, doté d'une seconde voix féminine, pouvait décider d'en user pour s'adresser à lui.

Le cheval de Carrie, comprenant ce qu'on attendait de lui, se mit à avancer au pas.

– Ne tire pas sur cet homme, Eli.

Eli lui jeta un regard étrange, comme possédé. Il se redressa et la regarda droit dans les yeux.

– Si, je vais le tuer. J'ai mes raisons.

Carrie mit pied à terre pour s'approcher de lui, et le fixa si intensément du regard qu'il ne put s'empêcher de détourner les yeux.

– Ecarte-toi, Eli. J'ai un compte à régler avec cet homme. Baisse ton arme.

Eli lui obéit. Elle sentait en elle une rage déchaînée, inflexible. Eli n'oserait jamais s'opposer à elle, elle le savait, même s'il était décidé à tuer cet homme une minute plus tôt.

Carrie se campa devant Baylor, qui la remercia d'être intervenue. Sans un mot, elle ramassa par terre un petit caillou pointu dont elle se servit pour faire un trou dans le bas de sa jupe, avant de déchirer une large bande de coton. Un pansement.

Elle examina la blessure avec un regard d'expert. Le métal avait pénétré dans la partie charnue de la jambe, laissant un accroc irrégulier dans l'étoffe du pantalon. A l'aide du caillou elle perça le tissu à hauteur de la plaie, et l'arracha comme elle avait arraché un morceau de sa jupe. Aux endroits que ne couvraient pas les abondantes coulées de sang, la jambe sillonnée de veines bleues était d'une blancheur spectrale. *Il risque de mourir,* se dit-elle. Elle commanda à Eli de lui apporter un bâton large et court, qu'elle utilisa pour faire garrot sur la blessure sanglante.

– Mr Baylor, vous perdrez cette jambe si l'on n'appelle pas immédiatement un médecin.

Elle se releva en toisant le vieil homme étendu à ses pieds, dont le corps semblait se ratatiner sous ses yeux. Un vieillard qui s'accrochait à la vie, mû par le même instinct primitif que ses semblables. Il grattait le sol en grimaçant de douleur, ses cheveux pleins de terre. Un rouge d'argile maculait la moitié de son visage. Et malgré tout cela cet homme n'avait pas changé, ce qu'il était auparavant s'affirmait peut-être même avec davantage de force.

– Faites arrêter ce garçon, réclama-t-il d'une voix rauque.

– Certainement pas. Ce ne sont pas mes affaires.

– Alors c'est moi qui m'en chargerai.

Baylor voulut se remettre debout, mais il ne résista que quelques secondes avant de s'affaler pesamment, la respiration haletante.

– Mr Baylor, je veux exhumer les morts de votre champ et leur offrir sur nos terres une sépulture décente.

Il leva vers elle un regard affolé.

– Vous osez me parler de ce champ quand je suis à l'article de la mort ? Vous n'avez vraiment aucun scrupule. Vous envoyez ce garçon pour m'attaquer, je suppose qu'il ne sait même pas ce qu'il fait…

– Ça risque pas, coupa Eli.

– … dans le seul but de déterrer ces ossements dans mon champ ? Et vous escomptez que j'accepte comme ça, que je cède devant votre forfait ? Vous me feriez abattre au nom de ces dépouilles ? Vous êtes folle.

– Vous n'avez pas écouté ce garçon. Il a contre vous ses propres griefs. L'avez-vous entendu, oui ou non ?

– Oui. (Puis, après un silence.) Oui, je l'ai entendu. Mais il n'est pas en mon pouvoir de ramener sa sœur, ni le bébé, ni mon fils. Il n'y en a aucun que je puisse faire revenir. Tout ce que l'on peut faire c'est continuer à avancer, et il n'est pas besoin pour cela de larmoyer sur ceux qui ont fini si sottement.

Il appela son épouse, mais personne ne lui répondit. A cet instant-là, ils étaient seuls au monde.

– Pour vous ces soldats morts ne sont que des imbéciles, c'est bien cela ?

– Allez chercher de l'aide, Mrs McGavock. Je vous en prie, ayez pitié.

– Les hommes enterrés dans votre champ ne sont guère différents de ce garçon. Seuls, condamnés à regarder la mort venir à eux et prendre aussi leurs proches. *Regardez-le donc !*

Même Eli sursauta en l'entendant.

– Vous le voyez ? Il est comme les garçons enterrés dans le champ. Des garçons par milliers, qui n'avaient pas d'autre choix que de *continuer à avancer*, comme vous dites, tout droit vers le feu de l'ennemi. Croyez-vous qu'ils aient marché vers la bataille de leur propre chef ? Qu'ils se soient dit en voyant votre champ : *Tiens, ce serait bien agréable de mourir ici* ? C'est à eux que vous en voulez ? Vraiment ?

Baylor avait repris appui sur ses coudes.

– J'ai appris certaines choses, Mr Baylor. Un homme dix fois plus brave que vous m'a enseigné que ce n'était pas à la mort, mais à la vie, qu'aspiraient alors ces soldats, tout comme ce garçon devant vous. Il y a là un paradoxe, mais c'est néanmoins la vérité. Et il m'a aussi révélé combien sont cruelles les stratégies des puissants, de ces individus à qui vous ressemblez tant. Je sais par lui qu'il n'existe pas de pire destin que d'avoir péri sur votre champ, et que cependant ils n'avaient pas le choix. *Qui les aurait aidés ?* Vous avez entendu ce garçon. De qui pouvaient-ils attendre du secours, eux qui n'avaient pas de solution alternative, pas d'issue ?

Carrie laissa passer un temps de silence.

– De personne. Et votre fils qui est tombé en même temps que tous ces hommes, que tous ces garçons, vous n'allez pas prétendre que vous le haïssez ? Cette bataille était absurde, je vous l'accorde. Je reconnais aussi la violence, la cruauté de cette guerre. Mais est-ce bien à eux que s'adresse votre haine ? Sont-ils vos véritables adversaires ?

Un silence.

– Non, pas plus que ce garçon. Pas plus que votre propre fils. *Votre fils !*

Carrie savait que le temps lui était compté. Les paupières de Baylor ne cessaient de papilloter, son regard se rallumait brièvement avant de se ternir de nouveau.

– A présent nous partons. Je vous ai exposé ce que j'attendais de vous, mais je ne l'obtiendrai pas sous la menace. Et ce garçon non plus. Je vais vous envoyer du secours, et pour le reste, j'ai dit tout ce que j'avais à dire.

Elle se pencha vers le vieil homme, les mains sur les hanches, approcha son visage du sien. Une odeur de tabac imprégnait ses cheveux.

– L'amertume aura raison de vous plus vite que cette balle, Mr Baylor.

Elle s'écarta de lui avec une profonde inspiration, posant tendrement la main sur la tête d'Eli. Soulagée, elle se détendit suffisamment pour percevoir les stridulations des cigales, tout en réfléchissant au moyen d'aider Eli à s'échapper. C'était la question la plus pressante. *Il a de plus graves soucis que mon intérêt pour ce champ. Il faut qu'il se sauve.*

Elle jura à Dieu que s'Il permettait à ce garçon abandonné, si triste et si seul, de s'enfuir et de retrouver le bonheur – si tant est qu'il l'ait jamais connu –, elle leur resterait toujours fidèle, à Lui et à Eli. Grâce à elle, ces hommes trouveraient un lieu où reposer en paix pour l'éternité, elle ne reculerait pas devant ce labeur. Elle accomplirait la tâche de Dieu.

Eli braquait le pistolet sur Baylor, prêt à l'armer. Il brandit l'arme pour éloigner Carrie lorsqu'elle s'approcha de lui. Le vieillard avait cessé de supplier qu'on l'épargne, et il regardait fixement le canon.

– Je vous ai pas entendu répondre à Mrs McGavock, le vieux.

Baylor l'ignora et se tourna vers Carrie.

– J'accepte.

– J'accepte quoi ? insista Eli sans baisser son pistolet.

Baylor se tourna alors vers son assaillant.

– Tu peux ranger cette arme, j'ai déjà décidé de laisser Mrs McGavock agir à sa guise.

– Sinon je vous tue, vous m'entendez ?

– Eh bien vas-y, tue-moi. De toute façon ma fin est proche. Si tu vis assez longtemps, mon garçon, tu apprendras qu'il y a en toi quelque chose de plus convaincant que ton pistolet.

Eli arma le pistolet. Il semblait avoir pris à la lettre les mots de Carrie : il avait ses propres comptes à régler avec le vieil homme.

A cet instant précis, Zachariah Cashwell eut l'impression que le garçon arrêtait sur lui le regard apeuré de son visage luisant. Cashwell comprit qu'il quêtait l'aide de quelqu'un pour se libérer d'une charge dont il ne savait se défaire tout seul, d'une obligation qu'il se croirait forcé d'honorer si personne ne l'en empêchait. Malgré sa peur, il était sur le point de presser la détente. En écoutant chaque parole de Carrie, en observant chacun de ses gestes, Zachariah avait trouvé ce qu'il était venu chercher : une autre image, plus noble, de lui-même.

Un homme dix fois plus brave que vous m'a enseigné que c'était à la vie, et non à la mort, que ces soldats aspiraient alors, tout comme ce garçon devant vous. Outre la fierté de se sentir courageux, ces mots éveillaient en lui quelque chose. En cette journée terrible il n'avait sauvé aucune vie, mais il savait pourtant qu'elle ne se trompait pas : tous ils désiraient vivre, et il n'y avait pas eu de belle mort. Si lui avait été épargné, il n'avait cependant sauvé personne. Aucun de ces garçons n'avait quitté le champ de bataille sain et sauf grâce à l'intervention de Zachariah Cashwell.

L'occasion se présentait à lui d'avouer à Carrie combien elle lui manquait, et que jamais il n'aimerait personne comme il l'aimait. Jamais elle ne lui appartiendrait, il le savait bien, et son époux était là avec un fusil, mais il souhaitait le lui dire quand même, conscient de trouver là une nouvelle chance de la remercier, elle qui l'avait sauvé quand il ignorait encore tenir à la vie ; une nouvelle chance de lui déclarer qu'il ne connaissait nulle femme à sa mesure, et que sa vie à lui aurait tourné autrement s'il avait su plus tôt qu'existaient de telles femmes, capables de sauver des vies au lieu de les détruire, de recueillir et d'aimer les garçons perdus en les persuadant qu'ils étaient autre chose que des fardeaux et des va-nu-pieds. Il fut à deux doigts de prononcer ces mots, là en présence d'Eli, de Baylor et de John, mais il se ravisa. Elle lui avait déjà offert son cadeau. Pour évoquer le reste ils devraient attendre un autre jour, qui peut-être n'arriverait jamais.

Le garçon, qui venait déjà de commettre un crime passible de pendaison, se dressait toujours face au vieil homme. Baylor ne bougeait pas, indifférent, impassible devant Eli et son arme, comme s'il accueillait la mort avec soulagement. Un filet de sang s'écoulait de sous le garrot. Il lui faut un docteur tout de suite, se dit Zachariah.

Cashwell avait sous les yeux un garçon qui, s'il arrivait à l'âge d'homme, devrait passer sa vie à fuir. Son regard se posa sur Carrie qui se tenait à quelques pas d'Eli, pétrifiée. Non, il ne pouvait pas accepter qu'Eli n'ait d'autre avenir que la pendaison, et encore moins qu'il se balance au bout d'une corde pour avoir tiré sur ce maudit vieillard querelleur, cet imbécile aux mains pleines qui ne méritait pas moins qu'une balle dans la jambe. Si révoltant que cela pût lui paraître, il ne doutait pas qu'Eli serait sanctionné dans les règles, selon le châtiment imposé par la loi, et que ni John ni Carrie ne s'y opposerait, même si cela devait les anéantir. C'était là une des choses que Zachariah aimait chez ces gens. Ils s'entendaient à faire les choses *dans les règles*, voilà ce qui distinguait les McGavock de lui-même. A cet égard rien n'avait changé. Il espérait y parvenir un jour, mais le moment n'était pas encore venu.

Eperonnant sa monture, il fonça en avant pour se saisir d'Eli et partit au galop. Il passa devant la maison, contourna la nouvelle étable, dévala la colline le long d'un ruisseau douloureusement familier, et ce fut le début d'une chevauchée qui dura des années.

La meilleure part de moi-même vient à nouveau de me quitter, et qui sait quand je la retrouverai ? songeait Carrie tandis que son cheval la ramenait au pas vers Carnton, aux côtés de l'homme qu'elle aimait aussi. *Nous avons eu si peu de temps.* Elle dit à John qu'elle versait des larmes de joie, mais c'était un mensonge.

49

CARRIE MCGAVOCK

Le jour où l'on commença à exhumer les morts fut si incroyablement radieux que cela paraissait incongru. Cette journée ressemblait à un fragment préservé du temps d'avant-guerre, de mon enfance à Terrebone, avec ce ciel sans nuages si profond et si bleu, et le vent qui portait les parfums des champs et des bois. L'innocence même.

Le professeur qui avait effectué les fouilles des tumulus indiens se tenait à mes côtés, et nous regardions l'étendue du champ devant nous. Abandonnant le chantier, il avait présenté sa démission à l'université qui l'avait envoyé, et convaincu cinq de ses hommes de rester avec lui – notamment Jerrod, qui avait séjourné chez nous à Carnton. Les autres s'en allèrent vers le nord, à cheval ou à pied. Je me réjouissais d'avoir avec moi six hommes expérimentés pour manipuler les dépouilles. Au moment de m'engager dans ce projet, je n'avais pas évalué ce qu'il impliquait.

Le professeur avait tenté de me dissuader, m'assurant que ses hommes ne supporteraient pas la vue des cadavres exhumés, et moi encore moins. Je lui répliquai que c'était mon destin et que je m'évanouirais si je devais m'évanouir, mais que je ne reculerais pas devant les restes de ces hommes, et que j'avais conscience de remédier par des moyens horribles à une solution alternative encore plus atroce. Je ne prétendrais pas non plus que le voyage de ces hommes perdus puis retrouvés vers le repos éternel était quelque chose d'anodin. Le professeur m'avertit qu'ils dégageraient une odeur pestilentielle lorsqu'on les tirerait de terre, que certains seraient réduits à un tas d'ossements et que d'autres présenteraient une face momifiée pareille à du cuir. Nous tomberions sans cesse sur des mèches de cheveux et sur des lambeaux d'étoffe, sur le rictus des mâchoires décharnées. Il estimait que ce spectacle devait m'être épargné. Ces hommes étaient la rançon de la guerre, et c'était notre faiblesse de pécheurs – la mienne et celle des autres – qui avait causé le sacrifice de ces 1 500 hommes abandonnés aujourd'hui sous quelques pieds de terre du Tennessee.

Même s'il n'en dit rien, je crois que le professeur était un homme pieux, et qu'il n'aimait pas la guerre plus que moi. Il me confia non sans réticences avoir participé à la bataille de Franklin, et que parmi les hommes qu'il exhumerait, un certain nombre étaient morts par sa faute. Lorsque je lui objectai qu'il était bon qu'il puisse faire pénitence, il opina du chef et épongea la sueur qui coulait sous le bord de son grand chapeau noir. *La pénitence*, dit-il alors. *Je ne pense pas que depuis ce jour-là, il me soit arrivé une fois de faire pénitence.* Un homme pieux, c'était bien ce que je pensais.

Mr Baylor nous autorisa sans récriminer à accéder à son champ. Après sa confrontation avec Eli il resta un certain temps sans pouvoir marcher, mais il ne perdit pas sa jambe et je présume qu'il en fut reconnaissant. Baylor était un homme de parole, je n'aurais sûrement jamais dû en douter. Intrigant peut-être, mais certainement pas menteur, et bien que mon projet le contrariât probablement, il ne manifesta jamais son mécontentement. S'il ne nous laissa que trois courtes semaines, il se garda de nous faire obstacle. *Attelez-vous à cette sale besogne si vous y tenez*, me dit-il simplement. Il venait s'asseoir sous son appentis pour nous observer, contre l'égreneuse en ruine, sans jamais manquer un seul jour, comme s'il montait la garde. Un soir je vis sa fille venir le chercher pour dîner, et il la renvoya, refusant de se retirer avant nous. Certains soirs je crois qu'il s'attarda jusqu'à la nuit close, alors qu'il faisait trop sombre pour voir quoi que ce soit.

Grâce aux quelques relations que John avait gardées parmi les vétérans de l'armée, nous nous étions procuré bon nombre de notes laissées par les fossoyeurs d'origine, qui nous avaient permis d'établir un plan assez précis du champ. *L'Arkansas près de l'arbre de Judée, le Mississippi à côté de cette haie, et là le Missouri, au centre, avec le Texas et le Tennessee. L'Alabama en bordure de la route…*

Nous en savions désormais suffisamment pour entreprendre les exhumations, et ce fut ainsi que, en ce jour magnifique, je me retrouvai à attendre le premier coup de pelle. John avait la charge des cinq charrettes à bœufs alignées derrière nous, dont nous nous servirions pour transporter les dépouilles jusqu'à l'ancien bosquet près de notre cimetière familial, là où je me promenais autrefois en m'extasiant sur la complexité des arbres et de la création.

– Etes-vous prête, Mrs McGavock ?

Le professeur Stiles, en manteau et chapeau, était ruisselant de sueur. Sa tournure de croque-mort amena un sourire sur mes lèvres, et il en déduisit que j'étais bel et bien prête.

Pendant que les hommes creusaient la terre, je sortis un cahier relié aux pages encore vierges dans lequel je comptais noter les noms des soldats et l'emplacement de leur sépulture définitive. N'ayant pas pris la précaution d'emporter un siège, je dus m'agenouiller par terre non loin des fossoyeurs, le registre calé contre moi.

Ils découvrirent bientôt une première tombe, et à mesure qu'ils enlevaient la terre, les hommes apparurent au grand jour, dix hommes alignés étendus sur le dos. La mort les rendait si semblables, avec leurs faces aux orbites creuses levées vers le ciel ! Voir ces êtres spoliés de leur individualité par la mort, réduits à présent aux parties identiques d'un tout, m'outragea assez pour m'arracher un cri. John et le professeur accoururent, croyant sans doute que je défaillais devant l'horreur du spectacle, mais je leur fis signe de ne pas s'approcher.

Sur la poitrine de chaque homme était posée une plaque de bois sur laquelle les fossoyeurs avaient gravé de leur mieux un nom et une unité. D'où avaient-ils pu les tirer ? Je suppose qu'ils connaissaient un grand nombre des victimes, et qu'ils avaient découvert sur les autres un objet capable de les identifier. Une lettre de chez eux, leurs papiers militaires, ou un nom cousu à leur uniforme. Je remerciais le ciel que nous disposions au moins de ces noms.

Chaque homme fut déposé sur un chariot par ordre d'inhumation, et on lui affecta un numéro, attaché au corps et reporté dans mon registre en face de son nom. Par respect pour eux, nous évitâmes de les empiler les uns sur les autres. Cela alourdit considérablement la tâche de John, mais il ne rechigna jamais. Il conduisait le chariot à travers champs vers la route de Lewisburg, passait le péage et s'engageait dans notre allée, rejoignant deux ouvriers du professeur qui l'attendaient devant les nouvelles fosses, munis de planchettes en bois sur lesquelles ils inscrivaient les numéros et les initiales que j'avais attribuées à chacun. John ne se plaignit pas davantage lorsque les badauds commencèrent à se poster sur le chemin de Carnton, tendant le cou pour apercevoir sa cargaison. Je crois que lui aussi avait renoncé à se préoccuper de la bonne opinion des autres, et qu'il se souciait comme d'une guigne de ce qu'ils pouvaient faire, voir ou penser.

Si le professeur avait fait des dépouilles une peinture fidèle, je n'avais pas mesuré en revanche l'ampleur de l'entreprise : je l'appréciai plus justement lorsque les dix premiers soldats furent libérés de leur gangue de terre, et que je calculai le nombre de rangées semblables qui devaient s'étendre partout sous nos pieds. *Mille cinq cents*. La terre devait être comble. Jour après jour, il nous faudrait être à pied d'œuvre du matin au soir, et même ainsi, je doutais que nous sauvions la moitié d'entre eux avant la date arrêtée par Baylor.

Les jours passant, j'envisageai d'aller le trouver près de l'égreneuse et de lui réclamer un délai supplémentaire. C'est ce que j'aurais fait si un nouveau groupe d'étrangers ne s'était présenté chez nous. Ce n'étaient pas de simples curieux, mais des fermiers misérables constamment endettés auprès du magasin, et qui cultivaient au profit de Baylor des parcelles qui souvent nous avaient appartenu. Je ne pensais plus à ces hommes, comme j'avais oublié que quantité d'entre eux s'étaient battus pendant la guerre. Maigres, les joues creuses, avec ce teint olivâtre des mal-nourris, ils allaient vêtus de vieilles hardes élimées, mais chacun apporta une pelle, une charrette et la promesse d'offrir de son temps. Outre leur travail, le temps était tout ce qu'ils pouvaient donner. J'interprétai d'abord leur geste comme un hommage rendu aux compagnons tombés, mais je crois plutôt qu'ils faisaient partie de ces gens qui ne peuvent s'empêcher de retrousser leurs manches quand ils voient de l'ouvrage à faire. Ils venaient chaque jour plus nombreux, si bien que

John disposa bientôt de dix chariots qui allaient et venaient sans interruption sur la route de Carnton. Nous étions sûrs de terminer à temps.

Dès le premier jour, je compris que ma présence dans ce champ ne servirait à rien, et que je me rendrais plus utile en dirigeant les nouvelles inhumations. Je priai donc les ouvriers d'attacher eux-mêmes les noms et les numéros, afin que je puisse les retranscrire dans le cimetière. C'était encore la saison des hannetons, et je raclai le sol de mes pieds, agitant les herbes en espérant débusquer ces drôles de petites bestioles. Bientôt, un nuage bourdonnant de créatures ailées, mouchetées d'éclats de lumière, me tenait compagnie, et je jure qu'elles me suivirent jusqu'à Carnton. C'était une journée splendide.

Au bout d'un moment, Mariah finit par apporter un tabouret dans le nouveau cimetière. Longtemps j'étais restée agenouillée par terre, notant inlassablement des noms et des numéros à mesure qu'on étendait proprement devant moi, Etat après Etat, de longues rangées d'hommes. Mariah, qui tenait la maison pendant que je veillais sur ma nouvelle obsession, ne s'était pas coiffée depuis plusieurs jours. J'avais oublié à quel point ses cheveux pouvaient devenir rêches. Avant qu'elle ait pu dire un mot, je les pris entre mes mains.

A bout de forces, Mariah se laissa tomber lourdement sur le tabouret qui m'était probablement destiné, les mains sur les genoux, la tête renversée en arrière comme pour repérer des étoiles dans le ciel bleu. Je supposais qu'elle voulait m'annoncer quelque chose d'important, mais elle continua à se taire. Son silence durait depuis des jours et des jours. Je pensais avec tristesse que si j'avais souffert comme elle souffrait, elle aurait su imaginer ma douleur. Mariah savait toujours.

– J'apprécie ton aide, Mariah.

C'était la pure vérité, même si c'étaient là des paroles que l'on adresse à un associé d'affaires ou à l'employé du bureau de poste qui nous a gentiment mis de côté un catalogue agricole. Des paroles qu'échangent des étrangers. Etions-nous devenues étrangères l'une à l'autre ? Cela me paraissait inconcevable, mais que savais-je d'elle, dans le fond, sinon qu'elle était près de moi, qu'elle avait passé sa vie avec moi et que je présumais qu'elle ne me quitterait jamais ? Je savais aussi qu'elle m'avait appartenu, et tout ce que ce mot signifiait pour moi, c'est qu'elle demeurait toujours à mes côtés. Tout le reste, je n'en avais jamais percé le mystère.

– Tu aimerais partir ? T'en aller de Carnton ?

Et je pensais alors : *t'en aller loin de moi.*

Mariah resta silencieuse.

– C'est possible si tu le souhaites. Tu as toujours été libre de partir, même quand la loi te l'interdisait. Je ne t'en aurais pas empêchée.

Elle hocha la tête comme si elle méditait cette possibilité, et je redoutai un moment qu'elle n'accepte cette proposition essentiellement dictée par l'amour. Je ne voulais pas qu'elle s'en aille, la seule pensée de son départ m'était insupportable. Elle expira longuement, comme si elle soupirait.

– J'ai pas d'endroit où aller.

– C'est ma faute.

– Oui, c'est vrai. Mais y'a aussi que j' veux pas partir, et c'est vot' faute pareil. Vous sauriez pas vous débrouiller, Miss Carrie.

– Pardonne-moi.

– Y'a plus rien à y faire. J'ai plus l'âge de me sauver devant les ti Blancs qui veulent nous pendre, j'aime mieux ma vie bien réglée dans cet' maison.

Je songeai à l'avenir, à la manière dont chacune reprendrait sa place à la maison ; nous nous retrouverions chaque matin pour discuter des repas, des travaux de couture et des bêtises des enfants, puis je me rendrais au cimetière pour passer la journée auprès des morts. Ainsi se passeraient nos jours. Il n'y avait là rien d'anormal, du moins pour nous.

A ce moment-là, je m'autorisai à croire que la violence était peut-être en train de refluer loin de nous. La guerre et la bataille avaient créé une fracture dans l'ordre des choses acceptables, mais qui sait si elle ne s'était pas refermée ? La soif de vengeance et de châtiment s'était peut-être apaisée chez les hommes en mesure de les distribuer. Peut-être ne restait-il plus que ces alcooliques incapables et veules que l'on voyait en ville, et Dieu sait s'ils semblaient dépourvus de la force de s'entêter. Mariah partageait-elle mon espoir ? J'en doutais. Et je ne tardai pas à mettre aussi en doute la justesse de mon hypothèse. Il n'y aurait jamais de fin.

Sans un mot, je tendis à Mariah le cahier, la plume, l'encrier et le papier buvard, puis je rentrai dans la maison. Elle me lança un regard interdit, plissant ses yeux cernés de rides. Lorsque je me retournai elle m'avait déjà oubliée, occupée à écrire dans le registre. *Tant mieux.*

Dans la petite pièce au-dessus de l'entrée se trouvait un coffre, et le tiroir de ce coffre renfermait un voile de deuil. Je le posai sur ma tête et allai me regarder dans le miroir de la chambre de Martha, pour m'assurer qu'il convenait. On voyait qu'il était usé, mais il ferait quand même l'affaire.

La violence ne finirait peut-être jamais, mais j'avais encore un rôle à jouer. Il fallait bien que quelqu'un s'en charge. C'était moi la femme à qui ils envoyaient leurs lettres, ma maison était la dernière adresse de la guerre. Aujourd'hui elle devenait la dernière demeure des morts, ou tout au moins de 1 500 d'entre eux, et on ne pouvait pas les abandonner. J'étais résolue à porter moi-même leur deuil, à être celle qui entretiendrait le souvenir pour que les autres puissent oublier. Et je souhaitais que cet oubli apporte un peu de réconfort, une trêve dans la violence, l'amertume et le désir de vengeance. Avais-je de l'espoir ? Non, pas beaucoup, même si cela n'a guère d'importance. Il y a parfois des choses que l'on se sent appelé à accomplir et auxquelles on ne saurait se soustraire, aussi vaines qu'elles puissent sembler, car se dérober à elles reviendrait à perdre la foi. Non seulement la foi en Dieu mais la foi en l'homme, qui signifient probablement la même chose.

Je retournai auprès de Mariah avec mon propre tabouret, et je m'y installai les mains posées sur les genoux, dans la même attitude qu'elle. Levant les yeux du registre, elle m'observa longuement.

– Y faut repriser ce voile, Miss Carrie.

– J'ai tout le temps de m'en occuper.

– Sans doute, 'dame, sans doute que oui.

Nos tabourets s'abîmèrent au fil des années, mais John nous en fabriqua toujours de nouveaux.

CARNTON

1894

Ils prirent le chemin de la maison, passant de nouveau parmi les rangées de tombes. Mariah fermait la marche, et le petit Paul gambadait en tête. Par trois fois, une douloureuse quinte de toux força Zachariah à s'arrêter, et chaque fois Carrie l'aida à se redresser et à s'essuyer la bouche. Cette mauvaise toux lui indiquait tout ce qu'elle avait besoin de savoir. Elle trouvait étrange que l'homme qui lui avait appris à vivre dans un monde privé de sens succombe à un mal si facile à identifier, si *prévisible*. La consomption.

– Si ça vous ennuie pas de trop, j'aimerais mieux pas qu'on m'enterre avec ceux de l'Arkansas. Je sais bien que vous avez votre livre, et que vous êtes à cheval sur la précision, mais ça me plairait bien d'être enterré dans le coin du Tennessee.

– C'est faisable.

– Tout ce qui compte m'est arrivé ici, j'ai l'impression, alors je préfère reposer avec les gars du Tennessee.

– Comme vous voudrez, mais vous n'allez pas mourir.

– J'ai pas besoin qu'on me mente.

– Je le sais, mais je le fais quand même.

Repris par la toux il expulsa un crachat, et Carrie comprit qu'il faudrait prendre soin de ses côtes. Elle l'aida à gravir les marches du porche, à l'arrière de la maison, qu'on n'avait pas repeint depuis des années. Les lianes et les vrilles du teinturier s'enchevêtraient autour de la balustrade, la nature sauvage étendait son empire.

Du haut des marches, Cashwell contemplait la pelouse et le cimetière, les vestiges du bosquet et les collines qui dissimulaient la ville.

– Je parie que vous pouviez plus partir, une fois que vous les avez eu enterrés ici.

– Non, en effet, pas même après la mort de John. J'ai trop à faire ici.

– Désherber, par exemple.

Mariah grommela mais ne releva pas l'insulte. Elle estimait que cette fois, elle pouvait bien la lui permettre.

– C'est bien, ce que vous avez fait, Carrie.

– Ce n'est pas à moi d'en juger.

– Si, vous avez servi à quelque chose. Tout le monde peut pas en dire autant. Et toi aussi, Mariah, tu as fait quelque chose de bien, encore que je comprenne pas pourquoi tu es restée si longtemps.

Appuyée contre la balustrade, Mariah tortillait un brin d'herbe entre ses doigts.

– Ce qu'est *bien* je sais pas le dire, mais du moins je suis pas partie. Y'avait trop d'ouvrage.

Zachariah ne répondit pas, pris d'une violente envie de tousser. Carrie l'attrapa par le bras pour lui suggérer d'entrer, et il acquiesça d'un signe de tête. Il n'ajouta qu'une chose en pénétrant dans la maison, à l'intention de la seule Carrie.

– Eli a trois petites qui m'appellent grand-papa.

– Je l'ai appris. Eli m'envoie une lettre de temps en temps.

Il se laissa alors offrir de l'eau fraîche et un lit propre. Dès qu'il fut installé pour dormir, Carrie alla chercher une paire de ciseaux dans sa corbeille à ouvrage et coupa une mèche des cheveux gris de Zachariah. Elle l'attacha avec un ruban noir et l'enfouit dans sa poche. Du dernier tiroir de son armoire, elle tira ensuite une vieille bannière en lambeaux, soigneusement pliée en triangle. Quand elle revint auprès de Zachariah, il s'était presque assoupi.

– Je crois que ceci est à vous. C'est le professeur Stiles qui me l'a confié. Il l'avait conservé depuis le jour de la bataille. Il est navré de vous avoir trompé, mais il suppose que vous comprendrez qu'il s'efforçait d'oublier. Il prétend qu'il vous appartient.

Zachariah hocha la tête et ferma les yeux. Elle allait sortir lorsqu'elle l'entendit chuchoter.

– Je savais bien qu'il m'avait menti, le saligaud. J'ai jamais eu mauvaise mémoire à ce point.

Il sombra aussitôt dans le sommeil, et Carrie descendit doucement l'escalier, s'arrêtant de temps en temps pour l'écouter soupirer tandis qu'il se mettait à l'aise. Pour la première fois de sa vie, il trouvait un lieu où reposer en paix.

EPILOGUE

La bataille de Franklin était-elle réellement achevée ? Carrie déambulait dans son cimetière, et si autour d'elle les plaies se refermaient et cicatrisaient, c'était à la manière du chêne foudroyé, qui ne peut se préserver qu'en se tordant et se contorsionnant autour de sa blessure : il conserve l'apparence d'un arbre, il continue de vivre et de porter des glands et des feuilles, mais sous le rideau de verdure se cache un cœur vide et écorché, là où les balafres ne l'ont pas défiguré. Nous nous réjouissons que l'arbre ait survécu, et l'on peut parvenir à se convaincre que rien en lui n'a changé, même si jamais plus il ne sera le même.

La veuve de Carnton incarnait l'espoir que cet arbre resterait toujours debout. Devant les champs incultes et les fermes abandonnées de ce qui avait été le Sud orgueilleux et hautain, toute personne de bon sens devait convenir qu'un changement irréversible s'était produit. Des réseaux de voies ferrées commencèrent à rayonner comme des toiles d'araignée sur les terres du Sud, condamnant à mort les villes qui ne se trouvaient pas sur leur itinéraire tandis que d'autres surgissaient de rien, de par la seule proximité du vacarme et de la fumée des locomotives et de leurs convois. En quelques décennies, des fortunes se firent et se défirent. Un Sudiste d'un genre nouveau se manifestait alors, pour qui les coutumes et les traditions de jadis n'étaient que des obstacles à l'acquisition et à l'exploitation des richesses. Quoique pour des motifs différents, ces gens en vinrent à témoigner à l'ancienne aristocratie des grands planteurs autant de mépris que les abolitionnistes. Cependant, chaque bouleversement apporte avec lui le lot de frustrations et d'ennui qui va avec l'absence de racines. Les hommes évoluaient tout en transformant le Sud, et autour de Carnton certaines terres se couvrirent de cèdres et de peupliers pendant qu'on abattait des forêts un peu plus loin, le Middle Tennessee et le Sud tout entier se remodelant sans cesse au rythme des succès et des échecs. Un terrain de golf pouvait prendre la place d'un bosquet ombreux d'arbres centenaires. En même temps que toute transformation, l'infinie possibilité du changement, son infinie *probabilité*, à la fois effrayante et déstabilisante s'insinue dans la conscience. Chacun de nous aspire à quelque chose d'inaltérable et espère que l'oubli épargnera certains, que nos pas sur la terre ne sont pas dénués de sens et de finalité.

Carrie McGavock, qui avait elle-même connu une métamorphose, passa ces années-là à Carnton. Sa constance à arpenter son cimetière et à en entretenir les tombes faisait d'elle, de manière assez ironique, un contrepoids au changement. A partir de son bosquet rayonnait un autre réseau, mais celui-ci offrait la certitude rassurante que certains, au moins, échapperaient à l'oubli, que tout ne se résumait pas à une course vers le néant. Qui n'a jamais surpris l'homme d'affaires, le politicien ou l'artiste dans un accès de mélancolie, appelant de leurs vœux le roc solide sur lequel prendre appui, celui qu'ils auraient pu connaître s'ils avaient vécu dans un passé lointain et inaccessible ? Carrie vit cela des milliers de fois, chaque fois qu'un visiteur du cimetière comprit que le sacrifice de la vie équivaudrait à une forme d'immortalité tant que cette femme vêtue d'une robe de basin défraîchie veillerait sur ses garçons.

La mort nous purifie de nos péchés, de nos entêtements et de toutes les complexités de l'existence. Carrie en avait conscience. A mesure qu'elle lisait les lettres des familles, année après année, elle voyait les souvenirs se transformer, devenir plus épurés et plus nostalgiques alors qu'ils s'éloignaient dans le temps, jusqu'à ce que tous les défunts parviennent au statut de héros. Un jour ce serait son tour, elle le savait et le redoutait. Les héros tombent rapidement dans l'oubli, privés de ce qui fait leur humanité. Ce qu'elle désirait, elle, c'était que l'on conserve le souvenir de ce qu'elle avait été. *Je suppose que c'est peine perdue, Mariah.*

Quelques années après le déplacement des dépouilles, une famille de Georgie se présenta à Carnton, venue des collines au nord de Marietta, où elle menait une existence retirée et cultivait du maïs dans une petite vallée isolée, au bord d'un cours d'eau regorgeant de perches. Elle se composait d'un couple, de leur fils adulte, et des fils adolescents de ce dernier. Ils s'appelaient Winn et voyageaient en chariot. Quelques mois plus tôt, ils avaient prié l'employé du bazar local de rédiger une lettre de leur part à l'intention de cette femme de Franklin, dans le Tennessee, dont la réputation était arrivée jusqu'à eux. *On est des fermiers et on a du maïs pour vous payer votre temps, mais on vous serait bien reconnaissants si vous nous disiez ce que notre garçon est devenu. Il s'appelle James Wilson Winn.* Consultant son registre, Carrie y découvrit leur fils, qui figurait dans le cimetière sous les initiales JWW. Elle leur écrivit pour les en informer, et leur assura que son fils reposait parmi des hommes qu'il avait connus, et que s'il était bel et bien décédé, son souvenir n'en perdurait pas moins. N'ayant pas reçu d'autres nouvelles, elle rangea leur lettre avec toutes les autres. Elles avaient été si nombreuses au cours de ces années.

Près d'un an plus tard ils faisaient leur apparition à Carnton. Maigres et couverts de poussière, avec leurs yeux qui leur mangeaient le visage, ils se sentirent un peu intimidés par la femme en noir qui se tenait sous le porche envahi de chèvrefeuille, de clématites et de lianes, mais ses façons et son sourire leur semblèrent accueillants. Ils lui racontèrent que leur périple durait depuis plus d'un mois et qu'ils auraient rebroussé chemin après s'être perdus deux jours plus tôt, s'ils n'avaient pas interprété comme un signe la lune des moissons qui brillait cette nuit-là. Ils souhaitaient voir leur fils James et le ramener chez eux pour l'ensevelir dans la terre qui l'avait porté et nourri autrefois. Carrie se demandait à quand remontait leur dernier repas. Elle ne comprenait pas trop pourquoi ils vagabondaient ainsi en plein été, loin de leur ferme, de leurs champs et de leur vergers, mais elle s'abstint de poser la question, ayant eu vent de la sécheresse qui sévissait là-bas. Elle leur proposa de manger quelque chose, mais ils déclinèrent son offre.

Elle les guida alors à travers les allées herbeuses qui séparaient les différents Etats, les menant jusqu'à la section de la Georgie. Leur fils reposait là, au milieu d'une de ces rangées, sous une pierre gravée à ses initiales. JWW.

L'un des garçons voulut partir chercher dans le chariot les pelles qu'ils avaient apportées, mais Mr Winn le retint. Tout en embrassant le cimetière du regard, il étreignait de plus en plus fort l'épaule de son petit-fils. Mr Winn n'était pas très âgé, mais sa vie immuable sur une terre aride l'avait précocement vieilli. Chauve, la peau tannée par le soleil, il avait le front sillonné de rides profondes qui formaient une courbe en leur milieu pour s'estomper vers les tempes. Les épaules voûtées, il s'agrippait à son petit-fils de toute la force de son bras noueux. Le jeune garçon, qui serait un jour tout le portrait de son grand-père, ne protesta pas. L'homme observa toutes ces rangées d'hommes perdus puis retrouvés, l'herbe taillée avec soin, la palissade qui les protégeait d'un monde qui avait continué à avancer sans eux, et il perçut alors la beauté des collines du Tennesse qui ondulaient vers l'ancien bosquet et, au-delà, vers le bord de la rivière. Il baissa les yeux sur la sépulture de James, le fils qu'il n'avait pas vu grandir et lui donner des petits-enfants, le fils qui, contrairement à son père, aimait tant pêcher la perche dans le ruisseau. Son fils était mort à cause d'une chose qui le dépassait, et que son père avait reconnue comme un des nombreux péchés de l'homme contre le paradis, un exemple de l'obstination humaine à ne pas laisser les choses en paix. Et cependant, son fils reposait parmi les hommes qu'il avait connus, avec lesquels il avait quitté ce monde.

Lâchant l'épaule de son petit-fils, il garda les yeux baissés, le menton contre la poitrine. Carrie fut tentée de s'approcher pour le réconforter, mais son épouse s'en était déjà chargée. Elle comprenait qu'ils n'avaient pas besoin d'elle. Après avoir échangé quelques mots à voix basse, la famille regagna son chariot. Carrie les rattrapa alors qu'ils s'apprêtaient à partir.

– Je vous en prie, prenez le dîner en ma compagnie. Vous serez les bienvenus si vous souhaitez rester.

Mr Winn relâcha ses rênes et la regarda avec un sourire triste.

– Vous avez fait votre possible, Mrs McGavock. Il nous faut rentrer chez nous.

Il resta sourd à sa requête, mais Mrs Winn se pencha pour serrer quelques instants sa main dans la sienne, avant que le chariot ne s'ébranle.

Un an après, quasiment jour pour jour, les Winn étaient de retour à Carnton, et cette fois ils apportaient dans leur chariot une cargaison de terre. Carrie les accueillit sous le porche, comme lors de leur précédente visite, avant de les conduire sur la tombe de leur fils.

Mr Winn regarda de nouveau le cimetière. Si ses petits-fils avaient grandi, le vieil homme semblait s'être encore rabougri.

– Si ça vous embête pas, Mrs McGavock, je voudrais bien enterrer de nouveau mon garçon.

Ces paroles déroutèrent Carrie.

– Où souhaitez-vous donc l'emmener ?

– Nulle part, on veut l'enterrer juste ici, mais avec cette terre qu'on a ramenée de la ferme. Ça m'a l'air bien, qu'il finisse dans la terre qui lui était réservée. A nous elle nous a pas été bien utile, elle profitera mieux à John.

Là-dessus, toute la famille alla chercher des pelles et déplaça jusqu'au bord de la tombe le chariot rempli de terre.

Pendant qu'ils se mettaient à l'ouvrage, Carrie se rendit dans l'ancienne cabane à outils de Theopolis, près des cases où elle avait dissimulé Cashwell, et dénicha à l'intérieur, au milieu des araignées et des criquets furtifs, une vieille pelle rouillée. Elle s'appuya sur elle comme sur une canne pour gravir la longue pente de la colline, relevant sa jupe pour ne pas trébucher, et passant devant la cuisine où Mariah se penchait sur le fourneau comme si elle ne l'avait jamais quitté, elle finit par atteindre le cimetière et la tombe de James.

Cette fois, se promit-elle en prenant place pour les aider à creuser, *je ne les laisserai pas repartir sans dîner.*

NOTE DE L'AUTEUR

Si Dieu a contemplé cette tiède après-midi du 30 novembre 1864 (d'aucuns affirment qu'Il était absent, une certaine manière d'expliquer la tournure des événements), voici ce qu'il a vu : le continent nord-américain ; la partie sud-est de ce qui s'appelait autrefois et s'appellerait de nouveau les Etats-Unis ; la région centrale de l'Etat que l'on nomme Tennessee, entre un large fleuve et une chaîne de montagnes, semée de tumulus funéraires érigés par un peuple de l'Age de Pierre qui ignorait tout des armes à feu et de l'artillerie ; là, un petit cours d'eau forme un coude à l'endroit où convergent aujourd'hui trois routes à péage recouvertes de macadam, d'une blancheur éblouissante, et des rayons de lumière ricochent sur les douces ondulations des collines teintées des bruns, des ors et des rouges de l'automne.

C'est là que se dresse la petite ville de Franklin. Si Dieu possède, comme on nous l'a appris, la connaissance de l'avenir, Il sait déjà que d'ici quelques heures 9 200 hommes auront trouvé la mort ou reçu des blessures si affreuses qu'ils regretteront parfois d'avoir eu la vie sauve. Il sait aussi qu'une fragile jeune femme déjà tourmentée par ses propres soucis verra sa demeure envahie par une horreur qui marquera à jamais sa mémoire, que les garçons de Franklin assisteront à la disparition de leurs familles et que des vieillards verront tomber leurs fils pour des raisons qui les dépassent ; Il n'ignore pas non plus que les événements de ce jour vont hanter Franklin pendant de longues décennies, à la fois souvenirs et fantômes. Dieu aurait eu matière à méditer sur les caprices de Sa propre création, qui infligèrent tout cela à Franklin simplement parce qu'elle se situait entre Atlanta et Nashville. Mais ce sont là les lois de la guerre.

De l'avis de beaucoup, la guerre de Sécession ne connut pas de moment plus sanglant que les cinq heures de cette bataille. Dans la clarté déclinante de la fin d'après-midi, un voile écarlate enveloppa Franklin. La fumée des armes à feu, si épaisse que les troupes ne savaient plus distinguer leurs alliés de leurs ennemis, brillait d'une lumière rougeâtre et sourde. Bien des soldats qui s'élançaient vers elle y lurent un mauvais présage, comme ils le révélèrent plus tard, mais cela ne les empêcha pas de continuer à courir. On a rarement vu en Amérique du Nord une charge d'infanterie d'aussi grande envergure – deux fois plus d'effectifs que pour l'assaut tout aussi catastrophique de Pickett à Gettysburg, un an auparavant.

L'armée fédérale occupait Franklin depuis près de deux ans lorsque le général de division John Schofield arriva avec ses troupes en cette matinée du mercredi 30 novembre. A ce moment-là toute la ville était fortifiée, cernée par un système de tranchées, de forts et de remparts. Lors de cette funeste après-midi, le général confédéré John Bell Hood – au mépris des objections des généraux Cleburne, Cheatham et Forrest – mena l'Armée du Tennessee au pied de Winstead Hill, au sud de Franklin, et prit d'assaut la colline la plus proche, parcourant deux miles de terrain découvert pour attaquer les solides positions yankees. Vague après vague, les soldats confédérés déferlèrent le long des routes de Columbia et de Lewisburg avant d'amalgamer leurs troupes près d'une plantation du nom de Carnton, montant ensuite vers la ville fortifiée pour se faire faucher les uns après les autres.

En l'espace d'une soirée, on dénombra plus de victimes à Franklin que pendant les dix-neuf heures du D-Day, et deux fois plus que lors de la bataille de Pearl Harbor. A certains moments, le carnage était si épouvantable qu'il tirait des larmes à l'adversaire. Lorsqu'un tambour du Missouri, un gamin de quatorze ans devenu la mascotte de la Brigade de Cockrell, se rua sur un canon chargé et amorcé de l'Armée de l'Ohio et fourra dans sa gueule un piquet métallique, les témoins décrivirent ce qui restait de lui comme « le cœur d'une tomate trop mûre ».

A neuf heures les combats étaient quasiment terminés, et les deux camps largement décimés. Au cours de la nuit ou à l'aube, le général Schofield ordonna le retrait des troupes fédérales vers leur bastion de Nashville tandis que le général Hood se préparait à reprendre le combat.

Ceux qui demeurèrent sur place – l'armée loqueteuse des Rebelles et les habitants de la ville – durent attendre le lever du jour pour contempler et mesurer l'atrocité de la bataille. Le sol était jonché de cadavres. Le sang s'écoulait en ruisselets à travers les champs et stagnait dans les tranchées où les hommes s'entassaient comme des billots de bois. Quand on retrouva le corps du colonel F.S.S. Stafford, de la 31e compagnie du Tennessee, il se tenait encore debout, enfoncé jusqu'à la taille au milieu des cadavres.

La bataille de Franklin se déroula en lisière d'une petite bourgade isolée de 2 500 habitants. Imaginez plutôt : sur l'un des plus petits champs de bataille des Etats-Unis, 2 500 hommes et femmes s'efforcèrent d'ensevelir ou de soigner des morts, des agonisants et des blessés dont le nombre était trois fois supérieur au leur. A Franklin « la sanglante », comme on la surnomma bientôt, l'Union perdit 2 500 de ses hommes, la Confédération 6 700 des siens. La fumée de la bataille engloutit pour toujours un bon tiers de l'infanterie sudiste. Les généraux Patrick Cleburne, John Adams, « States Rights » Gist, Otho F. Strahl, Hiram B. Granbury et John C. Carter périrent ce jour-là, huit autres furent blessés et un dernier capturé : jamais bataille n'avait coûté la vie à tant de généraux américains. Dix militaires du rang se virent décerner la Médaille d'Honneur du Congrès.

Peu de temps après, le général Hood capitula et les négociations du Tribunal d'Appomattox marquèrent la fin de la guerre, mais tout était déjà décidé, comme le nota dans ses *Memories of War* le général Issac R. Sherwood. Lieutenant-colonel de la 111e compagnie d'infanterie de l'Ohio, il fut lui-même blessé à Franklin et compta parmi les derniers vétérans de guerre à siéger au Congrès :

> En quatre années de guerre civile, aucune bataille ne fut plus meurtrière que celle de Franklin, compte tenu des effectifs impliqués.

La famille McGavock sous le porche à l'arrière de la maison, vers 1904.
Quarante ans plus tôt, au matin du 1er décembre 1864,
les corps sans vie de quatre généraux confédérés y avaient été déposés,
transportés depuis le champ de bataille.

Franklin creusa la tombe de la Confédération (…). Si l'on écrit un jour la véritable histoire de la guerre, on reconnaîtra que le sort de la Confédération sudiste fut scellé dans la vallée de la Harpeth River et à Brentwood Hills, au sud de Nashville, et ces terres se pareront d'une aura d'héroïsme. Le dénouement eut lieu à Appomattox quatre mois après la bataille de Franklin, mais il ne s'agissait pas d'une bataille. Un événement, une reddition, voilà ce que fut Appomattox. Quatre mois plus tôt, le rideau noir du destin était déjà retombé devant la vaste scène où la tragédie de la souffrance humaine se jouait dans la lumière livide des armes à feu. La date que l'on a retenue est celle du mois d'avril 1865, mais les forces qui aboutirent à cette journée étaient déjà réunies sur les vertes collines qui entourent la Harpeth River. A minuit sur le champ de bataille de Franklin, la destinée leva son doigt et désigna le chemin qui conduisait à Appomattox.

La « grande maison » de Carnton se trouvait à la limite du flanc est du champ de bataille. Une partie des combats se déroula à quelques centaines de mètres à peine, et les troupes s'affrontèrent abondamment sur les terres du domaine qui s'étendaient en direction de Franklin.

Le nom de « Carnton » est issu du gaélique ancien *cairn*, que l'on traduit parfois par « cité des morts ». Le père de John, Randal McGavock, baptisa ainsi sa plantation en hommage au lieu de naissance de son propre père, « Carntown », une maison bâtie sur le site d'un ancien cimetière proche de la baie de Glenarm en Irlande, dans le comté d'Antrim. Famille prospère, les McGavock possédaient entre vingt et quarante esclaves qui assuraient les diverses activités agricoles du domaine : un important verger et des cultures variées – maïs, haricots, patates douces, blé, avoine, pommes de terre ; un élevage de chevaux pur-sang, de moutons, de bovins et de porcs. La famille faisait fabriquer sur place presque tout ce qui lui était nécessaire. Forgerons, tonneliers, tisserands, charpentiers et tanneurs vivaient sur la plantation et pourvoyaient aux besoins de la maisonnée, à l'exception des articles de luxe.

Suite à la bataille de Franklin, Carnton se transforma en hôpital de fortune pour héberger les centaines de blessés et de mourants ramenés du champ de bataille jouxtant la route à péage de Columbia, au sud de Franklin. Ils remplirent bientôt la maison, ses dépendances et les terres qui l'entouraient.

Le colonel W.D. Gale, placé sous les ordres du général Stewart, écrivait ceci à son épouse :

> La demeure [de Mrs McGavock] (...) était située à l'arrière de nos positions. Il s'agit d'une de ces grandes maisons à l'ancienne caractéristiques de l'aristocratie du Tennessee – deux étages, un grand nombre de pièces (...). Elle fut réquisitionnée pour servir d'hôpital, et on y transporta les blessés par centaines au cours de la bataille et de la nuit qui suivit. Les pièces étaient bondées, chaque lit occupé par deux malheureux couverts de sang. Chaque coin et recoin, le moindre petit espace dans l'entrée ou sous l'escalier furent investis, la famille ne conservant qu'une seule pièce. Et lorsque la noble demeure fut comble, les corps envahirent la pelouse, qui ne suffit même pas à tous les accueillir.

Comme les médecins se trouvaient à court de pansements, [Mrs McGavock] commença par nous donner du vieux linge de maison, et nous offrit ensuite ses serviettes, ses draps, ses nappes et jusqu'aux chemises de son époux et à ses propres dessous. Pendant ce temps, les chirurgiens s'acquittaient de leur macabre besogne au milieu des soupirs, des plaintes et des râles d'agonie. Et malgré tout cela, cette femme remarquable n'interrompit jamais ses tâches. Ni elle ni les autres membres de la maisonnée ne s'accordèrent de repos cette nuit-là, et elle se chargea elle-même de distribuer le thé, le café et tous les stimulants dont elle disposait.

En 1866, les McGavock décidèrent de consacrer deux arpents de leurs terres, à côté du cimetière familial, à l'inhumation de près de 1 500 soldats confédérés dont les rudimentaires sépultures d'origine, creusées juste après la bataille, s'avéraient difficiles à protéger, ses propriétaires actuels projetant en outre de labourer la terre pour la remettre en culture. Carrie McGavock réussit l'exploit extraordinaire de préserver tous ces morts. Aujourd'hui, ce cimetière

Le cimetière McGavock tel qu'il était vers 1866, avec ses planches passées à la chaux et sa clôture en bois nu.

abrite les dépouilles de 1 481 soldats confédérés tués à Franklin, ainsi que quinze vétérans et un civil qui trouva la mort alors qu'il aidait les McGavock à ensevelir les corps. L'association des United Daughters of the Confederacy se charge de l'entretien.

Au milieu des années 80, l'association à but non lucratif fondée pour restaurer Carnton me proposa de rejoindre son conseil d'administration. En me renseignant sur l'histoire de Carnton, en rencontrant les descendants de la famille, je compris que ce n'était pas un hasard si l'un des plus grands cimetières militaires privés du pays s'étendait derrière la maison. Je posai davantage de questions, et je me rendis compte, en lisant les recueils d'articles et de notices nécrologiques prêtés par la famille, que ce lieu possédait une histoire hors du commun. Qu'il s'agisse de la bataille de Franklin – à peu près tombée dans l'oubli de nos jours, même dans cette ville –, ou de Carrie McGavock, je savais qu'une grande histoire méritait d'être racontée et inscrite dans nos mémoires.

Pour comprendre ce qui s'était passé, je me suis efforcé de combler les blancs et les lacunes, étudiant les données historiques dans le but de construire non pas un essai d'historien mais une œuvre romanesque. J'espérais ainsi utiliser les ressources de la fiction pour appréhender une vérité plus profonde à propos de la guerre, du sacrifice des femmes semblables à Carrie et de l'univers qui était le leur. Sur cette bataille et sur la guerre civile en général, il existe des historiens beaucoup plus qualifiés que moi. En tant qu'écrivain je me suis principalement intéressé au personnage de Carrie, et à tous ceux qui gravitaient autour d'elle. Pourquoi Carrie en particulier ? Comme l'écrivit William Thackeray, « bons ou mauvais, beaux ou laids, riches ou misérables, ils sont tous égaux désormais ». Je persiste pourtant à croire que certains sont plus égaux que d'autres et méritent en priorité nos éloges et notre souvenir. S'il est une chose que je souhaite avoir accomplie à travers ce roman, c'est être demeuré fidèle à Carrie et l'avoir fait vivre entre ces pages comme un être digne de marquer nos mémoires.

Caroline Elizabeth Winder naquit près de Natchez, dans l'Etat du Mississippi, le 9 septembre 1829. Sa mère, Martha Anne Grundy, était la fille de Felix Grundy, célèbre avocat et sénateur du Tennessee. Son père, Van P. Winder, possédait une plantation au sud-ouest de la Nouvelle-Orléans, au milieu des bayous. C'est là que grandit Carrie – elle détestait qu'on l'appelle « Caroline ». Comme l'écrivit le *Confederate Veteran* dans sa notice nécrologique, « elle reçut la meilleure éducation intellectuelle et morale, conforme aux principes et aux idéaux de l'Eglise presbytérienne dont ses parents étaient membres ». Bien que Carrie ait laissé de sa vie peu de témoignages écrits, un certain nombre d'anecdotes se sont transmises au fil des générations.

L'une de mes favorites concerne le portrait que fit d'elle Washington Bogart Cooper, un peintre mondain réputé qui travailla à Nashville pendant les deux décennies d'avant-guerre. Alors que Carrie était adolescente, on l'envoya passer l'été dans le Tennessee chez les parents de sa mère – probablement pour qu'elle renoue avec son cousin et futur époux John Mc Gavock. Pendant son séjour, un différend eut lieu au sujet de la couleur de la robe qu'elle désirait porter pour son portrait. Cooper adressa une lettre à la mère de Carrie, en Louisiane, pour lui demander conseil : Carrie insistait pour poser en noir, chose tout à fait inconvenante pour une fille de son âge qui n'était pas encore mariée. La réponse de Mrs Winder fut concise et directe : « Depuis le jour de sa naissance, je tâche d'élever ma fille aînée dans le respect des bienséances et de la religion. Je l'ai envoyée à Nashville avec quatorze robes dans ses bagages. Bonne chance à vous, Mr Cooper. »

Carrie et John se marièrent le 8 décembre 1848. Sur les cinq enfants qui leur naquirent, trois étaient décédés au moment de la bataille de Franklin : Martha W. (1849-1862), Mary E. (1851-1858) et John Randal (juin-septembre 1854). Carrie fit exécuter un portrait de ces trois « anges », comme elle les appelait, et l'accrocha en face de son lit. Les deux autres enfants, Harriet « Hattie » Young (1855-1932) et Winder (1857-1909) parvinrent à l'âge adulte et survécurent à leur mère.

Après la guerre, Carrie voua sa vie à l'entretien du cimetière et à l'éducation des orphelins, comme en témoigna le révérend Robert Gray dans son ouvrage *The McGavock Family* :

Caroline (Carrie) Elizabeth Winder à l'âge de dix-neuf ans, peinte par Washington Bogart Cooper.

Le colonel John McGavock par Washington Bogart Cooper.

Les enfants disparus, *par William Browning Cooper. De gauche à droite : Mary Elizabeth, Martha et John Randal.*

Daguerréotype représentant Martha (à gauche) et Mary Elizabeth McGavock.

Depuis des années, elle accueille en permanence chez elle deux ou trois orphelins, venus pour la plupart de l'orphelinat de la Nouvelle-Orléans. Elle les emploie comme serviteurs en même temps qu'elle leur offre une éducation, et tout particulièrement un enseignement religieux. Lorsqu'ils atteignent l'âge d'homme elle leur paie leurs outils de travail et leur procure un logis et une place convenables. Ces petits sans père ni mère sont heureux comme des rois, et leurs manières si distinguées que même les plus pointilleux n'y trouveraient rien à redire.

Avec le temps, Carrie acquit un statut de vivante martyre et de curiosité. On raconte souvent qu'Oscar Wilde, lors de son scandaleux périple à travers l'Amérique en 1882, informa ses hôtes que son parcours comprendrait une halte « sous le soleil du Tennessee pour rencontrer la Veuve McGavock, grande prêtresse du temple des garçons disparus ». Elle connut la notoriété sans même quitter sa plantation, célèbre pour ses déambulations quotidiennes dans le cimetière, ses vêtements de deuil, ses lettres aux familles des défunts et, plus que tout, pour sa constance. Après qu'on eut inhumé la dernière dépouille dans le carré de terre qui s'étendait derrière sa maison, elle ne quitta que rarement son poste dans le cimetière, remettant sans cesse à jour son livre des morts.

Ce sont là des faits et non des suppositions. Carrie McGavock en vint à incarner la douleur qui s'était abattue sur la nation tout entière. A cette époque-là, des cimetières jaillissaient un peu partout, comme si la peste avait ravagé le pays. Si les nombreux cimetières construits à l'initiative du gouvernement se caractérisaient par leur parfait ordonnancement et leurs ornements pompeux, celui de Carrie se distinguait en revanche par sa modestie. Pendant des années, il se passa même de clôture et de stèles funéraires. Sa seule richesse était la présence de Carrie, qui ne s'était pas dérobée devant la guerre, et qui, au lieu de l'ignorer, avait préservé dans son registre les inscriptions figurant sur les tombes. Elle avait accepté que la guerre demeure dans sa maison, et elle passa ses jours à pleurer ces rangées de défunts qu'elle n'avait même pas connus. Comme on peut se sentir consolé à l'idée que des mères, des moines et des religieuses prient constamment pour la rémission de nos péchés, les gens de ce pays tiraient du réconfort, et même de la fierté, de savoir Carrie toujours à son poste, jour après jour. Par sa durable abnégation, cette figure du Sud était devenue une Américaine à part entière. Tout son génie consiste à avoir su dès le début qu'il en serait ainsi, que tel était son destin.

La guerre apporta dans son sillage un grand nombre de bouleversements. La caste des planteurs finit par s'éteindre – John McGavock mourut en 1893 –, et l'on ne savait pas vraiment qui allait lui succéder. Ces années-là furent marquées par la violence et le désordre, mais Carrie tenait bon. Au tournant du siècle, alors que les gens de la campagne émigraient vers les villes et que sa vieille maison décatie s'en allait en ruine, Carrie était toujours là. Pendant que le monde évoluait autour d'elle, elle ressemblait à un rocher au milieu d'une rivière, que le flot effleure mais n'emporte pas.

Carrie McGavock vers 1894, la Veuve du Sud.

Lorsqu'elle disparut, douze ans après son époux, les notices nécrologiques publiées à Franklin et Nashville, Richmond et Jackson, Chicago et New York s'ingénièrent à la définir. Un journal du Mississippi la compara à Bodicea, reine d'une ancienne tribu de la Grande-Bretagne, un autre en fit une nouvelle Jeanne d'Arc. Ma préférée commence par ces simples mots : « La dernière Rebelle a été inhumée hier à Carnton. » Ce coin de terre était alors si fameux qu'il n'y avait nul besoin d'explication supplémentaire. Son histoire faisait désormais partie de la nôtre. « Nous qui savons avec quelle abnégation elle a soigné les mourants et comment elle a consacré le restant de ses jours à veiller sur les défunts, nous nous lèverons pour bénir sa mémoire, comme le feront les générations à venir », proclama le révérend John Hanna à l'occasion de ses funérailles. Cependant Hanna et les autres apologistes se trompaient : loin de se lever pour bénir sa mémoire, les générations suivantes la laissèrent sombrer dans l'oubli, et le souvenir de ses actes s'effaça peu à peu.

Winder et ses héritiers firent tous de « bons mariages ». On compte parmi ses descendants des professeurs, des docteurs, des aventuriers, des hommes d'affaires et des fonctionnaires. Hattie épousa l'immigrant irlandais George Cowan, qui avait fait campagne aux côtés de Nathan Bedford Forrest.

John et Carrie McGavock furent inhumés dans le cimetière familial, auprès des trois enfants qu'ils avaient perdus, à quelques mètres à peine des 1 500 soldats sur qui elle avait veillé pendant si longtemps.

Même si je ne prétends pas connaître les individus réels qui peuplent ce roman, il me semble que Mariah est le plus profondément humain d'entre tous. Sa personne demeure inaltérable quelles que soient les circonstances. Offerte à Carrie lorsqu'elles étaient enfants, elle passa toute sa vie auprès d'elle, à Carnton ou en ville. A propos de Carrie, Mariah aurait dit ceci : « Aucune femme n'a eu de plus fidèle amie ». Elle s'éteignit le 16 décembre 1922, âgée de quatre-

Mariah Otey Reddick tenant dans ses bras la petite-fille de Carrie McGavock, Carrie Winder Cowan, le 6 janvier 1885.

vingt-dix ans. Selon sa notice nécrologique, elle conserva « jusqu'au bout ses facultés mentales et son dévouement envers ses amis ». Je n'en attendais pas moins d'elle.

Si certains me reprochent de m'être écarté des faits historiques afin de privilégier le roman, je leur présente volontiers mes plus sincères excuses. En dehors de Carrie et de ses proches, parents ou esclaves, les personnages sont nés du mélange de diverses figures du Franklin d'antan, ou de mon imagination.

Bien des choses demeurent que je ne connais pas, et que je ne saurai jamais. Ma seule certitude est qu'une bataille s'est déroulée en ces lieux, et que tout en fut à jamais changé.

ROBERT HICKS
Franklin, Tennesse

Le cimetière confédéré de la famille McGavock.
Les petites stèles en pierre calcaire ont remplacé les planches de bois ;
les pierres tombales plus importantes ont été offertes par les familles.
A la fin du XIXe siècle une grille a été posée pour clôturer le cimetière.

REMERCIEMENTS

Si longue que soit cette liste, elle ne suffira jamais à englober tous ceux qui m'ont conté leurs histoires, ouvrant pour moi des fenêtres sur le passé ; ceux qui m'ont soutenu, motivé et encouragé tout au long de mon travail. Cela étant dit, je manquerais à mes devoirs si je ne mentionnais pas les personnes suivantes : Mes parents, aujourd'hui disparus, sont à l'origine de tout. Mon père, dont l'enfance dans le Sud des années 1900 se passa au carrefour du passé et de l'avenir, portait en lui une foule d'histoires. Bien que la guerre civile fût achevée depuis plus de quarante ans au moment de sa naissance, elle imprégnait encore, en bien comme en mal, le monde dans lequel il vécut. Grâce à ses récits, cet univers disparu est parvenu jusqu'à nous. De ma mère, je n'oublierai jamais l'incroyable capacité à aimer, la sagesse, et le credo qu'elle partageait avec mon père, comme quoi il n'y a rien d'impossible.

Je citerai également mon frère Marcus Sanders et son épouse Candy Allen, dont la passion pour la vie me rappellent chaque jour combien je suis chanceux de les compter parmi mes proches.

Dans le processus qui m'a conduit jusqu'ici, aucun événement n'a eu autant de poids que ma première discussion avec mon agent Jeff Kleinman. Etape après étape, il m'a constamment assisté dans l'élaboration de mon histoire.

J'ai eu par ailleurs la chance de rencontrer un formidable éditeur indépendant en la personne de Duncan Murrell, sans l'inventivité, la clairvoyance et le travail acharné de qui mon projet serait resté à l'état d'ébauche. Ce qu'il accomplit relève du grand art et, comme pourront le confirmer un grand nombre d'auteurs, il compte parmi les virtuoses du genre. C'est lui qui m'a convaincu que je pouvais devenir écrivain.

Je n'oublie pas non plus les gens merveilleux des éditions Warner Books, qui ont cru en ce livre quand il se réduisait encore à un immense rêve et à quelques feuillets. Je remercie en premier lieu Amy Einhorn, conseillère littéraire d'exception, pour tout son travail et pour la sensibilité, l'honnêteté et le dévouement remarquables dont elle a fait preuve. Je souhaite à tout écrivain de recevoir son aide pour la composition de son roman. Avec Amy, j'ai eu l'impression de gagner à la loterie. Quant à Todd Doughty, il est tout simplement le meilleur attaché de presse que l'on puisse imaginer. Merci également à Jamie Raab, Larry Kirshbaum, Maureen Egen, Emi Battaglia, Ivan Held, Martha Otis, Karen Torres, Bob Castillo, Rebecca Oliver, Nancy Wiese, Bruce Paonessa, Anne Twomey, Tom Whatley, Harvey-Jane Kowal, Ann Schwartz, Huy Duong, Toni Marotta, Blanca Aulet, Flamur Tonuzi, Oscar Stern, Janice Wilkins, Brad Negbaur, sans oublier Jim Schiff. Je remercie tout spécialement Giorgetta et Leo McRee, responsables du design de couverture.

Hunter Kay, mon partenaire dans ce projet, a réussi l'exploit de demeurer mon ami malgré tous les écueils qui menacent ce type de collaboration.

Alors que je m'efforçais d'achever cet ouvrage, Kay et Curt Jones, ainsi que Caroline et George Ducas m'ont littéralement porté à bout de bras. Sans leur aide je ne m'en serais pas sorti.

Justin Shelter, écrivain débutant, fut pour moi une oreille avisée, un critique sans complaisance et un ami fidèle et positif.

Je citerai encore Mary Springs et Stéphane Couteaud, Hazel Smith, Constance et Gordon Gee ; Pete Donaldson et Jay Sanders.

Je rends hommage à mon ami Rick Warwick et à tous les véritables historiens et chercheurs qui n'ont pas ménagé leurs efforts pour me guider dans mon travail. Je dois une mention spéciale à notre précieuse historienne locale Virginia McDaniel Bowman ; j'y ajouterai James Redford, Gail Winkler, Roger Moss, Angela Calhoun, Margie Thessin, Lee Miller et tous les gens de Carnton, Paul McCoy, David Fraley, Ed Bearss, Wiley Sword, Carroll Van West et James Lee McDonough, qui fut le premier à me raconter la bataille de Franklin, il y a trente-cinq ans de cela.

Concernant la bataille de Franklin, personne ne m'a communiqué une telle passion que Thomas Cartwright. Je me suis bien souvent tourné vers lui pour comprendre et affiner certaines choses. J'ai la chance d'être son ami.

Merci à la famille McGavock – Kay et Roderick Heller, Mary et Winder Heller, Patty et Hanes Heller pour leur amitié, le soutien apporté à ce livre et leur aide dans mes recherches ; merci également au reste de la tribu.

Merci à mes compagnons de route dans la Charge de Franklin, dont certains m'ont suivi dès ce jour d'avril où, sous le porche de Carnton, je formulai sans trop y croire le projet de préserver les derniers vestiges de la bataille. Grâce à vos efforts soutenus, cette chimère est devenue réalité. Danny Anderson, Ernie Bacon, Warner Bass, Julian Bibb, Dorie Bolze, Mary et Hank Brockman, Angela Calhoun, Jim Campi, Thomas Cartwright, Amy Grant, Vince Gill, Sam Huffman, Rudy et Peter Jordan, Jim Lighthizer et tous les membres de CWPT, Stacey McRight, Tommy Murdic, Jeanie Neslon, George Patton, Mary Pearce, Damon Rogers, Cindy Sargent et Joe Smyth. Les générations à venir oublieront peut-être ce qu'elles vous doivent, mais vos actes parleront pour vous. Si nous sommes éternels comme on nous l'a enseigné, sachez que ma reconnaissance le sera tout autant.

Merci à ceux dont j'ai si souvent accaparé les proches, Pete Verloop et Corinne pour Jeff, Sherri et Caroline pour Duncan, Matt, Ashley Rae et Tess pour Amy. J'ajouterai pour finir Catherine Anderson, Michel Arnaud, Michael Balliet, Bo Bills, John Bohlinger, Gertrude et Ben Caldwell, Dub Cornet, P.J. Dempsey, L.D., Steve Emley, Diana et Gary Fisketjon, Valérie Ellis Fleming, Andrew Glasgow, Rob Hodge, Linda et Doug Howard, Chad Huie, Monte Isom, Jay Jones, Eric Levin, Evan Lowenstein, Mary Ruth Martin, Matt McGregor, T.M., Dave Pelton, Tommy Peters, Ellen Pryor, Charles Salzberg, Tamara Saviano, Michael Sherrill, Toby Standefer, Lynn et Ghislain Vander Elst et Tim Young. Votre attention, votre perspicacité et les encouragements que vous m'avez prodigués au fil des ans resteront dans ma mémoire.

Composition IGS
Impression Normandie Roto Impression s.a.s. en mars 2006
Éditions Albin Michel
22, rue Huyghens, 75014 Paris
www.albin-michel.fr

ISBN : 2-226-17233-5
N° d'édition : 24238 - N° d'impression : 06-0594
Dépôt légal : avril 2006
Imprimé en France.